ISEGRIM

Melanie Lane (Ps.) stammt aus der schönen Stadt Hamburg, wo sie lebt und in ihrem eigenen Design Studio schockverliebt arbeitet. Sie ist begeisterungsfähig, laut, trinkt gerne Vino und verabscheut Schubladendenken. Als bekennende Feministin lebt sie Themen wie Gleichberechtigung und Diversität, was sich auch stets in ihren Büchern wiederfindet. Sie liebt Sarkasmus, das Meer und ist eine absolute Tierliebhaberin.

MELANIE LANE

Von STURM & SCHICKSAL

Die Letzte Schlacht

 ISEGRIM

Auflage 2025

© 2025 ISEGRIM VERLAG
ein Imprint der Spielberg Verlagsgruppe, Neumarkt
Spielberg Verlag GmbH, Am Schlosserhügel 4a1
92318 Neumarkt, info@spielberg-verlag.de
Coverdesign: schockverliebt Design Studio
Coverillustrationen: © freepik.com & iStock.com
Reinzeichnung und Litho: Alexander Masuch - Print & Digital Media
Illustrationen: ›Lilly u. Lucan‹ von Ekaterina Kurochkina
Illustrationen: ›Alina, Nick, Ducan, Malik, Cora u. King‹
Midas / Drake+Noain von @maria_lahaine
Illustration: ›Lillith & Luzifer‹ von Lena Faust
Kartenillustration: Melanie Lane
Druck: Libri Plureos GmbH,
Friedensallee 273, 22763 Hamburg

ISBN: 978-3-95452-986-5

www.isegrim-buecher.de

Für die Fans und die Lesenden, die diese Reise für mich so fantastisch gemacht haben.
Diese Achterbahnfahrt der Gefühle ist für euch.

Lillianna »Lilly« Callahan

Prinzessin Alliandoans
& der sieben Welten

Lucan Vale

König der Assassinen

ALINA MERDIA
& NICKOLAS »NICK« CALLAHAN

ANGEHENDE HEILERIN
& PRINZ VON ALLIANDOAN

Duncan Idla

Assassine – einer der »sieben«

Malik

General der königlichen Garde Arcadias

Cora & King

Palasteigene PR-managerin &
Assassine, einer der »sieben«

MIDAS

Der Höchste zauberer von Dhanikans

Noain & Drake

Der Vampyr, Anführer der Überlebenden &
der Prinz der Formwandler,
Herrscher von Vesteria

Lillith & Luzifer

Die Dunkle Königin, Mutter der Dämonen &
Der Gefallene Engel, Ihr Gefährte

ARCADIA

Nördliche Stadtmauern

PENNISULAR

TAVERNE

STARS BAR

Westliche Stadtmauern

SININE WALD

MERKATA

Östliche Stadtmauern

Marktplatz

ZITADELLE DER HEILER

RATSGEBÄUDE

ADELSVIERTEL

SEE DER BALANCE

CALLAHAN PALAST

Vorwort

Liebe Leserinnen und Leser, liebe VBuM-Fans,

ich schreibe das Vorwort mit einem weinenden und einem lachenden Auge. Unendlich traurig, dass die Reise zu Ende geht und gleichzeitig total hyped auf die kommenden Seiten und Entwicklungen. Ich möchte euch von Herzen dafür danken, dass ihr Lillys Reise so viel Liebe schenkt und noch immer so voller Begeisterung verfolgt.

Dies wird der finale Band. Das Ende. Und doch auch ein Anfang.

Bevor ihr nun in die Geschichte abtaucht, gibt es eine kleine Zusammenfassung von mir.

Band 5 endete mit einem Knall – wortwörtlich. Die magische Bombe, um die besetzten Dämonen zu enttarnen, wird gezündet. Lilly und ihre Verbündeten haben keine Ahnung, was nun geschieht, sie wissen nur, dass sie sich Bael stellen und ihn besiegen müssen. Baby Jonah geht es zum Glück wieder ganz hervorragend, dafür haben wir mit Olli ein geliebtes Familienmitglied verloren. Ein Verlust, der Lilly noch immer hart trifft.

Die Fehde zwischen Lillith und Luzifer scheint für den Moment geschlichtet und Luzifer hat Lilly angeboten, sie zu trainieren und zu unterrichten, damit sie ihre Flügel im Kampf gegen seinen Sohn richtig einsetzen und ihr volles Potential ausschöpfen kann.

Die Welten arbeiten Hand in Hand, vereint unter Lillys Banner. Selbst Alita, die ebenfalls einen großen Verlust erlitten hat, brennt darauf, Rache zu nehmen.

Alinas Schwangerschaft schreitet voran und nicht nur in Lillys Reihen bahnt sich Veränderung an. King und Duncan hadern mit ihrer Rolle innerhalb der Sieben. Beide sind hin und her gerissen zwischen Pflichtgefühl und Liebe.

Zudem steht eine weitere sehr tragische Liebesgeschichte im Raum. Drake und Noain. Der Prinz der Formwandler und der gebrochene Vampyr. Ein Überlebender des Clash' mit Schmerz und Hass im Herzen. Doch Noain und Rhonan sowie die Fae aus Ilya, der Welt der Überlebenden, kämpfen an Lillys Seite und auch an der von Drake. Können die beiden Männer nach so vielen Jahrhunderten wieder zueinander finden?

Wie geht es mit Permata weiter, jetzt da eine der Silbersynchronen als Verbündete von Bael enttarnt wurde?

Welche Rolle können die Gelehrten und Magister Scio spielen? Welche dürfen sie spielen?

Kann Ilya wieder Teil der Anderswelt werden? Können die Fae es? Welche Abenteuer und Herausforderungen erwarten Lilly und die anderen? Und was geschah eigentlich nach dem Zünden der Bombe?

Content Note:

Wie auch die Teile zuvor, beinhaltet dieses Buch potentiell triggernde Inhalte. Explizite Gewalt und sexuelle Szenen (im Konsens) sowie manipulative und psychisch herausfordernde Szenen.

Bitte beachtet die Hinweise, denn mir liegt es am Herzen, dass es euch beim Lesen gut geht. Eure (mentale) Gesundheit steht immer an erster Stelle!

Viel Spaß beim Lesen! <3

TEIL I

DIE ERÖFFNUNG

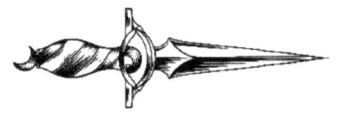

PROLOG

Duncan

Ich träumte. Ich war mir sicher, dass ich träumte. Vom Krieg. Vom Tod. Von Feuer und Schatten und den Schreien jener, die Baels Invasion zum Opfer gefallen waren. In den Tiefen meines Traumes fand ich mich in einer gewaltigen Schlacht wieder. Engel. Harpyien. Formwandler. Zauberer und Ghoule. Sie alle waren gekommen, um unseren Feind zu bekämpfen. Bael und seine Dämonen. Die Besetzten. Einst Freunde, Familienmitglieder, Teil unserer Gesellschaft, des Adels, der königlichen Garde … doch schon bevor wir sie vernichteten, waren sie nicht mehr als eine leere Hülle. Der Dämon in ihnen hatte alles verschlungen. Er war der tödliche Parasit, geschaffen von Bael selbst und perfektioniert über mehrere Jahrhunderte. Ich hörte den metallischen Klang von Klingen, die aufeinanderprallten. Die Luft war dick von Rauch und Magie, die über das Schlachtfeld flirrte. Rote Augen glühten. Zivilisten schrien. Kameraden fielen.

Ich spürte die Spannung in meinen Muskeln, als ich von gleich drei Kontrahenten angegriffen wurde. Sie versuchten mich zurückzudrängen. Nein, sie versuchten sich an mir *vorbei*zudrängeln, aber wo wollten sie hin? Ich riss den Kopf herum, blickte hektisch nach links und rechts, dann geradeaus. Aber alles, was ich erkennen konnte, waren Rauch und Schatten und Feuer. Mein Hals kratzte, meine Lungenflügel brannten. Das Feuer wurde stärker und da verstand ich es. Sie wollten zu ihr. Immer nur zu ihr, denn sie war es, was er wollte.

Inmitten all des Wahnsinns erlebte ich einen Moment völliger Klarheit.

Lilly. Bael wollte Lilly und es war ihm egal, ob er dafür die ganze Anderswelt zerstören musste. Er würde alles und jeden töten, bis er sie hatte und mit ihr eine neue Generation an Super-Dämonen erschaffen konnte. Er wollte regieren. Abbadon. Alliandoan. Alle Welten. Doch er allein besaß keinen Anspruch auf den Thron von Abbadon – oder den der Anderswelt. Durch seine Adern floss Luzifers Blut, nicht das von Lillith. Lilly aber war nicht nur stark, sie war eine Callahan, geboren mit dem Mal der Engel, und die Tochter Lilliths, Mutter aller Dämonen.

Niemand stellte ihren Anspruch auf den Thron in Frage. Jetzt nicht mehr. Als wir sie gefunden hatten? Da war das anders gewesen, aber nun … nun war sie unser Leuchtfeuer in der Dunkelheit. Sie war der unsichtbare Faden, der unsere Welten zusammenhielt. Wenn Spannungen aufkamen und die Bande zwischen den Welten und den Herrschenden zu reißen drohten, waren es ihre Stimme und ihr Handeln, die uns wieder zusammenführten, … okay, nun war ich mehr als sicher, dass ich träumte. Was in Abbadons Namen dachte ich denn da? Oder besser gesagt: Mit was für einem Scheiß beschäftigte sich mein Unterbewusstsein?

Ich wusste, dass ich einen Knacks abbekommen hatte, das hatten wir alle. Vor vier Wochen, als alle Welten gemeinsam die magische Bombe zum Enttarnen der Schläferdämonen gezündet hatten. Wie einen Sturmwind, der in Vollspeed auf eine Gebirgskette zuraste, hatten wir Lilliths und Midas' Zauber auf die Anderswelt losgelassen, in dem Wissen, dass wir den Krieg nicht verhindern, sondern ihn endgültig beginnen würden. Doch die Auswirkungen waren erschreckender als damals angenommen und sie warfen noch immer ihre Schatten auf Alliandoan und die anderen Welten.

Jemand trat nach mir. Ich spürte einen Fuß an meiner Hüfte. Einen Arm auf meinem Brustkorb. Schwer und unruhig. Auch ich schlief seit Wochen nicht richtig, gepeinigt von dem, was wir erlebt hatten.

Ein erneuter Tritt.

»Aua! Verdammt!«

Es war an der Zeit aufzuwachen. Gleichzeitig eine Erleichterung und auch irgendwie so, als würde man von einem Albtraum in den nächsten stolpern.

Ich blinzelte. Unser Zimmer war noch dunkel. Ein einzelner Streifen Mondlicht hatte seinen Weg durch die schweren Samtvorhänge gefunden. Maliks Hand auf meiner Brust zuckte. Der ganze Mann zuckte. Als träume er ebenfalls schlecht. Ich legte meine Hand auf seine und da spürte ich es. Ein Zittern, das durch seinen Körper lief. Nicht, als wäre ihm kalt, sondern als stünde er unter Strom.

»Malik?«

Ein beinahe qualvolles Stöhnen war die einzige Antwort.

Gerade, als ich mich zu ihm herumdrehen wollte, packten seine Finger zu. Da ich kein Shirt trug, gruben sie sich in mein Fleisch. Kräftig. Ein stechender Schmerz durchzog meinen Brustkorb.

»Malik, was in—« Noch bevor ich den Satz beenden konnte, ertönte ein lautes, zischendes Geräusch. Es war fremd und doch vertraut. Im nächsten Moment traf mich etwas hart an der Schulter und ich flog in hohem Bogen aus dem Bett. Zu überrascht, um den Sturz abzufedern, knallte ich gegen den Schrank und schlug auf dem Boden auf.

»Uff.« Die Luft entwich mir und für einen kurzen Augenblick sah ich Sterne. Was auch immer mich da gerade getroffen hatte, verfügte über eine enorme Kraft.

»Du-uncan?«

Grunzend kam ich auf die Beine. Ich schüttelte den Kopf, um klar zu sehen, und erstarrte. Mein Gefährte saß kerzengerade da. Die Augen weit aufgerissen. Die dunklen Haare zerzaust. Die Decke war ihm bis zur Hüfte hinabgerutscht.

»Äh …«

Malik nickte. Wieder und wieder, als könne er nicht aufhören.

»Sind das … Flügel?«

Eine dumme Frage. Ich sah sie. Strahlend weiß und prachtvoll. Ähnlich wie Lillys und doch anders. Weicher und irgendwie majestätischer. Vermutlich lag es an der Farbe. Das Weiß war so rein, wie Alliandoan gern vorgab zu sein. Malik sagte kein Wort. Er stand sichtlich unter Schock.

»Du hast Flügel.«

Er nickte. Tja. Verdammt.

Rasch bückte ich mich nach einer der Hosen auf dem Boden. Seine, meine – völlig egal.

»Ich hole Lilly. Bleib … bleib einfach da.«

Mit diesen Worten schlüpfte ich in die Hose und riss unsere Tür auf. Auf dem dunklen und leeren Palastkorridor hielt ich inne. Ich hatte keine Ahnung, ob Lilly hier oder in Abbadon bei Luzifer war. So oder so würde sie jedoch so schnell wie möglich hiervon erfahren wollen.

Lucan?

Ein verschlafenes *Was?* war die Antwort.

Wir brauchen Lilly.

Wieso?

Malik hat Flügel.

Es folgte eine kurze Stille, dann hörte ich meinen Ziehvater und den König der Anderswelt und der Assassinen fluchen. *Gib mir fünf Minuten, Kleiner.*

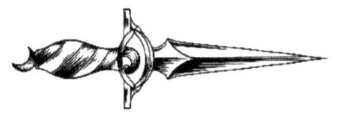

KAPITEL 1

Nun lag es an mir. Auf mein Kommando würden sie alle den Zauber zünden. Ich tauschte einen letzten Blick mit Lucan. Wir würden das hier überstehen. Gemeinsam.

Eins, flüsterte ich und warf die Flasche auf den Boden.

Mein Herzschlag setzte aus, mein Körper so angespannt wie vor dem Sprung. Oder vor jenem Moment vor ein paar Wochen, als ich Bael das erste Mal gegenübergetreten war. Jener schicksalhafte Tag, an dem Jonah überlebte und Olli von uns ging. Jener Tag, an dem Arcadia in Flammen stand. In meinen Flammen. Ich hatte hunderte meiner eigenen Leute getötet und heute würde ich es erneut tun müssen. Aber nicht nur Engel würden fallen. Jede der Welten erwartete enorme Verluste, daran führte kein Weg vorbei. Gäbe es einen, würde ich ihn gehen, um jeden Preis. Leider war mein Stiefbruder ein mordender Psychopath mit einer ungesunden Obsession. Und das Objekt seiner kranken Begierde? Ich.

Oder eher mein Uterus und das, was wir gemeinsam erschaffen würden. Einen legitimen Erben für Abbadon und die gesamte Anderswelt. Ein Baby. Unschuldig und rein, geboren, um verdorben zu werden. Eine Waffe, nicht mehr und nicht weniger. Der Gedanke verursachte auch nach Wochen und Monaten Übelkeit in meinem Magen. Diese Übelkeit mischte sich mit der ständigen Angst, noch mehr geliebte Unsterbliche zu verlieren. Eine trockene Kehle. Ein stechendes Bohren hinter der rechten Schläfe. Ein brennender Magen. All das war seit heute Morgen mein ständiger Begleiter. Seit Kiara und Olli gestorben waren, wenn ich ehrlich war.

Seit über einer Woche hatte ich diesen Moment herbeigesehnt und ihn zugleich gefürchtet. Wir mussten handeln und doch sträubte sich alles in mir, es zu tun. Lucan und Nyx waren hier bei mir, Vaya wartete in Abbadon, falls wir sie brauchten. Duncan und Malik hielten in Arcadia am See der Balance die Stellung. Gemeinsam mit einer kleinen Heerschar aus Andersweltlern. Aus allen Welten waren sie gekommen. Zauberer, Formwandler, Najaden, Nymphen, Engel und Zwerge. Sturmwinde kreisten am Himmel, sie und ihre Harpyien kampfbereit. Wir hatten uns bunt durchgemischt, um unsere Fähigkeiten gegen den gemeinsamen Feind zu bündeln und optimal einsetzen zu können. Auf Permata und Anak hatten wir besonderes Augenmerk gelegt, denn sie waren unsere Schwachstellen. Ihre Regierungen waren neu, eine Garde noch nicht vorhanden oder in der Findungsphase. Jace und Flynn würden es schaffen, sagte ich mir. Sie hatten ausreichend Unterstützung, wie wir alle. Außerdem hatte Cassiopeia ihren Bruder nach Anak geschickt, um Flynn zu helfen. Dieser hatte Lavender direkt weiter nach Permata geschickt, weil er Minaqktar und Jace beschützt wissen wollte. Streng genommen wollte jeder jedem helfen, da das aber schlichtweg unmöglich war, hatten wir versucht, uns so sinnvoll wie möglich aufzuteilen.

Die Sieben – minus Duncan und King – hatten sich ebenfalls in den Welten verteilt und so viele Schattenkrieger mitgenommen, wie möglich. Der größte Durchbruch, wenn man es denn so nennen wollte, waren die knapp fünfzig Elementarfae, die sich bereit erklärt hatten, uns zu helfen. Viel mehr als anfangs angenommen. Ayla – und Noain, womöglich sogar Drakes Widergutmachung in Ilya – hatten es möglich gemacht. Das waren fünf beziehungsweise sechs Fae pro Welt. Auch sie hatten wir versucht an möglichst strategischen Punkten einzusetzen. Mein Magen verknotete sich weiter, als ich an all die Unsterblichen dachte, die jetzt in diesem Moment bereit waren, in den Kampf zu ziehen. Für uns alle und eine gerechte und friedvolle Anderswelt. Ich wollte keinen von ihnen verlieren und würde es doch nicht verhindern können.

Es passiert nichts. Wieso passiert nichts?, hörte ich Duncans aufgeregte Stimme in meinem Kopf. Mit einem lauten Echo, was bedeutete, dass er in der offenen Leitung über Nyx und damit zu allen sprach. *Weil wir eine Bombe gezündet haben, die lautlos ist.* Midas' Stimme hallte durch die Verbindung.

Hat noch wer ein gewaltiges BÄM oder sowas erwartet?

Du wirst dir noch wünschen, das BÄM wäre nicht eingetreten. Noains Tonfall war nüchtern, doch ich kannte ihn mittlerweile gut genug, um zu erkennen, wie angespannt er war. Und Duncan? Er kompensierte den Druck mit seiner großen Klappe, so war er einfach. Je emotionaler, desto größer die Klappe.

Der Zauber hat definitiv funktioniert, sagte Midas klar und deutlich, und wenn mich nicht alles täuschte, mit einem Hauch von Gereiztheit in der Stimme. Er und meine Mom hatten alles gegeben und wenn sie sagten, es funktionierte, dann funktionierte es auch.

Wir sollten dem Zauber einen Moment geben, um seine Wirkung zu entfalten. Das war Jace, ruhig und besonnen.

Und wie lange, verdammt nochmal? Odile, weniger besonnen und alles andere als ruhig. Die Aggression in ihrer Stimme verstärkte die Gänsehaut auf meinen Armen.

Alle einmal tief durchatmen, wies Drake die Gruppe an und wieder einmal überraschte er mich damit, wie sehr er sich in der Zeit, seit Noain wieder aufgetaucht war, verändert hatte.

Wir sollten–

Die Verbindung brach ab. Es gab kein Knacken oder Knistern. Nur Stille und das Wehen des Windes. Ein stetes, leises Rauschen in meinen Ohren.

Lucans und mein Blick kollidierten miteinander. Seine Augenfarbe wechselte von Mitternacht zu komplett schwarz. Der Assassine in ihm brach an die Oberfläche. Während seine Gesichtszüge sich transformierten, härter, kantiger und tödlicher wurden, sah ich aus dem Augenwinkel, wie Nyx nach ihren Waffen griff.

»Nyx?«, fragte er. Nur ein Wort, nur ihr Name. Die Furie schüttelte den Kopf und ich richtete meine Aufmerksamkeit auf sie.

»Sie sind weg. Ich kann keinen von ihnen erreichen.«

Duncan?, rief ich in Gedanken und klammerte mich an Nyx' offene Verbindung, die ich noch immer als leichten Widerhall in meinen Knochen spürte. Die Magie funktionierte noch. Zumindest auf unserer Seite der Leitung, hier oben auf diesem Berg, abgeschnitten von allen anderen. *Malik?*

Verfluchte Scheiße. Ich erwiderte den grimmigen Blick der Furie. Ihre Augen so schwarz wie Lucans. Die Familienähnlichkeit war in diesem Moment nicht zu bestreiten.

Odile? Jace? Cas?

Es blieb still.

»Die Verbindung ist tot, Lilly. Tut mir leid.«

»Wie in Abbadons Namen macht er das?« Und wie konnte er uns schon wieder einen Schritt voraus sein? Wie hatte er so etwas voraussehen und dagegen arbeiten können?

Nyx schüttelte erneut den Kopf. Die Ratlosigkeit stand ihr ins Gesicht geschrieben.

Lucans Hand schnellte vor, er packte mich am Arm und ich zuckte zusammen.

»Es geht los, Liebes. Mach dich auf alles gefasst.« Sein Tonfall jagte mir eiskalte Schauer über den Rücken. Ernst, düster und irgendwie endgültig. »Was auch immer geschieht, wir stehen das hier gemeinsam durch.« Er drückte meinen Arm. »Du hast deine Magie, Lilly. Dein *Feuer*. Ich habe gesehen, wozu es fähig ist, wozu *du* fähig bist. Nutze alles, was die Balance dir gegeben hat. Zögere nie«, wiederholte er Worte, die er bereits so oft zu mir gesprochen hatte. Weil wir uns bereits mehr als einmal in einer Situation wie dieser befunden hatten und doch nie in einer so brenzligen. So finsteren.

»Wir retten, wen wir können, aber denke nicht einmal im Traum daran, dich in einem Akt von falschem Heroismus in Gefahr zu bringen.«

Nyx stieß ein ungläubiges Lachen aus. Keiner von uns beachtete die Furie, wir waren zu sehr ineinander versunken. Im Blick des anderen, seiner Präsenz und unseren Gefühlen.

Ich machte mir gar nicht erst die Mühe, Lucan zu antworten. Wir beide wussten, dass ich es tun würde. So war ich einfach und genau das machte den Unterschied. Malik und die anderen, auch Lucan, wurden nicht müde, mich daran zu erinnern. Ich würde uns beide und unsere Liebe nicht beleidigen, in dem ich ihn anlog. Er wollte mich beschützen, das wusste ich zu schätzen. In Abbadon, kurz nachdem er in Baels Hinterhalt in Etanna die Kontrolle verloren hatte, hatte er gesagt: *»Mein erster Impuls ist es, dich zu schützen, selbst wenn ich dich dafür anlügen muss. Immer. Daran kann ich nichts ändern. Es ist in meiner DNA. Aber dann wird mir klar, dass es eben nur ein Impuls ist. Nicht mehr. Nur ein Impuls, denn ich muss meine Wahrheit nicht vor dir verbergen. Ich kann und ich will es nicht.«*

Hier und jetzt war es erneut ein Impuls und das war okay. Denn ich fühlte genau wie er. Er wollte mich durch ein Portal nach Zyntha zu King, Alina und den anderen schubsen und mich in Sicherheit wissen? Tja, ich wollte dasselbe. Hier ging es nicht um Mann oder Frau. Wir waren gleichberechtigte Partner. Es ging darum, dass wir eher selbst sterben würden, als den anderen leiden zu sehen. Also ja, ich verstand den Impuls, aber was hatte ich Lucan damals geantwortet?

Wenn jemand versteht, was es heißt, Dämonen zu haben, dann ich, Lucan. Nicht nur, dass ich selbst einer bin, ich habe ein paar davon in der Familie.

Hier und jetzt musste ich diese Tatsache mehr denn je akzeptieren. Wobei, akzeptiert hatte ich sie bereits. Jetzt musste ich sie umarmen, sie leben und sie dazu nutzen, einem der Dämonen aus meiner sogenannten Familie den Arsch aufzureißen.

Lucans dunkler Blick glitt über meine zusammengepressten Lippen. Die leicht zusammengekniffenen Augen und das Rot in ihnen, das sich weiter ausbreitete, bis sie so blutrot glühten, wie die von Lillith. Er erkannte den Gesichtsausdruck, als das, was es war: Entschlossenheit.

Lucan fluchte. »Fuck, Liebes.« Ich konnte nicht sagen, welches der beiden Wörter mehr Fluch war und welches Gebet. Ich zog schon lange keine Grenze mehr zwischen Schwarz und Weiß. Die Welt bestand aus Grautönen und diese waren wunderschön.

Ein erneuter, derber Fluch, dann sagte er. »Scheiße, Lilly. Genau dafür liebe ich dich.« Er zog mich an sich und presste seine Lippen auf meine. »Genau dafür«, raunte er an meinem Mund. »Aber ich bleibe dabei: Werde nicht zu leichtsinnig, sonst bekommst du es nach dem Kampf mit mir zu tun.«

»Ist das ein Versprechen?«, gab ich zurück und rang mir ein Lächeln ab. Für ihn. Für mich. Es war ein Versuch, Leichtigkeit in diese mehr als schwere Situation zu bringen.

»Es ist eine Drohung.«

»Die sind mir sogar noch lieber.«

Nyx räusperte sich. »So ekelerregend süß das hier auch ist, ihr seid nicht allein und langsam sollten wir uns einen Plan überlegen, jetzt wo wir alle auf uns allein gestellt sind.«

Lucan küsste mich ein weiteres Mal. Beinahe grob und verzweifelt. Ich klammerte mich an ihn, genoss seine vertraute Wärme, ehe ich ihn resolut von mir schob und Nyx' Blick suchte.

Ihre Miene strafte ihre Worte Lügen. Sie wollte das hier genauso wenig wie ich, aber wir wussten beide, dass es zu spät war, um irgendetwas an der Situation zu ändern. Alles, was wir jetzt tun konnten, war die Andersweltler, die Bael noch nicht zum Opfer gefallen waren, zu beschützen.

»Wo fangen wir an?«

»Wir müssen von diesem verfluchten Berg runter.«

Lucan stimmte ihr zu. »In einem hat Duncan Recht, ich habe auch etwas anderes erwartet.«

Ich nickte. Das hatte ich ebenso. Schreie, Explosionen, totales Chaos. Aktuell war das Gegenteil der Fall. Stille. Es herrschte totale Stille und das war auf eine verstörende Art und Weise viel unheimlicher. Das BÄM, wie Duncan es genannt hatte, würde kommen. Aber wo und wann und wie? Auf den Knall einer Bombe zu warten, nachdem man sie gezündet hatte, glich nervlicher Folter.

»Ich öffne ein Portal nach Arcadia, wir–«

»Ich fliege«, unterbrach ich ihn und handelte mir direkt einen bösen Blick ein.

»Wir trennen uns nicht.«

»Es ist wesentlich effektiver, wenn ich fliege. Von oben kann ich große Teile Alliandoans überblicken und euch Bescheid geben, wenn mir etwas auffällt.«

»Wir. Trennen. Uns. Nicht.«

»Neffe«, versuchte Nyx es nun. »Deine Frau ist clever, sie–«

»Wird nicht allein losziehen.« Lucans Blick glitt zwischen uns hin und her. »Denkt ihr wirklich, ich lasse dich für eine Sekunde aus den Augen?«, wandte er sich nun wieder an mich.

»Die Anderswelt ist kurz davor zu brennen, Lucan.«

Er öffnete den Mund, die schwarzen Augen blitzten, das Feuer in ihnen erinnerte mich an jenes, das durch meine Adern floss. Kurz dachte ich, er wollte so etwas sagen wie: Dann lass sie brennen! Aber das war nicht er. Das waren nicht *wir*.

Nyx wollte etwas erwidern und ich hob die Hand, um die Furie zum Schweigen zu bringen.

In Lucan tobte ein Sturm. Ich sah ihn und ich spürte ihn, aber er war Lucan Vale und ich wusste, dass er die richtige Entscheidung treffen würde.

Ein paar weitere Sekunden starrten wir uns an, dann schloss er die Augen. Als er sie wieder öffnete, nickte er brüsk.

Kannst du mich hören?

Laut und deutlich, erwiderte ich ruhig.

Dann blockiert der Bastard nur jene Leitungen, die nicht durch Gefährtenbänder entstanden sind. Nyx?

Ich höre dich, Neffe.

Familiäre Bande also auch nicht. Schatten züngelten um Lucans Handgelenke und seinen Oberkörper, als er Nyx eine Hand entgegenstreckte. Sie ergriff sie, ohne zu zögern, das Katana in der anderen Hand.

»Ich bringe uns nach Merkata. Du fliegst.«

Das Herz schlug mir bis zum Hals, als ich mit einem simplen Gedanken meine Flügel hervorschießen ließ. Mit einem stummen Gebet an die Balance breitete ich sie aus und spannte mich an, um nicht den Halt zu verlieren. Lucan hatte auf dem Weg hierher gewitzelt, dass es mich sonst vom Berg wehen würde, und ehrlich gesagt, bestand die Gefahr durchaus. Der Wind ließ die Federn meiner Flügel rascheln. Noch immer war ihr Anblick einfach … krass. Ungewohnt und vertraut zugleich. Anthrazit mit einem Hauch von Violett.

»Es ist wie Atmen …«, murmelte ich und hob langsam ab.

»Lilly…«

»Ich habe alles unter Kontrolle, Lucan. Ihr geht nach Arcadia, ich komme nach.«

»Sobald wir da sind, kontaktiere ich Vaya und schicke sie in die anderen Welten. Wir müssen wissen, was über unsere Grenzen hinaus passiert.«

Ich nickte zustimmend. Dann warf ich einen letzten Blick in die angespannten Gesichter von zwei der wichtigsten Unsterblichen in meinem Leben und schoss in den Himmel.

KAPITEL 2

Das Gefühl zu fliegen, war einmalig. Ein absolutes Hoch.

»Wenn all das hier vorbei ist, fliegen Odile, du und ich gemeinsam. Als Freunde.«

Diese Worte hatte Drake in Ilya zu mir gesprochen und ich konnte kaum erwarten, bis der Zeitpunkt kam.

Wir sind in Arcadia. Merkata ist wie ausgestorben.

Das allein wunderte mich nicht, wir hatten alle aufgefordert, einen sicheren Ort aufzusuchen. Aber wo waren die Besetzten? Die Schläferdämonen?

Irgendwo müssen sie sein. Vielleicht hat Bael Wind von unserem Plan bekommen und hat alle angewiesen, sich bedeckt zu halten?, erwiderte ich, während ich durch die Luft segelte, im Anflug auf Etanna.

Midas sagte, die Besetzten leuchten in Gelb. Wie ein Leuchtfeuer in der Nacht. Sie können sich nicht vor uns verstecken.

Was sollen wir tun?, fragte Lucan und allein das brachte mich kurz aus dem Konzept. Das, und die zwei Sturmwinde, die über der Stadt patrouillierten. Die Harpyien sahen mich kommen und ihre Biester stießen ein begrüßendes Brüllen aus. Ich nickte den Kriegerinnen zu. Sie erwiderten die Geste und zuckten mit den Schultern. Ein universelles ›Wir sind genauso ratlos‹.

Hast du Vaya schon gerufen?

Eben gerade, erwiderte mein Mann. *Sie sollte jeden Moment hier–*

Weiter kam er nicht. Ein Beben ging durch Alliandoan. Ein Beben, wie ich es noch nie erlebt hatte. Stärker als jeder Sprengzauber. Selbst hier oben in der Luft spürte ich die Vibration. Die Sturmwinde brüllten und die Harpyien schlossen zu mir auf.

»Was war das?«, rief eine von ihnen.

»Ich weiß es nicht.«

Lucan? Als trete ich auf eine Bremse, versteifte ich meine Flügel und stoppte. Mühelos verharrte ich in der Luft, als hielte eine unsichtbare

Kraft mich dort fest. In perfekter Balance zwischen Stillstand und Bewegung. *LUCAN?* Die Erde bebte erneut und auf einmal waren die Leitungen wieder offen.

Was ist das?

Bei Abbadon, was in allen Welten?

Jace???

Verdammt, Lilly, hört ihr uns?

Liebes?

Xerxes hier, kann mich jemand hören?

Seht ihr das auch?

Die Stimmen in meinem Kopf überschlugen sich und ich widerstand dem Drang, mir die Ohren zuzuhalten.

Instinktiv schloss ich sie alle aus. Mein Geist griff nach Lucans.

Lucan! Was ist hier los?

Rauch, antwortete er schlicht.

Was?, fragte ich in dem Moment, in dem ich es ebenfalls sah.

»Majestät! Dort!«, rief eine der Harpyien und wies nach unten, auf die Stadt und die Felder drum herum. Dichter, roter Nebel breitete sich aus und waberte über den Boden. Über Häuser und Dächer, hinein in die Gassen. Langsam und lautlos, als würde er über den Boden kriechen wie eine riesige Schlange. Er schmiegte sich an Hauswände, Bäume und Hügel, als wolle er alles unter sich begraben. Als wolle er es *verhüllen!*

Er verschluckte die Landschaft, tauchte sie in einen fahlen, roten Schleier, der die Sicht trübte und eine unheimliche Ruhe mit sich brachte.

»Das ist Baels Werk«, sagte ich und wiederholte die Worte in Gedanken für Lucan und Nyx.

Ich stimme zu.

Ruhe!, donnerte Nyx auf einmal und ich zuckte zusammen. *Nicht alle auf einmal! Wir sehen diesen verdammten Nebel ebenfalls!*

Rauch, Nebel, Schatten. Egal wie man es betiteln wollte, es diente nur dem einen Zweck: Zu verbergen. Bael verbarg die besetzten Unsterblichen vor uns.

Vaya ist hier, hörte ich Lucan auf einmal. *Sie glaubt, der Nebel wurde durch ihr Auftauchen ausgelöst. Sie musste eine Art Barriere durchbrechen, um nach Alliandoan zu kommen. Womöglich ein Zauber, den Bael gezündet oder versteckt hat und der durch Dämonenaktivität in Kraft gesetzt wurde.* Ich spürte Lucans Unruhe, dann, auf einmal, hörte ich Vaya.

Es fühlt sich an, wie die Magie der dunklen Königin, aber dann auch wieder nicht.

Die Ritter, murmelte ich lautlos. Einst treue Gefolgsleute meiner Mutter, die gemeinsam mit ihr aus der alten Welt gekommen waren, waren sie nun Baels Lakaien.

So viel Magie Bael in den letzten Jahrhunderten auch gestohlen hat, dieses Magieecho ist einzigartig, stimmte Vaya zu. *Es stammt aus keiner eurer Welten.*

Also hatten die Ritter diesen Zauber zu verantworten. Nun wussten wir, woher er kam und was er vermutlich bezwecken sollte, doch wie hielten wir ihn auf?

Lilly?, Nyx' Stimme hallte durch meinen Kopf. *Ich habe Midas auf einer Leitung für dich.*

Beinahe hätte ich in dieser skurrilen Situation mit ›Stell ihn durch‹ geantwortet.

Midas?

Lilly! Der Balance sei Dank! Dhanikans sieht aus, als hätte man es in Blut getaucht.

Zum Glück war das noch nicht geschehen.

Hast du eine Idee, wie wir diesen Nebel wegbekommen?

Die habe ich, ja. Allerdings brauche ich dafür Rhonan.

Nyx?

Bin schon dabei, Drake und Noain zu kontaktieren.

Wie sieht dieser–

»Vorsicht!« Die Warnung der Harpyien erreichte mich zu spät. Abgelenkt durch die Kommunikation mit den anderen, sah ich den Pfeil nicht kommen. Er bohrte sich in meinen linken Flügel. Der Schmerz war neu und mit nichts vergleichbar, was ich bis dahin gefühlt hatte. Ich hatte mir den Arm gebrochen (mit Absicht!), die Schulter ausgekugelt, hatte diverse Schnittwunden gehabt und mir Prügel eingeheimst. Ich war gefoltert worden, über Wochen(!), aber das hier … so kräftig und tödlich meine Flügel auch waren, so zart und verletzlich schienen sie zu sein. Ein kleiner Schrei entfuhr mir und ich geriet ins Straucheln. Wären die Harpyien auf ihren Sturmwinden nicht gewesen, wäre ich womöglich abgestürzt. Sofort waren sie an meiner Seite. Krallen packten mich und hielten mich aufrecht.

Lilly! Lucans panische Stimme erfüllte mich.

Es … Ich atmete zitternd aus. Verdammt, das tat weh. *Ich wurde getroffen. Ein Pfeil.*

Wo?

Flügel, presste ich hervor, bemüht, mich zusammenzureißen.

Ich schicke Vaya zu dir.

Was? Nein! Ich schwebte mitten über Etanna in der Luft und wurde bloß durch zwei Sturmwinde aufrecht gehalten! Vaya würde abstürzen, sie–

Lucan …

Sie kommt.

Was? Auf einmal ploppte die Dämonin vor mir auf. Aus dem Nichts. Noch bevor sie fallen konnte, zwinkerte sie mir zu, packte mich am Handgelenk und wir verschwanden. Ich hörte noch das überraschte Brüllen der Sturmwinde, ehe ich erneut festen Boden unter den Füßen hatte.

Lucan riss mich sofort an sich.

»Super Plan«, murrte er, schon dabei, den Pfeil herauszuziehen. »Ganz großartige Idee.«

Ich ächzte und der Pfeil fiel zu Boden. Dann blinzelte ich irritiert. Der Szenenwechsel war kurz verwirrend. Überall um uns herum züngelte der rote Nebel in der Luft. Man konnte die Hand vor Augen kaum erkennen. Und es war still. So unheimlich still.

Fluchend kramte Lucan in seiner Tunika und schmierte wenige Sekunden später eine grüne, blumig riechende Paste auf meine Wunde. Nyx stand neben uns, die Waffen im Anschlag, die Miene grimmig. Vaya lächelte mich milde an.

»Pfeile«, sagte sie und zuckte mit den Schultern, als wäre sie nicht ganz richtig im Oberstübchen. Dabei hatte ich in der letzten Zeit das genaue Gegenteil gehofft. In Abbadon hatte sie klarer gewirkt als je zuvor. »Wer hat auf dich geschossen?«, fragte sie.

»Wenn ich das wüsste …«

»Dieser verfluchte Nebel verschluckt alles und jeden!« Nyx blickte sich suchend um. »Den anderen ergeht es ebenso. Sie warten auf Anweisungen. Und auf Midas.«

Midas!

»Welche Idee hat er?«

»Die Elementarfae«, antwortete Lucan. Was auch immer er auf meine Wunde geschmiert hatte, es betäubte den Schmerz Stück für Stück. »Normaler Wind kann einem magischen Nebel nichts anhaben. Aber Wind, der von Elementarfae produziert wird, ist ebenfalls magisch und hat somit vielleicht eine Chance. Die Fae sind mächtig und verfügen über Magie, die seit langer Zeit verloren geglaubt ist.«

Ein guter Gedanke. Insbesondere, da Bael selbst Fae in seinen Reihen hatte. Es wunderte mich nicht, wenn er auch ihnen ihre Magie abgezapft hatte. Ich schüttelte mich und schielte auf meinen linken Flügel, der leicht herabhing. Der Schmerz war fast weg, dennoch war die Erinnerung an den Pfeil präsent und machte mir bewusst, dass meine Flügel eventuell nicht so nützlich waren, wie ich gehofft hatte. Zumindest nicht, solange ich sie nicht richtig einsetzen konnte. Aktuell waren sie Waffe und Schwachstelle zugleich.

»Wieso ist es so still überall?«, fragte ich und ließ meine Flügel verschwinden. Der Rest des Schmerzes verflüchtigte sich. Instinktiv rollte ich die Schultern, aber alles fühlte sich gut an.

Lucan erwiderte meinen Blick finster. Sein Gesichtsausdruck gefiel mir gar nicht. Ich kannte das leichte Stirnrunzeln, die zusammengepressten Lippen. Das Mahlen seines Kiefers und die schwarzen Augen verrieten mir den Rest. Er hatte eine Theorie.

»Lucan?«

»Ich weiß es nicht.«

Aber du hast eine Ahnung.

In Gedanken hörte ich ihn leise seufzen. *Womöglich.*

Vaya wippte auf ihren Fußsohlen vor und zurück, dann meldete sie sich. Wortwörtlich.

»Dafür habe ich eine Idee.«

Alle Augen richteten sich auf die Dämonin.

»Es wird bereits gekämpft«, flötete sie, ein wenig zu fröhlich für die Situation.

»Was?«, riefen Nyx und ich gleichzeitig, Lucan blieb stumm. Und das ängstigte mich mehr als Vayas Worte. Ich richtete meine Aufmerksamkeit wieder auf ihn. »Du glaubst das auch?«

Lucan legte den Kopf schräg, bewegte ihn hin und her, wie, um eine Verspannung zu lösen. Er wirkte wie eine bis zum Zerreißen gespannte Seite.

»Ich befürchte lediglich, dass es so sein könnte«, erwiderte er zähneknirschend. »Die Atmosphäre hat sich verändert. Ich kann es nicht genau greifen, aber dann der Pfeil …«

»Aber … würden wir es nicht mitbekommen?« Wir waren direkt im Herzen Arcadias!

»Nicht, wenn der Nebel uns alle abschottet. Ich weiß nicht genau, wie ich es erklären soll.« Er fuhr sich durch die dichten, dunklen Haare. Seine Katana lagen vor ihm auf dem Kopfsteinpflaster. Er musste sie bei meiner Ankunft fallengelassen haben. Lucan folgte meinem Blick und hob sie auf. In einer flüssigen Bewegung, die schlichtweg sinnlich war, ließ er beide Katana in die Scheiden auf seinem Rücken gleiten.

»Stell es dir vor wie die Schichten einer Zwiebel«, fuhr er fort. »Oder die Jahresringe eines Baumes, die sich um einen unsichtbaren Kreis winden. Sie schichten Räume, Orte und vielleicht sogar Zeiten übereinander. Jede Ebene ist einzigartig und dennoch mit der anderen verbunden. Jede von ihnen ist Teil des Ganzen.«

Nyx fluchte. »Dann wird um uns herum gekämpft, ohne, dass wir es mitbekommen? Weil wir im falschen *Jahresring* sind?«

Lucan ignorierte ihren ätzenden Ton. »Ich behaupte nicht, dass es viel Sinn ergibt, aber es ist das Einzige, was mir aktuell einfällt. Horch in dich hinein, Nyx. Fühle den Nebel. Schattenblut fließt durch unsere Adern und doch bin ich nicht in der Lage, diesen Nebel zu durchbrechen.«

»Angenommen du hast recht«, sagte ich, »wie kommen wir dann in eine andere Ebene?«

»Ich habe keine Ahnung.«

Tja. Scheiße.

Vayas Blick lag auf Lucan, aber Nyx … sie wandte sich ruckartig ab. Sie murmelte etwas Unverständliches, dann streckte sie die freie Hand in den Nebel, als würde sie ihn fühlen. Erkunden und verstehen. Als sie sich wieder zu uns umdrehte, bedachte sie Lucan mit einem Blick, der mir absolut nicht gefiel.

»Was?«, wollte ich wissen, während die beiden sich finster anstarrten. Ein stummer Austausch fand statt. Einer, aus dem sie mich ganz bewusst ausschlossen. »Was?«, fragte ich noch einmal, lauter diesmal.

Nyx' schwarze Augen glühten. So wie jetzt, hatte ich sie noch nie gesehen. Nicht einmal während all der letzten Kämpfe. Nicht, als sie uns half, Arcadia zu retten oder als ich sie losschickte, um Star zu suchen und schließlich zu töten. So wie sie jetzt vor uns stand, wurde mir wieder einmal bewusst, wie wenig ich über Furien wusste. Lucan und sie waren mächtig, sehr mächtig, aber was wusste ich wirklich und wahrhaftig darüber, welche Fähigkeiten Nyx besaß?

Lucan …

Er stieß geräuschvoll die Luft aus.

»Furien sind in der Lage—«

»Wir«, unterbrach Nyx ihn energisch. »Du bist ebenfalls halb Furie.«

»Ich habe diese Praktik noch nie angewandt. Du weißt nicht, ob ich es überhaupt könnte.«

»Du kannst es«, erwiderte sie schlicht. »Jede Furie kann es. Es spielt keine Rolle, wie viel Furien- oder Schattenblut durch deine Adern fließ, die Magie erkennt dich.«

»Könnt ihr bitte etwas konkreter werden?«

Sie machten mich nervös. Und es gefiel mir nicht, dass ich ein weiteres Geheimnis um meinen Mann lüften musste. Würden sie denn niemals aufhören?

Das ist nichts, was ich vor dir verborgen habe, hörte ich Lucans brüske Worte in meinem Kopf. *Nyx und ich streiten seit einer Ewigkeit über dieses Thema und sind unterschiedlicher Meinung.*

Welches Thema?

Lucan fuhr sich mit beiden Händen über das Gesicht. Schatten folgten der Bewegung und inmitten des roten Nebels wirkte er noch düsterer. Noch mysteriöser und auch wenn es mich fuchsig machte, dass ich noch immer nicht alles über ihn wusste, musste ich zugeben, dass es mich auch begeisterte.

»Furien haben eine besondere Gabe, die sie selten einsetzen. Im Notfall, um genau zu sein. Soweit wir wissen, wurde diese Gabe seit Jahrhunderten nicht genutzt. Womöglich nicht mehr seit den Tagen des *Clash*.«

»Könnt ihr bitte aufhören so kryptisch zu sein«, stieß ich hervor, »und einfach—«

»Zornklage«, unterbrach Nyx mich. »Der Schrei einer Furie.«

»Der Schrei … was?«

»Der Schrei einer Furie heißt Zornklage. So bezeichnet man es, wenn Furien ihre unbändige Wut oder ihren Schmerz durch einen Schrei zum Ausdruck bringen. Der Ton ist so ohrenbetäubend, dass er das Trommelfell durchdringt und eine lähmende Angst verbreitet. Trifft man die richtige Tonlage, kann er Gegner schwächen oder sie sogar in den Wahnsinn und damit in den Selbstmord treiben.«

Ach. Du. Scheiße. Ich blinzelte. Dann sah ich zu Lucan auf.

»Ich selbst habe es noch nie erlebt. Es ist ein Mythos.«

»Ein Mythos«, murmelte ich. »Dir ist bewusst, wie oft wir diese Worte in der letzten Zeit gesprochen haben? Es war nie nur ein Mythos, Lucan! Weder du noch ich, Zyntha, die Zwillinge oder die Sirenen in Crinaee. Luzifer oder die Überlebenden. Ilya!«, rief ich leidenschaftlich. »Noain. Die Fae. Die Ti'Malek und die Phönixe. Nichts davon ist ein Mythos, es ist unser Leben.« Ich wandte mich ab und richtete meine Aufmerksamkeit auf Nyx. »Was glaubst du, mit dem Schrei erreichen zu können?«

»Wenn Midas und die Elementarfae es schaffen, den Nebel zu bändigen, und diese Jahresringe oder was auch immer sie sind, sich auflösen und wir uns erneut in einer … Ebene befinden, könnte ich den Schrei nutzen, um unsere Gegner zu lähmen.«

»Würdest du nicht alle treffen? Alle Bewohner Arcadias? Alliandoans?«

Falls ihr Schrei so weitreichend war.

Ist er. Wenn er richtig ausgeführt wird.

Verdammt.

Nyx musterte mich von Kopf bis Fuß und schaute dann zu Lucan.

»Midas und Lillith haben die Besetzten gekennzeichnet. Seht ihr eine Möglichkeit, die Zivilisten und unsere Verbündeten durch Schatten und Feuer zu schützen?«

»Wäre es nicht einfacher, den Schrei auf alles Dämonische zu richten?«

Alle schauten zu Vaya. Die Hände in den Hosentaschen stand sie da und beobachtete uns, als wäre dies ein Kaffeekränzchen und keine Kriegssituation. Aber die Idee war gut. Nur wie konnten wir das umsetzen? Wie konnten wir sicher sein, dass wir auch wirklich Baels Leute erwischten? Immerhin konnten wir nicht in ihre Köpfe gucken.

In ihre Köpfe gucken …

So schnell, dass mir leicht schwindelig wurde, drehte ich den Kopf.

Mein Blick kollidierte erneut mit Lucans und er dachte genau dasselbe. Himmel, dafür liebte ich ihn noch mehr. Wir waren wie ein verdammtes Uhrwerk, perfekt aufeinander eingestellt.

»Die Gelehrten«, sagten wir gleichzeitig.

»Natürlich! Die Ghoule.« Nyx trat dichter an unsere Gruppe.

»Haben wir nicht in allen Welten Ghoule verteilt?«

»Haben wir«, erwiderte ich, ohne den Blickkontakt mit Lucan zu brechen. Ich sah seine Gedanken arbeiten und das half mir, mich selbst zu sortieren. Anstatt mich in den schwarzen Tiefen seiner Augen zu verlieren, waren sie mein Anker, um in all dem Wahnsinn nicht unterzugehen.

»Jaces Leute sind untrainiert. Zwar haben wir jene ausgewählt, die etwas kampferprobt sind, dennoch sind die meisten von ihnen jung und die Aufgabe ist zu groß.«

»Die Silbersynchronen fallen raus«, ergänzte ich Lucans Worte.

»Solange wir nicht wissen, was wir mit Lua anstellen und wie sie zu Bael steht, gilt sie als Feind. Aber die Gelehrten. Scio und die anderen, sie wären mächtig genug, die Dämonen zu erkennen.«

Denn sie verfügten über die große Gabe, sich zu einem Kollektiv zusammenzutun. Sie konnten sich gedanklich verbinden und ihre Kräfte bündeln. Scio allein war mächtig, aber verbunden mit seinen Brüdern und Schwestern, war er womöglich in der Lage, Baels Lakaien zu erkennen und Nyx' Schrei somit eine Richtung zu geben.

»In all den Jahrhunderten und Jahrtausenden haben die Gelehrten noch nie ins Geschehen eingegriffen«, gab Lucan zu bedenken.

»Selbst als Volac dich hatte—«

»Das war eine andere Situation, Lucan. Volac musste mich haben«, unterbrach ich ihn, meine Stimme dabei fest, denn so schlimm diese Zeit auch gewesen war, sie hatte mich zu der Frau geformt, die ich heute war, und genau das hatte das Schicksal beabsichtigt. »Alles ist so gekommen, wie Scio es gesehen hat. Wir haben die Gelehrten noch nie um diese Art von Hilfe gebeten. Lediglich um Informationen. Aber noch nie um so etwas. Was, wenn es genau so kommen muss? Was, wenn Scio uns bereits erwartet?«

»Hätte er dann nicht selbst kommen können?« Die Frage kam von Nyx. »Wenn er weiß, dass wir ihn brauchen?«

»Nein.« Ich schüttelte den Kopf. »Scio greift niemals ein. Nicht von allein. Wir mussten die Erkenntnis selbst erlangen.« So war es immer mit dem Magister. Er kannte die Vergangenheit, die Gegenwart und er sah die Zukunft. Viele, viele Versionen von ihr und alle waren wahr – und doch nicht. Er hatte mir einst erklärt, dass sie alle Möglichkeiten, Wege und Chancen waren. Jede Beeinflussung seinerseits konnte eine Katastrophe auslösen. Aber jetzt griff er nicht initiativ ein, ich würde ihn darum bitten. Das war etwas anderes, oder nicht?

»Nyx«, ich fasste die Furie am Arm. »Was brauchst du, um dich vorzubereiten?«

»Nichts. Aber Midas berät sich noch mit den Fae.«

»Sag ihm, er soll sich beeilen. Vaya.«

»Hier.« Die Dämonin trat dicht neben mich.

»Bring mich nach Anak. Zur Zitadelle.«

Ich sah auf, direkt in ein Paar pechschwarzer Augen. Lucan nickte. »Beeilt euch.«

KAPITEL 3

Anak versank ebenso in rotem Nebel wie Alliandoan. Der Gedanke, dass in allen Welten gekämpft wurde, dass Freunde, Verbündete und Zivilisten auf sich allein gestellt waren, dass sie verletzt oder bereits tot waren … er versetzte mich in einen Zustand völliger Panik. Ich drückte die Panik zurück, atmete, und ersetzte sie mit dem einzigen, was ich aktuell sonst aufbringen konnte: Wut. Beißende, glühende Wut. Das Dämonenfeuer wütete in mir, angestachelt von den blauen Flammen und Funken meiner Engelsmagie.

Vaya brachte uns direkt auf die Schwelle der Zitadelle. Ich war nicht überrascht, als die Tür sich öffnete, bevor ich klopfen oder das verdammte Ding eintreten konnte.

Scio stand vor uns. Die Kapuze im Nacken, die Augenhöhlen leer, die Stirn in Falten.

»Eure Majestät.«

»Du weißt, wieso ich hier bin.« Ich hatte keine Zeit für Floskeln. Nicht mehr. Nie wieder. Scio wusste das und er respektierte es. Immerhin war er beinahe von Tag eins an ein großer Teil meiner ganz persönlichen Reise und Entwicklung gewesen

Er nickte. Ich blickte an ihm vorbei in die Zitadelle. Der mit Kerzen und Feuern beleuchtete Raum platzte aus allen Nähten. Jung und Alt. Mit und ohne Kapuze. Die meisten von ihnen hielten Bücher in den Händen, als würden sie zum Gebet aufbrechen wollen.

»Werdet ihr uns helfen?«

Damals, vor all der Zeit, hatte ich ihm versprochen, zu helfen. Bei unserer ersten Begegnung waren die Gelehrten geächtet gewesen. Man hatte sie verbannt, aus Angst vor ihrem Talent, Gedanken zu lesen. In letzter Zeit hatten sich immer mehr Welten den Gelehrten geöffnet und es war der Bau einer Zitadelle in Arcadia geplant. Ein Bau, den wir ständig verschieben mussten, weil es immer einen Mann gab, der es sich in den Kopf gesetzt hatte, mich zu töten oder mich zu unterwerfen. Minister Laurenti, Narcos, Bael. Zwei davon hatte ich bereits getötet. Der letzte würde folgen.

›Werdet ihr uns helfen‹ … ich hatte diese Worte schon einmal gesprochen. Damals war es ein ›Wirst du mir helfen?‹ gewesen. Ich erinnerte mich glasklar an diesen Moment.

»*Es ist dir ernst.*« Scio hatte den Kopf schräg gelegt. »*Das kann Jahre dauern. Jahrzehnte sogar.*«

»*Ich weiß*«, hatte ich geantwortet, als wir uns in der schummerigen Zitadelle gegenübergestanden hatten. Lucan, Malik und Nick hinter mir. Die Gelehrten hinter ihm.

Nur hatte es keine Jahrzehnte gedauert und auch keine Jahrhunderte. Etwas über ein Jahr und so viel war passiert. So viel Böses, aber auch so viel Gutes. So viel Fortschritt und Hoffnung und Liebe. Einigkeit und Gleichberechtigung. Der Frieden war so greifbar nah.

Scio lächelte und legte eine Hand an meine Wange. »Es wäre mir eine Ehre, meine Königin.« Dieselben Worte, mit denen er vor all der Zeit unsere Schicksale miteinander verwoben hatte.

»Sie waren es schon immer, Lilly. Dein Schicksal ist mit jedem einzelnen Unsterblichen der Anderswelt verbunden. Du ahnst nicht, wie sehr.«

Meine Augenbrauen wanderten in die Höhe. »Noch mehr kryptische Prophezeiungen?«

»Nicht kryptisch, lediglich wahr. Die Zukunft ist immer–«

»In Bewegung«, beendete ich seinen Satz, wie bereits etliche Male zuvor.

Die Zukunft glich einem mächtigen Fluss, dessen Strömungen unberechenbar und ständig in Bewegung waren. Mal ruhig und sanft, dann wieder wild und ungestüm. Mit jedem neuen Tag formte sie ihre Ufer neu, änderte ihren Lauf, bahnte sich neue Wege und riss alte Pfade fort. Wie das Wasser, das stetig floss, und doch nie dasselbe war, blieb auch die Zukunft wandelbar. Bis zu dem Zeitpunkt, an dem sie eintrat. Bis die Zukunft zur Gegenwart und irgendwann zur Vergangenheit wurde.

»Du hast viel gelernt, meine junge Königin.«

»Ich versuche es.« Jeden einzelnen Tag. Und vermutlich würde ich nie auslernen, aber das war das Leben, oder nicht?

»Wenn jemand das Steuer herumreißen kann, dann bist du es.«

»Wie meint er das?«, flüsterte Vaya hinter mir. Ich hatte die Dämonin für einen Moment vergessen. Begegnungen mit Scio lösten stets die gemischtesten Gefühle in mir aus. Der Magister lächelte noch immer. So warm und herzlich wie immer.

Für den Moment würde ich seine Worte und die Andeutungen ignorieren. Er nahm die Hand von meiner Wange und trat zurück.

»Wir alle sind bereit, euch zu helfen.« Scio wies hinter sich in den Raum. »Für das, was du vorhast, wirst du nicht nur mich brauchen.«

Aufregung durchfuhr mich. Er hatte es also gesehen. »Kann es funktionieren?«

»Das hängt von verschiedenen Faktoren ab.«

Argh! Wieso versuchte ich es überhaupt? Selbst während meiner Gefangenschaft hatte Scio geschwiegen. Weder Lucan hatte er etwas verraten noch Midas oder Olli –

Bei dem Gedanken an ihn machte ich meine Schotten direkt dicht. Diesen Weg konnte ich jetzt nicht beschreiten. Der Verlust war noch immer zu frisch. Der Schmerz zu groß.

»Ihn habe ich nicht gesehen.«

»Ich weiß.« Und das hatte nicht nur uns in Panik versetzt. Scio hatte Olli nicht gesehen. Er hatte Kiara nicht gesehen. Auch Bael blieb für ihn verborgen und das war unheimlich. Ich trat einen Schritt zurück und machte den Rücken gerade. »Aber das hier siehst du. Du weißt, was wir vorhaben. Was Midas, die Fae und Nyx erreichen wollen und da du, da ihr«, verbesserte ich mich, »jetzt hier steht, um uns zu begleiten, glaube ich daran, dass es funktionieren wird.«

»Wie lautet der Plan?«

»Wir improvisieren«, antwortete ich Scio ehrlich. »Der Plan entsteht auf dem Weg. Bael hat erneut die Oberhand und zwingt uns zu reagieren.« Bei Abbadon, wie ich den Kerl hasste!

»Nyx?«, fragte ich laut und in Gedanken, damit Scio und die anderen es mitbekamen.

Ich höre dich.

Ist Midas so weit?

Er ist aktuell dabei, mit drei Elementarfae seinen Nome vom roten Nebel zu befreien. Er sagt, sobald der Turm wieder sein ist, kann er die Fae dort hinaufbringen und mit ihnen den Nebel über Dhanika lichten.

»Die Magister helfen uns. Vaya kann sie nach Arcadia und in die anderen Welten bringen, allerdings müssen wir dazu diesen Nebel und die verschiedenen Ebenen aufsprengen.« Nicht, dass sie mir verloren gingen.

Scio räusperte sich. »Vielleicht sagt ihr dem obersten Zauberer von Dhanikans, dass sein Vorhaben schneller glückt, wenn er die Kraftlinien seiner Welt für die Fae öffnet.«

Nyx?

Hab's gehört und gebe es gerade weiter.

Eine Idee kam mir. »Hat jede Welt Kraftlinien?«

Scio legte den Kopf schräg. »Kraftlinien«, raunte er. »Das ist womöglich nicht der richtige Begriff. Midas benutzt ihn, für die Magie, die durch seine Welt fließt. Sie nutzen sie klug.« Die Augenbrauen über den leeren Höhlen wanderten nach oben. »Jene Magie, die durch alle Welten fließt. Jede Welt ist verbunden durch die Ursprungsmagie. Durch die Balance«, fügte er hinzu. »Die Unsterblichen in Dhanikans sind lediglich im Vorteil aufgrund ihrer angeborenen Fähigkeiten.«

Dann war das, was Midas als Kraftlinie bezeichnete, sowas wie die Lebensader der Anderswelt? Die Balance, die uns alle verband?

Obwohl ihm seine Augen genommen worden waren, erwiderte Scio meinen Blick und ich spürte ihn bis in die Knochen. »Korrekt.«

Das hieß wiederum, dass Midas und die Fae die Lebensader jeder Welt dazu nutzen konnten, den Nebel und seinen Zauber zu pulverisieren.

Ich fluchte und gab meine Erkenntnis an Lucan und Nyx weiter. Sofort fühlte ich, wie die Furie die Leitungen öffnete, nein, aufriss. Ich sagte den anderen, wo ich war, wieso ich dort war, und was ich – vermutlich – soeben herausgefunden hatte.

Lilly! hallte Midas' Stimme durch die Verbindung. *Du verrücktes Genie!*

Verrückt? Vielleicht. Dabei war alles, was wir taten, irgendwie verrückt, und wenn ich eines gelernt hatte, dann, dass in der Anderswelt alles möglich war.

Verrückt, ja, hörte ich Alitas Stimme. Die Bergkönigin klang wenig begeistert. *Genie weniger. Glaubt ihr ernsthaft, ich öffne meine Welt für fremde Andersweltler.*

Ich bin kein Fremder.

Alita lachte humorlos. *Wie oft habe ich dich in den letzten Jahrhunderten gesehen, Zauberer? Du warst genauso still und regungslos, wie wir alle*, warf sie Midas vor. *Erst jetzt, da sie auf der Bildfläche erscheint, versuchst du, dich als großen Retter zu geben, und Lillith–*

Hat nichts hiermit zu tun, unterbrach Lucan Alita harsch. *Und wenn du über meine Frau und deine Königin sprichst, verwendest du gefälligst ihren Namen.*

Autsch. Ich hätte es etwas diplomatischer ausgedrückt, aber ständig als *sie* bezeichnet zu werden, empfand ich ebenfalls als unhöflich.

Persönliche Streitigkeiten haben hier nichts zu suchen. Mein Tonfall war endgültig. Ich hatte es so satt, ständig zu diskutieren. *Während du zeterst, sterben deine Leute, Alita. Euer aller Leute. Sobald der Nebel fällt, solltet ihr euch auf Grausames gefasst machen. Du magst mich nicht? Fein. Das haben wir mittlerweile alle mitbekommen. Ich bin auch kein Fan von dir. Aber reiß dich verdammt nochmal zusammen, oder du stapelst deine Leichen am Ende am höchsten.*

Betretenes Schweigen schwang durch die offene Leitung.

Verflucht, Lilly … Duncan räusperte sich. *Okay, wie lautet unser Befehl?*

Abwarten und euch zum Kampf bereit machen. Ich habe mir schon einen Pfeil eingefangen. Ihr solltet davon ausgehen, dass ihr inmitten eines Schlachtfeldes steht, sobald der Nebel fort ist.«

Wieso in allen Welten kann Bael so etwas?

Diese Frage beantworten wir später, überging ich Lavenders Worte. *Jetzt brauche ich euch konzentriert, bewaffnet und vereint.* Der letzte Punkt war entscheidend. Vereint. Bei jeder Herausforderung, die sich uns bisher in den Weg gestellt hatte, war es entscheidend gewesen, dass wir zusammengearbeitet hatten. Die Veränderungen in der Anderswelt waren in der Tat früher gekommen, als Scio oder ich für möglich und machbar gehalten hatten, und jetzt galt es, sie zu beschützen. Ich würde nicht zulassen, dass mein irrer Stiefbruder alles zerstörte, was wir aufgebaut hatten. Alles, wofür Olli und ich gearbeitet hatten. Ein schmerzhafter Stich ging durch meinen Brustkorb. Normalerweise unterdrückte ich diese Art von Gedanken, aber hier und jetzt zogen sie mich nicht runter, sie beflügelten mich. Schürten das Feuer in mir weiter.

Midas?

Er ist gleich so weit, hörte ich eine mir bekannte, grimmige Stimme. Tristan. Wenn es jemanden gab, der Alita im Anti-Lilly-Club Gesellschaft leistete, war er es. Tristan hatte sich noch immer nicht davon

44

erholt, dass Midas in Abbadon mit meiner Mutter zusammengearbeitet hatte, und nun musste er mit ansehen, wie Fae, ausgerechnet Fae, Zugang zu allem bekamen, was ihm heilig war. Midas. Dem Nome. Den Kraftlinien. Ich konnte ihn verstehen. Veränderung brauchte Zeit, doch seine manchmal recht singuläre Denkweise war Teil des Problems. Er dachte an Dhanikans und nur daran.

Tristan.

Lilly.

Ach, es geht doch nichts, über einen schönen, eisigen Kälteschauer, der durch unsere Verbindung zieht.

Duncan …, warnte ich.

Er hat nicht unrecht, unterbrach Noain. *Eure sogenannten Streitigkeiten sind lächerlich. Habt ihr in all den Jahrhunderten nicht gelernt, euch zu fokussieren?*

Sagst du, mit all deiner Kampferfahrung?, warf Odile ein und es war genau das Falsche.

Noain ging an die Decke, Drake versuchte zu schlichten. Ich hörte Jace und Flynn und Cas, die mit zaghafter Stimme fragte, wann denn nun etwas passieren würde.

Himmel.

Bin … fast … so weit, keuchte Midas und sofort herrschte Stille. Zu gern hätte ich gesehen, was er tat, ich … ich stockte und riss den Kopf hoch zu Scio. Der Magister und die Gelehrten warteten noch immer geduldig auf Anweisungen, Vaya hinter mir ebenso.

»Es sind Ghoule in Dhanika.«

Scio nickte. Wortlos streckte er mir seine Hand entgegen. Ich ergriff sie und wurde augenblicklich von einer Art Sog erfasst. Scio drängte gegen meinen Geist und ich gewährte ihm Einlass. Es dauerte nicht lang, bis sich die ersten Bilder in meinem Kopf formten.

»Ich bat den Ghoul um Erlaubnis.«

»Nichts anderes habe ich erwartet«, erwiderte ich aufrichtig und ein wenig abgelenkt, denn die Bilder … hätte ich nicht gewusst, dass in dem Nebel gekämpft wurde, ich hätte den Anblick als prachtvoll bezeichnet.

Ich sah Dhanika aus etwa dem gleichen Winkel, aus dem Lucan mir die Stadt damals zum ersten Mal präsentiert hatte. In einem Tal gelegen, umgeben von Wald. Mangrovenähnlich mit roten Baumkro-

nen und tränenförmigen Blättern hatte mich dieser bei meinem ersten Besuch begeistert, aber jetzt … ummantelt von rotem Nebel …
es war düster und prachtvoll und bedrohlich. Aus all dem Rot, das
sich über Wald und Stadt legte, ragten die weißen Nome hervor. Die
Türme der Zauberer, verbunden durch schmale Steinbrücken. Einer
stach mir besonders ins Auge. Der höchste Turm von allen, Midas'
Nome. Hier hatte ich Lucan damals konfrontiert und er und Midas
hatten mir offenbart, dass es schlechter um die Anderswelt stand, als
ich vermutet hatte. Ab diesem Zeitpunkt waren wir endgültig zu einem
Team geworden. Midas und ich. Aber auch Lucan und ich, mehr denn
je. Ich erinnerte mich glasklar an seine Worte, als ich ihm angedroht
hatte, ihn von der Brücke zu schubsen.

»Wenn wir fallen, dann fallen wir zusammen.«
Ein warmes Gefühl durchfuhr mich.
Die Worte galten damals wie heute, Liebes.
Ich weiß.
Mein Blick wanderte höher, doch die Sicht war eingeschränkt, bis
Scio jemand Neues fand, durch dessen Augen er sehen konnte. Und
dieser jemand musste auf einer der Brücken gegenüber von Midas'
Nome stehen, denn auf einmal sah ich ihn klar und deutlich. Den
obersten Zauberer Dhanikans'. So voller Leben und *Magie*, wie ich,
oder womöglich niemand sonst, ihn seit Jahrzehnten, wenn nicht
Jahrhunderten gesehen hatte. Midas stand auf der Plattform seines
Nome, die Arme weit ausgebreitet, den Kopf in den Nacken gelegt.
Ich konnte nur vermuten, dass seine Augen wild die Farbe wechsel-
ten, während ihm die bunten Haare ins Gesicht wehten. Er war bar-
fuß und trug lediglich eine blaue Hose und ein offenes, azurblaues
Hemd. Keinen Umhang. Keinen Stock. Schweiß glänzte auf seiner
Haut, während er vor Magie vibrierte. Ich sah sie, spürte sie und
schmeckte sie. Die Fae, die bei ihm waren, sahen nicht besser aus.
Verschwitzt standen sie da, hochkonzentriert. Ihre Lippen bewegten
sich. Ich konnte nicht hören, was sie sagten, aber ich hatte diese Art
Singsang schon einmal gehört. In Ilya.
Tristan stand hinter Midas, am Eingang der Plattform. Sein Fels in
der Brandung. Sein Beschützer. Ein Ruck ging durch Midas' Körper
und auf einmal rissen er und die Fae die Arme in die Luft. Was danach geschah, war kaum zu beschreiben. Es war wie ein … Tornado.

Eine mächtige, magische Luftsäule, die sich über der Stadt erhob, direkt vor Midas' Nome. Sie drehte sich mit einer beinah unheimlichen Anmut, als sie begann, den dichten, roten Nebel aus der Luft zu saugen. Der Nebel, blutrot und schwer, schien zu zögern, doch der Sog des Tornados war stärker. Die Stadt darunter, ebenso der Wald, atmeten auf, als die drückende Präsenz des Nebels verschwand. Doch was darunter zum Vorschein kam, war noch schlimmer, als befürchtet.

Während ich noch starrte, völlig gefangen in dem Anblick, der sich mir bot, schrie Midas in meinem Kopf: *Jetzt! Lilly! Jetzt!*

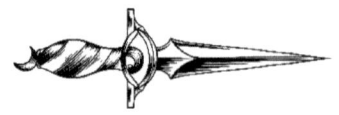

KAPITEL 4

Scio packte meine Hand fester. Ich öffnete die Augen und sah mich zu Vaya um.

»Erst Dhanika«, wies ich sie an. »Wie viele von ihnen kannst du transportieren?«

»Alle«, gab sie grimmig zurück. »Jedoch nicht durch sieben Welten.«

Rhonan?, wandte ich mich durch Nyx' offene Leitung an den Neith. *Wir brauchen dich. Sofort.*

Wo soll ich hinkommen?

Dhanika. Direkt auf die Plattform von Midas' Nome.

Bin sofort da.

Hören mich alle? Ich wartete ihre Erwiderungen nicht ab und sprach rasch weiter. *Ich weiß, ihr steht unter großer Anspannung und ich muss euch darauf vorbereiten, dass es schlimm wird. Dhanika ist …* Ich schluckte schwer. *Es ist ein Massaker. Aber Bael hat bereits genug Schaden angerichtet. Sorgen wir dafür, dass es nicht noch mehr wird. Vaya bringt die Gelehrten nach Dhanika. Rhonan übernimmt, wenn ihre Kräfte schwinden.*

Nyx?

Bin schon vor Ort.

Nyx wird sich mit den Gelehrten verbinden, sprach ich weiter, *und mit ihrer Hilfe alles Dämonische offenbaren, ehe sie die Zornklage auf sie loslässt.*

Der Schrei einer Furie, hauchte Cas voller Ehrfurcht.

Jemand – ich glaube, es war Odile – fluchte. *Das ist nur ein Mythos.*

Gleich nicht mehr, erwiderte Nyx lässig. *Sobald wir die Bastarde in Dhanika ausgelöscht haben, reisen die Gelehrten und ich durch die restlichen Welten. Midas und die Fae springen voraus und pulverisieren euren Nebel.*

Midas?, fragte ich.

Lass mich kurz zu Atem kommen, Lilly, dann ist Alliandoan dran.

Verdammt, ich wollte gar nicht wissen, wie schlimm es bei uns war. Die Bilder dessen, was ich soeben gesehen hatte, zuckten durch mein

Bewusstsein. Blut in den Straßen. Leichen, die sich stapelten. Schreiende und weinende Zivilisten. Wild gewordene Dämonen.

Wartet. Wartet mal eine Sekunde! Ich sah regelrecht vor mir, wie Flynn sich in die Nasenwurzel kniff. *Die Zornklage einer Furie kann uns alle erwischen. Wie willst du unterscheiden, Nyx?*

Durch die Gelehrten, gab sie zurück und erläuterte den anderen den vollen Plan. Was ich, jetzt da Flynn seine Bedenken aussprach, irgendwie vergessen hatte. Aber wer konnte es mir verdenken, mit über einem Dutzend Stimmen in meinem Kopf!

Alita schnaubte abfällig. *Das ist Irrsinn.*

Hast du eine bessere Idee?, konterte ich.

Nein. Aber wenn es schief geht, reiße ich dir den Arsch auf, Majestät.

Das kannst du gern versuchen, Bergkönigin.

»Vaya«, blind griff ich hinter mich und zog die Dämonin dicht an mich. Dann legte ich ihre Hand in Scios. Keiner der beiden zuckte zusammen. Eine Dämonin und ein Gelehrter – hatte es diese Art von Kontakt schon einmal gegeben?

Scio schüttelte den Kopf. »Nein. Aber es ist nicht unerwünscht.«

»Vaya«, sagte ich noch einmal und begegnete dem rotglühenden Blick meiner Freundin. »Ich vertraue dir und ich glaube an dich. Du kannst das schaffen.« *Bitte konzentriere dich.* Ich wollte es hinzufügen, ließ es jedoch bleiben. Sie würde es schaffen.

Vaya nickte feierlich. »Du kannst dich auf mich verlassen.« Sie drehte den Kopf und winkte die Gelehrten zu sich heran. »Ihr müsst eine Kette bilden und euch an den Händen fassen. Haltet euch aneinander und an Scio fest. Ich bringe uns zu Midas.«

Auf einmal sah sie auf. »Lilly–«

»Ich habe einen Runenstein. Geh.«

Sie nickte und ehe ich blinzeln konnte, waren sie alle fort. Rasch holte ich einen der kleinen Runensteine hervor und aktivierte ihn. Wie immer, wenn ich ein Portal öffnete, ging ich nicht durch ein silbrig schimmerndes Fenster oder ein schwarzes Loch, wie bei Lucan, nein, ich trat durch eine Tür. Was Runenzauber anging, hatte meine Magie noch nie versagt. Ich öffnete die Tür, trat hindurch. Statt in Merkata fand ich mich am See der Balance wieder.

Ich spüre dich, Liebes. Wo bist du?

Am See. Eigentlich dort, wo Duncan und Malik sein sollten, aber ich vermute, ich bin in einem weiteren Jahresring-Dings-Bums gefangen.

Wir müssen warten, bis der Nebel fort ist, ehe wir uns weiterbewegen, erwiderte Lucan zögerlich und ich wusste, was er wissen wollte, daher öffnete ich meinen Geist und teilte die grausamen Bilder aus Dhanika mit ihm.

Es wird auch hier so aussehen, – seine Stimme klang gepresst –, *wenn der Nebel fällt.*

Vermutlich. Ja. Ich atmete tief durch. *Lucan …*

Ich weiß, Liebes, und er wird dafür bezahlen, glaube mir. Aber dies ist unsere Chance, die Besetzten auszulöschen und ihm einen gewaltigen Vorteil zu nehmen. Wenn sie fort sind, was hat er dann noch?

Die Ritter. Jene Überdämonen, die ihm auch mit diesem Zauber geholfen hatten.

Ich werde Volac eigenhändig filetieren, sobald ich dieses Scheusal in die Finger bekomme, ich–

Er gehört Vaya, erwiderte ich, ohne nachzudenken. Je mehr Zeit ich mit der Dämonin verbrachte, desto bewusster wurde mir, dass es stimmte. Was ich erlitten hatte, war nichts im Vergleich zu dem, was sie Jahrzehnte hatte erleiden müssen – wegen mir.

Nicht wegen dir, Lilly. Wenn, dann wegen Lillith.

Nein. Das stimmte so nicht. Es war weder meine Schuld noch hatte Lilliths Abwesenheit zu Vayas Folter geführt. Ich versuchte das Verhalten eines Monsters zu erklären und nachzuvollziehen, aber es würde mir genauso wenig gelingen, wie bei Bael. Er und die Ritter, sie taten nicht nur Böses, sie waren böse. Und das wahrhaft Böse entzog sich jedem Versuch des Verstehens, denn es existierte jenseits der Grenzen dessen, was unser Geist zu erfassen vermochte. Jeder Versuch Baels Verhalten zu begreifen, scheiterte an den eigenen Vorstellungen von Vernunft und Moral. Es war, als wollte man ein Rätsel lösen, dessen Auflösung außerhalb des eigenen Denkens lag. Es war unmöglich. Er war ein Monster und damit absolut irrational und unberechenbar.

Wir sind hier, unterbrach Nyx meine Gedanken. *Midas und die Fae sind bereits an der Arbeit. Sie stehen am Ufer des Sees.*

Der See. Jener Ort, der Midas' Nome am nächsten kam. Immerhin beherbergte der See die Balance selbst, eine Manifestation aller Ursprungsmagie, zusammengefasst in einem Ball.

Die Balance war ein Sinnbild für die gesamte Anderswelt und sie war hier, in Arcadia, weil die Engel geschworen hatten, sie zu beschützen. Vor Lillith. Vor den Fae. Jenen, die den *Clash* verantwortet hatten. Bezeichnend war jedoch, dass weder Lillith noch die Fae in all den Jahrhunderten nach dem Zusammenbruch der Anderswelt versucht hatten, der Balance zu schaden, geschweige denn, sie zu stehlen. Wenn das überhaupt möglich war. Die einzige Bedrohung war bisher aus den eigenen Reihen gekommen. Ich richtete meinen Blick zum See, zumindest vermutete ich, dass er dort war. Mein Radius beschränkte sich auf drei bis vier Meter, danach sah ich bloß noch roten Nebel. Über mir und um mich herum.

Wenn die Kraftlinien durch alle Welten flossen und eigentlich die Lebensader der Magie waren, mussten sie auch mit der Balance verbunden sein. Wenn wir es schafften, die Balance zu nutzen, würde es uns vielleicht gelingen, Midas' Anstrengungen und die der Fae bis in die anderen Welten wirken zu lassen. Dafür brauchten wir jedoch eine Art Verstärker und da fiel mir nur eine Person ein. Meine Mom. Lillith aber hatte geschworen, sich rauszuhalten, bis man sie explizit bat. Bis alle Welten sie baten und so wie ich sie kannte, würde sie bis dahin keinen Finger rühren. Sie würde es nicht, aber … aber jemand anderes. Womöglich. War es verrückt? Ja. Wieder einmal.

Vaya!

Ja? Midas und die Fae sind noch nicht ganz so weit, es kostet viel Kraft.

Ich will, dass du mich nach Abbadon bringst. Zu den Ställen.

Lilly? Lucans Frage hallte durch meinen Kopf. Er hörte meine Worte nur, weil ich es so wollte. Nyx schirmte Vaya und mich ab, das spürte ich ganz deutlich. Die Furie war verdammt gut in diesem ganzen Gedankending.

Lillith hilft erst, wenn die Anderswelt sie auf Knien anbettelt. So weit sind wir noch nicht, Lucan. Aber Midas braucht Hilfe. Es dauert zu lange.

Irritation schwang durch unser Band und hallte in mir nach. *Er wird nicht helfen.*

Das lass meine Sorge sein. Vaya? Kannst du meiner Aura folgen?

Die Dämonin ploppte nicht weit von mir auf. Bevor der rote Nebel sie verschlucken konnte, machte ich einen großen Satz und packte sie am Arm. Sie schien sich als Einzige vernünftig fortbewegen zu können. *Gehen wir, schnell.*

Ein Blinzeln und wir befanden uns in Abbadon. Gleißende Helligkeit begrüßte mich. Ich schloss die Augen ein paar Mal und ließ Vayas Arm los. Der Ascheregen fiel noch immer und mittlerweile bedeckte silbrig schimmernder Staub den glutroten Wüstenboden. Die Stallungen befanden sich direkt vor uns. Zusammen mit einem wütenden Luzifer, der gerade dabei war, eines seiner Ivash-Pferde neu zu beschlagen.

»Was willst du hier?«, fragte er harsch und wischte sich den Staub von der Stirn. »Seid ihr nicht am Kämpfen?«

»Sind wir und genau deshalb bin ich hier. Ich brauche dich.«

»Du brauchst mich?«

Er ließ das Bein des gehörnten Pferdes sinken und richtete sich auf. Heute trug er Schwarz. Hatte ich ihn jemals schon in Schwarz gesehen? Es stand ihm. Und es betonte die feinen, feurigen Risse, die sich über seine Haut zogen.

»Du musst mir helfen.«

»Ich *muss* dir helfen?«

Um Ruhe bemüht, biss ich die Zähne zusammen. »Ganz genau«, presste ich hervor. »Dein Sohn hat die gesamte Anderswelt mit einem roten Nebel des Grauens belegt.« Ich gab ihm die Kurzversion, Luzifers Augenbrauen zogen sich zusammen. Die Risse in seiner Haut leuchteten stärker. Das Feuer darunter noch präsenter. Mein Blick richtete sich auf das goldene Amulett. Jenes Schmuckstück, von dem meine Mom behauptete, dass es ihn am Leben hielt und ihm einen Teil ihrer Magie gab.

»Wieso fragst du nicht–«

»Ich frage dich«, unterbrach ich ihn. »Und ich bin bereit, dir etwas dafür zu versprechen.«

Vaya räusperte sich hinter mir. Sie hüstelte und bewegte sich hin und her. Ich hörte das leise Knirschen des metallenen Staubs unter ihren Fußsohlen.

»Wenn du jetzt mit mir kommst und Midas einen Powerboost gibst, verspreche ich dir, dass ich alles daransetzen werde, dass du deine Flügel zurückerlangst.«

Luzifer riss die Augen auf. »Das kannst du nicht versprechen.«

»Tue ich auch nicht«, erwiderte ich in bester Lucan-Vale-Manier. »Ich sage dir lediglich, dass ich dich unterstützen werde, wo ich kann.

Den Weg musst du selbst bestreiten. Du musst sie dir selbst verdienen. Uns zu helfen, ist vermutlich ein guter Anfang.«

Luzifer musterte mich von Kopf bis Fuß. »Du bist verletzt worden.«

»Ein Pfeil in den linken Flügel.«

Er grinste. »Tut weh, hm?«

Ich zuckte mit den Schultern. »Wenigstens kann ich es fühlen, du nicht, denn du hast keine Flügel mehr.«

»Bei Abbadon und allen Welten, du bist nervtötend.«

Ein echtes Lächeln zuckte um meine Mundwinkel. Anderweltler zu vereinen war nicht meine einzige Superkraft, wie Lucan es betitelt hatte. Ich konnte ihnen auch gehörig auf die Nerven gehen. Meist bis ich bekam, was ich wollte.

»Hilf mir. Hilf *uns*.«

Fluchend warf er das Hufeisen in Richtung Stall, wo es mit einem dumpfen Geräusch auf dem Boden aufschlug und glänzenden Staub aufwirbelte. Das Ivash-Pferd wieherte und scharrte mit den Hufen. Nervös wanderten seine rotglühenden Augen hin und her.

»Die Zeit drängt.«

»Versprich es.«

Oh Himmel. Er würde uns wirklich helfen. Mit drei Schritten war ich bei ihm und streckte Luzifer meine Hand entgegen. »Ich verspreche, dir zu helfen, wo ich kann.«

Er zögerte kurz ein letztes Mal, dann schlug er ein. Sofort drehte ich mich um und streckte Vaya die Hand entgegen. Solange das Glück mir hold war, musste ich es ausnutzen. »Bring uns zurück. Rasch.«

Zurück in Arcadia hatte ich mit Vielem gerechnet, allerdings nicht damit, wie wütend Luzifer aufgrund des Nebels wurde. Fluchend und mit wilden Augen blickte er sich um und verteufelte seinen Sohn von hier bis in die tiefsten Feuerquellen Abbadons. Ich gab ihm zwei Minuten, dann griff ich ein. »Vaya kann Midas in dem Nebel nicht mehr ausfindig machen. Kannst du es?«

Luzifer schloss die Augen und streckte einen Arm direkt in den roten Nebel. Statt zu verschwinden, teilte sich die dichte, rote Wand vor ihm. Als weiche sie zurück. Als erkenne sie die Magie, die soeben diesen Boden betreten hatte. Genauso mächtig und fremd wie die, die den Zauber erschaffen hatte.

»Hier entlang. In etwa dreißig Metern.«

Dreißig Meter? Weiter waren die anderen nicht entfernt? Ich sah nichts, hörte nichts, und noch schlimmer: spürte nichts!

»Verfluchter Rhyne.«

»Rhyne?«

»Einer der Ritter«, erläuterte Luzifer und schritt völlig unbeeindruckt vorwärts.

Den Namen hatte ich noch nie gehört, allerdings hatte sich bisher auch niemand die Mühe gemacht, mich über die Ritter vollends aufzuklären und nach Volac hatte ich kein Bedürfnis mehr gehabt, danach zu fragen. Nun war es wohl an der Zeit. Ich machte mir eine mentale Notiz.

»Der Zauber ist simpel und komplex zugleich. Er ist nicht statisch, sondern fließend. Wie Ringe im Wasser, nachdem jemand einen Stein hineingeworfen hat. Sie breiten sich aus. Verlässt jemand den Ring, so wie wir gerade, ist es, als würde man einen zweiten Stein werfen, und neue Ringe entstehen.«

Simpel, aha.

Dicht beieinander schritten wir weiter, angeführt von Luzifer. Vaya hatte die Halterung meines Katanas gepackt und hielt sich daran fest.

»Dort vorne sind sie. Seht ihr?«

Ich schaute an Luzifer vorbei und erkannte … nur Rot. »Nein.«

Er seufzte. Dann hob er den Fuß und stampfte auf den Boden. Kräftig. Der Nebel vor uns lichtete sich und gab den Blick auf Midas, Rhonan und die Fae frei.

Lilly, was geht da ab bei euch? Flynn klang wütend – und panisch.

Das würden wir anderen auch gerne wissen.

Ich habe Hilfe geholt, erwiderte ich schlicht. Midas und die Fae gaben alles. Mittlerweile waren sie nicht mehr schweiß-, sondern klitschnass. Es war zu viel für sie. Die Hilfe kam genau zur rechten Zeit.

»Geh«, wies ich Luzifer an und verpasste seiner Schulter einen leichten Stoß. Mit glühenden Augen drehte er sich zu mir um.

»Fass mich nicht an. Niemals.«

»Dann beweg dich endlich und *hilf ihnen!*«

Luzifer?, kam es nun auch von Nyx, die mich fast so gut lesen konnte, wie Lucan. *Du hast Luzifer geholt?*

Bevor einer von euch protestiert, Midas ist am Ende seiner Kräfte. Luzifer wird ihm helfen, nicht nur Arcadias Magieadern anzuzapfen, sondern die aller Welten auf einmal. Wir sind verbunden und genau das nutzen wir aus. Sobald der Nebel überall fällt, arbeiten Nyx und die Gelehrten sich durch die Welten. Hat das jeder verstanden?

Die Stille war erdrückend und für einen Moment allumfassend, dann ertönten zustimmendes Gemurmel und einige Jas.

Entschlossenen Schrittes watete Luzifer in das knietiefe Wasser des Sees. Die Augen des Zauberers hatten aufgehört ihre Farbe zu wechseln und erstrahlten wie ein Regenbogen. Passend zu seinen Haaren. Er streckte Luzifer eine Hand entgegen. Ohne Angst oder gar Scham. Die Arbeit mit meiner Mom hatte in der Tat einen neuen Mann aus ihm gemacht.

»Zeigen wir … Bael … aus welchem Holz wir geschnitzt sind«, stieß er abgehackt und leicht keuchend hervor. Seine Worte trafen einen Nerv. Luzifer richtete sich kerzengerade auf und legte die zweite Hand auf die Schulter des Zauberers.

»Es wird wehtun, aber nur so schaffen wir es, den Nebel in allen Welten gleichzeitig verschwinden zu lassen .«

Midas kniff die Augen zusammen und nickte. »Ich werde es aushalten.«

Vaya dicht neben mir, beobachtete ich, wie Luzifer den Kopf in den Nacken legte und leise zu murmeln begann. Ein Ruck ging durch Midas und die Fae, ähnlich ihrer Reaktion in Dhanikans. Neu war jedoch, dass Midas den Kopf in den Nacken legte und schrie. So laut und qualvoll, dass man ihn über die Grenzen Arcadias hinaus hören musste.

KAPITEL 5

Dank Luzifers Extramagie drückte der Staubsauger, den Midas und die Fae erschaffen hatten, auf Turbo. Ein Sog setzte ein und innerhalb weniger Minuten war der Nebel fort. Nicht ein Hauch von Rot blieb zurück. Ich ertappte mich dabei, dass es mir fast lieber gewesen wäre, in ihm zu verharren. Feige, bewegungs- und auch ein Stück weit ahnungslos, denn das hier … Straßen und Sand Rot getränkt. Tote Andersweltler am Ufer, auf den Wegen und der Treppe zum Palast. Auf dem Bauch treibend, inmitten des Sees. Und nicht nur sie … nicht weit von uns, in etwa zwanzig Metern Entfernung, entdeckte ich einen toten Sturmwind. Er hatte seine Reiterin unter sich begraben. Seine Federn flogen noch durch die Luft. Mit einem Ruck riss Lucan mich an sich und presste mir einen Kuss auf die Schläfe. Ich hatte sein Portal nicht einmal bemerkt.

»Himmel, endlich ist dieser scheiß Nebel weg, ich bin fast durchgedreht. Geht es dir gut?«

»Ich habe nichts getan, außer Hilfe zu holen …« Hilfe, die für viele, sehr viele, inklusive des Sturmwinds und seine Reiterin, zu spät kam. Lucan presste mich an sich, doch ich sah an ihm vorbei. Mit dem Verschwinden des Nebels waren auch die Geräusche gekommen. Ein ohrenbetäubender Sturm aus metallischem Klirren und dumpfem Aufprallen. Aus Knistern von Magie und Schreien. Einige entschlossen, andere voller Wut und viele, die meisten, voller Verzweiflung und Angst. Dies war nicht der erste Sturm, den Arcadia überstehen musste, doch es würde der mit Abstand heftigste werden.

Lucan löste sich von mir. Aus dem Augenwinkel sah ich, dass er sich umblickte.

»Das ist Wahnsinn.«

Das war es, ja. Meine Augen lagen noch immer auf dem toten Sturmwind mit den verdrehten Gliedmaßen. Dieses majestätische Tier, vom Himmel geholt, so wie sie es mit mir versucht hatten.

»Dafür wird er bluten.«

Ich blinzelte und drehte den Kopf, als ich registrierte, dass die Worte nicht von Lucan gekommen waren. Luzifer. Der gefallene Engel stand neben uns, die Augen ebenfalls auf das Tier gerichtet. Das Feuer, das auf seiner Haut und in seinen Augen brannte, war schlichtweg beeindruckend. Der leblose Körper des Sturmwindes schien das zu schaffen, was tausende tote Andersweltler nicht vermocht hatten: Er berührte etwas in Luzifer. Tiere waren der Schlüssel zu seinem Herzen und so perfide es auch klang, vermutlich war es gut, dass er Zeuge dieses … Kampfes wurde, denn das Feuer in ihm brannte nun endgültig gegen Bael und für uns. Ich schüttelte den Kopf und riss mich zusammen. Als hätte jemand auf Play gedrückt, bemerkte ich nun die restlichen Details, die ich bis eben ausgeblendet hatte. Midas kniete im Wasser, die Fae neben sich. Nur sie hielten ihn aufrecht, aber er atmete. Er lebte. Tristan kauerte vor ihm und redete leise auf ihn ein.

»Wenn Midas außer Gefecht ist, müssen wir dafür sorgen, dass Dhanikans unterstützt wird«, bemerkte ich, in dem Wissen, dass Lucan mich hörte und direkt Anweisungen an Xerxes und die anderen Schattenkrieger gab.

»Ich bin bereits im Austausch«, erwiderte mein Mann, eine Hand noch immer auf meinem Arm.

Hinter Midas kämpften Duncan, Malik und die Garde Hand in Hand mit einigen Najaden und Zauberern. Die blauen Haare und glitzernden Roben der Andersweltler wirkten seltsam deplatziert in all dem zerstörerischen Chaos. Ich warf einen Blick über den See, aber auch rund herum und am anderen Ufer sah es nicht besser aus. Bis in die Gassen der Stadt hinein wurde gekämpft. Zum Glück waren die Besetzten gut zu erkennen. Der Zauber, den meine Mom und Midas gebraut hatten, funktionierte. Alles Dämonische leuchtete Gelb. Wie ein Wegweiser in der Dunkelheit. Aus einem Impuls heraus schaute ich an mir hinab, aber nichts. Ich sah aus wie immer. Auch Luzifer und Vaya leuchteten nicht. Ich tauschte einen Blick mit Vaya, die Dämonin schüttelte sanft den Kopf.

»Unsere Auren kennt sie. Die dunkle Königin hat sie extrahiert. Durch …«

»Blut«, beendete ich ihren Satz. Natürlich. Vermutlich sollte es mich nicht mehr überraschen, dass Familienmitglieder mir Blut abzapften, um es für Zauber zu verwenden. Blut war in unserer Welt eine mächtige, aber auch gefährliche Währung. Blutzauber aller Art waren verboten, aber das war vor Bael gewesen … an diesem Punkt würde ich vor fast nichts zurückschrecken, um ihn loszuwerden.

Lilly?

Nyx? Wie sieht es bei euch aus?

Genauso grausam wie bei euch. Aber ich bin auf der Plattform des Nome. Hab' mich soeben mit Scio verbunden und wir beginnen.

Die letzten Worte kamen mit einem leichten Nachhall bei uns an. Sie hatte sie an alle gerichtet.

Viel Erfolg.

Viel Glück.

Frittier den Mistkerlen das Hirn.

Mehr und mehr Zusprüche wurden laut und ich spürte ein warmes Gefühl der Verbundenheit. Wir würden das hier überleben.

Mach sie fertig, gab ich ihr den Befehl. Die Verbindung brach ab. Es war an der Zeit, an unserer eigenen Front zu kämpfen, bis Nyx, hoffentlich siegreich, in Arcadia auftauchte. Ich atmete tief ein und wieder aus. Meine Klauen schossen hervor und meine Sicht färbte sich glutrot. Ich spürte Vayas und Luzifers Augen auf mir. Letzterer murmelte etwas, ehe er mir eine Hand entgegenstreckte.

»Dein Katana.«

Wortlos zog ich es hervor und reichte es ihm. Dem einstigen Feind. Meinem Stiefvater und meinem vielleicht neuen Verbündeten.

»Alles, was gelb leuchtet«, wies ich ihn an und suchte den Augenkontakt. »Töte so viele du kannst.«

»Unser Deal steht.« Es war keine Frage, dennoch antwortete ich mit Ja.

»Vaya, bleib in Midas' Nähe. Vielleicht brauchen wir dich noch und sonst … pass auf dich auf, ja?«

»Ich passe auf sie auf«, erwiderte Luzifer, ehe Vaya auch nur mit der Wimper zucken konnte. Der Dämonin klappte die Kinnlade runter.

»Gut.« Damit wandte ich mich von den beiden ab. Sie würden klarkommen.

»Lucan?«

»Immer an deiner Seite, Liebes.«

»Merkata?«

Er nickte und zog beide Katana. »Duncan und Malik haben hier alles unter Kontrolle. Kümmern wir uns um das Herz unserer Stadt.« Dort, wo die einfachen Engel lebten. Die Zivilisten.

Der Schrei eines Sturmwindes ertönte und gleich mehrere Pfeile segelten auf der anderen Seite des Ufers auf unsere Gegner herab. Die Harpyien waren wütend. Gut so.

Lucan und ich rannten los. So wie wir es schon einmal getan hatten. Mehr als einmal. Hinein ins Zentrum von Arcadia, die Waffen erhoben, bereit zum Kampf. Was neu war, waren die zahlreichen Andersweltler, die sich uns auf unserem Weg anschlossen. Alliandoan kämpfte heute nicht allein. Keine der Welten tat es.

Gemeinsam stürzten wir hinein in die Gassen der Stadt und stellten uns den Dämonen. Einer nach dem anderen fielen sie durch unsere Waffen und meine Klauen. Doch nicht nur sie erlitten Verluste. Vor mir ging eine Najade zu Boden. Hinter Lucan zwei Engel der Garde.

»Sie kämpfen nicht mit Taktik«, rief Lucan laut, damit alle ihn hören konnten, »sondern mit einem animalischen, unaufhaltsamen Instinkt, der sie anschreit zu töten. Denkt nicht strategisch, benutzt euren Instinkt!«

Um zu dem Monster zu werden, gegen das wir kämpften?

Du kämpfst gegen Monster, sie gegen Unschuldige. Wir können niemals so werden wie sie. Aber du musst dir erlauben, deinen Kopf auszuschalten, Liebes. So unschön das auch klingen mag.

Lucan hatte recht. Die Dämonen, die sich uns in den Weg stellten, waren frei von jeglichen Emotionen oder Empathie. Von ihrer Unsterblichkeit und dem, was sie einst ausgemacht hatte, war nichts mehr übrig.

In diesem Moment spürte ich, wie meine Klauen noch länger wurden. Das Schwarz zog sich weiter meine Arme hinauf. Ich sah es nicht, aber ich fühlte es. Meine Augen schlossen sich wie von selbst. Mit einem geräuschvollen Ausatmen ließ ich los. Magie explodierte in mir, in meinen Knochen, hinter meinen geschlossenen Lidern. Als ich die Augen wieder öffnete, war die Welt nicht mehr nur blutrot, sondern kristallklar. Meine Klauen lechzten danach, die Feinde niederzustrecken und ich gestattete es ihnen. Mit einem ungezähmten Schrei stürzte ich mich erneut in die Schlacht. Meine langen Klauen blitzten im hellen Tageslicht wie schwarzer, rasiermesserscharfer Stahl. Mit jeder Handbewegung, mit jedem Ausholen, durchdrangen sie Kleidung und Rüstungen, als wären sie aus Pergament. Sie zerrissen Fleisch und Knochen mit brutaler Effizienz. Jegliches Training und das taktische Denken, das Lucan mir eingebläut hatte, waren vergessen. Meine Gegner agierten und ich reagierte. Dabei fielen die Dämonen wie Blätter im Sturm. Ich wusste nicht, wie lange wir uns durch die Dämonen kämpften, doch als wir den Marktplatz erreicht hatten, packte mich jemand am Arm. Ich wirbelte herum und holte aus. Meine Klauen sausten herab und prallten an Lucans Katana ab. Schwer atmend standen wir uns gegenüber. In seinem Geist erhaschte ich einen Blick auf mich selbst. Die weißen Haare flogen mir ums Gesicht. Meine Augen glühten und … waren das kleine Fangzähne in meinem Mund? Fletschte ich die Zähne? Lucans Hand packte fester zu und er riss mich an sich. Die schwarzen Augen bohrten sich in meine, seine Lippen waren leicht geöffnet und seine ganze Haltung, sein Duft … er hatte keine Angst vor mir, noch fand er mich abstoßend. Ganz im Gegenteil.

»Absolut erhaben«, murmelte er und küsste mich hart auf den Mund. »Später, Liebes.«

Er ließ von mir ab und ich strauchelte kurz, bis ich sicher auf beiden Beinen stand. Dann sah ich mich um. Gemetzel traf es nicht einmal im Ansatz.

Ich dachte, du brauchst vielleicht eine kleine Erinnerung daran, dass DU die Kontrolle besitzt, nicht deine dämonische Seite.

Vor mir lag ein abgetrennter Kopf auf dem Kopfsteinpflaster. Dahinter weitere Gliedmaßen. So wie es aussah, hatte ich diese Erinnerung ganz dringend gebraucht. Mein Herz hämmerte in meiner Brust und meine Hände fühlten sich steif an. So lange wie heute hatte ich die Klauen noch nie ausgefahren gelassen.

Sicherheitsnetz, hörte ich Lucan durch unser Band. *So hast du es bezeichnet, als ich vor Bael die Kontrolle verlor. Heute warst und bist du unseres.*

Nicht, wenn ich die Kontrolle vollständig verliere und zu einer von ihnen werde.

Das wirst du niemals. Nie-mals.

Damit war die Diskussion für ihn beendet.

»Majestäten?« Zwei Najaden und ein Formwandler in der Gestalt eines Tigers näherten sich uns.

Sie sahen erschöpft aus und bluteten aus diversen Wunden. Doch in ihren Gesichtern las ich weder Angst noch Abscheu.

»Ein paar Straßen nördlich von hier wird gekämpft. Eine größere Traube Dämonen«, sprach der hochgewachsene Mann mit den grünblauen Haaren. »Das Wasser, das durch die Straßen läuft, hat es mir verraten.« Er senkte sein Haupt. »Wie lauten Eure Befehle? Sollen wir an Eurer Seite bleiben, oder–«

»Geht«, wies Lucan ihn an. »Mit etwas Glück sind wir in wenigen Minuten im Vorteil. Helft so vielen wie möglich.«

Sie verneigten sich und eilten davon. In Gedanken war ich bei ihnen, bei allen, die hier und in jeder anderen Welt kämpften, doch Lucan und ich hatten eine andere Schlacht zu schlagen.

»Woran denkst du?«

»Wo versteckt er sich, Lucan? Wo ist seine Basis? Sein Zuhause? Wo sind die Ritter?«

Wieso konnten wir sie nicht ausmachen? Kein Ortungszauber war in der Lage, Bael zu finden. Er hatte dazugelernt.

»Ich habe keine Ahnung und das macht mich genauso wütend wie dich. Aber wir können ihn nicht suchen, Liebes. Wir wissen ja nicht einmal, wo wir anfangen sollen.«

»Vielleicht müssen wir ihn gar nicht suchen«, überlegte ich laut. »Womöglich reicht es, ihm eine Nachricht zukommen zu lassen.«

»Und dann?«, brauste Lucan auf, sichtlich wütend. »Willst du dich erneut als Köder anbieten? Ihn dich berühren lassen? So tun, als bekäme er, was er will? Nein.« Er wandte sich ab und schüttelte den Kopf. »Das hat beim ersten Mal nicht funktioniert und es wird auch jetzt nicht funktionieren.«

»Aber was ist die Alternative?«, konterte ich und hob eine Hand, um Lucan zu berühren. Meine blutigen Klauen legten sich an sein Kinn und ich zwang ihn sanft dazu, mich anzusehen.

»Das hier? Sieh dich doch um. *Sieh hin!* Wenn es eine Chance gäbe, einen Krieg zu verhindern–«

»Wir befinden uns bereits im Krieg. Lilly.« Lucan packte mich an den Schultern. Sein Blick war ernst und eindringlich und besorgt obendrein. »Ich sage das nicht gern, aber es wird noch schlimmer werden. Du musst es akzeptieren, solange wir einen Weg finden, die Kollateralschäden so gering wie möglich zu halten.«

Ein lautes Schnauben entfuhr mir. Instinktiv wollte ich einen Schritt zurücktreten. »Kollateralschäden?«

»Du weißt, wie ich das meine–«

»Weiß ich das?«

Lucan ließ mich los und fuhr sich durch die Haare. »Verdammt nochmal. Glaubst du, ich will das hier? Das sind auch meine Freunde, meine Familie, die sich in Gefahr begeben, um diesen Irren zu bekämpfen.«

Bei der Balance, wieso genau stritten wir jetzt? »Tut mir leid.« Ich trat zurück und schüttelte den Kopf. »Tut mir leid, ich weiß nicht, was in mich gefahren ist.«

»Krieg ist etwas Hässliches, Liebes. Und leider, *leider*, hast du noch nicht einmal einen Bruchteil davon gesehen.«

Sein Verständnis gab mir beinahe den Rest. Er hatte recht, ich hatte bisher kaum etwas gesehen. Es würde schlimmer werden. Grausamer. Und ich war bereits jetzt am Durchdrehen. Lucan wollte einen Schritt auf mich zumachen, da öffnete sich die Leitung zu Nyx. Zeitgleich zuckten wir zusammen, als ein lautes Kreischen an unsere Ohren drang. Es konnte nicht die Zornklage sein, davor schützten uns die Gelehrten, außerdem war es dafür vermutlich zu leise. Es musste eine Art Echo sein. Ein Nachhall des eigentlichen Schreis der Furie, der durch unseren mentalen Raum schwebte und kurz verweilte, ehe er sich schließlich in Stille auflöste.

Die Stimmen folgten der Stille augenblicklich.

Was in Abbadons Namen habe ich hier gerade gesehen?

Hat es funktioniert?

Was geht da vor sich?

Nyx?

Lilly? Verdammt, was–

Still, wies ich die anderen an.

Es hat funktioniert, kam Nyx' angestrengte Stimme kurz darauf durch den Äther. *Es …* Die Furie zögerte und genau das machte mich nervös. *Es sind mehr gefallen, als ich angenommen hatte.* Sie räusperte sich. *Dhanika ist … sie sind überall, die Toten. Scio sagt, mein Schrei ist in den letzten Winkel der Welt vorgedrungen.*

Schaffst du das noch sieben Mal?

Lucan stellte sie, die Frage, die wir uns alle stellten.

Ja.

Keiner von uns hielt sich mit Floskeln auf oder versuchte, ihr gut zuzureden, sie womöglich davon abzubringen, obwohl es offensichtlich war, dass es sie viel kostete. Aber Nyx war unsere Geheimwaffe. *Sie* war unser Sicherheitsnetz, nicht ich. Sie und die Zornklage. *Rhonan bringt uns nach Arcadia. Jetzt, da der Nebel weg ist, arbeiten wir eine Welt nach der anderen ab. Haltet ... haltet durch. Wir kommen, um euch zu helfen.*

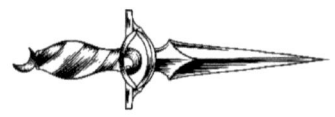

KAPITEL 6

Ich würde diesen Moment nie wieder vergessen. Die Zornklage, sie war alles umfassend, wild, brutal. Umgeben von den Gelehrten, die sich hinter Nyx auffächerten wie ein Umhang im Wind, stand die Furie auf den Treppen unseres Palastes, den Kopf in den Nacken gelegt, und schrie. Hätten Scio und die anderen nicht dafür gesorgt, dass es sich anfühlte, als hätten wir Watte in den Ohren, wäre mein Trommelfell längst geplatzt. Selbst gedämpft war die Zornklage mächtig. Sie sorgte dafür, dass meine Haut juckte und spannte und ich mich hektisch nach links und rechts umsah. Lucan, Duncan, Malik und unseren Verbündeten erging es nicht besser. Wir reagierten alle unterschiedlich auf den Schrei, aber wir reagierten. Duncan sah aus, als wolle er sich die Augen auskratzen, Malik wippte nervös auf den Fersen auf und ab, die Hand am Schwertknauf, und Lucan? Er stand so still, so unnatürlich still, dass ich verstand, wohin er sich zurückgezogen hatte. In einen Ort in seinem Kopf, beschützt durch seine Schatten. Wenn Nyx' Worte stimmten, war Lucan hierzu ebenfalls fähig. Normalerweise schreckte er nicht vor mehr Macht zurück. Mit jeder Veränderung meiner Magie oder meines Körpers verband er einen Vorteil. Er liebte und akzeptierte mich genauso, wie ich war, und half mir dabei, die Vorteile ebenfalls zu erkennen. Dass er eine Waffe wie diese nicht nutzen wollte, oder es noch nicht versucht hatte, war bezeichnend. Fürchtete er sich vor der Zornklage?

Lucan sah auf und begegnete meinem Blick. Ob er es mir vom Gesicht ablas oder direkt aus meinem Geist griff, er antwortete auf seine Lucan typische Art und Weise.

Ich fürchte mich vor wenig und die meisten Ängste haben mit dir zu tun, Liebes, doch es gibt Dinge in unserer Welt, vor denen habe ich Respekt. Die Zornklage ... sie ist Teil meiner Mutter. Die Art der Furien ist mir fremd. Nyx und ich haben nie wirklich darüber gesprochen.

Weil du es nicht zugelassen hast?, fragte ich.

Obwohl er keinen Laut machte, hörte ich ihn grummeln. Für ihn war das Thema damit beendet, mir aber half es, zu reden, zu analysieren, zu planen. Lucan seufzte lautlos. *Was?*

Wenn ich nach Abbadon gehen und erst mit meiner Mom und jetzt auch noch mit Luzifer arbeiten kann, kannst du die Zornklage erlernen. Diese Gabe könnte uns in einer erneuten Konfrontation von großem Nutzen sein.

Erstmal bringt Rhonan mir bei, wie ich mich teleportieren kann, wich er aus.

Ich hob eine Augenbraue und konzentrierte mich vollkommen auf meinen Mann, während die Welt um uns herum im Chaos lag.

Und du kannst nicht beides? Du bist Lucan Vale. Als ich dich kennenlernte, war das deine Antwort auf alles.

Das ist sie noch immer, Prinzessin.

Ein Grinsen zuckte um meine Mundwinkel. *Dann erlerne es und beweise uns, wer du bist.*

Lucans Mundwinkel zuckten ebenfalls. Meine Antwort erheiterte ihn, auch wenn er es nicht zugeben wollte. Der große böse Wolf war weich geworden und genau dafür liebte ich ihn.

Lucan beobachtete mich kopfschüttelnd.

»Was?«, hauchte ich lautlos und widerstand dem Drang, mit meinen Nägeln, womöglich sogar meinen Klauen, über meine Haut zu fahren. Wann fand die Zornklage endlich ein Ende? Ich wusste nicht, wie lange ich das noch aushielt. Ein dumpfer Aufprall ertönte, kaum hörbar durch die aktuelle Situation, dennoch wirbelten Lucan und ich herum. Nyx stand reglos da, den Mund zum Schrei geöffnet, Scio und die Gelehrten hinter und neben sich. Es war Malik, der einen um sich schlagenden Duncan zu Boden gerungen hatte. Mit wildem Blick versuchte Duncan sich unter seinem Gefährten hervor zu kämpfen. Ein paar Mitglieder der Garde eilten Malik zu Hilfe. Jene, die nicht damit beschäftigt waren, auf ihren Knien vor und zurück zu wippen oder sich mit zugekniffenen Augen die Ohren zuzuhalten.

Es beeinträchtigt ihn mehr. Er ist noch jung.

Duncan war über fünfzig. Strenggenommen war ich hier das Küken mit meinen knapp dreißig Jahren.

Aber du bist du.

Ja. Ich war ich. Das Blut, das durch meine Adern floss, war alt und mächtig und das verschaffte mir einen enormen Vorteil.

Wie lange dauert es noch?

Ich weiß es nicht.

Wir konnten nur hoffen, dass Nyx die meisten der Bastarde erwischte, und dass ihre Kräfte sie nicht im Stich ließen. Immerhin hatte sie noch ein paar Welten vor sich.

Auf einmal klappte die Furie den Mund zu. Ihr Kopf fiel nach vorn, das Kinn auf die Brust. Sofort waren die Gelehrten da, um sie zu stützen. Allen voran Scio. Mit angehaltenem Atem spürte ich, wie sein Geist nach meinem griff.

Es hat funktioniert. Einige sind noch übrig, die meisten der Dämonen sind jedoch … sie … Ich hörte ihn leise seufzen. *So etwas habe ich noch nie gesehen, Lilly. In all meinen Jahrhunderten. Sie hat ihre Hirne wortwörtlich frittiert.*

Gut. Die Galle kam mir hoch und ich schluckte sie hinunter. Es waren keine Engel mehr. Keine Unsterblichen. Seit dem Moment ihrer Besetzung waren die eigentlichen Personen fort und dennoch fühlte sich das hier verflucht nach Massenmord an.

Lilly … Lucan wollte mich am Arm packen und wieder wich ich vor ihm zurück.

»Es geht mir gut«, sagte ich laut und mit einem leisen Knacken verschwand das Gefühl von Watte in meinen Ohren. »Nyx war erfolgreich«, sprach ich laut. »Verteilt euch und seht nach, wer überlebt hat. Keine Gnade für alles Dämonische. Sobald es gelb leuchtet, tötet es.«

Über die offene Leitung gab ich meine Worte an unsere Freunde und Verbündeten weiter.

Eine Leitung, die ebenfalls von Nyx abhing. Um uns herum wurden Befehle gebrüllt, Malik gab seinen Männern Anweisungen, bis Duncan und er ihre Schwerter zückten und ebenfalls losstürmten. Aus dem Augenwinkel sah ich einige Gardemitglieder durch Portale in andere Teile Alliandoans verschwinden. Es wirkte so, als ob wir die Oberhand zurückerlangt hätten. In Dhanikans und in Alliandoan. Fehlten noch fünf Welten. Ich schaute an Lucan vorbei zu Nyx. »Das schafft sie nicht.«

Die Furie atmete schwer und ich entdeckte dunkle Ringe unter ihren Augen. Ihr Blick war entschlossen, die Haltung nach wie vor stolz, doch die Zornklage saugte ihr die Energie aus.

»Wir müssen sie unterstützen, Lucan.«

Er wartete, sah mich bloß an, weil er ganz genau wusste, dass mein Hirn auf Hochtouren lief.

»Ihr seid verbunden, familiär«, sagte ich, »so wie wir, durch unser Gefährtenband. Wir beide können unsere Kräfte bündeln oder teilen. Könnt ihr das auch?«

»Ja.«

»Dann kannst du ihr deine Kraft schenken und ich dir meine? Wie eine Kette aus Energie?«

Lucan nickte. »Genau so.« Ich griff nach seiner Hand und spürte sie sofort, die Erleichterung, die ihn überkam, als ich ihn berührte. Wenn all das hier vorbei war, brauchten wir ein wenig Zeit für uns, wir mussten reden und ich wollte mich an Lucan kuscheln und ihm mit allem, was ich hatte, zu verstehen geben, dass zwischen uns alles in Ordnung war. Die Welt mochte im Chaos versinken, alles war ungewiss, aber wir zwei … wir waren die Konstante in all dem Wahnsinn. Lucan zog mich an sich und presste mir einen Kuss auf die Schläfe.

Ich gab den Plan an alle Welten weiter, ehe ich Lucans Hand umschloss und ihn in Richtung der Furie zog. Nyx blickte uns grimmig entgegen. Sie hatte mich laut und deutlich gehört, doch sie protestierte nicht.

Ich trat dicht vor sie und legte ihr meine freie Hand auf die Schulter. »Was du hier tust, ist der absolute Wahnsinn, Nyx. Du rettest uns. Verstehst du das?«

Zögerlich nickte sie.

»Es ist keine Schande, Hilfe anzunehmen. Midas tat es und jetzt tust du es. Wir sind deine Familie. Wenn ich meine Kraft jemandem schenken möchte, dann dir und dem, was du vollbringst.«

Nyx sah von mir zu Lucan. »Sie ist viel zu gut in sowas.«

Mein Mann grunzte lachend. »Wem sagst du das.«

»Rhonan?«

Der Neith erschien direkt neben uns, als hätte er nur auf meinen Befehl gewartet.

»Bereit, wenn ihr es seid.«

»Welche Welt?«

»Anak«, sprach ich laut und in Gedanken. Anak und Permata sollten die nächsten sein. Jene Welten, die nicht über so viel Kampferfahrung verfügten.

Bevor Rhonan uns alle fortbringen konnte, blickte ich mich zum

See um. Luzifer hatte sich ein gutes Stück Richtung Stadt vorgekämpft, Vaya dicht hinter sich. Er war gerade dabei, einen halb bewusstlosen Dämon aus dem Wasser zu heben, und ihm mein Katana in den Hals zu rammen.

»Luzifer?«, rief ich, nicht allzu laut, aber in dem Wissen, dass er mich hören konnte. Er ließ den Dämon fallen und sah auf. »Ich übergebe Arcadia in deine Hände. Enttäusch mich nicht.«

Er riss die Augen auf, einen mörderischen Ausdruck auf dem Gesicht. Dafür würde ich vermutlich bezahlen, aber seine Reaktion war es wert. Noch bevor er etwas erwidern konnte, gab ich Rhonan den Befehl, uns nach Anak zu bringen.

Am Ende des Tages hatte ich jegliches Zeitgefühl verloren. Ich wusste nicht einmal mehr, wo oben und unten war. Wir hatten so unendlich viel Leid gesehen und verursacht. Doch Baels Lakaien waren geschlagen. Die Zornklage hatte die besetzten Dämonen zerstört. Und jene, die sie überlebt hatten, waren durch uns gefallen. Es war ein Gemetzel gewesen, nicht mehr und nicht weniger und ehrlich gesagt, konnte ich aktuell nicht einmal darüber nachdenken, wie viele Andersweltler heute gefallen waren. Nyx hatte Großes vollbracht. Lucan und ich hatten sie dabei so gut es ging unterstützt. Vor wenigen Minuten war Taro in Crinaee erschienen, der letzten Welt, über der die Zornklage hereingebrochen war, und hatte Nyx mit nach Zyntha genommen. Die Furie war nicht mehr ansprechbar gewesen. Bewusstlos war sie in seine Arme gesackt und er hatte sie fortgebracht. Vermutlich direkt zu Ketla. Ich hoffte inständig, dass Kings Mutter Nyx zu einer schnellen Genesung verhelfen konnte. Bael hatte sich nicht blicken lassen, der Feigling. Nicht ein einziges Mal.

»Es ist Zeit, nach Hause zu gehen.« Lucan legte einen Arm um meine Schultern und zog mich an sich. Mein Blick lag seit einigen Minuten reglos auf Cassiopeia. Crinaees Königin saß inmitten ihres erneuerten Palastes in Thalos auf dem Boden und weinte bitterlich. Mehrere leblose Körper übersäten den Boden vor, hinter und neben ihr. Zwei Najaden standen daneben, nicht sicher, was sie tun sollten. Was sie tun konnten. Auch ich konnte sie nicht trösten. Cas war meine Freundin und doch konnte nichts, was ich sagte, ihren Schmerz lindern. Ich kannte das Gefühl nur zu gut.

»Cas!« Lavenders aufgebrachte Stimme hallte durch den Thronsaal. Lediglich das leise Plätschern der Quellen hatte die Stille bisher unterbrochen. Lavender ließ sich neben seine Zwillingsschwester auf den Boden fallen, mehrere Krieger und Kriegerinnen begleiteten ihn. Auch sie stockten, als sie das Ausmaß der Zerstörung und des Leids erfassten.

»Himmel, Cas. Geht es dir gut?«

Cas' blaue Haare fielen ihr wie ein Vorhang ins Gesicht. Die dunkle Haut wirkte fahl, die sonst so lebendigen, blauen Augen hielt sie geschlossen. Tränen tropften vor ihr auf den Boden. Lavenders Kleidung war blutig, seine Haare staubbedeckt, ein Auge beinahe zugeschwollen. Das hier hatte ich ihnen nicht versprochen, als ich sie zurückgeholt hatte. Wir hatten Narcos gestürzt, zusammen, für eine bessere Anderswelt. Eine gerechtere.

Niemand von uns hat hiermit gerechnet, Liebes. Und es ist erneut niemandes Schuld.

Logisch betrachtet wusste ich das. Allerdings hatte ich Probleme, all das hier zu verarbeiten. Mein Kopf und mein Herz zogen mich in unterschiedliche Richtungen und alles, was blieb, war Schmerz.

»Lavender, sie … sie sind alle tot.«

»Schhh.« Er strich seiner Schwester beruhigend übers Haar. Cas' Tränen, die unaufhörlich auf den Boden tropften, verbanden sich mit dem Wasser, das überall durch Crinaee floss, und ließen den Boden aufleuchten. Das Wasser funkelte und glitzerte und brachte etwas Schönes an diesen von Tragödie gezeichneten Ort.

»Wir sind noch hier«, hörte ich Lavender sprechen. »Du und ich und viele andere. Wir haben heute *für* unser Volk gekämpft, nicht gegen sie.«

»Aber–«

Er umfasste ihr Gesicht mit beiden Händen und zwang sie sanft, aufzusehen. »Wir bringen den Frieden nach Crinaee, Cassiopeia. Niemand hat gesagt, dass es einfach werden wird. Aber wir schaffen es, du und ich, zusammen.«

Cas schniefte leise, dann nickte sie. Lavender begegnete meinem Blick. Seine Worte erinnerten mich wieder einmal daran, warum es zwischen uns direkt Klick gemacht hatte.

»Was tun wir jetzt?«, richtete er die Worte an mich, die wir heute vermutlich noch öfter hören würden.

Ich schluckte und versuchte, mir an seiner ruhigen Art ein Beispiel zu nehmen. Lucans Arm lag schwer auf meinen Schultern, sein Daumen zog kleine Kreise auf meinem Oberarm.

»Aufräumen«, sagte ich rau und räusperte mich, »trauern und jenen helfen, die viel bis alles verloren haben. Wir denken nicht an uns, sondern an unsere Völker. Offene Grenzen«, erinnerte ich ihn, mich, uns alle. »Jeder hilft jedem. Zusammen sind wir stärker und zusammen können wir den angerichteten Schaden schneller beheben und uns einen Überblick verschaffen. Jeder erhält Hilfe.« Wir mochten Bael zurückgedrängt haben. Heute. Den Kampf hatten wir jedoch nicht gewonnen. Nicht, solange er und die Ritter am Leben waren und ihren nächsten Schlag gegen uns planten.

»Ausnahmslos jeder. Verstanden?«

»Ja.«

Cas wischte sich die Haare aus der Stirn und klammerte sich an Lavenders breite Schultern, ehe sie aufsah. »Was tust du?«

Ihre Frage war berechtigt, denn sie hatte zwischen den Zeilen gelesen. Sie würden helfen, aufräumen, trauern. Sie alle. Ich hatte eine andere Mission.

»Ich gehe nach Abbadon«, erwiderte ich. »Erneut. Aber diesmal habe ich ein Date mit Luzifer.«

KAPITEL 7

»Noch einmal«, rief Luzifer, die Hände an den Mund gelegt. Als ob ich ihn nicht auch so hören würde. Seit der Ascheregen aufgehört hatte zu fallen, war es in Abbadon gespenstisch still geworden. Der rote Sand war mittlerweile eher rosa und sah aus, als hätte jemand Wein verschüttet und erfolglos versucht, es wegzuwischen. Oder Blut. Seit fast drei Wochen war ich nun hier und hatte mich noch immer nicht daran gewöhnt. Statt heiß war es nun kalt und wurde jeden Tag kälter. Nachdem wir Baels Lakaien besiegt hatten, hatte ich eigentlich direkt aufbrechen wollen. Mein Pflichtgefühl hatte es verhindert. Das und die Herrschenden der anderen Welten, die nicht nur litten, sondern auch verunsichert und wütend waren. Lucan und ich hatten koordinieren, schlichten und vermitteln müssen und dabei war mehr Zeit ins Land gezogen als geplant. Alina und Nick waren dabei wie immer mein Joker gewesen. Mein Ass im Ärmel. Wieder hatten sie uns bei der Kommunikation mit unserem Volk unterstützt und Nick, der geborene Diplomat, der er war, war nach und nach in alle Welten gereist, um die Herrschenden dabei zu unterstützen, mit ihrem Volk zu kommunizieren. Richtig mit ihnen zu kommunizieren. Ehrlich und auf Augenhöhe, jedoch ohne eine Massenpanik auszulösen. Cora hatte ihm dabei geholfen, während King mit Baby Jonah in Zyntha geblieben war. Von Lucan wusste ich, dass Cora jeden Abend dorthin zurückkehrte. Alina und Nick ebenfalls. In der Gilde fühlten sie sich sicherer als in Arcadia, und genau das war der Grund, warum ich so schnell wie möglich nach Abbadon hatte aufbrechen wollen. Ich musste lernen, meine Flügel zu kontrollieren und zu nutzen. Lucan war in der Zwischenzeit viel in Ilya bei Rhonan, während Noain noch immer in Vesteria verweilte. Niemand von uns kommentierte es.

»Konzentrier dich!«

»Ich bin konzentriert!« War ich nicht. Ehrlich gesagt war ich müde und in meinem Kopf drehte sich alles um die alles entscheidenden Fragen: Wo war Bael? Und was plante er als nächstes? Leckte er seine Wunden? Oder lachte er womöglich über uns, während er bereits seinen Gegenanschlag plante?

Luzifer warf die Arme in die Luft und blickte grimmig zu mir auf. Ich schwebte etwa zwanzig Meter über ihm in der Luft, dankbar, dass der Ascheregen endlich aufgehört hatte. Während meiner ersten Woche in Abbadon hatten die Metallpartikel gewaltig in meiner Lunge gebrannt.

Eine Brise erfasste mich und ich trieb auf ihr, wie auf einer Welle. Im Fliegen war ich bedeutend besser geworden. Womit ich Probleme hatte – immer noch –, war, meine Flügel als Waffe einzusetzen.

»Hör auf, dich da oben auszuruhen und mach endlich!«

Ausruhen? War das sein scheiß Ernst? Seit Stunden – ich hatte das Zeitgefühl völlig verloren - scheuchte er mich immer wieder in die Luft und verlangte von mir, mit einem Flügelschlag Dinge zu zerstören. Einen gigantischen Stapel Holz. Einen riesigen Stein. Ein von Vaya erschaffenes Vieh. So wie jetzt. Die Dämonin war heute früh kurz nach mir aufgetaucht und seitdem produzierte sie dämonische Wesen für mich. Keine echten, zum Glück, aber sie besaßen nahezu die gleiche Kraft. So wie die Horde Ghazans, die meine Mom bei unserem Training erschaffen hatte.

Diesmal bewegte das Tier sich jedoch nicht. Es griff mich nicht einmal an. Mit leerem Blick starrte es geradeaus und wartete darauf, dass ich es in schwarzen Rauch verwandelte. Mit einem Flügelschlag aus zwanzig Metern Höhe. Und das, während Luzifer mich kritisch betrachtete. Vaya war vor einer Weile zu meiner Mom geeilt und hatte uns allein gelassen. Fast allein. Zwei Ivash-Pferde und einer dieser riesigen Bären standen auf der Wiese hinter Luzifer, die Blicke ebenfalls auf mich gerichtet. Ihre Kompagnons waren irgendwo auf den hinteren Weiden verstreut. Gegen Abend würden sie sich alle an den Ställen einfinden, zur Fütterung. Sie hatten ihre festen Zeiten und Rituale mit Luzifer, so wie ich. Etwas anderes ließ er nicht zu. Mein werter Stiefvater war ein Kontrollfreak. Diszipliniert. Harsch. Und er besaß einen derben Sinn für Humor, der mich an Noain erinnerte.

Ich hatte es zwar schon geahnt, aber die letzten drei Wochen hatten mir eins bestätigt: Ich mochte ihn. Wenn mich nicht alles täuschte, beruhte das auf Gegenseitigkeit, allerdings wollte das keiner von uns so richtig zugeben.

»Noch einmal, Lilly! Ich werde hier unten nicht jünger!«

»Hübscher wirst du auch nicht«, rief ich zurück und die feurigen Risse seiner Haut flammten auf.

»Witzig«, kam die wenig amüsierte Antwort. »Wenn Sprüche klopfen alles ist, wofür du hier bist, dann würde ich empfehlen, du schleifst deinen königlichen Hintern zurück nach Arcadia und machst … wie nanntest du es doch gleich? Öffentlichkeitsarbeit?«

»Arsch«, presste ich zwischen zusammengebissenen Zähnen hervor.

»Göre«, kam die prompte Antwort. Luzifer grinste. Ich biss mir in die Wangentasche, um es nicht zu erwidern. Aber das hier war unsere neue Dynamik. Seit jenem schicksalhaften Tag am See, als Nyx die Zornklage losgelassen hatte, und ich Luzifer – halb im Scherz und halb als Test – die Verantwortung für meine Stadt übertragen hatte, war da etwas zwischen uns. Ich wollte es nicht direkt als Freundschaft betiteln, aber es kam dem nahe. Auch würde er nie eine Vaterfigur für mich werden, aber er war jemand, mit dem ich nach dem Training in einem der beiden Liegestühle auf der hinteren Weide zusammensaß. Manchmal tranken wir etwas, manchmal unterhielten wir uns. Beides war okay. Alles war okay. Wir waren beide so weit entfernt von unserer Komfortzone, dass wir ohne Worte beschlossen hatten, dass alles … okay war. Die Beziehung zu ihm fühlte sich ehrlich an. Er hatte mich nicht belogen, mich nicht ausgenutzt, oder Dinge vor mir verheimlicht, um mich zu schützen und so sehr ich mein komplettes Umfeld liebte, allen voran meinen Mann, war das selten. Vermutlich machte ihn das zum Unikat.

Luzifer wedelte mit der Hand in meine Richtung. Eine auffordernde Geste.

Okay. Ich konnte das. Bisher hatte es zwar eher schlecht als recht funktioniert, aber ich konnte das. Ich hatte immer alles irgendwie geschafft. Die Betonung lag dabei vorwiegend auf dem Irgendwie. Aber solange man ans Ziel kam, war der Weg dorthin egal.

»Stell dir vor, du willst mir einen Kinnhaken verpassen.« Er hob eine Hand ans Kinn und rieb mit den Fingern darüber, das Grinsen noch immer intakt. Er wirkte entspannt. So wie er hier stand, sah Luzifer jungenhaft und – ich konnte nicht glauben, dass ich das dachte – charmant aus. Attraktiv. Ich begann zu verstehen, was meine Mom an ihm fand, und ich ertappte mich dabei, dass ich ihn gern gekannt hätte, vor Abbadon. Vor dem Amulett und dem Feuer unter seiner Haut, die ihn zu einer Art Hybrid machten. Ein wenig so, wie ich einer war.

Ich holte tief Luft und begradigte meine Flugbahn, oder eher Schwebebahn, ehe ich mit dem linken Flügel ausholte und mir vorstellte, ich würde damit zuschlagen. Meine Hände ballten sich zu Fäusten und ich spürte den Ansatz meiner Klauen, die sich in meine Handflächen bohrten. Ein warmes Gefühl folgte ihnen. Blut.

Der Windstoß, den ich produzierte, ließ das Schattenwesen erzittern. Erzittern, aber nicht verschwinden. Bevor Luzifer weitere Beleidigungen und Obszönitäten brüllen konnte, horchte ich tief in mich hinein. In meine Magie, die mit jedem Monat, seit ich damals am Ball meine Unsterblichkeit erreicht hatte, größer und weiter wurde. Unendlicher.

Blau. Rot. Und ein vereintes Lila. Engels- und Dämonenmagie im Einklang. Dass ich meine Flügel nicht richtig einsetzen konnte, war kein Fall von Akzeptanz, es war reine Übung. Lillith war noch immer der Meinung, ich schöpfte mein volles Potential nicht aus und Lucan war ihr größter Befürworter. Was sie jedoch beide regelmäßig vergaßen, war, dass ich nicht so alt war wie sie. Ich war mächtig und ich lernte schnell, aber ich war noch keine dreißig Jahre alt und nicht wie sie seit Jahrzehnten oder Jahrhunderten unsterblich. Sie erwarteten viel und ich war gewillt, alles zu versuchen und zu erlernen, aber ich war jung und einige Dinge kamen erst mit der Zeit.

Ich konzentrierte mich auf den Ozean aus Magie in mir, so wie ich es beim Training mit meiner Mom getan hatte. Als spüre er meinen Fokus, kam Bewegung in das Gewässer. Meine Gedanken wurden zu einer Art Wellengang. Die Flügel waren Teil meiner Engelsgene, also konzentrierte ich mich auf die blauen Funken, die das hübsche Lila umgaben. Ich appellierte an sie und an meinen Instinkt, zu wissen, was zu tun war. Flügel waren für viele Jahrhunderte ein Teil der Engel gewesen. Bis wir sie verloren, als mein Vater sich während des

Clash dazu entschloss, viele zu opfern, um wenige zu retten. Ich wollte seine Taten weder verurteilen noch sie rechtfertigen. Jetzt, da ich mich selbst in einer Kriegssituation befand, die über kurz oder lang eskalieren würde, empfand ich so etwas wie Sympathie für Marcus Callahan. Die Entscheidungen, die er getroffen hatte, waren von Verzweiflung, Hilflosigkeit und Druck geprägt gewesen. Er rettete die heute verbliebenen Welten und ließ die anderen fallen. Als Strafe verloren die Engel ihre Flügel und ihre Gefährten. So zumindest die Theorie.

Aber hier war ich nun und flog. Ich hatte Flügel. Warum, dazu gab es ebenfalls Theorien. Jeder hatte eine andere. Die lauteste war jedoch, dass ich sie mir verdient hatte. Durch meine Bemühungen, die Anderswelt zu vereinen und meine Bereitschaft, mich selbst zu opfern, um Baby Jonah zu retten. Die Flügel hatten uns beide gerettet. Ihn und mich.

Also, wisperte ich in mich hinein, *DNA ist DNA. Wir haben vielleicht lange keine Flügel gehabt, aber das heißt nicht, dass unsere Magie sich nicht erinnern kann.* Die blauen Funken in mir leuchteten auf. *Versuchen wir es noch einmal.*

Den Blick nicht auf das Wesen, sondern auf Luzifer gerichtet, holte ich erneut aus. Der gefallene Engel beobachtete mich stumm und mit einem ernsten Ausdruck auf dem Gesicht. Er war Zeuge meines inneren Monologes geworden und ließ mich machen. Diesmal fühlte es sich anders an. Ich holte weiter aus, mit mehr Kontrolle über meinen Flügel, und als ich ihn nach vorne riss, war der Luftschwall so gewaltig, dass ich selbst ein paar Meter nach hinten geschleudert wurde. Ich riss die Augen auf, als blaue Funken sprühten und das Schattenwesen, nicht mehr da war. An seiner Stelle zierte ein kleiner Krater den Boden vor Luzifers Füßen. Luzifer selbst grub die Füße in den weichen Sand, die Hände leicht erhoben, als wolle er etwas abwehren. Oder, als hätte er Halt gesucht, weil mein Flügelschlag endlich (endlich!) die gewünschte Kraft gehabt hatte. Ein Grinsen breitete sich auf meinem Gesicht aus. Langsam sank ich zurück auf den Boden. Direkt auf die andere Seite des Kraters. Luzifer nahm die Hände runter. Er nickte.

»Gut«, lobte er und es ging runter wie Öl. »Allerdings bin ich nicht sicher, was dein Mann zu deinem neuen Look sagen wird.«

Meinem ... »Was?«

Lilly!

Lucan? Es ist gerade schlecht, ich–

Wir brauchen dich hier. Sofort.

Das ließ alle meine Alarmglocken gleichzeitig schrillen. »Was ist passiert?«, fragte ich, damit Luzifer mitbekam, dass ich gedanklich mit Lucan kommunizierte.

Malik hat Flügel.

»Malik hat ... *was?*«

Luzifer hob beide Augenbrauen.

»Malik hat Flügel«, wisperte ich und er riss die Augen auf.

Ich ko–

Ich brach ab, als Luzifer sich direkt neben mich teleportierte und nach meinem Arm griff.

»Ich komme mit dir.«

Wir sind gleich da.

Wir? Lilly! Wir?

Ich antwortete nicht mehr, denn Luzifer war bereits dabei, uns nach Arcadia zu bringen.

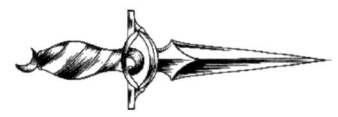

KAPITEL 8

Lucan, Arcadia

Wir. *Wir*. Seit Wochen hörte ich nur noch *wir* und mir war scheiß egal, wie kleinlich das in unserer Situation klang, aber es ging mir gewaltig auf den Sack.

»Wann wird sie hier sein? Lucan—«

»Hol Luft, Duncan.« Ich kniff mir in die Nasenwurzel und atmete tief durch. Malik saß auf dem Bett in seinem und Duncans Zimmer. Starr wie eine Statue und sichtlich unter Schock. Er hatte sich eine Hose angezogen, ansonsten war er nackt und seine Flügel … verdammt, sowas hatte ich noch nie gesehen. Sie toppten sogar Lillys. Schneeweiß und so … weich. Worte wie ›perfekt‹ und ›rein‹ und ›heilig‹ schossen mir durch den Kopf. Ehrlich gesagt wusste ich nicht, was ich von dieser Entwicklung halten, wo ich sie einordnen sollte. Würden jetzt überall in Arcadia Flügel aufploppen wie Mondblumen im Frühling? Im Kopf sah ich Arcadia bereits im Chaos versinken – wieder. Wir hatten gerade erst alles unter Kontrolle gebracht. Angst und Unsicherheit herrschten nach wie vor, doch der Zusammenhalt der Welten, die Präsenz unterschiedlicher Unsterblicher in den einzelnen Welten, das war nicht unbemerkt geblieben. Angst, Wut, Trauer, aber auch Hoffnung und eine Art freudige Erwartung lagen in der Luft wie viel zu schweres Parfüm und machten es teilweise schwer, durchzuatmen. Insbesondere, wenn der Assassine in mir mich anschrie, meine Gefährtin nach Hause zu holen, sie zu berühren, zu küssen, zu beschützen. Statt meinen Trieben jedoch nachzugeben, pendelte ich zwischen Arcadia, Zyntha und Ilya hin und her und begnügte mich mit kurzen Besuchen in Abbadon. Trotzdem wurmte es mich, dass Luzifer meine Lilly ganz für sich alleine hatte, während ich mit Rhonan vorliebnehmen musste. Der Neith war in Ordnung, mehr als das, ich würde ihn als Freund bezeichnen, aber er war nicht Lilly. Er war nicht–

»Ach du scheiße, Lilly!«

Duncans Worte rissen mich aus den Gedanken und ich wirbelte herum. Nachdem Luzifer sie teleportiert hatte, brauchte ich einen Moment, um sie zu spüren. Aber hier war sie. Mein Licht. Mein Ein und Alles. Meine Lilly.

Ohne einen der anderen Männer zu beachten, überbrückte ich die Distanz zwischen uns, schob Luzifer, der sowieso viel zu dicht stand, aus dem Weg, und schloss sie in meine Arme.

Liebes.

Beruhigend tätschelte sie mir den Rücken. Als wäre ich ein wildes Tier, verflucht nochmal.

Vielleicht bist du das, witzelte sie, *aber genau das liebe ich an dir.*

Die Wildheit in mir, die in der Tat existierte, schnurrte zufrieden, als ich ihren warmen Körper spürte. Die Rundungen, die ausgeprägter waren, seitdem sie ihre dämonische Seite akzeptiert hatte. Mein Herzschlag beruhigte sich, als ich in ihre violetten Augen blickte. Das rote Feuer in ihnen lauerte gut sichtbar. Ihre Haut war weich, verlockend und von Narben gezeichnet. Sie wartete geduldig und ließ mich ankommen. Dabei wandte sie den Blick nicht einmal von mir ab. Weiße Strähnen fielen ihr sanft ins Gesicht und eine schwarze–

Ich stockte. Moment. War das …? Ich umfasste ihre Oberarme und trat einen Schritt zurück.

Sie lächelte und zuckte mit den Schultern.

»Ist eben erst passiert.«

»Nimm's mir nicht übel, *hon*, aber normalerweise macht man das andersherum. Weiße Strähne in schwarzes Haar. Ich bin nicht sicher, wie ich das da finden soll …«

»Mir gefällt es«, überging ich Duncans Worte.

»Dir gefällt alles an mir.«

Ich hob eine Augenbraue. »Du sagst das, als wäre es ein Verbrechen, Liebes. Aber wenn es eines ist, dann bin ich schuldig im Sinne der Anklage.«

Duncan gab ein würgendes Geräusch von sich. Luzifer räusperte sich. Wieso genau war der Kerl hier?

»Können wir uns jetzt bitte um *meinen* Mann kümmern?«

Lilly ging auf die Zehenspitzen und küsste mich rasch, dann schob sie mich resolut von sich und umarmte Duncan, ehe sie sich Malik näherte. Wenig begeistert davon, dass er hier war, wollte ich Luzifer angehen, dann aber fiel mir sein Gesichtsausdruck auf. Maliks Anblick nahm ihn vollkommen ein. Er wirkte wie in Trance und ich erinnerte mich daran, dass er vor vier Wochen an unserer Seite gekämpft hatte. An jenem Abend hatte Lilly zu mir gesagt, sie fand, er passe mehr nach Arcadia als nach Abbadon. Ich hatte geschwiegen und mir meinen Teil gedacht, denn ich war anderer Meinung, aber … das aber war da und es ließ sich nicht vermeiden. Jedes Mal, wenn Luzifer unseren Boden betrat, wirkte er gleichzeitig verloren und angekommen.

»Malik?«

Ich wandte mich von Luzifer ab und richtete meine Aufmerksamkeit auf Lilly. Vorsichtig legte sie Malik ihre Hände auf die Oberschenkel.

»Malik, kannst du mich hören?«

Duncan trat an meine Seite, sichtlich nervös, und ich legte dem Jungen eine Hand auf die Schulter, um ihn zu beruhigen.

»Lucan …«

»Er steht nur unter Schock«, erwiderte ich leise, »erinnere dich daran, wie es war, als Lilly ihre Flügel bekam. Das hier ist etwas Gutes, Sohn.«

Sohn. Das Wort benutzte ich in letzter Zeit häufiger. Es war unbewusst geschehen. Seit einigen Monaten hatte ich immer mehr das Bedürfnis, ihn auch nach außen als genau das zu beanspruchen. Er war mein, so wie Lilly. Und ich war der ihre. Wir waren eine Familie und diese Familie würde wachsen, wenn Laura zu uns kam. Innerlich den Kopf schüttelnd, rang ich mir ein Lächeln ab, als Duncan zu mir aufsah. All die Zeit, die ich von Lilly getrennt verbrachte, war nicht gut für mein Nervenkostüm und meine Gedanken. Es ließ mich unkonzentriert und emotional werden und ich hasste es. Ein wenig.

»Malik?«

Wir warteten geduldig, doch noch immer keine Reaktion.

Zeig ihm deine Flügel.

Mit einem leisen Rascheln erschienen Lillys Flügel. Nicht weniger prachtvoll als Maliks, doch statt rein und weiß, waren sie dunkel, voller Facetten und ein wenig bedrohlich.

Eine schöne Beschreibung.

Ich grinste. *Sie sind wie du.*

Und diese hier passen perfekt zu Malik, gab sie zurück.

Unser General erwachte aus seiner Starre und blinzelte. »Flügel …«, krächzte er heiser. »Lilly, ich habe …«

»Flügel«, half sie ihm aus. Neben mir hörte ich Duncan aufatmen. »Und sie sind wunderschön.«

»Prachtvoll«, entfuhr es Luzifer und Malik registrierte zum ersten Mal, dass er anwesend war. Statt jedoch abweisend zu reagieren, nickte er.

»Du erinnerst dich.«

»So wie du.«

Die beiden Männer taxierten sich. Eine Art stumme Unterhaltung schien zwischen ihnen stattzufinden. Duncan wollte den Mund öffnen, aber ich drückte seine Schulter. Er blieb stumm und beobachtete weiter.

»Kannst du dich aufsetzen oder sie einziehen?«, fragte Lilly ruhig und leise.

Malik nickte. Den Blick noch immer auf Luzifer gerichtet. »Es ist wie—«

»Atmen«, beendete dieser Maliks Satz.

Stirnrunzelnd sah ich von einem zum anderen. Krieg brachte die unterschiedlichsten Leute zusammen, aber diese zwei …?

Malik straffte die Schultern und seine Flügel verschwanden mit einem leisen Rascheln. Sanfter als jenes Geräusch, das Lillys Flügel verursacht hatten. Und dann, vermutlich einfach, weil er es konnte, ließ er sie erneut erscheinen. Als wie wieder verschwanden, stand er auf. Der Schock steckte ihm noch immer in den Knochen, doch sein resoluter, ruhiger Gesichtsausdruck war zurück. Malik suchte Duncans Blick und lächelte.

»Du hast mir einen ganz schönen Schrecken eingejagt.«

»Verzeih, Liebster.« Er atmete tief durch. »Es war nicht meine Absicht, dich oder einen von euch zu ängstigen, aber …«

»Aber …«, ermutigte Lilly ihn leise dazu, weiterzusprechen.

»Du erhieltst deine Flügel im Kampf gegen Ol– … gegen Bael«, verbesserte Malik sich rasch. »Du hast sie dir verdient. Im Kampf, durch deine Selbstlosigkeit.«

»Das nehmen wir an«, warf Lilly ein. »Wissen tun wir es nicht.«

»Du hast sie verdient«, wiederholte Malik, als hätte sie nichts gesagt. »Nach der Zornklage und den Aufräumarbeiten … ich meine, wenn sie sich einer von uns verdient hätte, dann dort, und als nichts passierte, bin ich davon ausgegangen …«

»Was, Malik?«, mischte sich jetzt auch Duncan ein. Sein Tonfall überraschend hart. Die Männer tauschten einen innigen Blick miteinander. »Wovon bist du ausgegangen?«

»Das weißt du.«

»Ich will es hören. Von dir.«

Malik seufzte. »Ich bin davon ausgegangen, nicht gut genug zu sein. Nicht selbstlos genug. Okay?«

Duncan fluchte und flog danach regelrecht durch den Raum zu seinem Gefährten. »Das ist der größte Bullshit, den du seit langer Zeit von dir gegeben hast!« Er griff nach Maliks Händen. »Ich kenne niemanden, der so–«

»Aber es sind nun einmal meine Gefühle!«, fuhr Malik aufgebracht dazwischen. »Meine, okay?«

Duncan verstummte. Lilly trat ein paar Schritte zurück, um den beiden Männern Raum zu geben.

»Das weiß ich!«, erwiderte Duncan, nicht weniger aufgelöst und Maliks abweisende Haltung sowie Duncans aufgebrachte verrieten mir, dass dieses Thema nicht das erste Mal auf den Tisch kam. Aber wer war ich zu urteilen. Sie mussten ihren eigenen Weg gehen. So wie Lilly und ich. Nick und Alina oder Cora und King. Von Drake und Noain wollte ich gar nicht erst anfangen. Bereits zweimal hatte der Prinz der Formwandler versucht, Kontakt zu mir aufzunehmen, um mit mir zu reden. Um mir zu danken. Da lud ich ihn einmal aus Mitleid ein und wurde ihn nicht mehr los. Drake Careus in meinem engen Kreis. Das fehlte mir gerade noch.

Lilly räusperte sich leise. »Ich verstehe den Schock gut, aber jetzt, da es dir besser zu gehen scheint, sollten wir euch den Raum geben, um zu reden. Lucan und ich informieren die anderen. Wir sollten uns darauf gefasst machen, dass … hm, eventuell noch mehr Flügel erscheinen?«

»Wann steht das nächste Treffen der Herrschenden an?«

»In fünf Tagen«, antworteten Lilly und ich gleichzeitig. Nachdem wir tagelang alle mehr oder minder aufeinander gehockt hatten, war beschlossen worden, dass jeder von uns erst einmal seine Gedanken und seine Welt ordnete, ehe wir uns zusammensetzten und besprachen, wie es weiterging.

»Ich glaube selber nicht, dass ich das sage, aber vielleicht … mhm«, Duncan rieb sich den Nacken. »Vielleicht bleibst du?«, richtete er das Wort an Luzifer. »Wenn das, äh, okay ist. Für dich.« Er sah zu Lilly. Danach zu mir. »Äh, und dich.« Schließlich ruckte sein Kopf zu Malik. »Und, mhm, dich. Fuck, das ist merkwürdig.«

Malik überraschte mich, als er Duncan an sich zog, und ihm einen Kuss auf den Mund drückte. Kurz, aber fest. »Wir werden besser mit merkwürdigen Situationen.«

Duncan nickte, dann grinste er. Malik räusperte sich. Alle blickten wir zu Luzifer. Der gefallene Engel stand völlig steif, als hätte die Zeit selbst ihn eingefroren.

»Trinkst du Kaffee?«, fragte Malik.

»Nein. Aber Abyssus.«

Beinahe hätte ich gelacht. Als ob wir hier in Arcadia Seelenbrenner hatten. Der Schnaps war noch seltener als Rhys und es gab ihn ausschließlich in Abbadon.

»Damit kann ich nicht dienen. Rhys?«

Luzifer richtete seinen feurigen Blick auf meine Frau. »Ihr trinkt noch immer den Schnaps jener, die ihr unterdrückt?«

»Unterdrückt *habt*«, verbesserte sie ihn lässig, ohne ihm seine Worte krumm zu nehmen. »Zeiten ändern sich.«

Insgeheim musste ich Duncan zustimmen. Alles an dieser Situation war merkwürdig. Vor wenigen Monaten, Wochen sogar, war Malik einer von jenen gewesen, die Lillith zwar akzeptiert, ihr jedoch nicht getraut hatten. Und jetzt wollte er Schnaps mit ihrem Gefährten trinken? Noch vor dem Frühstück? Seitdem Lilly in unsere Welt gestolpert war – beziehungsweise Nick und ich sie entführt hatten –, passierten die sonderbarsten Sachen. Ich hatte mich daran gewöhnt – weitestgehend. Es gab jedoch Dinge, die waren… krass, um bei Duncans Wortwahl zu bleiben. Das hier gehörte dazu.

Auch ich hatte mich entwickelt, war offener geworden und hatte Freundschaften geschlossen, die ich nicht für möglich gehalten hatte, aber manchmal … in Momenten wie diesen, wenn Luzifer sich mit einer Vertrautheit an Lilly wandte, die meine Schatten in Wallung brachte, wollte ich mir meine Frau schnappen und mit ihr nach Zyntha verschwinden.

Aber du tust es nicht, Liebling.

Ich suchte Lillys Blick und versank augenblicklich in dem lebendigen Violett.

Ich weiß nicht, ob ich ihm traue.

Mit Lillith hast du zusammengearbeitet.

Um dich zu retten. Großer Unterschied.

Lilly grinste. *Nicht so groß, wie du denkst. Malik ist Duncans Gefährte. Er gehört zur Familie. Wenn Luzifer ihm helfen kann, lass ihn.*

Ich biss die Zähne zusammen und spürte, wie mein Kiefer sich verkrampfte.

Eine falsche Bewegung …

Ich weiß. Aber, Lucan, ich arbeite seit Wochen mit Luzifer und er mag grob sein, aber im Kern ist er ein guter Kerl. Glaube ich, fügte sie noch immer grinsend hinzu.

Glaubst du? Wie beruhigend.

Grauzonen, erinnerte sie mich. *Lass uns schauen, wo diese hinführt. Bisher hatten wir mit neuen Bündnissen Glück.*

Hatten wir. Blieb nur zu hoffen, dass uns das Glück diesmal nicht verließ.

KAPITEL 9

»Wie lange—«

»Ich weiß es nicht, okay?«, unterbrach ich Rhonan und fuhr mir über den frisch geschorenen Kopf. In den letzten Wochen waren meine Haare länger geworden, also hatte ich Ayla gebeten, sie mir mit einem Messer abzurasieren. Mit jedem Zentimeter, den sie wuchsen, wellten sich die Strähnen und machten mich zu einem Mann, der ich nicht mehr war. Dieser Mann hatte Gedichte geschrieben. Er hatte Sterne beobachtet. Er hatte Musik geliebt. Tanz. Feste. Und Drake. Scheiße, wieso in Abbadons Namen verweilte ich noch immer in diesem beschissenen Palast? Ich wollte nicht einmal hier sein!

»Wir möchten lediglich wissen, wann du gedenkst, nach Hause zurückzukehren.«

»Ich war erst gestern in Ilya.« Ich war regelmäßig dort, um genau zu sein. Aber ich blieb nie lange. Jedes verfluchte Mal zog es mich zurück nach Vesteria. Dabei hasste ich diese Welt mit jeder Faser meines Körpers. Alles war farbenfroh und ausgefallen. Laut und lebendig. So wie ihr Herrscher. Ein dunkler Teil meiner Seele hatte gedacht, Befriedigung oder zumindest Frieden in Drakes jüngstem Leid zu finden. Das Gegenteil war der Fall. Seit Nyx die Zornklage auf Vesteria losgelassen hatte, war nichts mehr so, wie zuvor. Tausende waren gefallen. So viele Gräber hatten wir gar nicht ausheben können, daher hatten die Zauberer uns – und den anderen Welten – geholfen, die Toten dem Schleier zu übergeben.

Drake war … zerbrochen. Er ließ es niemanden sehen, nicht einmal mich. Dabei war ich womöglich die einzige Person, die sein Leid verstand. Ich hatte dabei zusehen müssen, wie meine ganze Welt starb. Nicht Teile von ihr. Einfach alles. Uns hatte niemand geholfen. Die Vampyre waren vernichtet worden. Vesteria existierte noch und doch … Drakes Schmerz, seine Narben, saßen tief. Er lächelte und lief durch den Palast wie ein aufgeblasener Pfau mit viel zu weit geöffneten Hemden und engen Lederhosen, aber ich durchschaute ihn. Er war eine tickende Zeitbombe und das Gefühl kannte ich zu gut. Es war mein steter Begleiter der letzten fünf Jahrhunderte.

»Jene von uns, die im Kampf geholfen haben, haben den anderen Bericht erstattet. Du weißt, dass es in Rotah, in ganz Ilya, Stimmen gibt, die meinen, wir sollten aus der Versenkung zurückkehren und Lilly beim Wort nehmen.«

»Mhm.«

»Offene Grenzen, Noain. Kein Versteckspiel mehr.«

»Das würde uns genauso angreifbar machen wie die anderen Welten. Willst du das?«

»Es geht nicht darum, was ich will. Es geht darum, was die Völker in Ilya beschließen.« Rhonan lehnte sich an den Rahmen des offenen, gewölbten Fensters. Mein Zimmer war genauso prachtvoll wie der Rest dieses beschissenen Palastes. Genauso, wie ich es in Erinnerung hatte. Als ich Drake das erste Mal nach Fenrys begleitet hatte, war es, als wäre ich in der Zeit zurückgereist. Nichts hatte sich verändert. Vieles wirkte zwar moderner, doch die Farben, Texturen, der Palast mit seinem gewaltigen Baum, der Innenhof, die blauen Vögel und die *ululas*, die kleinen Geister und Seelen dieser Welt. Alles war so, wie ich es damals kennengelernt hatte.

»Die Phönixe hörten Geschichten von Odile, der Harpyienkönigin, und den Sturmwinden. Die Elementarfae wollen zu Midas nach Dhanika. Die Ti'Malek lechzen nach einem Platz, an dem sie sich ausbreiten können. Das Aderlangebirge in Anak wäre dafür perfekt, und würde den Nephilim gleichzeitig Schutz bieten, sie–«

»Was?«, unterbrach ich ihn ätzend. »Jetzt wollen sie Ilya auf einmal alle verlassen? Als würden wir sie einsperren! Sollen sie doch gehen«, rief ich. »Niemand hindert sie daran!«

»Noain …«

»Rede nicht mit mir, als wäre ich ein bockiges Kind, Rhonan. Ihr habt mich zum Anführer gemacht. Ich wollte nie einer sein.«

»Einige von uns sind dafür geboren«, erwiderte er ruhig. »So wie unsere junge Königin.«

Lilly. Natürlich erwähnte er sie. Er wusste ganz genau, dass diese störrische Frau meine Schwachstelle war. Mit einer großen Klappe und so lauteren Idealen, dass man sie schütteln wollte. Aber etwas an ihr … sie brachte die Unsterblichen zusammen. Sie machte die Dinge *besser*. Und das, obwohl ihre Blutlinien mehr als fragwürdig waren.

»Ich bin nicht wie sie.«

»Niemand ist wie sie. Wir sind alle einzigartig und doch gleich.«

Ich legte den Kopf in den Nacken und die Füße auf den edlen kleinen Holztisch vor mir. Hoffentlich hinterließen meine derben Stiefel Kratzer darauf.

Mit einem unterdrückten Seufzen, das mehr wie ein Knurren klang, presste ich hervor: »Wieso genau bist du hier? Ich habe dir gesagt, dass ich zurückkehren werde, nur …«

Rhonans Miene wurde weicher. »Nur?«

»Vesteria braucht jemanden, der es unterstützt und ich—«

»Ein einziges Mal«, unterbrach Rhonan mich ruhig. »Gib ein einziges Mal zu, weshalb du wirklich hier bist. Wir wissen es alle, Noain, und es ist keine Schande. Zu fühlen, zu *lieben*, ist keine Schande.«

Ich klappte den Mund wieder zu. Presste die Lippen aufeinander. Als wollte ich die verdammten Worte davon abhalten, meinen Mund zu verlassen. Wieso war ich hier? Die Frage, die ich mir selbst stellte. Ich kannte die Antwort, ich war bloß zu feige, sie mir einzugestehen.

Rhonan verschränkte die Arme vor der Brust. »Vor etwa zwei Wochen war Drake in Rotah.«

Es war keine Frage. Ich schwieg weiter und verabscheute mich dafür, dass mein Herz schneller schlug.

»Vermutlich hast du angenommen, dass wir sein Auftauchen nicht bemerken, aber das haben wir. Ich habe auch gesehen, wie er Rotah wieder verließ. Mit einem Runenstein aus unserem Vorrat.« Die einzige Möglichkeit nach Ilya zu reisen. Außer jemand von uns teleportierte sich oder andere.

»Er sah ziemlich mitgenommen aus. Etwas durch den Wind und sein Geruch …« Rhonan hob eine Augenbraue. »Soll ich weitersprechen?«

»Nein.«

Nein, das sollte er nicht. Es war ein schwacher Moment gewesen. Einer. Dazu noch einer, für den ich mich verabscheute. Noch mehr, als ich es sowieso schon tat. Und da war sie wieder, die leise, nagende Stimme, die mir zuflüsterte, dass ich ein Arschloch gewesen war. Egoistisch, zu grob … aber Drake, er war genauso im Moment gewesen, wie ich. Er hatte alles genommen, was ich ihm gegeben hatte, und nach mehr gebettelt. Ich war gekommen und hatte ihn fortgeschickt. Danach hatte ich fast eine Stunde unter dem eiskalten Strahl meiner Dusche verbracht. Das, was zwischen uns passiert war, hatte sich angefühlt, wie das Ende unserer Geschichte – und wie ein Anfang.

Und das ist allein deine Schuld.

Ich zeigte meiner inneren Stimme den Mittelfinger und sprang auf. Erfüllt von Unruhe lief ich in dem luxuriösen Zimmer auf und ab. Rhonan beobachtete mich aufmerksam. Der Neith kannte mich. Besser als sonst jemand. Aber wie sollte ich ihm gegenüber etwas zugeben, das ich mir selbst nicht einmal eingestehen konnte?

»Gefährten sind in der Anderswelt etwas Seltenes«, sprach Rhonan leise. »Haben wir jedoch das Glück, dass das Gefährtenband von echter Liebe erfüllt wird, ist das nicht bloß selten, Noain, es ist ein verdammtes Wunder. Ich habe Verbindungen gesehen, die von Respekt und ja, auch Liebe, geprägt waren, aber das, was ich bei euch spüre und sehe, ist dasselbe Band, das auch zwischen Lilly und Lucan leuchtet.« Er schüttelte den Kopf, während ich das Bedürfnis verspürte, meinen gegen die Wand zu schlagen. »Eine solche Verbindung ... verzeih meine offenen Worte, alter Freund, aber du wärst dumm, so etwas ziehen zu lassen. Und du weißt es, sonst wärst du nicht mehr hier.«

Ich stoppte und grub meine Stiefel in den weichen Teppich. Beide Hände am Kopf fuhr ich mit ihnen über mein Gesicht und spürte die Narbe. Verflucht, ich war müde.

Kämpfen, Überleben, erneutes Kämpfen ... mein Hass Drake gegenüber war mein Treibstoff. Was passierte, wenn ich daran etwas änderte? Da war so viel ... ich schluckte ... so *viel* in mir ... ich hatte Angst, dass es mich überrollte. All die Jahrhunderte hatte ich Drake beobachtet, aus den Schatten heraus. Ich hatte dabei zugesehen, wie er sein Leben lebte. Wie er feierte. Flanierte. Sich um seine Tiere kümmerte. Lachte. Aß. Trank. Schlief. Fickte.

Währenddessen hatte ich in Ilya gesessen, auf mich gestellt, in diesem einsamen, staubigen Raum, in dem ich ihn genommen hatte. Mit einem Titel, den ich nie gewollt und Verantwortung, die nie aufgehört hatte. Scheiße. Das waren genau die Überlegungen, die mich dazu getrieben hatten, mich erneut auf ihn einzulassen. Es hatte eine Bestrafung sein sollen. Jetzt, im Nachhinein, wusste ich jedoch nicht mehr, wen genau ich hatte bestrafen wollen.

Erinnerungsfetzen drängten sich mir auf und wie immer versuchte ich erfolglos sie zurückzudrängen. Diese übernatürlich bernsteinfarbenen Augen. Die Erinnerung daran, wie er den ersten Schritt gemacht und mich geküsst hatte. Das Gefährtenband, das unter seiner Zärtlichkeit erwacht war und erneut unsere Melodie gespielt hatte. Uralt und einzigartig. Ich kniff die Augen zusammen, aber die Bilder strömten nur so auf mich ein. Drake, wie er vor mir auf die Knie gegangen war, sein Mund an meinem Schwanz … all das war zu viel gewesen und ich hatte seine Annäherung genommen und die erneute Intimität zwischen uns in etwas Obszönes verwandelt, in dem ich ihn hart und ohne Vorbereitung genommen hatte.

»Ich hasse dich«, drängten die Worte, die ich an jenem Tag zu ihm sprach an die Oberfläche.

»Ich weiß«, hatte er geantwortet, die Augen voller Vertrauen. Dämlich. Er war so dämlich. Wir beide waren es.

»Gut, denn ich werde dich genau so ficken, Drake. Als würde ich dich hassen.«

Das war der Plan gewesen, doch ich hatte kläglich versagt. Der Sex war grob, hastig und leidenschaftlich gewesen, aber danach … einen Arm um Drakes Taille hatte ich ihn und mich aufrecht gehalten, während wir beide zu Atem gekommen waren und unsere Herzen einen gemeinsamen Rhythmus gefunden hatten. Sein leises, gefühlvolles »Noain« hing mir noch immer in den Ohren und quälte mich bei Nacht, wenn ich allein in meinem Bett lag. Ich hatte ihn erniedrigen, ihn bestrafen und ihm wehtun wollen, eigentlich … Das war alles gewesen, wovon ich jahrhundertelang geträumt hatte. Aber damit, dass ich mich tief in ihm vergraben hatte, hatte ich ihm erneut Zutritt zu meinem Leben, meinen Gedanken und meinem Herzen gegeben.

»Noain.«

»Ich …« Ich brach ab, räusperte mich. »Ich weiß einfach nicht, wie ich ihm verzeihen soll.«

Rhonans Miene drückte Mitgefühl aus.

»Ganz Ritak, Rhonan. Sie alle starben wegen Drake.«

»Sie starben, weil ein Krieg die Anderswelt heimgesucht hat«, korrigierte er mich sanft. »Drake ist Vesteria und Vesteria ist Drake. So wie du Ritak geliebt hast, ergeht es ihm mit Vesteria. Ich sage nicht«, erhob er die Stimme, als ich den Mund aufklappte, »dass es zu entschuldigen ist, dass die versprochene Hilfe nicht kam, aber Noain, du weißt, was Krieg bedeutet. Wie überfordernd und grausam er ist. Und du weißt auch, dass wir manchmal Entscheidungen im Moment treffen müssen. Auch solche, die zum Wohle anderer sind und die wir später womöglich bereuen.«

»Aber wie …« Ich schluckte angestrengt. Meine Kehle fühlte sich staubtrocken an. »Wie verzeiht man solche Entscheidungen?«

Rhonan lächelte. »Das, mein Freund, musst du allein herausfinden.« Er verbeugte sich leicht. »Wir erwarten deine Rückkehr. Ob du hierbleiben möchtest, liegt in deinem Ermessen, aber komm wenigstens zu den Treffen nach Ilya. Entscheidungen stehen an.« Er nickte ein letztes Mal und verschwand.

Entscheidungen standen an. Seufzend ließ ich mich zurück in die weichen Polster fallen. Ich hatte keine Lust, Entscheidungen zu treffen. Was ich wollte, war meine Ruhe, verdammt! Die würde ich jedoch nicht bekommen, solange dieser Irre Bael frei herumlief und uns alle bedrohte. Drakes Gesichtsausdruck als der rote Nebel fiel und Nyx die Zornklage auf Vesteria losließ … ich würde diesen Blick nie wieder vergessen. Zu oft hatte ich ihn im Spiegel gesehen und ich musste zugeben, dass ich ihn bei Drake nicht ertrug.

Aber konnte ich ihm verzeihen? Und wollte er überhaupt noch, dass ich ihm verzieh? Seit unserem Zusammentreffen in Ilya war er höflich distanziert. Er flirtete nicht. Er biederte sich nicht an. Er akzeptierte meine Anwesenheit und nahm meine Hilfe an. Dabei behandelte er mich jedoch wie jeden anderen an seinem Hof. Freundlich. Nichtssagend. Wo war sein Kampfgeist? Wo die Leidenschaft? Das ›ich werde niemals aufgeben‹? Hatte er mich bereits aufgegeben? Uns?

Es gab nur einen Weg, das herauszufinden. Ich musste den Stock aus meinem Arsch ziehen und mir darüber bewusstwerden, was ich wollte, und warum verdammt nochmal ich noch hier war.

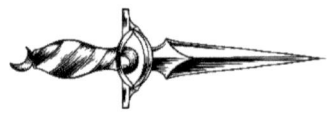

KAPITEL 10

Lilly, Arcadia

Mit gerunzelter Stirn betrachtete ich mich im Spiegel. Weiße, schulterlange Haare mit einer einzigen schwarzen Strähne. Sie umrahmte die linke Seite meines Gesichts und ähnlich wie Duncan, wusste ich noch nicht, was ich von ihr halten sollte. Da Luzifer blieb, würde auch ich in Arcadia bleiben. Zumindest für heute Nacht. Lucan hatte mir ein Bad eingelassen und war davongeeilt, um uns etwas zu essen zu besorgen. Mit spitzen Fingern zupfte ich an der dunklen Strähne. Schwarz. Tiefschwarz. Nicht etwa mit Schattierungen oder Facetten wie meine Flügel. Nein. Die Strähne war so tiefschwarz wie Lucans Haar. Lillith und ich teilten dieselbe Haarfarbe und von Nick und diversen Gemälden im Palast wusste ich, dass unser Vater blond gewesen war. Ein etwas dunklerer Ton als der von Nick. Eher Sand- als Goldblond. Helle Haare lagen also in meinen Genen. Was in Abbadons Namen war dann das? Lag es, wortwörtlich, an Abbadon? Die Strähne war erschienen, als ich meine Flügel endlich einmal zu Luzifers Zufriedenheit eingesetzt hatte. Aber ich hatte meine Engelsmagie angesteuert. Nicht meine Dämonenmagie.

Sie sind eins, hallte es durch meinen Kopf und ich hörte, wie sich die Tür zu unserer Suite öffnete und wieder schloss. *Und wieso bist du noch nicht in der Wanne?*

Ich habe sie vereint und eigenständig gesehen, in mir.

Wir sind auch vereint und gemeinsam stärker, dennoch sind du und ich Individuen. Oder nicht?

Innerlich seufzend legte ich den Kopf schräg. *Aber schwarz, Lucan? Ich finde es heiß.*

Ein schnaubendes Lachen entfuhr mir und ich grinste mich selbst im Spiegel an. *Du findest alles an mir heiß.*

Mein Grinsen wurde breiter, als ich die Schatten bemerkte, die aus

90

dem Nichts auftauchten und um meine Gestalt züngelten. Sie liebkosten mich. Reizten mich. Verführten mich.

Die Schatten nahmen Form an. Eine Form, die ich nur zu gut kannte. Keine Sekunde später schlangen sich muskulöse Arme um meine Taille. Lucan zog mich fest an sich und legte seinen Kopf auf meiner linken Schulter ab. Meine neue Strähne passte hervorragend zu seinen dunklen, seidigen Haaren.

»Sieh doch hin«, forderte er mich auf, die Stimme rau und voller Emotionen. Er suchte meinen Blick im Spiegel. Das Glas war mittlerweile leicht beschlagen, da das Badewasser hinter mir fertig und heiß war.

»Ich liebe alles an dir, Lilly. Deine ausdrucksvollen Augen. Die vollen Lippen.« Er hob einen Arm und rieb mir mit dem Daumen über die Unterlippe. Meine Zunge schnellte vor und spielte mit seinem Daumen, während ich beobachtete, wie Lucans Augen zunehmend schwärzer wurden.

»Ich liebe alles an dir«, wiederholte er. »Jede deiner Narben.« Seine Finger wanderten weiter meinen Hals hinab und über die wulstige Narbe, die Volacs Ketten hinterlassen hatten. »Ich liebe deine Kurven, jede verführerische Rundung.« Lucan strich über meinen Torso und meine Brüste. Ich erzitterte und hielt instinktiv den Atem an, als seine Hand zwischen meinen Brüsten zum Ruhen kam. »Aber vor allem liebe ich dein Herz. Hier drin ist Platz für die gesamte Anderswelt und dafür bewundere ich dich.« Langsam, mit einem leisen Laut, entwich mir die Luft. »Du bist nicht bloß das Herz von Zyntha, du bist das Herz der gesamten Anderswelt, Lilly.« Er drehte den Kopf und küsste mich auf die Wange. Meine Lider schlossen sich wie von selbst. »Und du bist in all dem nicht allein. Du hast uns alle mit deinem riesengroßen Herzen miteinander vereint und wir werden nicht bloß kämpfen, Liebes. Wir werden gewinnen.«

Shit. Jetzt kribbelte meine Nasenspitze. Meine Augen brannten und als ich sie wieder öffnete, sah ich meinen Mann lächeln. Eines jener Lächeln, die jetzt zwar häufiger vorkamen und doch selten genug waren, sodass mir das Herz aufging.

In diesem Moment fühlte ich mich ihm so sehr verbunden, geistig und körperlich, dass mir bewusst wurde, wie sehr ich ihn vermisste, während ich in Abbadon war.

»Ich hasse jede Sekunde davon …«

»Ich nicht«, gestand ich, »das Training mit Luzifer ist wichtig und ich mag ihn. Aber ich vermisse dich. Euch alle.« Ich drehte mich in Lucans Armen um und schlang ihm beide Arme um den Hals. »Dich am meisten.«

Ein spekulierendes Funkeln trat in seine Augen. Eines, das ich sehr gut kannte. »Wie sehr?«

»So sehr«, wisperte ich an seinem Mund, »dass ich ernsthaft in Erwägung ziehe, dich in meine Wanne zu lassen.«

»Deine Wanne?«

Lucans Zungenspitze fuhr über meine Unterlippe. Seine Hände gruben sich in meine Hüften.

»Wir haben schon ein paar Mal erfolgreich zusammen … gebadet.«

»Gebadet, mhm.« Lucan rückte ein Stück von mir ab und musterte mich prüfend. »Dann einigen wir uns darauf, dass diese Strähne heiß ist?«

»Findest du nicht, dass es irgendwie komisch aussieht?« Diese Unsicherheit passte eigentlich nicht mehr zu mir, aber … es war schon wieder eine Veränderung. Ein neues Merkmal. Lucan hatte sie alle aufgezählt. Bloß die Klauen hatte er vergessen. Die Flügel. Und jetzt diese schwarze Strähne.

»Findest du, dass es komisch aussieht?«, konterte er und küsste meinen Hals. Es fiel mir zunehmend schwerer, mich zu konzentrieren, aber … nein. Ich fand es nicht komisch, aber ich hatte das Gefühl, es vielleicht komisch finden zu müssen? Aus Gewohnheit? Weil ich befürchtete, dass meine dämonische Seite stärker wurde?

Ich hatte meinen Frieden damit gemacht, wer meine Mutter war, doch nach allem, was Bael und seine Schläferdämonen taten …

»Niemand würde dich mit einem von ihnen vergleichen, Liebes. Oder mit ihm. Ihr seid weder verwandt noch gleich.«

»Es ist nur …«

»Was?«, hakte Lucan nach und hob mein Kinn, als ich nicht weitersprach. »Spuck es aus, damit wir zusammen in diese Wanne können. Nackt.«

Ich rang mir ein Lächeln ab. Was er genau so beabsichtigt hatte.

»Nur was, Liebes?«

»Er bezeichnet sich als meinen Bruder und ich … ich habe es hier und dort bereits gehört. In den Straßen von Arcadia. Duncan nennt ihn so. Als Scherz, das weiß ich. Es ist seine Art, mit dieser ganzen irren Scheiße umzugehen. Dennoch. Cora nennt ihn so, manchmal. Odile. Flynn. Sogar Drake und Noain. Ich … da ist eine Verbindung zwischen ihm und mir, ob ich es will oder nicht, und das macht mich krank, Lucan. Und vor allem macht es mich wütend.« Rot zierte mein Sichtfeld und ich blinzelte hektisch. »Ich … ich will das alles nicht. Ihn, mich, diesen sinnlosen Kampf.« Emotionen schnürten mir die Kehle zu. Mein Blinzeln wurde hektischer als Lucan mein Gesicht umfasste. Beide Daumen strichen sanft über meinen Hals, meine Pulspunkte, während seine Finger sich in meinen Nacken gruben. Der leichte Druck, den er dabei ausübte, war gleichzeitig beruhigend und erregend.

»Ich weiß.«

Nur zwei Worte. Er gab mir keine Floskeln. Kein: Wir werden es verhindern. Lucan gab sich siegessicher und doch schönte und verharmloste er nichts. Er gab mir Halt und die Wahrheit. Plötzlich hungrig suchte ich erneut seinen Mund. Ich ging auf die Zehenspitzen und brachte unsere Körper noch enger zusammen.

»Lass mich diesen Mistkerl für einen Moment vergessen. Bitte.«

»Du musst mich niemals bitten«, raunte er an meinem Mund und nahm seine Hände von meinem Gesicht, um sie an meinen Po zu legen. Mit einer schwungvollen Bewegung hob Lucan mich hoch und ich schlang meine Beine um seine Hüften. Lucans Erektion drückte gegen meine Mitte und plötzlich wurde mir aus ganz anderen Gründen heiß. Lust durchfuhr mich. Hart und kompromisslos, wie immer begleitet von dem wohlig warmen Gefühl unserer Verbindung. Unserer Liebe.

»Nimm dir, was du brauchst, Liebes, oder sage es mir. Ich gebe dir alles, was ich habe. Alles, was ich bin. Hier und jetzt gibt es nur dich und mich.«

Endlich. Endlich, schrien all meine Synapsen, die nur auf diesen Mann gepolt waren.

Lucan ließ mich am Rand der großzügigen Wanne nieder. »Sofern du deine Feuernummer nicht wiederholen willst, sollten wir die hier loswerden.« Lucan ging vor mir auf die Knie. Sein Oberkörper ragte zwischen meinen geöffneten Schenkeln auf. Er zog mir Jacke und

Schuhe aus, ehe er sich an den Knöpfen meiner Tunika zu schaffen machte. Mein Herz schlug wie wild und ich liebte es, nein, vergötterte es, dass ich Lucans Nähe absolut nicht überdrüssig wurde. Im Gegenteil. Jedes Mal wenn er mich berührte, wollte ich mehr. Mehr von ihm und uns und all dem hier …

Tunika und BH segelten durch die Luft und meine Hose folgte. Nur noch im Spitzenhöschen saß ich auf dem Wannenrand. Abwartend und erregt. Lucan blickte aus schwarzen Augen zu mir auf. Sein Gesicht war transformiert. Der Assassine in ihm hatte die Kontrolle übernommen. Und seinem Blick nach zu urteilen, war er hier, um meine gesamte Welt aus den Angeln zu heben.

Ohne den Blickkontakt zwischen uns zu brechen, umfassten Lucans Hände meine Oberschenkel. Mit sanfter Gewalt drückte er meine Beine auseinander und kam näher.

Mir wurde heißer und heißer. Schweiß bildete sich auf meiner Haut. Die Lust, die mich durchfuhr, war absolut köstlich. Lucan senkte den Kopf und küsste erst mein Schlüsselbein, dann meine Brüste und schließlich meinen Bauch. Mein Kopf fiel in den Nacken und ich seufzte, als seine Zunge mit dem Bund meines Höschens spielte.

Meine Lider flatterten, Haare fielen mir ins Gesicht. Ich pustete sie fort und … erstarrte.

Was in Abbadons Namen? »Lucan … *Lucan!*«, wiederholte ich, lauter, und diesmal drang mein Tonfall zu ihm durch.

»Was ist los?«

»Da.« Mein Arm zitterte, als ich eine Hand hob und Richtung Spiegel wies. Durch die schwarz-weißen Strähnen meiner Haare sah ich etwas, das einfach nicht sein konnte.

Lucan wirbelte herum. Seine Hände packten fester zu und der Schmerz in meinen Oberschenkeln vertrieb den restlichen Nebel der Lust.

»*Fuck!*«

»Was … wie …?«

Hastig tastete Lucan nach meiner Bluse und warf sie mir über. Dabei ging er so ruckartig vor, dass ich beinahe rückwärts in die Wanne gefallen wäre.

Dort, am beschlagenen Spiegel unseres Badezimmers, unseres verdammten *Badezimmers* in unserem *Palast*, stand eine Nachricht.

Mehr nicht. Drei Worte. Schwester. Himmel, wie ich diesen Psychopathen hasste.

»Wie …« Ich erhob mich zeitgleich mit Lucan. Er packte mich am Ellenbogen, um mich zu stützen, während ich die Schöße meiner offenen Bluse über meinen Brüsten zusammenhielt. Es war ein reiner Reflex. Mich zu bedecken. Lucan hatte ihn ebenfalls gehabt. Aber Bael konnte uns nicht sehen? Oder?

»Lucan, er …«

»Er kann uns nicht sehen«, grummelte, nein knurrte er. Schatten tanzten um seine Gestalt und ich spürte, wie das Feuer in mir auf ihn antwortete. Auf ihn, aber auch auf diese Nachricht, die uns erreicht hatte, obwohl es unmöglich sein sollte.

»Niemand kommt in den Palast. Weder rein noch raus. Dafür sorgt nicht nur Midas.«

Er tat es ebenfalls. Dass Bael nicht nur den Zauberer, sondern Lucan und seine Schatten überlisten konnte, war ein herber Schlag. Erneut.

»Wie?«, jammerte ich und krallte mich mit einer Hand in Lucans Tunika. »Wie in Abbadons Namen macht er das, Lucan?«

Ich hatte so sehr gehofft, dass er verzweifelt und am Boden war. Immerhin hatten wir seine Leute ausgelöscht. Wieder war das Gegenteil der Fall. Ob er nun bluffte oder nicht, er zeigte Präsenz. Er ließ uns wissen, dass er ganz genau wusste, wo wir waren, wo *ich* war, während wir im Dunkeln tappten. Lucan suchte meinen Blick. Ernst. Voller Sorge und kochend vor Wut. Ich nickte, denn ich verstand. Unser Abend war vorbei und das Treffen der Herrschenden würde nicht erst in fünf Tagen stattfinden, sondern jetzt, sofort.

»Ich informiere King, Nyx und Xerxes.« Lucan zog mich an sich und umarmte mich fest. »Dreh mir jetzt nicht durch, okay? Wir rufen die anderen zusammen und machen einen Plan.«

Einen Plan. Das klang gut. Solide. Pläne schmieden half. Dennoch brodelte etwas tief in mir, das ich nicht genau definieren konnte. Die schwarze Strähne fiel mir ins Gesicht und ich pustete sie fort. Ein Plan klang wirklich gut. Ich hoffte nur, dass uns die Pläne nicht irgendwann ausgingen.

KAPITEL 11

Niemand machte einen Witz. Kein ›du rufst, wir eilen‹. Keine Streitigkeiten. Nichts. Drake und Noain saßen stumm nebeneinander.
Beide sichtlich in Gedanken versunken. Flynn hockte regelrecht auf
Jaces Schoß und blickte sich herausfordernd um. Als ob irgendjemand in diesem Raum seine Zurschaustellung von Zuneigung oder
gar seinen Besitzanspruch in Frage stellen wollte. Niemand beachtete
ihn. Lavender hielt Cas' Hand. Midas richtete ein paar leise Worte an
die Najade, Tristan hinter sich. Odile war ohne ihren Gefährten gekommen. In voller Kampfmontur saß sie da, blaue und braune Bänder mit Federn in die hellen Haare geflochten. Wieder – oder noch
immer – war sie geschminkt. Zwei blaue Balken zierten ihre Augen-
lider und zogen sich bis zu ihren Schläfen. Ihre Atana, wie sie mir
einst erklärt hatte. Sie zeigten den Rang einer Harpyie. Blau für die
Königin. Rot für die Schwarmführerinnen und Gold für die Novi-
zinnen. Dazu trug sie den goldenen Nasenring und drei goldene
Punkte auf der Unterlippe. Die Helden der Lüfte waren zurück. Odile
hielt ihr Wort. Sie würde für mich, für Thaumas, für die ganze Anderswelt kämpfen. Sie und die Harpyien. Als spüre sie meinen Blick, sah
Odile auf und nickte grimmig. Dies war ein weiterer Sturm, durch
den wir gehen mussten. Aber wir würden es gemeinsam tun. Fortan
und für immer.

Nyx und Xerxes waren vor King in Arcadia eingetroffen und hatten sich in eine dunkle Ecke des Raumes zurückgezogen. Ihre Haltung und ihr Blick wachsam.

»Ihr habt ein Treffen einberufen. Vor der vereinbarten Zeit.« Alita
lehnte sich vor und stützte die Hände auf den massiven Holztisch
der Bibliothek. Vor einer geraumen Weile hatten wir eine Komman-
dozentrale aus dem Raum gemacht. Ich erinnerte mich daran, wie
ich, damals noch heimlich, mit Olli zusammengesessen und Pläne
geschmiedet hatte. Ich erinnerte mich daran, wie Lucan und ich nach

unserer ersten Mission in Aflys hier am Feuer zusammengesessen und geredet hatten. In diesem Raum war gestritten und gelacht worden. Hier hatten wir Nick und Alinas Vereinigung gefeiert. Angriffe geplant. Geliebt und getrauert. Dieser Raum war so viel mehr als eine simple Bibliothek. Der Tisch, auf dem sich die Bergkönigin abstützte, war so viel mehr als ein Stück Holz. Ich blinzelte, plötzlich sentimental. Lucan legte eine Hand auf meinen Arm. Sanft. Eine Geste, die mir signalisierte, dass er da war. Immer an meiner Seite.

Ich blinzelte ein paar Mal, dann atmete ich tief ein und aus. Alitas Worte waren frei von jeglicher Schärfe gewesen. Eine Feststellung, mehr nicht. Die Bergkönigin war noch immer blass und anstelle von Burgunder trug sie schwarz. Kein Kleid. Eine Hose und eine schlichte Tunika mit Harnisch. Die Trauer um Kiara war omnipräsent, doch zum ersten Mal, seit ich Kiaras Leichnam verbrannt hatte, bemerkte ich etwas anderes als Hass, Wut und Verzweiflung in Alitas Blick. Da war ein Feuer, nein, kein Feuer, ein Funke, aber er brannte lichterloh. Für ihr Volk. Für die Anderswelt. So wie es aussah, hatte Alita sich Noains Worte zu Herzen genommen. Bei unserer letzten Zusammenkunft, bevor wir die Bombe gezündet hatten, hatte Alita Drake beleidigt. Zu unser aller Überraschung war ausgerechnet Noain es gewesen, der ihn, wenn auch indirekt, verteidigt hatte.

Doch offensichtlich hatte die grobe Art des Vampyrs gefruchtet. Alita war hier und zum ersten Mal seit Wochen wirkte sie klar und fokussiert und nicht so, als wolle sie mir an die Gurgel gehen.

»Wir haben euch hergerufen, weil wir zwei Dinge mit euch teilen wollen.«

Die Tür hinter mir öffnete sich in genau diesem Augenblick und Nick trat hindurch. Gefolgt von King, Cora, Duncan, Malik und–

»Meine Fresse!«, rief Jace wenig charmant. »Sind wir vor denen jetzt nirgendwo mehr sicher?«

Luzifer trat in den Raum und schloss die Tür. Seelenruhig, als wäre er genau dort, wo er hingehörte.

»Zuletzt bezeichnete man euch Nephilim als Plage. Nicht mich.«

»Vorsicht«, warnte ich, bevor Flynn etwas erwidern konnte. »Ich bin ebenfalls ein Nephilim.« Im weitesten Sinne des Wortes zumindest. Ich war kein vollständiger Engel, aber ich konnte meine Magie komplett nutzen. Und ich hatte Flügel. Etwas, das Flynn und den anderen Nephilim verwehrt bleiben würde. Zumindest laut den Geschichtsbüchern.

Luzifers Augen verengten sich zu kleinen Schlitzen. Feuer zuckte durch die Risse in seiner Haut und doch schwieg und nickte er. Er hatte Flynn beleidigen wollen, mich jedoch nicht. Ein Beweis dafür, wie weit wir in unserer Beziehung gekommen waren, auch wenn wir uns regelmäßig anzickten. Sein Schweigen nun war bezeichnend. Für alle hier Anwesenden. Das wusste er, ebenso wie ich. Auch bewies es mir, dass er hier war, weil es ihm womöglich wirklich ein Anliegen war, uns zu helfen.

Malik trat vor. »Luzifer ist hier, weil ich ihn darum bat.«

Flynn schnaubte. »Und als nächstes sehen wir Schweine fliegen.«

»Wenn ihnen ebenfalls Flügel wachsen.« Duncan zuckte mit den Schultern. »Warum nicht.«

Drake lehnte sich vor. »Was meinst du mit ›ebenfalls‹?«

»Malik?«, forderte ich meinen General auf. Er hatte sich umgezogen und trug die cremefarbene Uniform der Garde. Keine Falte war sichtbar. Seine Schuhe glänzten und er hatte sich gekämmt und rasiert. Maliks Haltung war stolz und er hatte den ersten Schock überwunden.

Ich lächelte ihm aufmunternd zu. »Wenn du so freundlich wärst?«

Malik, der vor sechs Jahrhunderten mit Flügeln auf die Welt gekommen war, und sich an eine Zeit erinnerte, in der er mit ihnen gelebt und gekämpft hatte, zuckte nicht einmal mit der Wimper. Er ließ sie einfach erscheinen. Reinweiß, majestätisch und so … weich.

Jemand seufzte leise, während ein paar Flüche und erschrockene Aufrufe ertönten.

»Heilige Balance«, wisperte Drake. Dann sah er zu mir. »Ist das jetzt ein Trend?«

»Das wissen wir noch nicht«, antwortete ich wahrheitsgemäß.

»In der einen Minute schlafen wir, in der anderen werfen mich diese Dinger einmal quer durch den Raum.« Duncan berührte Maliks Federkleid und seufzte leise. »Ich bin noch nie so gerne gegen einen Schrank geknallt.«

»Kann ich verstehen.« Drake musterte Malik eingehend. »Sie sind prachtvoll.«

Seine letzten Worte brachten ihm einen bösen Blick von Noain ein, doch er beachtete den Vampyr gar nicht. Und als ich mir die beiden genauer ansah, war es Noain, dessen Körpersprache vermittelte, dass sie zusammen hier waren. Nicht Drakes. Der Prinz ignorierte ihn schlichtweg. Und wo war Rhonan?

Lucan drückte meinen Arm. Richtig. Blieben wir beim Thema und beim zweiten Grund unseres Treffens.

Malik beantwortete die Fragen der anderen geduldig. Ab und an tauschte er einen Blick mit Luzifer.

»Was ist der zweite Grund dieser Zusammenkunft?«, wollte Odile wissen. »Die Flügel sind nett, keine Frage, jedoch kein Grund, uns alle im Eilverfahren nach Arcadia zu bestellen.«

Lucan trat neben mich. »Bael«, sagte er und ein Ruck ging durch den Raum. »Er war so … freundlich uns eine Nachricht zu schicken.«

Midas stand ruckartig auf. Tristan sprang zurück und fing dabei den Stuhl auf, der hinter Midas zu Boden gegangen wäre. »Das ist unmöglich! Der Palast ist gesichert, Lucan. Du selbst hast ihn mit Schattenmagie umwoben und meine Magie, sie—«

»Ich weiß«, unterbrach Lucan ihn ruhig. »Und mich macht diese Tatsache ebenso wütend wie dich, Midas. Fakt ist jedoch, dass Lilly und ich ein Bad nehmen wollten und der Mistkerl uns eine Nachricht via Badezimmerspiegel übermittelt hat.«

»Wie lautet sie?«

Die Frage kam von Nick und ich wusste, dass meine nächsten Worte ihn treffen würden.

»*Vermisst du mich, Schwester?*«

»Verdammter, Hurensohn!«

Weitere Flüche ertönten.

»Wie ist das möglich?«, fragte Noain. »Er arbeitet mit den Rittern Abbadons, so viel wissen wir, aber wie schafft er es, uns immer einen Schritt voraus zu sein? Nach der Zornklage …« Er sah sich kurz zu Nyx um. »Ich hatte angenommen, er leckt seine Wunden.«

»Vielleicht tut er genau das und die Nachricht ist ein Bluff.«

»Vielleicht«, erwiderte ich. »Es ändert jedoch nichts an der Tatsache, dass er Kontakt zu mir aufgenommen hat, und allein das sollte ihm unmöglich sein.«

»Also, wie macht er das?«, wiederholte Noain seine Frage. »Irgendwelche Ideen?«

»Genau deswegen haben wir euch hergerufen.« Lucans Tonfall war düster. »Uns gehen die Ideen aus.«

Mein Kopfschütteln war mehr eine nervöse Reaktion und ebenfalls keine Antwort auf Noains Frage. Ich hatte keine Antwort. Ich–

»Dazu habe ich eine Theorie.«

Stille breitete sich aus und alle Augen richteten sich auf Luzifer.

»Mach es nicht unnötig spannend«, fuhr Nyx ihn an. Sie und Xerxes verschwammen beinahe mit den Schatten der Bibliothek.

Luzifer stieß sich von der Wand ab und machte einen Schritt in den Raum hinein. Alle hielten den Atem an.

»Lilly und ich sind der beste Beweis dafür, dass etwas außerhalb der bekannten Regeln existieren kann. Wir sind nicht so, wie die Ursprungsmagie uns vorgesehen hat, wir wurden zu dem gemacht, was wir sind.«

Duncan schnaubte leise. »Charmant.«

»Er hat nicht unrecht«, sagte ich und machte eine auffordernde Geste, damit er weitersprach.

»Lilly verbindet mittlerweile drei der mächtigsten Blutlinien in sich«, fuhr er fort. »Sie ist Engel und Dämon. Als Tochter von Lillith verfügt sie über dämonisches Erbgut, das sehr selten ist. Zudem ist sie schattengeküsst durch ihre Verbindung zu Lucan und Zyntha.«

Schattengeküsst. Das gefällt mir.

Lucan drückte meinen Arm. *Wer hätte gedacht, dass Luzifer so ein Poet sein kann.*

»Und du?«, fragte Cas kaum hörbar. Wieder hielt ich die Luft an. Wenn das so weiterging, fiel ich demnächst in Ohnmacht. Aber dass Cassiopeia, ausgerechnet die sanfte, liebe Cas, sich mit solch einer Frage an Luzifer wandte … würde er sie beantworten? Falls ja, schuf er damit eine ganz neue Basis des Vertrauens.

Bitte beantworte die Frage, dachte ich. Bitte.

Luzifer zögerte. Dann huschte sein Blick zu Malik und er murmelte etwas Unverständliches, ehe er das goldene Amulett unter seinem Hemd hervorzog.

»Ich bin … war ein Engel«, erwiderte er mit tiefer, rauer Stimme. Wut schwang darin mit, aber auch etwas anderes. Wehmut womöglich? »Dann verliebte ich mich und wurde zu dem, was ihr seht. Dieses Amulett beinhaltet einen Teil von Lilliths Magie. Es bindet mich an sie und an Abbadon. Es hält mich am Leben.«

»Ich dachte, dafür sind die, äh, Risse verantwortlich?«

Luzifer blickte zu Duncan. »Auch.«

»Aber …« Mein Bruder, mein richtiger Bruder, kniff sich in die Nasenwurzel. »Ich war ebenfalls in Abbadon. Alina auch. Als Vaya uns verschleppt hat. Was meinst du mit, es hält dich am Leben?«

»Ihr wart lediglich Besucher. Ebenso wie du«, er zeigte auf Duncan, »du«, jetzt auf King, »oder du, Lucan.«

Wovon redet er?

Keine Ahnung. Ich höre das zum ersten Mal.

»Für einen gewissen Zeitraum kann jeder in Abbadon überleben, insbesondere bevor der Ascheregen fällt, aber danach …« Nun sah er zu mir. »Du hast es gespürt, nicht wahr? Die Veränderungen der Welt?«

»Ich …« Hatte ich? »Der Ascheregen …«, wisperte ich auf einmal und verstand. »Der Wechsel der Jahreszeit macht es Nicht-Dämonen unmöglich, für längere Zeit in Abbadon zu verweilen?«

Luzifer nickte. »Das, was in der Luft liegt, und sich mit jedem Atemzug in unsere Lungenflügel brennt, ist auf Dauer tödlich für alles nicht Dämonische. Mit jedem Tag wird es kälter werden und gleichzeitig glühen die tiefsten Feuerquellen Abbadons so heiß wie nie. Die Welt wird rauer, das Überleben härter. Selbst für Dämonen.«

»Aber … wieso?« Wieder war es Cas, die die Frage stellte.

»Lillith stammt aus einer Zeit vor dieser. Aus einer Welt vor dieser. Ihre Magie ist stärker als alles, was hier existiert. Das gilt auch für die Ritter. Sie formte Abbadon nach einem Abbild ihrer Heimat und übernahm dabei Dinge, die sich in das Konstrukt der Anderswelt nicht übernehmen ließen.«

»Was soll das heißen?«

»Es heißt, dass sie etwas erschuf, mit dem die Balance nicht einverstanden war«, ergriff Midas das Wort. »Sie verletzte die Regeln unserer Ursprungsmagie und wurde bestraft.«

»Damit, dass ihre eigenen Dämonen, jene, die sie erschuf, und die sich fortpflanzten, kaum in ihrer Welt überleben können?«

Noains Frage schwebte durch den Raum. Das war … wow. Wieso

genau hatte sie mir das verschwiegen? Ich hatte zwar nicht gefragt, aber wie hätte ich so etwas auch erfragen sollen?

»Stell dir vor, du bestellst ein Feld. Du pflügst, säshst und düngst. Blumen sprießen empor, nur, um dann zu verwelken. Eine nach der anderen. Das, was bleibt, sind einige wenige – gezeichnet von ihrem Überlebenskampf.«

Midas Worte schnürten mir die Kehle zu. Und nicht nur mir. Unseren Verbündeten und Freunden klappte die Kinnlade runter. Cas' Hand lag an ihrem Mund. Drake räusperte sich leise und blickte betreten auf den Tisch vor sich.

Ein Blumenbeet, dachte ich, oder Kinder. Die Dämonen waren Lilliths Kinder. Sie erschuf und sie vergingen. Mein Magen zog sich zusammen. Kein Wunder, dass sie sich ein Kind gewünscht hatte. Ein richtiges. Eines, das Abbadon überleben konnte, weil es ihr Blut in sich trug. Mein Blick fand den von Luzifer. Ein scharfer Stich durchfuhr mich, als ich daran dachte, wie lange er Lillith dieses Glück verwehrt hatte. Neues Verständnis für meine Mom blühte in mir auf.

Luzifer löste den Blick von mir und sah zu Boden. Schämte er sich? Bei der Balance, ich hoffte es. Meine Mom war bei Weitem keine Heilige, aber er hatte gewusst, wie tief ihr Kinderwunsch ging und er hatte auch gewusst, woher er kam. Und dann war er losgezogen – vor ihr! – und hatte Bael gezeugt!

Vielleicht hat er sich ebenso wie sie etwas beweisen wollen …

Und was? Meine Worte waren harsch.

Lucans Hand wanderte meinen Arm hinab, er umfasste meine Finger und drückte sie.

Dass er nicht bloß ein Monster ist. Eines, zu dem seine Liebe ihn gemacht hat.

Wenn dem so wäre, dann hätte er bleiben und für Bael da sein müssen, anstatt ihn zu verstoßen und zu ignorieren.«

Dann wäre all dies vielleicht gar nicht erst passiert. Bael hätte einen Vater gehabt und wäre kein solcher Psychopath geworden. Aber im Konjunktiv zu denken, half uns jetzt auch nicht weiter. Aber Midas Worte und Luzifers Blick … auf einmal hatte ich das Bedürfnis meine Mom in den Arm zu nehmen. Fest.

»Das ist …« Duncan fuhr sich durch die Haare. An den Seiten kurz, oben länger. Das kleine Wellentattoo an seinem Handgelenk blitzte auf. Die einzige Verbindung, die er – oder Melisande, seine Mutter –, noch zu Crinaee hatten.

»Das ist ganz schön verkorkst, Mann.«

Midas nickte. »Ist es.« Keiner widersprach.

»Was hat das mit deiner Theorie zu tun?«, wandte Lucan das Wort an Luzifer und brachte uns zurück auf Kurs. Diese neue Wahrheit über meine Mom schien jeden in diesem Raum auf die ein oder andere Weise zu berühren, aber deswegen waren wir nicht hier.

»Worauf ich hinaus will ist: Es gibt Dinge, Wesen, die außerhalb der Regeln der Balance existieren. Wie Lilly und mich. Und Bael.« Luzifer ließ die Arme sinken und ballte die Hände zu Fäusten. »Ich vermute, dass er über die Jahrhunderte, die er an dem perfiden Plan uns zu stürzen und zu unterwerfen arbeitet, viele Wege fand, um das, was ihn ausmacht, was ihn besonders macht, zu verstärken und zu entwickeln.«

Alle starrten wir ihn an, keiner sagte etwas.

»Fein, lasst es mich einfacher ausdrücken. Ihr alle habt gesehen, wie seine Augenfarbe wechselt, zudem verfügt er über eine enorme Bandbreite an Fähigkeiten. Dinge, die nur Zauberer wie Midas, Ghoule wie Jace oder Najaden wie Cassiopeia können.«

»Wir vermuten, dass er sich Magie mit Hilfe verbotener Blutzauber angeeignet hat«, sagte ich.

»Dieser Vermutung stimme ich zu«, erwiderte Luzifer und hielt meinen Blick gefangen. »Ich würde jedoch so weit gehen, zu behaupten, dass er nicht bloß an Dämonen experimentiert hat. Die Ritter verfügen über dieselbe Magie wie Lillith. Sie könnten ihm geholfen haben, gestohlene Magie zu kombinieren und sie einzigartiger und mächtiger zu machen. Er hat Dämonen erschaffen und sie in Andersweltlern platziert, um sie an einem Ort zu verstecken, an dem sie definitiv überleben können – unter euch. Zumindest bis ihr sie entdeckt habt.«

»Also hat er sich was … ? In eine Art Super-Andersweltler verwandelt?« Wie immer fand Duncan die richtigen Worte. Sie waren nicht diplomatisch oder feinfühlig, aber meist brachte er es auf den Punkt.

»Ja.«

»Er hat die Ritter«, warf Lucan ein, »und die Silbersynchronen.«

Jace zuckte zusammen. Die Silbersynchronen. Natürlich. Während meiner Gefangenschaft hatte ich Lua gesehen und gespürt. Sie hatte versucht, meinen Geist zu brechen und bisher hatten wir sie in Frieden gelassen. Von Jace wusste ich jedoch, dass sie die Zornklage überlebt hatte, also war sie nicht besetzt gewesen. Das hieß, sie arbeitete tatsächlich für Bael – wenn es stimmte, woran ich mich erinnerte. Ich war mir sicher, ziemlich sicher, aber Luas Untätigkeit irritierte uns. Außerdem war sie Maritias Tochter und die Älteste der Ghoule sah alles.

So wie Scio, warf Lucan ein. *Und auch er kann Bael nicht sehen.*

»Das, was ihr beschreibt, würde ihn unbesiegbar machen.«

»Niemand ist unbesiegbar«, erwiderte Noain auf Odiles Worte. »Wer blutet, kann auch sterben. Was auch immer der Bastard ist, er ist so unsterblich wie wir – bis zu einem gewissen Grad.«

Ich beobachtete, wie Noain Luzifer mit seinem Blick um Bestätigung bat.

»Das sehe ich ebenso.«

Eine Erleichterung, wenn auch eine kleine.

»Dann ist er uns immer einen Schritt voraus, weil er nicht bloß Dämon und Engel ist – er ist, wir alle? In Ermangelung einer besseren Beschreibung«, fügte Jace rasch hinzu.

»Midas' Zauber halten ihn nicht auf, weil er zaubern kann. Meine Schatten umgeht er mit Licht oder mit einer der Fähigkeiten, über die die Fae verfügen. Und die Nachricht am Spiegel … Die Wassertropfen schrieben die Nachricht. Jede–«

»Najade kontrolliert Wasser«, beendete Lavender Lucans Satz.

»Korrekt. Und das sind nur die Fähigkeiten, die wir kennen. Wenn Luzifers Theorie stimmt, wissen wir nicht, inwiefern er sich oder seine Magie weiterentwickelt hat.«

»Aber wir können ihn fragen!«, entfuhr es mir.

Nun richteten sich alle Augen auf mich.

»Das Wasser … Cas, kannst du spüren, wo es herkam? Er kann nicht bloß das Kondenswasser manipulieren, es muss irgendwo seinen Ursprung haben, richtig?«

Die Najade nickte. »Wenn es im Bad so feucht war, dass der Spiegel beschlägt, ist das Wasser überall in der Luft. Das heißt, er kann sowas wie eine Kette gebildet haben. Von einem Fluss oder einem See, über einen Bach, bis hinein in feuchtes Gemäuer, Rohrleitungen, Badewannen …« Sie musste ihre Aufzählung nicht fortsetzen, ich verstand das Prinzip.

Wie lange waren sie jetzt alle hier? Etwas über dreißig Minuten?

Cas erhob sich, Lavender auf den Fersen. »Wir sollten sofort nachschauen. Jede Sekunde zählt. Vielleicht können wir etwas spüren.« Sie griff nach der Hand ihres Zwillingsbruders. Noain stand ebenfalls auf. »Ich bringe euch. Das geht schneller. Lilly?«

Geh. Ich halte die anderen in Schach.

Danke, Lucan.

Mit einem eleganten Hechtsprung, den ich vor ein paar Monaten noch nicht hinbekommen hätte, flog ich über den Tisch und ergriff Noains ausgestreckte Hand. Der Vampyr grinste, seine Fänge blitzten auf. »Eine Chance.«

Noch während wir uns in Luft auflösten, nickte ich. Eine Chance. Unsere erste richtige.

KAPITEL 12

Drake, Arcadia

Weniger als eine Minute nachdem er Lilly, Cas und Lavender teleportiert hatte, kam Noain mit den Worten »Die Najade hat mich fortgejagt« zurück. Seitdem beobachtete er mich. Das tat er aktuell häufiger. Ziellos wanderte mein Blick durch den Raum und immer wieder streifte mein peripheres Sichtfeld den Vampyr und noch immer sah er mich an. Luzifers Erklärung und Midas' Worte hatten einen bitteren Geschmack in meinem Mund hinterlassen. Noch vor Monaten hätte ich es nicht für möglich gehalten, jemals Mitgefühl für die dunkle Königin zu verspüren, aber hier saß ich nun und fragte mich, ob Lillith wirklich so ein Monster war, wie sie selbst uns glauben machte? Als die Stille drückend wurde und ich es noch immer nicht wagte, Noains Blick zu begegnen, richtete ich meine Aufmerksamkeit auf Malik. Der Engel sah gut aus mit Flügeln. Sie standen ihm ausgezeichnet. Als wären sie nie fort gewesen.

»Malik, Glückwunsch«, brachte ich hervor und hoffte, dass niemandem das leichte Zittern in meiner Stimme auffiel. »Ein Engel mit Flügeln.«

Malik lächelte. »Der zweite, um genau zu sein. Wir haben bereits einen.«

Ein kleines Lachen entfuhr mir. »Ja, aber der erste ist Lilly und das zählt nicht. Sie ist ... Lilly. Ihr könnt ein verdammtes Einhorn zulaufen und es würde niemanden mehr wundern.«

Verhaltenes Lachen und Raunen ging durch den Raum. Sie alle wussten, dass ich recht hatte. Duncan war weniger verhalten als die anderen, er lachte. Dann musterte er Noain und mich. »Welcher Haussegen hängt bei euch beiden eigentlich schief?«

»Fick dich, Assassine«, kam Noains prompte Antwort, während ich mir noch überlegte, wie ich auf eine so unangebrachte Frage reagieren sollte. Sie alle kannten unsere Geschichte. Unser Haussegen hing nicht schief, unser ganzes verdammtes Fundament war dahin.

»Heute nicht«, erwiderte Duncan grinsend. »Außerdem habe ich dafür meinen Gefährten. Meinen neuerdings geflügelten Gefährten. Ich kann's kaum abwarten auszutesten, was—«

»Duncan…« Malik räusperte sich, seine Flügel raschelten dabei leise und instinktiv wollte ich seufzen, denn das Geräusch war nichts anderes als majestätisch. »Zu viele Informationen.«

»Danke«, murrte Alita und stützte ihr Kinn auf eine Hand. »Wie lange kann es dauern, ein paar Wassertropfen zu lauschen?«

»Keine Ahnung? Wie lange brauchst du, um deinen Felsbrocken zuzuhören?«

Alita zeigte Flynn die Zähne, er ihr den Mittelfinger. Ihr Geplänkel beruhigte mich ein wenig, denn das war unsere normale Dynamik. Wir stritten und zankten wie Kleinkinder. Am Ende standen wir jedoch füreinander ein – dank Lilly. Ob Duncan es mit seiner Frage bezweckt hatte oder nicht, es lockerte die Situation auf.

»Sie sind vor zwei Minuten fort, Alita.« Lucan setzte sich. Ganz die Autorität in Person. Früher hatte sein Gehabe mich wahnsinnig gemacht, auch das hatte sich geändert. »Geben wir ihnen einen Moment.« Sein Blick suchte den von Nyx und ich sah ihn die Augen rollen. Es war einer der wenigen Momente, in denen man hinter die Fassade des Assassinenkönigs blicken konnte. Vor Lilly hätte er es uns niemals gestattet, ihn so zu sehen. Entspannt, familiär, liebevoll. Jetzt ließ er es zu – manchmal. Und dafür hatte er meinen Respekt. Dafür, aber vor allem, weil er mich nach Ilya zu Noain gebracht hatte. Was mich anging, stand ich in seiner Schuld. Vermutlich auf Lebzeiten.

»Also …« Duncan zog einen Stuhl heran und setzte sich mir gegenüber, noch nicht bereit, das Thema fallen zu lassen. »Raus damit. Wir haben grad nichts Besseres zu tun und bevor wir uns alle an die Gurgel gehen, können wir uns auch unterhalten.«

Noain war erneut schneller als ich. Einen Arm auf meine Stuhllehne gestützt, antwortete er: »Beziehungstipps von dir? Nein, danke.«

Beziehung?

»Beziehung?«, fragte Duncan grinsend. »Na, das sind ja ganz neue Töne. Und es klingt wesentlich besser als all das ›du sollst leiden, so wie ich gelitten habe, muhahah, ich bringe dich um, Formwandler‹, jada, jada.« Er hatte die Stimme verstellt und wedelte mit einer Hand vor seinem Gesicht herum, als wolle er eine lästige Fliege verjagen.

Ich erstarrte. Der ganze Raum erstarrte. Jeder bereitete sich darauf vor, Noain zurückzuhalten, doch dieser blieb, wo er war. Auf seinem Stuhl neben mir. Dicht neben mir.

»Wie hältst du das aus?«

Ich blinzelte und brauchte einen Moment, um zu registrieren, dass Noains Worte an Malik gerichtet waren.

»Mit viel Liebe.«

»Mhm.«

Lucan räusperte sich laut. Dann sprach er zu Odile. »Gib mir ein Update aus Thaumas. Wie geht es euch?« Er versuchte, die Zeit sinnvoll zu nutzen und fragte uns alle einzeln nach unserem Befinden und dem unserer Welt.

Verletzt, ängstlich, in Panik, trauernd, wütend, hilflos. Die Adjektive, die fielen, waren deprimierend. Aber wahr. Uns erging es in Vesteria nicht anders. Wir hatten viele Verluste zu beklagen und waren noch immer dabei, einige Städte aufzubauen und Felder neu anzulegen. Die Zauberer halfen, doch auch sie konnten sich nicht zerreißen. Viele Formwandler lehnten die Hilfe zudem ab, da sie ihr Zuhause mit eigenen Händen wieder aufbauen wollten. Sie brauchten eine Aufgabe. Eine Ablenkung, und das konnte ich gut verstehen. Mir erging es nicht anders. Ich hielt Sitzungen, empfing Untertanen und Berater, besuchte Städte ... ich war omnipräsent in Vesteria. Dabei schwamm ich. In meinen Gedanken. Meiner Hilflosigkeit. Meiner eigenen Trauer und Wut. Noain war in all dem mein Rettungsanker. Natürlich sprach ich es nicht aus, aber ich war mehr als froh, dass er die meiste Zeit in Fenrys verbrachte. Er sagte nicht wieso, ich fragte nicht. Ehrlich gesagt hatte ich Angst vor der Antwort. Angst davor, ihn zu früh zu weit zu pushen. Er war da und er half und kümmerte sich. Das musste für den Moment genügen.

Seit meinem Besuch in Ilya sah ich davon ab, das Gespräch mit ihm zu suchen oder ihn dazu zu nötigen, Zeit mit mir zu verbringen. Wir hatten Sex gehabt, ja, und es war wunderbar gewesen, aber das, was ich danach in seinen Augen gesehen hatte, diesen alles umfassenden Schmerz, die Verzweiflung ... Es hatte mich hart getroffen.

Ich war der Auslöser für diese Gefühle und obwohl ich es wusste, war es etwas völlig anderes, es in einem intimen Moment wie diesem zu *sehen* – und zu spüren. Für einen kurzen Augenblick hatte er sich verletzlich gezeigt und ich hatte gesehen, wie sehr ihn mein Verrat gebrochen hatte. Ich hatte gesehen, was diese Jahre aus ihm gemacht hatten und so sehr ich mir einreden wollte, dass wir uns nicht verändert hatten – wir hatten es. Beide. Der Mann, der mich hart und leidenschaftlich genommen und der keine Zeit für schöne Worte mehr hatte, war nicht der Mann, den ich vor über fünfhundert Jahren gekannt und geliebt hatte. Ein Teil von ihm existierte noch, sicher, doch ein großer Teil hatte sich verändern müssen, um zu überleben. Seit diese Erkenntnis zum ersten Mal wahrhaftig bei mir angekommen war, wusste ich nicht mehr, wie ich mit Noain umgehen sollte. Was waren wir? Feinde? Freunde? Fast-Freunde im Waffenstillstand? Ex-Liebhaber, die mehr sein konnten?

Ich liebte ihn, mit allem, was ich war, aber ich kannte ihn nicht. Nicht mehr. In den letzten Wochen war es immer nur um Schuld und Schmerz und Krieg gegangen und selbst während meiner Zeit in Ilya hatte ich nicht versucht, ihn neu kennenzulernen. Mein Ziel war gewesen, dass er mir verzieh. Ich hatte dort anfangen wollen, wo wir geendet hatten, nun aber verstand ich, dass das unmöglich war. Unser Fundament war hin. Noains Arm bewegte sich und seine Finger streiften beiläufig meine Schulter. Das Fundament war hin, aber womöglich konnten wir ein neues bauen. Eines, das stärker war. Eines, das zu uns passte. So wie wir heute waren.

»Drake?«, hörte ich Lucan sagen und es war noch immer ungewohnt, meinen Namen aus seinem Mund in diesem neutralen, beinahe freundschaftlichen Tonfall zu hören. »Wie geht es euch?«

Ich gab mir einen Ruck und kam zurück ins Hier und Jetzt. »Ganz ehrlich? Keine Ahnung.« Ich wusste nicht, was die anderen vor mir berichtet hatten, da ich sie, gefangen in meinem Kopf, nach Odiles Bericht völlig ausgeblendet hatte. Meine Antwort erhielt jedoch allerhand zustimmendes Gemurmel.

»Mein Volk ist verunsichert. Sie trauern und sind wütend und doch …« Ich stockte und zögerte. Emotionen stiegen in mir auf. Scheiße. Ich schluckte und versuchte diesen spontanen Ausbruch unter Kontrolle zu bekommen. Da sprang Noain für mich ein.

»Den Formwandlern geht es nicht viel anders als euch allen. Viele sind gefallen, einige Städte und Dörfer sind noch immer gezeichnet von der Schlacht, aber …« Er wartete. Worauf wartete er? Vorsichtig sah ich auf und begegnete seinem Blick. Helle Iriden in einem blassen, tätowierten und vernarbten Gesicht. Für mich war er noch immer wunderschön. Mehr denn je. »Die Formwandler sind ein starkes und stolzes Volk«, sprach er weiter, ohne den Blickkontakt zwischen uns zu brechen. »Über all der Verzweiflung liegen eine Hoffnung und ein Glaube an die Anderswelt und Frieden, die beeindruckend sind. Ich habe beobachtet, wie viele der Familien, egal ob auf dem Land oder in den Städten, sich gegenseitig unterstützt haben.« Noain zog seinen Arm zurück und verschränkte ihn mit dem anderen Arm vor seiner Brust. »Sie beten zu ihren Ahnen, den *ululas*, und zu dir, Drake.«

Meine Lippen öffneten sich wie von selbst. Ich starrte. Ich wusste, dass ich starrte wie der letzte Trottel, aber ich konnte es nicht ändern. Hatte Noain mir gerade ernsthaft ein Kompliment gemacht? Sein Blick war hart, die Haltung auf einmal angespannt. Als warte er darauf, dass jemand etwas sagte oder sich über seine Worte lustig machte. Sie alle schwiegen. Sogar Duncan.

Er räusperte sich leise. »Zusammengefasst, geht es ihnen genauso beschissen wie jedem von uns, aber sie reißen sich zusammen und machen das Beste draus.« Das klang schon mehr nach dem Vampyr. »Was ich jedoch beobachtet habe. Hier und in allen Welten, ist ein Zusammenhalt, wie er zuvor nicht existiert hat. Wir haben euch beobachtet«, sagte er und sein Tonfall änderte sich. Er wurde ernster und ein wenig nachdenklich. »In der letzten Zeit gab es viele Gespräche in Ilya. Rhonan, die Fae und andere Völker …« Sein Blick huschte zu Odile. Die Augen der Harpyienkönigin leuchteten auf. »Sie wollen zurückkehren. Sie wollen helfen und erneut ein Teil der Anderswelt sein. Rhonan und ich, wir haben, äh, Pläne.«

Lucan stützte die Arme auf dem Tisch ab. Schatten züngelten um seine Gestalt. Es musste ihn einiges kosten, hier zu sitzen und ein König für uns zu sein, während Lilly sich mit Baels Nachricht auseinandersetzte.

»Wir würden uns geehrt fühlen, wenn ihr diese Pläne mit uns teilt.«

Odiles Messerspitze landete mit einem dumpfen Schlag im dunklen Holz der Tischplatte. Der Knauf bewegte sich schnell hin und her.

»Thaumas' Grenzen sind offen. Für jeden«, fügte sie laut hinzu, als Flynn die Augen rollte und den Mund öffnete.

»Du bist doch nur scharf auf die Phönixe.«

»Respekt«, ergriff Nick, der bisher eher ruhiger Zuhörer gewesen war, das Wort. »Das Erste, was wir uns einprägen sollten, ist Respekt den anderen Völkern gegenüber. In Ilya existieren Wesen und Blutlinien, die lange als verloren galten. Sie haben Schreckliches durchlitten und wir alle werden unsere Grenzen öffnen und ihnen ein Zuhause bieten.«

Die Diskussion setzte sich fort. Derweil lag mein Blick auf Luzifer. Aus dem gefallenen Engel wurde ich bisher nicht schlau, aber genau wie Lillith, hatte auch er uns bisher geholfen. Stumm stand er da und beobachtete. Damit unterschied er sich nicht groß von King, Nyx oder Xerxes. Oder Tristan. Der Raum war voll von schweigsamen Andersweltlern, aber er war Luzifer … eine Legende in der Anderswelt.

Ich hatte es zuvor nicht gesehen, aber jetzt, da ich ihn eingehender betrachten konnte, musste ich zugeben, dass er … interessant aussah. Mental gab ich mir selbst einen Tritt. Offensichtlich hatte ich neuerdings eine Schwäche für grummelige, unfreundliche Krieger mit körperlichen Malen.

Auf einmal wurde mir kalt und ich fröstelte. Instinktiv rieb ich mir über die Arme. Was …? Es dauerte einen Moment, bis ich begriff. Natürlich! Das Gefährtenband!

Wir hatten in letzter Zeit ab und an telepathisch miteinander kommuniziert und dann der Sex … ich hatte gespürt, wie es eingerastet war. Nur hatte ich es vergessen, verdrängt … auf jeden Fall hatte ich nicht bedacht, dass Noain meine … Schwingungen auffangen konnte. Auch hatte ich nicht bedacht, dass er es wollte oder sich überhaupt erst die Mühe machte, hinzuhören.

Die Hand war zurück auf meiner Stuhllehne, doch diesmal umfasste er das Holz des armen Stuhls so fest, dass ich es leise knacken und knirschen hörte.

Plötzlich wurde die Tür aufgerissen und Luzifer, King, Malik und Nick sprangen zur Seite.

Lilly trat ein. Ihre Wangen glühten und das Funkeln in ihren Augen war eindeutig.

»Wir haben ihn!«

KAPITEL 13

Lilly, Arcadia

Wir hatten ihn. Ich konnte es noch gar nicht fassen, aber – wir hatten ihn! Die Worte wiederholten sich in meinem Kopf in Endlosschleife, während mich über ein Dutzend Augenpaare neugierig musterten. Cas und Lavender schoben mich sanft in den Raum. Ich war so aufgeregt, dass ich sogar vergessen hatte, Lucan mental darüber zu informieren, dass wir *ihn hatten!*

Das musstest du gar nicht, Liebes. Ich habe dich auf dem gesamten Weg durch den Palast denken gehört. Allerdings hatten wir ebenfalls eine interessante Situation.

Ich grinste. *Nicht so interessant, wie meine.*

Lucan streckte die Hand aus und ich ging zu ihm. Triumph und Mordlust funkelten in den Tiefen seiner schwarzen Augen.

»Wir haben ihn?«, fragte er laut, damit alle uns folgen konnten.

»Cas und Lavender waren brillant!«, rief ich und versuchte den anderen eine Kurzversion dessen zu geben, was Lucan als Film aus meinem Kopf picken konnte.

Cas hatte sich mit Lavender verbunden und gemeinsam hatten sie mich daran teilhaben lassen, wie sie die Wassertropfen erforschten. Die Nachricht war bereits fort gewesen, aber es hingen noch ein paar Tropfen auf dem Spiegel.

Durch die beiden hatte ich verstanden, dass Wasser lebendig war. Ein Wesen, das überall dort, wo es fließen, sickern oder tropfen konnte, flüsterte, murmelte … lauschte. Es sprach eine uralte Sprache, die nur diejenigen verstanden, die geduldig genug waren, die Stille zu ergründen. Oder jene, die wie Cas und Lavender aus Crinaee stammten und durch deren Adern das Blut von Najaden, Sirenen und Nymphen floss. Für mich war die Stille des Wassers lediglich durch ein leises Rauschen unterbrochen worden, aber Cas, sie hatte nicht nur mehr gehört, sondern auch mehr gespürt. Geduldig hatte sie meine Hände gehalten und mich mit sich genommen. Gemeinsam waren wir dem Wasser gefolgt, den Tropfen, dem Dunst, dem Wasser aus der Badewanne … die Palastrohre hinab, in die Kanalisation, die Filteranlagen, den See, dann einen Fluss. Der Fluss war eine Sackgasse gewesen, doch das Wasser war dennoch weitergekommen. Durch den Boden. Es war gesickert, tiefer und tiefer, bis die Wurzeln eines Baumes es gefunden und aufgenommen hatten. Ein Baum, der so gewaltig war, dass er an einen kleinen Bach reichte. Von dort war das Wasser weitergewandert, bis der Bach zu einem reißenden Fluss wurde, und dann … dann hatten wir ihn gesehen. Bael. Seelenruhig saß er am Flussufer auf einem großen Stein. Barfuß und mit einem irren Glitzern in den blassroten Augen. Er bewegte die Finger, spielte mit seiner Hand und es hatte einen Moment gedauert, bis wir erkannt hatten, dass es Wassertropfen waren, mit denen er jonglierte. Als wäre er eine Najade und keine verdammte Anomalie.

Lucan und die anderen staunten nicht schlecht. Cas errötete, während Lavender stolz und mit geradem Rücken hinter seiner Schwester stand.

»Und dann? Wo war er?«, wollte Odile wissen.

»Ist er«, verbesserte ich. »Die Frage muss lauten: Wo ist er, denn er ist noch immer dort und wartet.«

Keiner fragte worauf. Wir alle wussten es.

Ich teilte die letzten Bilder meines Erlebnisses mit Lucan. Bael, der den Kopf hob und grinste. Mehr hatte er nicht getan, nur gegrinst. Dennoch wusste ich, dass es eine Einladung gewesen war. Er saß an diesem verfluchten Ufer und wartete auf mich. Weil er mich *vermisste*. Weil er reden wollte.

»Lucan–«

»Nein, Lilly. Verlang das nicht von mir, bitte.«

Schatten wirbelten um seine Gestalt und ich umfasste Lucans Gesicht mit beiden Händen. »Liebling. Es ist unser erster richtiger Anhaltspunkt seit Wochen.«

»Äh, was genau verpassen wir hier?«

»Sie will sich mit Bael treffen«, antwortete Noain auf Duncans Frage. Sein Ton war frei von jeglicher Wertung.

»Auf keinen Fall«, warf nun auch Nyx ein. Zeitgleich begannen mein Bruder und Malik zu protestieren. Weitere Stimmen wurden laut. Sie alle hatten etwas zu sagen. Jeder hatte eine Meinung. Die einzigen, die schwiegen, waren Midas, Drake und Noain.

Lucan.

Er kniff die Augen zusammen und bedeckte meine Hände mit seinen. Sein Körper zitterte vor unterdrückter Wut. Seine Stirn lag in Falten und unter meinen Händen fühlte ich, wie seine Kiefermuskeln sich bewegten. Er biss die Zähne zusammen. Vermutlich, damit er mich nicht vor versammelter Mannschaft anschrie.

Seitdem ich dich das erste Mal »wir haben ihn« habe rufen hören, wusste ich, was auf mich zukommt. Das macht es jedoch nicht einfacher.

Ich ging auf die Zehenspitzen und küsste Lucan sanft auf den Mund. *Ich weiß.*

»Lass mich dich begleiten«, murmelte er an meinen Lippen.

»Nein.« Es fiel mir nicht leicht, seine Bitte auszuschlagen, denn Lucan war immer die beste Option im Kampf, aber nicht hier. Nicht, wenn es um Bael ging.

»Lilly–«, hörte ich Nick protestieren und brachte ihn mit einer Geste zum Schweigen. Ich ließ Lucan los und trat zurück. »Niemand trifft diese Entscheidung für mich. Ich treffe sie allein. Das letzte Mal, als du auf Bael trafst, hast du die Kontrolle verloren, Lucan.«

Er kniff die Augen zusammen und musterte mich kalt. Sein Blick brachte mich nicht ins Wanken. Natürlich war er nicht erfreut, ich wäre es ebenfalls nicht, dennoch würde er mich nicht aufhalten. Auch eine Tatsache, die uns beiden bewusst war. Ich griff nach unserem Band und feuerte all meine Liebe auf ihn.

Der Rest der Sieben–

Ist in Zyntha und dort sollen sie auch bleiben, bis wir sie auf Mission schicken. Das hier ist keine Mission?

Es war viel mehr als das. Tief in meinem Herzen wusste ich, dass Bael sich mit mir treffen wollte, und nur mit mir. Es war keine Mission, es war … ich fand kein Wort dafür. Ein Flüstern mit dem Feind? Eine Feuerpause? Ich wusste nur, dass ich gehen musste. Möglichst schnell.

»Es ist unsere erste richtige Chance, Lucan. Wir dürfen sie nicht gefährden.«

Er legte den Kopf in den Nacken und atmete geräuschvoll aus.

Lucan kannte mich gut genug, um zu wissen, dass ich nicht nachgeben würde. Ich kannte ihn gut genug, um zu wissen, dass diese Diskussion sinnfrei, aber notwendig war.

Jeder seiner Atemzüge war abgehackt. Als kämpfe er gegen einen Sturm an, der ihn von innen heraus zu zerreißen drohte.

Genauso fühlt es sich an. Mein Herz und unser Band schreien danach, dich nicht gehen zu lassen …

Dennoch wirst du es tun.

Natürlich werde ich! Jetzt klang er so richtig sauer. *Ich kann und werde dich niemals von etwas abhalten, du triffst deine eigenen Entscheidungen. Allerdings musst du damit leben, dass ich sie hin und wieder in Frage stelle oder schlichtweg scheiße finde!*

»Du gehst nicht allein«, fügte er laut hinzu. »Ich werde dich nicht begleiten, aber du gehst nicht allein.«

»Das erwartet Bael auch nicht«, warf Luzifer ein und erinnerte uns alle daran, dass er noch immer anwesend war. »Hat er zuvor nicht und wird er jetzt erst recht nicht.«

»Dem stimme ich zu.« Malik trat vor und die Flügel verschwanden. »Du nimmst mindestens zwei von uns mit. Wir anderen warten auf dein Kommando. Bei dem kleinsten Anzeichen von … irgendetwas, rufst du uns.«

»Fein.« Ich blickte mich im Raum um.

»Midas, Drake, Noain. Würdet ihr mich begleiten?«

Duncan protestierte und ich brachte ihn mit einer simplen Handbewegung zum Schweigen.

Ein Zauberer, ein Drache und ein cleverer Vampyr mit der Fähigkeit uns zu teleportieren. Das klang gut. Außerdem waren sie die einzigen, die nicht auf mich eingeredet hatten. Sie würden sich am wenigsten einmischen – hoffte ich. Die Männer nickten zustimmend und Midas gab ein »Auf jeden Fall« von sich, ehe Tristan protestieren konnte. Stocksteif stand er hinter Midas und durchlöcherte ihn mit Blicken.

»Noain sollte hierbleiben, für den Fall, dass wir schnell zu euch gelangen müssen«, presste Tristan zwischen zusammengebissenen Zähnen hervor. Mal wieder nicht amüsiert. Und mal wieder sah man ihm an, dass es meine Schuld war.

»Dabei kann ich aushelfen.« Luzifer hob lässig eine Augenbraue.

Noch immer lehnte er ganz Bad Boy like an der Wand und beobachtete uns. »Wenn ihr mich lasst.«

Ich erwartete Widerspruch, Luzifer auch, zumindest ließ das seine Miene erahnen. Beinahe herausfordernd blickte er sich im Raum um. Jeder der hier Anwesenden begegnete seinem Blick. Niemand wich aus. Niemand protestierte. Nicht einmal einen feindseligen Spruch gab es. Sogar Flynn schwieg. Und Alita. Duncan gab es auf, mich böse anzufunkeln, und strahlte Luzifer an. Sein Fanboy-Herz schlug wahrscheinlich im Stakkato. Von uns allen war er von Anfang an derjenige gewesen, der Luzifer – und auch meiner Mom – ohne Feindseligkeit gegenübergetreten war. Respekt, ja. Angst? Nein. Maximal eine zuckende Augenbraue. Er war einfach … Duncan gewesen. Es hätte mich nicht gewundert, wenn er sich gedanklich selbst auf die Schulter klopfte. In den letzten Monaten war Lillith eine von uns geworden … irgendwie. Ein wenig. Sie und Vaya und nun auch Luzifer. Vielleicht konnte man uns eines Tages tatsächlich als Familie bezeichnen.

»Du bist die beste Option«, sprach Noain und verhaltenes, leicht amüsiertes Hüsteln erklang. »Nach mir. Da ich Lilly jedoch begleite, weil ihr anderen es mal wieder besser wisst, anstatt sie einfach machen zu lassen …« Der Vampyr zuckte lässig mit den Schultern. »Beste Option.«

»Entschuldige bitte, wenn das Wohl unserer Königin–«

»Spar dir den Titelmist«, unterbrach Noain meinen Bruder harsch. »Der interessiert deine Schwester genauso wenig, wie mich. Ich denke jedoch, sie hat in der letzten Zeit oft genug bewiesen, dass sie auf sich aufpassen kann. Es ist ihre Entscheidung und die trifft sie für unser aller Wohlergehen.«

Luzifer räusperte sich und ich hätte schwören können, dass er ein Lachen überspielte. »Ich mag den Vampyr.«

»Das ist mir scheißegal, Engel.«

Diesmal war das Grinsen sichtbar. »Genau deswegen mag ich dich. Also, Lilly?« Luzifer wartete, bis ich ihn ansah. »Haben wir einen Plan?«

Ich legte eine Hand auf Lucans Brustkorb, direkt über sein kräftig schlagendes Herz.

Haben wir?

Er bedeckte meine Hand mit seiner.

Ja. Aber versprich mir, dass du mir Bescheid gibst, sobald dir etwas komisch vorkommt. Luzifer kann uns binnen einer Sekunde zu euch bringen, wenn ich ihm den Weg zu dir weise. Falls Bael es irgendwie schafft, unsere Verbindung zu kappen, fügte er hinzu, *oder solltest du mich nicht spüren oder hören, Liebes, dann befiehlst du Noain sofort, euch wegzubringen. Egal wohin, bloß weg. Versprich es.*

Versprochen. Ich mochte impulsiv sein, aber ich war nicht lebensmüde.

»Wir haben einen Plan«, verkündete ich laut.

Wir versprachen, die Herrschenden auf dem Laufenden zu halten, und einer nach dem anderen verschwanden sie. Midas, Drake und Noain blieben, da sie mich begleiten würden. Nyx und Xerxes weigerten sich zu gehen, dafür kehrte King nach Zyntha zurück. Nick wollte ebenfalls bleiben. Er, Malik und Duncan steckten die Köpfe zusammen und tuschelten, während ich mich mit Lucan und Luzifer austauschte.

»Wenn ich ihre Aura und unser Band mit dir teile, kannst du sie überall finden, nicht wahr?«

»Ich kann sie auch ohne dich finden«, kam die nonchalante Antwort. »In ihren Adern fließt das Blut meiner Gefährtin.« Luzifer zeigte auf die Risse in seiner Haut und das Amulett. »Genau wie in meinen.«

»Kannst du Bael auch spüren?«, fragte ich, und wunderte mich selbst, dass ich ihm die Frage nicht früher gestellt hatte.

»Nein. Wir teilen keine Verbindung und ich kenne weder seine Aura noch sein Blut oder seinen Geruch.«

»Aber er ist dein Sohn, ihr—«

»Wir teilen nicht dasselbe Blut. Nicht so, wie du und deine … Eltern.« Luzifer schüttelte den Kopf. »Hast du mir vorhin nicht zugehört? Ich bin kein Engel mehr. Ich weiß selbst nicht genau, was ich bin, und ich weiß auch nicht, ob Bael, ob er …« Luzifer zögerte und ich beendete seinen Satz in meinen Gedanken. Er wusste nicht, ob er Bael Engelsgene vererbt hatte, oder nicht. Nun ja, vielleicht war mein irrer Stiefbruder ja in Plauderlaune und ich konnte ein paar nützliche Infos mit nach Hause bringen.

»Was ist mit mir?« Nyx trat vor. Sie sah noch grimmiger aus als Lucan. »Ohne mich kannst du weder mit Midas noch mit den beiden

Vögeln hier kommunizieren.« Sie nickte in Richtung Noain und Drake.

»Er wird eure Anwesenheit spüren«, erwiderte ich, da mir der Gedanke Nyx mitzunehmen auch gekommen war. »So wie er es in Etanna und Estaffa gespürt hat. Ich will nicht mit ihm kämpfen« – außer es bot sich mir die Chance, ihn zu erledigen – »ich will Informationen.« Nyx hielt meinem Blick stand. »Ich gehe allein, aber mit Back-Up und wir einigen uns darauf, dass ich mit Lucan und dir in Kontakt bleibe und Luzifer euch bringt, sollte etwas schief gehen.« Es würde schwer genug werden, meine mentalen Mauern undurchdringlich zu halten. Ich blickte sie der Reihe nach an. »Okay?« Sie blieben stumm. »Okay?«

»Ja, doch.«

»Ja.«

»Widerwillig ja.«

Ich seufzte leise. »Gut.«

Drake und ich griffen nach Noains ausgestreckten Händen. Midas trat hinter den Vampyr und legte ihm eine Hand auf die Schulter.

Bevor Noain uns wegbrachte, suchte ich die Blicke meiner Lieben. Duncan und Malik, ernst, aber voller Zuspruch. Nick, nervös und einen Hauch resigniert. Nyx und Xerxes, grimmig und kampfbereit.

Und Lucan. Immer wieder Lucan. Immer und überall.

Ich liebe dich.

Ich liebe dich auch.

Zuletzt Luzifer. Seine Miene war ernst und stoisch, fast gleichgültig, aber das Feuer unter seiner Haut züngelte aggressiv.

»Du bist nicht er.«

Ich nickte. Dankbar, dass er meine Angst anerkannte und sich nicht drüber lustig machte. Dann öffnete ich meinen Geist. Noain war sofort da und pickte jede Information, die ich über Baels Aufenthaltsort hatte, aus meinem Kopf. Instinktiv sah ich zu Lucan und lächelte. Ein richtiges Lächeln. Eines voller Zuversicht. Für ihn, aber auch für mich.

Noain packte meine Hand fester. »Festhalten«, befahl er und teleportierte uns.

KAPITEL 14

Lilly, Ilordin

Wir waren noch immer in Alliandoan. Cas hatte mir erklärt, dass sie dem Wasser durch unsere Welt folgen konnte, es jedoch unmöglich war, durch die verschiedenen Welten zu springen. Ich ließ von Noain ab und sah mich um. Dieser Ort war mir bisher gänzlich unbekannt und es nervte mich gewaltig, dass ich mein Königreich nur kennenlernte, weil ich Bael verfolgte. Etanna. Estaffa. Und jetzt Ilordin.

Eine kleine Stadt ganz im Süden. Idyllisch hatte Nick sie beschrieben. Ein anderes Mal würde ich sie mir gerne ansehen. Heute aber hatte Noain uns an das Ufer eines Baches geführt. Jener Bach, der durch Ilordin floss, und außerhalb der Stadt zu einem kleinen und dann einem größeren Fluss wurde. Jener Fluss, an dem Cas Bael gesehen hatte. Den Auren, die ich schwach und in einiger Entfernung spürte, zufolge, befanden wir uns etwa zwanzig Gehminuten von den Stadtmauern entfernt. Um uns herum nur Wald. Friedlich und still. Vögel zwitscherten, die Sonne schien.

Ich sah zurück zu den Männern und bemerkte, dass Noain mich beobachtete.

»Was?«

»Rhonan verfügt ebenfalls über diese Gabe.«

»Welche Gabe?«, fragte Drake, sichtlich irritiert. Midas schwieg. Er kannte mich bereits zu gut.

»Sie spürt die Auren der Unsterblichen, die hier wohnen.«

»Jeder von uns spürt den anderen und seine Magie.«

»Bis zu einem gewissen Grad«, erklärte Midas. »Lilly verfügt über die Gabe, Auren zu spüren und zu sehen. Du spürst lediglich, dass jemand in der Nähe ist. Sie kann dir sagen, wer.« Er zwinkerte mir zu. »Könnte sie, wenn sie noch mehr üben würde.«

»Was soll ich denn noch alles üben?«, konterte ich augenrollend. Die Wahrheit war, ich musste es nicht üben, denn es passierte intuitiv. Das erste Mal war es mir aufgefallen, kurz bevor wir Rhonan begegnet waren. In diesem verlassenen Haus hatte ich die Auren von Lucan und den anderen gesehen. Ich hatte sie zuordnen können. Seitdem passierte es wie von selbst. Wobei selbst das nicht das erste Mal gewesen war. Das allererste Mal, dass ich etwas in der Richtung gespürt hatte, war vor langer, gefühlt ewiger, Zeit gewesen, kurz bevor uns der Sprengzauber der Minister getroffen hatte. Ich nannte es sechsten Sinn, Lucan nützlich und Noain bezeichnete es als Gabe. So oder so, es war praktisch. Und endlich mal etwas, das ich nicht erlernen musste, herzlichen Dank, Midas.

»Es ist ein angeborenes Talent«, referierte Midas weiter. »Ich schätze, du hast es deinem Vater zu verdanken. Viele Engel aus der alten Zeit verfügten über diese Gabe, aber Lillith … vielleicht liegt es doch eher an deiner Mutter«, überlegte er laut. »Sie ist eine ganz außergewöhnliche Unsterbliche.«

»Schwärmst du jetzt für Lillys Mom, oder was?«

Midas warf Drake einen abschätzigen Blick zu. »Und wenn es so wäre? Bist du dann beleidigt, dass du nicht mehr der einzige mit einer tragischen Liebesgeschichte bist?«

»Das reicht«, mischte ich mich ein, bevor die Stimmung kippte. »Bael«, erinnerte ich die Männer. »Wegen ihm sind wir hier und nicht wegen dämlicher Streitereien.«

»Ich habe nichts gesagt.« Noain blickte sich im Waldstück um.

»Stimmt. Hast du nicht.« Ich musterte ihn. »Alles okay?«

»Bewegen wir uns und finden diesen Irren«, sagte er, ohne auf meine Frage einzugehen. »Deswegen sind wir hier. Ach, und Midas?« Der oberste Zauberer Dhanikans' sah auf. Seine Augen ein leuchtendes Grün. »Noch so ein Kommentar und ich erwähne Luzifer gegenüber, dass du besessen von seiner Frau bist. Das wird bestimmt lustig.«

Ohne eine Antwort abzuwarten, setzte Noain sich in Bewegung und ließ uns stehen. Irritiert starrte ich ihm nach. Er hatte sich verändert. Wirkte offener und … keine Ahnung, nicht mehr so gequält. Er lächelte ab und an. Und war das eben annähernd so etwas wie ein Witz gewesen?

Midas folgte ihm grummelnd, Drake und ich bildeten das Schlusslicht. Ich nutzte den Moment, um mich bei Drake einzuhaken und ihn dicht an mich zu ziehen.

»Was ist da los bei euch?«

Er seufzte. »Ich dachte, wir sind wegen Bael hier.«

»Sind wir. Ich versuche mich abzulenken, bis wir ihn gefunden haben. Hilfst du mir dabei? Bitte?«

Drake legte den Kopf in den Nacken, während wir langsam einen Fuß vor den anderen setzten und Noain und Midas auf dem schmalen Trampelpfad den Bach entlang folgten.

»Du bist wirklich nervtötend.«

»Das höre ich aktuell öfter.« Und es interessierte mich nicht die Bohne. Aber wenn Drake nicht über sich und Noain sprechen wollte, dann sollte ich das respektieren und –

»Wir hatten Sex.«

Beinahe wäre ich gestolpert. Beinahe.

»Öhm.«

Ein grunzendes Lachen entfuhr ihm. »Nicht ganz das, was du erwartet hattest?«

Absolut nicht. »Nicht ganz.«

Drake legte mir einen Arm um die Schultern. Als wolle er mich aufrecht halten, damit ich nicht fiel. Dabei hatte ich das Gefühl, es müsste eigentlich andersherum sein. Ich räusperte mich leise. »Geht es dir gut?«

»Ja und nein.«

»Möchtest du das näher erläutern? Vielleicht so innerhalb der nächsten Minute?«

Mein übles Bauchgefühl sagte mir, dass wir Bael demnächst erreichen würden. Ich war nicht bereit, mich ihm zu stellen, und gleichzeitig wollte ich nichts lieber als diesem Monster ins Gesicht zu blicken und ihm zu zeigen, dass er uns nicht gebrochen hatte. Er sollte mir ansehen, dass wir nicht nach- oder aufgeben würden. Dass wir erst Ruhe geben würden, wenn er unter der Erde lag, von Würmern zerfressen. Wobei ich es bevorzugen würde, ihn einfach zu verbrennen, bis nichts mehr übrigblieb als ein winziges Häufchen Asche, das vom Wind verweht wurde. Bedeutungslos. Alles andere als unendlich. Nicht einen verdammten Geschichtseintrag gönnte ich ihm.

Ich mag, wie du denkst, Liebes.

So wie du?

121

Mhm. Lucans tiefes, melodisches Brummen ging durch meinen Körper und wärmte mich von innen heraus.

Hast du Drake gehört?

Ja.

»Sagen wir mal so«, raunte Drake leise und nur für mich bestimmt. »Ich liebe diesen sturen Esel mit allem, was ich bin. Mit jedem verfluchten Atemzug.«

»Aber?«

»Aber ich habe erkannt, dass wir uns beide verändert haben. Noain ist zerbrochen und hat sich neu zusammengesetzt, während ich zerbrochen bin und …« Er zuckte mit den Schultern. »Ich … ich glaube, ich habe an Bruchstücken festgehalten, die nicht mehr zu reparieren sind.«

»Drake!«, entfuhr es mir leise aber leidenschaftlich. »Du darfst nicht aufgeben.«

»Das habe ich nicht vor. Ich habe lediglich erkannt, dass meine Herangehensweise falsch ist. Ich liebe Noain, Lilly, aber ich kenne ihn nicht mehr.«

Na, endlich, seufzte mein Mann.

Wie? Na, endlich?

Das hätte ich Drake von Anfang an sagen können, er musste es jedoch selbst erkennen.

Ich konnte Lucans Augenrollen förmlich vor mir sehen.

Manchmal geht ihr alten Unsterblichen mir mit eurem kryptischen Gehabe so sehr auf die Eierstöcke!

Und doch weißt du, dass Drake recht hat. Und ich.

Ein »hmpf« entfuhr mir, bevor ich es aufhalten konnte.

Drake lachte leise. »Er hört mit, oder?«

Ich drehte den Kopf und blickte zu ihm auf. Lächelnd sah Drake auf mich herab. Kein bisschen angefressen. Das Bernstein seiner Augen war warm und kleine Lachfältchen ließen ihn noch attraktiver erscheinen. Ich nickte.

»Was sagt er?«

»Na, endlich«, zitierte ich Lucan.

Diesmal war das Grunzen lauter. »Ihr beide habt euch definitiv verdient.« Er drückte meine Schulter. »Lucan ist genauso nervtötend wie du.« Ich wollte gerade etwas erwidern, da fügte er hinzu: »Was meint er dazu? Was … also, hat er einen Rat?«

Er … er fragt nicht ernsthaft nach DEINEM Rat?

Ich bin Lucan Vale, wie du mich so charmant erinnert hast, Liebes. Jeder will meinen Rat.

Heilige Balance …

»Ich sag dir was, Drake. Sobald wir hier weg sind, kannst du uns in Arcadia besuchen und mit Lucan ein Ale trinken. Das besprecht ihr doch lieber untereinander.« Meinen Rat schien er ja nicht zu wollen. Dabei gab ich die wesentlich besseren Ratschläge. Außerdem war Drake *mein* Freund.

Aber du bist kein unsterblicher Mann.

Zum Glück nicht. Nein. Lucans Lachen hallte durch meinen Geist.

Zum Glück nicht. Nein. Und jetzt konzentrier dich.

Als hätte Noain ihn gehört, blieb der Vampyr stehen. Eine Hand erhoben, die Finger zur Faust geballt. Wäre Duncan hier gewesen, hätte er garantiert einen Witz über Noains militärisches Taktikverhalten gemacht. Vermutlich hätte er ihm einen Spitznamen gegeben wie Nightshade oder Blutfang. Oder Fangzahn. Ich hörte regelrecht, wie Duncan darüber lachte.

Lilly …

Ich bin konzentriert. Das war ich tatsächlich. Ich versuchte lediglich mich abzulenken, denn allein Baels Anblick in Cas' Vision hatte mir gereicht. Alles in mir sträubte sich davor, ihm erneut nahe zu kommen. Seine Stimme zu hören, ihn anzusehen, mich womöglich von ihm berühren zu lassen. Lucans unterdrückte Wut sandte einen kleinen Kälteschauer durch meinen Körper. Noain drehte sich zu mir um. »Wenn ihr fertig mit eurem Plausch seid, dann wäre es ganz reizend, wenn du dein Talent für Auren einsetzen könntest. *Majestät.*«

Drake nahm den Arm von meiner Schulter. Kommentarlos trat er einen Schritt zurück.

Ich schloss zu Noain und Midas auf und konzentrierte mich auf diesen Ort. Das dichte Grün. Die hohen Bäume und die Sonnenstrahlen, die durch die Baumwipfel auf den moosbewachsenen Boden fielen. Das leise Rauschen des Baches, das bereits lauter geworden war, und der Geruch nach Wald. Eine Mischung aus frischer, feuchter Erde, Moos und harzigen Nadeln. Kühl und klar, und gleichzeitig schwebte ein dezent süßlicher Duft von Wildblumen und Farnen durch die Luft. Es roch nach Leben – grün, reichhaltig und ungezähmt. Mein Auge zuckte nervös, wenn ich daran dachte, dass dies ein weiterer Ort war, den Bael mit seiner Anwesenheit befleckte. Ein weiterer Ort, an dem womöglich Blut vergossen werden würde.

Informationen, Liebes. Mehr nicht.

Lucans Stimme glich einem Echo. Sie erreichte mich nicht wie sonst, klar und so, als stünde er neben mir, sondern wie durch einen Schleier. Dafür sah ich die Krieger, die mich begleiteten, umso deutlicher. Noains Aura war ein tiefes, glänzendes Onyx. Auf den ersten Blick schwarz und doch so viel facettenreicher. Geprägt von Schmerz, aber da war auch mehr. Ich spürte nicht nur mehr, ich sah es, und das gab mir Hoffnung. Für ihn und Drake.

Midas war, wie sollte es anders sein, ein leuchtender Regenbogen. Schillernd und lebendig, pulsierte er vor Magie. Und Drake … der Prinz der Formwandler, er … seine Aura war grün. Das war nicht weiter überraschend, da alles in Drakes Umfeld irgendwie grün war, sogar seine Drachenform. Allerdings war das Grün durchzogen von feinen goldenen Linien. Sie strahlten mir entgegen und verliehen dem eher schlichten Grün etwas Magisches. Ich ließ den Blick weiterwandern. Über das fließende Wasser, ein paar kleinere und größere Waldtiere, die sich vor uns verbargen und dann, in etwa zwanzig Metern Entfernung, eine Aura, die ich nicht zuordnen konnte. Bael.

»Seine Aura ist wie er: undurchsichtig.«

Ich spürte, wie Midas' Regenbogen-Aura sich mir näherte. »Was siehst du?«

Das war eine verdammt gute Frage. »Dunkelheit und Licht. Verderben und Tod. Leben und … seine Aura besitzt keine Farbe.« Das irritierte mich am meisten. »Jede Aura, die ich sehe, offenbart sich mir als Farbe. Seine nicht.« Baels Aura besaß einen Grauton, den ich nie zuvor gesehen hatte. Er war hässlich und wirkte irgendwie … tot.

Ich blinzelte und sah wieder klar. »Da lang.« Ich zeigte nach links, in Richtung des dichteren Waldes. »Hinter den Bäumen ist eine Lichtung. Dort finden wir ihn.«

»Gut gemacht«, lobte Midas.

Drake stellte sich dicht neben mich. »Bist du bereit, ihm gegenüberzutreten?«

Nein.

»Ja.«

Ich war bereit, weil ich es sein musste. Ein tiefer Atemzug und ich verschloss alle unerwünschten Emotionen in mir und errichtete eine Mauer um mein Herz und meinen Geist. Nichts durfte nach draußen dringen. Keine Regung. Kein Zittern in der Stimme. Kein flüchtiger Blick, der mich verriet.

Meine Fingerspitzen kribbelten, aber ich hielt die Klauen zurück. Das einzige Eingeständnis meiner Wut und meiner Nervosität, war mein plötzlich rotes Sichtfeld.

»Ihr begleitet mich«, wies ich die Männer an. »Er soll euch sehen. Sobald wir die Situation einschätzen können, gebt ihr uns etwas Freiraum.«

Allein mit Bael. War ich bereit? Nein.

KAPITEL 15

Bael, Ilordin

Sie hat sich verändert. Das war mein erster Gedanke, als Lillianna, flankiert von drei Unsterblichen, die Lichtung betrat.

Sie hatte sich verändert und ich war nicht dabei gewesen, um die Veränderung mitzuerleben. Sofort fühlte ich mich etwas beraubt und das machte mich wütend. Seit jenem Tag vor vier Wochen, an dem meine Dämonen gefallen waren, verspürte ich dieses Gefühl oft. Wut. Gleißend hell, heiß und verzehrend. Leider wirkte es sich negativ auf meine Leute aus, wenn ich mehrere von ihnen umbrachte, weil sie mich nervten. Die Ritter wurden ungeduldig und ich spürte eine allgemeine Unzufriedenheit, die in der Luft lag, und die nicht von mir ausging. Also hatte ich meiner liebreizenden Schwester eine Nachricht geschickt. Eine recht clevere, wie ich mir selbst eingestehen musste. Bisher hatte ich die Talente des Wasservolks als eher unnütz empfunden. Immerhin lebte ich seit Jahrhunderten verborgen unter der Erde und solange Najaden Wasser nicht in Schnaps verwandeln konnten, hatte ich keine Verwendung für sie. Doch die Botschaft … das war nützlich gewesen.

Ich blendete die drei Männer neben und hinter Lillianna aus. Natürlich kannte ich ihre Namen. Ich kannte sie alle. Jeden einzelnen ihrer Vertrauten. Und ich würde sie ihr Stück für Stück entreißen, bis nur noch sie übrigblieb. Sie und ich, und dann hatte sie gar keine andere Wahl, als sich mir zuzuwenden.

Allerdings musste ich anerkennen, dass sie ihre Begleitung mit Bedacht gewählt hatte. Ein Drache, ein Vampyr und Lilliths neues Lieblingsspielzeug – Midas. Ihr Gefährte war nirgends zu sehen. Ich spürte ihn nicht. Nicht einmal in ihrem Kopf. Dass sie ihn ausschloss, erfüllte mich mit Stolz. Und mit einem Gefühl, das ich nicht weiter benennen wollte.

»Lillianna. Schwester.« Ich erhob mich und klopfte mir imaginären

Staub von der Hose. Dann ließ ich ihren Anblick wirken. Sie war groß und kurvig. Bildschön, kein Wunder bei ihrem Erbgut. Lillith war ebenfalls eine Schönheit. Geschaffen, um zu verführen. Schön von außen, verdorben von innen. Lillianna war anders. Zumindest hatte ich das bis jetzt angenommen. Mein Blick glitt über ihr Gesicht, die Narben an ihrem Hals, die mich mit purer Befriedigung erfüllten, über die weißen Haare mit der dunklen Strähne, und schlussendlich erwiderte ich ihren kalten Blick. Das Rot ihrer Augen glühte nur für mich.

»Eine recht eigenwillige Typveränderung.«

»Findest du?«

»Keine Sorge, es gefällt mir.«

Gespannt, wie ein kleines Kind, das kaum erwarten kann, seine Geschenke aufzureißen, beobachtete ich sie. Jede Regung. Jedes Zucken ihrer Muskeln und Funkeln ihrer roten Augen. Aber … nichts.

»Wieso sollte es das auch nicht?«, kam die lässige Erwiderung. »Dir gefällt alles an mir.«

»Nach unserem letzten Zusammentreffen bin ich da nicht mehr so sicher.« Langsam gingen wir aufeinander zu. Die Anspannung ihrer Begleiter war mit Händen greifbar. Sie taten gut daran, ängstlich zu sein. Ich hatte ihnen ihre Königin schon einmal entwendet und ich würde es wieder tun. Jederzeit. Aber nicht heute. Eine erneute Entführung bedurfte genauer Planung und meine Botschaft war eine recht spontane Entscheidung gewesen. Mir war die Decke auf den Kopf gefallen und ich hatte diese Woche bereits fünf meiner Leute ausgelöscht.

»Flügel.« Ich spie vor mir auf den Boden. »Verfluchte Engel …« Meine Lider wurden schwer, als ich daran zurückdachte, wie ihre Klauen sich in meinen Brustkorb gebohrt hatten. Welch absolut köstliches Gefühl von Schmerz und Lust und Besitztum das gewesen war …»Die Klauen gefallen mir besser.«

Die Krieger wollten ebenfalls nähertreten, doch eine Handbewegung, eine simple Handbewegung meiner Schwester, und sie blieben, wo sie waren. Das war es, wonach es mich gelüstete. Diese Art von Respekt. Von *Macht*. Die Ritter gehorchten mir nur, weil sie unterschätzt hatten, welch ein Monster sie mit mir tatsächlich erschaffen hatten. Ich war vom Schüler zum Lehrmeister geworden und sie hassten mich dafür.

»Deinem Vater gefallen sie ziemlich gut.«

Meinem Va–, oh, diese Hexe! Lillianna lächelte. Die vollen Lippen verzogen sich zu einem höhnischen Grinsen und ihre Stimme … gleichzeitig kalt und verführerisch. In ihrer Gegenwart erwachte mein Körper zum Leben. Seit unserer ersten Begegnung löste sie etwas in mir aus und das war unerwartet gewesen. Nun wollte ich sie nicht bloß benutzen, ich wollte sie besitzen. Den Platz auf dem Thron neben mir musste sie sich jedoch erst verdienen. Dieses Recht hatte sie sich verspielt, als sie Tausende meiner Leute ausgelöscht hatte. Der Platz neben mir würde frei bleiben, dafür wollte ich sie kriechen sehen. Auf allen Vieren, den Kopf gesenkt. Lust durchfuhr mich bei dem Gedanken und ich drängte sie zurück. Ich war kein Tier. Ich erlag meinen Trieben nicht, niemals.

»Was hast du mit Luzifer zu schaffen?«

»Weißt du es nicht?« Sie sah hinab auf ihre Hände und inspizierte ihre Fingernägel. Erste schwarze Äderchen durchzogen die milchig weiße Haut ihrer Hände und Handgelenke. »Luzifer und ich sind unzertrennlich. Wir arbeiten zusammen.«

Das hatte ich nicht gewusst, nein. Und dafür würden heute Abend noch ein paar Köpfe rollen. Seit sie mich meiner Dämonen beraubt hatten, war ich beinahe blind, was die Anderswelt betraf. Die Silbersynchronen waren nützlich, jedoch nicht so hilfreich, wie Tausende von Spionen in jeder Welt. Es war nicht so, als ob ich nicht genug Leute hätte, doch mein sechster Sinn sagte mir, vorsichtig und abwartend vorzugehen. Ein neuer Plan musste her und dieser wollte gut durchdacht werden. Es war nicht so, dass ich von Natur aus impulsiv handelte. Die anderen zwangen mich dazu und sahen es häufig nicht einmal ein! So wie Lillianna mich erst dazu gezwungen hatte, ihre Stadt anzugreifen, bevor ihre lächerliche Widerwehr mich dazu veranlasst hatte, meine Leute aufzugeben. Ich wusste nicht, wie viele gefallen waren. Volac hatte kurz danach auf mich eingeredet, völlig hysterisch, also hatte ich ihn ausgeblendet. Hätte er Lillianna nicht verloren, wäre all dies nicht passiert. Sie wäre bereits Mein.

»Du hast mir eine Nachricht geschickt. Hier bin ich. Rede.«

Ihre Worte holten mich zurück in die Realität. Mit hochgezogener Augenbraue vergrub ich die Hände in den Hosentaschen meiner hellgrauen Anzughose. Mein Hemd war schwarz. Für sie. Diese Lieblingsfarbe hatten wir gemeinsam.

»Wie wäre es mit ein wenig Privatsphäre?« Ich sah nach links und rechts und zog nun die zweite Augenbraue in die Höhe. »Ich bin allein gekommen.«

»Weil dich keiner leiden kann.«

Der Zauberer und der Vampyr warfen dem Drachen einen strengen Blick zu. Lillianna beachtete seinen Einwand nicht. Sie war vollkommen auf mich konzentriert. Ihre Augen lagen nur auf mir, die Lippen leicht geöffnet. Das Rot ihrer Augen verdunkelte sich. Automatisch rückte ich näher an sie heran. Auf Armeslänge blieb ich vor ihr stehen.

»Schick sie weg«, raunte ich, als das Gefühl, mit ihr allein sein zu wollen, mich überkam, und mich beinahe in die Knie zwang. Voller Faszination stellte ich fest, dass mein Herz auf einmal schneller schlug. Magie brodelte in mir und ich war mir ziemlich sicher, dass meine Augenfarbe wechselte. Zumindest ließ das Midas' erschrockenes Aufkeuchen erahnen. Ich grinste. Sie hatten keine Ahnung, wer hier vor ihnen stand. Außer Lillianna … sie blieb ruhig. So vollkommen ruhig, dass dieses trügerische, verhasste Gefühl schon wieder in mir aufkommen wollte. Hoffnung. Ich wollte sie. Als Königin. Als Untertanin. Als Gefährtin. Sie sollte Mein sein.

Als höre sie meine Gedanken, drehte sie sich um. »Lasst uns allein«, gab sie den Befehl und die Mienen ihrer Begleiter fielen in sich zusammen.

»Lilly, ich –«

Was auch immer der Drache in ihrem Blick sah, es brachte ihn zum Schweigen. Stolz durchfuhr mich. Meine kleine Schwester konnte furchteinflößend sein. Das gefiel mir. Womöglich hatte sie sich mehr verändert als angenommen.

»Nicht weit weg«, murrte der Vampyr mit der hässlichen Narbe. Er warf mir einen düsteren Blick zu. Als ob es mich beeindrucken würde. Ich konnte ihn zerquetschen wie eine Beere. »Wir sind nicht weit weg«, wiederholte er, diesmal in einem ganzen Satz.

Mit deutlichem Widerwillen drehten die Männer sich um und traten ins Dickicht der Bäume. Ich machte mir keine Illusion darüber, dass sie uns allein ließen. Natürlich nicht. Sie würden uns beobachten. Ehrlich gesagt, stachelte mich das noch mehr an. Ich überbrückte die letzte Distanz zwischen uns, bis ich direkt vor Lillianna stand. Um sie zu testen, hob ich den Arm und berührte die dunkle Haarsträhne.

»Wie ist das passiert?«

»Beim Training mit deinem Vater.«

Sie hielt meinem Blick stand und wich keinen Zentimeter zurück. Äußerlich entspannt beobachtete sie mich. Ich ging einen Schritt weiter und wühlte meine Hand in ihre seidig weichen Haare, bis ich mit den Fingern ihren Nacken umfassen konnte. Fest. Lilliannas Pupillen weiteten sich und das Gefühl von Triumph in mir wurde stärker. Womöglich war unsere Situation nicht so hoffnungslos, wie ich angenommen hatte.

»Du hast dich verändert.«

»Es ist nur eine Strähne.« Sie zuckte mit den Schultern. »Ich habe meine Magie falsch benutzt und es ist passiert.«

»Du kannst deine Magie nicht falsch benutzen«, erwiderte ich. Was für eine lächerliche Annahme. »Du benutzt sie, sie gehorcht. Diese Strähne …« Ich lehnte mich vor, um an ihr zu schnuppern. »Mhmm … diese Strähne, die kommt ganz allein von dir.«

»Wie … wie meinst du das?«

»Sie kam, weil du sie herbeigewünscht hast. Diese Strähne, werte Schwester, ist ein Symbol deiner Veränderung. Sie spiegelt den Kampf wider, der in dir tobt.«

Lillianna schluckte. »Und welcher Kampf sollte das sein?«, hauchte sie und mein Grinsen wurde breiter. Magie pulsierte durch meine Adern. Magie, Triumph, Hoffnung, Hass, Verlangen …

»Der Kampf so uralt und ewig, wie die Zeit selbst. Gut gegen Böse. Du musst dich nur entscheiden, auf welcher Seite du stehen willst.«

Ruckartig ließ ich sie los und trat zurück. Lillianna geriet ins Schwanken, fing sich jedoch, als ein ohrenbetäubendes Brüllen über die Lichtung hallte. Bäume fielen und krachten zu Boden. Die Erde bebte. Ein smaragdgrüner Drache erhob sich aus dem Dickicht. Majestätisch und mit leuchtend goldenen Augen. Erschrocken wirbelte Lillianna herum und auf einmal hatte ich das Bedürfnis, mich ihr zu beweisen. Der Formwandler dachte, er könne mich einschüchtern? Falsch gedacht.

»Überlege dir, auf welcher Seite du stehen willst«, wiederholte ich meine Worte und begann meine eigene Transformation. Ein halbes Jahrhundert hatte es gedauert, bis ich die Magie der Formwandler hatte einsetzen können, doch mittlerweile beherrschte ich sie perfekt. Mit großen, roten Augen und glühenden Wangen beobachtete Lillianna, wie meine menschliche Hülle verschwamm und mich verließ. Meine Knochen streckten sich, die Haut wurde gedehnt, weiter und weiter und es dauerte nicht einmal eine Minute, bis ich die gewünschte Form erreicht hatte. Ein Drache. Ebenso majestätisch und beeindruckend wie Drake Careus. Mein Drache war jedoch nicht grün, er war schwarz. So schwarz, wie meine Seele. Ein Klischee. Der Schock auf Lilliannas Gesicht berührte mich tief. Sie hatte keine Ahnung, wozu ich fähig war. Wollte sie es herausfinden? Drake brüllte und fauchte, die glänzenden Augen auf mich gerichtet. Noch bevor Lillianna reagieren konnte, erschien Luzifer. Mein Vater packte sie um die Taille, zeigte mir den Mittelfinger, und brachte sie fort. Gegen ihren Willen. Ein wütendes Brüllen entfuhr mir. Wie konnte er es wagen? Wie konnten sie alle es wagen?

KAPITEL 16

Lilly, Arcadia

»Bringt mich zurück!«

Starke Arme schlossen sich um meine Taille. Luzifers … Lucans … vielleicht sogar beide. Völlig egal. Alles, was zählte, war, dass sie mich losließen, damit ich zurückkonnte!

»Bringt mich zurück!«

»Nein«, zischte jemand in mein Ohr und es war nicht die Stimme meines Mannes. Luzifer. Wütend auf ihn, mich, Drake, diese ganze beschissene Situation, schlug und trat ich um mich. Meine Sicht war glutrot und die Klauen schossen hervor. Ohne Gnade bohrten sie sich in Luzifers Unterarme. Der gefallene Engel fluchte. Ließ mich jedoch nicht los. Lucan trat in mein Blickfeld. Das Gesicht komplett transformiert, bohrten seine schwarzen Augen sich in meine.

»Lucan, ich schwöre dir–

»Du warst grandios«, unterbrach er mich. Als hätte ich ihm soeben nicht drohen wollen. Als hätten wir unsere Freunde nicht mit dem Feind zurückgelassen. Mit einem verfluchten *Drachen!*

Und das war meine Schuld. Ich hatte Bael testen wollen. Ich hatte Drake den stummen Befehl gegeben, sich zu verwandeln, denn was Bael nicht gespürt hatte, war, dass wir die ganze Zeit miteinander kommuniziert hatten. Nicht bloß Lucan und ich. Nyx hatte uns erneut als Sendemast gedient und uns alle miteinander verbunden.

Lucan war während meiner Scharade mein Anker gewesen. Er hatte sich mit mir in meinem Kopf eingeschlossen und mir geholfen, kalt und kalkuliert zu reagieren. Nur dank ihm hatte ich Bael nicht vor die Füße gekotzt, als er mich erneut berührt hatte. Wir hatten uns gegenseitig Halt gegeben und es hatte mich jeden Funken Konzentration gekostet, die Lust in Baels Blick auszublenden und meinen Fokus auf Lucan zu richten. Auf unsere Liebe. Unseren letzten Besuch in unserem Haus in Anak. Und auf die Vision, die immer wieder durch meinen Kopf gelaufen war, wie ein Film in Endlosschleife. Lucan und ich, wie wir Bael in Stücke rissen.

Dabei war mir der Gedanke gekommen, dass ich einen verdammten Drachen bei mir hatte und ich hatte testen wollen, ob es Drake gelang, Bael mit seinem Drachenfeuer in Asche zu verwandeln. Noain war dagegen gewesen. Er hatte Recht gehabt. Aber woher hätte ich auch wissen sollen, dass Bael sich in einen Drachen verwandeln konnte? Das war die Königsklasse unter den Formwandlern. Man musste als Drache geboren werden, anders konnte man diese Gestalt nicht annehmen. Er hatte es gemeistert. Wie viele Formwandler hatten sterben und ihm ihre Magie abtreten müssen, damit er das bewerkstelligen konnte?

»Lucan, *bitte*.« Ein Schluchzen entfuhr mir. »Wir müssen ihnen helfen!« Wenn Drake, Noain oder Midas etwas passierte, würde ich mir das niemals verzeihen können. Ich hatte bereits Olli an Bael verloren, ich würde nicht hier rumstehen und abwarten, bis ein weiterer Freund fiel. Das überlebte ich nicht. Ein Pulsieren ging durch meinen Körper und mit einem kleinen Aufschrei breitete ich meine Flügel aus. Luzifer segelte durch die Luft und ich hörte ein lautes Krachen. Flammen züngelten um meine Klauen. Blau und klar. Rot und wütend. Und zwischen ihnen die lilafarbenen Funken, die ich mittlerweile gut kannte.

Wie auch im Kampf gegen die Besetzten, verlängerten meine Klauen sich weiter. Ich wollte sie nicht einsetzen. Erst recht nicht gegen meinen Gefährten, aber ich würde es tun, wenn er mir nicht augenblicklich aus dem Weg ging.

»Liebes …« Lucan musterte mich mit großen Augen. »Du musst dich beruhigen.«

»Ich muss überhaupt nichts«, zischte ich. »Das Einzige, was ich muss, ist unseren Freunden helfen.« Ollis leblose Gestalt kam mir in den Sinn und das Pulsieren in meinem Körper verstärkte sich. Bael hatte ihn mir genommen. Er hatte uns so viele Unsterbliche genommen. Mein Gedankenkarussell drehte und drehte sich. Unfähig, es zu stoppen, stand ich da und ließ die Wut und damit meine Magie wachsen. In mir tobte ein regelrechter Sturm aus Feuer und ich konnte ihn nicht zurückhalten. Ich war kurz davor, die Kontrolle zu verlieren. Luzifer hatte ich bereits erwischt, ich würde es mir niemals verzeihen, Nick oder die anderen zu verletzen. Oder Lucan. Ich wollte ihm nicht wehtun und gleichzeitig lechzte ich danach, weil er mich davon abhielt, zu helfen. Niemals zuvor hatte ich darüber nachgedacht, ihn zu verletzen. Wir kämpften, natürlich taten wir das. Im Training, in der Arena, zum Spaß … aber so. Mein ganzes Sein war auf ihn gerichtet. Ich wagte es nicht, den Blick von ihm zu lösen, um nachzuschauen, wer noch anwesend war … die Gefahr, im Sturm unterzugehen, war zu groß.

Lucan …

Meine Magie fühlte sich auf einmal fremd an. Unbändig, chaotisch und jenseits meiner Kontrolle. Meine Hände zitterten und mein Atem raste. Hektisch hob und senkte sich mein Brustkorb, während ich versuchte, die Magie in mir zu halten, ehe sie alles verschlang, was sich ihr in den Weg stellte. Ganz gleich, ob Freund oder Feind.

Aber Lucan war da und er verstand, was in mir vorging. In einer kleinen, schwarzen Explosion brachen seine Schatten hervor. Er trat vor und riss mich an sich. Die Schatten hüllten uns in einen Kokon aus Dunkelheit, wie ein Schleier aus kühler Seide. Sie legten sich um mich, beruhigend, verständnisvoll. Für einen Moment standen wir einfach beisammen. Ich ließ mich von Lucan halten und spürte, wie die Dunkelheit um mich herum mich mit jedem Atemzug von der enormen Wut in mir befreite. Die Welt wurde ruhiger, die Hitze wich und an ihre Stelle trat eine beruhigende Klarheit. Meine Flügel verschwanden als erstes, danach die Klauen.

»Gut so«, lobte Lucan leise und strich mir über den Rücken.

»Lucan, die anderen–«

»Haben alles unter Kontrolle«, unterbrach er mich. Sanft hob er mein Kinn und blickte mir in die Augen. Ich sah noch immer rot, aber das Feuer war verschwunden. Es war das mir bekannte, dämonische Rot, das ich bereits liebgewonnen hatte.

»Drake hat Nyx gesagt, wir sollen dich wegbringen.«

»*Was?*« Ich blinzelte. »Wieso?«

»Weil der Formwandler eine verflucht gute Idee hatte.«

Ich sah an Lucan vorbei und entdeckte die Furie und Xerxes. Mit finsteren Mienen betrachteten sie uns. Xerxes hob abwehrend beide Hände. »Verdammt. Erinnere mich daran, dich niemals wütend zu machen.«

»Ey! Das ist mein Spruch!«, rief Duncan von der anderen Seite des Raumes. Ich blickte mich um, und bemerkte, dass sie alle noch anwesend waren. Alle, außer Nick. Er war vermutlich an Alinas Seite zurückgekehrt.

»Was für eine Idee?«, fragte ich an Nyx gewandt.

Die Furie musterte mich. »Nette Show.«

»Was. Für. Eine. Idee?« Wenn sie nicht wollte, dass die *Show* sich wiederholte, sollte sie mir besser antworten.

»Drake ist ein Wyvern«, antwortete Lucan an ihrer Stelle. »Er ist der Alpha aller Drachen. Soweit wir wissen, ist er der einzig lebende Alpha. Da er lebt, haben auch andere Drachen überlebt. So die Theorie.«

»Drake kann sie spüren«, warf Nyx ein. »Bisher hat er es nicht versucht aus … nun ja, aus Gründen, nehme ich an.« Sie rollte mit den Augen. »Aber er sagte uns, dass er Bael klar und deutlich gespürt hat, nachdem dieser sich verwandelt hat.«

»Okay, aber was–«, ich stockte. Mein Hirn arbeitete auf Hochtouren. Meine Gedanken rasten und mein Körper war so erschöpft, wie schon lange nicht mehr.

»Drake will nicht gegen ihn kämpfen«, sprach ich, als ich verstand. »Er will ihn verfolgen?«

Lucan nickte. »In seiner Drachengestalt kann Bael keine andere Magie ausüben. Ganz gleich, wie mächtig er ist, jetzt ist er ein Drache und jede Verwandlung hinterlässt ein Echo.«

»Das heißt, selbst wenn er sich zurückverwandelt und abhaut …«

»… haben wir die Chance, ihn durch Drake zu orten, ja.«

»Heilige Balance, Lucan!« Ich schlug ihm gegen die Brust. Heftig. Lucan taumelte einen Schritt zurück, dann grinste er. Früher wäre er nicht einmal ins Wanken gekommen.

Du wirst mit jedem Tag stärker.

»Wieso hast du das nicht gleich gesagt?«, rief ich und ignorierte den stummen Kommentar.

»Weil du auf einmal so eine Dr. Jekyll-Mr. Hyde-Nummer abgezogen hast, vielleicht?« Lucan zog mich wieder an sich und drückte mir einen festen Kuss auf die Lippen. »Duncan hat nicht ganz unrecht«, murmelte er an meinem Mund.

Alles in Ordnung?

Ja, ich … ja.

Aber?, fragte er, denn er kannte mich zu gut.

Für den Moment kein Aber. Darüber, dass ich beinahe die Kontrolle verloren hatte, konnten wir später sprechen.

Später.

Ich nickte.

»Er ist fort«, sagte Nyx und alle Aufmerksamkeit richtete sich auf sie. »In Drachengestalt. Drake verfolgt ihn in der Luft. Noain und Midas auf dem Boden. Sie wollen keine Hilfe«, fügte sie hinzu, bevor ich den Mund aufmachen konnte. »Drake fliegt hoch über den Wolken. So ist es unauffälliger.«

»Lassen wir Bael in dem Glauben, dass Drake ihn angreifen will. Das lenkt ihn davon ab, dass der Prinz sich seine Drachensignatur einprägt.«

»Lilly, wie …«, Malik räusperte sich. »Wie war es, ihn zu sehen?«

»Grauenvoll«, entfuhr es mir ohne Filter.

Haben sie alles gesehen und gehört?

Nein. Nur Nyx und ich.

Dann hatten sie nicht mitbekommen, dass er mich angesehen hatte, als wäre ich Sein. Dass er mich berührt hatte, als hätte er jedes Recht dazu. Auch hatten sie seinen Blick nicht gesehen, als Luzifer mich fortgebracht hatte. Bael war überzeugt gewesen, es geschah gegen meinen Willen. Ich hatte es klar und deutlich erkannt. Das Verlangen, den Schock, aber auch die Hoffnung in seinem Blick. Allein daran zu denken, verursachte mir Übelkeit.

Du hast deine Rolle überzeugend gespielt, Liebes. Aber mehr war es nicht. Eine Rolle.

Wieso fühlte es sich dann nicht so an? Wieso fühlte ich mich auf einmal, als müsse ich jeden Zentimeter meiner Haut schrubben und in Desinfektionsmittel baden?

»Er ist noch genauso irre wie zuvor«, sagte ich laut, weil ich wusste, dass sie mehr von mir erwarteten als ein »grauenvoll«. »Außerdem wirkt er nicht besiegt. Es scheint ihn kaum zu kümmern, dass wir Tausende seiner Dämonen ausgelöscht haben. Ich habe keine Ahnung wieso, oder über welche Ressourcen er noch verfügt, aber wir sollten uns auf alles gefasst machen und in ständiger Alarmbereitschaft bleiben.«

Ein Frösteln überkam mich. Meine Haut begann zu jucken und zu spannen.

Lucan, ich … ich möchte allein sein.

»Aktuell können wir nichts weiter tun«, sprach Lucan ruhig und autoritär. »Wir warten ab, was Drake und die anderen berichten. Nyx, Xerxes, ihr seid herzlich eingeladen zu bleiben. Andernfalls benachrichtige ich euch, sobald sich etwas ergibt. Alle anderen sind frei, ihren Abend zu gestalten, wie sie wollen, wir sehen uns morgen früh wieder. Lilly und ich ziehen uns zurück.«

Ich hielt den Blick gesenkt, denn ich wollte sie nicht sehen, die verständnisvollen, gar mitleidigen Blicke meiner Familie und Freunde.

Du hast getan, was notwendig war, und ich gebe Lucan recht, du warst fantastisch und hast aus einer schlimmen Situation das Beste herausgeholt. Für uns alle. Bael hat neue Hoffnung geschöpft und das verschafft uns womöglich einen großen Vorteil.

Durch den Schleier meiner weiß-schwarzen Haare schielte ich zu Nyx. Die Furie schenkte mir ein aufmunterndes Lächeln. Ich liebte sie. Ich liebte jeden einzelnen in diesem Raum. Dennoch ertrug ich keinen weiteren Blick, keinen weiteren Kommentar, keine Floskeln …

Lucan schlang einen Arm um meine Schultern und schob mich Richtung Tür. Ich spürte die Blicke der anderen wie kleine scharfe Dolche in meinem Rücken. Niemand von ihnen machte mir einen Vorwurf, dass ich einen Moment für mich brauchte, während Drake und die anderen Bael verfolgten, und doch fühlte ich mich wie eine Versagerin. Im Korridor angekommen, hob Lucan mich kurzerhand hoch und trug mich zu unserer Suite. Ich klammerte mich den gesamten Weg stumm an seinen Hals. Dort angekommen, setzte er mich ab und umfasste mein Gesicht mit seinen Händen. Sein Blick war dunkel und forschend.

Sag mir, was du brauchst.

»Ich …«

Wie sollte ich etwas in Worte fassen, das ich selbst nicht verstand?

Sein Griff wurde fester und der Druck seiner Finger an meinem Kinn verschaffte mir Klarheit. Lucans Schatten umgaben uns. Sie neckten und liebkosten meine Haare, meine Arme und züngelten um meine Beine.

»Keine Geheimnisse, Liebes. Es gibt nichts in dieser oder einer der anderen Welten, was du tun könntest, um mich zu schockieren. Nichts. Hörst du?«

»Ich wollte dir wehtun«, presste ich schließlich hervor. »Eben gerade, in der Bibliothek. Als du mich davon abgehalten hast, Drake und den anderen zu helfen. Ich war hin- und hergerissen, zwischen dem Bedürfnis, dich zu beschützen, und dir wehzutun.«

Lucan schwieg, während ich mir alles von der Seele redete. Die schwarzen Augen lagen regungslos auf meinem Gesicht.

»Ich war kurz davor, die Kontrolle zu verlieren, Lucan, und die Magie, die … raus wollte, sie fühlte sich anders an, ich … so etwas habe ich noch nie gefühlt. Ein wenig war es, wie an jenem Abend beim Ball, als ich meine Unsterblichkeit erlangte. Damals habe ich die Magie in mir mit einem Ozean verglichen.« Ich sprach schnell und abgehackt. »Eine ruhige, weite See. Heute aber war dieser Ozean so rau wie die grüne See in Ilya. Die Wellen schlugen hoch und die Naturgewalt drohte mich zu überwältigen.«

Ich wollte die Augen schließen, als Lucans zweite Hand sich um meinen Nacken legte.

»Sieh mich an.«

Kurz wollte ich mich widersetzen, aber natürlich ließ er es nicht zu.

»Lilly. Sieh mich an.«

Ich blinzelte und sah hoch. In dieses starke, wunderschöne Gesicht. Wie hatte ich überhaupt darüber nachdenken können, ihm wehzutun? Nicht, dass ich es gekonnt hätte, aber–

»Hättest du«, unterbrach Lucan mich und lächelte. Er lächelte! »Deine Magie ist so einzigartig wie du. Impulsiv und wild. Aber sie ist gut. Zweifle nie daran, dass sie gut ist.«

»Ich …«

Verdammt. Hatte ich nicht langsam gelernt, den Mund zu halten, wenn ich nichts zu sagen hatte?

Lucans Miene wurde ernst. Seine Augenbrauen zogen sich zusammen und er ließ von mir ab. »Sag mir, was du brauchst.«

Ich wusste nicht, was ich brauchte! Am liebsten hätte ich genau diese Worte herausgeschrien, aber stimmten sie denn? Seit Ilordin raste mein Herz. Um nicht zu viel zu fühlen und mich zu verraten, hatte ich mich dazu gezwungen, *nichts* zu fühlen. Diese Leere und das

Gefühl der plötzlichen Verletzlichkeit schnürten mir auf einmal die Kehle zu. Mein Körper suchte verzweifelt nach etwas Greifbarem. Nach Berührung. Nach Wärme. Nach jemandem, der die Leere in mir vertrieb. Mein Licht sehnte sich nach der ihr vertrauten Dunkelheit, die nur Lucan uns geben konnte. Nur er verstand. Nur er akzeptierte.

Ohne mich aus den Augen zu lassen, zog Lucan sich in einer flüssigen Bewegung die schwarze Tunika über den Kopf. Darunter war er nackt. Wir hatten uns heute Mittag beide viel zu hastig angezogen. Als nächstes kickte er sich die derben Stiefel von den Füßen und streifte die Socken ab. Als nur noch die Hose übrig war, zog er fragend eine Augenbraue in die Höhe. Eine dunkle Strähne fiel ihm ins Gesicht und seine Züge flackerten. Schatten bedeckten seinen muskulösen Oberkörper und die Tattoos.

»Sag mir, was du brauchst«, wiederholte er. »Ich werde dich nicht berühren, wenn ich die Worte nicht höre.«

Nicht, nachdem Bael mich ohne meine Zustimmung berührt hatte.

»Ich will dich«, stieß ich hervor. »Und ich will es weder nett noch sanft.«

Lucans Schatten schossen auf mich zu. Ich blinzelte und er stand direkt vor mir. Blitzschnell schob er beide Hände unter meinen Po und hob mich hoch. Bevor ich überhaupt Luft holen konnte, kollidierte mein Rücken mit der Wand in unserer Suite.

KAPITEL 17

Lucan, Arcadia

Sie wollte mich. Mich und niemanden sonst. Ich war der Einzige, der ihr geben konnte, wonach sie verlangte. Allein mir oblag das Privileg, sie zu berühren, sie zu küssen und sie zu befriedigen. Nach außen gab ich mich ruhig und beherrscht, in mir aber brodelte es. Dieser Wahnsinnige hatte berührt, was Mein war. Erneut. Lediglich für sie war ich konzentriert geblieben. Für Lilly hatte ich die heiße, alles verzehrende Wut hinuntergeschluckt und mich ganz darauf fokussiert, sie durch dieses Treffen zu bringen. Uns beide. Sie hatte keine Ahnung, dass Nyx mir gut zugesprochen hatte. Meine Tante hatte genau gespürt, was mir diese Situation abverlangt hatte. Sie war mein Anker gewesen, damit ich Lilly einer hatte sein können. Hier und jetzt verspürte ich eine Mischung aus unendlicher Dankbarkeit und Ehrfurcht, dass ich sie in meinen Armen halten durfte, unverletzt. Sie wollte mich. Sie wollte unsere Lust und Leidenschaft und Liebe füreinander spüren und genau das würde ich ihr geben. Uns beiden.

Meine Hände packten ihren Po fester, während ich mich gegen sie presste und ihren Mund eroberte. Diesmal würde uns niemand stören. Meine Schatten schotteten uns ab. Die Anderswelt konnte uns für diesen Augenblick entbehren, während wir uns daran erinnerten, wer wir waren. Lilly und Lucan. Licht und Schatten. Meine Frau war das Herz von Zyntha und das Herz der Anderswelt. Sie war *mein* Herz und ich ihr Schatten, der sie durch jede Dunkelheit begleitete. Sie trug, wenn nötig.

Unsere Lippen trafen sich mit einer Wucht, die alles um uns herum verstummen ließ. Es war kein sanfter Kuss, sondern eine Explosion aus ungestilltem Verlangen und roher Leidenschaft. Nach Bael verspürten wir beide den Drang, einander so nahe wie möglich zu sein. Vom ersten Moment an hatten unsere Körper sich wie Magneten angezogen. Ein Blick auf ihre unbeugsame Miene hatte gereicht und ich hatte gewusst, dass es um mich geschehen war. Der Kuss war wild und rau. Lillys Lippen, ihre Zunge, die mit meiner spielte … beinahe fieberhaft, als wolle sie mich verschlingen. Als wolle sie alles vergessen, bis die Welt nur noch aus diesem Moment bestand. Lust raste durch meinen Körper und ich presste mich fest gegen sie. Lilly verstand die Geste, als das, was es war, eine Aufforderung. Ihre Hände lösten sich von meinen Schultern und schoben sich zwischen unsere Körper. Mit einer flinken Bewegung öffnete sie den Knopf meiner Hose und zog den Reißverschluss herunter. Dabei strich sie mit den Fingerknöcheln fest über mich. Ich stöhnte auf.

Ihre Unterlippe zwischen meinen Zähnen wackelte ich hin und her, bis meine Hose sich um meine Füße bauschte. Sofort hakte Lilly ihre Finger in meine Boxershorts und zog sie herunter.

»Jetzt, Lucan«, stöhnte sie an meinem Mund. »Jetzt. Sofort.«

Scharfe Nägel, nein, scharfe *Klauen* gruben sich in meine Pobacken und instinktiv stieß ich vorwärts.

»Falls es dir entfallen ist, ich bin nackt …«

Lilly löste den Mund von meinem und grinste mich an. Ihre Augen glühten in einem verheißungsvollen Blutrot und kleine Fangzähne blitzten auf. Scheiße, das war heiß. Mein Schwanz zuckte und das Grinsen meiner Frau wurde breiter.

»Zeig mir, wie du mir wehtun wolltest«, entfuhr es mir keuchend, während sie sich vollbekleidet an mir rieb. Auf und ab, und in einem Rhythmus, den ich nicht lange durchhalten würde.

Lilly erstarrte. Ihre Augen weiteten sich und die Fangzähne … *fuck*, waren die gerade länger geworden?

Sie lehnte sich vor und wisperte an meinem Mund: »Falls es dir entfallen ist, ich habe meine Klauen an deinem Arsch, Liebling. Also nimm mich endlich oder ich tue dir wirklich weh.«

Das sollte mich vermutlich nicht so anmachen, aber nun ja, es machte mich an. Gewaltig.

Ich löste eine Hand von ihrem Po und packte den Bund ihrer Jeans. Kein besonders widerstandsfähiges Material. Ein kräftiger Ruck und der erste Riss entstand. Ich zog wieder und wieder … unser hektisches Atmen und das reißende Geräusch von Stoff waren die einzigen Laute in dem sonst stillen, von meinen Schatten bewachten Raum.

Endlich fiel das Kleidungsstück zu Boden und gesellte sich zu meiner Hose. Meine Boxershorts hingen noch immer um meine Knie und Lilly war weit davon entfernt, nackt zu sein, aber es reichte aus. Es reichte aus, um ihr schwarzes Höschen beiseitezuschieben und sie zu berühren. Es reichte aus, um zu erkunden, wie feucht und bereit sie für mich war.

»Lucan …«

Sie würde mich nicht erneut bitten müssen. Ein letztes Mal fuhr ich mit zwei Fingern über ihre Mitte und verteilte die Feuchtigkeit auf meiner Erektion. Purer Besitzanspruch durchfuhr mich.

»Du bist Mein«, raunte ich und meine Stimme klang verzerrt, durch meine eigenen Fangzähne.

»Dein«, wiederholte sie mit flatternden Lidern, als ich mich in Position brachte. Mit einem einzigen kräftigen Stoß drang ich in sie ein.

Zuhause. Mit ihr, bei ihr und in ihr war ich zu Hause.

Lilly schrie auf und die scharfen Klauen wanderten meinen Rücken hinauf. Ich spürte, wie sie meine Haut durchbrachen und Blut hervorquoll. Das stachelte mich noch weiter an und ich zog mich zurück, um noch kräftiger in sie zu stoßen. Lillys Rücken knallte gegen die Wand, wieder und wieder, aber sie beschwerte sich nicht. Ganz im Gegenteil. Sie drückte nach vorne, presste sich dichter an mich und grub ihre Klauen in meine Oberarme. Haare fielen ihr ins Gesicht. Weiß und schwarz. Licht und Schatten. Ich verlor mich in ihr und stützte einen Arm gegen die Wand, um den Halt nicht zu verlieren. Meine zitternden Beine waren alles, was uns aufrecht hielt. Das, und die tiefe Verbindung zwischen uns.

Verdammt, ich war wirklich weich geworden. Nyx und Xerxes hatten mich damit aufgezogen, aber es war mir gleich. Lilly war von Anfang an meine Schwachstelle gewesen und ich schämte mich ihrer nicht. Durch sie hatte ich gelernt, dass schwach nicht automatisch hilflos hieß. Meine Verletzlichkeit ihr gegenüber und wenn es um sie und unsere Familie und Freunde ging, machte mich stärker, denn ich würde alles tun, um meine Lieben zu beschützen. Das wiederum sorgte dafür, dass ich über mich hinauswuchs. Die Zornklage kam mir in den Sinn, doch ich verdrängte alle Gedanken, die sich nicht um die Frau in meinen Armen drehten. Für den Moment.

Denn wenn ich an Nyx und den Kampf dachte, dachte ich an Bael und daran, wie er Lilly berührt hatte. An seinen lustverhangenen Blick und die Gier in seinen Augen.

»Bleib bei mir.« Lilly umfasste mein Kinn und aus dem Augenwinkel sah ich die silbrig schimmernden Klauen. Absolut majestätisch – und tödlich. »Bleib bei mir«, wiederholte sie leise und außer Atem. Und auf einmal war es nicht genug. Ich wollte sie ganz. Ihre Haut, ihren Duft, einfach alles.

»Werde die restlichen Klamotten los«, befahl ich harsch. »Sofort.«

Das Rot ihrer Augen intensivierte sich und ich spürte das Auflodern ihres Feuers. Warm und wohlig für mich, tödlich für andere. Innerhalb weniger Sekunden war sie nackt. Ihre weichen, vollen Brüste pressten gegen meinen Oberkörper und ließen mich ein zufriedenes Brummen von mir geben. Ich liebte ihre Kurven. Jede Rundung sowie alle Ecken und Kanten, die im Laufe der letzten Monate hinzugekommen waren. Doch es war noch immer nicht genug. Ich musste sie tiefer spüren …

Mein Training mit Rhonan war noch lange nicht beendet und doch schaffte ich es, uns von hier bis zum Bett zu teleportieren. Ich funktionierte auf Autopilot, getrieben von meinen Instinkten. Lilly gab einen überraschten Laut von sich, als ich sie herumwirbelte und vornüberbeugte. Sofort stützte sie sich auf dem Bett ab und warf mir einen auffordernden Blick über die Schulter zu.

»Darüber sprechen wir noch.«

»Später«, war alles, was ich erwiderte, als ich hinter sie trat und erneut in sie eindrang. Dank des Winkels tiefer und intensiver als zuvor. Ich fand einen Rhythmus und es dauerte nicht lange, bis ich ihre Haare um meine Finger wickelte, diese schloss und zupackte. Lilly stöhnte auf. Den Oberkörper flach auf dem Bett, hob sie ihre Hüften und streckte sich mir entgegen. Erbarmungslos stieß ich in sie und sie begegnete jedem meiner Stöße mit derselben Leidenschaft.

»Lucan … oh, verdammt, ich …«

Ich lehnte mich weiter vor. Wie von Sinnen stützte ich ein Knie auf dem Bett ab und änderte den Winkel erneut. Diesmal stöhnte sie nicht, sie schrie. Ihre Klauen gruben sich in die Matratze und schnitten durch das Bettzeug. Das Bett selbst knirschte bedrohlich, aber all das kümmerte uns nicht.

»Lucan!«

»Du kommst nicht, bis ich es erlaube.«

Die Matratze verschluckte ihr lautes Stöhnen. Ich ließ ihre Haare los, umfasste mit beiden Händen ihren Hintern und verabschiedete mich von jeglicher Kontrolle. Wir verloren unseren Rhythmus, es störte jedoch keinen von uns. Ich kannte nur noch ein Ziel: Erlösung. Für sie und danach für mich.

»Lucan, bitte … bitte …«

»Noch nicht.«

Noch nicht … gleich … noch ein kleines bisschen …

Sie gehorchte nicht. Natürlich nicht. Mit einem Lächeln auf den Lippen spürte ich, wie Lillys Muskeln begannen, sich um mich herum zusammenzuziehen. Rasch schob ich einen Arm unter ihren Oberkörper und riss sie in eine aufrechte Position. Meine Hand umfasste eine ihrer schweren Brüste und ich spürte ihren rasenden Herzschlag unter meinem Arm.

»Komm für mich, Liebes.«

Mit einem lauten Schrei sank sie gegen mich und ließ sich fallen. Ich folgte ihr augenblicklich, stieß ein letztes Mal in sie, ehe ich kam und meine Beine endgültig nachgaben. Im letzten Moment drehte ich uns herum, bevor ich fiel und Lilly unter mir begrub. So landete sie auf mir, während ich den Bezug zur Realität für einen Moment verlor und mich lediglich aufs Atmen konzentrierte.

KAPITEL 18

Lilly, Arcadia

Ich glaube, ich hatte so etwas, wie eine außerkörperliche Erfahrung. Zumindest fühlte es sich so an, als schwebe ich durch die Luft, halb bewusstlos, halb im Hier und Jetzt, ehe ich plötzlich heruntergelassen wurde, und heißes, wohltuendes Wasser mich umhüllte.

»Mhm«, entfuhr es mir, noch immer mit geschlossenen Augen. Lucan lachte. Tief und grollend. Ich liebte dieses Geräusch.

»Ich würde dich ja fragen, ob alles in Ordnung ist, Liebes, aber dein seliger Gesichtsausdruck verrät dich.«

Ich sank tiefer ins Wasser, bis zur Spitze meines Kinns. »Und wie stolz bist du, dass du mich halb ins Delirium gevögelt hast?«

Er lachte wieder. Lauter diesmal. Dann kam Bewegung ins Wasser, als Lucan sich zu mir gesellte. Die Wanne war groß genug, sodass wir beide eine Ecke für uns hatten, doch das hatte Lucan noch nie gekümmert. Er bewegte uns, bis das Wasser über den Wannenrand trat und mein Rücken an seiner Brust ruhte. Die Augen noch immer geschlossen, konzentrierte ich mich auf meine anderen Sinne. Vor allem aufs Hören und Fühlen. Lucan seufzte und entspannte sich. Ich tat es ihm gleich und umfasste den kräftigen Unterarm, der sich um meinen Bauch schlang.

»Habe ich dir sehr wehgetan?«

Er schnaubte leise. »Sei nicht albern, Liebes.«

»Meine Klauen sind scharf«, erwiderte ich mit unverhohlenem Stolz in der Stimme.

»Sie sind wunderschön, so wie du.« Er küsste meinen Nacken. »Ich werde es wiederholen, bis du es manifestiert hast, Lilly. Nichts, was du tust und nichts an dir, würde mich jemals dazu bringen zu zweifeln oder dich weniger zu lieben. Deine Klauen *sind* scharf. Genauso wie deine Fangzähne. Beides turnt mich an.«

Basta. Er sagte es nicht, musste er auch nicht. Sein Tonfall machte deutlich, dass wir nicht weiter über das Thema reden würden – oder mussten. Unser Sexleben war wie wir, facettenreich. Und ich liebte es. Heute hatte er mir genau das gegeben, was ich gebraucht hatte. Ich hatte die Verbindung zwischen uns spüren müssen, auf körperlicher Ebene. Jede von Lucans Berührungen hatte Bael ein Stück mehr aus meinem Kopf verbannt.

»Denk nicht an ihn.«

»Das lässt sich nicht vermeiden«, gab ich zurück, »aber dank dir, dank *uns* kann ich es mit einem klaren Kopf.« Ich setzte mich etwas aufrechter hin. »Er hat etwas gesagt, das mich beschäftigt.«

»Deine Haare.«

Ich drehte den Kopf, bis ich Lucan ansehen konnte. Er lächelte und küsste mich auf die Nasenspitze. »Du solltest den Worten dieses Irren nicht allzu viel Bedeutung beimessen.«

»Aber was, wenn er recht hat, Lucan?«, fragte ich, unfähig, das Thema fallen zu lassen. »Was, wenn diese neue Veränderung nichts mit meiner Magie zu tun hat, sondern einzig und allein mit mir?«

»Du bist deine Magie und deine Magie ist du.«

Ein frustriertes Schnauben wollte in mir aufsteigen. »Ja und ja. Dennoch … Luzifer konnte sich die Strähne ebenfalls nicht erklären. Keine Ahnung, vielleicht ist sie so etwas wie ein Ausdruck meiner Gedanken?«

»Und die sind wie? Düster?«

»Äh, ja?« Ich musterte Lucan und er kniff die Augen zusammen. »Ich weiß, dass ich gesegnet bin, Lucan. Das weiß ich, glaube mir. Hätte mir jemand all das hier vor ein paar Jahren erzählt, wäre ich vor Lachen in Tränen ausgebrochen. Es gibt noch immer Momente, in denen ich mich kneifen muss, um zu realisieren, dass dies mein Leben ist. Ich bin *dankbar*. So. Sehr. Aber ich bin auch wütend. Und traurig. Ich fühle mich hilflos und die Last auf meinen Schultern ist groß. Auf unseren«, verbesserte ich mich, als das gut bekannte Schwarz sich über seine Iriden hinaus ausbreitete. »Dennoch ist es mein Nervenkostüm, über das wir hier reden und das anscheinend dunkle Haare produziert.«

»Wenn Bael mit seiner Aussage recht hat und dich nicht bloß verunsichern will.«

»Ja.« Das war ihm durchaus zuzutrauen.

»Die Strähne könnte auch etwas mit deinem dämonischen Erbgut zu tun haben. Vielleicht sprichst du mit Lillith, bevor du Baels Worte zu sehr an dich heranlässt?«

»Mhm. Vielleicht.« Daran hatte ich noch nicht gedacht. Ich kniff Lucan in den Arm. »Du kannst teleportieren!«

»Noch nicht ganz.«

»Und was war das eben?«

Er brummte und ich spürte die Vibration an meinem Rücken. »Ein sehr motivierter Assassine.«

Das brachte mich zum Lachen. »Lucan!«

»Es klappt bisher nur auf kurzen Strecken«, erklärte er. »Ich beherrsche das Teleportieren noch nicht so, dass es uns nützlich sein kann.«

Ich hörte einen gewissen Unterton heraus und berührte mit meinem Fuß seinen. »Was verschweigst du?«

»Nichts.« Er seufzte. »Aber ich mache mir Gedanken. So wie du.«

»Über?«

»Nyx. Die Zornklage. Die Möglichkeit, uns telepathisch alle miteinander zu verbinden. Mein Erbe. Meine Mutter.«

»Das sind viele Gedanken«, erwiderte ich leise und kuschelte mich dichter an ihn.

»Ich habe mein Furien-Erbe bisher nicht wirklich angenommen, aber meine Beziehung zu Nyx hat sich stark verbessert und ich denke, ich sollte es tun. Außerdem ist es —«

»Eine mächtige Waffe«, beendete ich seinen Satz in dem typischen Lucan-Vale-Ton.

»Ja.«

»Und es würde Nyx entlasten, wenn du uns ebenfalls telepathisch verbinden könntest.«

»Ja.« Wieder nur ein Wort.

»Eventuell würdest du sogar weitere, ganz neue Fähigkeiten entdecken, und —«

»Ich verstehe, worauf du hinauswillst, Liebes.«

»Es sieht dir nicht ähnlich, eine Konfrontation zu scheuen.«

Lucans Daumen zog kleine Kreise auf meinem Bauch. Ich ließ mich wieder zurück und gegen ihn fallen und genoss das heiße Wasser und seine Liebkosung.

»Ich bin nicht sicher, ob man es direkt als Konfrontation betiteln kann, aber …« Er gab ein leises Grollen von sich. »Einen Spaziergang in die Vergangenheit machen die Wenigsten gern. Auch ich nicht.«

»Aber du bist Lu–«

»Sag es nicht!«, warnte er leise und biss mir spielerisch ins Ohrläppchen.

Lachend drehte ich den Kopf, damit er mich anständig küssen konnte. »Das wirst du mir ewig vorhalten, oder?«

»Dafür ist die Ewigkeit doch da.« Und die hatten wir. Die Ewigkeit. Wir waren unsterblich – bis zu einem gewissen Grad – und die Zukunft, die vor uns lag, war gewaltig. Voller Möglichkeiten, Liebe und Freundschaft. Abenteuer und Leidenschaft. Familie. Lucans Arme schlossen sich fest um meine Taille.

»Du und ich«, wisperte er an meinem Ohr. »Wir alle. Wir werden der gesamten Anderswelt diese Zukunft ermöglichen. Zweifel nicht daran, Liebes, und lass nicht zu, dass Bael seine Spielchen mit dir treibt.«

Ich konnte nicht schlafen. Lucan schnarchte leise. Er lag auf dem Bauch, einen Arm über dem Kopf angewinkelt, der andere lag locker an meiner Taille. Als Suche er auch jetzt noch den Kontakt und müsse sich vergewissern, dass ich da war. Normalerweise war er immer in Alarmbereitschaft, jetzt aber waren alle Lichter aus. Der heutige Tag hatte uns beiden viel abverlangt. Trotzdem konnte ich nicht schlafen. Die Intimität zwischen uns hatte geholfen, dennoch war ich aufgekratzt. Mein Kopf kam nicht zur Ruhe. Ich machte mir Sorgen um Drake, Noain und Midas und ich brannte darauf, unsere nächsten Schritte zu planen. Ob meine Mom noch wach war? Mondlicht schien in unser Zimmer und erhellte die kleinen Staubpartikel, die über unserem Bett durch die Luft tanzten, wenn ich mich hin und her drehte oder unruhig die Beine bewegte.

Nach ein paar weiteren Minuten gab ich es auf. Vorsichtig, um Lucan nicht zu wecken, schlüpfte ich aus dem Bett und zog mich an. Sneaker, Jeans und einen warmen Wollpulli über mein Schlaftop. Die Haare ließ ich offen. Ganz davonschleichen konnte ich mich jedoch nicht. Als meine Finger den Türgriff berührten, regte Lucan sich.

»Lillith?«, murmelte er verschlafen.

Ich bestätigte seine Vermutung, obwohl ich bereits spürte, dass es nicht meine Mom war, zu der es mich zog.

»Hast du einen Runenstein?«

»Ja. Schlaf weiter, Liebling.«

Er murmelte etwas Unverständliches, ehe sein Kopf wieder auf das Kissen sank. Lächelnd schlüpfte ich aus dem Zimmer und schloss die Tür hinter mir. Ich hatte nicht nur einen Runenstein, sondern ein ganzes Arsenal davon. Zudem hatte Vaya mich mit genug Berufungssteinen versorgt, dass ich sie gefühlt zehn Mal am Tag erreichen konnte. Wenn Lucan es jedoch schaffte, das Teleportieren zu erlernen, war es auch für mich möglich. Es besaß durchaus seinen Reiz. Sobald meine To-Do-Liste kleiner wurde, sollte ich darüber nachdenken, Rhonan zu bitten, mich ebenfalls zu unterrichten. Ich hätte Vaya rufen können, doch ich wollte die Dämonin nicht wecken. Dann hätte Lillith von meiner Ankunft erfahren und … ich konnte es nicht genau erklären, aber es zog mich zu einer anderen Person. Tief in meinem Inneren wusste ich, dass Luzifer noch wach war. Nach der Begegnung mit Bael würde auch er nicht schlafen können. Damit keine der Wachen auf mich aufmerksam wurde und Malik benachrichtigte, öffnete ich das Portal direkt vor unserer Suite. Dabei ging ich vorsichtig vor und versuchte die Aktivität meiner Magie so unauffällig wie möglich zu halten.

Wo willst du hin?

Leise seufzend sah ich zur Decke. Dann war Nyx nicht nach Zyntha zurückgekehrt.

Abbadon.

Zu Lillith?

Nein.

Ich spürte Nyx' kurzes Zögern, ehe sie fragte: *Bist du sicher bei ihm?*

Ja. Einhundertprozent. Ich hätte selbst nicht gedacht, dass ich das einmal sagen würde, aber ja. Luzifer war in den letzten Wochen zu einem merkwürdigen Vertrauten für mich geworden. Die meiste Zeit warfen wir uns Beleidigungen an den Kopf, aber irgendwie war das unsere love language.

Du kannst mich jederzeit rufen, ließ sie mich wissen. *Xerxes und ich bleiben in Arcadia. Die Leitung ist offen. Ein Gedanke und wir kommen.*

Danke, Nyx.

Immer.

Mit einem Grinsen trat ich durch das Portal nach Abbadon. Immer. Nyx und Lucan waren sich so verdammt ähnlich. Kein Wunder, dass sie die letzten Jahrhunderte Probleme miteinander gehabt hatten. Sturer ging es nicht.

Sicher?

Ha ha, Nyx. Und jetzt raus aus meinem Kopf.

Die kühle, klare Nachtluft Abbadons begrüßte mich. Der Palast lag in einiger Entfernung zu diesem Ort, gut verborgen unter einem Rem-Zauber. Nach Luzifers letzten Offenbarungen wussten wir nun auch, dass Abbadon nicht bloß so ausgestorben wirkte, weil Lillith paranoid geworden war. Es war der dunklen Königin schlichtweg unmöglich, diese Welt mit Leben zu füllen. Es gab Dämonen, einige, aber längst nicht so viele, dass diese Welt florierte. Wieder einmal fragte ich mich, woher die ganzen Legenden kamen. Die Dämonenangriffe. Lillith als Feindbild Nummer eins. Der Hass. Die tief verwurzelte Feindschaft.

War all das tatsächlich berechtigt und basierte auf einer gemeinsamen Geschichte, oder war es nur das? Eine Geschichte. Hatte man damals so sehr eine Antagonistin gesucht, dass man Lillith zu einer geformt hatte? Hatte ihre Herkunft den anderen Welten Angst gemacht? Hatte man sie womöglich daher ausgegrenzt und den Stein ins Rollen gebracht?

»Kann mich nicht daran erinnern, dich eingeladen zu haben.«

»Brauche ich denn eine Einladung?«

Der Runenstein hatte mich direkt zu Luzifers Ställen gebracht. Der gefallene Engel saß in einem von zwei Liegestühlen vor einem Feuer. Meistens kehrte ich nach unserem Training in den Palast zurück, aber manchmal … zwei Mal hatten wir bereits am Feuer zusammengesessen. Nur kurz und schweigend und doch hatte es sich wie eine Verbindung angefühlt..

»Jeder braucht eine Einladung.«

»Familie auch?«

»Familie.« Luzifer lachte. Tief und donnernd, bevor er einen großen Schluck aus einer Flasche mit klarer Flüssigkeit nahm. Er grunzte. »Familie.«

»Warum sitzt du hier im Dunkeln?«, fragte ich, obwohl ich die Antwort kannte.

Er wies mit der Flasche auf das prasselnde Feuer. »Is' nicht dunkel.«

Er lallte nicht und wirkte bei Verstand, doch der Geruch nach Alkohol war unverkennbar. Luzifer prostete mir zu. »Man soll die Feste feiern, wie sie fallen, nicht wahr?«

Okay. Offensichtlich hatte ihn die Begegnung mit Bael mehr mitgenommen, als ich angenommen hatte. Einen grummelnden, nachdenklichen Luzifer kannte ich. Dieser Luzifer war neu.

»Darf ich mich setzen?«

»Jetzt fragst du?«

»Darf ich?«

Er zuckte mit den Schultern. »Als ob ich dich davon abhalten könnte.«

Konnte er nicht. Also ließ ich mich im zweiten Liegestuhl nieder und starrte in die Flammen. Um uns herum war es stockfinster. In Abbadon gab es weder Sonne noch Mond. Vermutlich, weil die Welt erschaffen worden und nicht natürlich entstanden war. So die Theorie. Aber Theorien gab es viele.

»Ich habe Fragen.«

Luzifer fluchte, aber es klang mehr wie ein unterdrücktes Lachen. »Natürlich hast du die.«

Er reichte mir die Flasche. »Schieß los.«

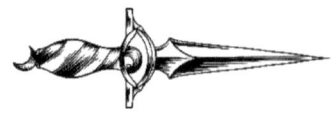

KAPITEL 19

Lilly, Abbadon

Schieß los.

Auf einmal wusste ich nicht mehr, wo ich anfangen sollte. Ich sank tiefer in den Liegestuhl und trank aus der Flasche. Was ich sofort bereute. Hustend schoss ich in eine aufrechte Position und schnappte nach Luft. Luzifer, der Arsch, lachte. Ein richtiges Lachen diesmal.

»Ganz schön starkes Zeug, wenn man nicht dran gewöhnt ist.«

»Geht schon.« Ich hüstelte und sog scharf die Luft ein. »Meine Reaktion auf Rhys war damals ähnlich. Was«, – hust, hust – »ist das?«

»Abyssus.«

Luzifer signalisierte mir, ihm die Flasche zurückzugeben. »Wird hier in Abbadon gebraut. Für die meisten Unsterblichen ist es unverträglich, aber du und ich, wir sind anders.«

»Weil wir Dämonen sind?«

Er hob eine Augenbraue und trank. »Sind wir das?«

»Sind wir denn Engel?«, konterte ich und wir starrten uns an. Die Flammen waren unsere einzige Lichtquelle. Hinter uns, aus einem der Ställe, hörte ich leises Schnauben und Wiehern. Ich hatte mich an die Anwesenheit der Tiere gewöhnt. Tatsächlich fand ich sie faszinierend und seltsam beruhigend.

»Du ja«, murmelte er, den Flaschenhals an den Lippen. »Keine Ahnung, was ich bin.«

»Wie war dein Leben, bevor du Lillith trafst?«, stellte ich die Frage, die mich seit einer Ewigkeit beschäftigte. Stille breitete sich zwischen uns aus. Nach einigen Minuten war ich sicher, dass er nicht antworten würde, doch dann hörte ich ihn leise fluchen.

»Geordnet«, sagte er und seine Stimme durchbrach die Stille und die Anonymität der Dunkelheit.

»Ich gehörte zum Rat, verwaltete mehrere Ländereien und übernahm einige … andere Aufgaben.«

Dann war er tatsächlich Teil des Adels gewesen.

»Die Engel waren ein stolzes Volk. Noch stolzer und verblendeter als heute. Noch arroganter. Die Völker der Anderswelt blieben für sich. Es wurde Handel betrieben und es gab Verbindungen über die Grenzen hinaus, aber es war bei Weitem kein Utopia. Unsterbliche haben eines gemeinsam, Lilly, sie fühlen sich allem und jedem überlegen. Wenn du die Minister jetzt schlimm fandest, stell dir vor, wie es vor vielen Jahrtausenden gewesen ist.« Er trank, ich wartete. Gespannt darauf, was er zu sagen hatte.

»Der *Clash* hat die Anderswelt verändert, ja. Aber nicht ausschließlich zum Negativen. Manchmal braucht es einen Weckruf der etwas anderen Art, damit etwas entstehen, wachsen und sich entfalten kann. Niemand verstand meine Gefühle«, wechselte er auf einmal das Thema. »Niemand konnte nachvollziehen, dass ich meinen Sitz im Rat und alles, was ich mir über Jahrhunderte aufgebaut hatte, für sie aufgab. Ausgerechnet für sie. Eine fremde Dämonin mit Kräften, die wir nicht kannten. Du hättest sie sehen sollen«, wisperte er und ich hing an Luzifers Lippen, wie eine Ertrinkende an der Rettungsleine. Vergessen war jede Zurückhaltung oder Kontenance. Ich wollte alles wissen. Einfach alles.

»Ich hatte noch nie jemanden wie sie getroffen«, sprach er weiter, seine Stimme rau vor Emotionen. »Ihre Magie, die ganze Ausstrahlung, ich … sie war und ist noch immer das schönste Wesen, das mir je begegnet ist.«

Vor einigen Wochen noch hätte ich ihn gefragt, warum er sie dann betrogen hatte. Jetzt war ich klüger und ich wusste, dass Liebe, genau wie unsere Welt, nicht immer schwarz und weiß zu betrachten war.

»Wie habt ihr euch getroffen?«, fragte ich und konnte kaum glauben, dass er mir antwortete.

»Ich war einer jener Engel, die dabei waren, als sich ein uns völlig fremdes Portal öffnete. Lillith und ihre Ritter traten hindurch. Ihre Auren düster und fremd, die Fangzähne gefletscht, die Waffen erhoben.« Luzifer grinste, den Blick in die Flammen vor uns gerichtet. »Ich gehörte damals nicht bloß zum Rat, ich war Teil der Garde.« Er seufzte leise. »General, um genau zu sein.«

»*Was?*«, rief ich, bevor ich mich zurückhalten konnte. »Das … wieso steht das nirgends geschrieben?«

153

»Es ist ein wohlgehütetes Geheimnis, das über Jahrtausende mit den Engeln ausgestorben ist.« Er hob den Blick und sah mich an. »Aus der damaligen Zeit ist niemand mehr am Leben.«

»Was löst das in dir aus?«, wisperte ich, gefangen in seinem feurigen Blick.

»Einsamkeit.«

»Weiß jemand von deiner damaligen Rolle? Malik würde—«

»Ich habe es ihm gesagt.«

Wortlos streckte ich den Arm aus und Luzifer reichte mir die Flasche. Der zweite Schluck war kaum besser als der erste. Aber bei so vielen Enthüllungen brauchte ich etwas, um meine Nerven zu beruhigen.

»Duncan wird ihn umbringen, wenn er erfährt, dass Malik so etwas vor ihm geheim hält.«

»Dein General ist ein guter Mann. Loyal.«

»Ich weiß«, stimmte ich zu. Malik war der Beste von uns. Wenn jemand diese Flügel verdient hatte, dann er.

»Es war nicht so ätzend, sich mit ihm auszutauschen, wie ich erwartet hatte«, sagte Luzifer und sein Tonfall machte deutlich, dass es wesentlich mehr als ›nicht so ätzend‹ gewesen war. Wann hatte er sich das letzte Mal mit einem Engel unterhalten und ausgetauscht? Jemand anderem außer mir. Das musste Jahrhunderte her sein.

»Jahrtausende.«

Ich drehte den Kopf und unsere Blicke trafen sich.

»Deine mentalen Barrieren sind schwach.«

»Weil ich es so will«, erwiderte ich lässig. »Ich sehe keinen Grund, mich zu schützen.«

Ein Schatten huschte über Luzifers kantiges Gesicht und ich meinte etwas in seinen Augen aufblitzen zu sehen. Die Risse in seiner Haut leuchteten stärker.

»Ich will dich nicht mögen.«

Mein rechter Mundwinkel zuckte nach oben und ich verbarg es, indem ich weitersprach. »Die Balance, sie wertet nicht.« Ich dachte an die letzten Monate zurück. Meine Initiation. Die Minister. Jedes einzelne Mal, als ich mit der Balance kommuniziert oder sie um Hilfe gebeten hatte. Sie war stets da gewesen. Eine ruhige, gerechte Präsenz. Wer meine Mutter oder mein Vater war, hatte sie dabei nie interessiert.

»Wenn sie nicht wertet«, sprach ich meine Gedanken laut aus, »dann sind wir es, die es tun.«

Luzifer grunzte zustimmend und verlangte die Flasche zurück. Ich gab sie ihm und unsere Fingerspitzen berührten sich.

»Nach allem, was du in der letzten Zeit gesehen und gelernt hast, wundert dich das?«

Wunderte es mich? Nicht direkt und doch … ja. Ich hatte viel Schlechtes, aber auch viel Schönes gesehen. Die Konstante in all dem war jedoch stets Abbadon gewesen. Lillith und die Dämonen waren der Feind. Und so, wie meine Mom sich bisher präsentiert hatte, hatte ich es nicht weiter hinterfragt.

Stimmt nicht, flüsterte eine kleine Stimme in mir. Ich hatte angefangen es zu hinterfragen. Nachdem ich Lillith, Vaya und auch Luzifer kennengelernt hatte. Sie gaben sich tough und mit Sicherheit waren sie keine Heiligen, aber ich blieb dabei: Ich hatte bisher nicht mitbekommen, dass sie irgendwen angegriffen hatten. Die Dämonen in Aflys und auch in anderen Teilen der Anderswelt, in denen es zuletzt Angriffe gegeben hatte, waren von Bael gekommen. Ich schluckte und sammelte Mut für meine nächsten Worte.

»Sind all die Feindschaft und Missgunst zwischen euch und den Welten … sind sie selbstgemacht?«, fragte ich, in Ermangelung eines besseren Wortes.

Luzifer legte den Kopf in den Nacken und sah in den sternenlosen Nachthimmel. »So wie alle großen Fehden, Majestät. Niemand zwingt uns dazu, uns zu bekriegen. Wir tun es mit Freuden selbst. Ganz gleich, ob Unsterbliche oder Menschen.«

Shit. *Shit!*

Was … worüber genau sprachen wir hier gerade? Das änderte alles, oder nicht? Oder änderte es gar nichts, weil es egal war? Weil der Status quo nun mal so war, wie er war?

»Aber alle … alle Welten sehen in euch ein Feindbild! Willst du mir sagen, dass sich das über die Jahrhunderte so entwickelt hat?«

Er drehte den Kopf und blinzelte. Das war ein Ja, oder?

»Ihr müsst es aufklären!«

Luzifer lachte. »Erstens, niemand würde uns glauben. Zweitens, warum sollten wir? Lillith genießt es viel zu sehr, der Rolle gerecht zu werden. Es ist ihre Aufgabe. Ihre Bestimmung.« Er grinste. »Mit

155

Unsicherheit und Angst ihr gegenüber ging es los. Ein Funke wurde zu einer Flamme und dann zu einem Inferno. Sie schuf sich ihre eigene Welt und grenzte sich ab. Damit war nicht nur Abbadon geboren, sondern auch ein gemeinsamer Feind.« Er zwinkerte mir zu. »Nichts bringt Unsterbliche so schnell zusammen, wie ein gemeinsamer Feind. Das weißt du besser als ich. Außerdem braucht jede gute Geschichte einen Bösewicht.« Luzifer machte eine effektvolle Pause, in der er mich anstarrte. »Und einen Helden. Oder eine Heldin.«

Mein Gehirn versuchte noch immer, das Gehörte zu verarbeiten. Obwohl ich ähnliche Gedanken gehabt hatte, war es doch etwas völlig anderes, es bestätigt zu bekommen.

»Bael ist der Bösewicht in unserer Geschichte.«

»Jetzt«, erwiderte Luzifer trocken. »Und das ist meine Schuld.«

War es das? Oder war es mal wieder das Schicksal, dem wir alle nicht entkommen konnten?

Vielleicht wusste Scio es, vielleicht auch nicht. Erfahren würden wir es vermutlich nie.

»Was unternehmen wir wegen ihm?«

»Das fragst du mich?«

»Du hast das Problem erschaffen, du hilfst mir, es aus der Welt zu schaffen.«

Luzifer schwieg. Eine nachdenkliche Stille breitete sich zwischen uns aus.

»Er ist fasziniert von dir.«

Ich gab ein würgendes Geräusch von mir und erhielt die Flasche zurück. Nach einem weiteren Schluck beschloss ich, dass es der letzte sein würde. Mein Magen brannte und mir war ein wenig zu warm.

»Wenn jemand an ihn herankommt, dann du.«

»Um was zu tun?«, erwiderte ich, aufrichtig ratlos. »Bisher ist er uns stets einen Schritt voraus gewesen. Wir wissen nicht, wie viel Magie er über die Jahrhunderte gestohlen hat. Er hat sich heute in einen verdammten Drachen verwandelt, Luzifer!«

»Das war unerwartet.«

»Unerwartet? Am liebsten hätte ich ihn mit einem Pfeil vom Himmel geholt, aber auch das hätte nichts gebracht, wir—« Ich brach ab, als mir bewusst wurde, was ich da gerade gesagt hatte.

»Vaya«, flüsterte ich eindringlich.

»Wie bitte?«

Ruckartig setzte ich mich auf. »Vaya«, wiederholte ich. »Ich habe keinen Berufungsstein bei mir. Hol sie her.«

»Du brauchst keinen. Solange du in Abbadon bist, hört sie dich.«

Gut. »Vaya!« *Vaya!*

Die Dämonin erschien in einem purpurfarbenen Pyjama. Ein Zweiteiler aus Satin. Ihre kurzen Haare standen in alle Richtungen ab.

»Lilly?«, fragte sie irritiert und musterte Luzifer und mich, wie wir am Feuer zusammensaßen. »Ist alles okay? Weiß Lillith, dass du hier bist?«

»Pfeile«, unterbrach ich sie und sprang auf. Tatsächlich war es eher ein unelegantes Aufstehen, da es gar nicht so einfach war mit einem leichten Schwips aus dem tiefen Liegestuhl wieder rauszukommen. »Pfeile«, sagte ich noch einmal und erinnerte mich an jenen Moment, als ich angeschossen worden war. Lucan hatte den Pfeil aus meinem Flügel gezogen und Vaya hatte mich angeblickt, als verbinde sie die schönsten Erinnerungen mit dem Pfeil. Unter anderem jene, als sie mich angeschossen und damit meine Dämonenkräfte aktiviert hatte. Mit einem weißen Aschepfeil. Einem Drachenpfeil. Tödlich für Dämonen.

»Äh, ja?«

»Der Pfeil, mit dem du mich damals trafst, ist tödlich für Dämonen. Alle Dämonen?« Aus dem Augenwinkel sah ich, wie Luzifer sich aufrechter hinsetzte. Vaya nickte.

»Hast du noch mehr davon?«

»Nein. Diesen einen aufzutreiben, hat eine halbe Ewigkeit gedauert. Die Drachen halten sich versteckt.«

»Die Drachen …« Ich kniff mir in die Nasenwurzel, um mich davon abzuhalten, sie anzuschreien. »Ihr wisst, dass die Drachen leben?«

»Natürlich«, erwiderte sie. »Ihr Alpha lebt, also leben sie.«

In Momenten wie diesen, verspürte ich das Bedürfnis meinen Kopf gegen eine Wand zu schlagen.

»Kann der Pfeil, der mich traf, auch Bael töten?« Mich hatte er nicht getötet, dank Lucan. Eventuell – mit etwas Glück – verfügte Bael jedoch nicht über das gleiche Wissen, wie der König der Assassinen.

»Das weiß ich nicht.«

»Das kommt darauf an, wie viel Magie er geklaut hat«, warf Luzifer ein und erhob sich ebenfalls. »Die Magie, die durch seine Adern fließt, definiert bis zu einem gewissen Grad seine Unsterblichkeit. Womöglich tötet der Pfeil ihn nicht, aber er kann ihn verletzen und zeitweise außer Gefecht setzen.«

So wie es bei mir der Fall gewesen war. Ganzkörper-Paralyse. Mein Blick fand den seinen. »Lange genug, um ihm den Kopf abzuhacken?«

»Lange genug, um ihn in Stücke zu reißen.«

Vaya hüstelte. »Äh, das besondere an dem Pfeil war jedoch nicht der Pfeil selbst«, erinnerte sie mich. »Es war der Zauber. Der Aschepfeil an sich ist selten. Das Holz ist aus den Wäldern Crinaees und wird mit Drachenfeuer behandelt.«

Das konnten wir beides hinbekommen. Wir hatten Zutritt nach Crinaee und Drake–

»Danach tränkt man ihn im Blut eines weißen Drachen.«

Mist.

»Den Blutzauber kann ich dir beibringen, aber das Drachenblut …«

Das mussten wir selbst auftreiben. Und mit wir meinte sie Drake. Drake war ein Drache. Er war ihr Alpha. Aufregung durchfuhr mich und sowohl die beginnende Müdigkeit als auch der Alkohol waren verflogen.

Wenn er Bael in Drachengestalt spüren konnte, würde das womöglich auch mit den anderen, noch lebenden Drachen funktionieren. Sie existierten im Verborgenen, aber wenn ein Alpha rief, dann musste man folgen – oder nicht?

Nyx?

Luzifer musterte mich, während er dichter an mich herantrat. »Was hast du vor?«

Ich höre dich.

Wie ist der Status bei Drake, Noain und Midas?

Sie sind zurückgekehrt. Drake hat Baels Spur verloren, aber wir haben einen Radius. Sie kamen eben erst an und sind gerade dabei, Lucan Bericht zu erstatten.

Einen Radius. Das war besser als nichts.

Einen Radius. In Alliandoan?

Ja. Dann hatte er sich entweder von dort aus weiter teleportiert, oder aber er versteckte sich direkt vor unserer Nase.

Sorg dafür, dass Drake und Noain in Arcadia bleiben. Ich will sie in der Bibliothek sehen. Sofort.

Wie du wünschst.

»Was hast du vor?«, fragte Luzifer wieder.

Ich blinzelte und sah zu ihm auf. Meine Sicht glutrot. »Ich habe einen Drachen und einen Vampyr, der alles tun würde, um ihn zu beschützen.« Und genau die beiden würde ich auf die womöglich wichtigste Mission ihres Lebens schicken. Sie mussten die Drachen finden. Einen weißen Drachen, um genau zu sein.

Luzifer nickte. Er hatte verstanden. »Ich bringe dich zurück.«

Wir verschränkten unsere Finger miteinander und ich konnte das Gefühl nicht abschütteln, nicht bloß einen seltsamen Vertrauten, sondern einen Freund gefunden zu haben.

Vaya gähnte. »Darf ich dann wieder ins Bett gehen?«

Ich konnte ihr nicht mehr antworten, Luzifer hatte unsere Moleküle bereits in der Anderswelt verstreut und war gerade dabei, sie in Arcadia wieder zusammenzusetzen.

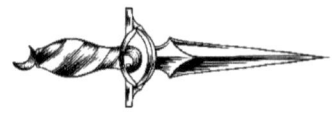

KAPITEL 20

Drake, Arcadia

Ich war müde und ich wollte nach Hause. Mich in einen Drachen zu verwandeln, kostete Kraft. Insbesondere, da ich es all die Jahrhunderte vermieden hatte. Seit den Tagen des *Clash*'war mein Drache nicht mehr so präsent gewesen und das verdankte ich Noain. Je öfter ich mich verwandelte, desto stabiler wurde die Verbindung und desto leichter fiel es mir, in Drachengestalt zu bleiben. Der größte Ansporn war jedoch Noain selbst. Und unsere Verbindung. Jeden Tag in seiner Nähe zu sein, ihn zu spüren, zu riechen, zu schmecken … all das stärkte nicht bloß unser Gefährtenband. Ich hörte meinen Drachen zufrieden schnurren. Als wäre er eine verdammte Katze. Seitdem wir in Ilya miteinander geschlafen hatten, war das Band stärker denn je. Stundenlang hatten wir Bael durch Alliandoan verfolgt. Ich in der Luft, Noain und Midas am Boden. Dabei hatte ich etwas gespürt, das ich vor Wochen noch für unmöglich gehalten hatte. Sorge. Und es war nicht meine eigene gewesen. Noain hatte sich um mich gesorgt und es war so deutlich gewesen, als hätte ich die Emotion in leuchtenden Farben vor mir gesehen. Als wäre sie die Farbe eines ganz individuellen Noain-Regenbogens. Die anderen Streifen blieben mir bisher verborgen, doch ich meinte in der letzten Zeit Zuneigung zu erhaschen. Interesse. Lust. Vielleicht sogar Vergebung – eines Tages. Während Noain und Midas Lucan mit allen Informationen versorgten, hielt ich mich im Hintergrund. Das schummerige Licht fütterte die Erschöpfung in meinen Knochen und ich genoss die Wärme des Kaminfeuers, die sich im Raum ausbreitete. Nyx und Xerxes standen hinter und neben Lucan. Die Furie blickte angespannt drein und als die schwarzen Augen auf mir landeten und ihre Miene sich verhärtete, wusste ich, dass Vesteria und mein Bett noch eine Weile warten mussten. Lucan versteifte sich ebenfalls und meine Laune sank. Was auch immer jetzt kam, ich wusste, dass es nur mit einer Person zu tun haben konnte.

»Lilly.«

Lucans Blick richtete sich zielsicher auf einen Punkt hinter mir. Ich musste mich nicht umdrehen. Lilly besaß eine neue, beinahe düstere Präsenz, an die ich mich Stück für Stück gewöhnte. Noain und Midas drehten sich um. Ihre Blicke gingen an mir vorbei.

»Kann sie jetzt nirgends mehr hingehen, ohne dich?«, fragte Noain und stachelte meine Neugier an. Nun drehte ich mich doch um und erblickte Luzifer an Lillys Seite. Eng beieinander, wie gute Vertraute, standen sie da. Ich gab mich meinen Drachensinnen hin und der Geruch nach Feuer, Alkohol und etwas, das verdächtig nach Geheimnissen stank, stieg mir in die Nase.

Luzifer vergrub die Hände in den Hosentaschen. »Vielleicht bin ich es, der ohne sie nirgends mehr hingehen kann?«

Ich blinzelte. Keiner hatte mit dieser Antwort gerechnet. Erst recht nicht Noain.

»Ich musste sie nicht aufhalten, sie sind noch da.«

Mit einem Augenrollen drehte ich mich wieder um und funkelte Nyx an. »Das ist ziemlich offensichtlich, allerdings wollten wir … wollte *ich* gerade gehen«, verbesserte ich mich, denn auf keinen Fall wollte ich voraussetzen, dass Noain mich nach Fenrys begleitete. Wir warteten auf eine Antwort, doch alles, was wir bekamen, war ein inniger Augenkontakt zwischen Lilly und Lucan. Ich kannte den Blick. Die erhobene Augenbraue. Die gerunzelte Stirn. Der zusammengepresste Kiefer und das gelegentliche Zucken der Mundwinkel. Sie kommunizierten wortlos. Von Neid zerfressen, sah ich zu Boden. Dass ich nicht wusste, ob Noain und ich trotz der Liebe zwischen uns – die zumindest ich empfand – eine Zukunft hatten, machte Momente wie diesen umso schmerzvoller. Ich hätte alles dafür gegeben, ihn in meinem Kopf zu hören. Telepathisch miteinander zu kommunizieren war intimer als Sex. Erregender als jeder Kuss es sein konnte. Es war der ultimative Vertrauensbeweis und ich befürchtete, dass er es nie wieder zulassen würde. Aber jene Momente, in denen es unabdingbar gewesen war, … ich zehrte noch immer von ihnen.

»Ich hatte heute nicht mehr mit dir gerechnet.« Lucan musterte seine Frau mit ernstem Blick.

»Ich hatte eine … nennen wir es: Erleuchtung. Am Feuer.«

»Worum ging es?«

Sein Blick huschte zwischen Lilly und Luzifer hin und her. Schatten tanzten um seine Handgelenke. War er gegen eine Freundschaft der beiden?

»Pfeile«, erwiderte Lilly grinsend und alle sahen erneut in ihre Richtung.

Was sie danach erzählte, sorgte für Gänsehaut auf meinen Armen. Ein weißer Drache. Lebende Drachen. Wie lange hatte ich mir nicht gestattet, darüber nachzudenken? Wie lange hatte ich dem Wyvern in mir die Horde versagt? Weil ich mich selbst gehasst und bestraft hatte …

Aus dem Augenwinkel sah ich, dass Noain ein Stück an mich heranrückte. Ich schluckte. »Du verlangst viel«, brachte ich schließlich heraus, meine Stimme rau.

»Ich verlange nichts, was ich nicht selbst bereit bin zu tun«, erwiderte Lilly ruhig. »Immerhin trainiere ich in Abbadon, schon vergessen? Erst mit Lillith und jetzt mit Luzifer. Ich würde alles tun, um Bael zu vernichten und euch zu schützen, Drake. Alles. Bitte hilf mir dabei. Wir brauchen dich. Euch beide.«

Stille breitete sich in der Bibliothek aus. Mondlicht erhellte den Raum. Luzifer war es, der die Stille brach. »Nette kleine Rede.«

Lilly schaute zu ihm auf. Sie grinsten sich an. »Danke.«

Ich fühlte mich schon wieder, als wäre ich Teil eines absurden Traums. Aber dann sah ich zu Noain und die hellen Augen und sein intensiver Blick nahmen mich gefangen. Fast war es, als wolle er mir etwas mitteilen. Etwas, das ich nicht greifen konnte und doch spürte, wie monumental wichtig es war. Und dann änderte sich erneut alles und mein Traum wurde noch surrealer, als ich ihn in meinem Kopf hörte.

Kannst du die Drachen finden?

Konnte ich? Ich hatte es noch nie versucht, aber früher, da hatte ich sie gespürt. Ich war ihr Alpha. Mit etwas Geduld …

Ja. Ich … ich denke, ja.

Ich werde dich begleiten.

Wieso? Womöglich war das nicht die klügste Frage in einem Moment wie diesem. Ihn zu hinterfragen war generell dämlich und riskant, denn er konnte das Angebot zurückziehen, doch … ich konnte nicht anders, denn ich musste wissen, wieso. Wieso wollte er mich begleiten? Wieso blieb er in Vesteria? Wieso gestattete er eine Kommunikation auf diese Weise? Wieso war er auf einmal so … anders?

Jemand muss auf dich aufpassen.

Ich dachte, es wäre dir ein inneres Blumenpflücken, wenn ich eins auf den Sack bekomme?

Noain schnaubte abfällig. *Nur, wenn ich derjenige bin, der dir auf den Sack gibt.*

Heilige … Balance. An seinen Worten war absolut nichts Erotisches und doch spürte ich, wie ich hart wurde. Ich räusperte mich und biss mir in die Wangentasche, bis ich Blut schmeckte. Noain knurrte leise. Ein tiefes, animalisches Geräusch.

»Sollen wir euch vielleicht kurz allein lassen?«

Nyx' Worte katapultierten mich zurück in die Realität. Nyx, Xerxes und Lucan. Lilly und Luzifer. Midas und … Noain. Ich räusperte mich. »Ich nehme die Mission an.«

»Wir nehmen die Mission an«, verbesserte Noain mich. Lilly grinste, als hätte sie nichts anderes erwartet, wohingegen der Rest der Truppe so aussah, als hinterfragten sie mein Denkvermögen. Natürlich konnte ich nicht nein sagen. Es ging um zu viel. Es ging um alles. Und doch würde man ja nochmal fünf Minuten über so eine Entscheidung nachdenken dürfen.

»Vesteria …«

»Wird in der Zwischenzeit von den Schattenkriegern bewacht.«

Lucan nickte mir zu und verdammt, wann hatte ich eigentlich angefangen, den Mann zu respektieren?

Noain –

Nicht jetzt.

»Wenn ihr heute zurück nach Fenrys wollt, um wichtige Angelegenheiten zu klären, tut dies.« Lucan streckte die Hand aus und Lilly setzte sich in Bewegung. Die beiden waren wie zwei Magneten. Einer zog den anderen an.

»Xerxes wird euch begleiten und sich vor Ort einen Überblick verschaffen. Einige unserer Leute waren bereits vor ein paar Wochen dort. Sie können den anderen helfen, sich sinnvoll aufzuteilen.«

Xerxes trat aus Lucans Schatten, bereit, die Worte seines Herrn in die Tat umzusetzen.

»Ist das notwendig?«, fragte ich. Gedanklich sah ich eine Horde Assassinen meinen Patio bevölkern und die *ululas* verschrecken.

»Ist es«, warf Lilly ein, die soeben in einer innigen Umarmung verschwand. »Bael weiß, wer du bist und was du bist. Wir haben keine Ahnung, was er über Drachen weiß und was nicht. Vesteria könnte ab sofort eines seiner primären Ziele sein. Jetzt, wo du ihn angegriffen und verfolgt hast. Solange ihr auf Mission seid, wird ein Teil der Schattenkrieger sich in Vesteria verteilen, der andere Teil kümmert sich um euren Radius und Baels Spur.«

»Er wird nicht mehr in Alliandoan sein«, warf Midas ein. Der Zauberer hatte unseren Austausch bisher interessiert, aber still, verfolgt. »Es wäre dumm und leichtsinnig in dieser Welt zu bleiben.«

»Vielleicht.« Lilly blickte grimmig drein. Die dunkle Strähne fiel ihr ins Gesicht und zusammen mit den Narben, den schönen Gesichtszügen sowie den rotglühenden Augen war sie definitiv eine Erscheinung. »Wir müssen es jedoch versuchen. Jede noch so kleine Spur ist eine Spur. Entweder er springt von Alliandoan in eine andere Welt oder …« Sie holte tief Luft. »Oder er versteckt sich genau hier, vor unserer Nase.«

»Um dir nahe zu sein«, warf Luzifer ein.

Sie nickte. »Womöglich, ja.«

»Wir werden die Drachen finden«, entfuhr es mir, bevor ich mich stoppen konnte. Aber Lillys Miene, die aller Anwesenden, sie war gleichzeitig hoffnungsvoll und hilflos. Ich bekam die Chance, meinen Beitrag zu leisten und genau das würde ich tun. Lillys rote Augen richteten sich auf mich und das Feuer darin ängstigte mich nicht mehr. Mittlerweile war es vertraut und willkommen. Unsere Vergangenheit oder das Blut, das durch unsere Adern floss, definierten nicht, wer wir waren. Am Anfang hatte ich es für einen Spruch gehalten, simples Gerede, mittlerweile wusste ich es besser und hatte die Worte verinnerlicht. Instinktiv sah ich zu Noain. Er beobachtete mich grimmig. Ich hatte eine Chance gewollt, ihn neu kennenzulernen und hier war sie. Alles, was ich tun musste, war, sie am Schopfe zu packen. Wir würden die Drachen finden und vielleicht konnten wir, ganz nebenbei, einen Anfang für etwas Neues schaffen. Der Funken Hoffnung, den ich auf einmal verspürte, wurde zu einer kleinen Flamme, die mich von innen heraus wärmte. Wir würden die Drachen finden.

KAPITEL 21

Lilly, Arcadia

Drei Tage. Drake und Noain waren seit drei Tagen unterwegs. Malik und die Schattenkrieger durchkämmten Alliandoan und drehten jeden einzelnen Stein im sogenannten Bael-Radius um. Aber nichts. Absolute Funkstille. Bei Bael. Bei Drake und Noain. Im Palast herrschte geschäftiges Treiben. Cora wuselte herum. Nick ebenso. Er traf sich mit dem Adel, besänftigte Minister, die ich bereits weit, weit aus meinem Kopf verbannt hatte, und erstattete uns Bericht. Jeder hatte eine Aufgabe. Jeder, außer mir. Lucan war in stetiger Kommunikation mit Xerxes, immer umgeben von Duncan und Nyx und … ehrlich gesagt, wurde ich langsam wahnsinnig. Drei Tage… und ich ging auf dem Zahnfleisch. Nicht einmal das Training mit Luzifer konnte mich ablenken. Er und meine Mom hatten sich gestern zurückgezogen, also konnte ich nicht einmal Lillith nerven und mit Fragen bombardieren. Geschweige denn Luzifer. Jetzt, wo wir den ersten richtigen Durchbruch erreicht hatten … im Training und in unserer Beziehung, machte er sich rar. Und ich, ich war … nutzlos. Daher saß ich jetzt hier, in unserer Bibliothek, und brütete über diversen Büchern, ohne zu wissen, wonach genau ich eigentlich suchte. Einige stammten aus Arcadia, andere hatte Midas Olli und mir vor einer Weile geschenkt.

Mein Freund war fort, die Bücher noch da. Liebevoll strich ich mit den Fingern über Duncans geschriebene Worte. Ich erinnerte mich noch gut daran, wie wir über die Fae recherchiert hatten. Duncan hatte nicht nur Eselsohren in das Buch gemacht, sondern zu Ollis abgrundtiefem Entsetzen auch hinein gemalt. Mein Zeigefinger fuhr wieder und wieder über die Worte. Als würde die raue Struktur des Papiers nicht nur die Erinnerung an jenen Moment, sondern Olli selbst zum Leben erwecken. Zu gern hätte ich jetzt zusammen mit ihm über den Büchern gesessen. So wie zu Beginn dieser Reise …

Liebes. Wo bist du?

In der Bibliothek, wieso?

Ich sah Lucans Stirnrunzeln regelrecht vor mir.

Weil du traurig bist.

Ich denke an Olli und …

Lucan zögerte kurz, ehe er fragte: *Was noch?*

Ich fühle mich nutzlos, gestand ich, sogar gedanklich murrend.

Es gibt mehr als genug zu tun. Nick ist auf dem Weg zu Minister Emres. Wie du weißt, übernehmen er und einige der anderen Minister ein paar administrative Aufgaben im Palast.

Ich habe Nick und Cora zugehört.

Es interessiert dich jedoch nicht.

Seine Worte waren wertfrei. Er traf den Nagel auf den Kopf, hielt es mir jedoch nicht vor.

Wir befinden uns im Krieg, Lucan. Welche der Minister Wiedergutmachung leisten oder versuchen, uns in den Arsch zu kriechen, ist mir gleich.

Sollte es vermutlich nicht sein, dennoch … solange Bael da draußen war, konnte ich mich auf nichts anderes konzentrieren. Erst recht nicht auf das Ego unsterblicher Männer, die Angst hatten, weil sie an Relevanz verloren.

Ich halte es für unklug, wenn du im Palast sitzt und schmollst.

Ich schmolle nicht.

Wie lange ist es her, dass du Alina gesehen hast?, fuhr er fort, ohne auf meine Worte einzugehen.

Lange. Tatsächlich viel zu lange.

Ich schicke Nyx zu dir und ihr könnt den Tag in Zyntha verbringen. Wir haben hier alles unter Kontrolle.

Wir. Er und Cora und Nick und Malik. Xerxes und die anderen. Alle, außer mir. Ich hatte nach Bael nicht einmal mich selbst unter Kontrolle gehabt.

Lilly, ich liebe dich. Aber du brauchst eine neue Umgebung – für heute. Nyx ist auf dem Weg. Geh nach Zyntha und kriege den Kopf frei.

Auf die Reservebank gesetzt, wie ein bockiges Kind. Es geschah mir recht. Der Gedanke Alina zu sehen, heiterte mich jedoch auf. Seit wir Midas' und Lilliths magische Bombe gezündet hatten, blieb meine Freundin in Zyntha. Zusammen mit Nick und Cora. Baby Jonah und King. Sie pendelten zwischen unseren Welten hin und her. Ein Einfaches, jetzt, da die Schattenportale offen waren und jeder aus Zyntha sie benutzen konnte. Jeder aus Zyntha. Das war der Knackpunkt und das war es auch, was diese Welt so sicher machte. Kein Dämon kam hindurch. Olli hatte es nicht geschafft und Bael auch nicht, sonst hätten wir es bereits mitbekommen. Die Welt der Assassinen war, neben Ilya, der aktuell sicherste Ort in der Anderswelt. Am liebsten hätte ich alle meine Lieben dort hingebracht und die Portale wieder geschlossen. Ich würde ihnen jedoch nicht das antun, wovor ich mich selbst am meisten fürchtete: die Selbstbestimmung zu verlieren.

Es klopfte und Nyx steckte den Kopf durch die Tür.

»Hab gehört, du brauchst einen Tapetenwechsel.«

»Er wurde angeordnet.« War jedoch willkommen, das wussten wir beide.

»Ich begleite dich nach Zyntha.«

Ich klappte das Buch zu und erhob mich. Mir taten die Knochen weh. Das Training mit Luzifer war anstrengend, aber ich liebte es, meine Grenzen zu testen. Die Arena kam mir in den Sinn und ich hörte Nyx schnauben.

»Ich dachte, du willst Alina besuchen.«

»Will ich auch.« Der Bauch meiner besten Freundin wurde runder und runder und es war lange her, dass wir einfach zusammengesessen hatten. Seit Coras und Kings Vereinigung waren ruhige Momente selten geworden.

Wir hatten es noch nicht einmal bis zum Patio geschafft, als Cora uns einholte. »Hab gehört, ihr geht nach Zyntha. Ich komme mit.« Zu dritt setzten wir unseren Weg fort und Cora erzählte mir, wie gut es tat, im Palast eingespannt zu sein, aber dass sie ein schlechtes Gewissen Jonah gegenüber hatte.

»Er ist gut aufgehoben bei Ketla und Artur«, warf Nyx ein, als wir den sonnendurchfluteten Patio erreicht hatten.

»Natürlich ist er das. Sie sind seine Großeltern, dennoch … er ist noch so klein und ach, keine Ahnung. Das schlechte Gewissen bekommt man als Mutter gratis on top. Wartet ab, bis es bei euch so weit ist.«

Nyx lachte. »Also nie.«

»Du willst keine Kinder?« Die Frage war raus, bevor ich sie stoppen konnte. Dabei hatte ich gar nicht so direkt fragen wollen. Es war unhöflich und zudem gab es viele Gründe, wieso ein Paar kein Kind hatte oder haben wollte. Private Gründe.

Wir sind Familie.

Das gibt mir jedoch nicht das Recht, unangebrachte Fragen zu stellen.

Die Furie nickte. Trotzdem beantwortete sie meine Frage. »Taro und ich sind seit vielen Jahrhunderten verbunden. Er selbst hatte keine gute Beziehung zu seinem Vater und seinem Bruder. Beide sind gefallen«, fügte sie hinzu. »Und ich … Furien, die geboren werden, sind selten. Ich sah meine Schwester mit Lucan. Ich sah die Macht, die sie ihm vererbte, aber auch die Verantwortung und ich erlebte, wie viel Schmerz entstand, als sie ging. Erst sie, dann Quirin.« Nyx zuckte mit den Schultern. »Ein Kind steht einfach nicht ganz oben auf meiner Prioritätenliste und daher halte ich es für besser, keines zu bekommen.«

»Nachvollziehbar«, erwiderte Cora entspannt und sah sich im Patio um. Die dort stationierten Wachen nickten uns respektvoll zu.

»Wartet!«

Zu dritt drehten wir uns in Richtung des säulengespickten Außenkorridors um, der zur großen Treppe und damit zum See der Balance führte. Duncan eilte auf uns zu. Die blonden Haare zerzaust, der Gesichtsausdruck gehetzt.

»Hab gehört, ihr geht nach Zyntha«, keuchte er und kam zum Stehen. »Ich komme mit.«

Er fuhr sich durch die Haare und richtete die oben länger gebliebenen Strähnen. Die Welle an seinem Handgelenk blitzte auf.

»Meine Mom ist gerade da und ich muss dringend mal was anderes sehen als Weiß.« Er grinste mich an. »Nix gegen deinen Palast.«

»Hab' ihn nicht gebaut.«

Duncans Grinsen wurde breiter. »Dann wäre er vermutlich auch nicht weiß geworden.« Er streckte die Hand aus und schnippte gegen meine Haare. »Cruella De Vil.«

Automatisch griff ich mir an den Kopf. War die Strähne größer geworden? Breitete es sich aus?

»Es ist nur diese eine Strähne«, beruhigte Cora mich und warf Duncan einen strengen Blick zu. »Jetzt mach sie doch nicht wahnsinnig, ihr Nervenkostüm liegt sowieso schon blank.«

»Na, herzlichen Dank.«

Cora richtete ihre Aufmerksamkeit auf mich. »Willst du behaupten, dass es anders ist?«

»Nein«, stieß ich zwischen zusammengebissenen Zähnen hervor.

»Können wir jetzt bitte los?« Ein Gedanke kam mir und ich wandte mich zu Nyx um. Wie ein mächtiger schwarzer Schatten stand sie neben mir. Umgeben von weißem Sandstein, Engelsfiguren, Gold und Marmor und dennoch so düster, wie die Nacht selbst.

»Kann ich das Portal nicht einfach selbst öffnen? Jetzt, wo Lucan und ich verbunden sind?«

»Kannst du, ja.«

»Wieso bist du dann hier?«, fragte Duncan.

»Als Babysitterin.«

Ich stockte. »Wie bitte?«

Nyx räusperte sich. »Moralische Unterstützung. Das meinte ich.« Cora kicherte, ich rollte mit den Augen. »Öffne das scheiß Ding, bevor meine Laune endgültig kippt.«

Ich brauchte meine beste Freundin. Die sanfte, liebe Alina. Die Stimme der Vernunft.

»… und dann ist er gegangen!«, rief Alina aufgebracht und schielte zu der Vase mit frischen Blumen auf dem Tisch. Ganz so, als wolle sie sie an die nächstbeste Wand werfen. Oder gegen Duncans Kopf. Einfach nur, weil er ein Mann und sie wütend war.

»Gegangen!«

Sie verschränkte die Hände auf ihrem Bauch. Als wolle sie das Baby vor Leid schützen. Dabei hätte es in den letzten zwanzig Minuten eher Ohrenschützer gebraucht, damit es ihr Geschrei nicht hörte. Alina, eigentlich immer ruhig und besonnen, kochte vor Wut. Weil mein Bruder irgendetwas verbrochen hatte. Was genau, hatte ich beim besten Willen noch nicht verstanden. Duncan sah ebenso ratlos aus und Cora grinste. Nyx war von vornherein so schlau gewesen und hatte sich verkrümelt, um ihren Gefährten zu sehen und mit Dougal zu sprechen.

»Ich versteh nicht, wieso sie so wütend ist«, flüsterte Duncan und lehnte sich mit dem Oberkörper zurück, als Alina ihn mit blitzenden Augen fixierte. »Was haben wir getan?«

»*Ihr* habt gar nichts getan!«, rief Alina. »Aber ihr seid jetzt hier und ihr seid meine Freunde, also ist es eure *Pflicht*, mir zuzuhören und mich in allem zu bestärken!«

»Das sind die Hormone«, warf Cora ein. »Die Kombination aus körperlichen und emotionalen Herausforderungen kann schon mal dazu führen, dass einen die kleinsten Dinge auf die Palme bringen. Wie jetzt und hier. Nick brachte ihr Tee statt Kaffee und ist dann nach Alliandoan aufgebrochen, um sich mit den Ministern zu treffen.«

Es ging um Kaffee? Also schön, ich war selbst ein Fan und gehörte zu denen, die morgens mit Kaffee besser funktionierten, aber … Kaffee?

»Kaffee?« Duncan klang ungläubig und fing sich einen weiteren bösen Blick ein.

Ich selbst verstand das Problem absolut nicht, aber Alina schien es wichtig zu sein. Der Kampfgeist verließ sie und auf einmal sah sie bloß noch emotional, irgendwie traurig und sehr schwanger aus.

»Komm her«, wies ich sie an und stand auf, um sie fest in den Arm zu nehmen.

»Tut mir leid«, murmelte sie an meiner Schulter. »In den letzten Wochen erkenne ich mich selbst kaum wieder.«

Ich strich ihr über den Rücken und versuchte sie so gut es ging zu umarmen, ohne den Bauch platt zu drücken. »Hast du mal versucht, Nick zu sagen, warum du so aufgebracht bist?«

»Nein«, schniefte sie. »Das muss er schon selbst merken!«

»Mein Bruder ist ein kluger Kopf, Alina, aber er ist immer noch ein Kerl. Ein unsterblicher dazu. Sein Ego ist in der Regel so groß wie die Gebirgskette von Aderlan.«

»Malik ist auch so.«

Cora verpasste Duncan einen Klaps auf den Arm. »Und du nicht?«

»Natürlich nicht!« Er sah aufrichtig empört aus. Dann zeigte er mit dem Finger auf mich. »Und sie?«

»Sie hat allen Grund für ihr großes Ego.« Cora zwinkerte mir zu.

»Meistens.«

Okay. Das reichte.

»Genug jetzt.« Ich schob Alina von mir und sah in die Runde. »Was wir brauchen, ist etwas frische Luft und ein paar Plundertaschen. Ich sage, wir statten der Grube einen Besuch ab.«

Duncan sprang auf. »Wunderbare Idee. Ich sterbe vor Hunger.«

Alina wischte sich über die Augen und strich sich die Haare aus dem Gesicht. »Du weißt aber, dass Lucan es nicht gutheißen wird, wenn du die Arena ohne ihn betrittst?«

»Wer sagt denn, dass ich in die Arena will?«

Es gab genug Trainingsboxen und soweit ich informiert war, hatte King die Aufsicht über den Nachwuchs. Solange Alex, Bowen und Co. mit Xerxes unterwegs waren, würde ich dort vielleicht jemanden finden, der gegen mich kämpfen wollte. Die Erfahrung hatte gezeigt, dass es viele Assassinen gab, die sich mit ihrer Königin messen wollten.

»Tut, was ihr nicht lassen könnt, ich gehe zu Kings Eltern. Bestimmt vermisst Jonah seine Mama.«

Und seine Mama vermisste ihn. Jedenfalls war Cora schneller aus dem Raum, als ich Nyx über unsere Pläne informieren konnte.

Taro und ich treffen euch dort. Dougal ist mit King bereits bei den Boxen.

Wie überaus passend. Grinsend manövrierte ich meine Freunde aus dem Raum. Zuerst würden wir essen, plaudern und schlendern. Immerhin war ich hier, um Alina zu sehen. Wenn am Ende des Tages noch Zeit blieb, würde ich zu einem guten Kampf jedoch nicht nein sagen. Nichts sortierte meine Gedanken so gut wie das Kämpfen. Wobei, es gab noch etwas anderes: mit Lucan über Politik zu reden. Über die Anderswelt. Strategien und Theorien mit ihm durchzugehen … das war mittlerweile mein geheimer Kink. Mein guilty pleasure. Beide betonten wir, wie sehr wir Politik hassten, und doch waren wir gut darin. Meistens. Die Minister kamen mir in den Sinn und ich bekam ein schlechtes Gewissen. Vermutlich hätte ich Nick begleiten und mich mit ihnen treffen sollen. In letzter Zeit machte ich mich rar in Arcadia. Das war auch etwas, das ich ändern sollte. Nach heute, gelobte ich mir selbst. Heute würde ich genießen und abschalten.

»Riecht ihr das?« Duncan seufzte, als wir die *velika* verließen und die engen Gassen der Grube betraten. Wir sahen uns an. »Erdbeere«, sagten wir gleichzeitig.

Nach dem ersten Plunderstück ging es mir bereits besser. Nach einer Stunde lachen, Limo trinken und ein paar Ingwerkeksen, war ich ein neuer Mensch. Und nicht nur meine Laune hatte sich gesteigert. Alina strahlte über das ganze Gesicht.

»Wo ist deine Mom?«

Duncan biss in seine Apfeltasche. Puderzucker rieselte auf sein schwarzes T-Shirt wie frisch gefallener Schnee. »Glaub es oder nicht, aber sie guckt sich gerade ein kleines Haus an.«

»Hier in Zyntha?«

»Jap.« Er wischte sich über den Mund. »In dem Stadtteil, in dem viele Unsterbliche aus Crinaee leben.«

Ich erinnerte mich an die vielen Grünpflanzen, Brunnen und die weiß-blauen Kacheln. Das Viertel hatte bunt und kreativ auf mich gewirkt. Nahezu heimelig.

»Sie kann sich vorstellen, wieder hierherzuziehen?«, fragte Alina stirnrunzelnd.

Duncan zuckte mit den Schultern. »Sie hat Dougal verziehen und, keine Ahnung … ich dachte auch sie liebt ihr Haus in Vesteria, aber tatsächlich habe ich nicht viel mehr Infos als ihr.«

»Vielleicht können wir sie später zum Abendessen treffen?«

Duncan grinste mit puderzuckerverschmiertem Mund. »Sagst du Nyx Bescheid? Dann kann sie ihr eine Nachricht zukommen lassen.«

Ich hörte noch Nyx' »ich bin keine verfluchte Brieftaube«, dennoch streckte ich meine Fühler nach ihr aus. Sie hatten gewollt, dass ich mich ablenkte und auf andere Gedanken kam, und genau das würde ich tun.

KAPITEL 22

Beflügelt und mit wesentlich besserer Laune betrat ich Lucans und meine Suite. Es war bereits dunkel. Der Mond stand hoch am Himmel und ließ den See der Balance funkeln. Arcadia schlief, doch ich war aufgekratzter denn je. Statt in der Grube zu kämpfen, hatte ich mit Duncan, Alina und Melisande zusammengesessen und mir den neusten Gossip aus Zyntha angehört. Dabei hatten wir viel zu viel Auflauf gegessen und Ale getrunken. King hatte uns für ein Getränk Gesellschaft geleistet und war dann zu Cora und Jonah zurückgekehrt. Ich hatte es bisher niemandem gegenüber erwähnt, aber insgeheim fand ich, dass King wesentlich besser nach Zyntha passte als nach Arcadia. Eigentlich wollte er die Sieben verlassen, um mit Malik die Garde zu revolutionieren. Doch in Zyntha bewegte er sich so, als wäre er genau dort, wo er hingehörte. Vielleicht sollte er die Aufgabenverteilung noch einmal überdenken. Lucan und ich planten, unsere Zeit zwischen Alliandoan und Zyntha aufzuteilen und ich konnte mir keinen besseren Stellvertreter vorstellen als King. Lucan dachte sicherlich genauso, immerhin war King seit vielen Jahrhunderten an seiner Seite.

Ich schloss die Tür hinter mir und kickte mir die Schuhe von den Füßen. Noch war ich allein und das wollte ich nutzen, um schnell unter die Dusche zu springen. Während ich eine Spur aus Klamotten hinterließ, hörte ich Lucan in meinem Kopf.

Deiner Laune vernehme ich, dass du einen schönen Aufenthalt hattest.

Jeder Aufenthalt in Zyntha ist schön, erwiderte ich und meinte es auch so. Von all dem Fantastischen um mich herum, war Zyntha zu meinem liebsten Ort in der Anderswelt geworden.

Was ist mit unserem Haus in Anak?

Ich hörte sein Lächeln und spürte es wie eine Liebkosung. *Das liebe ich auch. Ganz besonders, wenn wir dort unsere Ruhe haben.*

Lucan lachte. *Sobald wir Bael los sind, schließen wir uns für ein paar Wochen dort ein.*

Wenn wir Bael los sind, müssen wir weiter an neuen Strukturen für die Anderswelt arbeiten. Ich hatte nicht vor, den Titel Königin der Anderswelt noch länger zu tragen. Zwei Königreiche reichten vollkommen aus. *Aber ja,* fügte ich hinzu, bevor ich gedanklich abdriften konnte. *Das würde mir gefallen. Sehr.*

Ich sitze noch in einer Besprechung mit Xerxes und dein Bruder ist eben dazugekommen. Gib mir noch etwa eine Stunde.

Lass dir Zeit. Immerhin erledigte er die Aufgaben, die ich hätte übernehmen sollen.

Jeder hat mal einen schlechten Tag, Liebes. Gräm dich nicht.

Die Verbindung brach ab und ich sprang unter die Dusche. Der Tag in Zyntha hatte mehr als gutgetan und was ich alles erfahren hatte … mein Lächeln wurde breiter und verwandelte sich in ein dickes, fettes Grinsen. Lucan würde ausflippen! Falls er es nicht schon wusste. Ich wusch mir die Haare und verteilte nach Zitrone riechendes Peeling auf meiner Haut. Der Duft beruhigte meine Sinne und ich entdeckte einen Hauch von Lavendel, der ebenfalls in der Luft hing. Nachdem ich Shampoo und Peeling abgespült hatte, wickelte ich mich in einen großen Bademantel und kuschelte mich ins Bett. Ein himmlisches Gefühl. In meinem alten Leben hätte ich jetzt den Fernseher angemacht und Supernatural geguckt. Kopfschüttelnd sank ich tiefer in die weichen Kissen. Das war eine Ewigkeit her und ich vermisste nichts und niemanden aus dieser Zeit. Alles, was ich brauchte und wollte, war genau hier. In der Anderswelt. Ich zuckte zusammen, als sich die Tür öffnete und Lucan eintrat. Irritiert sah ich ihn an.

»Wolltest du nicht länger bleiben?«

Lächelnd trat er ein und wies auf das beinahe erloschene Feuer im Kamin. »Es war sogar länger als geplant. Ich vermute, du bist eingeschlafen.«

»Oh.« Ich blinzelte ein paar Mal. Die Dusche, das weiche Bett, der Tag, der hinter mir lag, all das musste mich schläfrig gemacht haben. Lucan entledigte sich seiner Waffen und der Tunika. Mit großen Augen setzte ich mich auf und lehnte mich gegen das Kopfteil des Bettes, damit ich nichts verpasste. Schuhe und Socken folgten, dann die

Hose. Lediglich in schwarzen Boxershorts stand er vor mir und nach einem kurzen Moment, in dem ich den Anblick einfach genoss, hob ich die Decke und signalisierte ihm, zu mir zu kommen. Er ließ sich nieder und kaum hatte ich die Decke über uns ausgebreitet, landete ich an einer warmen, harten Brust. Starke Arme umschlangen mich und Lucan vergrub sein Gesicht in meinem Haar. Da ich mit nassen Haaren eingeschlafen war, mussten sie in alle Richtungen abstehen.

»Du siehst süß aus.«

»Süß?« Ich rümpfte die Nase. Das war so ziemlich das letzte, das ich hören wollte.

»Mächtig süß«, korrigierte er sich und ich hörte das Lachen in seiner Stimme. »Furchteinflößend süß und autoritär süß. Geradezu königlich süß.«

Ich schlug ihm auf die Brust und kuschelte mich an ihn.

»Was hast du heute so getrieben?«

»Mit Xerxes diskutiert. Die Schattenkrieger im Zaum gehalten. Mit den Sieben kommuniziert. Malik unterstützt und mit Nick über die Minister gesprochen.«

»Das klingt viel.«

»War es auch«, erwiderte er ruhig, »allerdings beschränken wir uns aufs Reden und Spekulieren. Baels Drachenspur verläuft sich in der Mitte von Alliandoan, rund um Tihran.«

Tihran. Ich schloss die Augen und rief mir die Karte meiner Welt ins Gedächtnis. »Das ist die Stadt mit den vielen, weißen Türmen, richtig?«

Lucan nickte. »Eine Handvoll Schattenkrieger sind nach wie vor dort. Ebenso Alex, Bowen und Kjiel. Víctor und Rico sind zu King nach Zyntha zurückgekehrt.«

»Geht es ihnen gut? Den Sieben?« Ich hatte die Krieger seit einer Weile nicht gesehen. Dafür war ich in den letzten Wochen zu oft in Abbadon gewesen.

»Es geht ihnen gut, ja. Aber sie sind frustriert und rastlos und wollen auf etwas einschlagen.« Lucan drückte mich an sich. »Es geht ihnen nicht viel anders als dir heute.«

Aber ich hatte mich erholen können, sie nicht. Das schlechte Gewissen machte sich breit.

»Sie haben auch nicht denselben … wie würde Duncan es nennen? Mental loaf wie du.«

Ich prustete los. »Nicht loaf, Liebster. Load. Mental load.« Grinsend kuschelte ich mich noch dichter an ihn. »Ich war mit Alina, Duncan und Melisande essen«, begann ich vage. »Wusstest du, dass sie zurück nach Zyntha ziehen will?«

»Mhm.«

»Ernsthaft?« Ich pustete die Haare fort und sah zu ihm auf.

Lucan runzelte die Stirn. »Du weißt, dass wir in regelmäßigem Austausch miteinander sind.«

Das wusste ich, ja, immerhin hatten sie Duncan quasi zusammen großgezogen. »Aber wieso sagst du nichts?«

»Weil sie es nicht wollte. Noch nicht.« Er küsste mich auf die Nasenspitze. »Jetzt wisst ihr es.«

»Sie ist ganz begeistert von dem Haus und scheint sich wohlzufühlen.«

»Es ist der sicherste Ort für sie.« Eine typische Lucan Antwort. Er gab mir nicht die kleinste Info!

»Duncan hat unser Besuch auch gutgetan.«

»Mhm.«

»Er hatte einiges zu erzählen.«

»Ist das so?«

»Lucan!«

»Was denn?« Er lachte und ich rückte von ihm ab, um mich aufzusetzen. Ein frustriertes Schnauben entfuhr mir und er lachte lauter. »Was willst du hören, Liebes? Dass ich bestätige, was du bereits weißt, damit du weißt, dass ich es vor dir wusste?«

»Ja!« Genau das wollte ich, verdammt.

»Na, schön.«

Er verschränkte die Arme hinter dem Kopf und funkelte mich belustigt an. »Es sieht wohl so aus, als würden wir demnächst eine weitere Vereinigung feiern.«

Meine Frustration verpuffte mit einem Schlag und ich grinste bis über beide Ohren. Die Neuigkeit war einfach zu gut. »Ich kann nicht glauben, dass Duncan es war, der Malik gefragt hat!«

»Ich hätte es auch andersherum erwartet, wenn ich ehrlich bin, aber dass Duncan die Initiative ergriffen hat, erfüllt mich mit Stolz.«

»Duncan erwähnte, dass sie eine kleine Feier wollen. Wirklich klein. Kein Tamtam.« Erst hatte es mich überrascht, immerhin sprachen wir von Duncan, aber wenn man etwas länger drüber nachdachte, ergab es Sinn. So vorlaut und flapsig er oftmals war, Duncan hasste es, im Mittelpunkt zu stehen. Er liebte Partys, aber als Gast. Was das anging, hatte er sein Kindheitstrauma noch lange nicht aufgearbeitet.

»Ich habe dazu einen Gedanken, den ich jedoch erst mit dir teilen wollte.«

»Welchen?«, fragte ich neugierig und setzte mich in den Schneidersitz ihm gegenüber.

»Anstelle von Zyntha oder Arcadia, habe ich überlegt, Duncan und Malik unser Haus anzubieten. Für die Feier, aber auch für ein wenig Privatsphäre danach.«

Unser Haus in Anak?

»Lucan!«, rief ich, absolut begeistert! »Das ist perfekt! Sie können das große Gästezimmer haben und die Zeremonie können wir im Garten machen unter dem alten Baum, den man vom Küchenfenster aus sieht, und–«

»Den Rest der Planung überlassen wir Duncan und Malik. Es sei denn, sie wollen unsere Hilfe.«

Er strich mir sanft über die Wange. »Wir mischen uns nicht ein, Liebes. Erstmal.«

»Fein. Erstmal.« Es war gut, dass er mich bremste, denn ich spürte bereits, wie die Aufregung sich breit machte. Aber was sollte ich sagen? Ich liebte Vereinigungszeremonien. Alle kamen zusammen und es gab für einen Abend keine Sorgen und Ängste, bloß Liebe und Freude und sehr viel gutes Essen. Und vielleicht war dies ein Grund, meiner Lieblingsschneiderin einen Besuch abzustatten. Klein hieß ja nicht unbedingt, dass wir in Jogginghose feiern mussten. Lucans Daumen zog kleine Kreise auf meiner Wange und wanderte dann über meinen Hals, mein Schlüsselbein und kam schließlich auf meiner Schulter zur Ruhe. Der Bademantel klaffte auf und leicht fröstelnd zog ich die Bettdecke höher.

»Das ist nicht alles, was dich beschäftigt.«

Nein. War es nicht. Ich seufzte leise. Es war unmöglich, etwas vor ihm zu verbergen. Naja, fast unmöglich, aber da ich es gar nicht verbergen wollte … ich hatte es bisher nur nicht laut ausgesprochen.

»Laura«, sagte Lucan leise, doch seine Stimme klang laut in unserer stillen Suite. Einzig das Zischen und Knacken des langsam erlöschenden Feuers war zu hören.

»Ja.«

»Du willst sie nach Zyntha bringen.« Wieder war es keine Frage und wieder traf er dabei ins Schwarze.

»Wenn Jace einwilligt, dann ja. Und sie selbst natürlich. Ich würde dafür sorgen, dass eine Ghoulin, die sie kennt, Laura begleitet. Vielleicht ihre Lehrerin. Jace meint sie haben ein gutes Verhältnis.«

Mit Laura in Zyntha, sicher hinter den unüberwindbaren Schattenportalen und beschützt von einer Magie, die nicht einmal Bael anzapfen konnte, könnte ich einen Sorgenpunkt auf meiner mentalen Liste abhaken.

»Gleich morgen früh schicken wir Jace eine Nachricht.« Mit mir im Arm rutschte Lucan tiefer, bis wir in der Horizontalen lagen. Eng aneinander gekuschelt. Normalerweise schlief ich nicht im Bademantel, aber diese Position war warm und zu gemütlich, als dass ich noch einmal hätte aufstehen und etwas daran ändern wollen.

»Schlaf etwas, Liebes.«

»Du auch.«

Lucan küsste mich sanft. Einmal, dann noch einmal. Mit einem Lächeln auf den Lippen driftete ich zurück in den Schlaf.

Ich träumte. Da war ich sicher. Einige Nächte blieben traumfrei, in anderen erinnerte man sich, dass man geträumt hatte und dann gab es jene Nächte, in denen man sich bewusst war, dass man träumte. Nicht im Sinne von luzidem Träumen. Ich konnte den Traum nicht beeinflussen oder steuern, aber ich wusste, dass ich träumte und war als stille Beobachterin meines eigenen Unterbewusstseins anwesend. Aktuell konnte ich noch nicht sagen, wie ich das fand. Ich stand am See der Balance, am helllichten Tag, und unterhielt mich mit Malik über seine Fortschritte innerhalb der Garde. Ich lauschte und beobachtete und versuchte aus der Situation schlau zu werden. Malik begann mir Fragen zu stellen. Zu Lucan, Zyntha und Luzifer ... zu Abbadon und ... auf einmal fühlte sich die Situation falsch an. Absolut falsch. Und fremd. Fremdbestimmt, um genau zu sein. Ich kniff die Augen zusammen und da sah ich ihn. Den silbrigen Schimmer, der über Maliks Gestalt lag. Silbrig und kaum auszumachen, wie tausend kleine Fäden. Wie jene Fäden, die ich in Permata bei den Silbersynchronen kennengelernt hatte. Ein Ruck ging durch meinen Körper. Nein! *Nein!*

»Aufwachen!«, schrie ich mich selbst an. *Aufwachen!* Die Szene ging weiter und ich musste zusehen, unfähig, etwas zu tun. Bis mir die Idee kam, nach Lucans Geist zu greifen. Wenn ich in diesem Traum irgendwie bei Bewusstsein war, konnte ich ihn womöglich erreichen.

»Lucan!« Ich verschloss die Augen vor Traummalik und Traumlilly und konzentrierte mich. *»Lucan! Weck mich auf. SOFORT!«*

Mit einem keuchenden Geräusch kam ich zu mir und schoss in eine sitzende Position. Dabei hätte ich beinahe Lucan umgeworfen, der mit wilden Augen über mir kauerte, die Hände an meinen Armen. Er hatte mich wachgerüttelt. Und der Ausdruck auf seinem Gesicht war eine Mischung aus Sorge und Unglaube.

»Was in Abbadons Namen?«

»Lua«, keuchte ich und legte eine Hand auf mein rasendes Herz. »Wir müssen nach Permata. Unverzüglich.«

»Was? Wieso?«

»Dieses Miststück benutzt unsere Träume, um uns auszuspionieren.«

KAPITEL 23

Nicht einmal dreißig Minuten später waren alle anwesend. Minus Drake und Noain.

Wir waren in der letzten Zeit verdammt gut darin geworden, uns last minute zu treffen. Die Bibliothek platzte erneut aus allen Nähten, während die sieben Sonnen Alliandoans sich vom Horizont aus in Richtung des azurblauen Himmels schoben und dabei ein sanftes, goldenes Licht verbreiteten. Zart und hoffnungsvoll und damit das genaue Gegenteil zu meinem inneren Tumult. Mein Traum – und Lua –, hatten jegliche Entspannung aus Zyntha mit einem Paukenschlag zunichte gemacht.

»Moment Mal«, Jace hob abwehrend eine Hand. »Du willst mir sagen, dass Lua in unsere Köpfe sieht? Während wir schlafen? Ich meine, während wir *träumen*?«, verbesserte er sich.

»Exakt«, bestätigte ich und wiederholte meine Geschichte, denn sie alle sahen maximal schockiert aus.

»Wir haben uns ständig gefragt, wie es sein kann, dass Bael uns immer einen Schritt voraus ist. Dass er unsere Welten kennt, als wären es seine. Dass er einfach immer … da ist!« Präsent ist. Sich triumphierend gibt. *Noch immer lebt!*

Ich blickte in die Runde der üblichen Verdächtigen und vermisste ein Gesicht. Hätte ich Luzifer benachrichtigen sollen?

»Seit Lilly von den Rittern entführt worden ist, wissen wir, dass Lua mit Bael zusammenarbeitet«, begann Lucan mit tiefer, bedrohlicher Stimme und der Knoten in meinem Magen schloss sich fester. »Wir wissen, dass sie uns verrät, aber wir waren vorsichtig und haben sie beobachtet.« Er stockte und ein leises Grollen entfuhr ihm. Ein Geräusch, das dafür sorgte, dass einige der Anwesenden etwas kleiner wurden. Oder aufmerksamer. Lucan war wütend, ganz gleich, wie ruhig er sich gab.

»Wir haben sie beobachtet«, fuhr er fort, »ohne Ergebnis.«

»Sie hat sich aus ihrem Dorf nicht herausbewegt«, warf Jace ein und es klang zu sehr nach einer Rechtfertigung.

»Wir wollen niemandem etwas vorwerfen«, ging ich dazwischen und legte eine Hand auf Lucans Arm. »Es war unsere gemeinsame Entscheidung, sie nicht direkt zu konfrontieren.«

Wir hatten gehofft, durch sie etwas zu lernen. Wir hatten gehofft, dass sie einen Fehler beging und Bael aufsuchte. Oder, dass Volac Lua aufsuchte. Nichts davon war geschehen. Sie lebte ihr Leben. Unauffällig und wie immer. Jetzt wussten wir, wieso. Sie musste ihr Dorf nicht verlassen, um an Informationen zu kommen. Sie konnte abends am Feuer sitzen, ein Stockbrot knabbern, und sich an die Arbeit machen. Hätten wir das früher geahnt … hätten wir es ahnen müssen? Die Silbersynchronin war wie ein rotes Tuch für mich. Sie und Volac waren alles, woran ich mich erinnerte. Sie hatten mich gefoltert. Er mit roher Gewalt, aber Lua … ihre Gedankenspielchen waren es gewesen, die mich wirklich fertig gemacht hatten. Lucans Arme zuckten unter meiner Hand und ich packte fester zu. Ich spürte seine Wut, denn sie war meine und bei allem, was mir heilig war, für dieses Treffen gab es nur einen möglichen Ausgang: Konfrontation.

»Ich verstehe, worauf ihr hinauswollt«, meldete sich Odile zu Wort. »Aber Traumwandeln ist kein … wie soll ich sagen? Kein gängiges Talent der Silbersynchronen?« Sie sah zu Jace. »Oder nicht?«

»Nein ist es nicht«, erwiderte er kopfschüttelnd.

»Bael saugt Magie auf, wie ein Schwamm.« Midas lehnte sich auf seinem Stuhl zurück. Einen Arm über Tristans Lehne geschwungen.

»Was hält ihn davon ab, diese Magie weiterzugeben?«

»Wie meinst du das?«, wisperte Cas, ein wenig atemlos. Lavender zog seine Schwester samt Stuhl an sich und legte ihr einen Arm um die Schultern.

Midas antwortete auf ihre Frage, aber er sah zu mir. »Bael klaut Magie, wo er nur kann. Er hat sich selbst in eine Anomalie verwandelt und Tausende von Unsterblichen durch Dämonen ersetzt. Ist es da so abwegig, dass er nicht nur an sich selbst experimentiert? Vielleicht hat er Luas Magie …« Midas stockte und suchte nach dem richtigen Wort.

»Gepimpt«, rief Duncan, als Midas zeitgleich sprach: »… modifiziert.«

»Modifiziert?«, entfuhr es mir und der Knoten in meinem Magen wurde zu einem Knäuel. Modifiziert. Scheiße, warum hatten wir nicht früher daran gedacht? Wir hatten Lua machen lassen, weil sie nach außen hin keine akute Bedrohung dargestellt hatte, aber … wie naiv waren wir? Wie dämlich war *ich*? Hatte ich nicht gelernt, dass der Schein trügen konnte?

»Er …« Ich schluckte. »Wenn das stimmt, hat er so etwas wie einen zweiten Scio aus ihr gemacht?«

Mein Blick fand den von Jace. Der Ghoul schluckte. »Scios Macht ist einzigartig und geschult durch jahrhundertealtes Wissen. Ich … ich glaube nicht, dass Lua Scios Fähigkeiten besitzt. Auch nicht die ihrer Mutter.« Maritia war die Älteste Permatas und es graute mir schon jetzt davor, ihr unsere Theorie zu erklären. »Aber es wäre durchaus möglich, dass er ihre Kräfte verstärkt oder magisch verändert hat. Sie wird nie in die Zukunft sehen können, das nicht.« Er schüttelte den Kopf. »So etwas kann man nicht erlernen, jedoch muss sie das auch nicht, wenn sie aus unseren Köpfen Erinnerungen, Pläne und Gedanken zapfen kann.«

»Um sie an Bael weiterzugeben.« Das war mein Schlusssatz. Stille breitete sich aus. Es überraschte mich nicht, wenn sie alle an ihre letzten Träume zurückdachten und versuchten, sich zu erinnern. Wer von uns hatte unbeabsichtigt etwas preisgegeben? Und was?

Was willst du tun?

Lucan drehte den Kopf und sah mich an. Seine Haltung war angespannt. Der Kiefer zusammengepresst.

Das gleiche wie du.

Konfrontation.

Er nickte.

»Was machen wir jetzt mit dieser Info?« Duncan ließ die Fingerknöchel knacken. Ich hasste das Geräusch, aber ich verstand den Wunsch zu handeln. Und genau das drückte er damit aus. Alle sahen sie zu Lucan und mir. Zu mir, um genau zu sein. Selbst mein Mann drehte den Kopf und ich spürte seinen intensiven Blick auf mir ruhen.

»Wir gehen nach Permata«, erwiderte ich entschlossen. »Mit deiner Zustimmung, Jace.«

Mein Freund räusperte sich. »Die brauchst du nicht. Aber danke, dass du fragst.«

Flynn, der erneut dicht neben Jace saß, meldete sich zu Wort. »Um was genau zu tun, wenn ich fragen darf?« Sein Blick war hart. »Permata ist—«

»Gewappnet für das, was kommt«, unterbrach Jace ihn und legte ihm eine Hand auf den Arm. »Ich habe auf diesen Moment gewartet, Lilly, und ich weiß, dass ihr meine Welt und die Ghoule mit Respekt behandeln werdet. Genauso wie ich weiß, dass die Anderswelt«, sein Blick wanderte durch den Raum, »uns nicht im Stich lässt. Das haben die letzten Wochen deutlich bewiesen. Wir ziehen alle an einem Strang und unterstützen uns, wo wir nur können. Ich sehe und ich spüre eine Einigkeit, die ich vor ein paar Jahren noch für unmöglich gehalten habe. Du holtest mich aus diesem Kerker«, sprach er weiter und richtete seine Worte an mich, und nur an mich. Bei der Erinnerung daran, wie Jace in Minister Laurentis Keller gehangen hatte, formte sich ein Kloß in meinem Hals. Wie ein Stück Vieh. Wie ich, als Volac mich in seinen Fängen gehabt hatte.

»Du gabst mir ein neues Leben. Eines, das ich ebenfalls nicht für möglich gehalten habe. Damals existierte ich in der Dunkelheit, voller Schmerz. Die Ghoule wurden geächtet, die Gelehrten gefürchtet. Heute regiere ich eine Welt, die aufwacht. Permata streckt seine Fühler aus, denn wir werden gesehen. Wir sind Teil der Anderswelt, Teil von euch. Wir werden uns nicht mehr verstecken oder uns klein machen. Niemals.«

Gänsehaut breitete sich auf meinen Armen aus und ich schluckte. Ein, zwei Tränen stahlen sich meine Wangen herab und ich ließ sie. Jace sollte sehen, wie sehr seine Worte mich berührten. Und nicht nur mich. Die Atmosphäre im Raum war dick und schwer, aber freundschaftlich und voller Emotionen. Gleichzeitig drückend und wärmend.

Jemand räusperte sich leise und aus dem Augenwinkel sah ich, wie nicht nur Cas sich über die Augen wischte. Den Blick hielt ich auf Jace gerichtet. Auf diesen wunderbaren Ghoul, der mir ein so guter Freund geworden war. Er lächelte. »Du hast nicht bloß meine Erlaubnis nach Permata zu kommen, Lilly. Ich sage, du kannst Lua den Arsch aufreißen. Mach dieses Miststück fertig. Um den Rest kümmere ich mich.«

Hier und da ertönte verhaltenes und ersticktes Lachen. Um den Rest. Damit meinte er die anderen Silbersynchronen und Maritia. Lua war ein respektiertes Mitglied der Gemeinde und galt als Nachfolgerin ihrer Mutter..

»Lass mich raten«, sagte King und stieß sich von der Wand ab, um hinter Duncan und Malik zu treten. Die massiven Arme vor der Brust verschränkt. »Du willst allein gehen?«

Alle Augen richteten sich erneut auf mich.

»Nein.« Ich deutete ein Kopfschütteln an. »Diesmal nicht.« King wirkte überrascht, fing sich jedoch schnell wieder. »Ich zwinge niemanden mitzugehen und halte es für klug, wenn ihr in eure jeweiligen Welten zurückkehrt, um dort präsent zu sein«, diese Worte richteten sich an Cas und Lavender. An Midas, Tristan, Odile und Flynn. »Aber ihr …« Ich begegnete Maliks Blick. Duncans. Kings … und so wanderte ich weiter durch den Raum, bis ich den Augenkontakt mit Nyx hielt. »Ich würde mich freuen, wenn ihr uns begleitet.«

Malik trat vor. »Ich kann es nur gutheißen, dass du vernünftig planst«, – endlich einmal –, »aber wird das nicht Aufmerksamkeit erregen, wenn du mit einer kleinen Heerschar an Elitekriegern dort auftauchst?«

Ich schenkte ihm ein rasches Grinsen. »Das soll es.« Für alle Anwesenden, die unschuldig waren, würde es unsere Einigkeit und Stärke signalisieren. Lua würde es provozieren und falls Bael es mitbekam, musste ich dafür sorgen, dass er annahm, man ließe mich nicht mehr aus den Augen. Er sollte denken, wir wären übervorsichtig. Verängstigt.

»Also?«, warf ich in die Runde. »Wer kommt mit?«

Es dauerte eine Weile, bis wir Midas und auch Odile davon überzeugen konnten, nach Dhanikans und Thaumas zurückzukehren. Sie wollten das Schauspiel nicht verpassen, und ein Schauspiel würde es werden. Doch sie stimmten zu, dass ihre Anwesenheit in Dhanika und Alterra wichtiger war, als mir dabei zuzusehen, wie ich Lua vermöbelte. Davon gingen sie alle aus. Dass ich mir Lua schnappte und die Wahrheit aus ihr herausprügelte. Und was sollte ich sagen? Genau das war der Plan.

»Nyx, Lucan, auf ein Wort«, bat ich, als Bewegung in den Raum kam. Wir hatten einen Ort und einen Zeitpunkt. Das Treffen war vorüber. Jetzt gab es noch etwas anderes zu besprechen. Malik war der Letzte, der den Raum verließ. Er warf mir einen skeptischen Blick zu, dann schloss er die Doppeltüren der Bibliothek.

»Worum geht's?«

»Ich brauche euch beide, um meine mentalen Mauern in Permata zu stärken«, antwortete ich auf Nyx' Frage. Mittlerweile standen auch Lucan und ich.

»Zu stärken?« Mein Mann rückte dichter an mich heran. »Wie meinst du das?«

»Sie hat einen Plan.« Nyx musterte mich. »Nicht wahr?«

Ich nickte. »Ich habe einen Plan. Oder eher ein Vorhaben, das stark situationsabhängig ist. Vielleicht ist es auch eher eine Idee.«

Die Furie rollte die Augen. Lucan aber blieb ernst.

»Du willst, dass wir dich vor Lua schützen?«

»Vor ihr oder sonst wem, der möglicherweise in meinen Kopf sehen kann, während ich abgelenkt bin.« Beschäftigt damit, einer gewissen Silbersynchronin den Arsch aufzureißen. »Aber nicht nur vor dem Feind.« Ich holte einmal tief Luft. »Wenn du uns alle mental miteinander verbindest, Nyx, dann möchte ich, dass du um meinen Geist einen großen Bogen machst.«

Jetzt hatte ich ihre volle Aufmerksamkeit. Ihre und Lucans, dessen Irritation durch unser Band zu mir durchdrang.

»Die anderen sollen nicht wissen, was ich plane. Ich brauche ihre Reaktionen ungefiltert und echt.«

Nyx zog die Augenbrauen zusammen und sah zu Lucan. »Mehr Infos bekommen wir von ihr nicht, oder?«

Nein?, hallte Lucans Frage durch meinen Kopf.

Ich deutete ein Kopfschütteln an. *Nein.*

Auch seine Reaktion brauchte ich ungefiltert.

»Nein«, erwiderte er laut.

»Na schön«. Nyx fluchte und kam zu uns herüber. »Ich biege vor deinem Geist links ab und schlage einen Haken um ihn. Sei dir jedoch bewusst, dass ich dich hören werde. Das lässt sich nicht vermeiden. Schon gar nicht, wenn ich darauf achte, dich von allen anderen fernzuhalten.« Kurz vor uns blieb sie stehen und wies mit dem Zeigefinger auf Lucan und mich. »Jedes Mal, wenn ich euch einzeln anfunke oder nur euch beide zusammen, schreit euer Geist mich regelrecht an.«

Ich ließ es mir nicht nehmen und sah zu Lucan. Diesmal war er es, der mit den Augen rollte, ehe er die Hände in die Hosentaschen stopfte und finster dreinblickte.

»Was?«, fragte Nyx und blickte zwischen uns hin und her. »Was ist jetzt noch?« Sie kniff die Augen zusammen und wandte sich an Lucan. »Dieser schüchterne Ausdruck ist neu, Neffe.«

»Ich …« Lucan räusperte sich.

Ich hasse dich.

Ein kleines Lachen entfuhr mir. *Als ob.*

Das funktionierte nicht mal im Spaß, denn es war so abwegig, dass ich fett grinste. Wärme durchfuhr mich und Lucan straffte die Schultern. »Ich würde nach dieser Mission gern mit dir über meine, äh, Talente als Furie sprechen?«

Ich biss mir in die Wangentasche und starrte geradeaus auf einen Punkt hinter Nyx' linker Schulter. Für Lucan war das hier ein großer Schritt und ich wollte ihn auf keinen Fall verunsichern, in dem ich lachte – noch einmal –, aber hatte ich Lucan Vale schon einmal so etwas wie »äh« sagen hören? Es war unerwartet und süß und sorgte dafür, dass ich ihn an mich ziehen und besinnungslos küssen wollte. Nyx blieb cool und ließ sich ihre Überraschung, falls sie denn welche verspürte, nicht anmerken.

Ein simples: »Gute Idee« war ihre Antwort. Kein »na, endlich«, oder »das wurde auch mal Zeit«. Sie kannte Lucan zu gut und wusste, wie sie ihn nehmen musste.

Ein brüskes Nicken folgte, ehe sie sagte: »Wir sehen uns im Patio.« Sie verließ den Raum, um mit ihrem Gefährten und den anderen auf uns zu warten. Die Tür aber ließ sie offen, eine stumme Aufforderung, uns nicht zu viel Zeit zu lassen.

Ein Arm schlang sich um mich und ich landete an einer harten Brust. Lucans Wärme und sein Geruch umhüllten mich und entspannt sackte ich gegen ihn, während ich ihm die Arme um die Taille legte. »Mir wird das, was kommt nicht gefallen, oder?«

»Es wird nicht so schlimm, wie beim letzten Mal. Bael ist nicht anwesend.«

»Aber du vermutest, dass er uns zusieht?«

»Die Möglichkeit besteht.« Lucans Hände wanderten an meiner Taille nach oben. Sie streiften meine Brüste, fuhren über mein Schlüsselbein und den Hals und legten sich um meine Wangen. Ein intensiver Blick folgte. Schwarzes Feuer loderte in seinen Augen und ich sah seine Gesichtszüge verschwimmen. Er war bereits jetzt kurz davor, dem Assassinen in ihm nachzugeben.

»Sag mir nur, dass du nichts vorhast, das dich in akute Gefahr bringt.«

»Habe ich nicht.« Ich ging auf die Zehenspitzen und küsste ihn. »Und ich verspreche dir, dass du jederzeit eingreifen kannst, sobald du merkst, dass ich Lua nicht gewachsen bin.« Er schnaubte abfällig und seine Reaktion ging runter wie Öl. »Als ob.«

Grinsend löste ich mich von ihm und streckte Lucan eine Hand entgegen. »Na, dann. Lass uns Permata mal ordentlich auf den Kopf stellen.«

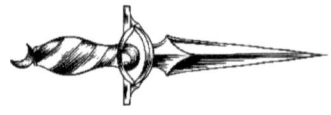

KAPITEL 24

Drake, Vesteria

Er beobachtete mich schon wieder. Ich sah es nicht, ich spürte es. Die Härchen auf meinen Armen stellten sich auf und in meinem Nacken kribbelte es. Ein Gefühl von Gefahr überkam mich. Ich war mir Noains Anwesenheit, seiner Nähe, schmerzlich bewusst. Seit drei Tagen verbrachten wir jede Stunde, Minute und Sekunde miteinander. Das war alles, was ich mir vor ein paar Wochen gewünscht hatte, jetzt aber sorgte es dafür, dass ich mich umdrehen und ihn anschreien wollte. Unsere Dynamik hatte sich so sehr verändert, dass ich nicht wusste, wie ich damit umgehen sollte. So wie es aktuell aussah, würde unsere Suche noch eine Weile dauern. Wir hatten in Fenrys begonnen. Vor den Augen jener, die im Palast und Umgebung wohnten, hatte ich mich in einen Drachen verwandelt und war in den Himmel emporgestiegen. Jubelrufe waren mir gefolgt. Staunen und Klatschen. Mein Volk hatte keine Ahnung, was wir suchten oder warum ich sie verließ – in Drachengestalt –, aber sie vertrauten mir. Und mittlerweile war Noain vielen von ihnen bekannt. Er hatte an unserer Seite gekämpft und Fenrys beschützt. Er hatte genau das getan, was ich vor all der Zeit versprochen, aber nicht eingehalten hatte. Noain war da gewesen. Ich nicht. Mit einem kleinen Kopfschütteln wühlte ich meine Hand tiefer in den weichen Erdboden. Zu den Wandlerhöhlen zu fliegen war eine Eingebung gewesen. Mein Instinkt hatte mich hierhergeführt. Die Höhlen lagen im Tal des Nebelkronen Gebirges. Der gewaltigen Gebirgskette, die sich durch den gesamten Norden Vesterias zog. Ich war seit vielen Jahrzehnten nicht mehr hier gewesen, wusste jedoch, dass noch immer viele der Formwandler hierher pilgerten, um sich ihrem inneren Tier besonders verbunden zu fühlen. Die Magie an diesem Ort war schon immer stark gewesen. Vielen fiel es leichter, sich hier zu verwandeln oder ihre Kräfte zu erkunden. Mit dem Wissen, das ich die letzten Wochen gesammelt hatte, konnte ich nur mutmaßen, dass die Lebensader unserer Welt unter uns verlief. Unsere Kraftlinie, wie Midas sie genannt hatte. Erde bedeckte meine Finger und als ich tief einatmete, roch ich nicht bloß den Wald hinter mir, erdig und feucht mit Noten von Moos und Laub. Ich nahm den mineralischen Duft der Höhlen in mich auf. Frisch, kalt und klar. Betrat man einen der zahlreichen Höhleneingänge, ließ man den Wald sofort hinter sich. Das Grün verschwand und wurde ersetzt durch grauen, zunehmend dunkler werdenden Stein. Als Kind hatte ich diesen Ort mit meinem Vater besucht und hier gespielt, während er anderen Formwandlern bei ihren Problemen geholfen und sich mit ihnen ausgetauscht hatte. Die Wandlerhöhlen waren eine Begegnungsstätte gewesen, gefüllt mit Leben. In den drei Tagen, die wir nun hier verbracht hatten, um in das Labyrinth innerhalb des Berges abzutauchen, hatten wir keine weitere Seele getroffen – oder gespürt. Ich spürte auch jetzt nichts. Wir waren allein. Keine Formwandler. Keine Drachen. Verdammt.

»Ich glaube nicht, dass es sinnvoll ist, ein weiteres Mal die Höhlen abzulaufen.«

»Sagtest du nicht, es gibt unzählige Ein- und Ausgänge sowie größere Höhlen innerhalb des Berges?«

Gab es. Einige waren so groß, wie mein Palast. Dennoch …

»Ich spüre nichts.«

Noain schnaubte und das Geräusch war so gewohnt abfällig, dass ich mich zu ihm umdrehte. »Was?«

»Es erfordert einen Drachen, um Drachen zu finden.« Er machte eine wegwerfende Handbewegung. »Keinen Prinzen, der in sentimentalen Erinnerungen schwelgt.«

Ich stand auf und klopfte meine Hände an der Hose ab. »Für jemanden, der mental nicht mit mir verbunden sein will, verbringst du viel Zeit damit, meine Gedanken abzufangen.« Das ging seit Beginn dieser Mission so. Er behauptete, ich denke zu laut und schütze meinen Geist zu wenig. Ich nahm an, es war viel simpler als das. Noain hörte einfach genauer zu. Er sah hin. Er sah *mich*. Ich konnte nicht in Worte fassen, wieso mich das auf einmal so ängstigte.

Er wandte sich ab und blickte die steile Felswand hinauf. »Verwandle dich in einen Drachen«, forderte er emotionslos. Wusste er, was es mir abverlangte? Und damit meinte ich nicht die körperliche

Anstrengung der Verwandlung. Sobald ich meine Drachengestalt annahm, konzentrierte sich mein Drache einzig und allein auf Noain. Auf unseren Gefährten. Auf den Mann, den wir verloren geglaubt hatten und der auf wundersame Weise zurückgekehrt war. Mein Drache wurde zu einem winselnden Schoßhündchen, das nichts lieber wollte, als sich Noain zu unterwerfen und seine Vergebung zu erbetteln. Mit jeder Verwandlung spielte mein Nervenkostüm weiter verrückt.

»Wieso zögerst du?«, blaffte er mich an. » Aus diesem Grund sind wir hier, also verwandle dich endlich und mach dein Drachen-Ding.«

Mein Drachen-Ding. Beinahe hätte ich gelacht. Wenn Noain gewusst hätte, dass mein Drache nichts lieber wollte, als ihn zu packen, ihn in eine dieser Höhlen zu schleppen, ihn zu beschützen und nie wieder loszulassen. Sex war in dieser Gestalt natürlich unmöglich, aber darum ging es auch nicht. Es ging um Besitzanspruch. Um animalischen Instinkt. Um Liebe.

Seufzend streifte ich mir die Jacke von den Schultern. Er hatte es so gewollt. Ich schloss die Augen und konzentrierte mich auf meinen Drachen. Er antwortete mir und es dauerte nicht lange, bis mein Körper von einem warmen Glühen umhüllt wurde. Kleine Vibrationen gingen durch meinen Körper, als meine Knochen sich zu dehnen begannen. Ich konnte mich schnell verwandeln, was mit gewissen Begleiterscheinungen einherging, oder langsam und bedacht, so wie jetzt. Ohne Schmerzen und bei vollem Bewusstsein. Mein Rücken krümmte sich und ich legte den Kopf in den Nacken. Schwingen brachen oberhalb meiner Schultern durch die Haut. Mein ganzer Körper verformte sich und wuchs, bis aus kleinen Schwingen amtliche Flügel und aus Armen und Beinen mächtige Gliedmaßen mit Klauen wurden. Ich schüttelte mich, während mein geschuppter Schwanz wuchs, und spürte, wie ich meine endgültige Größe erreichte. Als ich die Augen wieder öffnete, sah ich die Welt in einem sanften, goldenen Schimmer. Noain hatte sich bis an die Felswand zurückgezogen und blickte zu mir auf. So sehr er versuchte es zu verbergen, ich sah das Staunen in seinem Blick.

Und mein Drache … sobald er unseren Gefährten erblickte, ertönte ein lautes, schrilles »Mein« in meinem Kopf. Ich ignorierte es und wich ein paar Schritte zurück, um ihm Freiraum zu geben. Der Boden vibrierte unter meiner Bewegung.

Noain räusperte sich. »Und? Spürst du etwas anderes?«

Die Frage schwebte zwischen uns im Raum und ich wartete auf den Moment, in dem ihm bewusst wurde, dass es nur eine Möglichkeit für mich gab, darauf zu antworten. Mental. Der Vampyr hielt meinem Blick stand. Er blinzelte nicht einmal. Ein grollendes Schnauben entfuhr mir und aus meinen Nüstern stiegen kleine Rauchwolken empor.

»Und?«, fragte er erneut, der Tonfall neutral, die Miene hart.

Gib mir einen Moment.

Noain nickte. Er hatte mich gehört, dabei hatte ich mich nicht einmal anstrengen müssen, seinen Geist zu finden. Die Leitung war offen.

Ich rief meinen Drachen zur Raison und konzentrierte mich. Seit vielen Jahrhunderten hatte ich die Drachen nicht mehr gespürt. Allerdings hatte ich es auch nicht weiter versucht. Als Bael sich jedoch verwandelt hatte, war er auf meinem Drachenradar erschienen. Ich hatte ihn gespürt, denn auch wenn er sich verwandeln konnte, er war kein Wyvern. Es konnte immer nur einen Alpha geben und solange ich am Leben war, war ich das.

Ich wusste nicht, wie viel Zeit vergangen war, aber Noain hatte es aufgegeben, mich zu beobachten. Er saß auf dem Boden, den Rücken an die Felswand gelehnt und hatte die Augen geschlossen. Döste er? Oder verschloss er bloß die Augen vor mir? Vor dem, was ich war und dem, worum ich uns beraubt hatte? Innerlich seufzend spürte ich, wie das Drachenfeuer in mir aufflammte. Ich hatte Mist gebaut, ja. Ich hatte versprochen zu helfen und ich war nicht gekommen. Allerdings waren meine Umstände alles andere als rosig gewesen. Ein toter König, ein toter Vater, und eine Welt unter Beschuss. Kurz hatte ich darüber nachgedacht, trotzdem nach Ritak zu gehen und Noain zu helfen, aber wie hätte ich mit mir leben können, wenn Vesteria fiel? Weil ich egoistisch gewesen war und meine Liebe über mein Volk gestellt hatte.

Ich hatte ein Versprechen gebrochen, ein verdammt wichtiges, aber nicht ich hatte Ritak angegriffen, das waren die Fae gewesen. Ich war ebenso ein Opfer wie Noain. Bloß, hatte ich weniger verloren als er. Er hatte alles verloren.

Ein Muskel an seinem Kiefer zuckte. Fing er meine Gefühlslage auf? Hörte er mich vielleicht sogar? Um diese Theorie zu testen, dachte ich an unser letztes Zusammentreffen in Ilya. Seine Hände, die meine Hüfte umfasst hatten. Meinen Hintern und seinen Schwanz, der–

Ruckartig kam er auf die Beine. Die Augen weit aufgerissen, funkelten die hellen Iriden mich wütend an. Seine Fangzähne traten hervor und es hätte mich nicht gewundert, hätte er mit den Zähnen gefletscht. Aber das konnten wir beide. Weil ich es konnte und um ihn daran zu erinnern, wer hier vor ihm stand, richtete ich mich zu meiner vollen Größe auf und ließ ein paar Funken durch meine Nüstern entkommen.

Noain grinste hämisch. *Was?*, fragte er lautlos. *Willst du mich jetzt grillen, Drache?* Er musterte mich von oben bis unten. *Oder willst du weiter darüber nachdenken, wie ich dich genommen habe. »… als würde ich dich hassen«.* Das waren seine Worte gewesen. *»Ich werde dich ficken, als würde ich dich hassen.«*

Das Feuer in mir erlosch.

Ich fliege die Felswand hoch und schaue mir die obersten Höhlen an, informierte ich Noain kalt.

Dann kappte ich die Leitung. Wenn er etwas erwidern wollte, konnte er es laut tun. Es kam jedoch nichts. Auf einmal wütend stieß ich mich vom Boden ab und schoss mit so viel Kraft in die Luft, dass mein Flügelschlagen ihn mit Sicherheit gegen die Felswand katapultierte. Ich sah nicht hin. Die Schadenfreude reichte mir. Für den Moment.

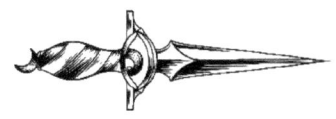

KAPITEL 25

Lilly, Permata

Das Dorf ohne Namen. Unser letzter Besuch war gefühlt eine Ewigkeit her und doch waren nur wenige Monate vergangen. Der *tandaw*. Jaces Krönung. Das Konzil. Maritia und die Silbersynchronen. Unser Aufenthalt hier hatte sich auf ganzer Linie wie ein Sieg angefühlt. Heute fragte ich mich, ob Lua schon damals beschlossen hatte, uns zu verraten, oder ob womöglich unser Besuch der Auslöser dafür gewesen war.

Da wir in einer recht großen Gruppe reisten, hatten wir beschlossen, auf Pferde zu verzichten. Kurz hatte ich tatsächlich so etwas wie Enttäuschung verspürt, denn obwohl ich mich auf dem Rücken eines Pferdes vermutlich nie zu Hause fühlen würde, hatte ich den Ritt auf Masekel beim letzten Mal genossen. Es hatte Spaß gemacht, durch die Wälder zu jagen. Ein Portal hatte uns vom Palast aus in den Wald gebracht und nun lag ein etwa dreißigminütiger Fußmarsch vor uns. Lucans Schatten umgaben uns und Jace setzte seine Fähigkeiten ebenfalls ein, um unsere Ankunft so gut wie möglich zu verschleiern. Ich ging dennoch davon aus, dass sie uns erwarteten. Zumindest Maritia. Ihre Fähigkeiten ähnelten Scios – immerhin waren sie Cousin und Cousine.

»Hey.« Duncan stieß mit der Schulter gegen meine. Die letzten Minuten hatte ich ihn dabei beobachtet, wie er schrittweise zurückgefallen war, um neben mir gehen zu können.

»Hey«, erwiderte ich die Begrüßung und die Geste.

Duncan musterte mich intensiv.

»Was?«, wisperte ich, denn ich war mir der Tatsache sehr bewusst, dass ich, Lucan neben mir, inmitten einer Traube aus Kriegerinnen und Kriegern lief.

»Will nur sichergehen, dass du mich nicht wieder zurücklässt.« Er kniff die Augen zusammen. »Du erinnerst dich, dass ich dein *eregroi* bin, oder?«

Innerlich seufzend hakte ich mich bei Duncan ein und zog ihn dicht an mich. »Natürlich tue ich das.«

»Nach Ollis … Beisetzung«, er räusperte sich, »da haben wir uns versprochen, uns und unsere Freundschaft nicht aus den Augen zu verlieren.« Seine Hand schob sich über meine. »Und damit meine ich nicht kurze Trips nach Zyntha. Ich rede davon, dass du mich nicht ausschließt, wenn es um Missionen und deine Sicherheit geht.«

»Wann habe ich dich ausgeschlossen?«, fragte ich, aufrichtig perplex.

»Als du Bael getroffen hast. Du hast Midas, Drake und Noain mitgenommen, ohne auch nur in meine Richtung zu schauen.«

»Aber—«

»Wir haben unser Blut getauscht, Lilly.« Duncan drückte meine Finger. »Du bist meine beste Freundin, wie eine Schwester, und meine Königin. Es hat mich verletzt, dass du nicht einmal in Erwägung gezogen hast, mich mitzunehmen.«

»Ich …« Darüber hatte ich nicht nachgedacht. Mein Kopf war so voll gewesen, so konzentriert auf Bael, dass ich erneut eine beschissene Freundin gewesen war. »Es tut mir leid.« Um meinen Worten mehr Ausdruck zu verleihen, fühlte ich in mir nach dem Band, das ich mit Duncan teilte. Es war nicht so stark wie jenes, das Lucan und ich teilten, und fühlte sich anders an als das familiäre Band zu Nick und Alina, aber es war da. Duncan und ich waren verbunden. Durch Blut und Liebe und ich wollte mich selbst dafür treten, dass ich für den verletzten Ausdruck in seinen Augen verantwortlich war.

Mental griff ich nach dem schwach leuchtenden Band und zog daran. Duncan seufzte leise.

»Ich sage das nicht, damit du dich schlecht fühlst. Ich bin selbst alles andere als perfekt, aber wir haben uns versprochen, uns die Wahrheit zu sagen und uns mehr auszutauschen. Ich ertrage es nicht, wenn wir uns entfernen. Wieder.« Er grinste und der Schalk kehrte in seinen Blick zurück. »Außerdem habe ich auf diesem Henkersmarsch nichts anderes zu tun.«

Das wollte ich auch nicht. Mich entfernen. Im Gegenteil. Ich wollte ihn festhalten. Sie alle. Ich wollte mich an sie klammern, sie in Sicherheit bringen, Bael loswerden … Ich wollte unbeschwert durch

Arcadia laufen können, mit Duncan zu viel Rhys trinken, mit Alina Eis essen und mit Cora im Garten Blaurosen bewundern. Ich wollte mit Lucan allein sein können, wirklich allein, ohne das Gefühl zu haben, die gesamte Anderswelt im Stich zu lassen. Ich wollte so viel. So. Viel. Aber all das war erst möglich, wenn wir aus diesem Kampf siegreich hervorgingen.

Ein wissender Ausdruck huschte über Duncans Gesicht. Er nickte. »Ich weiß«, flüsterte er. »Ich weiß.«

Ich blinzelte und schluckte die Emotionen, die in mir aufstiegen, hinunter. Später, ermahnte ich mich.

»Henkersmarsch?«, fragte ich dann und rang mir ein Lächeln ab.

»Keine Ahnung.« Er zuckte mit den Schultern. »Wie soll ich es denn sonst nennen? Willst du behaupten, dass wir Lua am Leben lassen, nach dem, was du herausgefunden hast?«

Nein. Das wollte ich nicht. Aber noch war ich nicht sicher, wie dieser Tag enden würde.

»Wir wollten dir und Malik unser Haus in Anak anbieten«, begann ich, um uns beide abzulenken.

»Wollten.« Duncan seufzte. »Vergangenheitsform?«

Ich spürte Lucans Geist, der gegen meinen stieß. Obwohl er schwieg, hörte ich sein »weder der richtige Ort noch der richtige Zeitpunkt« regelrecht in Gedanken. Aber was sollte ich machen, wenn unsere Tage – und jetzt sogar Nächte – vom Krieg mit Bael dominiert wurden?

Luzifer hatte gesagt, man solle die Feste feiern, wie sie fielen. Ich führte die Gespräche, wie sie kamen. Lucan schnaubte leise, schwieg jedoch weiterhin. Es war so still im Wald, dass die anderen uns ebenfalls hören mussten. Duncan und mich hielt es jedoch nicht davon ab, uns zu unterhalten.

»Lua war in meinem Kopf«, raunte ich leise. »Womöglich in unser aller Köpfen. Sie hat meine Träume gesehen und wir haben keine Ahnung, wohin unsere Gedanken und Erinnerungen sie geführt haben. Bisher war das Haus sicher, aber was, wenn er es kennt? Es beobachtet?« Mein Herzschlag beschleunigte sich und Lucan verschränkte seine Finger mit meinen. Dabei hielt er weiterhin etwas Abstand zu Duncan und mir. Er streckte lediglich den Arm aus und bot mir Halt.

»Shit«, fluchte mein bester Freund. »Darüber habe ich noch gar nicht nachgedacht.«

»Wir wissen nicht, wie weitreichend sie spioniert hat.« Noch nicht. Aber womöglich würden wir es heute herausfinden.

»Ich verspreche dir, dass wir den perfekten Ort finden«, sagte ich leidenschaftlich. »Es wird alles genau so, wie du es dir erträumst.« Duncan lachte leise. Ein herzliches und warmes Geräusch. »Ich liebe dich, Lilly, aber du stresst dich deswegen mehr als ich. Alles, was für mich zählt, ist die Vereinigung mit Malik. Von mir aus können wir auch einfach in die Bibliothek gehen und ein paar Flaschen Rhys aufmachen. Ich brauche nur ihn und euch.«

Lucan drückte meine Finger.

Das Haus …

Ist nur ein Haus, Liebes. Stein und Holz. Mehr nicht. Wenn Bael davon weiß, brenne ich es mit Freunden nieder und baue uns ein neues.

Aber du liebst dieses Haus! Er hatte so viel darin selbst erbaut. Die Möbel … und dann all die Erinnerungen. Es war sein Zuhause, es—

Ist nur ein Haus, sagte er noch einmal. *Ein Zuhause definiert sich durch die Personen, die darin leben und die Liebe, die darin herrscht. Nicht durch ein paar Steinmauern. Atme tief durch und konzentriere dich auf Lua. Wir sind gleich da.*

In diesem Moment drehte Jace sich zu uns um und machte eine Geste nach vorne. Wir hatten das namenlose Dorf am Rande des Sees fast erreicht. Der Sitz des Konzils war mir in Erinnerung geblieben. All die Namen auf den Steintafeln. Die Angst, vergessen zu werden. Ausgegrenzt.

Permata hatte so viel mehr verdient, als es die letzten Jahrhunderte erduldet hatte. Permata hatte Besseres verdient, als dieses Silbersynchron-Miststück, das mit dem Feind arbeitete.

Jace stoppte und brachte damit unsere ganze Gruppe zum Stillstand. Nyx schloss zu mir auf und legte mir eine Hand auf die Schulter. Ihr Blick war finster und konzentriert. Sie war gerade dabei, uns alle miteinander zu verbinden.

Hören mich alle?, fragte Jace in die Runde. Es wurde kollektiv genickt. *Silbersynchrone sind mächtig und nicht zu unterschätzen. Es gibt einen Grund, warum die meisten von euch noch nie von ihnen gehört haben.* Er erzählte von den silbrig schimmernden Fäden über ihren Köpfen, beinahe wie ein

Heiligenschein, und was sie damit anstellen konnten. *Gedankenmanipulationen sind die eine Sache, Illusionen die andere. Seid vorsichtig.*

Wie lautet der Plan?, fragte King und alle sahen zu Lucan und mir.

Der Plan entsteht auf dem Weg, informierte ich sie. Es folgten die üblichen Reaktionen: Kopfschütteln und Grinsen. *Lua gehört mir. Ihr seid hier, um Einigkeit zu symbolisieren und mir gegebenenfalls den Rücken zu stärken. Wir wissen nicht, wie Luas Clan die Konfrontation aufnimmt. Sollten sie versuchen, euch oder mich zu manipulieren, greift ihr ein.*

Auf einmal kribbelte es in meinem Nacken und ich wirbelte herum. Genau in dem Moment, in dem Lucan sagte: »Ich war so frei, noch jemanden einzuladen.«

Rhonan erschien aus dem Nichts. So ätherisch und mysteriös wie immer. Er war barfuß. Seine helle Kleidung falten- und fleckenfrei und die langen schwarzen Haare hingen ihm über die spitzen Ohren. Die blassen Muster auf seiner Haut, die mich bei unserer ersten Begegnung an Blumenranken erinnert hatten, waren gut sichtbar. Doch anders als damals im Sinine Wald, trug er heute ein Hemd, wenn auch offen. In den eisblauen Augen funkelte die gleiche Mischung aus Neugier und Spott, Vertrauen und Zuneigung waren jedoch hinzugekommen. Rhonan war einer von uns.

Eure Majestäten. Er verneigte sich vor uns und winkte in die Runde. *Ich hörte, dass ein Meister der Illusionen gebraucht wird.*

Natürlich! Mein Blick fand den von Lucan. Wieso hatte ich nicht an Rhonan gedacht? Ich war so daran gewöhnt, ihn im Doppelpack mit Noain zu sehen, dass ich den Neith komplett vergessen hatte. Und das, obwohl Lucan mit ihm trainierte. Aber wer würde Manipulation und Illusionen besser erkennen als er?

Ich weiß nicht, was du vorhast, Liebes. Aber entweder er unterstützt dich oder uns.

Ich löste mich von Nyx, Duncan und Lucan, die beinahe so etwas wie einen Käfig um mich herum errichtet hatten, und trat zu Rhonan, um ihn fest zu umarmen. »Danke.«

Er erwiderte die Geste und tätschelte mir den Rücken. »Alles, was du brauchst. Jederzeit.«

Ich ließ von ihm ab und drehte mich um. Zwanzig Augenpaare waren auf mich gerichtet. Viele von ihnen hatte ich zuletzt nur wenig gesehen oder gesprochen. Mein Training mit Luzifer hatte mich zu sehr eingenommen. Aber sie waren hier. Sie würden immer hier sein. Ich lächelte und entspannte mich ein wenig. Bei all den ernsten, finsteren und erwartungsvollen Blicken begegnete ich Kjiels. Der Assassine und ich hatten einen etwas holprigen Start gehabt. Jetzt aber waren wir Verbündete. Freunde. Er hatte mir die Treue und sein Schwert geschworen, so wie der Rest der Sieben. Kjiel neigte das Haupt. »Wir stehen hinter dir, Lilly.«

»Danke«, sagte ich erneut, da ich nicht wusste, was ich sonst sagen sollte. Lautlos fügte ich hinzu: *Ich danke euch allen, dass ihr hier seid. Bereit, für die Anderswelt zu kämpfen. Aber Lua, sie gehört mir.*

Gehen wir, gab Lucan den Befehl. Dies war zwar Jaces Welt, doch der Ghoul hatte uns das Kommando übertragen.

Als vereinte Front setzten wir uns in Bewegung und legten die letzten Meter bis zum Dorf zurück. Wie vermutet, wurden wir bereits erwartet. Doch es waren nicht bloß ein paar der Dorfbewohner, die uns empfingen, es war Maritia selbst. Die Älteste Permatas umgeben von einer Handvoll Silbersynchronen, die uns neugierig betrachteten. Lua war nicht zu sehen. Meine Nerven begannen zu flattern und ich zwang sie zur Raison. Das hier würde schwer werden, daran führte kein Weg vorbei.

»Eure Majestät. Lilly«, begrüßte sie mich mit einer Stimme, so volltönend und warm, dass sie so gar nicht zu ihrem runzeligen Äußeren passen wollte. Sie trug eine blaue, lange Robe und hielt sich an einem einfachen Stock aufrecht. Ihre silber-blauen Augen leuchteten mit den Silberfäden auf ihrem Kopf um die Wette. Sie waren dicker als jene, die die Köpfe der anderen Silbersynchronen zierten und sie pulsierten sanft. Damals hatte ich sie mit einem Lichtschalter verglichen, den man an- uns ausknipsen konnte.

Sie lachte leise. »Immer noch der originellste Vergleich, den ich je gehört habe.«

Ich löste mich aus der Gruppe und trat vor, um Maritia sanft auf die Wange zu küssen. »Maritia.«

»Meine junge Königin.« Die Älteste musterte mich. »Du hast dich verändert, seit wir uns das letzte Mal gesehen haben.«

»Das habe ich. Ja.« Nicht nur optisch. Das wussten wir beide.

Maritia nickte, dann sah sie an mir vorbei. »Eine recht beeindruckende Entourage.« Ihr Blick fand den von Jace. »Jaceranda.«

198

Er erwiderte die Begrüßung freundlich und ihr wachsamer Blick wanderte weiter. »Lucan Vale.«

Duncan lachte auf und mein rechter Mundwinkel zuckte verräterisch. Trotz der ernsten Situation war ihre Anrede einfach so … typisch. Ich war Lilly. Eure Majestät oder die junge Königin, aber Lucan, er war *Lucan Vale* und würde es immer sein.

»Dein Bruder begleitet euch nicht?«

»Er ist bei seiner schwangeren Frau geblieben.«

Maritia legte den Kopf schräg und musterte mich. Unsere ganze Gruppe. Der freundliche Gesichtsausdruck wich einem sorgenvollen Blick. »Ich habe gesehen, dass ihr kommt. Was ich nicht sehen kann, ist der Grund eures Besuchs.« Sie fixierte mich und stützte sich schwer auf ihren Stock. »Warum bist du hier, Lilly?«

Ich. Nicht wir.

Die Intention unseres Besuchs war Konfrontation. Daran hatte sich nichts geändert, doch der Plan entstand auf dem Weg, das war mein Ernst gewesen. Eine Situation wie diese konnte man nur bis zu einem gewissen Grad planen, der Rest musste improvisiert werden …

»Wo ist deine Tochter?«

Maritita blinzelte. »Lua?«

»Ich möchte sie sprechen.«

»Du bist nicht hier, um mich zu sehen?«

Ich schüttelte den Kopf. Nein. Sie und Scio waren wichtige, sehr wichtige Mitglieder unserer Gesellschaft, aber wenn ich eines gelernt hatte, dann, dass sie sich nicht einmischten. Fast nie. Es sei denn, die Balance, das Universum, wer auch immer, erlaubte es ihnen. Maritia hatte mir nicht einmal gesagt, dass Lillith meine Mutter war, dabei hatte sie es gesehen und gespürt. Wieso sie jetzt annahm, ich käme wegen Informationen, war mir ein Rätsel.

»Nein.«

Sie kniff die Augen zusammen und verlagerte das Gewicht von einem Fuß auf den anderen. Ich hielt ihrem Blick stand. Und dann traf ich eine Entscheidung. Ich öffnete meinen Geist und schleuderte ihr mein Wissen über Lua regelrecht entgegen. Ich nahm sie mit in das dunkle Verlies, in dem Volac mich gefangen gehalten hatte. Ich ließ sie sehen und spüren, was er mir angetan und wer ihm dabei geholfen hatte. Ihre Augen weiteten sich in Schock und ihr Kopf ruckte zu Jace. Ich wusste nicht, ob sie gedanklich kommunizierten, aber ich ließ meinen Schwall aus Erinnerungen nicht abreißen. Jedes Treffen, in dem wir über Lua gesprochen hatten. Wie wir beschlossen hatten, sie erst einmal zu beobachten, die Träume und unsere Vermutung … ich zeigte ihr einfach alles.

Maritias Haut nahm einen gräulichen, ungesunden Ton an. »Das … das ist unmöglich.«

Aus einem Impuls heraus trat ich näher und griff nach ihrem Arm. Die Silbersynchronen setzten sich in Bewegung, hielten jedoch inne, als die Gruppe hinter mir warnend nähertrat. Ich hörte das metallische Schleifen, das ertönte, als Metallklingen aus ihren Scheiden gezogen wurden.

»Nein.« Sie schüttelte den Kopf. »Nicht meine Lua. Das wüsste ich. Ich hätte es *gesehen*.«

»Bei allem Respekt, aber nein, hättest du nicht.«

Lucan trat neben mich. »Bael lässt selbst Scio im Dunkeln. Wir wissen nicht, wie er es macht, und können nur vermuten, dass es zum Teil an der Magie der Ritter liegt, aber er blockiert euch.«

Maritia schüttelte meine Hand ab. »Nein«, wiederholte sie. »Nicht mein Kind.« Das Leuchten der Silberfäden auf ihrem Kopf nahm zu.

Ich ließ sie nicht entkommen und rückte nach. »Sieh hin«, forderte ich sie mit harter Stimme auf. Ich war keine Mutter, aber der Schmerz auf ihrem Gesicht tat weh. Dennoch war das hier zu wichtig, um einfach nachzugeben. Es tat mir leid für sie. Sehr. Jedoch war Lua eine Verräterin und sie würde für ihre Taten bezahlen. »Sieh genau hin, Maritia.« Ich fuhr über die Narben an meinem Hals. »Lua war da. Sie war es, die mich zusammen mit Volac gefoltert hat, und sie war es, die mich in meinem Traum heute Nacht ausspioniert hat. Deine Tochter arbeitet mit Bael«, sprach ich die Worte laut aus. Die Dorfbewohner hinter Maritia keuchten erschrocken auf. Entweder waren sie verdammt gute Schauspielende oder sie hatten keine Ahnung, was Lua getrieben hatte.

»Wo ist sie?« Als Maritia nicht antwortete, sah ich an ihr vorbei zu den anderen. »Wo ist Lua?«

»Was …« Maritia räusperte sich. »Was hast du vor?«

»Das hängt von Luas Reaktion ab«, erwiderte ich aufrichtig. Es war hart, ich würde jedoch nichts beschönigen.

»Sie ist meine Tochter …« Ihre Miene verzog sich zu einer Grimasse.

»Maritia.« Jace trat vor. »Das hier fällt keinem von uns leicht, aber—«

»*Sie ist meine Tochter!*«

»Ich weiß«, erwiderte Jace, voller Mitgefühl. »Das macht ihre Taten jedoch nicht—«

»*Mutter?*«

Maritia keuchte erschrocken auf. »Lua.«

Unisono wirbelten wir herum. Lua stand in Begleitung zweier Männer am Waldrand. Sie erfasste die Situation blitzschnell und bestätigte unsere Anschuldigungen, in dem sie den Holzstapel in ihrem Arm achtlos beseite warf und nach den beiden Kurzschwertern an ihrem Gürtel griff. Ihre Miene war weder angsterfüllt noch schuldbewusst, sie war voller Hass und der richtete sich einzig und allein auf mich.

»Lua, was … was tust du?«

Die Silbersychronin hatte jedoch nur Augen für mich.

»Hat lange genug gedauert, *Eure Majestät*.«

»Haltet euch zurück«, wies ich die anderen an und zog mein Katana. »Sie gehört mir.«

KAPITEL 26

Endlich, schrie es in mir. Es hatte in der Tat zu lange gedauert. Ich erwiderte Luas fratzenartiges Grinsen und löste mich aus der Gruppe, als sie vorpreschte, die Schwerter erhoben. Die beiden Männer hinter ihr blieben, wo sie waren. Absolut nicht überrascht von ihrer – oder meiner – Reaktion.

Lucan …

Wir hören dich und kümmern uns um alles andere. Konzentriere dich auf Lua.

Luas Kurzschwerter rauschten auf mich herab und ich hob das Katana vor mein Gesicht, um sie abzuwehren. Funken flogen. Der Aufprall vibrierte durch meinen Körper und über die scharfen Klingen unserer Waffen sah ich ihr hämisches Grinsen.

»Hast dir ganz schön Zeit gelassen.«

»Vielleicht wollte ich dir eine Chance geben, deine Entscheidung zu überdenken?«

Sie stieß sich von mir ab und wir umkreisten uns, die Schwerter erhoben, bereit zum Angriff.

Lua lachte humorlos auf. »Da gibt es nichts zu überdenken.«

»Wieso?«, wollte ich wissen. »Wieso verrätst du dein Volk, die gesamte Anderswelt und arbeitest mit ihm?«

Sie spie vor sich auf den Boden und blickte mich an, als wäre ich der Dreck unter ihren Stiefeln.

»Permata hat Besseres verdient, als dich.« Sie wies mit dem Schwert an mir vorbei zu Jace. »Oder ihn.«

»Witzig«, erwiderte ich. »Das habe ich auf dem Weg hierher auch gedacht. Dass Permata Besseres verdient hat, als das, was euch die letzten Jahrhunderte zugemutet wurde, und genau daran arbeiten wir, also wieso—«

»*Wir?*«, unterbrach sie mich schrill. »Du bist nicht von hier. Du bist nicht einmal aus der Anderswelt. Wessen Blut durch deine Adern fließt, ist mir scheißegal. Du warst nicht hier! Du hast keine Ahnung, was es bedeutet, verachtet und ausgrenzt zu werden. Du hast keine Ahnung, was es bedeutet, wenn man dich versteckt! Wenn deine eigene Mutter dich versteckt, in diesem beschissenen Dorf im *Nirgendwo!*« Keuchend stand sie mir gegenüber. Luas Augen leuchteten silbern, aber nun sah ich den rötlichen Schimmer in ihnen. Dann hatte Bael tatsächlich mit ihr experimentiert.

»Was hat er mit dir gemacht?«

»Er hat mich befreit!«, rief sie. »Er gab mir die Macht, diesem elenden Ort zu entfliehen. Auch wenn es bloß in Gedanken war. In Träumen und Erinnerungen.«

»Also hast du Informationen für ihn gesammelt?«

Sie zuckte mit den Schultern, ehe sie auf einmal ausholte und mit einem der Schwerter nach meinem Oberschenkel hieb.

»Lilly! Pass auf!«

»Lilly!«

»Vorsicht!«

Ich wich aus, doch sie erwischte mich haarscharf. Ein kleiner Schnitt, mehr nicht. Blut sickerte durch meine dunkle Hose. Ich spürte es kaum, doch Lua sah aus, als hätte sie in der Lotterie gewonnen. Sie fixierte mein Blut mit einer unheimlichen Intensität und ihre Augenfarbe veränderte sich. Ich hätte es beinahe nicht bemerkt, wäre es nicht mit einem leichten Kribbeln in meinem Nacken einhergegangen. Er war hier. Bael sah zu.

Nyx. Es geht los.

Ich schirme dich ab, hörte ich die Furie in meinem Kopf. *Nur ich kann dich noch hören. Deine mentalen Mauern sind stabil.*

»Und was ist euer Ziel, hm? Deins und Baels?« Ich zwang mich zu einem Lachen. »Weltherrschaft? Und wer ist Pinky und wer ist Brain von euch beiden?«

Lua blinzelte verwirrt. Gut. Ich musste sie ablenken und zum Reden bringen. Wir hatten sie enttarnt und sie hatte ihre Taten zugegeben. Ab sofort besaß sie keinen Nutzen mehr für mich. Außer einen: Sie war meine Verbindung zu Bael.

»Was versprach er dir?«

»Einen Platz an seiner Seite!« Lua ging in die Hocke. Sie würde mich gleich wieder angreifen.

»Als was? Seinen Fußabtreter?«

Mit einem wütenden Schrei sausten ihre Schwerter durch die Luft auf mich zu. Erneute Rufe ertönten, aber ich blendete sie aus. Mit einer kleinen Drehung wich ich aus und hob mein Katana. Lua parierte meinen Hieb und unsere Klingen kollidierten erneut miteinander. Sie war kräftig, aber ich war ihr überlegen. Körperlich und in Kampfeskunst. Sie konnte mich nur besiegen, wenn sie ihre Fähigkeiten einsetzte. Was sie nicht tat. Oder nicht tun sollte, dachte ich. Rote Fünkchen tanzten in ihren Augen und auf einmal sah ich nicht mehr die Silbersynchronin vor mir, sondern Bael. Ganz bewusst fuhr ich die Klauen aus und beobachtete, wie das Rot sich intensivierte. Meine eigene Sicht färbte sich Karmesin. Lua stieß sich von mir ab und tänzelte rückwärts.

Nyx, verbinde mich mit Rhonan.

Lilly?, hörte ich den Neith zögerlich.

Damals im Wald. Deine Illusionen … Ich griff Lua an und hielt meinen Gesichtsausdruck neutral. *Kannst du eine ähnliche Illusion spinnen und sie auf Lua projizieren, damit nur sie es sieht?* Sie und Bael.

Was schwebt dir vor?

Ich sagte es ihm und Rhonan brummte. *Kein Problem.*

Lua griff erneut an und ich setzte Teil eins meines Plans um, als ich *valge* zog und ihr blitzschnell in die Schulter schoss. Sie schrie auf und hinter mir hörte ich Maritia rufen. Ich hatte die Waffe nicht aktiviert, dennoch musste es schmerzen. Und es lenkte sie ab, für den Moment. Zeit, für Teil zwei.

Die Klauen ausgefahren, das Katana fest umklammert und eine Waffe auf Lua gerichtet, stakste ich auf sie zu.

»Was hat er vor?«, rief ich und ließ meine Flügel erscheinen. Mit einem effektvollen Rascheln breiteten sie sich aus und schirmten Lua von allem, was hinter mir passierte ab. »Was hat er vor?«

Sie lachte wie eine Wahnsinnige. Blut sickerte aus der Schusswunde über ihre Hand. Aus dem Augenwinkel sah ich, wie die beiden Männer hinter ihr versuchten abzuhauen. Sie würden nicht weit kommen.

»*Was?*«, schrie ich erneut und legte alles an Emotionen, was ich hatte, in meine Stimme. »Was hat mein Bruder vor?«

Die Worte waren raus und Lua erstarrte. Die ganze Welt erstarrte für einen Augenblick. Während alle um mich herum verarbeiteten, was ich soeben gesagt hatte, zog ich mich in jenen geschützten Ort in meinem Kopf zurück, an dem Bael mich nicht erreichen konnte.

Lua richtete sich schwankend auf und hielt sich die Schulter. Mit weit aufgerissenen Augen musterte sie mich. Das Raunen und Räuspern hinter mir entging mir nicht. Als wäre ich zutiefst erschrocken über meine eigenen Worte, drehte ich mich um, und gab Lua den Blick auf die anderen frei. Sie alle starrten mich an. Schock und Unglaube auf den Gesichtern.

Mein Bruder.

Ich wagte es nicht, einem von ihnen länger als eine Millisekunde in die Augen zu sehen. Zu Lucan schaute ich erst gar nicht. Selbst wenn es ihnen dämmerte, dass ich die Worte niemals ernst meinen konnte, der erste Schock war echt. Ungefiltert. Und er war genau das, was ich geplant hatte.

Ich wartete und ließ Lua, ließ Bael, sehen. Dann drehte ich mich wieder um, machte einen Satz nach vorn und packte die verwirrte Silbersynchronin am Hals. Meine Klauen bohrten sich in ihr Fleisch und sie stöhnte auf. Die Fäden über ihrem Kopf gaben ein schwaches Leuchten von sich.

»Wenn du nicht redest, bist du nicht von Nutzen für mich.«

Rhonan, jetzt.

Zu Befehl.

Ich atmete tief durch. *Nyx, sag den anderen: Keiner rührt sich. Egal was passiert. Verstanden?*

Verstanden.

Während ich einfach dastand und sie mit meinem Griff fixierte, spann Rhonan seine Illusion und Bael sah, wie ich Lua mit einem kleinen Schrei auf den Boden warf. Er sah, wie ich sie in die Rippen trat und sie ein paar Meter weiter stöhnend auf dem Boden aufschlug. Er sah, wie Lucan und Malik riefen, ich solle aufhören.

»Das bist nicht du, Lilly.«

»Sei nicht so wie er. Lass dich nicht auf das Niveau herab.«

Er sah, wie King, Duncan und Xerxes sie zurückhielten. Wie schockiert Maritia und ihr Clan waren. Er sah, wie ich auf Lua zuging, das Katana achtlos beiseite warf und meine Klauen auf sie richtete. »Rede oder stirb.«

»Lilly, nein!«

»Oh Himmel, bei der Balance, jemand muss sie stoppen!«

»Lilly, verdammt, hör auf!«

»Was hat mein Bruder vor?«, rief ich wieder. »Wie kann ich ihn erreichen?«

Mein Bruder.

Ich hörte es. Er hörte es. Niemand sonst. Diesmal nicht, denn es passierte alles nur in Luas Kopf.

»Nein, bitte …«, Lua schluchzte und hielt sich die Seite. »Bitte.«

»Dafür ist es zu spät, Miststück.«

Ich zog *tume* und richtete nun beide Waffen auf sie. Die Illusion war so perfekt, dass ich zu zittern begann. Lua, die echte Lua, schluchzte. Also sah sie, was er sah. Und wenn sie daran glaubte, dass sie hier und jetzt sterben würde, glaubte er es auch.

»Eine letzte Chance«, sagte die Lilly der Illusion kalt. Ich sah mich selbst und ich sah aus wie ein Monster.

»Er würde mich umbringen …«

»Er oder ich. Deine Entscheidung.«

»Nein … bitte …«

Weitere fassungslose Rufe meiner Freunde und Familie ertönten. Einer perfekter platziert als der andere.

»Wie kann ich ihn erreichen?«

»Ich weiß es nicht«, schluchzte Lua. In der Illusion und in echt. Ohne mit der Wimper zu zucken, aktiviere ich beide Waffen und schoss. Das Geräusch, wenn auch unecht, war so laut, dass ich zusammenzuckte. Zwei kleine Löcher zierten den Kopf der Illusions-Lua. Schock vibrierte durch meine Knochen und ich lockerte meinen Griff um ihren Hals, um sie nicht doch aus Versehen umzubringen. Mein Puls raste, meine Knie zitterten.

Komm zurück, Lilly, Rhonans Stimme war sanft und angestrengt. *Verliere dich nicht in der Illusion. Es ist vorbei.*

Völlig erstarrt stand ich da.

Tief einatmen und blinzeln.

Ich tat, was Rhonan sagte, und ließ die Vision hinter mir. Ein Blick in Luas weit aufgerissene Augen verriet mir, dass Bael fort war. Ihr Blick war eisblau. Das Kribbeln in meinem Nacken fort. Für ihn war sie tot. Nutzlos.

Ich ließ sie los und Lua sackte in sich zusammen. Tränen strömten ihr über die Wangen und sie krümmte sich zusammen wie ein Häufchen Elend.

»Sei froh, dass es eine Illusion war und nicht mehr«, sagte ich und klang dabei so sehr wie die Lilly der Vision, dass es mich fröstelte. Ich drehte mich um und begegnete den maximal schockierten und verwirrten Blicken aller Anwesenden.

»Jace«, stieß ich rau hervor. »Sorg dafür, dass sie so abgeschirmt wird, dass Bael nicht in ihren Geist vordringen kann.«

Er zuckte zusammen und trat vor. »Ich …« Er räusperte sich. »Ich habe eine Idee.«

»Sofort«, bellte ich und riss damit alle aus ihrer Starre.

»Scheiße, Lilly. Was in Abbadons Namen war das?«

Abwehrend hob ich eine Hand und legte sie auf meinen rumorenden Magen. Duncan musste kurz warten. Sie alle. »Ich … einen Moment …«

Meine Klauen und die Flügel waren bereits fort und meine Sicht hatte sich geklärt, aber mein Magen … Mit einem widerlichen Geräusch beugte ich mich vornüber und erbrach mich auf den Boden. Direkt neben Lua.

KAPITEL 27

Rhonan und Lucan waren blitzschnell an meiner Seite. Lucan hielt mich, während Rhonan dieselben Worte immer und immer wiederholte.

»Es tut mir leid. Himmel, es tut mir leid«

»Nein.« Ich würgte erneut und hustete. Widerlich. »Es … es war perfekt so, Rhonan.«

Lucan vergewisserte sich, dass ich mich nicht noch einmal übergeben musste, ehe er mich sanft aufrichtete, eine Hand an meinem Arm, die andere an meinem unteren Rücken.

»Verdammt, Liebes.«

Ich schenkte ihm ein schwaches Lächeln. Schritte ertönten und nach wenigen Sekunden wurden wir regelrecht umzingelt.

»Mädchen, bist du okay?« King, dezent gestresst, aber neugierig.

»Was war hier gerade los?« Malik, mehr als nur dezent gestresst.

Und dann Nyx. »Ich … es …« Sie fand keine Worte und ließ mich damit wissen, dass sie es gesehen hatte. Unsere Blicke kollidierten miteinander und die Furie nickte. *Ein guter Plan. Sehr mutig.*

Ihr Zuspruch bedeutete mir viel, allerdings erfasste mich eine weitere Welle der Übelkeit, die Rhonans Illusion und mein Schauspiel in mir ausgelöst hatten, und ich beugte mich erneut nach vorn und würgte.

»Mein Bruder?« Duncan ging in die Hocke und fixierte mich. Durch einen Schleier aus hellen und schwarzen Strähnen sah ich sein massives Stirnrunzeln.

»Lilly! Ich weiß, dir geht es gerade nicht gut, offensichtlich. Aber scheiße, rede mit uns, denn wir sind alle ein wenig am Durchdrehen.«

»Sie bat Rhonan eine Illusion zu spinnen«, erklärte Lucan goldrichtig. »Aber das war nicht der eigentliche Plan, den du vorhin erwähnt hast.«

Ich schüttelte den Kopf.

»Plan? Herrin …« Bowen, der ruhige, immer respektvolle Bowen, fluchte leise. »Ich wäre ebenfalls für eine Aufklärung.« Er hüstelte. »Bitte.«

Duncan fuhr sich durch die Haare, während Malik hinter ihn trat, um ihn zurückzuziehen und mir mehr Raum zu geben. »Das war alles ein Schauspiel?«, hakte Duncan nach und machte sich von Malik los.

Ich nickte.

»Um was zu bezwecken?«

Lucan, wisperte ich, obwohl ich in Gedanken sprach. *Ist Lua fort?*

Jace und Xerxes bringen sie gerade weg. Die Schattenkrieger schirmen sie ab und ich … ich weiß nicht, ob es dir aufgefallen ist, aber ihre Silberfäden sind verschwunden. Als wären sie erloschen. Keine Ahnung, was das bedeutet, aber ihr Clan und Maritia stehen komplett unter Schock.

War das Rhonans und meine Schuld? Oder hatte Bael eingegriffen. Hatte er seine Verbindung genutzt, um Luas Hirn durchbrennen zu lassen, damit wir sie nicht als Informationsquelle benutzen konnten? Hatte er sich ihrer entledigt, als er bemerkt hatte, dass sie mir nicht gewachsen war?

Sie betreten gerade das Gebäude des Konzils, unterbrach Lucan meine Gedanken. *Ich nehme an, dass sie sie dort vorübergehend festhalten oder ein Portal nach Minaqktar öffnen.*

Gut. Das war gut.

Ich holte tief Luft und richtete mich auf. Mein Magen schmerzte noch immer. Aber die schlimmste Übelkeit ließ allmählich nach und ich hatte das Gefühl, wieder besser atmen zu können. »Gleich«, fuhr ich Duncan an, der schon wieder den Mund öffnete.

»Tretet alle mal einen Schritt zurück und gebt ihr etwas Raum«, wies Nyx die Gruppe an. Sie gehorchten und gaben dadurch den Blick auf den kleinen Dorfplatz frei. Maritia stand nicht mehr allein dort. Zwei Mitglieder ihres Clans hielten die Älteste aufrecht. Ihr Stock lag achtlos auf dem Boden. Als spüre sie meinen Blick, wandte sie sich mir zu. Tränen liefen ihr über die Wangen, doch ihre Miene war hart. Die Augen leuchteten wie zwei Sterne in die Dunkelheit.

Lass mich sehen, befahl sie, *oder ich verschaffe mir selbst Zutritt.*

Nyx versteifte sich und schob sich vor mich.

»Ist schon okay«, sagte ich laut. »Maritia hat ein Recht zu erfahren, was hier eben passiert ist. So wie ihr alle. Rhonan?«

Der Fae hatte sich ebenfalls aufgerichtet und sah nun nicht mehr ganz so verloren aus wie zuvor.

»Kannst du ihnen bitte zeigen, was Lua und Bael gesehen haben?«

»Bael?«, rief King. »Der Bastard war hier?«

»Nicht richtig«, erwiderte ich und strich mir die Haare aus dem Gesicht. Jemand hielt mir eine Feldflasche mit Wasser hin. Ich nahm sie und warf demjenigen einen dankbaren Blick zu. Alex. Der Assassine lächelte. Ich trank einen großen Schluck, dann straffte ich die Schultern. Lucans Hand stahl sich zurück auf meinen unteren Rücken und instinktiv trat ich dichter an ihn heran.

»Okay, die Kurzfassung: Ich habe vermutet, dass Bael durch Luas Augen sehen kann. Ich wollte, dass er hört, wie ich ihn als meinen Bruder bezeichne und ich wollte den Schock auf euren Gesichtern. Es sollte echt wirken.«

»Aber–«

Ein scharfer Stich durchbohrte meine Schläfe. Ich sah zu Maritia und richtete die Wasserflasche auf sie, als wäre sie *valge* oder *tume*. »Mach das noch einmal«, warnte ich laut, sehr laut, »und wir bekommen ein Problem.«

Alle klappten die Münder zu und warteten. Maritias Miene verzog sich vor Schmerz, Wut und Hass. Aber der Hass richtete sich nicht gegen mich. Ich kannte den Gesichtsausdruck zu gut. Wir alle hatten bereits jemanden verloren, aber Lua, sie war freiwillig zum Opfer geworden. Und nach dem, was ich eben erlebt hatte, brauchte ich einen Moment, einen verdammten Moment, um kurz zu Atem zu kommen.

»Ich hätte die Illusion Wirklichkeit werden lassen können, tat es jedoch nicht. Das solltest du im Hinterkopf behalten, wenn du noch einmal auf diese Weise versuchst, in meinen Geist einzudringen, obwohl ich dir auch freiwillig Zutritt gewähren würde.«

Sie ist meine Tochter!

Und sie trägt die Verantwortung für Tausende von Todesopfern!, schrie ich zurück.

Dann sah ich zu Rhonan. »Zeig es ihnen.«

Ich trat in Lucans Umarmung und genoss das Gefühl seiner kräftigen Arme, die mich umschlangen und mich festhielten. Rhonan warf mir einen mitfühlenden Blick zu, dann nickte er, und das ohnehin schon helle Eisblau seiner Augen wurde heller und heller, bis sie nahezu milchig weiß waren.

Die Anspannung in unserer Gruppe wurde stärker und spürbarer. Ich hielt mich an Lucan fest und beobachtete Maritia. Auch aus der kleinen Entfernung sah ich, wie ihre Haut immer teigiger wurde. Neue Tränen liefen ihre Wangen hinab und sofort fühlte ich mich schlecht, dass ich sie so angefahren hatte. Hier und da hörte ich einen erschrockenen Ausruf. Ein Keuchen. Ein Räuspern oder einen Fluch. Dann schloss Maritia die Augen und ich wandte mich ab. Rhonans Blick war erneut eisblau. Die Show war vorbei.

»Das …« Malik stockte und suchte nach den richtigen Worten.

»Das war …«

»Krass«, warf Duncan ein.

»Clever«, fügte Kjiel hinzu.

»Mutig«, ergänzte Nyx.

Mehr und mehr Zuspruch erklang und ich spürte, wie mein Herzschlag sich langsam normalisierte.

»Ich dachte, ich drehe durch, als du ihn als deinen Bruder bezeichnet hast.« Duncan schnaubte. »Ich wette, das hat seine Hose eng werden lassen.«

»Duncan!«, donnerte Malik, während Schatten aus Lucan hervorbrachen. Besitzergreifend legten sie sich um uns. Ich spürte sie an meinem Hals und meinem Rücken. Ein sanfter Druck. Ein »wir sind da.« Ein »du gehörst uns und wir dir«.

»Schaut mich nicht so schockiert an!«, rief mein bester Freund. »Ihr habt alle dasselbe gedacht und das ist doch der Grund, warum du es getan hast, oder?«, richtete er seine Worte an mich. »Um das Feuer der Hoffnung in ihm weiter zu schüren.«

Lucans Arme packten fester zu.

Duncan hat recht.

Ich weiß. Es muss mir aber nicht gefallen.

»Wir haben keine Ahnung, wo er sich aufhält, oder welche Trümpfe er noch ausspielen kann, oder wird. Was wir aber wissen«, sprach ich weiter, »ist, dass er komplett besessen von mir ist. Als Luzifer mich von ihm wegbrachte, habe ich den Ausdruck auf seinem Gesicht gesehen. Er dachte, es geschah gegen meinen Willen. Er dachte, ich hätte bei ihm bleiben wollen.«

»Wie in Abbadons Namen kann er so etwas denken?«

»Psychopath«, erinnerte ich King. »Wir dürfen nicht davon ausgehen, dass er normal oder rational agiert oder reagiert. Denk an Coras Worte, King. Manipulatives Verhalten. Gewaltbereitschaft. Mangel an Empathie. Impulsivität. Soll ich weiter aufzählen?«

Ein paar der Männer brummten, King schüttelte den Kopf. Lucans Klammergriff lockerte sich etwas. »Auch sollten wir nicht ausschließen, dass die Aufnahme fremder Magie zu seinem Wahnsinn beigetragen hat. Er beherbergt Magie in seinem Körper, die nicht für ihn geschaffen wurde. Luzifer bezeichnet ihn als Anomalie, ich würde tickende Zeitbombe ergänzen.«

»Bael hat durch Luas Augen gesehen«, nahm ich den Faden wieder auf. »Er hat gehört, wie ich ihn bezeichnet habe und er hat gesehen, wie ich sie brutal ermordet habe. Vor euren fassungslosen Augen und gegen euren Zuspruch.«

»Wie kann ich ihn erreichen?«, griff Nyx meine Frage von zuvor auf. »Er hat es gehört. Du hast den Grundstein dafür gelegt, dass er erneut Kontakt zu dir aufnimmt.«

Ich nickte, denn genau das war der Plan gewesen und endlich, endlich einmal war er aufgegangen. »Bael nimmt an, dass ich im Konflikt bin. Er denkt, dass er zu mir durchgedrungen ist. Dass diese Strähne hier bedeutet, ich hadere mit meiner Rolle in dieser Welt. Dass ich womöglich sogar etwas für ihn empfinde.«

Duncan würgte. »Jetzt muss ich auch kotzen …«

»Nicht nur du«, erwiderte Lucan trocken. »So sehr ich es hasse, ihn hasse, das war ein verdammt guter Plan, Liebes.«

Erleichtert, dass es ihm gut ging, sah ich zu Lucan auf. Seine Augen waren pechschwarz, das Gesicht vollkommen transformiert, aber er kam klar. Das verriet mir seine stoische, ruhige Miene. Auch wenn die Kiefermuskeln am Arbeiten waren.

»Es ist unsere erste, richtige Chance seit langem. Er spielt mit uns. Wir sind die Bauern auf seinem Schachbrett und er ist der selbsternannte König. Aber nicht mehr lange. Wir werden nicht zulassen, dass noch mehr fallen.« Ich würde Bael aus seinem eigenen beschissenen Spiel katapultieren und diesen sinnlosen Krieg beenden.

Alex kicherte leise. »Dämonen-Lilly ist ganz schön furchteinflößend.«

Das war nicht Dämonen-Lilly, es war einfach nur Lilly. Dennoch widersprach ich nicht, sondern erwiderte sein Lächeln. Dankbar dafür, dass er die Situation versuchte aufzulockern. Ich hätte gern behauptet, dass die Lilly in der Illusion ein Trugbild gewesen war, und das war sie, in diesem Moment, aber ich wusste ganz genau, dass ich sie sein konnte. Dass ich sie *war*. Um meine Liebsten zu beschützen, konnte und würde ich zu genau dieser Frau werden. Und wenn man Plan aufging und ich den Kontakt zu Bael aufbauen und festigen konnte, wenn ich den Spieß in diesem Spiel umdrehen konnte, dann würde es nicht lange dauern, bis ich genau zu dieser Lilly werden musste.

Daran ist absolut nichts verkehrt. Lucan küsste mich auf den Kopf. *Sie ist ein Teil von dir und alles andere als ein Monster.*

Danke.

Du glaubst mir nicht.

Ich werde daran arbeiten. Eine bessere Antwort hatte ich nicht. Ein paar schwarze Strähnen fielen mir in die Stirn und erinnerten mich daran, dass ich mich nicht nur im Inneren veränderte. Hatte Bael doch recht und meine neuen äußerlichen Merkmale waren ein Spiegel meines Innersten? Würde ich mich demnächst ganz von meiner silbernen Haarpracht verabschieden müssen?

Liebes, du–

»Was ist mit Lua?«, fragte Malik. »Können wir sie befragen? Versuchen herauszufinden, ob sie uns etwas zu Bael sagen kann? Womöglich erinnert sie sich daran, was genau sie für ihn an Informationen gesammelt hat.«

»Habt ihr gesehen, dass die Silberfäden auf ihrem Kopf verschwunden sind?«

»Was, wenn Rhonan sie frittiert hat?«

»Habe ich nicht.«

»Ich sage ja nur …«

Die Spekulationen begannen. Jeder hatte eine Meinung, doch die einzige, die mich aktuell interessierte, war die von Maritia. Ich machte mich von Lucan los und schob die Traube an Kriegern, die mich erneut dicht belagerte, aus dem Weg, bis ich sie wieder sehen konnte. Die Älteste hatte sich nicht bewegt. Flankiert von ihren Leuten stand sie noch immer am selben Fleck und sah völlig verloren aus.

»Maritia«, sagte ich leise, meine Stimme rau. Sie hörte mich. Natürlich hörte sie mich. Ihr Kopf hob sich und sie begegnete meinem Blick. Ein Nicken folgte und ich setzte mich in Bewegung. Lucan wollte mir folgen. Duncan, King, Malik, Nyx … sie alle, hätte ich sie gelassen, doch ich hob eine Hand und bat sie stumm, zu warten. Dann setzte ich meinen Weg fort.

»Es tut mir leid.« Worte, die sich auf vieles bezogen, jetzt, wo ich wieder klarer denken konnte. Auf Lua. Auf die Illusion. Darauf, dass ich sie angefahren hatte. Aber vor allem bezogen sie sich darauf, dass Maritia nun mit einer neuen Wahrheit leben musste. Ich kannte das Gefühl. Es war ätzend.

»Ich … ich würde die Befragung gern durchführen.«

Nicht die Antwort, die ich erwartet hatte. Meine Augenbrauen schossen in die Höhe. »Wie bitte?«

»Ihr wollt Lua befragen«, sprach sie atemlos. »Ich habe euch nicht gehört, aber ich sehe es. So wie ich den Schleier aus Rot sehen kann, der sie umgibt. Jetzt sehe ich ihn.« Die Älteste atmete zittrig ein. »Ich bin eure beste Chance, an Informationen zu gelangen.«

Das stimmte, aber … »Fühlst du dich dem gewachsen?«

»Lua ist meine Tochter.« Sie richtete sich auf und einer der Dorfbewohner reichte ihr ihren Stock. »Sie ist meine Verantwortung.«

»Du hast nicht gesehen, dass sie uns alle verraten hat. Es war ganz allein ihre Entscheidung.«

Maritia presste die Lippen zusammen, ehe sie erwiderte: »Eines Tages, wenn du eine Tochter hast, wirst du verstehen, was es bedeutet, sich für ein Kind verantwortlich zu fühlen.«

Wenn ich eine Tochter *habe*? Habe, wie in ›es wird geschehen‹?

»Ganz gleich was Lua getan hat, sie ist mein Kind. Ich … Danke.«

»Wofür?«, entfuhr es mir, denn ich knabberte immer noch an ihren letzten Worten.

»Du hättest jedes Recht gehabt, ihr Leben zu beenden, aber du hast dich anders entschieden.« Schneller als ihr zerbrechliches Äußeres vermuten ließ, schnellte ihre freie Hand vor und legte sich um meinen Arm. Sofort spürte ich Lucan und die anderen näher kommen. Wieder hob ich eine Hand.

Alles okay.

Verflucht, wir waren alle etwas sprunghaft.

»Du hättest ihr Leben nehmen können«, sprach sie erneut, »aber du hast dich anders entschieden. Du wähltest einen klügeren Weg. Einen friedlicheren. Das in der Illusion, das warst du, aber du warst es auch nicht. Bist du zu dem, was wir gesehen haben, fähig? Ja.«

Ich schluckte.

»Aber du tust es nicht ohne Reue und ganz bestimmt nicht ohne Grund. Und das wird dich immer von ihm unterscheiden.«

Lucans zustimmendes Brummen hallte durch meinen Kopf.

»Wenn du erlaubst, würde ich die Befragung meiner Tochter gerne durchführen.«

»Selbstverständlich. Allerdings möchte ich, dass dich jemand begleitet.«

Maritia nickte.

Nyx?, rief ich die Furie lautlos zu mir. Ich wartete, bis sie neben mich getreten war. Die Älteste musterte sie eingehend.

»Eine weise Wahl. Deine mentale Gabe ist stark«, wandte sie sich an Nyx.

Die Furie schnaubte, nicht im Mindesten beeindruckt von dem Kompliment. »Meine Fäuste sind es auch. Genauso wie das hier.« Ihre Hand legte sich auf eines der zahlreichen Messer an ihrem Gürtel.

Ich hatte Nyx nicht wegen ihrer mentalen Gabe ausgewählt. Maritia war ihr, was das anging, weit überlegen. Für mich war Nyx die naheliegendste Wahl, weil sie eine Frau war. Und ehrlich gesagt traute ich uns Frauen in Situationen wie diesen mehr zu. Jeder der Krieger hinter uns war mehr als fähig, Maritia zu beschützen, doch Nyx würde ihr zeitgleich beistehen. So harsch sie auch wirkte, ich sah das Mitgefühl in ihrem Blick. Was wir jetzt brauchten, was Maritia brauchte, war kein hitzköpfiger Unsterblicher, es war eine ruhige, besonnene Frau.

Die Älteste nickte, dann streckte sie Nyx ihren Arm entgegen. »Lua ist noch im Gebäude. Ich lasse Jaceranda wissen, dass wir kommen.«

Nyx trat vor und hakte sich bei ihr ein. Die beiden entfernten sich und ließen ein paar stark verwirrte Dorfbewohner zurück. Lucan schloss zu mir auf und legte mir einen Arm um die Schultern.

»Was für ein Tag, mhm?«

Ein schnaubendes Lachen entfuhr mir. Was für ein Tag, meine Fresse. Aber … wir hatten einen Schritt in die richtige Richtung gemacht, das spürte ich. Jetzt mussten wir abwarten. Eventuell fand Maritia etwas heraus.

Vielleicht meldeten Drake und Noain sich mit guten Nachrichten. Möglicherweise suchte Bael schneller den Kontakt, als ich annahm. Alles war möglich, nichts war sicher, und doch fühlte ich mich zum ersten Mal seit langem siegreich. Das hier war nicht mehr nur Baels Spiel. Ich hatte das Spielfeld betreten und ich war entschlossen, zu gewinnen.

TEIL II

SCHACHMATT

KAPITEL 28

Bael, irgendwo in der Anderswelt

Luas Tod war ein herber Rückschlag. Und doch saß ich hier und grinste in meinen Drink.

Mein Bruder. Sie hatte mich als ihren Bruder bezeichnet. Vor allen. Es war im Affekt geschehen, im Kampf, und ich bezweifelte, dass es ihr bewusst gewesen war, aber der Schock auf ihrem und den Gesichtern der anderen. Köstlich. Ich trank einen Schluck und ließ den Alkohol meine Kehle hinabbrennen. Seit Luzifer sie mir entwendet hatte, verging keine Minute, in der ich nicht an sie dachte. Die schwarze Strähne, die Klauen, der wilde, animalische Gesichtsausdruck, als sie Lua eiskalt ermordet hatte … Mit einem kleinen Lachen exte ich den Inhalt des Glases und warf es an die Wand gegenüber. Nicht, weil ich wütend war, sondern einfach, weil ich es konnte.

»Volac!«

Sie war wie eine Vision gewesen. Grausam schön und schön grausam.

»*Volac!*«, donnerte ich, in dem Wissen, dass er mich hörte. Sie alle hörten mich und das nicht erst, seit ich einen von ihnen getötet hatte.

Ich war vom Schüler zum Meister geworden und hatte vollbracht, was keinem von ihnen möglich war. Dämonen, insbesondere jene aus der alten Welt, konnten keine fremde Magie beherbergen. Sie konnten sie für einen kurzen Augenblick aufnehmen, sie jedoch nicht speichern. Sie nicht erlernen oder benutzen. Ich aber war zur Hälfte Engel und dank der Gene meines Erzeugers, so befleckt und unrein sie auch waren, war es mir gelungen. Das erste Experiment war schmerzhaft und wenig erfolgreich gewesen, aber das zweite und dritte, hatten bereits dafür gesorgt, dass etwas hängen geblieben war. Ein Echo zunächst und dann mehr. Immer mehr. Ich hatte gelernt, die Schmerzen zu begrüßen, mich in ihnen zu wälzen und mich an ihnen zu ergötzen, als wären sie die Tränen meiner Feinde. Ich lachte über meine eigenen poetischen Gedanken.

Es klopfte und Volac erschien.

»Herr?«, presste der Ritter hervor und sein Hass leuchtete so glorreich. Seine Angst roch so verführerisch.

»Trommel sie alle zusammen.«

»Herr?«

»Die Ritter, Volac.« Ich kniff mir in die Nasenwurzel und betete um Geduld. »Ich will jeden einzelnen von euch hier haben.«

»Wann?«

»Jetzt.«

Der Schock stand ihm ins Gesicht geschrieben.

»Aber Herr, wenn wir uns alle gemeinsam an einem Ort aufhalten, insbesondere so kurzfristig und ohne Vorbereitung, ist unsere Signatur schlechter zu verbergen. Die dunkle Königin könnte uns—«

»Königin?« Ich erhob mich in einer schwungvollen Bewegung. Verdammt, ich fühlte mich fantastisch. »Dieses Risiko bin ich bereit einzugehen.«

Königin. Ein abfälliges Schnauben entfuhr mir. Noch mochte Lillith diesen Titel tragen, aber nicht mehr lange. Ihr Kopf würde rollen, zusammen mit dem von Luzifer, und wenn es so weit war, würde ich die Krone an mich nehmen und sie der rechtmäßigen Königin aufsetzen. Lillianna. Meiner Lillianna.

»Bael—«

Ein Blick. Ein Blick von mir reichte, um Volac erbleichen zu lassen. Wie Lillith es all die Jahrhunderte mit solchen Schwachmaten ausgehalten hatte, war mir ein Rätsel.

»Hol die anderen her oder ich tue es.« Und das würde unschön werden. Ich musste die Worte nicht aussprechen, Volac verstand. Der Ritter neigte sein Haupt. »Wie Ihr wünscht, Herr.«

KAPITEL 29

Noain, Vesteria

Absolut nicht amüsiert starrte ich auf das Schild des Gasthauses. Es war hellgelb und etwas in die Jahre gekommen, doch das Tier darauf war gut zu erkennen. Ein Hase. Darüber stand der Name in langgezogenen, etwas unordentlichen Buchstaben: Zum Flüstern der Gestalten. Das Haus war aus einfachem Holz erbaut. Drei Stockwerke, ein paar Blumenkästen und weiße Fensterläden. Nach all der Zerstörung, die ich durch Baels Dämonen in Vesteria erlebt und gesehen hatte, wirkte dieses Gebäude wie aus einer anderen Zeit. Vor Bael. Vor dem *Clash* sogar. Aus einer Zeit, in der Drake mich nicht mit einem Flügelschlag gegen eine Felswand katapultiert und ich ihn nicht mit jedem Atemzug verflucht hatte.

Ich kniff die Augen zusammen. Wie lange konnte es dauern, ein Zimmer zu mieten? Wenn es nach mir ging, hätte es auch der Waldboden getan, aber unser Herr Prinz verlangte ein Bett. Zwei Betten, dachte ich grimmig. Wir brauchten zwei Betten und zwei Zimmer.

Vampyr? Nyx' Stimme hallte durch meinen Geist und bat um Einlass.

Furie?

Es gibt Neuigkeiten.

Die da wären?

Lilly hat Lua überführt. Die Silbersychronin in Permata, fügte sie erklärend hinzu.

Ist sie tot?

Sie verneinte, ihr Zögern aber ließ mich aufhorchen.

Was ist passiert?

Gestattest du mir, eine Erinnerung mit dir zu teilen?

Ja, blaffte ich ungehaltener als beabsichtigt. Fünf Jahrhunderte lang hatte ich meinen Kopf für mich gehabt und dann waren Lilly und Drake gekommen und diese Furie, die ich nicht mögen wollte, mich

220

jedoch kaum dagegen wehren konnte, weil sie verflucht tough war, und auf einmal geisterte die gesamte Anderswelt durch meinen Kopf.

Ein warmer Druck breitete sich von meinen Schläfen über meine Stirn aus und ich wurde still, als ich mit geschlossenen Augen beobachtete, was heute in Permata geschehen war. Ich wusste bereits, dass Lilly clever und unerschrocken war, aber das? Das war grandios.

Ein verdammt guter Plan.

Absolut, bestätigte Nyx. *Ich bin mit der Ältesten Permatas und Lua im Gebäude des Konzils. Wir versuchen, die Verräterin zu befragen.*

Ihr versucht es? Was in Abbadons Namen sollte das denn heißen? *Wir wissen nicht genau, was während der Illusion geschah, aber aktuell ist Lua nicht mehr als eine leere Hülle aus Knochen und Fleisch.*

Ein nettes Bild.

Die Furie schnaubte leise. *Lilly bat mich, nach Fortschritten zu fragen,* wechselte sie das Thema. *Gibt es welche?*

Ich biss die Zähne zusammen. Mein Zahnfleisch kribbelte und meine Fangzähne verlängerten sich, ohne dass ich etwas dagegen unternehmen konnte.

Nein.

Es sind bereits ein paar Tage vergangen und–

Und was?, unterbrach ich sie. *Glaubst du, wir finden die Drachen, die sich seit Jahrhunderten verbergen, in unter einer Woche?*

Drake ist ihr Alpha.

Er tut, was er kann, erwiderte ich ganz automatisch, obwohl ich mir dessen selbst nicht sicher war.

Mhm. Die Verbindung wurde schwächer und ich hörte das Geräusch nur noch als leises Echo. *Sorg dafür, dass das so bleibt.*

»Sorg dafür, dass das so bleibt«, äffte ich Nyx nach. Sie war fort und ihre Präsenz in meinem Kopf verschwand, wie der morgendliche Nebel über den Feldern von Fenrys. Ich rammte meine Hände in die Hosentaschen. Wieder warf ich dem Gasthaus einen finsteren Blick zu. Wir sollten die Drachen suchen und uns nicht damit aufhalten, nach einem gemütlichen Bett und einer heißen Dusche zu verlangen.

Die Tür wurde aufgerissen und krachte gegen die Hauswand. Drake stakste nach draußen. Er sah aufgewühlt aus. Ein wenig wütend und

… erschöpft. Scheiße. Er sah müde aus. Ich riss mich zusammen und funkelte ihn an.

»Nichts frei?«

»Wäre mir fast lieber«, murmelte er und blieb mit etwas Abstand vor mir stehen.

»Wie war das gerade?«

Er seufzte leise. Dann blickte er einen Moment in den Himmel, ehe er die bernsteinfarbenen Augen auf mich richtete. »Sie haben nur noch ein Zimmer frei. Mit einem Bett.«

»Das ist ein Scherz«, entfuhr es mir.

»Ich fürchte nicht.«

»Kannst du nicht jemanden rauswerfen? Du bist ihr König.«

»Prinz«, verbesserte er mich zähneknirschend. »Und ich werde bestimmt niemanden rauswerfen, insbesondere nicht, da die Formwandler in diesem Gasthaus ihre Höfe und Häuser durch Bael verloren haben. Ich werfe niemanden raus«, wiederholte er rau. Die Erinnerungen an Baels Zerstörung noch frisch. Nein, er würde niemanden rauswerfen. Dafür war er viel zu gut. So verloren, wie er aussah, mit großen Augen und geröteten Wangen, hatte er die Miete für ein ganzes Jahr im Voraus bezahlt. Für alle. Drake funkelte mich an. Ganz so, als wolle er sagen: Na und? Ich biss die Zähne zusammen und fühlte, wie meine Fangzähne sich beinahe in meine Unterlippe bohrten. Scheiße nochmal.

»Wir finden etwas anderes«, sagte er und wollte sich abwenden. Und dann passierte etwas Unerwartetes: Ich bekam ein schlechtes Gewissen. Er war müde und erschöpft und ich wusste, dass es ihm nach all der Zeit viel abverlangte, sich zu verwandeln. Formwandler mussten ihre Gestalt regelmäßig wechseln. Drake aber hatte es sich untersagt und das war in etwa so, als hätte man mehrere Jahrhunderte lang nicht trainiert und sollte auf einmal in einem Zweikampf antreten.

Während all meine Alarmglocken gleichzeitig schrillten, hörte ich mich sagen: »Es wird schon gehen.«

Drake erstarrte. In Zeitlupe drehte er den Kopf zurück zu mir. »Wie bitte?«

»Bist du schwerhörig, Drache? Ich sagte, es wird schon gehen. Ich schlafe auf dem Boden. Eure Hoheit bekommt das Bett.«

Drake starrte mich an. Er blinzelte nicht einmal. »Du bist ebenfalls ein König.«

»Bin ich nicht.« Ich würde es nie sein. Aber er war einer. Vesteria und der dazugehörige Thron waren sein Geburtsrecht. Seine Verantwortung. Und von dem, was ich in den letzten Wochen mitbekommen hatte, machte er einen verdammt guten Job. Sein Volk liebte ihn. Dieses Gasthaus und seine Großzügigkeit waren das beste Beispiel für die Art Herrscher, die er war.

Ein Stechen fuhr durch meinen Brustkorb. Statt nett zu ihm zu sein, weil er gerade etwas Nettes getan hatte, verflucht nochmal, schlug ich verbal um mich. »Ich bin es gewöhnt, auf dem Boden zu schlafen. Du nicht.«

Drake verspannte sich. Erst sein Kiefer, dann die Schultern. Seine Mimik veränderte sich. Die Lippen zu einem dünnen Strich zusammengepresst, erschien eine tiefe Furche auf seiner Stirn, direkt zwischen diesen hypnotisierenden Augen. Meine Worte hatten ihr Ziel getroffen. Anstatt jedoch wie bisher den Blick zu senken und Reue und Scham zu zeigen, blitzte etwas in Drakes Augen auf und aus Bernstein wurde Gold.

»Dann macht es dir ja nichts aus«, erwiderte er kalt und wandte sich ab, um zurück ins Gasthaus zu gehen. »Dritter Stock, links am Ende des Korridors«, hörte ich, ehe die Tür hinter ihm ins Schloss fiel.

Für einen Moment stand ich wie angewurzelt da und wieder passierte etwas Unerwartetes: Ich lächelte. Meine Mundwinkel hoben sich. Instinktiv fuhr ich mit der Zungenspitze an meinen Fangzähnen entlang. Noch waren sie nicht komplett ausgefahren, allerdings konnte ich für nichts garantieren, wenn ich Drake folgte. Ich wollte nicht mit ihm in einem Zimmer schlafen. In einem Bett. Ich wollte ihm nicht so nahe sein und gleichzeitig gelüstete es mich danach. Mein Körper, mein Instinkt, sie schrien mich förmlich an, ihm zu folgen. Ihn zu beschützen. Ihm nahe zu sein. Ihn zu besitzen. Mich von ihm besitzen zu lassen.

Die Hände zu Fäusten geballt richtete ich den Blick noch einmal auf das Schild über der Tür. Zum Flüstern der Gestalten. Ein Gefühl der Vorahnung überkam mich. Vorahnung. Schicksal. Bestimmung.

Kopfschüttelnd und mit einem Fluch auf den Lippen folgte ich Drake ins Gasthaus. Der Mann hinter dem Tresen lächelte mir freundlich zu und aus dem Schankraum hinter ihm ertönten lautes Lachen und Musik. Bald war es Zeit fürs Abendessen und der Duft von gebratenen Kartoffeln und Fleisch zog durch die Eingangshalle des Gasthauses. Mein Magen knurrte.

»Euer Begleiter bat mich bereits, euch zwei Portionen Eintopf und Ale bringen zu lassen, Herr.«

Mein Kopf ruckte zur Seite und ich fixierte den Formwandler hinter dem Tresen. Hatte man mir meine Gedanken so sehr angesehen?

Und … mein Begleiter? Wusste er, wer Drake war? Ich richtete mich zu meiner vollen Größe auf und machte instinktiv einen Schritt auf ihn zu. Der Mann hob beschwichtigend beide Hände. Er lächelte noch immer.

»Dies ist ein sicherer Ort für viele Formwandler«, sagte er leise. »Das gilt auch für den bekanntesten unter ihnen.«

»Sorg dafür, dass das so bleibt«, bediente ich mich an Nyx' Worten. Ohne seine Antwort abzuwarten, sprintete ich die schmale Holztreppe neben dem Tresen hinauf. Zwei Stufen auf einmal nehmend. Im dritten Stock angekommen, wandte ich mich nach links. Es gab lediglich eine Tür in dem schmalen Korridor. Da wir uns unter dem Dach befanden, konnte ich nur erahnen, wie winzig das Zimmer sein musste.

»Du kannst das«, sprach ich mir selbst gut zu. Ich besaß die Kontrolle über meine Instinkte, nicht umgekehrt. Ich hatte die Kontrolle. Nicht sie. Nicht er. Ich straffte die Schultern und legte den kurzen Weg zu unserem Zimmer zurück. Eine heiße Mahlzeit und eine Dusche klangen tatsächlich nicht übel. Vermutlich sollte ich es einfach als harmlosen, kleinen Zwischenstopp betrachten. Drake konnte sich ausruhen und ich–

Ich … ich …

Fuck.

Völlig nichtsahnend hatte ich die Tür geöffnet. Das Zimmer war genauso winzig, wie befürchtet. Was mich jedoch regungslos in der Tür verharren ließ, war der Mann, der sich just in diesem Moment seiner Gewänder entledigte. Nicht seiner ganzen Gewänder, das nicht, aber das Hemd war fort. Schuhe und Socken auch und die Hose hing ihm tief, sehr tief auf den Hüften und ließ die beiden Grübchen direkt über seinem Hintern erkennen. Drake stand mit dem Rücken zu mir und präsentierte mir eine Menge gestählter, bronzefarbener Haut, während er sich an den Lederschnüren seiner Hose zu schaffen machte. Das war nicht sein Ernst! Fast hätte ich die Worte laut ausgesprochen. Ich hatte mich dazu bereit erklärt, mit ihm in diesem Zimmer zu nächtigen, aber … musste er sich ausziehen?

Mein Blick hing wie festgeklebt an seinem wunderschönen Körper. Wo ich von Narben entstellt war, vom Krieg gezeichnet, war er glatt und perfekt und hart … die Muskeln. Seine Muskeln waren hart. Innerlich seufzend schloss ich die Augen, als ich spürte, dass noch etwas anderes hart wurde. Fuck. Das hier war eine miese Idee. Noch schlimmer, als mich ihm zu offenbaren. Schlimmer noch, als ihn nach Ilya zu lassen. Katastrophaler, als ihn zu packen, und ihn von hinten zu nehmen. Mein Schwanz schwoll an. Verdammt! Ich riss mich zusammen und ließ die Tür geräuschvoll ins Schloss fallen. Drake zuckte zusammen und wirbelte herum. Überraschung zeigte sich auf seinem Gesicht. Ganz so, als hätte er nicht geglaubt, dass ich ihm folgen würde. Ohne, dass ich es verhindern konnte, musterte ich jeden Zentimeter Haut, der sich mir darbot. Draußen zu schlafen wäre vermutlich die bessere Entscheidung gewesen. Allerdings konnte ich jetzt keinen Rückzieher mehr machen, ohne zu viel preiszugeben.

»Du bist hier.«

»Das ist unser Zimmer, oder nicht?«

Drakes Augen weiteten sich minimal. »Ich … ja.« Er nickte. Die Hände noch immer an den Lederschnüren. Er zog sich jedoch nicht weiter aus. Mit hochgezogenen Augenbrauen fixierte ich seinen Schritt. »Wegen mir musst du nicht aufhören.«

Ein unbestimmter Laut entfuhr ihm. Eine Mischung aus Schock und Grunzen und … etwas anderem. Drake schluckte und sein Adamsapfel hüpfte nervös auf und ab. Das war gut. Seine Nervosität sorgte dafür, dass ich mich besser fühlte. Ich hatte die Kontrolle. Ich – nicht er. Bis zu dem Moment, in dem er den Blick senkte und meinen harten Schwanz bemerkte. Schmerzhaft drängte meine Erektion gegen den Verschluss meiner Lederhose und bettelte förmlich um seine Aufmerksamkeit. Ich hatte die Kontrolle, erinnerte, nein, *ermahnte* ich mich. Ich – nicht er.

Meine Kontrolle hielt genau fünf weitere Sekunden. Fünf lächerliche Sekunden, in denen ich mich daran klammerte, dass ich diese

Situation meistern konnte. In Sekunde Nummer sechs sah ich Drake dabei zu, wie er sich mit der Zungenspitze über die Unterlippe fuhr. Den Blick noch immer auf meinen Schritt gerichtet, seine Miene voller Sehnsucht und … Hunger. Mein Schwanz zuckte und meine Fangzähne wuchsen. Mit Mühe unterdrückte ich ein Stöhnen, während mein Kopf mich mit Erinnerungen daran folterte, wie ich ihn berührt hatte. Wie es sich angefühlt hatte, in ihm zu sein. Wie unsere Herzen einen gemeinsamen Rhythmus gefunden hatten – so wie damals. Vor all der Zeit, als er mein Universum gewesen war.

Plötzlich wurde mir klar, dass ich das hier nicht konnte. Mein Brustkorb fühlte sich zu eng an. Ich hatte Probleme zu atmen und mein Herzschlag beschleunigte sich.

Weg. Ich musste hier weg. Alle meine Alarmglocken schrillten gleichzeitig. Ich machte einen Schritt rückwärts und Drake hob den Blick. Das Gold seiner Augen noch strahlender als zuvor.

»Ich schlafe draußen«, stieß ich abgehackt hervor. »Du kannst das Bett haben.« Gerade als ich mich abwenden wollte, hörte ich: »Ich habe in den letzten Wochen etwas festgestellt. Für mich.«

Geh, wies ich mich an. *Geh einfach.* Einen Fuß vor den anderen. Ich ging jedoch nicht. Wie angewurzelt stand ich da und starrte ihn an.

»Ich will es nicht wissen.«

»Ich erzähle es dir trotzdem.« Endlich nahm er die Hände von seinem Schritt. Und dann lächelte der Mistkerl. »Ich habe erkannt, dass du nicht mehr der Mann bist, in den ich mich vor all der Zeit verliebt habe.«

Meine Lippen öffneten sich und ich hielt den Atem an. Mein Herz schlug noch schneller, mein Magen brannte und mir wurde heiß und kalt. Die Gefühle waren neu und unerwünscht und doch konnte ich sie nicht verhindern.

»*…du nicht mehr der Mann bist, in den ich mich vor all der Zeit verliebt habe.*« Wa-as … was sollte das heißen?

Entspannt und lächelnd stand Drake vor mir. »Du bist nicht mehr derselbe«, wiederholte er, »und dennoch …« Ein leises Seufzen, dann ein Kopfschütteln und wieder dieses verfluchte Grinsen. »Dennoch gehört mein Herz dir.«

Ich atmete zu schnell, zu flach und mein Kopf fühlte sich auf einmal schwerelos an.

»Verstehst du, was ich dir hier sage, Noain?« Drake machte einen Schritt auf mich zu und ich wich zurück, bis ich mit dem Rücken gegen die Tür prallte. »Ich lieb—«

»Nicht«, stieß ich hervor. Heiser und voller Emotionen. Die Hände zu Fäusten geballt funkelte ich ihn an und konzentrierte mich darauf, wie perfekt er aussah. Was für ein ausschweifendes Leben er geführt hatte. Dass er sich durch halb Vesteria gevögelt hatte. Dass er mich vielleicht nicht vergessen, aber doch irgendwie vergessen hatte. All das visualisierte ich und all das nutzte ich, um meine Wut zu schüren. Wut war besser als alles, was ich gerade empfand. Wut sorgte für Kontrolle.

»Du hast nicht das Recht, die Worte auszusprechen.«

»Wieso nicht?« Er rückte noch näher und ich gab mir die größte Mühe das Spiel seiner Bauchmuskeln zu ignorieren. Genauso wie die widerspenstige Locke, die ihm in die Stirn fiel. Aber all diese bronzefarbene Haut, seine Nähe … Wut und Kontrolle. Kontrolle und Wut.

»Ein wütender Fick gibt dir noch lange nicht das Recht, solche Wörter zu benutzen.«

Drakes Miene verhärtete sich und kurz hasste ich mich dafür, dass dies mein Verdienst war. »Erstens muss mir niemand erlauben, über die Liebe zu sprechen, und zweitens, tu das nicht. Versteck dich nicht hinter einer Mauer aus Gleichgültigkeit und derber Sprache. Du magst dich verändert haben, aber ich kenne dich, Noain. Wörter waren dein Leben. Sie sind dein Leben. Und du hattest stets die Schönsten von allen.« Er lächelte und das Ziehen in meinem Magen wurde stärker. Ebenso der Drang, ihn zu berühren. »Ich habe dein Gedicht gelesen.«

Kurz musste ich überlegen, dann aber erinnerte ich mich. Das Gedicht, das ich geschrieben hatte, als ich an seinem Bett gesessen, ihn gleichzeitig verflucht und zur Balance für seine Genesung gebetet hatte. Ich hatte es ganz vergessen.

»Verdammte Lilly.«

»Sie hat mich lediglich darauf hingewiesen, dass etwas unter meinem Kopfkissen steckt«, sagte er leise. »Du hast es geschrieben.« Das Lächeln war zurück. »Es war nicht sonderlich gut versteckt.«

»Und jetzt was?«, brauste ich auf und klammerte mich an meine

Wut, als wäre sie ein Rettungsring auf offener See inmitten eines tosenden Sturms. »Was willst du von mir hören?«

»Was bist du bereit, mir zu sagen?«

»Bei Abbadon, was soll dieses kryptische Gerede?«

Ohne den Blickkontakt zwischen uns zu brechen, hob Drake die Hand und legte sie auf meinen Brustkorb. Auf mein Herz. Es war das erste Mal, dass er mich von sich aus berührte. Ich hielt den Atem an und spürte die Wärme seiner Finger durch mein Hemd. Ich stockte. Die Welt blieb stehen. Alles fühlte sich klarer an. Intensiver. Und auf einmal war es zu viel. Ruckartig hob ich beide Arme, stieß Drake von mir und verpasste ihm einen rechten Haken, der ihn einmal quer durch das Zimmer katapultierte.

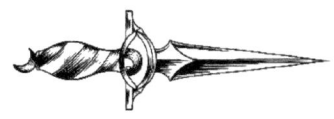

KAPITEL 30

Drake, Vesteria

Verdammt. Das tat weh. Etwas wackelig kam ich auf die Beine und rieb mir das Kinn. Ich schmeckte Blut und für einen kurzen Augenblick hatte ich Sterne gesehen. Mein Drache war erschöpft, ich war erschöpft, und dennoch durfte ich jetzt nicht nachgeben. Ich hatte ihn fast so weit. Noain war kurz davor, die Kontrolle zu verlieren und entweder endete es mit vielen Schrammen und Blutvergießen, oder damit, dass wir erneut miteinander im Bett landeten. In einem richtigen diesmal. So oder so war es an der Zeit, die Fronten zu klären. Mit ihm fühlte sich jeder Fortschritt wie ein Rückschritt an und ich konnte das einfach nicht mehr. Ich wollte es auch nicht mehr. Was ich wollte, waren mein Gefährte und eine Chance auf Glück. Das sogenannte Glück stand aktuell vor mir, schwer atmend und mit blitzenden Augen. Noain hatte die Oberlippe zurückgezogen und zeigte mir seine Fangzähne. Er sah furchteinflößend aus. Die fiese Narbe im Gesicht, all die Tattoos und der harte Gesichtsausdruck. Dazu die angespannten Muskeln und die Fangzähne … furchteinflößend und absolut zum Anbeißen.

Ich strich mir die Haare aus dem Gesicht und wischte mir das Blut vom Kinn. Nicht bereit, jetzt aufzugeben, nahm ich die Schultern zurück und begegnete dem hellen, irisierenden Blick. »Jede Nacht spüre ich deine Berührung. Ich höre deinen Herzschlag und fühle die Liebe zwischen uns. Jede einzelne Nacht, in den letzten über fünf Jahrhunderten, Noain.« Meine Stimme drohte zu brechen und ich räusperte mich. »Ganz gleich, ob du an meiner Seite bist oder nicht. Du hast dich in meine Seele gebrannt, hast meinen Körper übernommen, meinen Verstand.« Ich legte eine Hand auf mein Herz und alles an Emotionen in meine Stimme. Alles, was ich zu geben hatte. »Ich habe mich abgelenkt, ja. Ich habe gelebt und mich abgelenkt, weil ich mich der Wahrheit nicht stellen konnte. Der Wahrheit, dass ich das

Wertvollste in meinem Leben verloren hatte, aufgrund einer einzigen Entscheidung. Ich habe die falsche Entscheidung getroffen und doch nicht. Du kannst dir nicht …« Ein Zittern stahl sich in meine Stimme. »Du kannst dir nicht vorstellen, was es bedeutet, vor eine solche Wahl gestellt zu werden. Das ist keine Entschuldigung oder Rechtfertigung«, fügte ich rasch hinzu, »einfach eine Tatsache. Was uns beide angeht, habe ich die falsche Entscheidung getroffen und dieses Wissen begleitet und verfolgt mich jeden einzelnen Tag.«

Noains Atem beschleunigte sich. Er keuchte leise und die Knöchel an seiner Hand traten weiß hervor. Er sah aus, als wolle er mich gleich noch einmal schlagen.

Jetzt oder nie, dachte ich und stählte mich für meine nächsten Worte. »Deine Arme sind meine Festung«, zitierte ich eines seiner früheren Gedichte, das sich, ebenso wie der Mann selbst, für immer in meine Seele gebrannt hatte. »Dein Verstand und deine Worte sind alles. Ein leises Flüstern und ein starker Schwur. Zwei Seelen im Einklang, verbunden im Sein. Wie die Sterne, die ewig glühen. Kein Wort ist zu groß und kein Traum zu klein.«

Ich atmete ein und spürte, wie mein gesamter Brustkorb sich schmerzhaft zusammenzog. »Deine Gedichte sind alles für mich, Noain. Du bist alles. Gib mir eine Chance, dich so zu lieben, wie du es verdient hast. Gib mir die Chance, es diesmal richtig zu machen.« Sein Gesicht verzog sich bei meinen Worten zu einer wütenden Fratze. Ich war dabei ihn zu verlieren. Womöglich sogar für immer.

»Noain, bitte …«

Ich blinzelte und auf einmal stand er vor mir. So dicht, dass unsere Oberkörper sich berührten. So dicht, dass ich seinen warmen Atem an meinen Lippen spürte. So dicht, dass ich bemerkte, wie hell seine Augen glühten. Wie Sterne in der dunkelsten Nacht. Er senkte den Blick auf meine Lippen. Hoffnung überkam mich. So brutal, dass ich beinahe in die Knie ging.

»Sag mir, dass du mich willst«, wisperte er an meinem Mund. War er noch dichter gekommen? »Sag mir, dass du mich willst, damit ich dir sagen kann, wie sehr ich dich will.«

Bei der Balance … ich leckte mir über die Lippen und nickte. Hektisch bewegte mein Kopf sich auf und ab. »Ich will dich«, sprach ich, ohne Zögern. »Jetzt und für immer. Daran hat sich nie etwas geändert.«

Er gab einen beinahe animalischen Laut von sich, ehe ein Ruck durch seinen ganzen Körper ging und er seine Lippen auf meine presste.

Noain küsste mich.

Mein Kopf brauchte einen Moment, um zu verstehen, was hier gerade passierte.

Noain. Küsste. Mich.

Freiwillig.

Eine Hand in meinem Nacken legte er die andere auf meinen Hintern und zog mich dicht an sich. Seine Zunge schob sich durch meine Lippen. Sie bat nicht um Einlass, sie verlangte. Seine Lippen waren hart und besitzergreifend und ich liebte es. So wie ich ihn liebte. Jetzt und für immer.

Der Kuss war alles, was ich mir erträumt hatte. Und gleichzeitig so viel mehr. Obwohl wir vor ein paar Wochen miteinander geschlafen hatten, bedeutete das hier so viel mehr. Die Nähe, sein Mund auf meinem. Seine Hände, die zupackten, als wolle er mich nie wieder loslassen. Als meine er es ernst.

»Sag mir, dass du mich willst, damit ich dir sagen kann, wie sehr ich dich will.«

Er hatte es nicht zuerst sagen wollen, aber das war okay. Ich würde es ihm nicht nur jeden Tag sagen, ich würde es ihm beweisen. Jede Stunde, jede Minute und jede Sekunde, wenn das bedeutete, dass es erneut ein ›wir‹ gab. Ein ›uns‹.

Noain stöhnte an meinem Mund und endlich erwachte ich aus meiner Starre. Voller Verwunderung, dass ich es konnte, dass er es erlaubte, schlang ich meine Hände um seine Hüften und presste mich enger an ihn.

Noains Finger in meinem Nacken packten fester zu, doch obwohl sein Griff alles andere als sanft war, spürte ich die Zärtlichkeit darin. Immer wieder berührten seine Lippen die meinen, bis seine Finger Druck ausübten und meinen Kopf sacht zur Seite neigten. Den Hals vollkommen entblößt, beobachtete ich ihn aus schweren Lidern. Seine Zungenspitze schnellte hervor und er fuhr sich über die Fangzähne. Heiß. Er sah so verdammt heiß aus. Hart und unnachgiebig und wunderschön.

In der Hoffnung, er würde mich nicht erneut quer durch den Raum prügeln, öffnete ich meinen Geist und griff nach seinem. Das Gefährtenband rastete ein und Noain drehte mit einem leisen Knurren den Kopf, um mit den Zähnen über meinen Hals zu fahren. Ich war ihm vollkommen ausgeliefert. Mein Leben lag wortwörtlich in seinen Händen und das machte mich noch mehr an. Das Vertrauen, das sich hier und jetzt zwischen uns aufbaute – neu aufbaute –, war das größte Aphrodisiakum. Mit jedem weiteren Schlagen unserer Herzen gerieten wir mehr in Einklang. So wie damals, in Ilya, bloß ohne die Eile, die Wut, den Hass.

Drake, hörte ich ihn in meinem Kopf. Nur mit Mühe unterdrückte ich ein Schluchzen. *Drake, Drake, Drake …*

Mehr sagte er nicht. Mehr dachte er nicht. Nur meinen Namen. Wieder und wieder. Fest klammerte ich mich an ihn und genoss das Gefühl seiner Lippen und Zähne an meinem Hals.

Ich dachte … all die Jahrhunderte dachte ich, du wärst fort. Für immer.

Ich bin hier, erwiderte er ungewohnt ruhig und beherrscht. Dann verlor ich das berauschende Gefühl an meinem Hals, als er etwas von mir abrückte und mich eindringlich anblickte. Ich sah Lust. Leidenschaft. Verständnis und etwas, das ich mich nicht traute, zu benennen.

Ich bin hier.

Meine Hände zitterten, als ich sie in den Stoff seines Hemdes krallte. Ich wollte mehr als das, viel mehr. Aber konnte ich–

Tu es, forderte er mich auf, die Stimme belegt und rau. In seinen Augen glühte ein silbernes Feuer. *Fass mich an.*

Fass mich an. Bei der Balance.

Meine Finger packten zu und mit einem kräftigen Ruck riss ich sein Hemd entzwei. Das Geräusch des Stoffes mischte sich mit unserem Keuchen und Stöhnen. Es spiegelte das Gefühl von Dringlichkeit wider, das mich auf einmal überkam. Mit den Fingerspitzen fuhr ich über Noains warme Haut und spürte jede Erhebung. Jede einzelne Narbe. Jedes Zeichen des Unbeschreiblichen, das er hatte erleiden müssen.

Es tut mir so–

Bevor ich den Gedanken zu Ende bringen konnte, presste er seine Lippen wieder auf meine und küsste mich. Noch leidenschaftlicher als zuvor, aber auch sanfter. Sinnlicher. Er ließ sich mehr Zeit. Erkundete meinen Mund und spielte mit meiner Zunge.

Entschuldige dich nicht für etwas, das du nicht zu verantworten hast.

Aber …

Drake. Er biss mir in die Unterlippe und ich schmeckte Blut. Erneut. Noain gab einen animalischen Laut von sich. *Hör auf zu reden.*

Seine Hand löste sich von meinem Hintern und wanderte zwischen uns. Ich hatte die Lederschnüre bereits so weit geöffnet, dass er problemlos hineingreifen und meine Erektion umfassen konnte. Vorhin noch hatte ich angenommen, dass Noain lieber draußen auf dem nackten Boden schlafen würde, als sich ein Zimmer mit mir zu teilen. Jetzt waren wir hier. Ineinander verloren. Unsere Münder verschmolzen und seine Hand …

Bei der Balance!

Ein lautes Stöhnen entfuhr mir, als er zudrückte. Jegliches Blut, das durch meinen Körper rauschte, schoss hinab und sorgte dafür, dass ich unangenehm hart wurde. Kleine Lichtpunkte tanzten in meinem Sichtfeld und ich konnte mich nicht daran erinnern, jemals so viel Lust empfunden zu haben. Mit ihm, früher. Aber das war früher gewesen und dieser Noain jetzt war eine andere Nummer. Damals war er sanft gewesen, ein Poet, weshalb ich die Kontrolle übernommen hatte. Jetzt machte ich mir keine Illusionen darüber, wer hier wen kontrollieren würde und ich war sowas von bereit dazu. Allerdings meldete sich mein Verstand zu Wort und signalisierte mir, dass ich eine Dusche brauchte. Deswegen hatte ich mich überhaupt erst ausgezogen.

»Noain … warte …«

Überrascht von den Worten, die plötzlich durch den stillen Raum hallten, löste er seine Lippen von meinen und nahm den Kopf zurück. »Wenn du jetzt einen Rückzieher machst, tue ich dir ernsthaft weh.«

Ein spontanes Lachen entfuhr mir. Ich grinste. »Das wird nicht passieren. Aber ich brauche eine Dusche. Wir beide.«

Ich wollte Noain mit Haut und Haaren verschlingen … nach einer Dusche. Mit Seife. Viel Seife.

Seine Mundwinkel hoben sich und er strich mit dem Daumen über die Spitze meiner Erektion, verteilte die Feuchtigkeit, die sich bereits gebildet hatte. Himmel, ich konnte es nicht erwarten, über ihn herzufallen. Sein Daumen zog kleine Kreise und eine zweite Hand stahl sich in meine Hose. Ohne Scham umfasste er meine rechte Pobacke und ließ seinen Mittelfinger durch meine Falte gleiten. Ich wimmerte, absolut nicht in der Lage, das Geräusch zu unterdrückten.

Noain lächelte und es war womöglich das erste Mal, dass ich ihn richtig lächeln sah.

»Das alles gehört mir«, raunte er und ich nickte, völlig gefangen in ihm und seiner besitzergreifenden Art. »Wenn das Badezimmer genauso groß wie dieses Zimmer hier ist, werden wir nicht viel Platz zum Duschen haben.« Er warf der Tür links von uns einen raschen Blick zu. »Ist bestimmt winzig.«

»Winzig«, bestätigte ich atemlos.

»Wir werden zusammenrücken müssen.«

Er ließ mich ruckartig los und ich schwankte. Himmel, was machte dieser Mann mit mir?

Noch immer lächelnd entledigte er sich seines zerstörten Hemdes. Voller Gier beobachtete ich, wie er sich auszog. Er war so … hart. Überall. Schlank und sehnig mit nicht einem Gramm Fett am Körper. Der Poet war noch immer in ihm, aber dieser Mann hier, er war ein Krieger, ein Jäger, und das war verflucht anziehend. Die Hose folgte und ich riss die Augen auf, als ich entdeckte, dass die Tattoos überall auf seiner Haut waren. Auch auf den Lenden und den Oberschenkeln. Beinahe wäre ich auf die Knie gegangen, um jedem einzelnen der Symbole mit meiner Zunge zu huldigen.

»Später.«

Nackt stand Noain vor mir und packte mich im Nacken. Er zog mich an sich, bis unsere Münder sich berührten, ganz leicht nur. Automatisch senkte ich den Blick und er knurrte.

»Sieh mich an.«

Ich blinzelte. Mein Herz raste und ich stand kurz vor der Explosion. Das Denken fiel mir immer schwerer …

»Sieh mich an, Drake.«

Wie eine Marionette folgte ich seinem Befehl und blickte ihm tief in die Augen. Das silberne Feuer verschlang mich.

»Ich werde dich ficken, als würde ich dich lieben.«

Ein erstickter Laut entfuhr mir, als ich mich an unser Zusammentreffen in Ilya erinnerte.

»Ich werde dich ficken, als würde ich dich hassen.«

Noain musterte mich prüfend. »Hast du das verstanden?«

Ob ich verstanden hatte, dass er mir soeben gesagt hatte, dass er meine Gefühle erwiderte? Auf seine ganz eigene und ironischerweise wenig poetische Art? Ja. Ja, das hatte ich.

»Gut.«

Ich gab einen erschrockenen Laut von mir, als er den anderen Arm um meine Taille schlang und mich kurzerhand hochhob, um mich den kurzen Weg zum Badezimmer zu tragen. Instinktiv schlang ich die Beine um seine Hüfte. Unsere Münder fanden sich und Noain stieß die Tür auf.

Vermutlich war das Badezimmer winzig. Vielleicht nicht größer als ein Schuhkarton. Es kümmerte mich jedoch nicht. Alles, was ich bemerkte, war, dass er das heiße Wasser anstellte. Daraufhin verschwand meine Hose und ich spürte Noains Hände überall auf meinem Körper.

Das alles gehört mir.

Dir.

Dir. Dir. Dir.

Noain sank vor mir auf die Knie und ich streckte die Arme aus, Halt suchend, und fand die Wand der tatsächlich winzigen Duschkabine.

Festhalten, Drache.

Ich spürte seinen Mund an meinem Bauch. Meinen Hüftknochen und dann endlich dort, wo ich ihn am meisten brauchte. Ein heiserer Schrei entfuhr mir und ich geriet ins Schwanken. Noain war da, um mich zu stützen.

Ich hab dich. Ein warmes, leuchtendes Gefühl breitete sich in mir aus und gesellte sich zu der Lust, die sein Mund mir bescherte. *Du bist nicht mehr allein. Ich hab dich.*

Mit einem Laut irgendwo zwischen Schluchzen und Stöhnen ließ ich mich fallen.

Wir waren beide nicht mehr allein. Nie mehr.

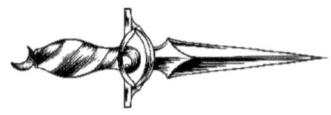

KAPITEL 31

Lilly, Permata

»Es ist sinnlos.« Nyx schüttelte den Kopf. Eine tiefe Furche war zwischen ihren Augenbrauen erschienen. »Wir versuchen es bereits seit mehreren Stunden, aber da ist … nichts mehr. Was auch immer er mit ihr gemacht hat, welches fragwürdige Talent er Lua eingepflanzt hat, er hat es entweder zurückgenommen oder eine Art Sicherheitsmechanismus eingebaut.«

»Das bedeutet?«

»Er hat ihr Hirn frittiert.«

»Wow, Nyx.«

Die Furie hob beide Augenbrauen und blickte in die Runde. Maritia war zum Glück nicht anwesend. Sie war noch immer bei Lua im Gebäude des Konzils. Wir anderen hatten es uns derweil hier draußen am See bequem gemacht. Die Silbersynchronin hatte uns mit Wasser, Ale und Essen versorgt und die meisten der Krieger hatten ihre Gastfreundschaft dankend angenommen. Ich hatte weder Hunger noch Durst. Vor einer Stunde war ich kurz bei Lua gewesen und hatte Nyx und Maritia zugesehen. Der Anblick war deprimierend gewesen und seitdem ich die beiden verlassen hatte, saß ich nun hier, am Feuer, zwischen Lucan und Duncan, und hielt mich an einem Ale fest, das ich gar nicht trinken wollte.

Nun stand Nyx vor uns, die Hände in die Hüften gestemmt und funkelte auf uns herab. »Ich habe mit dieser Begrifflichkeit nicht angefangen.« Sie rümpfte die Nase. »Leider trifft sie zu. Lua ist …« Nyx blickte in den Himmel und atmete tief durch. »Wie soll ich das beschreiben?«

»Das Licht ist an, aber niemand ist zu Hause?«

»Himmel, Kleiner …« King schüttelte den Kopf. Er saß gegenüber von uns auf einem der Baumstämme, die rund um das Feuer drapiert waren und knabberte an einem Graubrot. Neben ihm hatten sich

Kjiel und Alex niedergelassen. Jace war vor einer Weile verschwunden und Malik und der Rest der Sieben durchkämmten das Dorf nach Hinweisen. Rhonan hatte sich abgemeldet, um in Ilya nach dem Rechten zu sehen und Xerxes war nach Zyntha zurückgekehrt, um Dougal Bericht zu erstatten. Nyx hätte unsere aktuelle Situation auch telepathisch weitergeben können, allerdings war sie bis eben eingespannt gewesen.

»Das ist hart«, Nyx zuckte mit den Schultern, »aber zutreffend.«

»Nach allem, was sie tat, kann ich nicht behaupten, dass es mir leid tut.« Alex schnaubte. »Klar, ihre Situation war alles andere als rosig, aber es hätte andere Optionen gegeben.«

Dankbar für seine Worte suchte ich seinen Blick. Er lächelte. Vermutlich ahnten sie alle, dass Luas Worte in meinem Kopf herumgeisterten. Es war nicht so, dass ich versuchte, eine Entschuldigung für sie zu finden, aber ... ihre Situation war scheiße gewesen. Sie hatte sich eingesperrt gefühlt. Fremdbestimmt. Das war etwas, das ich nachvollziehen konnte, aber Alex hatte recht, sie hatte mehrere Optionen gehabt und sich für Gewalt und Verrat entschieden. Und jetzt war sie fort. Das nannte man vermutlich Karma.

»Nyx«, meldete ich mich zu Wort und stellte das ungewollte Ale auf den Boden. Stille breitete sich in der Gruppe aus. Das war es, was ich mir früher gewünscht hatte. Ich hatte Lucan dabei beobachtet, wie ein Wort von ihm oder gar seine reine Präsenz ausreichten, um einen Raum einzunehmen. Irgendwann im Laufe der vergangenen Monate war genau das geschehen, aber jetzt war ich mir nicht mehr sicher, ob ich es gut fand. Nicht immer jedenfalls.

»Kannst du Noain anfunken und sie fragen, ob es Fortschritte gibt?« Sie nickte und wandte sich kurz ab, die Augen geschlossen. Ich wollte gerade weitersprechen, da spürte ich, wie Lucan sich neben mir versteifte.

Was ist los?

Jace kehrt zurück und er ist nicht allein.

Wer...?

Instinktiv sah ich zum Waldrand. »Scio?«, entfuhr es mir, als ich den Magister neben Jace erkannte. Seelenruhig liefen sie durch das Dorf auf uns zu. Jace wirkte ruhig, beinahe gelassen, für das, was eben geschehen war, und ich vermutete, dass er sich bereits seit einer

Weile darauf vorbereitet hatte, Abschied von Lua zu nehmen. Nicht, dass er sie gut gekannt hatte, es war jedoch immer tragisch, Unsterbliche zu verlieren. Nur jetzt, da war es ein wenig weniger tragisch.

Poetisch, Liebes.

Rasch sah ich zu Lucan auf und zeigte ihm die Zähne. *Nicht wahr?*

Er strich mir sanft über die Wange und legte einen Arm um meine Schultern. *Scio zu holen, war ein guter Einfall. Wenn Maritia und er sich verbinden, können sie vielleicht noch etwas … retten.*

Als wäre Luas Hirn eine Blackbox, die nach ihrem Absturz geborgen worden war. Aber ja, es war ein guter Gedanke. Jace und Scio blieben vor uns stehen. Ihre Blicke glitten durch die Runde und blieben schließlich an mir hängen. Die leeren Augenhöhlen des Magisters fixierten mich. Seine Lippen waren fest zusammengepresst.

»Es schmerzt mich, dass wir uns unter diesen Umständen wiedersehen, meine junge Königin, doch ich hörte, dass eine weitere Gefahr beseitigt ist und ich hörte auch, auf welch … kreative Weise dies geschah.« Scio neigte das Haupt. »Gut gemacht.«

Ein Danke fühlte sich an dieser Stelle falsch an, daher nickte ich. Jace trat vor. »Maritia bat mich, Scio dazuzuholen. Wenn sie gemeinsam nichts finden, dann …« Er musste den Satz nicht beenden, wir wussten alle, was er bedeutete.

Die Männer unterhielten sich kurz mit Lucan und dann mit Malik, als sie die Garde passierten, um ins Konzilgebäude zu gelangen. Ich hatte meinen Blick in die Flammen gerichtet und überlegte, wie es nun weiterging.

Lua konnte uns nicht mehr ausspionieren. Das war gut. Bael wusste nun, dass ich Kontakt zu ihm suchte. Auch gut.

Der Rest … der war noch immer unklar.

Lucan drückte meine Schulter. *Einen Schritt nach dem anderen.*

Dann gehen wir jetzt zum Alltag über?

Wir haben eine Vereinigung zu feiern, oder nicht? Ich hörte ihn in Gedanken seufzen. *Wir können nicht viel mehr machen, Liebes. Du nimmst dein Training mit Luzifer wieder auf und ich mit Rhonan und … Nyx.*

Luzifer. Ihn musste ich über diese neue Entwicklung sowieso noch in Kenntnis setzen und vielleicht konnte ich bei der Gelegenheit ein wenig Zeit mit meiner Mom verbringen. Sie machte sich in letzter Zeit extrem rar.

»Lilly?«

»Mhm?« Ich hob den Kopf. Nyx stand vor Lucan und mir am Feuer. »Nichts Neues aus Vesteria. Aber sie bleiben dran.«

»Danke, Nyx.«

Dann blieb uns tatsächlich nicht viel mehr übrig, als abzuwarten, bis Bael sich meldete. Bis das geschah, würden wir uns weiter vorbereiten. Trainieren und reagieren.

Eine weitere Stunde verging, bis Scio, Maritia und Jace das Gebäude verließen. Scio stützte seine Cousine, und Jace … er sah niedergeschlagen aus. Bei uns angekommen, übernahm er das Reden. Lucan und ich erhoben uns und traten ihnen entgegen.

»Ihre Silberfäden sind fort«, begann er. »Wir konnten keinen einzigen Funken ihrer Magie finden. Lua ist … sie ist nicht mehr bei uns.«

»Sie lebt, aber …« Maritia atmete zittrig ein. »Mehr nicht. Er nahm ihr nicht nur ihre Kräfte, sie—« Die Älteste brach ab und schloss die Augen. Frische Tränen liefen ihre Wangen hinab.

»Er nahm ihr die Fähigkeit zu denken«, beendete Scio den Satz leise. Ein kollektives Raunen ging durch die Gruppe am Feuer. Alle waren näher gerückt.

»Sie lebt und atmet, mehr jedoch nicht. Gibt man ihr Nahrung, isst sie. Sagt man ihr, sie solle schlafen, schläft sie, aber—«

»Das ist kein Leben«, unterbrach ich ihn, aufrichtig schockiert. Mein Blick fand den von Maritia. »Was können wir tun?«

»Nichts«, erwiderte sie leise und gebrochen. »Ihr könnt absolut nichts tun. Lua traf ihre Entscheidung vor langer Zeit und nun müssen wir mit den Konsequenzen leben, aber sie … ich …« Sie schluckte. »So werde ich sie nicht weiter existieren lassen.«

Hieß, sie würden sie erlösen. Ich trat vor und legte der Ältesten beide Hände auf die Schultern. »Es tut mir aufrichtig leid.«

Sie löste eine ihrer Hände aus Scios Klammergriff und legte sie auf meine. Bevor sie sprechen konnte, ging ein Ruck durch ihren und Scios Körper. Maritia riss die Augen auf und die Silberfäden über ihrem Kopf leuchteten stärker.

Ich erstarrte ebenfalls. Sie sah etwas. Heilige Balance, sie *sah* etwas!

»Was?«, hauchte ich atemlos. »Was siehst du?« Mein Blick wanderte zu Scio. Er hatte den Kopf schräg gelegt, als würde er etwas oder jemandem lauschen.

»Scio! Was seht ihr?« Plötzlich nervös tippelte ich von einem Bein auf das andere. Sie würden es mir sagen, beruhigte ich mich, auch wenn ich wusste, dass die Wahrscheinlichkeit gering war. Lucans Finger verschränkten sich mit meinen.

»Maritia, Scio … bitte. Was seht ihr?«

»Eine mögliche Zukunft«, erwiderte Scio, als die Älteste weiter schwieg. Eine *mögliche* Zukunft? Und … eine? Nur *eine?* Am liebsten hätte ich laut geschrien!

Die Balance bewahre, dass sie sich einmal, nur einmal, klar und deutlich ausdrückten! Ich wusste, dass sie es nicht konnten, verdammt nochmal! Damit würden sie zu sehr ins Schicksal eingreifen. Scio hatte mir all das lang und breit erklärt. Ich *wusste* es, dennoch frustrierte es mich so sehr, dass ich mir am liebsten die Haare gerauft hätte!

Bleib ruhig, Liebes, ermahnte Lucan mich.

Maritia blinzelte und auf einmal schien der Bann gebrochen. Wo auch immer sie eben gewesen war, jetzt war sie erneut hier, bei uns. Die Silberfäden auf ihrem Kopf gaben ein sanftes Pulsieren von sich. Langsam nahm sie die Hand von meiner und ich zog sie zurück.

»Es tut mir leid, dass Lua dich in diese Situation gebracht hat«, sprach sie, als wäre diese kleine Szene eben nicht passiert. Ich biss mir in die Wangentasche und erwiderte ihren ernsten Blick. Ihre Augen waren gerötet und der Ausdruck darin war … verloren, aber auf einmal sah ich noch etwas anderes in dem bläulichen Silber ihrer Iriden. Beinahe fühlte es sich an, als wolle sie mir etwas mitteilen.

»Wir können uns unsere Kinder genauso wenig aussuchen, wie sie sich ihre Eltern. Aber das muss ich dir und deinem Bruder vermutlich nicht erklären.«

Ich weiß ernsthaft nicht, was ich darauf erwidern soll. Will sie die Vision abtun oder versucht sie mir etwas zu sagen?

Lucan drückte meine Finger. Ein stummes: keine Ahnung.

»Danke für deine Worte«, brachte ich schließlich heraus und konnte es nicht ganz verhindern, dass ich sie und Scio wütend anfunkelte.

Maritia überraschte mich und alle Anwesenden, die gespannt lauschten, indem sie lächelte. Ein kleines, trauriges Lächeln, aber ein Lächeln.

»Stammbäume und ihre Geheimnisse sind eine faszinierende Sache, meine junge Königin. Wenn du mich jetzt entschuldigen magst.« Sie stützte sich erneut schwer auf Scio und senkte ihr Haupt. »Ich habe eine Verantwortung zu übernehmen.«

Stumm sahen wir ihr und Scio dabei zu, wie sie zurück zum Gebäude schritten. Die übrigen Silbersynchronen schlossen sich ihnen Schritt für Schritt an. Jace hatte uns damals erklärt, dass dieses Dorf und die Silbersynchronen eng miteinander verbunden waren. Dass keiner von ihnen (außer den beiden, die wir überführt und eingesperrt hatten), etwas geahnt hatte, musste sie alle schwer treffen. Genauso schwer, wie die Tatsache, dass sie am Ende des Tages eine von ihnen zu Grabe tragen würden.

»Tja«, hörte ich Duncan hinter mir, während Lucan mich an sich zog und seine Wange auf meinem Kopf ablegte. »Was für ein Scheißtag. Noch jemand Lust auf einen Drink?«

KAPITEL 32

Lilly, Abbadon

»Stammbäume und ihre Geheimnisse sind eine faszinierende Sache…«, murmelte Luzifer kopfschüttelnd. »Ich hab dieses kryptische Gerede der Ghoule schon immer verabscheut. Vielleicht solltest du auf niemanden hören, dessen Stammbaum kreisrund ist.« Ich gab einen keuchenden Laut von mir und Luzifer zuckte mit den Schultern.

»Ich sag' ja nur …«

»Sowohl die Gelehrten als auch Maritia haben Fähigkeiten, die unser Denken übersteigen«, verteidigte ich sie automatisch. Und das, obwohl ich noch immer mächtig angepisst war. »Du stammst aus einer Zeit, in der man das noch zu schätzen gewusst hat. Oder nicht?«

Ein erneutes Schulterzucken. »Na, dann.« Luzifer nahm einen Schluck aus der Flasche und hielt sie mir hin. Wir saßen zusammen am Feuer, der sternenlose Himmel über uns. Eigentlich hatte ich gehofft, meine Mom abzupassen, aber Lillith war »außer Haus«, wie Vaya mich informiert hatte. Nachdem wir Permata verlassen hatten, waren Duncan und Malik in den Palast zurückgekehrt. Sie hielten die Stellung in Arcadia, solange Nick bei Alina in Zyntha war, Lucan sich in Ilya bei Rhonan rumtrieb und ich Abbadon unsicher machte. Wobei mein »unsicher machen« aktuell aus am Feuer loungen und Schnaps trinken bestand.

Als ich Lillith nicht hatte finden können, war Vaya so freundlich gewesen, mich zu Luzifer zu bringen. Ich würde nicht so weit gehen und behaupten, er hatte mich erwartet, aber … er hatte mich erwartet. Ich hatte meine Gedanken und Erinnerungen der letzten Stunden mit ihm geteilt und hier saßen wir nun und spekulierten. Eigentlich etwas, das ich mit Lucan am besten konnte, aber dieser gefallene Engel hatte etwas an sich, das mich anzog.

»Und jetzt was? Jetzt wartest du, bis meine Missgeburt von Sohn dich kontaktiert?«

»Jepp.«

»Ist es dann nicht riskant, hier mit mir am Feuer zu sitzen?«

Darüber hatte ich auch kurz nachgedacht. »Abbadon ist die einzige Welt, in der er sich nicht aufhalten *will*.«

»Und da bist du sicher?«

»Zu neunzig Prozent.« Achtzig vielleicht.

»Ein wenig paradox, bedenkt man, dass dieser grandiose Plan der Weltherrschaft damit angefangen hat, dass er Lillith und mich stürzen und Abbadon übernehmen wollte.«

»Okay.« Ich setzte mich aufrecht hin und reichte die Flasche zurück. »Ich sage jetzt etwas, das ich nicht gerne sage und bisher auch nicht laut ausgesprochen habe.«

Luzifer ahmte meine Haltung nach und richtete sich ebenfalls auf.

»Bael ist ein kranker Mistkerl, darüber müssen wir nicht streiten, aber er ist ebenso ein Opfer.«

»Ein Opfer?« Luzifer lachte auf. »Na schön, jetzt bin ich neugierig. Erleuchte mich.«

»Du hast ihn gezeugt und verstoßen. Seine Mutter ist tot und niemand akzeptiert ihn. Hinzukommt, dass er irgendwie in Abbadon überleben kann, aber niemand so richtig weiß, wie lange. Das stimmt doch, oder?«, fragte ich. »Ich meine, er hat Dämonengene, aber er ist nicht von Lillith erschaffen worden. Du selbst sagtest uns, dass es auch für Dämonen schwer ist, in Abbadon langfristig zu überleben. Vom Standpunkt der Unsterblichkeit aus. Einigen gelingt es, doch bei weitem nicht allen.« Für mich war es kein Problem, denn Lilliths Blut floss durch meine Adern, aber Bael … das war eine andere Nummer. Luzifer wurde von Lillith am Leben gehalten, aber hatte diese besondere Magie sich auch auf Bael übertragen? Das wussten wir nicht und er würde es uns auch kaum verraten. Nicht freiwillig jedenfalls.

Luzifer brummte. Ich wertete das als Zustimmung und sprach weiter. »Nun stell dir vor, du bist ein Ritter und dir geht Lilliths Politik und die neue Welt total auf den Geist. Du kannst nicht mehr so böse und fies wie damals sein und deine Königin verbietet dir jeglichen Spaß.« Ich nahm die Flasche zurück und trank einen großen Schluck. In meinem Hirn ratterte es und es tat gut, diese Gedanken einmal laut auszusprechen. Das schlechte Gewissen, das mich überkam, als ich an Lucan dachte, verdrängte ich schnell. Er war meine Nummer Eins, für immer, aber was Bael anging, hatte er eine verdammt kurze Leitung. Sie alle. Außer Luzifer. »Dann bekommst du zufällig mit, dass der Gefährte deiner Königin, den du übrigens noch weniger leiden kannst als sie, ein heimliches Kind gezeugt hat«, sprach ich weiter. »Ein Kind, das zwar nur zur Hälfte Dämon, aber dennoch wesentlich angepasster an dieses neue Universum ist als du.«

Ich wollte die Flasche zurückgeben, doch Luzifer schüttelte den Kopf. Er hatte die Augen weit aufgerissen und hing an meinen Lippen. Nun, denn. »Du näherst dich diesem Kind und erkennst, dass ihr dieselben Personen hasst. Eine gute Basis für ein gemeinsames Komplott. Oder einen Putsch.« Achtlos stellte ich die Flasche auf den Boden und stand auf. Ich musste mich bewegen, damit ich besser denken konnte. »Du erzählst deinen Ritterkumpels von deiner Entdeckung und ihr schmiedet einen Plan. Ihr nehmt euch diesem Kind, diesem jungen Mann, an und formt ihn nach eurem Willen. Ihr versprecht ihm Rache und einen Platz in dieser Welt. Die Experimente beginnen. Experimente mit Magie und Blutzaubern, um Bael so mächtig zu machen, dass er gegen Lillith eine Chance hat. Um zu testen, wie stark Bael bereits ist, lassen sie ihn auf die Anderswelt los.« Und jetzt kam der Teil, der wirklich tricky war, und an den ich mich selbst gedanklich bisher kaum herangetraut hatte. »Ihr beobachtet, lauscht, sammelt Informationen und ihr findet heraus, dass es noch weitere Personen in der Anderswelt gibt, die unzufrieden sind.«

»Ich nehme an, du spielst auf Narcos an. Und auf deine Minister.«

»Schwache, machthungrige Männer. Das perfekte Ziel.«

Luzifer grunzte, ich hörte jedoch keine Widerworte.

»Bael konspiriert mit ihnen. Er tötet meinen Vater, hilft Narcos in Crinaee und sorgt für Unruhe in den Welten. Ein kluger Schachzug, für alles, was womöglich noch kommt. Präventive Destabilisierung, wenn du so willst. Gleichzeitig aber auch eine gute Ablenkung für Lillith und dich und Futter, für den endlosen Kampf zwischen Gut und Böse. Engeln und Dämonen.«

Luzifer erhob sich nun ebenfalls. Die Arme vor der Brust verschränkt, funkelte er mich an. Das Feuer unter seiner Haut loderte. »Sprich weiter.«

»Der Plan der Ritter geht bisher auf. Sie arbeiten im Hintergrund daran, Bael immer stärker zu machen. Unbesiegbar, womöglich. Zudem übernehmen sie Unsterbliche und erschaffen viele Dämonenminions, die sie in allen Welten verteilen. Auch rekrutieren sie Unsterbliche wie Lua, die ebenfalls unzufrieden sind. Doch dann steht auf einmal eine neue Figur auf dem Schachbrett. Ich.«

»Sie erfahren, wer deine Mutter ist und–«

»… schmieden ihren perfiden Plan, mich als Brutmaschine zu benutzen, damit Bael nicht allein durch gestohlene Magie regiert, sondern einen Erben an der Seite hat, der nicht bloß Anspruch auf den Thron Abbadons, sondern auf den Thron der gesamten Anderswelt hat. Einen Erben, der Abbadon regieren *und* überleben kann.« Mein Atem ging schnell, beinahe keuchend. Ich hatte mich in Rage geredet. Aber verflucht. Ergab das für Luzifer genauso viel Sinn, wie für mich?

»Ein Kind, so mächtig, dass es sogar Lillith besiegen kann.«

Ich nickte.

»Anstatt mich jedoch zu benutzen, als sie mich in ihren Fängen hatten, ist ihnen ihre Machtgier und Arroganz zu Kopf gestiegen. Sie wollten Informationen, um die Welten weiter zu destabilisieren. Um noch mehr Dämonen zu verstecken, doch dann geschah das Undenkbare: Wir arbeiteten zusammen. Midas und meine Mom, um genau zu sein, und sie verloren mich wieder.« Ich fuhr mir mit beiden Händen durch die Haare. »Für die Ritter bedeutete das einen Rückschlag in ihrem Plan, aber Bael … aktuell gehe ich davon aus, dass er keine Marionette mehr ist.« Meine Sicht färbte sich rot und ich begegnete Luzifers finsterem Blick. »Er ist der Puppenspieler.«

»Das …« Luzifer ging ein paar Schritte auf und ab und fuhr sich über den kurzgeschorenen Kopf. »Das alles passierte fast drei Jahrhunderte lang im Verborgenen?«

»Hast du dich um Bael gekümmert? Ihn im Auge behalten?«

Er schüttelte den Kopf. Ohne Reue, aber wütend. »Nein.«

»Dann, ja. Ich meine … der *Clash* hat die Anderswelt auch überrascht« – und überrannt –, »und die Fae müssen es lang und sorgfältig geplant haben.« Dieses Universum war groß. Es wuchs stetig und wer wusste schon, wo Bael sich aktuell versteckt hielt. »Midas selbst hatte keine Ahnung, dass Bael mich in seinem Magiestrom versteckt hielt«, gab ich zu bedenken. »Er könnte überall sein.« Außer in Ilya und Zyntha. Und, wenn mich nicht alles täuschte, hier.

Luzifer starrte einen Moment in die Flammen, dann ließ er sich zurück in den Liegestuhl fallen. Er streckte die Hand aus. Seine Finger öffneten und schlossen sich hektisch. Ich bückte mich und reichte ihm die Flasche. Er trank und trank und trank, bis er hustete.

»Wenn all das wahr ist«, raunte er, »dann habe ich mit einer einzigen unüberlegten Entscheidung die gesamte Anderswelt verdammt.«

»Beginnt es nicht immer so?« Jeder Krieg entstand aus einer einzigen zweifelhaften Entscheidung. Egal, ob unüberlegt oder kalkuliert. Ein einziger Schritt in die falsche Richtung reichte aus, um den gesamten Weg, der vor einem lag, neu zu formen.

»Jede Geschichte braucht einen Bösewicht, hm?«

»Und einen Helden«, erinnerte ich ihn. »Wichtig ist nicht, was du vor dreihundert Jahren getan hast. Wichtig ist, was du jetzt tust.«

Luzifer ließ den Kopf in den Nacken fallen und fluchte. Äußerst kreativ. Duncan wäre beeindruckt gewesen. »Bei allen Feuern von Abbadon, du bist wirklich nervtötend.«

Lachend nahm ich ihm die Flasche ab und setzte mich wieder. »Bael ist krank und er muss eliminiert werden, aber ich denke, dass es uns, oder mir in diesem Fall, helfen kann, ihn nicht bloß als Psychopathen, sondern auch als Opfer zu betrachten.«

»Tz, viel Erfolg dabei.«

Ich drehte den Kopf und musterte den gefallenen Engel. Er starrte geradeaus ins Feuer. Das Amulett um seinen Hals funkelte im Schein der Flammen.

»Ich will dich nicht zum Schuldigen in all dem machen, aber ein wenig Reue und Mitgefühl könnten dir nicht schaden. Immerhin hast du ganz bewusst ein Kind gezeugt. Es war kein Unfall.«

»Reue und Mitgefühl …« Luzifer lachte. »Ich weiß nicht einmal mehr, was das ist.«

»Wer ist jetzt das Opfer, hm?«

»Pass auf, was du sagst!«

»Oder was?« Entspannt lehnte ich mich zurück. Niemals hätte ich gedacht, mich je in dieser Situation zu befinden, doch hier waren wir. Ich mochte Luzifer und so merkwürdig es auch war, ich wollte ihn als Teil meines Lebens. »Du greifst mich an? Vernichtest mich? Lässt mich sitzen?« Ein leises Schnauben entfuhr mir. »Leugne es so viel du willst, aber du und ich, wir haben eine Verbindung. Tu nicht so, als würde es dir nichts bedeuten.« Ich wartete, bis er mich ansah, ehe ich mein Killerargument rausholte. »Ich habe gesehen, wie nah dir Maliks Situation ging und wie gut es dir tat, dich auszutauschen. Außerdem sehe ich, wie einfach es dir fällt, dich in unserer Gruppe zurechtzufinden und das, obwohl die meisten meiner Verbündeten jahrhundertelange Feinde von dir sind. Du bist es leid allein zu sein, Luzifer, und daran ist nichts verkehrt.«

»Aus deinem Munde klingt es so, als wäre ich schwach.«

»Ich finde, es klingt, als wärst du ein fühlendes Wesen.«

»Ist das nicht ein und dasselbe?«

»Ich weiß nicht«, konterte ich. »Ist es?«

Luzifer kniff die Augen zusammen und als er sie wieder öffnete, waren sie klarer denn je. Voller Herausforderung und Feuer.

»Du hast meine volle Unterstützung im Kampf gegen Bael.« Nicht, weil ich ihm versprochen hatte, alles zu tun, damit er seine Flügel zurückbekam. Ich hatte seine Unterstützung, weil er sie mir geben wollte.

»Danke.« Ein simples Wort mit zwei Silben. Und doch war die Dankbarkeit, die ich verspürte, enorm. Nicht nur, weil er uns zusicherte, an unserer Seite zu kämpfen, sondern auch, weil Luzifer – und die Ironie war mir bewusst – den nötigen Abstand besaß. Falls, nein wenn, Bael den Kontakt suchte, konnte er mir helfen, eine Falle zu spinnen, aus der der Mistkerl nicht mehr herauskam.

»Ab morgen trainieren wir wieder. Du hast dich genug ausgeruht.« Luzifer warf die leere Flasche auf den Boden. Sie machte ein dumpfes Geräusch und rollte ein paar Meter weiter. Hinter uns erklang ein Schnauben. Beinahe wütend, als würden die Tiere um Ruhe bitten. Er schloss die Augen und lehnte sich zurück und ich folgte seinem Beispiel. Noch immer tief in Gedanken.

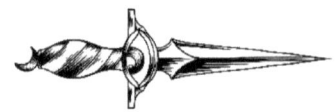

KAPITEL 33

»Noch einmal.«

Keuchend und klitschnass stand ich mit geballten Fäusten vor Luzifer. Er striegelte eines der Ivash-Pferde und musterte mich kritisch. Aufgebracht funkelte ich ihn an, unbeeindruckt erwiderte er meinen Blick.

»Noch. Einmal.«

Mit einem wütenden Aufschrei stieß ich mich vom Boden ab und schoss in den Himmel hinauf.

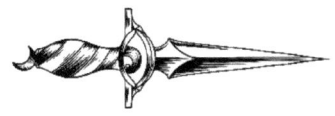

KAPITEL 34

Lucan, Ilya

»Noch einmal.«

Meine Muskeln zitterten und ich war erschöpft. Das würde ich Rhonan gegenüber jedoch nicht zugeben. Nahezu jeder in Ilya, der eine führende Position bekleidete, beherrschte Teleportation. Ich würde diese Kunst ebenfalls meistern und wenn ich es geschafft hatte, würde ich ihn bitten, mir noch mehr seiner Tricks beizubringen. Aurenmagie war nicht bloß selten geworden, seit dem Verschwinden der Fae, hatte niemand mehr davon gehört, geschweige denn sie erlernen können.

»Brauchst du eine Pause, Assassine?«

»Fick dich, Rhonan.«

Der Neith lachte. »Dann noch einmal«, sagte er. »Ich verstecke dieses Messer in Rotah und du folgst meiner Aura und suchst es.« Was einfach klang, beinahe wie eine magische Schnitzeljagd, brachte mich zunehmend an meine Grenzen. Aufgeben war jedoch keine Option.

Ich nickte und ballte die Hände zu Fäusten. »Los.«

KAPITEL 35

Duncan, Arcadia

»Noch einmal, bitte.«

»Wieso? Hast du mir nicht zugehört?« Ich schloss den Schrank, wandte mich zum Bett und schenkte Malik eines jener Lächeln, von denen ich wusste, dass es ihn zeitgleich anturnte und wahnsinnig machte.

»Doch, aber …« Er blinzelte. Seitdem ich ihn mit meinem Vorschlag überfallen hatte, hatte er sich kein Stück bewegt. Noch immer lag er im Bett, nackt, während ich vollständig angekleidet und bereit für den Tag war. Allein das war ein Novum.

»Zyntha?«, stieß er auf einmal hervor, als könne er es nicht glauben.

»Ist es dir nicht recht?«

»Doch, absolut, aber … ich hatte angenommen, du würdest überall feiern wollen, nur nicht dort.«

Das hatte ich auch. »Hab' meine Meinung geändert.« Und jetzt, wo ich ihn da so liegen sah, eingekuschelt in unsere warme, weiche Decke, änderte ich meine Meinung, was das frühe Aufstehen anging. Ehrlich gesagt wusste ich selbst nicht, was genau mich aus dem Bett getrieben hatte. Okay, das war gelogen, ich wusste es schon. Aber es konnte noch einen Moment warten.

»Zyntha ist sicher«, erklärte ich, während ich mir den Hoodie wieder über den Kopf zog und ihn achtlos zu Boden fallen ließ. Malik hasste es, wenn ich meine Sachen überall im Zimmer verteilte, und ich liebte es, ihn damit zu reizen, denn meistens endete es mit uns beiden in der Horizontalen oder einem von uns auf den Knien. Ich grinste ihn an und trat näher. »Du und ich, in der *velika*, und wir müssen uns keine Sorgen um Bael machen. Wir trinken zu viel Rhys, feiern mit unseren Lieben und abends schnappen wir uns eines der Gästezimmer und alle anderen können uns mal gern haben.«

Malik lachte und ließ sich zurück in die Kissen fallen. Genau in dem Moment, in dem ich aufs Bett kletterte. Rittlings setzte ich mich auf seine Hüften und stützte meine Arme links und rechts von seinem Kopf ab. Federleicht und neckend strichen meine Lippen über seine. »Und? Was sagst du, Gefährte?«

Er schmunzelte und ich wusste tief in meinem Inneren, dass ich nie genug von diesem Anblick bekommen würde. »Ich sage, ich bin dabei.«

»Gut.« Ich küsste ihn und ließ meine Lippen über Maliks kräftigen Hals wandern. »Du hast doch nichts dagegen, wenn ich jetzt so tue, als hättest du nein gesagt, und versuche, dich zu überzeugen, oder?« Ich wanderte tiefer und Malik stöhnte. »A-absolut nicht. Überzeug mich.«

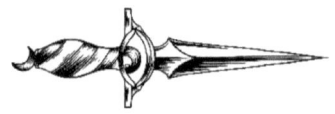

KAPITEL 36

Nick, Zyntha

»Noch einmal«, bat ich, denn ich musste mich verhört haben. »Ich dachte, Zyntha wäre der letzte Ort, an dem ihr feiern wollt.«

»Genau so habe ich auch reagiert.«

Malik legte Duncan einen Arm um die Schultern und zog ihn an sich. Dicht beieinander saßen sie uns gegenüber auf dem Sofa jenes Gästezimmers, das für Alina und mich in den letzten Wochen zu einem zweiten Zuhause geworden war.

Es war nicht geplant gewesen, nichts an dieser Situation. Aber ich lernte, mich anzupassen und zu improvisieren. Zumindest gab ich mir Mühe. Die letzten Wochen und Monate waren mehr als herausfordernd gewesen und obwohl ich mich wieder weitestgehend im Griff hatte, seit Lilly gerettet war, hatte ich mich verändert. So wie wir alle, vermutlich.

»Großartig!«, rief Alina. »Das ist eine mega Idee!«

»Mega?«, entfuhr es mir und ich blickte sie fragend an. Ich war nicht der Einzige, der sich verändert hatte. Rein äußerlich war meine Frau noch immer zart und anmutig, bloß mit einem runden Baby-bauch, der sie nur noch schöner machte, aber ihr Gemüt … Ketla zwang sie mehr und mehr zur Bettruhe und ich war dankbar, dass Kings Mutter sie unter ihre Fittiche nahm, denn auf mich hörte sie nicht mehr. Das letzte Mal, als ich ihr geraten hatte, sich auszuruhen, hatte sie ihren erkalteten Tee nach mir geworfen. Danach war es eine Vase gewesen und zuletzt ein Buch. Das Buch hatte mich getroffen, dem Rest war ich geschickt ausgewichen.

Alina lächelte, die Hände auf ihrem Bauch verschränkt, die Füße auf dem kleinen Couchtisch vor uns. Ihr Gesicht war ein wenig run-der geworden, die Lippen voller. Ihre Augen glänzten und ihre Brüste … innerlich schüttelte ich den Kopf. Ich wusste, dass die Schwanger-schaft ihr einiges abverlangte, und Cora hatte mich erst vor kurzem wenig freundlich darauf hingewiesen, dass der Schwangerschafts-Glow, über den angeblich alle sprachen, Schweiß und Tränen waren, aber für mich … für mich war Alina eine Vision. Eine Göttin. Von mir aus konnte sie den ganzen Hausstand nach mir werfen. Ich würde sogar stillhalten, damit sie mich traf.

»Was?«, formte sie das Wort lautlos, noch immer lächelnd.

»Du bist wunderschön und ich liebe dich.«

Ihr Lächeln wurde breiter und die grauen, sanften Augen füllten sich mit Tränen.

»Aw, ihr zwei Lovebirds.« Duncan seufzte übertrieben laut. »Können wir trotzdem bitte bei unserer Vereinigung bleiben? Ihr wart schon dran.«

Beide ignorierten wir ihn, für einen Moment verloren ineinander. Alina rümpfte die Nase und schniefte leise. »Sag doch nicht sowas …« Sie fächerte sich mit ihren Händen Luft zu. »Wenn ich einmal anfange zu heulen, kann ich aktuell nicht mehr aufhören.«

Ich lehnte mich dichter zu ihr und zog sie an mich. Als ich aufsah, begegnete ich Maliks Blick. Er lächelte. Dann hob er beide Augenbrauen, als wolle er sagen: Sieh uns an, alter Freund. Wer hätte vor ein paar Jahren gedacht, dass wir einmal hier sitzen würden. Gemeinsam mit unserer großen Liebe, in einer Welt, die uns bis vor kurzem noch verborgen war. Die Umstände hätten besser sein können und doch grenzte es an ein Wunder. Der Tag, an dem Lucan und ich Lilly in die Anderswelt geholt hatten, hatte in der Tat alles verändert.

»Also schön.« Ich nickte. »Was schwebt euch vor?«

»Die *velika*«, erwiderte Duncan. »Wir wollen die gesamte *velika* samt Gästezimmern.«

»Das habe ich nicht zu entscheiden.«

»Das war auch keine Frage. Ich informiere euch bloß.«

»Also habt ihr bereits alles mit Lucan und Lilly besprochen? Oder mit Dougal?«

Duncan schüttelte den Kopf. »Nein«, antwortete er grinsend. »Aber Lucan ist sowas wie mein Vater. Lilly meine beste Freundin und Dougal hat verdammt nochmal was gut zu machen.«

Malik grunzte leise. Es klang amüsiert. »Duncan ist überzeugt davon, dass alle ganz aus dem Häuschen sein werden.«

Das traf vermutlich zu. Dougal hatte in der Tat etwas gutzumachen und immerhin war Duncan einer der Sieben. Und Malik … er gehörte zur Elite Arcadias. Ihre Vereinigung war eine große Sache. Sehr prestigeträchtig und–

»Ah, ah.« Alina drückte meinen Oberschenkel. »Du hast diesen Gesichtsausdruck«, ermahnte sie mich. »Deinen Politikerblick. Hier geht es aber nicht um Politik oder PR. Du und Cora, ihr werdet euch zurückhalten.«

»Keine Fremden«, bestätigte Malik. »Allein aus Sicherheitsgründen. Die Feier soll nach wie vor im kleinen Kreis stattfinden. Zyntha ist die sicherste Wahl.«

Deshalb wirkte er so entspannt, dachte ich. Kein Dämon kam durch die Schattenportale – nur Lilly. Das hieß, Malik konnte loslassen und seine Vereinigung genießen.

»Wir wollten es euch zuerst sagen–«

»Vor allem, weil Lilly und Lucan mal wieder unauffindbar sind«, unterbrach Duncan ihn.

»Weil sie trainieren«, warf Malik ein, ehe er weitersprach. »Wir wollten es euch zuerst sagen, danach gehen wir zu Dougal und im Anschluss besuchen wir Melisande.«

»Du weißt, dass du sie jetzt auch Mom nennen kannst?«

Alina verschluckte sich an ihrem Eistee und ich, ich starrte mit offenem Mund.

Malik blieb ruhig. Mit einem kleinen Lächeln strich er Duncan mit den Fingerknöcheln über die Wange. »Liebster, deine Mom ist jünger als ich. Das wäre etwas … eigenartig.«

Duncan runzelte die Stirn, dann lachte er. »Ich vergesse immer, wie alt du bist, Grandpa.«

»Zu alt für dich?«

»Niemals.« Duncan lehnte sich vor und drückte Malik einen schmatzenden Kuss auf den Mund. Plötzlich sprang er auf. »Gut. Jetzt wisst ihr es. Komm.« Er zog Malik auf die Beine. »Ich kann's kaum erwarten, Dougals Gesicht zu sehen.«

»Du wirst ihn fertigmachen, oder?«

»Natürlich! Ich werde Wünsche haben, von denen ich selbst noch nicht weiß, dass ich sie haben werde.«

Alina lachte auf. »Armer Dougal.«

»Cora kann ihm helfen«, gab Duncan trocken zurück. »Das lenkt sie ab.«

Wovon? Fast hätte ich die Worte laut ausgesprochen, wieder drückte Alina besänftigend mein Bein. Aber mal ehrlich … wovon? Cora arbeitete mehrere Stunden am Tag daran, den Palast zu managen. Dabei unterstützte sie mich, wo sie nur konnte. Sie organisierte Treffen, Essen, Konferenzen. Sie schrieb Botschaften und Einladungen und sie half Melina das Palastpersonal zu koordinieren. Ich verstand, dass Lilly und Lucan beide anderweitig eingespannt waren, und das war auch gut so, allerdings mussten wir langfristig eine Lösung finden, wie Cora, Melina und auch ich entlastet wurden. Die Minister, allen voran Minister Emres, wieder in unsere Politik zu integrieren, war der erste Schritt auf dem Weg dahin.

Sobald Bael aus dem Weg war, konnten wir ein Gremium aufstellen und mit allen Herrschenden darüber sprechen, wie es weiterging. Lilly hatte keine Intention, als alleinige Herrscherin die Anderswelt zu regieren, Lucan ebenso wenig, und–

»Liebling.«

Ich zuckte zusammen. Schuldbewusst sah ich meine Frau an. »Tut mir leid, ich bin kurz in Gedanken versunken.« Ich blickte mich im Zimmer um. »Sind sie schon weg?«

Alina kicherte, ehe sie tiefer in die weichen Polster sank und nach ihrem Buch griff.

»Geh«, wies sie mich an. »Ich weiß, wie viel du zu tun hast. Ich bewege mich hier nicht weg, versprochen. Ketla kommt mich mittags besuchen und bringt Jonah mit. Mach dir um mich keine Sorgen.«

Ich würde mich immer um sie sorgen. Zweimal war sie bereits entführt worden und beim letzten Mal … rasch drängte ich die Erinnerung zurück. Alina ging es gut, dem Baby ging es gut. Die Angst würde ich jedoch nie vergessen, denn sie hatte etwas in mir verändert, das sich nicht mehr rückgängig machen ließ. Anstatt mich dem jedoch hinzugeben, oder gar gegen die Dunkelheit in mir anzukämpfen, versuchte ich zu akzeptieren, dass sie nun ein Teil von mir war.

»Wie wäre es, wenn ich dir ein Stück von Melinas Früchtekuchen mitbringe?«

Alina strahlte. »Den mögen wir besonders.«

»Ich weiß.«

Ich küsste sie, dann gleich noch einmal, weil ich nicht genug von ihr bekam, ehe ich mich fertig ankleidete und mir einen Assassinen suchte, der mich durch eines der Schattenportale nach Arcadia brachte.

KAPITEL 37

Lilly, Arcadia

»Das tat gut«, murmelte ich und kuschelte mich dichter an Lucan. Gebadet, satt und vor allem befriedigt.

»Was davon?«, scherzte er. »Der Wein, das Bad oder der Sex?«

»Alles?« Selig schloss ich meine Augen. »Nichts gegen Abbadon, aber wir verbringen aktuell so wenig Zeit in Arcadia, ich vermisse es.« Außerdem liefen die Vorbereitungen für Duncans und Maliks Vereinigung auf Hochtouren und wir bekamen kaum etwas davon mit.

»Ich weiß, was du meinst. Aber …« Er wartete, bis ich aufsah, »ich habe Rhonan heute erwischt. Noch bevor er sich fortteleportieren konnte.«

Ruckartig setzte ich mich wieder auf und hätte Lucan fast einen Kinnhaken verpasst, wäre er mir nicht blitzschnell ausgewichen.

»Lucan!« Ich hieb ihm auf die nackte Brust. »Das sagst du mir erst jetzt?«

Er lachte. »Ich war … anderweitig beschäftigt, falls es dir entfallen ist.«

Hm, nein, das war es nicht. Ich grinste. »Das ist fantastisch! Dann beherrschst du es jetzt?«

»Mich allein zu teleportieren ja.« Lucan zog mich wieder an sich, diesmal jedoch so, dass wir uns beim Sprechen anschauen konnten. »Ab sofort arbeiten wir daran, dass ich mehrere Leute transportiere und weitere Strecken zurücklegen kann.«

»Du kannst bereits zwischen den Welten springen?«

Er nickte und sah zurecht stolz aus. »Das haben wir ausprobiert, direkt nachdem ich ihn erwischt habe. Es funktioniert. Wir waren in Anak und in Dhanikans und vorhin habe ich mich aus Ilya hierher teleportiert.«

»Ich wusste es«, seufzte ich an seiner Brust. »Wenn es jemand so schnell schafft, dann du.«

Lucan strich mir zärtlich über die Haare und berührte die dunkle Strähne. »Und bei dir?«

Und bei mir … tja. Das kam darauf an, von welcher Perspektive man es betrachtete.

»Wir machen Fortschritte.«

»Die da wären?«

Ich legte den Kopf in den Nacken und starrte an den Himmel unseres Bettes. »Ich bin stabil in der Luft«, fing ich an, meine Fortschritte aufzuzählen. »Und ich bin schnell. Mein Flügelschlag ist kräftig. Zuletzt habe ich es geschafft, einen kleinen Krater in den Boden zu schlagen.«

»Beeindruckend.«

»Luzifer und ich üben auch das Kämpfen, allerdings am Boden, weil … nun ja, du weißt schon. Er keine Flügel hat. Für das Training in der Luft wollte ich morgen mit Malik sprechen.«

»Eine gute Entscheidung. Er unterweist die Garde bereits in vielen Techniken für den Fall, dass noch mehr von ihnen Flügel bekommen. Ich schwöre dir, sie hängen an seinen Lippen.«

Kein Wunder. Er und ich waren bisher die einzigen Engel mit Flügeln und ich hatte gehofft, dass es inzwischen mehr wären. Zwei Wochen waren vergangen, seitdem ich Lua konfrontiert und Bael ihr Hirn frittiert hatte. Zwei Wochen war es her, dass Scio und Maritia etwas gesehen hatten, das den Lauf unserer Geschichte vermutlich gravierend verändern würde. Sie behielten ihr Wissen jedoch für sich und ich tappte wieder mal im Dunkeln. Wieso hatte er mich noch nicht kontaktiert?

Ich sorgte dafür, dass ich regelmäßige Besuche in Arcadia einplante, für den Fall, dass er mich in Abbadon nicht erreichen konnte – aber nichts. Bael war wie vom Erdboden verschluckt. Duncans und Maliks Vereinigung war in zwei Tagen und die Stille machte mich nervös.

»Ich finde, das sind beachtliche Fortschritte«, sagte Lucan und riss mich aus meinen Gedanken. »Dennoch wirkst du nicht zufrieden, Liebes.«

»Weil Luzifer es nicht ist«, entfuhr es mir, leicht gereizt. »Ständig hat er etwas auszusetzen und schaut mich mit diesem Blick an, der sagt: nicht gut genug.« Er gab Anweisungen, kümmerte sich um seine

Tiere und beobachtete mich. Ab und an kämpften wir und auch das konnte ich nicht richtig einschätzen. Hielt er sich zurück? War er eingerostet? Ich konnte ihn einfach nicht richtig greifen und das irritierte mich. Insbesondere, weil wir uns in den letzten Wochen nähergekommen waren. Wir waren Freunde und es wurmte mich, dass ich das Gefühl hatte, er hielt etwas zurück.

Lucan überraschte mich, in dem er lachte.

»Was?«, fragte ich und stemmte mich mit beiden Händen gegen seinen nackten Oberkörper, um etwas abrücken zu können. »Was ist so witzig?«

»Das klingt ziemlich genau nach unserem ersten Training.«

Ich riss die Augen auf, denn … es stimmte!

»Da sowohl du als auch Luzifer glücklich verbunden seid«, fuhr Lucan fort, »nehme ich an, er versucht, dich zu motivieren.« Er zuckte mit den Schultern. »So wie ich es tat.«

»In dem er mich beleidigt?«

»So wie ich es tat«, wiederholte Lucan. »Er hatte seit Jahrhunderten keinen Kontakt mehr zur Anderswelt, Liebes, und falls es dir entfallen ist, Unsterbliche sind stur. Ich gehe davon aus, dass er etwas eingerostet ist, was seine Gefühle angeht. Vermutlich ist er ebenso verunsichert und wütend wie du und versucht, nun ja, dich zu motivieren. Im Rahmen seiner Möglichkeiten.«

»Im Rahmen seiner–« Kopfschüttelnd sank ich zurück gegen Lucan.

»Es braucht einen Dickschädel, um einen anderen zu erkennen, mhm?«

Lucan lachte auf. »Du hast gut reden.«

Auch wieder wahr. Vermutlich interpretierte ich viel zu viel in Luzifers Verhalten. Er half mir und das so gut wie jeden Tag. Und unsere Fortschritte waren da. Ich hatte gelernt mit meinen Flügeln zu kämpfen und sie zu benutzen und genau das würde ich mit Malik in der Luft trainieren können. Jetzt, da ich die vollständige Kontrolle besaß.

»Wieso hat er sich noch nicht gemeldet?« Das war sie, die eigentliche Frage, die mich beschäftigte und der Grund, wieso ich unterschwellig wütend war.

»Zwei Wochen, Lucan, und kein Wort …«

»Ich weiß es nicht.«

»Vielleicht waren meine Aufenthalte in Arcadia zu kurz«, mutmaßte ich.

»Wenn dem so ist, hat er ja jetzt ausreichend Zeit, dich zu kontaktieren. Morgen trainierst du wie geplant mit Malik und lässt dich in der Stadt blicken und übermorgen brechen wir gegen Nachmittag nach Zyntha auf.«

»Wurmt es dich, dass wir in die Vorbereitungen nicht weiter involviert waren?«

Das war bisher bei keiner Vereinigung der Fall gewesen. Diesmal jedoch hatten wir schlichtweg keine Zeit gehabt und Duncan hatte mir versichert, dass unsere Hilfe nicht notwendig war. »Kommt einfach und feiert uns.« Das waren seine Worte gewesen und darauf freute ich mich umso mehr, seitdem ich wusste, dass wir in Zyntha sein würden. Sicher vor Bael und den Rittern.

»Duncan hat alles im Griff.« Lucan rutschte tiefer, bis er lag, und zog mich mit sich. »Ich habe vorhin mit Malik gesprochen und er wirkte entspannt. Ich werte das als gutes Zeichen. Der Einzige, der vermutlich im Stress ist, ist Dougal.«

Das entlockte mir ein Lachen. »Ich bin schon sehr gespannt darauf, was Duncan sich alles ausgedacht hat, um Dougal zu quälen.«

»Nyx meinte, er war sehr zurückhaltend. Sonst hätte sie eingegriffen und ihn zur Raison gebracht.« Lucans Finger streichelten über meinen Arm. »Insgeheim hat sie sich glaube ich schon darauf gefreut.«

»Was ist mit deinem Furientraining?«, fragte ich, denn auch Lucans und meine Interaktionen waren in den letzten zwei Wochen begrenzt gewesen. Momente wie dieser eher selten.

Er seufzte tief. »Wir sind beide sehr beschäftigt. Ich habe das Training mit Rhonan vorgezogen, weil es mir wichtiger erschien. Vor ein paar Tagen saßen Nyx und ich abends bei einem Ale zusammen und haben geredet. Wir halten es beide für unwahrscheinlich, dass ich meine Furientalente innerhalb weniger Wochen erlerne. Jedenfalls nicht komplett. Doch sie erwähnte eine Möglichkeit, wie ich sie beim Flechten der gedanklichen Bänder unterstützen kann.«

Ich wollte aufsehen, doch Lucans Arme und sein Kinn auf meinem Kopf hielten mich an Ort und Stelle.

»Ich weiß aktuell nicht mehr als du. Sie wollte nachforschen und wir haben uns für nach der Vereinigung verabredet.«

»Ist es zu riskant?«, sprach ich meine Bedenken laut aus. Bisher hatte ich mich zurückgehalten, aber … war es das? In Zyntha waren wir sicher, doch wir überließen Arcadia sich selbst – für einen Abend.

»Wir beide kehren nach den Feierlichkeiten hierher zurück. Außerdem habe ich ein ganzes Bataillon an Schattenkriegern abgestellt, die während unserer Abwesenheit die Stellung halten. Sie können mich jederzeit erreichen, sollte ihnen etwas merkwürdig vorkommen. Midas ist ebenfalls unterrichtet und die anderen Herrschenden auch. Keiner von ihnen feiert mit uns, Lilly.«

»Nur Jace.« Ich lächelte. »Und Laura.« Laura hatte zugestimmt in Zyntha zu verweilen, bis wir die Situation mit Bael geklärt hatten. Ihre Entscheidung erleichterte mich ungemein. Ich wusste, wie egoistisch dieser Gedanke mich machte. Während alle Unsterblichen da draußen Bael ausgesetzt waren, auch wenn wir sie beschützten, wo wir nur konnten, wollte ich meine Familie sicher wissen. Und genau das war Laura, meine Familie. Sie gehörte zu Lucan und mir und sollte Bael das herausfinden … es grenzte an ein Wunder, dass er es bisher nicht getan hatte. Statt Baby Jonah hätte es auch Laura treffen können. Lucan und ich vermuteten, dass er sie noch nicht auf dem Schirm hatte, weil sie gut beschützt in Permata weilte und für ihn – bisher – nicht von Wichtigkeit gewesen war. Immerhin hatte er Jonah gewählt, um in den Palast zu kommen. Nach Arcadia. Nicht nach Permata.

Jace würde Laura nach Zyntha bringen und nach der Zeremonie ohne sie zurückkehren. Keiner der Herrschenden wollte aktuell zu lange fortbleiben. Alle waren wir wachsam und angespannt. Bereit, in den Krieg zu ziehen, und voller Hoffnung, dass er sich irgendwie noch vermeiden ließ.

»Er kann sich nicht ewig verstecken, Liebes. Und er will dich. Mehr als je zuvor.«

Ein widerlicher Gedanke, aber genau dieses Verlangen hatte ich gefüttert und gestärkt und nun musste ich es zu unserem Vorteil nutzen. Wenn er sich denn meldete …

»Wird er«, nuschelte Lucan, die Lippen in meinem Haar vergraben. »Ganz bestimmt.«

Ich konnte nicht schlafen. Mal wieder …

Langsam hob ich Lucans schweren Arm von meinem Bauch und stand auf. Er brummte etwas Unverständliches und ich strich ihm liebevoll über die Wange. Haare fielen ihm in die Stirn und seine Augen waren fest geschlossen. Er reagierte unterbewusst darauf, dass ich mich entfernte.

»Ich gehe nur ins Bad. Schlaf weiter.«

Ein erneutes Brummen. Ich bückte mich, um meinen Morgenmantel vom Boden aufzuheben, zog ihn im Gehen an und schloss die Badezimmertür hinter mir. Ich benutzte die Toilette, wusch mir die Hände und blickte auf. Direkt in mein Spiegelbild. Violette Augen starrten zurück. Ich war ein wenig zu blass, was die Narbe an meinem Hals und die schwarze Strähne bloß noch mehr betonte. Mit zusammengekniffenen Augen musterte ich den Spiegel, als hielte er alle Antworten für mich bereit. Beim letzten Mal hatte Bael ihn zum Kommunizieren gewählt.

»Komm schon«, wisperte ich. »Worauf wartest du?«

Meine Show war überzeugend gewesen. Er wollte mich und ich hatte Hoffnung in ihm geschürt. Wieso meldete er sich nicht? Seufzend wandte ich mich ab und blickte durch den Raum. Es war mitten in der Nacht, der Palast schlief und ich wollte Lucan nicht stören. Er trainierte mindestens genauso hart wie ich, um bestmöglich vorbereitet zu sein. Er brauchte seinen Schlaf.

Du auch …

Das tat ich ja. Aber Schlaf konnte ich nicht erzwingen und der Einzige, der es konnte, lag nebenan und schnarchte leise. Nachdenklich trat ich ans Fenster. Vom Bad aus hatte man einen perfekten Blick auf den im Mondlicht schimmernden See der Balance. Die Nacht war klar und bis auf ein paar kleine Tupfer am Himmel wolkenlos. Der Mond strahlte hell und die Balance funkelte schöner denn je. Bekam sie es mit?, fragte ich mich und ließ mich auf der Chaiselongue gegenüber der Badewanne nieder. Wusste oder spürte die Ursprungsmagie, dass wir uns an einem Scheideweg befanden? Der Gedanke an die Balance brachte mich zum *Clash* und damit zu meinem Vater. Er war ebenfalls mit Krieg konfrontiert worden. Einem noch viel gewaltigeren. Zumindest Stand jetzt. Es hieß, er hatte die Balance dazu benutzt, den Krieg zu gewinnen und die acht verbliebenen Welten zu retten. Wie genau er sie ausgewählt hatte, wusste keiner. Warum lebten sie, wenn andere Welten wie die von Noain, die der Ti'Malek oder die der guten Fae, hatten fallen müssen?

Eine Bewegung aus dem Augenwinkel ließ mich aufschrecken. Rasch drehte ich den Kopf, aber … nichts. Ich war allein im Badezimmer. Auch spürte ich keine weitere Aura. Keine Magie. Als ich mich wieder zum Fenster wandte, erschrak ich wahrhaftig. Bael war hier. Nicht hier, wie in hier im Raum. Ich erkannte ihn in der Reflektion des Fensters. Es sah aus, als stünde er direkt hinter mir. Ich drehte mich noch einmal um, wieder nichts.

Mein Herzschlag beschleunigte sich und sofort suchte ich nach jenem Ort in meinem Kopf und meinem Bewusstsein, den ich auf Situationen wie diese trainiert hatte. Jener Ort, der nur dafür da war, Bael zu manipulieren und ihn zu überleben.

»Hallo, Schwester.«

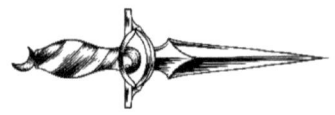

KAPITEL 38

Bael, irgendwo in der Anderswelt (und als Illusion in Arcadia)

Ich hatte sie überrascht. So, wie ich es mir ausgemalt hatte. Der Schock auf ihrem Gesicht war kurz und köstlich und augenblicklich hatte sie sich wieder unter Kontrolle.

»Ich dachte schon, du hättest mich vergessen.«

Ihre Stimme ... ein Schauer durchlief meinen Körper und ich packte die Armlehne fester. Mein Körper befand sich nach wie vor in unserem Versteck. Sicher und gut verborgen, aber mein Geist, all meine Gedanken, waren bei ihr und nur bei ihr. Während des Angriffs auf Lucan und seine Leute in Etanna hatte ich zu viele meiner Fae verloren, zum Glück war noch eine Handvoll übriggeblieben. Eine Woche hatte es gedauert, ihre Magie in mich aufzunehmen und sie zu erlernen. Zwei Wochen waren vergangen, bis die Ritter vollbracht hatten, wonach ich verlangt hatte. Die Zeit des Wartens war die reinste Folter gewesen. Jedoch hatte ich ihr nicht gegenübertreten wollen, ohne etwas vorweisen zu können. Ohne mich mit etwas profilieren zu können. Sie sollte sehen, über welche Macht ich verfügte. Sie sollte sehen, was *ich* ihr *bieten* konnte.

»Niemals«, entfuhr es mir, als ich ihr Spiegelbild in mich aufnahm. Bis eben hatte sie direkt vor dem Fenster gesessen, jetzt stand sie. Draußen verschluckte die Nacht alle Farben und das Licht im Raum ließ ihr Gesicht schemenhaft auf der Glasfläche erscheinen. Das Spiegelbild war leicht verzerrt, kaum mehr als eine schimmernde Silhouette, in der sich Schatten und Licht auf bizarre Weise vermischten. Ihre Augen wirkten tiefer und ihr Ausdruck schwerer, als ob die Dunkelheit der Nacht ihre Gedanken widerspiegelte. Die Tatsache, dass ich sie verzerrt sah, minderte die Wirkung, die sie auf mich hatte, nicht im Geringsten. Es musste reichen, für den Moment. Bis ich ihr wieder gegenüberstehen konnte. Sie sehen und fühlen durfte. Schmecken womöglich ...

Lillianna schlang die Arme um sich und erwiderte meinen Blick. »Ich kann nicht schlafen.«

»Vermisst du mich zu sehr?«

Sie hob herausfordernd eine Augenbraue und ich packte die Stuhllehne so fest, dass das Holz unter meinen Fingern knirschte und knarzte.

»Und wenn es so wäre?« Ein Hauch Rot stahl sich in ihren Blick. »Würdest du mir glauben?«

Ich wollte es. Ich wollte nichts sehnlicher als das, doch anders als die Ritter, war ich weder schwach noch dumm.

»Noch nicht.« Noch nicht. Wir waren weit entfernt von »niemals«, aber ich würde nicht alles, wofür ich gearbeitet und geblutet hatte, gefährden. Nicht von heute auf morgen. Ich würde es tun, für sie – womöglich – aber … noch nicht. »Wieso kannst du nicht schlafen?«

Lillianna seufzte und der Laut löste etwas anderes in mir aus als Argwohn. »Ich hinterfrage die Dinge.«

»Die … Dinge?«

»Lua«, sprach sie leise und überraschte mich damit. »Die Art, wie ich sie getötet habe …« Unbewusst berührte sie die dunkle Strähne. »Ich … ich verändere mich, Bael.«

Bael. Mein Name auf ihren Lippen. Gesprochen ohne Hass, in einem intimen Moment wie diesem. Ich konnte kaum noch an mich halten. Ihr Gesichtsausdruck war so verloren und hilflos, dass sie mich fast dazu brachte, mein »noch nicht«, zu überdenken. Fast.

»Hin und wieder müssen wir uns verändern, um die Welt aus einer neuen Perspektive zu betrachten.«

Sichtlich überrascht drehte sie sich um. Natürlich war ich nicht dort, daher fixierte sie die Fensterscheibe und meine Reflektion.

»Ist es das, was du tatest? Dich verändern, um deine Perspektive zu ändern?«

»Wenn du damit auf meine Magie anspielst, dann ja. Ich hatte nichts.« Wut durchfuhr mich und sorgte für Klarheit. »Also habe ich dieses Nichts genommen und es zu etwas gemacht.«

Lillianna lehnte sich vor und legte ihre Hand an die Fensterscheibe. Direkt neben meine Wange. Instinktiv hob ich die Hand, um sie zu berühren, und fasste ins Nichts. Der Zauber war notwendig, alles andere zu riskant, und doch verabscheute ich es, sie nicht in greifbarer Nähe zu haben.

»Ich …« Sie zögerte.

»Sprich weiter«, forderte ich sie auf, als sie schwieg, die Zähne in die volle Unterlippe gegraben. »Sprich weiter«, sagte ich noch einmal. Verlangte ich, beinahe gierig.

»Ich … es gefällt mir, mit dir zu reden. So wie jetzt.« Ihre Worte waren leise, kaum wahrnehmbar, dennoch fühlte es sich so an, als hätte sie geschrien.

Es polterte im Raum nebenan und wir beide zuckten zusammen. Als hätte man uns ertappt, das gefiel mir. Lillianna suchte meinen Blick. »Kommst du … kommst du wieder?«

Sie hatte keine Ahnung. Absolut keine.

»Sorge dich nicht, Schwester. Das, was ich für dich vorbereitet habe, wird deine kühnsten Träume überschreiten.«

Ein letztes Mal sog ich ihren Anblick in mich auf. Ihre Schönheit und ihre Macht. Die Perspektiven, die mir beides gab. Dann wurde die Tür aufgerissen. Lillianna schnappte erschrocken nach Luft und ich nahm das als Stichwort, um zu verschwinden. Wir würden uns bald wiedersehen. Sehr bald.

KAPITEL 39

Lucan, Arcadia

»Lilly …« Schwer atmend stand ich im Türrahmen des Badezimmers und starrte meine Frau an. Unsicher, was ich tun sollte. Was ich tun durfte. Unterbewusst hatte ich mitbekommen, dass sie aufgestanden war. Doch dann war ich wieder eingeschlafen und das nächste, an das ich mich erinnerte, war ihr mentaler Ruf nach Hilfe.

Lucan! Ich brauche dich.

Lucan! Bael ist hier, ich … ich halte es nicht länger durch.

Auf mein *Bin sofort da*, hatte sie mit einem *Sei überrascht* geantwortet.

Ich musste mir keine Mühe geben, überrascht auszusehen, ich hatte keinen beschissenen Schimmer, was hier vor sich ging. Das Einzige, was ich wusste, war, dass Lilly so aussah, als würde sie gleich in Tränen ausbrechen. Weiß, wie die Wand, stand sie am Fenster und blickte mich aus großen, roten Augen an.

Ist er fort?

Sie nickte und ich teleportierte mich durch den Raum, direkt vor sie. Ein Schluchzen entfuhr ihr und ich riss sie an mich. Zitternd sank sie in meine Umarmung, die Arme noch immer fest vor dem Körper verschränkt.

Liebes …

Gleich, Lucan. Gle-eich.

Ihr Tonfall gefiel mir nicht. Ihre starre Haltung gefiel mir nicht. Dass sie mit diesem Hurensohn allein gewesen war, gefiel mir ganz und gar nicht. Noch immer rührte sie sich nicht. Den Kopf hielt sie gesenkt.

Liebes, bitte beweg dich, fass mich an, schrei, schlag um dich, aber … bitte tu etwas.

Es ging um sie, nicht um mich, und doch ängstigte mich ihr Verhalten. Langsam, quälend langsam zog sie die Hände hervor und legte sie um meine Taille. Der Assassine in mir brüllte. Wütend. Verletzt.

Und auch voller Scham. Ich hatte geschlafen, während sie sich Bael gestellt hatte. Eine Welle aus Selbsthass drohte mich zu überrollen und sie hob den Kopf, um mich anzusehen. Das Rot war verschwunden, ihre Augen jetzt wieder violett und klar.

»Nicht«, bat sie leise.

»Ich habe geschlafen, und er–«

»War als Illusion hier. Nicht in Person. Sonst hättest du ihn gespürt.«

»Aber deine Angst–«

»War gut verschlossen in meinem Kopf. Ebenso wie mein Hass und mein Ekel.« Lilly schüttelte sich. »Ich habe zwei Wochen auf diesen Moment gewartet, Lucan. Ich habe mich vorbereitet und es durchgezogen, aber sein Blick und … es wurde zu viel.«

Zu … vertraut, fügte sie gedanklich hinzu, als könne sie die Worte nicht aussprechen.

Möchtest du es mir erzählen?

Stumm schüttelte sie den Kopf. Ihre Hände gruben sich in meine Taille. Fest. *Ich zeige es dir.*

Für die nächsten paar Minuten wurde ich Zeuge dessen, wie meine Frau Unbeschreibliches vollbrachte. Sie war nicht bloß tough, sie war eine Göttin. Sie spielte mit Bael wie eine Virtuosin ihr Instrument. Meisterhaft.

Ich sah, wie sich ihre Stirn runzelte. Die Lippen leicht geöffnet, fasste sie sich an ihr Haar, scheinbar unbewusst und doch kalkuliert.

»Ich … ich verändere mich, Bael.«

Heilige Balance, seine Miene nach diesen Worten. Allein dafür würde ich den Scheißkerl in Stücke reißen. Es war offensichtlich, dass er sie begehrte. Es gelüstete ihn nach ihr und ihrer Macht. Ich beobachtete weiter, ein flaues Gefühl im Magen, Lilly dabei fest im Arm.

»Ich … es gefällt mir, mit dir zu reden. So wie jetzt.«

»Himmel, Liebes …«

»Sieh weiter hin, Lucan.«

Ich tat, worum sie mich bat, und dann …

»Sorge dich nicht, Schwester. Das, was ich für dich vorbereitet habe, wird deine kühnsten Träume überschreiten.«

Die Erinnerung endete und ich blinzelte ein paar Mal, atmete ein paar Mal, um mich unter Kontrolle zu bekommen.

»Das war es, wieso ich dich gerufen habe«, wisperte sie. »Ich … ich vermute, dass er damit auf den Krieg anspielt. Unseren Showdown, wenn du so willst.«

»Sein Endgame.«

Lilly sah überrascht auf.

»Hab's bei Duncan aufgeschnappt.«

Zittrig atmete sie aus. »Jetzt, wo er denkt, ich würde zweifeln und schwanken, ich wäre ihm zugetan, wird er alles mobilisieren, was er hat.«

»Davon gehen wir aus, ja.«

Sie nickte und ihre Schultern sanken ein wenig herab. In ihrem Kopf ratterte es und genau das sorgte dafür, dass sie langsam wieder hier bei mir war. Ich löste mich ein Stück von ihr, um ihr mit beiden Händen die Haare aus dem Gesicht streichen zu können. Als meine Finger sich in Lillys Nacken gruben und versuchten, die Verspannung dort zu lösen, musterte ich sie aufmerksam.

»Es geht mir besser«, sagte sie. »Wenigstens musste ich diesmal nicht kotzen.«

Ein kehliger Laut entfuhr mir. Nicht ganz ein Lachen.

»Noch nicht …«, raunte sie und ließ den Kopf auf die Brust sinken, während meine Hände ihren Nacken weiter bearbeiteten.

»Er sagt, er vertraut mir »noch nicht«. Das sind ganz andere Töne als bei den letzten Malen, Lucan. Er wird wiederkommen. Bevor es zum Showdown kommt, wird er wiederkommen, das habe ich im Gefühl. Er denkt, ich knicke ein«, stieß sie hervor, leidenschaftlich, und ich atmete auf. »Er denkt, ich stecke in einer Sinnkrise und fühle eine Verbindung zu ihm.«

»Heute war es anders als die Spiegelnachricht«, warf ich ein. »Es war die Magie der Fae.«

»Du hast viele von ihnen in Etanna getötet, aber wie es scheint, hatte er noch ein paar übrig. Oder aber er verfügt schon länger über die Magie der Fae. Immerhin kann er sich auch teleportieren.«

»Was könnte es sein«, murmelte ich. »Was ist sein Endgame?«

Lilly seufzte. »Keine Ahnung. Ich habe jedoch das Gefühl, dass es wie alles, wenn es um Bael geht, extrem wird.«

»Wir bereiten uns weiter vor.« Ich nahm die Hände von ihrem Nacken und legte sie auf ihre Schultern. Lilly blickte zu mir auf, jetzt wieder sie selbst. »Du und ich und die anderen. Wir alle trainieren und bereiten uns vor. Wir sind vorsichtig und versuchen Augen und Ohren überall zu haben. Lua ist ausgeschaltet und du …« Ich küsste sie kurz und fest auf den Mund. »Du bist unsere absolute Geheimwaffe. Was du da eben vollbracht hast, ist bemerkenswert.«

Insbesondere, da ich wusste, sah und spürte, was es ihr abverlangte.

»Wenn er wiederkommt, bin ich bereit.«

»Daran zweifle ich nicht.«

Ein Lächeln zuckte um ihre Mundwinkel. »Danke für die Rettung.«

»Immer.« Immer und jederzeit. »Erzählen wir es den anderen?«

Lilly grub die Zähne in die Unterlippe und überlegte. Schließlich schüttelte sie den Kopf. »Wir haben nichts, Lucan. Außer einer weiteren unheimlichen Begegnung. Versauen wir den anderen nicht das Fest. Wir können danach reden.«

»Erst einmal feiern wir.«

»Ganz genau.« Sie trat dichter und schmiegte sich an mich. »Erst einmal feiern wir.«

KAPITEL 40

Lilly, Zyntha

Zurechtgemacht und ohne Übernachtungstasche nach Zyntha zu reisen, fühlte sich merkwürdig an. Noch hatte ich es nicht geschafft, unsere Suite in der *velika* mit Klamotten und persönlichen Gegenständen zu füllen. Bisher war ich in Zyntha nur zu Gast gewesen. Das würde sich ändern, sobald Bael aus dem Weg war.

»Du siehst wunderschön aus.« Lucan legte einen Arm um meine Schultern und gemeinsam nahmen wir das Panorama in uns auf. Wir waren gerade durch das Schattenportal getreten. Die massiven Berge, die Hängebrücken und das einmalige Stadtbild Zynthas begrüßten uns. Nachdem wir die letzten Anweisungen im Palast erteilt und uns versichert hatten, dass Arcadia ausreichend geschützt war, hatten wir uns umgezogen und waren hergekommen. Alle anderen waren seit gestern oder heute Morgen hier.

»Das Kleid verdeckt die blauen Flecken, die Malik mir in der Luft verpasst hat.«

»Du siehst auch mit blauen Flecken wunderschön aus, Liebes.« Er musste es ja wissen, denn Lucan hatte gestern Abend meine Wunden versorgt. Malik war gnadenlos gewesen. Unser Kampf ein regelrechtes Spektakel. Ich hatte jede Minute davon geliebt. In der Luft zu kämpfen, mit meinen Flügeln, das war … unbeschreiblich. So hatten wir beide empfunden, denn Maliks Augen hatten gestrahlt. Seine ganze Aura, um genau zu sein. Der Einzige, der wenig begeistert von unserem öffentlichen Schauspiel am See gewesen war, war Duncan gewesen.

»Überallhin, nur nicht ins Gesicht!«, hatte er wieder und wieder gerufen.

Unser Kampf hatte nicht nur die Garde, das Palastpersonal und viele unserer Freunde unterhalten. Er hatte auch zahlreiche Engel Arcadias angelockt. Zunächst einige, dann viele, waren aus den Gassen geströmt, um uns zuzusehen. Weder Malik noch ich hatten sie enttäuschen wollen und ernst gemacht. Das bewiesen die zahlreichen blauen Flecken auf meiner Haut. Die meisten waren bereits verheilt, ebenso einige nicht so tiefe Schnitte, doch ein paar der fieseren hielten sich wacker. Ich hatte Lucans Angebot, mich zu heilen oder einen Heiler zu rufen, ausgeschlagen. Die Male auf meiner Haut waren das Zeichen eines guten Kampfes. Ich würde sie nicht ausradieren noch würde ich die wichtige Arbeit der Heiler und Heilerinnen unterbrechen. Außerdem wusste ich, dass hier in Zyntha die Male nicht kritisch, sondern wertschätzend betrachtet werden würden. Stärke war in dieser Welt alles.

Dennoch hatte ich mich für ein elegantes mitternachtsblaues Kleid mit langen Trompetenarmen entschieden. Es ging mir bis zu den Knien und wurde in der Taille mit ein paar silbernen Schnüren gebunden. Der Ausschnitt war moderat, der Stoff schwer und angenehm auf meiner Haut. Es war eines der schlichteren Kleider aus Elisas Schrank. Die Haare trug ich offen und neben dem goldenen Armreif meiner Mom und meinem Ehering, hatte ich ein paar Armbänder sowie eine schlichte Kette in Elisas Sachen gefunden. Ich sah gut aus, erwachsen. Auf eine Krone hatte ich verzichtet. Lucan ebenso. Er war ganz traditionell in Schwarz gekleidet. Die Haare hatte er sich aus dem Gesicht gebunden, der *koriath* hing um seinen Hals und an seinem Gürtel entdeckte ich ein schwarzes Wurfmesser. Verziert mit Runen und Buchstaben, die ich aus diesem Winkel nicht erkennen konnte.

»Das Messer ist neu.« Ich begleitete meine Worte mit einer fragenden Geste, als er mich auf die Hängebrücke hinausführte und mir bedeutete, vorzugehen.

»Ist es«, bestätigte Lucan hinter mir. »In Zyntha ist es Tradition, dass der Vater dem Sohn eine Waffe als Geschenk überreicht. Ich habe mich hierfür entschieden.«

»Was ist darauf eingraviert?«

»Runen gepaart mit einigen Schlagwörtern in der Sprache der Assassinen«, erklärte er. »Sie erzählen Duncans und meine Geschichte.«

Kurz drehte ich mich um, um Lucans Erscheinung in mich aufzunehmen. Verdammt, von diesem Anblick würde ich nie genug bekommen. Von diesem ganzen, störrischen, wunderbaren Mann.

Er lächelte. »Ich liebe dich auch. Und jetzt geh weiter, bevor Duncan durchdreht, weil wir noch nicht da sind.«

Ich setzte mich wieder in Bewegung. »Führst du die Zeremonie nicht durch?«

»Diesmal nicht, nein.« Lucan räusperte sich und es klang beinahe wie ein Lachen. »Duncan hat Dougal darum gebeten.«

Ich verfehlte das Brett unter mir und fast wäre mir einer meiner High Heels vom Fuß gefallen. »*Wie bitte?*«

Lucan lachte und stützte mich, ehe er mich resolut vorwärtsschob.

»Aber …«

»Malik meint, er hätte es Dougal durchaus schwerer machen können. Anscheinend hat er sich zurückgehalten, aber das … zu gern hätte ich Dougals Gesicht gesehen.«

»Oder das von Melisande.«

»Das auch.«

Je näher wir dem Ende der Hängebrücken und damit der *velika* kamen, desto mehr Geräusche trug der Wind zu uns herauf. Assassinen und Bewohner Zynthas begrüßten uns, riefen unsere Namen und einige von ihnen pfiffen und riefen uns zu, dass wir gut aussahen. Dieser Ort … er war einfach magisch. Ungezwungen. Ehrlich. Etwas rau, aber mit ganz viel Herz. Er war so wie Lucan. Vermutlich liebte ich es hier deswegen so. Anders als bei der Vereinigung von Cora und King erwartete uns kein Meer aus Blaurosen. Die *velika* sah aus wie immer. Lediglich die Banner waren um Crinaee und Alliandoan ergänzt worden. Die Blumen in den großen Arrangements waren frisch und farbenfroh und direkt über dem Eingang hing ein handgeschriebenes Banner.

»Wer eintritt, muss feiern«, las ich laut. Lucan und ich tauschten einen Blick miteinander.

»Duncan«, sagten wir gleichzeitig.

Die ersten vertrauten Gesichter, die uns begegneten, waren Xerxes und Nyx. Beide ganz in Schwarz. Xerxes in seiner Tunika und Nyx in einem hautengen schwarzen Kleid, das ihre Muskeln betonte. Ich umarmte beide, dann sah ich mich um. »Sind schon alle drinnen?«

Die Furie nickte. »Wir haben auf euch gewartet.« Sie musterte mich aufmerksam und trat näher. »Was–«

Abwehrend hob ich eine Hand. »Nicht hier. Nicht jetzt.« Ein Gefühl von Déjà-vu überkam mich. Nyx presste die Lippen zusammen und nickte.

»Morgen«, fügte Lucan hinzu und wies auf das Banner über unseren Köpfen. »Heute feiern wir.«

»Dougal ist am Ausflippen.« Xerxes lachte. »Dass ich das noch einmal erleben darf …«

Die beiden führten uns durch einen Korridor, hinein in die große Halle der *velika*. Der massive Raum war mit und ohne Schmuck beeindruckend. Nicht zuletzt durch das *ala olaga*, das magische Wandbild all unserer Welten, das die gesamte hintere Wand schmückte. Lebendiger als je zuvor und eine stete Erinnerung, dass wir auf dem richtigen Weg waren. Dass wir etwas veränderten. Die farbenfrohen Blumenarrangements setzten sich auch hier fort und die Tische waren zu zwei langen Tafeln zusammengeschoben worden. Weiße Tischdecken und bunte Servietten sowie Kerzen vervollständigten das Bild. Dezent und dennoch fröhlich und familiär und damit passte es ganz hervorragend zu dem Paar der Stunde. Nach und nach entdeckte ich unsere Familie und Freunde. Die einzigen, die noch fehlten, waren Duncan, Malik und Dougal. Alina und Nick standen mit Taro und Dougals Familie zusammen. Hinter ihnen entdeckte ich Cora und King, mit Baby Jonah sowie Ketla und Artur. Melisande leistete ihnen Gesellschaft. Sie alle waren elegant, aber nicht übertrieben gekleidet. Wir passten ins Bild. Einige Mitglieder der Garde waren hier, alle in frisch gestärkten, cremeweißen Uniformen. Ein schöner Kontrast zu all den Assassinen in Schwarz. Die Sieben, aber auch einige der Schattenkrieger, die ich bei unseren Besuchen immer mal wieder gesehen hatte, waren anwesend.

»Wo ist unser glückliches Paar?«, wandte ich mich an Nyx, die mir nach wie vor skeptische Blicke zuwarf.

»Noch im Gästezimmer. Sie machen sich gemeinsam fertig. Dougal ist auf dem Weg hierher.«

»Die Trauung findet unter dem *ala olaga* statt«, fügte Xerxes hinzu und erst jetzt, beim zweiten Blick, fiel mir auf, dass der Boden vor dem Wandgemälde mit Blütenblättern übersät war. Die Tische waren so angeordnet worden, dass sie links und rechts zum Wandgemälde führten und man von überall einen guten Blick hatte. »Sie wollten es schlicht«, sprach er weiter und folgte meinem Blick. »Keine großen

Stuhlreihen oder so. Jeder kriegt ein Glas Champagner, wir stehen, wir sehen zu, wir feiern.«

Sein trockener Tonfall entlockte mir ein Lachen. »Klingt gut.«

»Und? Seid ihr bereit für eine Partie Zizero?«

Lucan lachte auf. »Hast du es so eilig, schon wieder gegen einen von uns zu verlieren?«

Bevor Xerxes antworten konnte, hallte eine zarte Stimme durch den Saal und ließ die Anwesenden wissen, dass Lucan und ich eingetroffen waren.

»Lilly!«

Laura. Mit einem breiten Grinsen wirbelte ich herum. Gerade noch rechtzeitig, um das Mädchen aufzufangen. Mit einem leisen »uff«, presste ich sie an mich, während sie die Arme fest um meinen Hals schlang.

»Bei der Balance, ich habe dich vermisst!« Meine Worte klangen dumpf, das Gesicht hatte ich in ihren blonden Locken vergraben. Aber verdammt, meine Augen brannten. Ich hatte sie wirklich vermisst. Mit all dem Drama, der Gefahr und dem Training war ich abgelenkt gewesen, aber hier und jetzt, mit Laura in meinen Armen und Lucan neben mir, fühlte ich mich vollständig. Ich genoss das Gefühl, wie sie sich an mich klammerte, und sog den Geruch nach Blumen und Vanille in meine Lungen. Laura und ich? Das war von Anfang an Schicksal gewesen. Seit jenem Tag, als ich sie aus den schrecklichen Fängen von Minister Laurenti befreit und die Unterdrückung durch den Adel beendet hatte. Sie war mein Schicksal, ebenso wie der Mann, der breit lächelnd hinter ihr stand und uns betrachtete. Jace. Auch ihn hatte ich gerettet und er war zu einem bemerkenswerten Herrscher geworden. Und zu einem treuen Freund.

Instinktiv streckte ich einen Arm nach ihm aus. Er kam und umfasste meine Finger. Etwas ungeschickt nahm ich ihn in unsere Umarmung mit auf. Ich spürte Lucans Belustigung und die Augen der anderen auf uns, aber es kümmerte mich nicht. Jace war meinem Mädchen ein Onkel und ich war ihm mehr als dankbar, dass er Laura mit seinem Leben beschützte.

Die Kleine begann sich in meinem Griff zu winden und streckte die Arme nach Lucan aus. In einer flüssigen Bewegung nahm er Laura auf den Arm. Himmel, was für ein Anblick. Jace ließ von mir ab und ich befingerte meine Augenwinkel hektisch, um erste Tränen am Fließen zu hindern.

Lucan drückte Laura einen Kuss auf den blonden Schopf. »Ist das etwa ein neues Kleid?«

Freudestrahlend nickte sie. Die Locken wippten fröhlich auf und ab. Sie war schon wieder gewachsen und kurz, nur kurz, verfluchte ich Bael dafür, dass er mir diese Zeit mit ihr nahm, bevor ich jeden Gedanken an ihn aus meinem Kopf verbannte.

Lucans Blick fand meinen.

Bald, Liebes.

Ich weiß.

»Ist es!«, rief Laura nun aufgeregt und machte sich daran, Lucan und mir jeden einzelnen Glitzerstern auf ihrem blassvioletten Kleid zu zeigen. Jace trat dichter zu mir.

»Ich bleibe bis nach der Zeremonie«, raunte er. »Xerxes bringt mich zurück nach Permata und begleitet Lauras Betreuerin nach Zyntha. Sie hat zugestimmt, so lange bei Laura zu bleiben, bis wir alles … geklärt haben und sie zu euch nach Arcadia zieht.«

Mein Herz machte bei seinen Worten einen kleinen Satz. Mittlerweile hatten Alina, Nick und die anderen uns erreicht und Laura wurde umzingelt von unseren Liebsten. Sie behandelten sie bereits jetzt wie Familie.

Von Lucans Arm wanderte sie weiter zu Cora und machte ein paar Fratzen für Baby Jonah. Ausgelassenes Lachen ertönte. Die Stimmung war so friedlich, dass ich spürte, wie ich mich weiter entspannte.

Jace drückte meine Schulter. »Hier kann er uns nicht finden.«

Ich nickte, denn aktuell traute ich meiner Stimme nicht zu, mich nicht zu verraten. Bael hatte mich bereits gefunden, erneut, aber das mussten sie heute Abend nicht wissen. Nach Zyntha kam er nicht, und das war alles, was zählte.

»Dein Bauch ist aber groß!«

Lauras Worte brachten Alina zum Lachen und Nick legte ihr strahlend einen Arm um die Schultern. Sichtlich stolz. Anstatt ihren Bauch zu verstecken oder sich unwohl zu fühlen, weil sie runder wurde, hatte Alina sich diesmal dazu entschlossen, ihren Babybauch mit einem hautengen, roséfarbenen Wollkleid zu betonen. Sie sah umwerfend aus.

»Und er wird noch größer.«

Laura riss die Augen auf. Zögerlich legte sie eine Hand auf Alinas Bauch. Ich schluckte.

»Bis er platzt?«

»Nicht ganz«, erwiderte Alina grinsend.

»Aber wie—«

Ein dramatischer Gong ertönte. Alina und ich tauschten einen belustigten Blick miteinander. Wir waren vom Gong gerettet worden — wortwörtlich. Bedienstete strömten in den Raum. Beladen mit Champagnerflöten und Eistee. Als jeder von uns ein Glas in den Händen hielt, ertönte ein zweiter Gong und ich hörte leises Lachen und Gemurmel.

»Typisch Duncan«, flüsterte Alex vor mir und Kjiel rammte ihm seinen Ellenbogen in die Seite.

Grinsend nippte ich an meinem Glas. Lucan neben mir, einen Arm um meine Schultern geschlungen, und Laura vor mir. Voller Vertrauen lehnte sie sich gegen mich, ein paar trockene Käsestangen in der Hand.

Dougal betrat den Raum in einer langen, dunklen Robe und alle verstummten. Musik setzte ein und neue Tränen formten sich, als Bowen vortrat und zu singen begann. Jedes Mal, wenn der Assassine sein Talent unter Beweis stellte, brachte er mich damit zum Heulen. Und nicht nur mich. Taschentücher wurden hin- und hergereicht. Ich suchte Melisande in der Menge und fand sie links vor dem *ala olaga*. Sie fächerte sich Luft zu und versuchte, ihre Emotionen unter Kontrolle zu bekommen.

Lucan nahm den Arm von meiner Schulter und ging in die Hocke, um Lauras Fragen zu dem Lied und der Zeremonie zu beantworten. So unterschiedlich die beiden optisch auch waren, hier und jetzt, sahen sie aus wie Vater und Tochter.

Die letzten Akkorde von Bowens Lied verklangen und ein weiterer Gong ertönte. Meine Mundwinkel zuckten verräterisch und ich konnte nur mutmaßen, dass Duncan diese Art der Ankündigung gewählt hatte, weil es a, dramatisch war, und er es b, witzig fand.

Hand in Hand schritten er und Malik in den Raum. Beide in Cremeweiß. Zunächst überraschte mich Duncans Wahl, doch als ich die beiden beobachtete, während sie nach vorne schritten, ergab es Sinn. Duncan war ein Assassine und er würde es immer sein, doch Arcadia und Malik, sie waren sein Zuhause. Er hatte die Farbe gewählt, um ihrer Verbindung Ausdruck zu verleihen. Bei Dougal angekommen, wandten die beiden sich Melisande zu und verschwanden jeweils in einer festen Umarmung. Sie küsste ihre »Jungs«, wie sie sie nannte, auf die Wangen und übergab sie dann an Dougal. Jemand reichte mir ein Taschentuch. Ich nahm es und sah Jace aus dem Augenwinkel lächeln.

Verdammt. Was Vereinigungszeremonien anging, war ich wirklich eine Weichblase. Leise schniefend lauschte ich Dougal. Als es an der Zeit war, dass Duncan und Malik ihre Versprechen austauschten, richtete sich Lucan wieder auf. Laura auf dem Arm war er zurück an meiner Seite und zog mich dicht an sich.

Mit gespannter Aufmerksamkeit lauschten wir den Worten, die Lucan bereits an mich, und King an Cora gerichtet hatte. Duncan beendete seinen Schwur mit dem mir bekannten: »Mein Schwert ist dein. Meine Schatten. Und meine Seele.« Dann zwinkerte er und fügte hinzu: »Der Rest von mir sowieso. Mein Herz gehört dir schon lange.« Er lächelte glücklich.

Malik räusperte sich leise. »Ich weiß gar nicht, wo ich anfangen soll«, brachte er heraus, die Stimmen rau vor Emotionen. Duncan lachte, während er Maliks Hände fest in seinen hielt. »Das Wichtigste zuerst, denn deshalb stehen wir jetzt hier, vor unseren Freunden und unserer Familie. Ich liebe dich, Duncan. Mit allem, was ich bin. Wer ich bin und was ich zu bieten habe. Ich … ich weiß, ich bin älter als du«, – Duncan schnaubte und brachte uns damit zum Lachen –, »… ein wenig.« Malik schmunzelte. »Aber worauf ich hinaus will ist: Ich habe in den letzten Jahrhunderten einiges erlebt. Freud und Leid. Ich bin stolz auf meine Position in der Garde und auf meine Stellung in Alliandoan. General zu sein, war für viele Jahrhunderte alles, was ich wollte und kannte. Dann kam Lilly und mit ihr bist du in mein Leben gestolpert. Das war gleichzeitig der chaotischste und schönste Tag in meinem Leben.«

Duncan atmete zittrig ein und ich tat es ihm gleich. Das Taschentuch fest umklammert.

»Ich habe es uns nicht einfach gemacht, das weiß ich, aber du lehrtest mich, dass es mehr gibt als die Pflicht. Durch dich und deine Liebe habe ich mich neu kennengelernt und ich mag den Mann, der mir morgens im Spiegel gegenübersteht.«

»Ich mag ihn auch«, wisperte Duncan, die Stimme erstickt.

»Er hat neue Prioritäten gesetzt und gelernt, dass er General und Gefährte sein kann und will. Du gabst mir etwas, von dem ich nie gedacht hätte, dass es mich einmal finden wird, und dafür habe ich keine Worte.«

Wenn du mich fragst, hat er ganz schön gute gefunden.

Lucan brummte leise und ich drehte den Kopf, um ihn anzusehen. Er blickte starr geradeaus. Laura hatte den Kopf auf seiner Schulter abgelegt und spielte mit dem *koriath*.

Lucan?

Sieh nach vorne, Liebes. Sie müssen nicht alle mitbekommen, dass ich kurz davor bin in Tränen auszubrechen.

Grinsend richtete ich meine Aufmerksamkeit wieder auf Duncan und Malik. Dougal leitete den letzten Teil der Zeremonie ein, in dem er fragte: »Seid ihr bereit?«

Beide nickten und Schatten brachen aus dem Assassinen hervor, die sich wie ein dunkler, seidiger Kokon um Duncan und Malik legten. Er ermöglichte ihnen einen Moment der Privatsphäre, so wie Lucan es für Cora und King getan hatte. Eigentlich, um das Blut zu tauschen. Was sie jedoch in den Schatten taten, war ihnen überlassen. Viele Möglichkeiten blieben jedoch nicht, denn der Schleier fiel nach wenigen Minuten. Die beiden kamen wieder zum Vorschein, verloren ineinander in einer innigen Umarmung. Die Lippen fest aufeinandergepresst, bemerkten sie nicht einmal, dass wir sie wieder sehen konnten. Bis die ersten Pfiffe und Jubelrufe ertönten. Melisande war die erste, die den beiden gratulierte. Tränen strömten über ihr hübsches Gesicht, als sie erst Duncan, dann Malik, an sich zog.

Lucan räusperte sich und ich vermied es, ihn anzusehen, denn ich selbst kämpfte mit meinen Emotionen. Laura rettete uns, als sie fragte: »Kann ich jetzt trotzdem noch mit Onkel Duncan tanzen?«

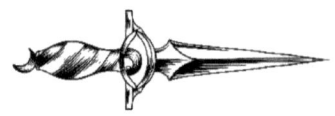

KAPITEL 41

Ich hatte mich zurückgehalten, bis der erste Ansturm vorbei gewesen war, doch nun drückte ich erst Duncan dann Malik ebenfalls fest an mich, um ihnen zu gratulieren.

Duncan strahlte mich an. »Sieh uns an«, rief er aufgedreht. »Beide vereint. Wer hätte das gedacht?«

»Ich«, erwiderte Lucan trocken. Laura wippte in seinem Arm auf und ab, sichtlich unruhig, während sie die anderen Kinder beobachtete, die durch die *velika* flitzten und Fangen spielten.

»Darf ich spielen gehen?«

Ich strich ihr über die Haare, Lucan drückte ihr einen Kuss auf die Wange. »Klar.«

So simpel war es. Nur ein Wort. Klar. Und genau aus diesem Grund hatte ich Laura nach Zyntha geholt. Hier konnte sie toben, spielen, einfach sein, ohne, dass ich Angst um sie haben musste. Beide sahen wir ihr nach, wie sie in der Menge verschwand. Als ich mich abwandte, blickte ich in zwei amüsierte Gesichter.

»Was?«, fragte ich, während Lucan Malik umarmte und ihm fest auf den Rücken klopfte.

»Ihr seht gut zu dritt aus.« Duncans Grinsen war wie festgetackert. »Eine richtige Familie.«

»Du weißt schon, dass wir alle eine Familie sind?«

Er hob beide Augenbrauen. »Solange ich dich nicht Mommy nennen darf …«

Augenrollend schlug ich ihm auf die Brust. »Wo ist deine Mom hin?«

»Sie wollte sich bei Dougal für die schöne Zeremonie bedanken.« »Es war wirklich schön.«

Duncan seufzte. »Ich weiß«, erwiderte er, als Malik einen Arm um seine Taille schlang. »Ich hatte mir fest vorgenommen, ihn fertig zu machen, aber dann war er so nett und hilfsbereit und einfach so … *invested*. Hab's nicht über mich gebracht.«

Malik runzelte die Stirn und auch Lucan stockte.

»Involviert«, übersetzte ich, »oder eingebunden. Soll heißen, er hat seine Aufgabe ernst genommen.«

Duncan kicherte. »Upsi. Ich vergesse immer, wie alt ihr seid.«

Ich konnte Lucans Augenrollen förmlich spüren. »Das hat nichts mit dem Alter zu tun, Kleiner, sondern mit deiner Obsession für menschliche Popkultur.«

Jemand klopfte mir sanft auf die Schulter und bat höflich darum, ebenfalls gratulieren zu dürfen. Lächelnd trat ich beiseite. Bevor Lucan und ich uns jedoch unter die Menge mischen konnten, fasste Duncan mich am Arm. »Geht nicht, ohne, dass wir noch einmal miteinander sprechen. Ich habe eine Überraschung für dich.«

»Okay?«

»Später«, formte er lautlos und verschwand in einer weiteren Umarmung.

Weißt du, was er meint?

Nein. Lucan zog mich eng an sich. *Ich brauche erstmal einen Drink.*

Aus einem wurden ein paar mehr Drinks, aber der Abend verlangte es. Die ausgelassene Stimmung, die Liebe, die durch die *velika* schwebte, getragen von uns allen. Duncan hatte dem Banner über der Tür alle Ehre gemacht und die Tore geöffnet. In relativ kleiner Runde hatten wir gestartet und nun, kurz vor Mitternacht, platzte der Raum aus allen Nähten. Laute Musik hallte durch den Saal und es wurde getanzt, getrunken, gelacht.

Vor drei Stunden, nachdem der offizielle Teil mit Abendessen beendet gewesen war, hatte ich mich mit Laura und ihrer Betreuerin zurückgezogen und der Kleinen ihr Zimmer gezeigt. Es lag direkt neben dem von Nick und Alina und Alina, selbst k.o., hatte sich direkt zusammen mit Laura zurückgezogen, um ihr vorzulesen. Gern hätte ich diese Aufgabe übernommen, aber bald … bald würde ich sie jeden Abend ins Bett stecken können. Sie zudecken, ihr vorlesen und ihr einen Kuss auf das weiche Haar drücken. In dem Wissen, dass sie sicher war. Dass sie zu uns gehörte.

Alina – und auch Laura – hatten mich mit liebevollem Nachdruck aus dem Raum geschoben.

»Ich höre mir Duncans Gezeter morgen nicht an, wenn du die Party zu früh verlässt.«

Zunächst widerwillig war ich zu den Feierlichkeiten zurückgekehrt und war direkt von meinem Mann, Nyx und Duncan in Empfang genommen geworden.

»Shots!«, hatte letzterer gerufen und hier waren wir nun. Ich hatte den Überblick verloren, aber hier in Zyntha war es okay. Drei oder vier Drinks, vier oder fünf Rhys. Ich hatte an diesem Abend keine andere Aufgabe, als meine Liebsten zu feiern.

Lucan schlang einen Arm um meine Taille und zog mich an sich. Im Rhythmus der Musik bewegten wir uns, eng aneinander geschmiegt. Kurz kam mir der Gedanke, dass wir ein nicht unbedingt jugendfreies Bild abgaben, die Kinder waren jedoch schon lange im Bett und die Assassinen sehr offenherzig in der Zurschaustellung ihrer Zuneigung. Eines seiner Beine schob sich zwischen meine Schenkel und meine Lider schlossen sich, als ich Lucans Lippen an meinem Hals spürte. An jener Stelle, an der er mich bei unserer Vereinigung gebissen hat. Man sah es nicht mehr, aber ich spürte es. Ich spürte dieses Zeichen unserer Verbindung, genauso wie mein Band zu Nick und Alina und Duncan oder meiner Mom. Und hier in Zyntha hörte ich das leise Rauschen der Sieben. Ich konnte nicht hören, was sie sagten, aber ich fühlte ihre Anwesenheit. Eine warme, schützende Präsenz.

»Lucan …«

Seine Zungenspitze wanderte über meinen Hals.

Lass uns abhauen, raunte er in meinem Kopf. *Ich will meine Frau heute Nacht ganz für mich.*

Duncan, er …

Was auch immer er zu sagen hat, es kann bis morgen warten.

Lucans Finger packten mein Kinn und er drehte meinen Kopf. Ich entdeckte Duncan, wie er inmitten einer Traube aus Assassinen stand, ein Quane Blatt rauchte und einen weiteren Shot exte.

Ja, gut. Okay.

Drei verschiedene »Jas«, ich Glücklicher.

Gegen den Druck seiner Finger drehte ich meinen Kopf zurück, um ihn ansehen zu können. Bevor ich jedoch die Worte »Lass uns gehen« aussprechen konnte, crashten Nyx und Xerxes unsere Zweisamkeit.

»Zizero!«, rief Xerxes und schlang Lucan einen Arm um die breiten Schultern. Es gelang ihm nur, weil er ähnlich massiv gebaut war.

»Wir wollten gerade–«

»Zizero spielen auf der Vereinigungszeremonie deines Jungen?«, unterbrach Nyx ihn streng.

Ah, verdammt. Lucan und ich tauschten einen Blick miteinander. Ich las in seinem Gesicht, was ich ebenfalls empfand. Wir konnten warten. Der Moment war intensiv gewesen, der Drang, mit Lucan allein zu sein, omnipräsent, aber … wir konnten warten. Duncan feierte nur einmal. Nyx' Worte waren der kleine Weckruf gewesen, den wir gebraucht hatten. Lucan lächelte, dann nickte er. »Wenn du so scharf darauf bist, zu verlieren, Xerxes.«

»Gegen euch beide?« Der Krieger grinste und zeigte eine Reihe strahlend weißer Zähne. »Immer.«

Es dauerte zwei weitere Stunden, bis wir Duncan wiedersahen. King und Cora hatten sich bereits zurückgezogen, Nick ebenfalls. Die Party war jedoch noch in vollem Gange. Wer mich dabei am meisten überraschte, war Malik. Noch nie zuvor hatte ich ihn so locker und entspannt gesehen. Vor einer Weile hatte ich beobachtet, wie er Duncan das zur Zigarette gerollte Quane Blatt aus dem Mund genommen und selbst daran gezogen hatte, bevor er ihm einen festen Kuss auf den Mund gedrückt hatte. Er trank und lachte und vermutlich zum ersten Mal war die Wachsamkeit weg und er bewegte sich lediglich in diesem Moment. Genoss den Augenblick in vollen Zügen.

Duncan kam zu uns herüber, leicht schwankend und ein breites Grinsen auf dem Gesicht.

Wenn er so weitermacht, dann fällt er in Ohnmacht, sobald sie ihre Gästesuite betreten.

Dann können sie den Rest am Morgen nachholen, gab ich zurück. *Sieh dir an, wie glücklich sie sind.*

»Wollt ihr schon gehen?«, fragte Duncan und blieb ruckartig vor uns stehen. Der Inhalt seines vollen Glases schwappte gefährlich nahe am Rand auf und ab. Er wirkte angeheitert, aber seine Stimme klang klar und revidierte den Eindruck ein wenig.

»Es ist schon spät«, erwiderte ich und stellte mein leeres Glas auf einem der Tische ab. Nyx und Xerxes waren mit einer weiteren Partie

Zizero beschäftigt, doch diesmal hatten sie uns gehen lassen. »Genießt euren Abend und wir sprechen uns morgen.«

»Oder übermorgen«, fügte Lucan hinzu. »Nehmt euch ein wenig Zeit für euch und genießt es, frisch vereint zu sein.«

Duncans Finger wanderten zu dem Messer an seinem Gürtel. Jenes Messer, das Lucan ihm in einem ruhigen Moment beim Essen übergeben und damit für viele Tränen gesorgt hatte. Bei Duncan. Mir. Melisande.

»Ich wollte noch mit euch sprechen, ich–«

»Nicht heute«, unterbrach ich ihn. Was auch immer es war, es konnte warten. Immerhin verheimlichten Lucan und ich meine Begegnung mit Bael ebenfalls. Um diesen Abend und diesen freudigen Anlass zu schützen. »Heute feiert ihr.«

Duncan runzelte die Stirn. Bevor er jedoch etwas erwidern konnte, rief Malik seinen Namen. Umzingelt von mehreren Assassinen saß er mit Murio zusammen. Beide krempelten ihre Hemdsärmel hoch und … ach du Himmel. Sie wollten Armdrücken? Duncans Augen weiteten sich. »Ich, äh …«

»Geh«, wies Lucan ihn an und drückte seinen Oberarm.

»Okay, ich … wir sehen uns. Ciao.«

Grinsend sah ich ihm nach. Was auch immer er hatte sagen wollen, es konnte wohl definitiv bis morgen warten. Erstes Jubeln und Grölen ertönte und Lucan und ich nutzten den Moment, um uns aus der *velika* zu schleichen. Zu gern wäre ich ebenfalls hier geblieben, im Schutz dieser Welt, doch das ging nicht. Wir würden nach Arcadia zurückkehren, denn man brauchte uns dort. Außerdem sagte mir mein Bauchgefühl, dass Bael diesmal nicht so lange warten würde, um mich zu kontaktieren.

»Denk nicht über ihn nach. Nicht jetzt.«

»Tut mir leid, ich–«

Ein überraschtes Keuchen entfuhr mir, als Lucan mich kurzerhand hochhob. Galant trug er mich auf den Platz vor der *velika*, wo er ein Schattenportal öffnete. Mit seinen bloßen Gedanken!

»Das Chaos wird uns finden, Liebes. Solange es jedoch noch sucht, gehörst du mir.«

Zielsicher trat Lucan durch das Portal direkt in unsere Suite. Er zögerte nicht, sah sich nicht um, um sich zu vergewissern, dass das

Portal zu war. Er ging einfach schnurstracks zum Bett, mich in seinen Armen. Er war ein Mann mit einer Mission und ich würde ihn nicht abhalten.

KAPITEL 42

Drake, Vesteria

Ich spürte etwas!

Ich *spürte* etwas!

»Noain!«

Er war sofort neben mir. »Hab dich gehört, Drache.«

Hektisch sah ich mich um. Wir hatten beschlossen, uns nicht länger mit den Höhlen aufzuhalten, und waren tiefer ins Gebirge eingedrungen. Die Witterung war fies. Nachts wurde es ungemütlich, aber das machte uns nichts aus, denn wir hatten einander, um uns warm … und beschäftigt zu halten.

»Wo lang?«

»Ich … ich bin nicht ganz sicher.«

»Verwandle dich«, wies er mich an. »Ich folge dir.«

Ich folge dir. Drei kleine Worte, die mein Herz höherschlagen ließen. Die Worte und auch die Tatsache, dass ich zum ersten Mal, seit wir die Suche begonnen hatten, etwas *spürte*.

Etwas … Altes und Magisches, das sich gleichzeitig vertraut und fremd anfühlte. Plötzlich raste mein Herz und der Drache in mir erwachte mit einem Brüllen.

»Noain …«

Er packte mich grob am Oberarm. Die hellen Augen funkelten vor Aufregung. »Ich weiß«, raunte er. »Verwandle dich und lass mich teilhaben.«

Nickend trat ich zurück, um ihn nicht zu verletzen, und überließ meinem Drachen die Oberhand.

KAPITEL 43

Lilly, Arcadia

»Eure Majestäten?«

Melina machte einen kleinen Knicks. Über den Rand meiner Kaffeetasse sah ich zu Lucan, er verbarg sein Schmunzeln hinter einem Croissant. So oft ich Melina und vielen anderen Bediensteten auch einbläute, dass sie auf übertriebene Förmlichkeiten verzichten konnten, sie taten es nicht. Melina lächelte meine Einwände einfach weg und das war gleichzeitig nervtötend und bewundernswert. Ihre Förmlichkeit entsprang weder Angst noch Unwohlsein, sondern Respekt.

»Euer Bruder ist soeben eingetroffen. Duncan begleitet ihn.«

Ich stellte die Tasse ab und richtete mich auf. Lucan und ich hatten ein letztes gemeinsames Frühstück genießen wollen, ehe ich nach Abbadon und er nach Ilya aufbrach.

»Vermutlich erfahren wir jetzt, was Duncan uns auf der Feier sagen wollte.«

Das war zwei Tage her. Am Vormittag nach der Feier hatten wir einen spontanen Besuch von Laura bekommen und waren den Tag entschleunigt und entspannt angegangen. Heute hatten wir zu unseren Pflichten und dem Training zurückkehren wollen – eigentlich.

»Danke, Melina. Sie wissen, wo sie uns finden.«

»Tatsächlich baten sie mich, Euch auszurichten, dass sie in der Bibliothek warten.«

Nun wirklich neugierig erhob ich mich. Lucan tat es mir gleich. Das Frühstück war vergessen.

Was meinst du, worum geht's?

Ich habe ehrlich keine Ahnung, erwiderte er stumm.

Bei Duncan wusste man nie so recht, aber Nick? Wie passte er da rein?

Als wir die Bibliothek betraten, fanden wir die beiden auf einem der Sofas vor dem Kamin vor. Ein Feuer prasselte bereits. Duncan grinste wie ein Honigkuchenpferd und Nick sah ebenso irritiert aus, wie ich mich fühlte.

»Wie schön, dass ihr es einrichten konntet.«

»Du hast uns etwas zu sagen«, konterte ich und setzte mich ihnen gegenüber. Lucan nahm neben mir Platz. »Und auf einmal bin ich ganz gespannt, was es ist.« Ich sah zu meinem Bruder, doch Nick schüttelte den Kopf.

»Ich habe keine Ahnung, wieso ich hier bin, aber in zwanzig Minuten habe ich ein Meeting mit Minister Emres und–«

»Das wirst du verschieben müssen.«

»Wie bitte?«

Duncans Grinsen geriet nicht einmal ins Wanken. Ich spürte, wie Lucan sich neben mir versteifte. Die Arme auf die Oberschenkel gestützt, lehnte er sich vor. »Worum genau geht es hier?«

Mein bester Freund räusperte sich leise – und dramatisch. »Da niemand von euch so freundlich war, uns etwas zur Hochzeit zu schenken …«

»Vereinigung«, korrigierte Lucan ihn. »Keine Hochzeit. Geschenke sind bei uns nicht üblich. Außerdem habe ich dir etwas geschenkt.«

»Das war kein Geschenk, sondern eine Tradition.« Duncans Miene wurde weich. »Aber ich liebe das Messer, danke.«

Ich fasste mir an den Kopf. »Duncan, bitte …«

»Okay.« Er sprang auf und klatschte in die Hände. »Ich weiß, was Maritia meinte. Mit dem Stammbaum.«

Mir klappte die Kinnlade runter. Ich konnte nur vermuten, dass es Lucan und Nick ebenso ging. Beide schwiegen sie. Keiner von uns sagte ein Wort. Mein ganzes Sein war jedoch auf Duncan konzentriert. Rote Funken begannen in meinem Sichtfeld zu tanzen und sowohl meine Fingerkuppen als auch die Stelle zwischen meinen Schulterblättern kribbelte.

»Stammbäume und ihre Geheimnisse sind eine faszinierende Sache …«

»Was, ich meine … wie?«, stammelte ich vor Aufregung. Lucans Hand fand ihren Weg auf meinen Oberschenkel. Er drückte sanft zu. Wen er beruhigen wollte, das wusste ich nicht. Ihn, mich, vielleicht uns beide.

Duncan breitete die Arme aus. »Ihr habt keine Ahnung, oder?« Für meinen Geschmack sah er bei der Frage viel zu fröhlich aus.

»Duncan–«

»Lass mir diesen Moment, Lucan. Es kommt nicht oft vor, dass ich der Kluge der Gruppe bin. Damit will ich mein Licht nicht unter den Scheffel stellen, aber … auf das hier bin ich schon ziemlich stolz. Ich sonne mich kurz darin und bade danach in eurer Ehrfurcht.«

»Und was ist »das hier«?«, fragte Nick, die Zähne zusammengebissen.

»Während ihr euch in den anderen Welten vergnügt–«

»Trainiert«, warf Lucan ein, »Arbeitet«, sagte Nick.

»… trainiert und gearbeitet habt«, – Duncan rollte mit den Augen –, »habe ich die Zeit in der Bibliothek genutzt. Malik war hauptsächlich mit der Garde beschäftigt und ich hatte so ein Gefühl, das mich hergezogen hat.« Er drehte sich um und nahm ein Buch vom Sofa. Eines, das bisher keiner von uns beachtet hatte. Etwa zwei Finger dick, mit einem schwarzen, zerkratzten Umschlag. Die Seiten sahen vergilbt und alt aus.

»Ich erkenne das Buch. Es ist eines der Bücher über Blutzauber«, entfuhr es Nick. »Wir haben es damals studiert, als Lilly in Volacs Gewalt war.«

»Blutzauber …«, murmelte Lucan. »Was in Abbadons Namen, Duncan?«

»Ich habe mich die letzten zwei Wochen ebenfalls im Kreis gedreht, aber dann ist es mir eingefallen. Quirin Vales Box. Die Box deines Vaters mit Artefakten von allen damaligen und zum Teil heute noch Herrschenden. Durch sie sind wir nach Crinaee gekommen und du, Lucan, nach Abbadon, direkt zu Lillith. Narcos' Haare und ein Messer mit dem Blut der dunklen Königin. Was war noch drin?«, fragte er aufgedreht.

»Ich …«

»Der Brief«, rief Nick auf einmal. »Der Brief unseres Vaters an Elisa.«

Wieder klappte mir die Kinnlade runter. Das konnte er nicht meinen. Oder doch? Das erste, das ich damals gefragt hatte, war, ob es eine Möglichkeit gab, Marcus Callahan zurückzuholen. Die Antwort war ein klares Nein gewesen. Was tot war, blieb tot. Also worauf wollte er hinaus?

Duncan warf das Buch auf den kleinen Tisch zwischen uns. Mit einem dumpfen Geräusch schlug es auf. Staubkörner tanzten durch die Luft und funkelten wie Feenstaub. »Mit dem richtigen Blutzauber können wir den Brief nutzen, um mit Marcus zu kommunizieren«, fuhr Duncan fort. »Dies ist nicht das einzige Buch, das ich damals oder auch jetzt zu dem Thema gelesen habe. Es gibt zahlreiche. Hier und in Dhanikans. Es gibt Aufzeichnungen, sehr alte, von denen ich nicht weiß, ob sie stimmen, aber es gibt sie und sie behaupten, dass es funktioniert.« Sein Blick fand meinen.

»Wie eine Séance.«

Keiner von uns sagte etwas. Alle drei starrten wir das Buch an.

»Wir können ihn fragen, wie er den *Clash* gewonnen hat. Wie er die Balance dazu gebracht hat, ihm zu helfen.« Duncan holte tief Luft. »Wir können ihn fragen, wie er das Ruder herumgerissen und den Unterschied gemacht hat.«

»Geht …« Ich schluckte. Meine Kehle plötzlich wie ausgetrocknet. »Geht das wirklich?« Konnten wir den ehemaligen König der Anderswelt beschwören wie einen einfachen Dämon?

Könnte es funktionieren?

Ich habe noch nie davon gehört, Liebes, aber das trifft auf viele Dinge zu und sollte es stimmen … euer Vater könnte über Wissen verfügen, das uns womöglich hilft, Bael und die Ritter zu besiegen.

»In einem sind sich die Aufzeichnungen einig«, sprach Duncan weiter, wild gestikulierend, »es braucht ausreichend Blut. Blut mit einer Verbindung. Familiär im Bestfall. Du«, er wies auf mich, »du«, sein Finger wanderte weiter zu Nick, »und Lillith.«

Ach du heilige Balance! Mein Gesichtsausdruck musste meine Gedanken widerspiegeln, denn Duncan lachte. »Natürlich sind sie nicht blutsverwandt, das wäre sehr merkwürdig, aber sie teilt eine Verbindung mit ihm. Und ein gemeinsames Kind.«

Ich wusste wirklich nicht, was ich sagen sollte. Das … es war beeindruckend und ich wäre im Leben nicht darauf gekommen, dass Maritias Worte ein Hinweis auf meinen Vater gewesen waren. Aber jetzt begann es Sinn zu ergeben. Nick und ich waren die einzigen noch lebenden Callahans, was oder wen sollte sie sonst gemeint haben? Neben uns hatte es nur Marcus und Elisa gegeben, alle anderen waren noch länger fort. Und immerhin hatte Marcus den *Clash* beendet. Wie, das wusste keiner so recht. Es gab lediglich Spekulationen.

»Eine Séance«, wisperte Nick, sichtlich geschockt.

»Eine Séance mit einigen Wenigen von uns. Jenen, die die richtigen Fragen stellen«, erwiderte Duncan. »Sonst wird es zu wild.«

Ich unterdrückte ein hysterisches Kichern. »Wir reden hier davon, unseren toten Vater mit Hilfe eines Blutzaubers zu beschwören. Einem Zauber, der auf einem Artefakt von Lucans Vater basiert, bei dem die dunkle Königin uns auch noch helfen soll.« Mir schwirrte der Kopf. »Ich finde das schon ziemlich wild, ehrlich gesagt.«

Lucan drückte mein Bein. »Es könnte funktionieren.«

»Was?«, riefen Nick und ich gleichzeitig.

Schwarze Augen bohrten sich in meine. Lucans Blick war ernst, und wenn mich nicht alles täuschte, ein wenig hoffnungsvoll. »Wir haben schon wildere Sachen geschafft.«

Hatten wir, ja, aber … es klang einfach so verrückt! Außerdem musste ich mir eingestehen, dass der Gedanke, meinen Vater zu sehen, meine Knie weich werden ließ.

»Aber, es … es wäre nicht er?«, fragte Nick zögerlich. »Nicht wirklich, richtig?«

»Sein Bewusstsein«, erläuterte Duncan. »Nicht er. Sollte es klappen, dann wäre Marcus auf dem Wissensstand, den er gehabt hat, bevor er starb.«

Hieß, er würde Nick erkennen, mich jedoch nicht. Aber er wusste, dass es mich gab. Würde er mich dann vielleicht doch erkennen? Ein eigenartiges Gefühl machte sich in mir breit. Das klang noch immer alles ganz schön wild, aber wenn es klappte, hatten wir womöglich die Chance, an Informationen zu kommen, die sonst niemand in der Anderswelt besaß. Marcus hatte sein Wissen mit ins Grab genommen.

»Ich …«, Nick räusperte sich noch einmal. »Ich schicke jemanden zu Minister Emres und verschiebe unser Meeting.« Er erhob sich etwas unsicher. »Danach will ich mehr über dieses Buch und alle anderen hören, die du gelesen hast.«

»Ich auch«, stimmte ich mit ein.

Aus dem Augenwinkel sah ich Lucan nicken. »Verdammt gute Arbeit, Sohn.«

Nick verließ den Raum und Duncan ließ sich zurück in die weichen Polster fallen. Sichtlich zufrieden mit sich selbst.

»Sollen wir es den anderen erzählen? Bisher weiß nur Malik davon und nicht einmal ihm habe ich alles erzählt.«

»Später.« Lucan erhob sich, um neben dem Sofa auf- und abzutigern.

»Erst einmal sondieren wir die Lage. Wenn wir eine Art … Séance mit Marcus Callahan planen, sollten wir ziemlich genau wissen, was zu tun ist, bevor wir mit dem Wissen an andere herantreten.«

Die Tür öffnete sich und Nick kam zurück. »Das Meeting ist verschoben und Melina bringt uns Erfrischungen.«

Kaffee. Hoffentlich brachte sie viel Kaffee. Erst Bael in meinem Badezimmer und jetzt das …

»*Was?*«, riefen Nick und Duncan gleichzeitig.

Oh. Irritiert sah ich auf. »Hab' ich das laut gesagt?«

Lucan gab ein zustimmendes Brummen von sich. »Bring sie auf den neusten Stand«, bat er mich und griff nach dem Buch. »Danach widmen wir uns dem hier.«

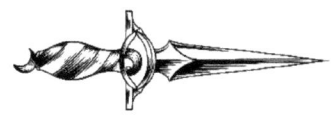

KAPITEL 44

Es fühlte sich beinahe an wie in alten Zeiten. Wobei die alten Zeiten noch gar nicht so lange her waren. Es fühlte sich an, wie vor Ollis Tod. Wie vor Bael, als wir noch angenommen hatten, unser größtes Problem, wären ein falscher König in Crinaee und ein paar machthungrige Minister. Seit Stunden saßen wir in der Bibliothek zusammen. Nach Duncans Entdeckung und meiner Bael-Beichte waren erst Malik und Cora dazugekommen, und wenig später King, der Midas (und Tristan) mitgebracht hatte, und schließlich Nyx.

Die Furie war als letzte erschienen und hatte uns berichtet, dass Drake und Noain dem ersten wirklichen Hinweis auf die Drachen folgten. Dabei hatte sie gelächelt. Ein richtiges, seltenes Lächeln, voller Wärme, und es ließ mich hoffen, dass die beiden Sturköpfe ihre Probleme endlich überwunden hatten und ihre Zusammenarbeit zu einer Versöhnung führte.

Überall in der Bibliothek stapelten sich Bücher und Notizen, Kaffeetassen, Wasser und Essen. Duncan und ich hatten vor ein paar Minuten eine Flasche Rotwein geöffnet und ich saß im Schneidersitz auf dem Boden, ein Buch im Schoß und mein Glas in der Hand. Vorsichtig nippte ich daran, um keinen Wein auf den kostbaren Büchern und Pergamenten zu verteilen.

Cora erhob sich stöhnend und streckte die Arme über den Kopf. Ich beobachtete sie und fragte mich, ob ihr bereits bewusst war, dass ihre Aura sich veränderte. Sie war als Engel ohne Magie geboren worden, doch die Vereinigung mit King machte etwas mit ihr. Er besaß das Erbe Fenodeeres und die Schattenmagie der Assassinen. Ich konnte es noch nicht genau erkennen, aber ich spürte eine Veränderung und wenn mich nicht alles täuschte, ging sie eher in Richtung Berge, denn Schatten.

Korrekt.

Mein Kopf zuckte herum und ich sah zu Lucan. *Lauschst du schon wieder meinen inneren Monologen?*

Sie sind die schönste Musik.

Ich nippte erneut an meinem Wein. *Schleimer.*

Er zwinkerte mir zu. *Deine Überlegungen sind jedoch korrekt, Liebes. Ihre Vereinigung ermöglicht Cora den Zugriff auf Erdmagie.*

Erdmagie? Wie bei den Elementarfae?

Nicht ganz. Erde, Stein, Berge. All jenes, was eine zentrale Rolle in Fenodeere spielt. Mit Zeit und Geduld wird sie vermutlich erlernen können, diese Dinge zu beeinflussen.

Auch wenn King selbst nicht über dieses Talent verfügt?

Lucan bewegte kaum merklich den Kopf. Ein angedeutetes Nicken. *Er ist ihre Quelle, was sie jedoch daraus schöpft, ist ihr überlassen.*

Cool.

Ich hörte ein leises, tiefes Lachen in meinem Kopf. Eines, das auch nach all der Zeit für Schmetterlinge in meinem Bauch sorgte und vermutlich auch immer dafür sorgen würde.

Cool. In der Tat.

Dann ist es nicht so unwahrscheinlich, dass Malik entweder Schattenmagie oder die Magie Crinaees erlernen kann?

Eventuell. Nicht bei jedem zeigt sich die Verbindung der Magie so schnell, und nicht jeder kontrolliert die Schatten so rasant wie du.

Rasant. Naja … Ich erinnerte mich lebhaft daran, dass ich Lucans Hilfe beim Eröffnen der Arena gebraucht hatte.

Und ich erinnere mich lebhaft daran, wie du meine Schatten mit deinem Dämonenfeuer verbunden hast, um einen regelrechten Magiesturm auf unsere Angreifer loszulassen. Also ja, rasant. Cora hat jedoch keine Übung mit Magie, fügte er hinzu. *Sie ist ohne Magie geboren, das macht sie noch ahnungs- und hilfloser als dich zu Beginn.*

Meine Stirn runzelte sich. Das hätte er auch ein wenig netter ausdrücken können. Duncan ersparte mir eine Erwiderung, als er laut seufzte und sein Buch geräuschvoll zuklappte.

»Hat irgendjemand was Neues gefunden?«

Gemurmel und ein paar leise Neins ertönten. Er sprang auf und zeigte auf Midas. »Ich habe den Zauber gefunden, aber du bist der Zauberer. Würdest du für uns zusammenfassen, was wir an Informationen haben?«, bat er und blickte Midas, der mit Tristan und Malik am Tisch saß, herausfordernd an. Es war ungewohnt, Duncan in dieser Rolle zu sehen. Als Führungsperson. Es stand ihm jedoch ausgezeichnet. Dem leicht verträumten Ausdruck auf Maliks Gesicht nach zu urteilen, teilte er meine Meinung. Ich konnte nur mutmaßen, was es für die beiden bedeutete, hier zu sitzen, so kurz nach ihrer Vereinigung. Lucan und ich hatten ebenfalls kaum Zeit für Privatsphäre gehabt und es hatte sich angefühlt wie Folter. Bei jeder sich bietenden Gelegenheit hatte ich ihm die Kleider vom Leib reißen wollen. Das frische Gefährtenband, die geteilte Magie, der reine Instinkt … sie alle hatten verlangt, dass ich ihn bestieg wie den höchsten Berg im Aderlan Gebirge. Lucan verschluckte sich an seinem Kaffee und grunzte etwas Unverständliches. Ich schenkte ihm ein fröhliches Grinsen, ehe ich meine Aufmerksamkeit auf Duncan und Midas richtete. Der oberste Zauberer von Dhanikans war ein veränderter Mann. Ich dachte es nicht zum ersten Mal, aber die neuen magischen Herausforderungen und die Zusammenarbeit mit meiner Mom hatten etwas in Midas erweckt. Beinahe so, als wäre er aus einem tiefen Winterschlaf erwacht. Er strich sich die bunten Haare aus dem Gesicht, seine Augen wechselten von Blau zu Grün. Anders als sonst, trug er keine hoheitsvolle Robe und auch seinen Gehstock hatte er daheim gelassen. Vermutlich war er wie wir am Frühstücken gewesen und sofort hergeeilt, als man ihn informiert hatte.

»Nun denn. Erlaubt mir zu demonstrieren, wie der Zauber funktioniert – oder funktionieren sollte. In der Theorie.« Midas hob eine Hand, den Handballen nach oben gerichtet. Er schloss sie zur Faust und dimmte dadurch das Licht im Raum um mindestens achtzig Prozent. Erste Funken tanzten vor ihm in der Luft. Aus Glitzer und Sternenstaub sahen sie so aus, wie die Bilder des magischen Kinos, zu dem mich Lucan einmal entführt hatte. Ich erinnerte mich noch genau an die Geschichte der Mondscheinelfen. Das Bild, das wir jetzt vor uns hatten, wirbelte durch die Luft, bis es sich zu einer Gestalt formte, die sich gleich darauf in mehrere Personen spaltete. Ich musste die Augen zusammenkneifen, aber dann erkannte ich ihn. Meinen Vater. Midas hatte ihn gekannt, er wusste, wie Marcus Callahan ausgesehen hatte. Er stand in der Mitte. Ein paar weitere Schemen um ihn herum. Eine große, massive Gestalt, die Lucan zu sein schien. Ich meinte mich und Nick zu erkennen und Lillith. Zumindest ließ das die gezackte Krone vermuten.

»Über die Anwesenheitsliste sprechen wir noch«, griff Midas meine Gedanken auf. »Gehen wir jetzt mal davon aus, Lilly, Nick, Lucan und Lillith sind anwesend. Alina wäre auch eine Möglichkeit, immerhin teilt ihr euer Blut und eure Magie«, er sah zu Nick, doch mein Bruder schüttelte den Kopf.

»Nicht, wenn es nicht unbedingt sein muss.«

Midas nickte. »Das habe ich mir gedacht. Also«, fuhr er fort. »Lilly, Lucan, Nick und Lillith schneiden sich in die Hand«, – er deutete die Geste an –, »und lassen das Blut auf den Brief fließen. Normalerweise würden ein paar Tropfen reichen, diesmal solltet ihr zur Sicherheit jedoch lieber etwas tiefer schneiden.«

»Das klingt wie jeder beliebige und verbotene Blutzauber«, warf Nyx ein. Die Skepsis war ihr deutlich anzuhören.

»Es ist ein normaler Blutzauber. Was wir verstärken müssen, ist die Wirksamkeit des Blutes, denn wir wollen weder an einen Ort reisen, an dem Marcus war, noch wollen wir eine bestimmte Erinnerung abrufen. Wir wollen den Mann selbst. Sein Bewusstsein, für ein Interview.«

»Séance gefällt mir besser.«

Midas ignorierte Duncans Worte. »Das, was ihr vorhabt, ist eine magische Höchstleistung. Ich habe noch nie gehört, dass jemand etwas Vergleichbares bewerkstelligt hat.«

Ich stellte den Wein beiseite und erhob mich. »Das ist mein Stichwort. Im Unmöglichen bin ich ziemlich gut.«

Midas grinste. »Das bist du. Dennoch werde ich euch unterstützen, wo ich nur kann. Es gibt gewisse Kräuter und Pflanzen sowie Steine und Runen, die ich aufladen kann, um die Konzentration eurer Magie zu stärken.«

Aus dem Augenwinkel sah ich, wie Nyx sich ebenfalls erhob. »Würde es helfen, wenn ich den Raum, in dem der Zauber wirken soll, abschirme?«

Midas runzelte die Stirn, dann nickte er eifrig. »Gute Idee. Du schirmst Lilly und die anderen ab, damit nichts und niemand, nicht einmal das leiseste Echo fremder Magie, sie stören kann.« Oder uns finden kann, ergänzte ich in Gedanken und begegnete Nyx' wachsamen Blick. Genau das war ihre Intention gewesen. Dankbar lächelte ich, sie nickte brüsk.

»Wie lange brauchst du, um alles zusammenzusuchen, was du zum Verstärken unserer Magie benötigst, Midas?«

»Ich habe beinahe alles in meinem Nome.« Tristan baute sich hinter Midas auf und griff in seine Hosentasche. Ein Runenstein kam zum Vorschein. Er war ebenfalls gut vorbereitet. Seine Miene machte deutlich: Wenn ich Midas' Wunsch immer und überall zu helfen und vorne mitzuspielen nicht unterbinden kann, dann kontrolliere ich wenigstens das, was geht. Seine Sicherheit. Dazu gehörten offensichtlich auch schnelle Portalreisen.

»Ich kann euch bringen«, bot Lucan an, der den Stein ebenfalls bemerkt hatte.

»Ich bin durchaus in der Lage, einen Runenstein zu benutzen.«

»Nicht damit«, erwiderte er lässig. »Ich kann uns teleportieren.« Lucan zuckte mit den Schultern. »Geht vermutlich schneller.«

»Krass!«, rief Duncan. »Du kannst es?«

Fragen wurden laut, doch Lucan hob einen Arm, und sie verstummten. Innerlich seufzend bückte ich mich und hob mein Weinglas auf. Der typische Lucan-Vale-Effekt.

»Dank Rhonan war ich erfolgreich, ja. Also nutzen wir dieses neue Talent, denn damit sind wir wesentlich schneller.«

Die Männer diskutierten kurz, dann wurde mir ein Kuss auf den Mund gedrückt, und sie waren fort. Ich musste zugeben, dass mich Lucans neue Gabe ein wenig neidisch machte. Ich hatte Flügel und Klauen, das war ziemlich cool, aber sich mit einem Wimpernschlag überallhin teleportieren zu können, das war phänomenal.

»Hätte nicht gedacht, dass er es innerhalb weniger Wochen schafft.« Ich sah zu Nick. »Nicht?«

Mein Bruder lachte und sank zurück in die Kissen. »Kann mich mal jemand kneifen? Ich meine … machen wir das wirklich, Lilly?«

»Sieht so aus«, erwiderte ich und umrundete den Tisch, um mich neben ihn setzen zu können.

Nyx verwickelte Duncan, King und Malik in ein Gespräch und wieder dankte ich ihr im Stillen für ihre Weitsicht. Nick und ich brauchten einen Moment für uns.

Ich stieß mit meiner Schulter sanft gegen seine. »Geht es dir gut?«

Nick schnaubte leise. »Müsste dies nicht schon wieder eher meine Frage an dich sein?«

»Ich weiß nicht«, gestand ich leise. »Für mich wird dies die erste Begegnung sein, wobei es nicht einmal mit einem lebenden Mann sondern seinem Bewusstsein ist, und ja, ich gebe zu, der Gedanke sorgt für Aufregung in meinem Magen. Aber du hattest Jahrzehnte mit ihm. Eine Beziehung. Außerdem bist du ein anderer Mann als damals. Glücklich vereint und demnächst selbst Vater.«

Mein Bruder zog eine Grimasse. »Wenn du es so zusammenfasst, dann solltest tatsächlich du *mich* fragen«, scherzte er.

»Nickolas Marcus Callahan! War das so etwas wie ein Witz?«

Er legte mir einen Arm um die Schultern, nahm mir das Weinglas ab und trank einen großen Schluck. »Meine Nerven liegen blank.«

Ich tätschelte sein Knie. »Ich weiß.«

»Meinst du Lillith wird uns helfen?«

Meine spontane Antwort war: Ja. Natürlich. Dann fiel mir ein, dass ich meine Mom seit Wochen nicht mehr gesehen hatte. Ich wusste nicht, was genau sie trieb und warum sie so abwesend war. Falls Luzifer es wusste, hatte er es mir gegenüber mit keinem Wort erwähnt.

»Klar«, gab ich zurück, wesentlich selbstsicherer, als ich mich auf einmal fühlte. »Sobald Midas zurück ist und uns grünes Licht gibt, breche ich nach Abbadon auf.«

Ob ich sie dort finden würde, war eine andere Frage. Doch die konnten mir Vaya und Luzifer eventuell beantworten. Einer von beiden musste wissen, wo sie war oder wie man sie erreichen konnte. Die Atmosphäre im Raum flimmerte. Lucan kehrte zurück. Midas und Tristan bei sich. Daraus schloss ich, dass sie alles gefunden hatten, was Midas brauchte. Der Zauberer stellte eine kleine Holzkiste und einen gusseisernen Topf auf den Boden.

»Ein Hexenkessel?«, lachte Duncan. »Ernsthaft?«

»Nenn es wie du willst«, erwiderte Midas abwesend und machte sich sofort an die Arbeit. »Eisen ist ein wesentlicher Bestandteil unserer Erde. Unserer Natur. Das Material hilft den Zutaten sich zu verbinden und die Form des *Kessels* erlaubt ihnen, sich optimal zu entfalten. Außerdem ist dieses Schmuckstück alt.« Midas strich liebevoll über den Rand des Topfes … Kessels. »Ich habe bereits viele

Zauber in ihm gewebt. Jeder einzelne verleiht ihm Macht und das wiederum wird uns helfen.«

Ich löste mich von Nick und erhob mich. Alle Augen lagen auf mir.

»Wir brauchen Lillith.« Es war weder eine Frage noch eine Aussage, es … war einfach. Alle wussten, dass wir sie brauchten. Genauso wie sie wussten, dass sie sich rarmachte.

»Ich breche sofort auf.«

Lucan trat zu mir und zog mich ein Stück zur Seite. »Brauchst du mich?«

»Um mich nach Abbadon zu bringen? Gerne. Um dort zu bleiben?« Ich seufzte leise. »Nein.«

Bezweifelst du, dass sie uns hilft?«

Nein. Ich bezweifle aktuell nur, dass ich sie finde. Ich habe keine Ahnung, wo sie sich herumtreibt, aber ich werde es herausfinden.

Kurz versank ich in einer festen Umarmung, dann verabschiedete ich mich bei den anderen. »Ich bin so schnell zurück, wie es geht.«

»Was ist mit den anderen Welten?«, warf Nick ein, als Lucan sich bereits darauf vorbereitete, uns zu teleportieren.

»Später«, war alles, was ich erwidern konnte, ehe wir uns in Luft auflösten. Später. Erst einmal musste ich Lillith finden und sie davon überzeugen, für ihre Ex-Affäre zu bluten.

KAPITEL 45

Lilly, Abbadon

Nachdem Lucan sich verabschiedet hatte, wanderte ich durch die leeren Korridore des Palastes. Er war wesentlich düsterer, aber nicht weniger prachtvoll als jener in Arcadia. Jetzt, da ich jedoch wusste, wieso die Korridore, Zimmer und Salons so leer waren, schmerzte jeder Schritt auf eine ganz neue Art und Weise. Hätte sie es mir jemals erzählt, wenn Luzifer es nicht getan hätte? Anstatt den gefallenen Engel aufzusuchen, suchte ich Vaya. Die Dämonin würde eher einknicken und mir verraten, wo meine Mom war. Nach ein paar einsamen Minuten, allein mit meinen Gedanken, traf ich die Dämonin in der Küche an. Sie war gerade dabei, ein dampfendes Blech aus einem der Öfen zu ziehen. Der Geruch von Keksen füllte den Raum.

Als sie mich entdeckte, schrie sie auf. Das Keksblech entglitt ihr beinahe. Sie stellte es ab und legte sich eine Hand auf das Herz. »Ich wusste nicht, dass du hier bist.«

»Wo ist sie, Vaya?« Ich kam direkt zur Sache. Allerdings sah und spürte ich schnell, dass ich keine ebenso direkte Antwort bekommen würde. Vaya fummelte nervös an ihrer Schürze herum, den Blick hielt sie gesenkt.

»Wieso backst du Kekse?«, fragte ich und änderte blitzschnell meine Taktik.

»Es lenkt mich ab«, gab sie kleinlaut zurück. »Allein in diesem großen Palast kann es einsam werden.«

»Und da hilft Backen?«

»Die Rezepte und die Maßangaben … all das hilft mir, mich zu konzentrieren, gerade jetzt, wo …« Sie brach ab und strahlte mich an. »Möchtest du probieren?«

Gerade jetzt, wo … was? Sie wusste etwas und am liebsten hätte ich sie geschüttelt, doch so kam ich nicht weiter. Nicht bei Vaya, deren Gedankenmuster anders angeordnet waren als meine.

»Was sind das für Kekse?« Ich trat näher und schnupperte. »Sie duften himmlisch.«

Vaya lächelte. »Eher teuflisch.«

Was waren sie doch heute alle zum Scherzen aufgelegt. Ich lehnte mich gegen den Tresen und zog fragend eine Augenbraue hoch.

»Vanille-Schoko mit einem Hauch von Grimant.«

»Grimant?«

»Ein Gewürz aus dem Süden Abbadons. Man könnte es vermutlich am ehesten als … mhm … feurig beschreiben?«

»So wie Chiliflocken?«

Vorsichtig nahm sie einen der Kekse und hielt ihn mir hin. Sofort biss ich hinein und … wow! Noch warm, zerging das Gebäck regelrecht auf meiner Zunge. Vanille und Schokolade. Außerdem schmeckte ich einen Hauch von Zimt und … Feuer. Es war leicht scharf und hinterließ einen rauchigen Geschmack in meinem Mund.

»Die sind fantastisch!«, rief ich aufrichtig und verputzte den Rest des Kekses in einem Stück.

»Danke.«

»Also«, ich angelte nach einem weiteren Keks. »Was hast du in der letzten Zeit so getrieben, außer Backen?«

Vayas Blick wanderte zum Wandregal links von ihr und … halleluja. Das waren viele Kekse. Keksdosen, um genau zu sein.

»Du kannst gern welche mit nach Arcadia nehmen.«

»Das mache ich sehr gerne. Duncan wird ausflippen! Er liebt alles aus Teig. Oder Zucker.« Ich zwinkerte ihr zu. »Erzähl mir gleich noch einmal, wieso du dich ablenken musst«, redete ich weiter, so beiläufig wie möglich.

»Ich hasse es, wenn Lillith mit den Rittern zu tun hat, sie—«

»*Was?* Inwiefern hat meine Mutter mit ihnen *zu tun?*«

»Äh …« Ein großes, leuchtendes »Erwischt« erschien auf Vayas Miene.

»Vaya!«

Die Ritter? Ich wusste, dass meine Mom uns nicht verraten, geschweige denn mit Bael arbeiten würde, aber die Ritter? Was in allen Welten?!

»Vaya, rede!«

»Sie sucht sie.«

»*Was?*«, entfuhr es mir noch einmal, wenig eloquent.

Seufzend nahm die Dämonin die Schürze ab. »Kaffee oder etwas Stärkeres?«

»Kaffee, bitte.« Und ich würde noch mehr von diesen genialen Keksen nehmen, aber sie sollte – musste! – bitte weiterreden. Zum Glück spürte sie mein Unwohlsein, denn während Vaya sich an einem Kessel mit Wasser und einer Kanne, die aussah wie eine French Press, zu schaffen machte, sprach sie weiter.

»Sie sucht sie bereits seit einer Weile, doch vor etwa drei Wochen, wir saßen gerade zusammen im Salon, sprang Lillith auf einmal auf. Als hätte sie etwas gestochen oder als hätte sie etwas… gespürt.«

»Die Ritter.«

Ohne von ihrer Arbeit aufzusehen, nickte sie. »Es war das erste Mal in … ich weiß ehrlich gesagt gar nicht, wie lange sie die Ritter nicht mehr gespürt hat, aber es war jedenfalls das erste Mal, seit einer geraumen Weile.«

»Aber … sie halten sich versteckt, genau wie Bael. *Mit* Bael!«

»Bisher, ja. Lillith machte sich sofort auf den Weg. Sie verfolgte die Signatur. Das Echo der Magie, immerhin sind die Ritter Teil ihrer Kreation.«

Das war immer noch schräg, egal wie oft ich es hörte.

»Die Spur verlief sich, doch seitdem ist sie wie besessen davon, sie zu finden.« Vaya drehte sich zu mir um. »Und zu bekämpfen.«

»Allein? Das ist viel zu gefährlich!«

»Hab ich auch gesagt.« Eine Tasse schwarzer Kaffee landete vor mir auf dem Tresen. »Aber die Frauen dieser Familie sind stur.« In Gedanken starrte ich in die dunkle Flüssigkeit. Die Tasse war ebenso schwarz, wie ihr Inhalt. »Das ist Irrsinn. Sie hätte mit mir sprechen müssen. Weiß Luzifer davon?«

»Nicht direkt. Er denkt, sie verfolgt eine Spur. Er weiß jedoch nicht, dass sie die Ritter auf dem Radar hat.«

Sie nippte an ihrem Kaffee und ich nahm mir einen kurzen Moment, um sie dafür zu bewundern, wie klar sie in den letzten Monaten geworden war. Diese Dämonin, die ich hier vor mir hatte, meine Freundin, ein Teil meiner Familie, war meilenweit entfernt von jener Irren, die mich mit einem Pfeil angeschossen und Lollipop gepfiffen hatte.

»Wie lange ist sie bereits fort? Die ganze Zeit?«

Vaya schüttelte den Kopf. »Sie kehrt immer mal wieder zurück, um sich neu zu bewaffnen oder andere Bücher und Zauber mitzunehmen. Zuletzt war sie … sie war sogar ungeschminkt. Und es war ihr egal!«

Der letzte Satz musste für jeden außer uns – und Luzifer – merkwürdig erscheinen, aber Lillith legte extrem viel Wert auf ihr Erscheinungsbild. Es war ihre Rüstung. Schwarz, glänzend und tödlich. Erst einmal hatte ich sie leger und ungeschminkt gesehen – für vielleicht zwei Sekunden. Dann war sie erneut in ihre Rolle geschlüpft. Etwas, das ich mit jedem Tag mehr nachvollziehen konnte.

»Okay«, ich trank ebenfalls von meinem Kaffee und nahm mir noch einen Keks vom Blech. »Wann erwartest du sie zurück? Oder ploppt sie einfach so wieder auf?«

Vaya hob eine Augenbraue, als wolle sie sagen: Was denkst du?

»Ich brauche sie, Vaya. Ihre Hilfe, um genau zu sein. Es ist von großer Wichtigkeit.«

»Wo auch immer sie sich befindet, ich kann sie nicht erreichen.« Aber Luzifer konnte es. Über das Gefährtenband. »Kannst du mich zu Luzifer bringen? Wenn wir ausgetrunken haben«, fügte ich hinzu und sie grinste. Zehn Minuten konnte ich dafür erübrigen, dass Vaya sich ein bisschen weniger allein fühlte und sich daran erinnerte, dass es Unsterbliche gab, denen sie etwas bedeutete.

»Sie blockiert mich.«

»Versuch es noch einmal.« Einen Striegel in der Hand, drehte Luzifer sich zu mir um. Sein genervter Gesichtsausdruck sprach Bände. »Was genau verstehst du an: »Sie blockiert mich« nicht?«

»Wenn du es noch einmal versuchst, dann merkt sie vielleicht, wie dringend es ist.«

Er rollte die Augen in Richtung des mittlerweile fast dunklen, sternenlosen Himmels. »Funktioniert es bei dir und Lucan so?«

Ich biss die Zähne zusammen.

Er machte eine wegwerfende Handbewegung. »Eben.«

»Es ist wichtig.«

»Das sagtest du bereits.«

»Nein, es …« Ich holte tief Luft. »Kannst du das Scheißding mal für eine Sekunde weglegen?«, brach es lauter als beabsichtigt aus mir hervor. Er drehte sich zu mir um und legte den Striegel betont langsam auf einem Pfosten der Weidenumgrenzung ab. Dann verschränkte er die Arme vor der Brust und funkelte mich an.

»Das *Scheißding* liegt dort drüben. Rede.«

Okay. Alles oder nichts. »Wir haben einen Weg gefunden, um Marcus Callahans Bewusstsein zu beschwören und ihn danach zu fragen, wie er den *Clash* gewonnen und womöglich die Balance dazu benutzt hat.«

Luzifer blinzelte. Die Arme sanken langsam wieder herab.

»Dazu brauchen wir Blut. Verwandtes Blut oder eines mit einer Verbindung.«

»Du und Nick«, murmelte er, »Lucan und—«

»Meine Mom.«

Luzifer fluchte. »Nekromantie ist—«

»Nicht das, was wir machen. Es würde auch gar nicht funktionieren. Wir reden hier über sein Bewusstsein. Mehr nicht.«

»Mehr nicht … «

Ich trat vor und packte ihn am Oberarm. Er zuckte weder zurück noch bekam ich einen dieser Todesblicke, wie ich sie insgeheim nannte. »Sobald du sie erreichen kannst, musst du ihr sagen, dass ich sie suche. Dass ich sie brauche. Bael hat mich wieder kontaktiert, Luzifer.«

Er versteifte sich unter meinen Fingern.

»Ich weiß nicht, was er plant, aber es klang … groß.« Flehend sah ich zu ihm auf. Die Risse in seiner Haut leuchteten und für einen Moment verlor ich mich in ihnen. Es war, als würde man kleine Lavaströme verfolgen, die bergauf und bergab flossen – zeitgleich. »Bitte, Luzifer.«

Er machte sich von mir los und nickte brüsk. »Sobald ich sie erreichen kann.«

»Danke.«

Stille breitete sich zwischen uns aus und beinahe meinte ich, ihn zögern zu sehen, als wolle er etwas sagen, doch das Auftauchen meines Mannes verdarb den Moment.

»Lilly.« Lucans Tonfall sorgte für Gänsehaut auf meinen Armen. Ich wirbelte herum.

»Bael?«, war alles, was ich herausbrachte.

Mit finsterer Miene nickte Lucan und streckte mir eine Hand entgegen. »Er hat dir ein … Geschenk geschickt.«

Sofort setzte ich mich in Bewegung und ergriff Lucans Finger, ehe ich mich noch einmal zu Luzifer umdrehte. »Sobald sie zurück ist.« Die Lippen zusammengepresst, ballte er die Hände zu Fäusten und nickte. Wir verschwanden, um uns um das nächste Problem zu kümmern, allerdings wurde ich das Gefühl nicht los, dass Luzifer mir etwas hatte sagen wollen. Was auch immer es war, jetzt musste es warten.

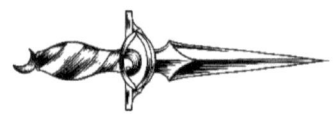

KAPITEL 46

Lilly, Arcadia

»Was in Abbadons Namen ist das?«

»Es sieht aus wie … Erde?«

»Das ist ein Pflanztopf. Mit Erde«, bestätigte ich und lehnte mich vor. So wie alle anderen. Gemeinsam standen wir um den großen Tisch der Bibliothek herum und starrten auf den kleinen Tontopf. Woher wir wussten, dass er von Bael war? Das helle Terrakotta zierten die unschönen Worte »Für meine Schwester«. Die Schrift war rot und verlaufen und ich brauchte nicht einmal meine übernatürlichen Sinne, um zu erkennen, dass es sich um Blut handelte.

»Wieso schickt er mir einen Pflanztopf?«

Duncan entfuhr ein halb belustigtes, halb abfälliges Geräusch. Als hätte er kurz die Kontrolle über seine Reaktion verloren. Ich blickte auf, er zuckte mit den Schultern, ehe er die Arme vor der Brust verschränkte. »Alles, wirklich alles, was ich darauf erwidern könnte, ist ekelhaft.«

Meine Augenbrauen hoben sich von allein.

»Saat. Pflanzen. Einpflanzen. Erblühen …«

Schatten züngelten auf einmal über den Tisch in Richtung des Blumentopfes. Duncans makabre Aufzählung stoppte.

»Ich werfe nur Ideen in den Raum«, verteidigte er sich. »Mir gefällt das ebenso wenig wie dir, Lucan, aber Bael ist besessen von ihr und ganz offensichtlich versucht er, Lilly hiermit etwas mitzuteilen.«

»Ich stimme dir zu, aber was genau? Wir wissen bereits, wofür er mich will.«

Die Schatten umzingelten den kleinen Topf, als würden sie sich darauf vorbereiten, anzugreifen. Ich packte Lucan am Handgelenk und hielt ihn fest. »Er hat angedeutet, dass er etwas Großes plant«, überlegte ich laut. »Das hier verstehe ich dennoch nicht.«

»Vielleicht symbolisiert es den Anfang von etwas? Den Beginn, bevor etwas … erblüht?«, warf Midas ein. Er hatte seine Tätigkeit unterbrochen, um uns Gesellschaft zu leisten. Kräuter, Pflanzen, Kristalle und Runensteine sowie ein paar Altarmesser und Fläschchen mit leuchtendem Inhalt lagen auf dem Boden verstreut.

»Also bloß ein Symbol?«, fragte Nyx.

»Wie ein Blumenstrauß der etwas anderen Art?« King schüttelte den Kopf. »Diesem Irren ist alles zuzutrauen.«

»Ich weiß nicht.« Cora lehnte sich vor und gab dem kleinen Topf einen sanften Stups. Instinktiv hielt ich den Atem an, doch nichts passierte. Ich sah auf und begegnete ihrem Amazonen-Blick. »Eventuell könnte Cassiopeia hier weiterhelfen?«

Natürlich! Das erste Mal, als ich Cas getroffen hatte, war sie gerade dabei gewesen, Blumentöpfe zu befüllen. Ich hatte ihr geholfen und wir hatten uns über dieser gemeinsamen Tätigkeit verschwistert.

»Lucan.« Ich drückte sein Handgelenk. »Kannst du Cas und Lavender herholen?«

»Bin sofort wieder da.«

Ich verlor den Griff um sein Handgelenk und plötzlich schwebte meine Hand im Leeren.

»Verdammt, das würde ich auch gern können.«

»Wenn Bael aus dem Weg ist und Ilya ein Teil der Anderswelt wird, hindert dich nichts daran, es zu erlernen«, erwiderte ich auf Duncans Worte.

Midas wandte sich erneut seinem Zauber zu und wir anderen warteten. Es dauerte ein paar Minuten, dann kehrte Lucan zurück. Mit einem grinsenden Lavender und einer klitschnassen Cassiopeia. Lavender begrüßte mich mit einem raschen Kuss auf die Wange, wofür er sich Lucans finsteren Blick einfing und auf Abstand ging. Cas trat neben mich an den Tisch.

»Lass mich raten …«, sagte ich und musterte sie. Ihre blau-grünen Augen leuchteten stärker denn je und ihre Haare waren eine regelrechte Symphonie an Blautönen. Türkise Strähnen klebten ihr auf der nassen, dunklen Haut. »Sirenen?«

Cas nickte und strich sich die Haare aus dem Gesicht. Ihr dunkelblaues Kleid klebte wie eine zweite Haut an ihr. Mein Bruder trat zu uns und legte ihr galant eine Decke um die Schultern.

»Danke.«

Cas lächelte. »Es gibt nur einen Weg, vernünftig mit em zu kommunizieren«, benutzte sie auf Anhieb das richtige Pronomen. »Unter Wasser. Eine der Sirenen spricht in hohen Tönen von dir.«

»Ich erinnere mich lebhaft.«

Wir grinsten uns an. Dann wurde ihre Miene ernst und Cas richtete ihre Aufmerksamkeit auf den Blumentopf. »Ein Geschenk von Bael?«

»Leider, ja.«

»Für uns sieht es aus wie Erde«, warf Lucan ein und trat zurück an meine Seite. »Aber vielleicht sagt es dir mehr. Du bist die Expertin.«

Ohne zu zögern, lehnte Cas sich vor, hakte einen Finger in den Topf und zog ihn zu sich heran. »Dann wollen wir mal sehen …«, murmelte sie leise. »Dreck ist mein Spezialgebiet.« Sie warf mir einen raschen Blick zu. »Ungeziefer bekämpfen deines.«

Duncan gluckste. »Gute Analogie. Gefällt mir.«

Cas umschloss den Topf mit beiden Händen. Die Decke rutschte ihr dabei von den Schultern, aber es kümmerte weder sie noch uns. Während sie sich auf den Topf und die Erde konzentrierte, lag unsere Aufmerksamkeit auf ihr. Die Augen hielt sie geschlossen, aber ihre Haare … sie hoben sich leicht und sie … strahlten. Als stünde sie im Scheinwerferlicht, leuchteten ihre Haare Blau, Grün, Türkis. Sie sah ätherisch und wunderschön aus. Bläuliche Zeichen erschienen auf ihrer Haut und ich erkannte sie wieder.

»Ihre Kraft nimmt täglich zu«, wisperte Lavender, um seine Schwester nicht zu stören. Er las die Überraschung auf meiner Miene und zwinkerte mir zu. »Es ist beeindruckend zu sehen. Crinaee liebt sie. Unser Volk, aber vor allem die Welt. Die Flüsse und Seen. Das Moos. Der Dschungel. Jeder Grashalm unserer Welt richtet sich auf und in ihre Richtung.«

»Lavender …« Cas hielt die Augen geschlossen, doch das Lob und die Bewunderung ihres Zwillings ließen ihr die Röte in die Wangen steigen.

Lavender machte eine wegwerfende Handbewegung. »Nur die Wahrheit, Schwester.«

Bei seinem letzten Wort zuckte ich leicht zusammen. Nick hatte mich auch eine Zeitlang so genannt und es hatte mir gefallen. Seit Bael war er davon abgewichen. Zum Glück. Zurzeit konnte ich das Wort »Schwester«, das eigentlich ein Kosewort und eine Art Anerkennung sein sollte, nicht mehr hören, ohne, dass mir leicht übel wurde.

Cas gab ein leises Stöhnen von sich. Wie eine Person, lehnten wir uns vor und blickten herab auf den Topf. Nichts passierte.

»Du spürst etwas, oder?«

»Ja, ich … ich kann es nicht genau greifen.«

Aus dem Augenwinkel sah ich, wie Midas zu uns trat. »Erlaubst du mir, dich mit einem kleinen Energieschub zu unterstützen?«

»Ja.«

Er legte Cas eine Hand auf die Schulter und im nächsten Augenblick vibrierte der Raum vor Magie. Cas erstrahlte heller und um Midas Gestalt tanzten kleine, weiße Funken.

Er ist verdammt stark geworden.

Er nutzt sein volles Potential, erwiderte Lucan. *Weil er keine Angst mehr davor hat. Endlich.*

Schon witzig, dass ausgerechnet meine Mom den Knoten hat platzen lassen. Eine Welt voller Grautöne, erinnerte Lucan mich. *Nichts ist nur schwarz und weiß.*

Nein, dafür waren wir das beste Beispiel.

Cas keuchte auf und ich erstarrte. Als hätte sie sich verbrannt, zog sie ihre Hand zurück. Gemeinsam mit Midas stolperte sie nach hinten. Blitzschnell drehte sie sich zu dem Zauberer um. »Ha-ast du das auch gespürt?«

Grimmig, nein … wütend, nickte er. Was in Abbadons Namen? »Was?«, entfuhr es mir. »Was habt ihr gespürt?«

Cas streckte den Arm aus und wies leicht zitternd auf den Blumentopf. »Da …« Sie holte Luft. »In diesem Topf steckt ein …«

»Ein Bewusstsein«, beendete Midas ihren Satz.

Für einen Moment herrschte Stille, dann sprachen wir alle auf einmal.

»Moment!«, rief Midas und hob eine Hand. »Nicht alle auf einmal.«

»Aber … das da ist Erde«, sagte Nick. »Wie kann Erde ein Bewusstsein haben?«

»Dabei kann ich womöglich weiterhelfen«, ertönte eine vertraute Stimme. Eine, die ich seit einer Weile schon nicht mehr gehört hatte.

»Mom?« Ich blinzelte und sah vorbei an Nick und den anderen. Dort, am Ende des Raumes, entdeckte ich Lillith. An jenem Punkt, an dem die Bibliothek sich wandelte, und die endlos scheinenden Regale, die bis zur Decke gingen, kleine Gassen schufen, die sich hinter dem Hauptraum verloren. Ein Labyrinth aus Wissen und Geschichte. Aus Macht. Ich blinzelte. Lillith war hier. Mit Luzifer. Und Vaya. Und jemandem, den ich nicht kannte, und der ganz offensichtlich nicht bei Bewusstsein war, da Luzifer und Vaya ihn stützten.

Meine Mom sah aus wie immer. Eine Erscheinung in Schwarz. Ihr Lederkleid war eng und sexy und hatte lange Arme. Die Krone auf ihrem Kopf war neu. Blutrot, mit schwarzen Diamanten besetzt, sah sie aus wie ein dicker Haarreif. Luzifer trug schlichtes Weiß. Vaya einen knallgelben Anzug. Was für ein Trio.

»Hallo, Lillianna.«

Sie liebte dramatische Auftritte, es war Teil ihrer Persönlichkeit, aber das hier…?

Ich war gerade noch dabei, den Blumentopf mit Bewusstsein zu verdauen, da tauchte sie auf und präsentierte uns was? Einen Gefangenen?

»Okay. Stopp.« Ich fuhr mir mit beiden Händen über das Gesicht.

»Einer nach dem anderen, okay? Cas und Midas sagen uns, dass dieser Blumentopf dort ein Bewusstsein besitzt, und du tauchst nach einer gefühlten Ewigkeit einfach aus dem Nichts auf, und weißt, was sie meinen?«

Und wer ist das? Wen hast du da bei dir? Fragen rasten durch meinen Kopf. Eine schneller als die nächste. »Woher weißt du es?«

Lillith lächelte. Schaurig schön. »Du hast dich gefragt, wieso ich abwesend war. Nun denn.« Sie machte einen Schritt zur Seite und wies auf die leblose Gestalt zwischen Luzifer und Vaya. Ich konnte nicht viel mehr als robuste Lederkleidung und rötlich-braune Locken erkennen. Derben Goldschmuck an den Handgelenken und schwere Stiefel. Keine Waffen. Definitiv ein Mann, aber–

»Darf ich vorstellen: Azrathor.« Sie wartete einen Moment, als müsse der Name uns etwas sagen, und dann, als sie weitersprach, fiel es mir wie Schuppen von den Augen.

»Ein Ritter«, wisperte ich, als sie sagte: »Einer der Ritter Abbadons.«

Chaos brach aus.

Malik gab einen erschrockenen Laut von sich, seine Flügel brachen hervor. Waffen wurden gezogen. Magie angezapft. King trat schützend vor Cora. Lucan und Nyx rückten dichter an mich heran. Tristan löste sich aus den Schatten und baute sich drohend hinter Midas auf. Lavender suchte die Nähe seiner Schwester. Das alles geschah im Bruchteil einer Sekunde und ich bekam es nur am Rande mit, denn wie erstarrt erwiderte ich Lilliths Blick. Ich sah den Triumph darin, aber auch etwas anderes. Etwas, das für Gänsehaut auf meinen Armen sorgte.

»Du hast sie also wirklich gefunden.«

»Nicht alle«, erwiderte sie und klärte die anderen darüber auf, wo sie gewesen war. »Aber Az lief mir förmlich in die Arme. Schluchzend und außer sich, wie ein kleines Kind.« Sie schüttelte den Kopf. »Ich war in den Magieströmen der Welten unterwegs. Dabei habe ich mich auf Alliandoan konzentriert. Nur so ein Gefühl.« Ihre roten Augen glühten und ich nickte. Ich selbst vermutete, dass Bael sich in meiner Nähe aufhielt.

»… in den Magieströmen unterwegs«, raunte Midas, voller Ehrfurcht.

Lillith warf ihm einen beinahe liebevollen Blick zu. »Später. Lange habe ich sie gesucht, sehr lange, aber dann habe ich sie gespürt. Meine Ritter. Meine Kinder.« Ihre Fangzähne blitzten auf. »Was auch immer sie dazu getrieben hat, sich gemeinsam an einem Ort zu treffen, es hat sie verraten. Einzeln hätte ich sie niemals gefunden«, gestand sie. »Ihre Magieechos sind überall in den Strömen verteilt. Es sieht so aus, als wären sie ständig in Bewegung geblieben. Der Einzige, den ich nach wie vor nicht sehe oder spüre, ist Bael.«

»Und was hat dieser Ritter mit Lillys fragwürdigem Geschenk zu tun?«

Stumm dankte ich Lucan dafür, dass er die Frage stellte, die sich hier vermutlich gerade alle stellten. Inklusive mir.

»Dazu kommen wir jetzt.« Lillith löste den Blick von mir und sah zu Malik. »Ich werde ihn aufwecken. Hole Verstärkung, wenn du dich damit besser fühlst, aber sei gewiss, dass ich ihn unter Kontrolle habe.«

Malik brummte seine Zustimmung. Der ganze Raum vibrierte vor Anspannung. Alle sahen sie zwischen Lillith, Azrathor und mir hin und her.

»Warte«, bat ich und berührte Cas am Arm. »Wenn ihr gehen möchtet, dann—«

»Das hier ist kein Du-Problem, Lilly. Es betrifft uns alle.«

Fein. Ich gab meiner Mom ein Zeichen. Sie sollte ihre Magie wirken und ihn aufwecken, dann–

Ein Klatschen ertönte. Dann noch eins. Lillith hatte Azrathor geohrfeigt. Zwei Mal.

Dann also keine Magie.

Stöhnend bewegte er sich in Luzifers Griff. Vaya war zur Seite getreten. Der Stress war ihr jetzt deutlich anzusehen. Mit einem bewusstlosen Ritter kam sie klar. Ein wacher war da schon schwieriger. Verübeln konnte ich es ihr nicht. Erst recht nicht, da ich ihre Geschichte kannte. Wenn die restlichen Ritter auch nur im Ansatz so widerlich waren wie Volac …

Lillith schlug erneut zu, härter diesmal. Azrathor kam mit einem wütenden Brüllen zu sich. Ich spürte die Unsicherheit und auch die Angst, die im Raum lagen, und ignorierte beides. Meine Mom hatte uns einen Ritter Abbadons gebracht, der über Informationen verfügte, und das war alles, was zählte. Azrathor bäumte sich auf. Er versuchte sich von Luzifer loszumachen, jedoch ohne Erfolg. Die langen, schmutzigen Haare fielen ihm ins Gesicht und ich erhaschte einen Blick auf rot-goldene Augen. Hektisch sah er sich im Raum um, bis sein Blick auf mir zum Ruhen kam.

»Du.«

Showtime, dachte ich innerlich, und öffnete jenen Ort in meinem Kopf, den ich für meine Interaktion mit Bael reserviert hatte. Kälte überkam mich und ich begrüßte sie wie einen alten Freund.

»Hallo, Azrathor. Wie schön, deine Bekanntschaft zu machen.« Der Ritter zog erneut an seinen Armen, dann spie er auf den Boden, ehe er lachte. Voller Wahnsinn und, wenn mich nicht alles täuschte, Resignation. So hatte ich Vaya bei unserer ersten Begegnung gesehen. Wahnsinnig und verloren. Der Unterschied zwischen ihr und dem Ritter war jedoch enorm.

»Hör auf dich zu wehren, Az.« Luzifers Stimme war so kalt, wie ich mich fühlte. »Lillith hat deine Kraft gebunden.«

»Damit du Missgeburt mich festhalten kannst, andernfalls hättest du keine Chance! Nimm das Amulett ab und lass es drauf ankommen!«

»Tz, tz, tz.« Lillith seufzte tief. »Az, Darling. Sei so freundlich und erzähle meiner Lillianna, was du mir erzählt hast, als du mir in die Arme fielst und mich um Vergebung angebettelt hast.«

Der Ritter versteifte sich. »Vergebung, die du mir erteilen wirst?«

»Aber natürlich.« Nicht. Sie musste es nicht hinzufügen, wir hörten es alle. Azrathor würde diesen Raum nicht lebend verlassen. Ob er es jedoch hörte, das war fragwürdig. Er gab sich großspurig, doch alles, was ich in seinem Gesicht las, waren Angst, Reue und Scham. Und die verzweifelte Hoffnung eines Todgeweihten.

»Er ist außer Kontrolle«, presste er hervor und ich verstand, dass die Angst sich nicht auf Lillith bezog. Azrathor hatte Angst vor Bael. »Einen von uns hat er bereits getötet und er … er nimmt zu viel. Zu viel von allem. Leben. Magie. Er–« Der Ritter brach ab und begegnete meinem Blick. »Volac hatte ihn unter Kontrolle. Bis du kamst.«

Lässig deutete ich ein Schulterzucken an. »Ich hinterlasse Eindruck.«

»Er hätte dich noch vor Ort ausweiden sollen.«

»Alter, das war genau das Falsche …« Noch bevor Duncan seinen Satz beenden konnte, explodierten Schatten im Raum. Das Licht schwand und die Temperatur sank um ein paar Grad. Lucan bebte vor unterdrückter Wut. Ich spürte sie, als wäre sie meine eigene.

Statt eingeschüchtert, reagierte Azrathor belustigt. »Eure Zurschaustellung von Selbstbewusstsein und Magie ist zwecklos. Das, was ich sah … ihr könnt euch nicht vorstellen, wozu er uns zwang …«

»Das ist dein Stichwort, Darling.« Lillith packte ihn am Kinn, Schemen ihrer Klauen waren zu sehen. Ihre Aura war nicht bloß finster, sie war tiefschwarz und tödlich. »Sag es ihnen. Jetzt.« Was auch immer Lillith mit ihm machte, er hatte keine Chance gegen sie. Azrathor sackte in sich zusammen und nickte. Mühelos hielt Luzifer ihn aufrecht.

»Bael, er … er pflanzt Dämonen wie Blumen. Er säht sie aus und lässt sie gedeihen, bis zu dem Moment, in dem er sie braucht.« Ich blinzelte, irgendwo zwischen Schock und Unglaube. »Er besetzt weitere Unsterbliche?«

»Nein.« Der Ritter schüttelte den Kopf. »Die meisten sind im Kampf gegen euch gefallen. Er hat sie alle geopfert, aber jetzt … er … er zwang uns, sie zu erschaffen. Wie ein Saatkorn. Das da«, sein Kopf zuckte zum Blumentopf, »ist ein Dämon. Einer der schlimmsten Sorte. Ohne Verstand und mit nur einem Ziel: Töten. Ganz gleich wen oder was.«

»Vraxxis«, fügte Lillith hinzu. »Eine Kriegsmethode aus der alten Welt. Die Dämonen sind fleischliche Hüllen. Sie leben aber besitzen keine Seele oder sonstige Eigenschaften, die einen Unsterblichen ausmachen. Sie verfügen über große Mengen an Magie und Macht und diese finden nur ein Ventil: Wut. Sehr praktisch als Vorhut oder Stoßtrupp. Sie sind die ersten, die fallen. Das allein war ihr Zweck – damals.«

Die Worte kamen bei mir an. Ich verstand, was sie sagte, dennoch hatte ich Probleme, das Gehörte zu verarbeiten.

Keiner der hier Anwesenden machte auch nur einen Laut. Alle waren wir zu schockiert, zu angewidert, zu ungläubig.

Nyx war es schließlich, die sich räusperte. »Ihr wollt sagen, dass Bael überall in der Anderswelt blutrünstige und hirnlose Dämonensaat ausgestreut hat?«

»Nicht überall«, erwiderte Azrathor. »Nur hier. In Alliandoan.«

Heilige Balance. Tastend suchte ich nach Lucans Hand. Nach dem Halt, den ich aktuell benötigte, und den nur er mir in diesem Augenblick geben konnte.

Nur hier. In Alliandoan.

Nur hier. In *meinem* Zuhause.

»Wie viele?«

Lillith ließ von Azrathor ab und der Ritter drehte den Kopf in meine Richtung.

»Zu viele.«

»Wie bringt man sie zum Blühen?« Cas' Tonfall war sanft und melodisch und ein starker Kontrast zu all der Aggression, die durch den Raum waberte. Ich fühlte mich wie gefangen in einem Fiebertraum, aus dem es mir unmöglich war, aufzuwachen.

Der Ritter grinste hämisch. »Durch das eine, das uns alle verbindet.«

Lucans Hand zuckte in meiner, bevor Azrathor meine schlimmsten Befürchtungen bestätigte.

»Blut.«

KAPITEL 47

Blut. *Blut?*

Wie in allen Welten …

»Er wird euch herausfordern«, sprach Azrathor weiter. »Euch angreifen. Ein Schlachtfeld eröffnen. Und während ihr gegen ihn kämpft und seine und eure Leute fallen, erweckt ihr ein ganzes Heer an Kreaturen, die niemals hätten *existieren dürfen!*«

»Ihr habt es möglich gemacht«, brach es aus mir hervor. Weiße Pünktchen tanzten in meinem Sichtfeld und färbten es nach und nach blutrot. Auf einmal war ich unglaublich wütend und all diese Wut konzentrierte sich auf den Ritter vor mir. Er hatte Bael geholfen. Sie alle hatten ihn geformt und zu dem gemacht, was er war. »Deswegen hat er euch zusammengetrommelt, nicht wahr? Er rief die Ritter zusammen, um diesen kranken Plan in die Tat umsetzen zu können und *ihr habt ihm geholfen!*«

»*Weil ich nicht sterben wollte!*«

Ich riss mich von Lucan los und preschte vor. Kurz vor Azrathor, Luzifer und meiner Mom blieb ich stehen. Meine Haare flogen, der Ritter riss die Augen auf.

»Du wirst so oder so sterben, du Missgeburt, aber jetzt geschieht es durch unsere Hände und nicht durch Baels.«

»Du gibst mir die Schuld?« Er warf den Kopf in den Nacken und lachte. »Ich bin ein Werkzeug, aber du?« Seine Augen wanderten über mein Gesicht und meinen Körper, zurück zu meinen rotglühenden Augen. »Du bist der Auslöser. Du bist die Quelle.«

»Als ihr Bael rekrutiert habt, war ich noch nicht einmal geboren!« Er ignorierte meine Worte. Selbstredend. Wie hatte ich auch – erneut – annehmen können, dass man mit einem Psychopathen vernünftig reden konnte?

»Ihr habt ihn lange vor mir verloren«, spie ich ihm die Worte regelrecht entgegen. Mittlerweile war es mucksmäuschenstill im Raum.

Lillith und Vaya betrachteten mich, Luzifers Augen hingegen, sie lagen auf Azrathor, jederzeit bereit, einzugreifen. Es war unnötig, denn jeder von uns sah, dass der Ritter nicht mehr als eine leere Hülle war. Lillith – oder Bael – hatten ihm alles genommen. Womöglich beide. Ich empfand nicht den leisesten Funken Mitgefühl.

»Bael wuchs euch über den Kopf«, sprach ich weiter. »Ich nahmt ihn unter eure Fittiche, formtet ihn nach euren Wünschen, habt mit ihm experimentiert und irgendwo auf dem Weg habt ihr ihn gebrochen.« Vielleicht waren es die Magie oder die Schmerzen gewesen. Vielleicht eine Mischung aus beidem. »Aus einem Schüler wurde ein Meister und jetzt hat er euch in der Hand. Anstatt sich ihm jedoch zu widersetzen und das *Richtige* zu tun, seid ihr schwach und bemitleidenswert und fügt euch seinen Wünschen.«

»Das Richtige tun? Ich bin ein *Dämon*!«

»Das sind sie auch.« Ich wies auf Vaya, dann auf meine Mom. »Und ich. Dennoch würde ich lieber in den Tod gehen, als solch einem Befehl nachzukommen! Habt ihr eine Ahnung …« Mein Herz raste. Zittrig holte ich Luft. »Habt ihr eine Ahnung, was geschieht, sollte Bael siegreich sein? Du hast Angst zu sterben? Was meinst du wird geschehen, wenn er die Anderswelt übernimmt? Wenn er sich als alleiniger Herrscher etabliert und durch mich ein Kind zeugt, so mächtig, wie es bisher niemand gesehen hat?«

Jedes meiner Worte kam schneller, lauter und härter aus mir heraus. All der Stress, die Angst, Azrathor … ich wollte ihn schlagen, ihn schütteln und ehrlich gesagt, wollte ich ihm eine Kugel in den Kopf jagen und dem Spuk ein Ende bereiten.

Wissend grinste er mich an. »Aber du bist so anders als ich, mhm? *Besser*«, er spie das Wort voller Hohn. »Du hast Lua kaltblütig ermordet, du—«

»Habe ich nicht.«

Azrathor erstarrte.

»Es war eine Show, aufgeführt zu Ehren meines lieben *Bruders*.« Ich ließ ihn meinen Hass sehen und hören. »Bael denkt, er kann mich auf seine Seite ziehen. Er hat Hoffnung und genau das wird ihn dazu bringen, Fehler zu machen.«

»Das ist Irrsinn!«, brüllte der Ritter. »Lass mich los, Luzifer! Nein, es … Irrsinn! Er dreht völlig durch, weil er dich als Königin will.

Wenn du ihm weiter Hoffnung machst, wird alles bloß noch schlimmer!«

»Warum sollte dich das kümmern?«, fragte Luzifer, während ich mich an meinen eigenen Worten verschluckte.

Heilige Balance. Ich … stimmte das? Panik wollte sich in mir ausbreiten, doch ich drängte sie zurück.

»Du, Volac und die anderen, ihr wolltet Lillith stürzen! Ihr wolltet das Chaos!«

»Nicht so«, rief Azrathor verzweifelt. »Wir wollten die alte Zeit zurück. Eine Zeit, in der sie uns eine Königin war. Eine Zeit, in der die Dämonen die vorherrschende Art und nicht bloß die Fußabtreter waren. Eine Zeit, in der wir keinen Engel als König hatten.«

Luzifer gab ein grunzendes Geräusch von sich. »Als ob ihr mich jemals akzeptiert hättet.«

»Als ob du es jemals versucht hättest!«

Ich blinzelte fassungslos. Und ich war nicht die einzige. Das hier fühlte sich immer mehr wie ein außer Kontrolle geratener Familienstreit an.

»Ich wollte nie so sein wie ihr …«

Azrathor schüttelte den Kopf und die Geste hatte etwas unleugbar Trauriges an sich. »Dann hättest du dich niemals mit einer von uns vereinigen sollen.«

»Lillith ist nicht wie ihr!«

»Nein.« Der Ritter sah auf und begegnete dem glühenden Blick meiner Mom. »Nicht mehr.«

Ich beobachtete all das, lauschte der Auseinandersetzung, doch in meinem Kopf wiederholte sich bloß eine Frage: Hatte ich Baels Wahnsinn durch meine Taten verstärkt? War es meine Schuld, dass er zu solch unglaublichen Mitteln griff?

Der Krieg war unvermeidbar gewesen, auch wenn ich mich ihm weiter widersetzt hätte, aber … hatte ich unsere Ausgangslage verschlimmert, in dem ich sein Spiel gespielt hatte?

Lilly, Liebes …

Heilige. Balance. Mir wurde schlecht.

»Ah«, Azrathor lachte. »Diesen Gesichtsausdruck kenne ich.«

»Halt den Mund!«

»Wieso?«, forderte er mich heraus. »Damit das perfekte Bild, das sie von dir haben, nicht ins Wanken gerät?«

»*Sei still!*«, schrie ich, denn auf einmal ertrug ich seine Worte, seine bloße Anwesenheit nicht mehr.

Er warf den Kopf in den Nacken und lachte. Ohne, dass ich es verhindern konnte, schossen meine Klauen hervor. Bereit, mich zu verteidigen. Bereit, ein Leben zu nehmen. Azrathor lachte lauter.

»So anders als wir …«

Bevor ich auch nur darüber nachdenken konnte, was mein nächster Schritt war, passierte alles auf einmal. Lucan trat vor und packte mich am Arm. Luzifer ließ Azrathor los und während Vaya weiter zurücktrat, hob Lillith ihre Hand und rammte sie samt Klauen in Azrathors Oberkörper.

Jemand schrie auf. Cora. Weitere Stimmen wurden laut, doch über das Summen in meinen Ohren konnte ich sie nicht ausmachen. Lillith zog den Ritter zu sich heran und strich ihm mit der anderen Hand beinahe liebevoll über die Stirn. Es floss kein Blut. Azrathors Lider schlossen sich flatternd und der Ritter sackte kraftlos – und leblos – in sich zusammen. Anstatt ihn achtlos fallen zu lassen, bettete sie ihn sanft auf den Boden und gab Vaya ein Zeichen.

»Er war verwirrt wie sie alle, aber er war einer von uns.« Die Dämonin nickte. Sie warf mir einen raschen Blick zu, ehe sie mit Azrathors Leiche verschwand.

Hatte ich zuvor geglaubt, der Raum wäre still gewesen, fühlte es sich nun fast unnatürlich an. Als würden nicht einmal die Staubkörner sich trauen, wieder durch die Luft zu tanzen. Lillith richtete sich auf. Ich sah noch immer kein Blut. Sie begegnete erst meinem, dann den Blicken der anderen.

»Was?«, fragte sie und zog die Klauen ein. »Als ob wir ihn hätten gehen lassen können. Das Risiko war viel zu groß. Er unterschrieb sein Todesurteil vor langer Zeit. Wie sie alle. Ich tat, was notwendig war.«

Niemand widersprach ihr. Das Blut rauschte noch immer viel zu schnell durch meinen Körper und ich erkannte die ersten Anzeichen einer Panikattacke. Nach Volac hatte ich oft genug damit zu kämpfen gehabt.

Lucans Hand auf meiner Schulter. Das Rot von Lilliths Krone. Kein Blut.

Lucans Hand auf meiner Schulter. Das Rot von Lilliths Krone. Kein Blut.

All die Toten in Arcadia. Baby Jonah. Olli. Die Verluste in allen Welten.

Lucans Hand auf meiner Schulter. Das Rot von …

Es funktionierte nicht. Ich atmete flacher und schneller und mein Fluchtinstinkt setzte ein. Ich wirbelte herum und steuerte Richtung Ausgang.

»Lilly!«

»Lillianna …«

Eine tiefe, volltönende Stimme erklang. Lucan. Ich hörte nicht, was er sagte. Was es auch war, niemand hielt mich auf. Mein Brustkorb schnürte sich zu. Nick, Malik, Duncan … ich sah keinen von ihnen mehr klar.

Als ich aus der Bibliothek stolperte, wichen zwei Bedienstete mir erschrocken aus. »Eure Majestät?«

Ich lief weiter … kein wirkliches Ziel vor Augen, wobei, nein, das stimmte nicht. Ich hatte ein Ziel. Einen Ort, an dem ich allein war, jetzt, da die Sieben vorübergehend in Zyntha waren.

Der Trainingsraum.

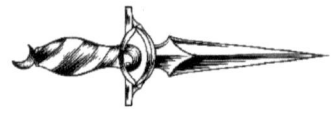

KAPITEL 48

Lucan, Arcadia

»Lasst sie gehen!«

Lillys Haare flogen, als sie den greifenden Händen ihres Bruders auswich. Eine besorgte Geste und doch völlig deplatziert – im Moment.

»*Nicht*«, fuhr ich Nick an und strafte die anderen mit einem vernichtenden Blick. Sahen sie denn nicht, was ich sah? Die Panik auf ihrem Gesicht. Die geweiteten Pupillen. Das schnelle, leicht rasselnde Luftholen. Die zittrigen Hände. Der Blick, der nach einem Ausweg suchte.

Meine Frau stand kurz vor einer Panikattacke und jede Berührung, jedes nett gemeinte Wort würde es schlimmer machen. Cora und King waren die letzten, die beiseitetraten und ihr Platz machten. Lilly rauschte aus dem Raum. Die Mienen der anderen zeigten Verwirrung und Schock, und wieder fragte ich mich, ob sie nicht sahen, was ich sah … doch dann wurde mir bewusst, dass sie Lilly nach Volac nicht erlebt hatten. Sie hatten die Panikattacken nicht miterlebt. Das verlorene aus dem Fenster Starren. Das impulsive Abschneiden ihrer Haare. Das Aufzählen von drei Dingen aus der Realität, das sie erdete und sie daran erinnerte, dass sie in Sicherheit war. Sie hatten es nicht erlebt, denn ihr Heilungsprozess war ihr eigener gewesen.

»Sie hat eine Panikattacke«, erklärte ich, da ich wusste, dass es für Lilly in Ordnung war. Auch wenn sie selbst ihre Gefühle nicht beschreiben konnte, würde sie wollen, dass ihre Lieben Bescheid wussten.

Betretenes Schweigen machte sich breit. Jeder einzelne hier vergötterte Lilly, daran zweifelte ich nicht eine Sekunde, aber sie neigten dazu, sie auf ein Podest zu stellen und jegliche Last dieser und aller Welten auf ihren Schultern abzuladen. Weil sie tough war. Aber niemand war *so* tough.

Ohne die anderen weiter zu beachten, drehte ich mich zu Lillith um. »Du bleibst und hilfst Midas.« Es war keine Frage. Nicht einmal ein Vorschlag. Die dunkle Königin nahm meinen Tonfall gelassen hin. Ihr Blick suchte den von Midas und sie grinste. »Das würde ich mir um keine Katastrophe der Welt entgehen lassen.«

»Ich bleibe auch.« Luzifer baute sich vor mir auf, während seine Frau sich bereits in Bewegung setzte, um Midas beizustehen. »Für sie.«

Er musste nicht konkretisieren, wer *sie* war. Sein Blick war herausfordernd, die Fäuste geballt. Er blieb nicht für Lillith, sondern für Lilly. Wenn ich nicht des Öfteren Zeuge dessen geworden wäre, wie sehr er seine Gefährtin liebte, hätten seine Worte noch weitaus mehr als Gereiztheit in mir ausgelöst. Eifersucht womöglich und Besitzanspruch. Dabei sollte ich dankbar sein, dass Luzifer ganz offensichtlich einen Narren an meiner Lilly gefressen hatte. Das hieß, er würde uns helfen. Er und seine Biester. Trotzdem musste ich mir eingestehen, dass ihre Freundschaft mich nervte. Manchmal.

»Ihr arbeitet an dem Zauber«, wies ich Midas und Lillith an und zeigte Luzifer die kalte Schulter. »Ich sehe nach meiner Frau. Gebt mir Bescheid, wenn ihr fertig seid.« Ich sah zu Malik, Duncan und den anderen. »Alle, die für den Zauber gebraucht werden, bleiben. Duncan, Malik und Nyx – euch hätte ich gerne als Absicherung dabei. King–«

»Cora und ich kehren nach Zyntha zurück.« King legte Nick kameradschaftlich eine Hand auf die Schulter. »Wir sehen nach Alina.«

»Danke«, erwiderte dieser, ehe er sich an mich wandte. »Möchtest du, dass ich die anderen Welten informiere?«

»Noch nicht«, wiederholte ich Lillys Worte. Zwar wussten wir jetzt, welch kranken Plan Bael verfolgte, dennoch nützte es uns nichts, Panik zu verbreiten.

»Lasst uns erst mit Marcus Callahan sprechen, danach sehen wir weiter. Ich habe das Gefühl, dass es nicht lange dauern wird, bis wir alle an einen Tisch holen müssen.«

Nyx.

Ich höre dich, Neffe.

Erkundige dich bei Drake und Noain nach dem aktuellen Stand und mach ihnen Feuer unterm Arsch. Diese Pfeile sind wichtiger denn je. Alles, was Dämonen töten konnte, war wichtiger denn je.

Wird erledigt. Kümmere dich um unser Herz.

Unser Herz.

Das Herz Zynthas und meines.

Streng genommen das der gesamten Anderswelt.

Ich war nicht besser als sie alle, dachte ich, als ich mich abwandte, um Lilly zu folgen. Ich erwartete viel von ihr, hatte es von Beginn an getan, weil ich ihr Potential erkannt hatte. In großen, leuchtenden Buchstaben hatte es über ihrem Kopf gestanden. Ein Blick und ich hatte es bis in den letzten Winkel meines Körpers und Geistes gespürt – Lilly würde alles verändern. Verdammt viel Verantwortung für eine Person. Sie musste sie jedoch nicht allein tragen. Ich war an ihrer Seite – immer, und es wurde Zeit, sie daran zu erinnern.

Allein im Korridor konzentrierte ich mich auf unser Gefährtenband und teleportierte mich zu ihr. Die Arme um die Knie geschlungen saß sie in der Mitte des dunklen Trainingsraumes und wippte sanft vor und zurück. Das einzige Geräusch in dem ansonsten leeren und stillen Raum war ihr schneller Atem.

Ich legte etwas mehr Nachdruck in meinen Gang und ließ sie hören, dass ich mich näherte. Kurz erstarrte sie, dann sanken die Schultern herab. Ohne Worte ging ich vor Lilly in die Hocke und zog sie in meine Arme, in meinen Schoß, und umschlang sie mit allem, was ich hatte. Meinen Armen, meiner Liebe, meinem ganzen Bewusstsein.

Es tut mir leid.

Nicht, erwiderte ich sanft und strich ihr über den bebenden Rücken. Sie erzitterte unter meiner Berührung. *Was brauchst du? Was kann ich tun?*

Ein tiefer Atemzug. »Dich«, wisperte sie kaum hörbar und berührte mein Herz damit auf eine Weise, wie ich es nie für möglich gehalten hätte.

»Das hier«, fügte sie hinzu, lauter diesmal, weniger zittrig. »Es ist bloß ein kurzer Moment der Schwäche.«

»Ein Trauma zu verarbeiten oder auch das, was wir da eben gehört und gesehen haben, ist keine Schwäche, Liebes. Es ist menschlich. Wir sind unsterblich, aber wir leben. Wir sind aus Fleisch und Blut und …« Ich fluchte und Lilly klammerte sich fester an mich. »Früher hätte ich es als Schwäche betitelt. Jemanden so sehr zu lieben. So sehr zu wollen. Aber es ist keine Schwäche. Es ist die größte Stärke. Die Kraft, die uns antreibt. Es ist *alles.*«

Ihr Kopf stieß gegen mein Kinn, als sie aufsah. Die Augen glasig, die Wangen rosig. »Verdammt, Lucan …« Ihre Fingerspitzen strichen über meine Wange. »Wo ist der grimmige, wortkarge Assassine hin, wegen dem ich damals fast die Treppe hinuntergefallen bin?«

Meine Augenbraue hob sich wie von selbst. »Er hat sich verliebt.«

Lillys Mundwinkel zuckten und ihr Blick wurde mit jedem Wimpernschlag klarer.

»Geht es wieder?«

Nickend richtete sie sich auf und gemeinsam erhoben wir uns. Beide Hände an ihrer Taille musterte ich sie prüfend.

»Mir geht es besser.« Sie strich sich die Haare aus der Stirn. »Wirklich.«

»Was hast du damit gemeint, dass du beinahe die Treppe hinuntergefallen bist?«

Ein leises Lachen entfuhr ihr. »Die Wahrheit?«

»Immer.«

»Ich sah dich am Ende der Treppe stehen und mein Hirn hat einfach, keine Ahnung … es ist gestolpert? In meinem Kopf.« Diesmal lachte sie richtig und ich entspannte meinen Griff. »Du sahst so fies aus und gleichzeitig so heiß, dass ich dich anschreien und anspringen wollte. Beides auf einmal.«

»Hat sich nicht viel geändert, mhm?«

Lilly verpasste mir einen kleinen Stoß und ich taumelte rückwärts. Sie war so unglaublich stark geworden und ich liebte es. Herausforderung blitzte in ihren violetten Augen auf. Ich grinste.

»Ehrlich gesagt habe ich mich gefragt, was sie euch allen ins Müsli tun, damit ihr so ausseht.«

»Wie denn?«

»Ach, komm schon.« Sie stemmte die Hände in die Hüften und legte den Kopf schräg. »Es gibt Spiegel in diesem Haus. Du bist fast zwei Meter groß und bestehst nur aus Muskelmasse.«

Ihre Worte gingen runter wie Öl und ich war mir nicht zu schade, mich in ihnen zu sonnen. Meine Gefährtin, meine *Frau*, fand mich anziehend und das war das größte Geschenk. Es befriedigte den Assassinen in mir auf absolut primitive Art und Weise.

»Oh, diesen Blick kenne ich …« Lilly rollte mit den Augen. »Jetzt habe ich dein Ego ein wenig zu sehr gestreichelt.«

»Du kannst mein *Ego* jederzeit streicheln, Liebes.«

Ein überraschtes Lachen brach aus ihr heraus. Das schönste Geräusch. Meine Finger zuckten, so sehr wollte ich sie erneut an mich ziehen. Sie besitzen, beschützen, von hier fort bringen … Aufmerksam beobachtete sie mich. Jeder dieser Gedanken musste mir ins Gesicht geschrieben stehen und wenn nicht dort, dann las sie sie in meinem Geist. Anstatt sie mir jedoch übel zu nehmen, wartete sie, bis ich meine Instinkte unter Kontrolle hatte.

»Kämpf gegen mich.«

»Bitte?«

»So wie früher im Training. Kämpf gegen mich, Lucan.«

»Die anderen—«

»Arbeiten an dem Zauber«, unterbrach sie mich. »Ich muss mich etwas ablenken und ich habe zu viel angestaute Energie.«

»Fein.« Ich lockerte meine Schultern und verbreiterte meinen Stand.

»Allerdings sollte ich dich warnen, Liebes. Womöglich hat mir jemand etwas ins Müsli getan.«

Schnaubend entledigte sie sich ihrer Jacke und warf sie achtlos beiseite. »Mein erster Gedanke waren Anabolika.«

Das entlockte mir ein Kopfschütteln, während ich die Ärmel meiner Tunika hochkrempelte.

»Die wären hier etwas schwer zu bekommen.«

»Weißt du überhaupt, was das ist?«

»Ganz unwissend bin ich damals nicht in meine Mission gestartet. Ich wusste immer, dass die Welt der Menschen existiert. Ich empfand jedoch nie dieselbe Faszination für die Menschen und ihre Technologie, wie viele andere Unsterbliche.« Ich legte den Kopf schräg und musterte Lilly. »Außer für eine.« Bei der Balance. Es gab Tage, da blendete sie mich. Ihre Aura. Ihre Schönheit. Die Narben. Die Stärke, die in diesem weichen, weiblichen Körper steckte.

»Die Faszination war recht unwillkommen, wenn ich mich richtig erinnere. Zu Beginn.«

Bevor ich antworten konnte, flog sie regelrecht vorwärts. Ich wich ihrem linken Haken aus und wirbelte herum, als sie in die Hocke ging und versuchte, mir die Beine wegzutreten.

»Spielt das Vergangene eine Rolle, jetzt, wo wir uns haben?«

Ich wollte nach ihrem Arm greifen, blitzschnell rollte sie sich weg und kam in einem eleganten Sprung in die Höhe. Beide waren wir bewaffnet, doch keiner von uns verspürte das Bedürfnis, die Waffen zu ziehen. Sie wollte ein gutes, altes Sparring und das würde sie bekommen.

»Tut es«, erwiderte sie. »Denn es formte nicht nur uns sondern diese Beziehung zu dem, was sie ist. Die Vergangenheit bildet unser Fundament, Lucan. Das Haus, das bauen wir jetzt.«

Ich hing an ihren Lippen, wie der größte Grünschnabel, und sah den Schlag nicht kommen. Ein Blinzeln und sie stand vor mir und verpasste mir einen Magenschwinger.

»Ah, verdammt. Wie—«

»Luzifer«, erwiderte sie schlicht. »Er hat mich gelehrt, wie ich die Vorteile meiner Flügel nutzen kann, auch wenn sie nicht sichtbar sind.«

»Be-eindruckend.« Scheiße, ihr Schlag war wirklich hart geworden. »Aber in einem hast du unrecht, Liebes.« Ich nutzte den Moment ihres Triumphes, packte sie am Handgelenk und zog sie zu mir. Ihr anderer Arm schnellte vor und ich packte auch diesen, fixierte sie beide hinter ihrem Rücken, während ich sie Brüste voran gegen mich presste. »Wir bauen kein Haus«, raunte ich dicht an ihren Lippen, »wir bauen eine verfluchte Festung, du und ich.«

Ihr Lächeln war atemberaubend, der harte Tritt gegen meinen Oberschenkel weniger. Vermutlich musste ich dankbar sein, dass sie nicht auf die Weichteile gezielt hatte. Mein Griff lockerte sich und Lilly nutzte die Chance, um die Knie anzuziehen. Dann warf sie sich zurück, stieß sich mit den Füßen an meinem Oberkörper ab und katapultierte sich durch die Luft. Ich hatte gar keine andere Möglichkeit, als sie loszulassen. Sie nutzte den Schwung für einen Rückwärtssalto und landete geschmeidig auf beiden Beinen. Mit sicherem Stand wirbelte sie herum, um den Kampf fortzusetzen.

»Verdammt«, entfuhr es mir, »ich liebe dich.«

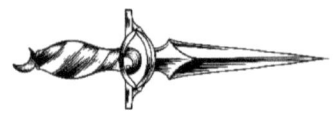

KAPITEL 49

Lilly, Arcadia

»Ich weiß«, erwiderte ich grinsend. Ich sah und spürte es jeden einzelnen Tag und es war das absolut beste Gefühl.

Wieder griff ich an. Lucan parierte jeden meiner Schläge und gerade, als ich mich beschweren wollte, dass er zu defensiv war, kassierte ich einen Tritt, der mich fliegen ließ. Schnaufend schlug ich auf dem harten Boden auf. Das war genau das, was ich gebraucht hatte. Ihn. Uns. Und ein Ventil, für all die aufgestauten Gefühle in mir. Ich verlor jegliches Zeitgefühl, als wir unser Sparring fortsetzten. Unsere Bewegungen waren flüssig und präzise, wir schenkten uns nichts, und doch wollte keiner den anderen ernsthaft verletzen.

Eine Festung hatte Lucan gesagt. Kein Haus. Eine verfluchte Festung. Das gefiel mir.

Er griff an, ich parierte, doch auf einmal ließ meine Konzentration nach. Bael, die Saat der Dämonen, meine Rolle in diesem perfiden Spiel, der Zauber, an dem Midas arbeitete … ich hatte all das für einen wunderbaren Moment verdrängen können, doch jetzt holte es mich ein. Meine Schläge verloren an Intensität. Lucans ebenso. Er spürte die Veränderung in mir. Melancholie überkam mich schnell und brutal, als ich daran dachte, wie wir unser Training damals begonnen hatten. Lucans Lektionen über Angst, meine Überforderung, diese ganze Welt …

Unsere Blicke kollidierten miteinander. Schwer atmend, aber nicht außer Atem, standen wir uns gegenüber. Es gab so viel, was ich sagen wollte. So. Viel. Dieses Sparring, es fühlte sich nicht mehr nach dem ersten Mal an, auf einmal fühlte es sich an, wie das letzte Mal. Ich hatte eine Erinnerung an unseren Anfang haben wollen, jetzt aber suchte das Hier und Jetzt mich heim und die Zukunftsangst, die mich überkam, war alles andere als schön.

»Lucan …«

»Was auch immer passiert, wir stehen es gemeinsam durch. Du und ich. Für immer.«

Seine Worte waren beruhigend gemeint. Stärkend. Und doch verstärkten sie nur die plötzliche Angst in meinen Knochen.

»Das klingt verdammt nach Ende.« Ich verschränkte die Arme vor der Brust. Mir war nicht mehr nach Kämpfen zumute. »Wieso klingt das einfach viel zu sehr nach Ende, Lucan?«

Er schüttelte den Kopf. »Kein Ende, Liebes. Ein Anfang.«

Ich blinzelte und auf einmal stand er vor mir. »Ein Anfang«, wiederholte er und beide Hände wanderten von meinen Schultern nach oben und legten sich in meinen Nacken. »Der Beginn einer neuen Ära.« Lucans Augen waren schwarz. So schwarz wie die tiefste Nacht. Die Schatten in ihnen begegneten meinem Feuer. Ebenbürtig. Herausfordernd. Liebend. Meine Sicht färbte sich rot. »Ich sage das nur ein einziges Mal«, raunte er und packte fest zu. Völlig gebannt starrte ich ihn an. »Wir werden diesen Kampf gewinnen, aber …«

Ich hielt die Luft an. Aber.

»Sollte dieser Kampf mein Ende bedeuten, dann könnte ich nicht glücklicher aus dieser Welt gehen. Du gabst mir etwas, von dem ich nie geglaubt hätte, es zu finden, Liebes, und ich werde es mit jedem Atemzug, jedem Tropfen Magie, Schatten und Blut beschützen. Ich werde *dich* beschützen. Ich weiß«, sagte er eindringlich, »dass du das nicht hören willst, aber es ist die Wahrheit. Niemals würde ich dich von etwas abhalten oder dich abschirmen, niemals würde ich versuchen, dich klein zu halten, nicht, dass ich es jemals könnte«, – der Mistkerl lächelte –, »aber ich werde dich beschützen und an deiner Seite kämpfen, *für* dich kämpfen, bis zum letzten Atemzug.«

Meine Hände wanderten an Lucans Handgelenke und mein Herz schlug schnell und schmerzhaft gegen meine Rippenbögen.

Boom, boom, boom …

Aus dem Augenwinkel sah ich es silbern aufblitzen. Ein Teil meiner Klauen war zu sehen. Ich hatte nicht einmal bemerkt, dass ich sie ausgefahren hatte.

»Ich sage das auch nur einmal, Lucan: Wenn du erneut so etwas wie »mein Ende« oder »aus der Welt gehen« sagst, dann findest du dein Ende schneller als dir lieb ist.« Ich meinte diese Worte nicht als Scherz. Sollte er noch einmal so etwas sagen, musste ich ihm weh tun.

Er senkte den Kopf und presste seine Lippen auf meine. Der Kuss war hart und kurz und instinktiv wusste ich, dass er sich nicht mehr erlaubte. In diesem Moment waren wir beide zu emotional. Lucan spürte dieselbe Melancholie, die von mir Besitz ergriffen hatte, das war die einzig logische Erklärung für seine kleine Rede.

»Du bist es gewöhnt, der Anführer zu sein. Der Held«, sprach ich weiter und packte seine Handgelenke fester. »Aber diese Geschichte hat mehr als einen Helden und genau da machen wir den Unterschied. Es gibt einen Bösewicht, aber viele Helden und Heldinnen, Lucan. Niemand von uns spielt hier den Märtyrer. Nicht du, nicht ich. Wir kämpfen gemeinsam, wir gewinnen gemeinsam.« Kurz schloss er die Augen und ich wollte ihn schütteln. Verstand er nicht, was ich sagte? Musste ich mir jetzt auch noch Gedanken darüber machen, dass er sich aus fehlgeleitetem Heroismus für mich opfern würde?

»Ich meine es ernst, Lucan. Wir kämpfen gemeinsam, oder ich werde deinen Arsch durch ein Portal nach Zyntha befördern und glaube mir, mit der richtigen Motivation schaffe ich das.«

Seine Miene wurde weicher und er küsste mich erneut. Sanfter diesmal. Zärtlicher. »Ich hege keinen Zweifel daran, dass du alles schaffen kannst, was du dir in deinen Kopf setzt.«

Gut. Ich nickte. Das war die richtige Einstellung. Das galt für ihn und für mich. Mein Moment der Schwäche war vorüber. Ich stahl mir einen letzten Kuss und wartete, bis mein Herzschlag sich weitestgehend normalisierte, dann trat ich zurück.

»Azrathor«, sagte ich und Lucans Mundwinkel zuckte, denn er kannte diesen Tonfall. Duncan hätte gesagt: Business. Zwischen Lucan und mir war es der »Lass uns über Politik reden«-Tonfall. Mit niemandem spekulierte, plante und taktierte ich lieber als mit meinem Mann.

Lucan machte eine auffordernde Geste.

»Was ist an seinen Worten dran?«

»Ich nehme an, du redest nicht von der Dämonensaat?«

Ich stählte mich innerlich. »Bin ich schuld daran?«

»Absolut nicht, nein.«

»Aber habe ich seinen Wahnsinn verstärkt, Lucan?«

»Du hast auf seine Taten reagiert, wir alle haben das. Dass Bael zu solchen … Methoden greift, konnte niemand ahnen, Liebes. Wir wussten ja nicht einmal, dass so etwas möglich ist.«

»Ich habe ihn provoziert …«

»Um ihn aus seinem Versteck zu locken, ja. Was sollten wir denn sonst tun, Lilly? Abwarten, bis er erneut angreift? Sein Spiel für weitere Jahre oder Jahrzehnte mitspielen?« Lucan fuhr sich mit beiden Händen über das schöne, harte Gesicht. »Besser wir kämpfen jetzt, als dass sich dieser Kampf ins Endlose zieht und über viele Jahrzehnte Opfer fordert.«

»Aber … diese Saat, Lucan, das … wie sollen wir gegen sowas kämpfen? Sobald Blut fließt, haben wir eine ganze Heerschar irrer Dämonenkiller am Arsch kleben.«

»Midas und Lillith arbeiten an dem Zauber, um mit deinem Vater zu sprechen. Wir finden einen Ausweg«, sagte er düster und ich wollte ihm glauben. So gern. »Es gibt immer einen Ausweg.« Er zwinkerte mir zu. »Ohne, dass jemand den Märtyrer spielen muss.«

Lilly? Lucan?

»Nyx«, hauchte ich.

Sie sind fertig.

Ich blinzelte. »Das ging schnell.«

»Sie sind ein gutes Team, deine Mom und Midas. Und die notwendige Motivation ist ebenfalls vorhanden.«

»Und dein Brief«, erwiderte ich. »Hätten wir ihn nicht gefunden, hätte Nick ihn nicht aufbewahrt, dann wäre dies nicht möglich.«

»Das verdanken wir nicht mir, Liebes, sondern meinem Vater.« Sein Vater, mein Vater, Elisa … das Schicksal war wirklich eine merkwürdige Sache.

Wir kommen, informierte Lucan Nyx und streckte mir seine Hand entgegen. »Bist du bereit, Liebes?«

Da war sie wieder, die Frage aller Fragen. Ich nickte und verschränkte meine Finger mit Lucans. »Bringen wir es hinter uns.«

Keiner erwähnte meinen Abgang, als wir in die Bibliothek zurückkehrten. Cora und King waren fort, meine Mom, Midas und Luzifer standen in der Mitte des Raumes, Nick, Malik, Duncan und Nyx etwas abseits. Tristan konnte ich nirgends entdecken.

»Ich habe ihn an die frische Luft geschickt«, erklärte Midas, als er meinen Blick auffing. »Tristan. Für diesen Zauber brauchen wir absolute Konzentration und keinerlei Negativität.«

Aus einem Impuls heraus sah ich zu Lillith. Meine Mom deutete ein Achselzucken an. »Ich hege keinerlei negative Gedanken gegenüber Marcus.«

Alle sahen wir zu Luzifer. Ich konnte sein Zähneknirschen regelrecht hören. »Ich bleibe.«

Midas seufzte. »Dann üb dich in positiven Gedanken. Wir haben nur diesen einen Versuch.«

»Moment mal.« Nick trat vor und hob abwehrend beide Hände. »Ein Versuch? Und wir wollen es wirklich darauf ankommen lassen, dass er«, er wies auf Luzifer, »uns alles versaut, weil er nicht damit klarkommt, dass Lillith mit unserem Vater zusammen war?«

»Das habe ich überwunden.«

»Sagst *du*.«

»Positive. Gedanken«, betonte Midas die beiden Wörter. »Wir ziehen hier alle an einem Strang oder wir können es gleich vergessen. Klar?«

»Ich bleibe«, wiederholte Luzifer erneut. Er fing meinen Blick auf und kniff die Augen zusammen.

Benimm dich, signalisierte ich ihm stumm.

Er fuhr sich mit der Zunge über die Zähne und funkelte mich an. Die kleinen Lavaströme auf seiner Haut leuchteten durch den dünnen Stoff seines weißen Hemdes. Wunderbar.

»Luzifer wird kein Problem sein.« Meine Mom winkte uns zu sich. »Fangen wir an, bevor wir noch mehr Zeit verlieren.«

Alle traten wir vor. Noch vorsichtig, noch skeptisch. Keiner von uns wusste, was uns erwartete. Mein Magen verkrampfte sich und gerade, als ich nach Lucans Hand greifen wollte, hielt Midas mir eines seiner Altarmesser hin.

»Ein tiefer Schnitt, bitte.« Er wies auf den kleinen gusseisernen Topf. »Wir brauchen ein wenig mehr Blut.«

Kurz sah ich in die Runde. In die entschlossenen Gesichter meiner Familie und Freunde. Tief. Also gut. Energisch fuhr ich mit der Klinge über meine Handfläche. Es brannte, Blut quoll hervor. Ich trat an den Topf und hielt meine Hand drüber. Kurz überlegte ich, ob ich in die Hocke gehen sollte, um nichts zu verschwenden, doch als der erste Tropfen Blut fiel, war es, als würde er auf einer unsichtbaren Rutsche befördert. Kein Blut ging daneben. Jeder Tropfen landete feinsäuberlich in der Mitte des Topfes auf den Utensilien, die über dem Brief meines Vaters lagen.

Ich blieb, wo ich war, und ließ das Blut fließen, während ich das Messer an Lucan weiterreichte. Er schnitt sich ebenfalls in die Hand und trat zu mir. Nick tat es ihm gleich, danach Lillith.

Der Topf, oder eher der Zauber, schien unser Blut zu absorbieren. Kleine Funken flogen durch den Raum, die Atmosphäre wurde unleugbar schwerer und fühlte sich irgendwie … aufgeladen an. Magie und Erwartung lagen in der Luft wie ein Sturm, der am Horizont aufzog.

»Gut«, murmelte Midas abwesend. »Lasst es weiter fließen …«

Ich presste meine Hand zusammen, doch so langsam versiegte die Quelle.

»Es reicht nicht«, murmelte Nick und sein Tonfall brach mir das Herz. Ja, es ging darum, Bael zu besiegen und an Informationen zu gelangen, aber für Nick – und auch für mich – ging es gleichzeitig um so viel mehr. Wir bekamen die Möglichkeit, unseren Vater zu sehen, ein letztes und ein erstes Mal. Ohne, dass ich es verhindern konnte, füllten sich meine Augen mit Tränen. Eine davon stahl sich aus meinem Augenwinkel und lief meine Wange hinab.

»Gib mir das Messer«, befahl Lucan und Midas reichte es ihm. Er schnitt sich erneut und reihum machten wir es nach. Funken flogen, die Luft war zum Schneiden dick, aber es reichte nicht. Mein Blick fand den von Midas. Der Zauberer sah verloren aus.

Es reichte nicht. Es–

Jemand fluchte lautstark und äußerst kreativ. Luzifer. »Verschissene Ivash-Kacke.« Er drängte sich zwischen meine Mom und mich. Mit großen Augen beobachtete ich, wie Lillith ihm das Messer hinhielt. Als wäre es völlig selbstverständlich. Als würde er genau hierhin gehören. Zu uns. In den Kreis jener, die eine Verbindung zu Marcus Callahan hatten.

»Heilige Scheiße«, entfuhr es mir, als Luzifer sich in die Hand schnitt und mich ansah.

Vertraut und … verwandt?

Als der erste Tropfen seines Blutes in den Topf fiel, erzitterte der Boden unter unseren Füßen und der Zauber explodierte in tausend Teile.

KAPITEL 50

Ich hatte kaum Zeit, mich von dem Schock zu erholen, da erfasste uns eine kräftige Druckwelle. Meine Haare flogen und für einen kurzen Moment kämpfte ich darum, das Gleichgewicht zu behalten. Der Raum hatte sich verdunkelt. Funken tanzten um uns herum wie abertausende kleine Sterne. Sie flogen und wirbelten und drehten sich, als würden sie etwas – oder jemanden – suchen. Ich bekam all das nur am Rande mit, denn meine Augen lagen noch immer auf Luzifer. Grimmig blickte er nach unten, auf den Zauber zu unseren Füßen.

Er … ich schluckte. Er war mit Marcus verwandt? Mit mir? In meinem Kopf ratterte es. Luzifer war General der königlichen Garde gewesen, er–

»Nicht jetzt«, entfuhr es ihm brüsk. Dabei sah er nicht einmal auf. Automatisch blickte ich zu Nick. Mein Bruder war mehr als nur ein wenig fassungslos. Ich wollte mich umdrehen, zu Malik, Duncan und Nyx, doch der Zauber schien uns in einer Art Blase einzuschließen. Ich sah nichts außer Dunkelheit und die tanzenden Sterne. Wieder blickte ich zu Luzifer. Ich hatte vom ersten Moment an eine Art Anziehungskraft zwischen uns gespürt, jedoch angenommen, es läge an Lillith oder unserer erblühenden Freundschaft.

Später, hörte ich nun auch Lucan. *Denk an Midas' Worte und konzentriere dich. Positive Gedanken.*

Ich riss meinen Blick von meinem … von Luzifer los. »Nick«, wisperte ich. »Nick, sieh mich an.« Die grünen Augen meines Bruders fanden meine. »Erinnere dich an unseren Vater«, wies ich ihn an und zwang meine rasenden Gedanken zur Ruhe. »Denk an eure gemeinsame Zeit. Daran, wie sehr du ihn wiedersehen willst. Daran, wie sehr du ihm von Alina und dem Baby erzählen willst.«

Er nickte und schloss für einen Moment die Augen. Der harte Zug um seinen Mund verschwand. Die kleinen Sterne um uns herum sahen aus, als wären sie aus einem Sternenbild entkommen. Sie wirbelten, glitzerten und dann fanden sie sich, einer nach dem anderen, wie Puzzleteile einer verlorenen Erinnerung.

Ein Bild begann sich zu formen, direkt über dem Topf mit dem Zauber. Flüchtig, wie ein Traum, und doch greifbar. Augen erwachten in den funkelnden Lichtern, ein Lächeln aus Sternenfragmenten und schließlich eine Gestalt, die aus purer Erinnerung gewebt war. In diesem Moment verband sich Vergangenheit mit Gegenwart, geformt aus Licht, Magie und einem Hauch von Ewigkeit. Obwohl das Bild flackerte und funkelte, erkannte ich ihn. Marcus Callahan. Mein Vater.

Midas atmete geräuschvoll aus, ehe er ein paar Schritte zurücktrat. So weit, wie der Zauber es zuließ. Im Halbkreis standen wir um das Sternenbild des ehemaligen Königs der Anderswelt herum und betrachteten es, *ihn*, mit großen, staunenden Augen.

»Va-ater?«, krächzte Nick, als wolle seine Stimme ihm nicht gehorchen.

Die Sterne, die das Bild formten, waren so dicht gewebt, dass es beinahe so aussah, als wäre er wirklich hier. In Fleisch und Blut. Bloß hellblau leuchtend und nun ja, in der Luft schwebend. Über einem magischen Kessel. Meine Gedanken schweiften ab, als ich versuchte, die Situation zu erfassen. Kopfschüttelnd fing ich sie wieder ein und blinzelte. Er war noch immer da.

»Nick.«

Seine Stimme war anders. Ein lächerlicher Gedanke, aber, ich hatte sie mir all die Zeit anders vorgestellt. Irgendwie fieser und … dunkler. Marcus' Tonfall war jedoch liebevoll. Ein tiefer, warmer Bariton.

Ein schluchzendes Geräusch entfuhr meinem Bruder. »Kann ich … kann man ihn berühren?«

»Leider nein«, vernahm ich Midas' leise Antwort. »Tut mir leid.« Ich richtete den Blick auf Marcus. Langsam drehte er sich im Kreis und nahm den Raum – und uns – auf. Verstand er, was hier gerade passierte? Wusste er, dass er tot war? Verdammt, das hätte ich Midas vorab fragen müssen – falls der Zauberer überhaupt eine Antwort darauf hatte.

Marcus stockte, als er von Nick und Midas zu Lillith sah.

»Annabelle?« Er klang aufrichtig schockiert. Der Atem blieb mir weg und instinktiv suchte ich nach Lucans Hand, um mich daran festzuhalten. Er verschränkte die Finger mit meinen. Mein Fels. Wie eben beim Sparring nahm mein Herzschlag wieder Fahrt auf.

Boom, boom, boom …

Niemals hätte ich damit gerechnet, in der ersten Reihe zu stehen, wenn Marcus Callahan klar wurde, mit wem er ein Kind gezeugt hatte. Es dauerte nicht lange. Er nahm Lilliths ganze Gestalt in sich auf. Sein Blick wanderte über die Krone auf ihrem Kopf, ihr Outfit und schließlich zu Luzifer, der dicht neben ihr stand. Anstatt jedoch auszurasten, schloss sein Sternenbild die Augen und schüttelte den Kopf.

»Lillith.«

»Marcus.«

»Du sahst anders aus, damals.«

»Verhüllungszauber.«

»Hast du es geplant? Unser Aufeinandertreffen?«

Meine Mom schüttelte den Kopf, die Miene weicher, als ich es von ihr kannte. »Nein.«

Marcus nickte, ehe er sagte: »Ich konnte dich noch nie leiden.«

Meine Mom gluckste leise. »Das beruht auf Gegenseitigkeit.« Und dann, als würde ihm schlagartig klar werden, was ihre Anwesenheit bedeutete, riss er den Kopf herum und blickte mich an. Ich konnte seine Augenfarbe nicht erkennen, in dieser Form hatte er keine, doch ich wusste, dass sie grün gewesen waren. Jadegrün, wie Nicks. Stumm taxierten wir uns. Nahmen die Gestalt des anderen in uns auf. Als die Stille unangenehm zu werden begann, riss ich mich zusammen. Wir wussten nicht, wie lange der Zauber hielt.

»Vater«, testete ich das Wort, über das laute Pochen meines Herzens. Es fühlte sich fremd an. Ich klammerte mich fester an Lucans Hand.

Marcus sog scharf die Luft ein. Dann lächelte er. Sein Lächeln, es … ich hatte es nicht erwartet. Absolut nicht. Tatsächlich hatte ich, so ehrlich konnte ich jetzt zu mir selbst sein, mit Ablehnung gerechnet. Distanz. Jedoch nicht hiermit. Nicht mit einem Lächeln, das aus tausend Sternen bestand und meine Knie zittern ließ. Ich war die ungewünschte Tochter. Das Kind, das das Mal trug, obwohl es Nick zustand. Ich war der Dämon, die Anomalie, ich–

»Meine Tochter.«

Verflucht. Jemand schluchzte. Ich … war ich das gewesen? Meine freie Hand wanderte an meinen Mund und ich blinzelte. Ein Kloß bildete sich in meinem Hals und das Brennen meiner Augen wurde stärker. Was war hier los? Ich hatte das Ganze cool und überlegen hinter mich bringen wollen. Ich war die Königin der Anderswelt verdammt, ich–

Er ist dein Vater, Liebes.

Ja. Das war er. Und er war hier. Ich sah meinen Vater, das erste und gleichzeitig letzte Mal und auf einmal wurde ich von Emotionen überwältigt, mit denen ich nicht gerechnet hatte.

»Tochter«, sagte er erneut und es sah aus, als wolle er einen Schritt auf mich zumachen. Es klappte natürlich nicht. Er war an den Zauber und den Kessel gebunden, aber er versuchte es. Er *wollte* es. Um mich zu umarmen? Ich hatte mir all die Jahre so sehr eingeredet, dass es nicht wichtig war, ihn zu kennen. Mehr noch, seitdem ich die Anderswelt betreten hatte, hatte ich ihn zum Feind gemacht. Ich hatte ihn für das, was während des *Clash*' passiert war, verurteilt, denn wie hatte er so viele sterben lassen können? Aber jetzt stand ich hier, blickte in seine Augen, und verstand, dass auch seine Situation nicht schwarz oder weiß gewesen war. Krieg zwang uns dazu, Entscheidungen zu treffen. Schwierige Entscheidungen.

»Lillianna«, Nick räusperte sich, »ihr Name ist Lilly.«

Marcus' Blick zuckte für eine Millisekunde zu meiner Mom. »Natürlich wählst du einen Namen, der deinem ähnlich ist.«

Lillith grinste, blieb jedoch stumm. Keine Ahnung, ob ich es mir einbildete, aber ich sah sie angestrengt schlucken. Konnte es sein, dass diese Situation sie ebenfalls mitnahm?

»Lilly«, testete er meinen Namen, wie ich zuvor das »Vater«. »Lilly«, sagte er erneut, fester diesmal. Liebevoller als zuvor. Die Tränen kamen, bevor ich sie aufhalten konnte.

»Verdammt«, entfuhr es mir, als ich mir über die Augen wischte. Jemand lachte leise – Nick.

Ach scheiße, was solls, dachte ich. Das hier war meine Familie. Meine kleine, verkorkste Familie. Es gab nichts, dessen ich mich schämen musste.

»Ich habe mir so sehr eingeredet, dich nicht kennen zu müssen, kennen zu wollen«, sprach ich meine Gedanken von zuvor laut aus. »Und jetzt …«

»Jetzt was, Lilly?«

Heilige Balance …

»Jetzt bin ich traurig, dass dies unser einziger Moment sein wird.«
Ich schniefte leise und hinter unserem Vater sah ich, wie Nick sich
über die Augen fuhr.

»Ich bin dankbar«, sagte Marcus und seine Stimme hörte sich bereits weniger fremd an. »Dankbar, dass ich mein Kind, dass ich dich,
sehen darf. Dass ich sehen darf, was für eine beeindruckende Frau
du bist.«

Ein zittriges Lachen entfuhr mir. »Das kannst du gar nicht wissen.«

»Kann ich nicht?« Marcus drehte sich im Kreis. »Ich bin tot.« Er
nickte. »Ich wusste in dem Moment, als die Dämonen kamen, dass
ich es nicht überleben würde. Es waren zu viele und es war an der
Zeit. Und da ich hier stehe«, er sah an sich herab, »als … Zauber?«

»Ein Blutzauber«, erklärte Midas. »Machbar, durch einen Brief von
dir an Elisa.«

Marcus nickte. Als wäre dies alles völlig selbstverständlich. Es er-
staunte mich und gleichzeitig ergab es Sinn. Er war für viele Jahrhunderte der König der Anderswelt gewesen. Davor der von Alliandoan.
Er hatte den *Clash* überlebt und den Tod seiner Gefährtin. Für ihn
war die Magie nicht neu, sie war alles, was er kannte.

»Ich bin tot und doch bin ich hier. Mein Bewusstsein, nehme ich
an?«

»Korrekt«, bestätigte Midas, der sich weiterhin abseits hielt.

»Beeindruckend.« Ihre Blicke begegneten sich und Midas neigte sein
Haupt.

»Ich bin nicht mehr dein König, Midas.«

Der oberste Zauberer Dhanikans lächelte. »Es tut gut, dich zu sehen, Marcus.«

Die Augen meines Vaters wanderten weiter. Bevor er sich zu Lucan
und mir wandte, verharrte er einen Moment bei Luzifer. Er kniff die
Augen zusammen. »Luzifer?«

Der gefallene Engel seufzte, dann nickte er. »Hallo, Großneffe.«

»*Was?*«, riefen Nick, Lucan und ich gleichzeitig.

Großneffe? *Großneffe?*

Klar, nachdem Luzifer sich geschnitten und sein Blut für den Zauber gegeben hatte, vermutete ich, dass wir miteinander verwandt waren – irgendwie. Aber Großneffe? Das machte ihn zu–

»Ich bin der Bruder eures verstorbenen Großvaters«, wandte Luzifer sich an mich, dann an Nick. Mein Bruder sah aus, als würde er gleich in Ohnmacht fallen. »Für viele Jahrzehnte war ich General der königlichen Garde Arcadias, während mein Bruder regierte.«

Ich starrte. Zu etwas anderem war ich nicht fähig.

»Ich hätte nie gedacht, dass ich dich einmal kennenlerne«, gab mein Vater zurück. »Meine Tochter und mein legendärer Großonkel an einem Tag.« Marcus schüttelte lachend den Kopf. »Du hast mich gefragt, wieso ich annehme, dass du eine beeindruckende Frau bist«, wandte er sich erneut an mich.

Ich riss mich von Luzifer los und erwiderte seinen Blick.

»Ihr habt mein Bewusstsein mit einem Zauber vorübergehend erweckt.« Bei dem Wort vorübergehend zuckten Nick und ich leicht zusammen. »Ihr alle.« Marcus breitete die Arme aus. »Midas ist anwesend. Die dunkle Königin. Die ich in all den Jahrhunderten ... wie oft? Drei Mal gesehen habe? Dann Luzifer«, sprach er weiter, ehe er auf Lucans und meine ineinander verschränkten Hände sah.

»Und dann das. Lucan Vale.«

Mein Mann nickte. »Marcus.«

»Gehe ich recht in der Annahme, dass ihr verbunden seid?«

»Durch das Schicksal und unsere Liebe«, erwiderte Lucan. »Ja.« Marcus lächelte. »Ein Vale und eine Callahan. Das Schicksal hatte schon immer große Pläne für unsere Familien.« Er schüttelte den Kopf. »Sieh dich um, Lilly. Ich habe keine Ahnung, wie du das bewerkstelligt hast, aber in diesem Raum befinden sich ehemalige Feinde und frühere Verbündete, gemeinsam. Ohne sich gegenseitig umzubringen. Niemals hätte ich dies für möglich gehalten. Das reicht mir, um zu wissen, dass du eine beeindruckende Frau bist.«

»Königin.« Nick sah an Marcus vorbei und fing meinen Blick auf. »Sie ist eine beeindruckende Königin, Vater.« Endlich setzte Nick sich in Bewegung und trat neben Lucan, damit Marcus uns alle ansehen konnte.

»Ihr beide beeindruckt mich, Nickolas. Nicht bloß deine Schwester. Ich nehme an, du warst ihr eine große Stütze und Hilfe in all dem.«

»Ich ...«

»Das war er«, unterbrach ich Nick, bevor er anfangen konnte, in der Vergangenheit zu wühlen. Er hatte Fehler gemacht, ja, aber das hatten wir alle. »Er nahm mich auf und war von der ersten Sekunde an ein Bruder für mich.« Ich griff an Lucan vorbei und zog Nick an meine andere Seite. Damit schoben wir Luzifer aus dem Weg und dichter zu Lillith. Um ihn würden wir uns später kümmern. »Nick ist mit Alina verbunden und sie bekommen ein Baby«, entfuhr es mir, denn ich wusste, dass das Wiedersehen ein Ende finden musste. Bevor der Zauber nachließ, mussten wir Marcus befragen. Noch wirkte Midas entspannt, aber wir durften unsere einzige Chance nicht mit Smalltalk verschwenden. Egal, wie gut er tat. Oder wie heilend er sich anfühlte.

»Wirklich?«

»Ja, sie … ich liebe sie. Habe ich schon immer.« Nick verstummte. Durch unser Band spürte ich, wie aufgewühlt er war. Ich verschränkte unsere Finger miteinander. Lucan an der einen, Nick an der anderen Hand, stand ich da.

»Sie ist etwas über der Halbzeit«, konkretisierte ich, denn ich wusste, was es Nick bedeutete, dass sein Vater diese Neuigkeit erfuhr. Auch wenn er sein Enkelkind nie kennenlernen würde.

»Alina und dem Baby geht es gut.«

Was wir alles hatten durchstehen müssen, dass dem so war, damit mussten wir uns jetzt nicht aufhalten.

»Gratulation, mein Sohn.«

»Da-anke.«

»Ich …« Marcus räusperte sich. »Ich wünsche euch alles Glück der Welt. Bei der Balance, du hast es verdient.«

Nicks Hand zitterte in meiner. Seine Finger zuckten hin und her.

»Es gibt zu viel«, wisperte ich. »Zu viel, was wir dir sagen wollen, über das wir sprechen könnten …«

Marcus seufzte tief. Verständnis huschte über seine Züge. »Aber deswegen bin ich nicht hier.«

»Nein.«

Er straffte die Schultern und verschränkte die Hände hinter dem Rücken. Gerade und königlich stand er da. »Weshalb habt ihr diesen Aufwand auf euch genommen? Wie kann ich euch dienen?«

»Wir müssen wissen, wie du den *Clash* gewonnen hast.«

Er zuckte zurück. »Wie bitte?«

Gib ihm die ganze Geschichte, hörte ich Lucan in meinem Kopf. *In der Kurzfassung.*

»Okay, fein.« Ich atmete tief ein und hielt mich an zwei der wichtigsten Personen in meinem Leben fest, während ich unserem Vater einen Schnelldurchlauf der letzten Monate gab. Ich redete und redete und auf einmal wurde mir eines bewusst: Bael und ich waren miteinander verwandt. Er mochte mir kein Bruder sein, auch wenn er sich selbst so betitelte, aber … wir waren tatsächlich miteinander verwandt. Über Ecken. Über Luzifer … wer hätte das gedacht? Wer in Abbadons Namen hätte das gedacht, verdammt nochmal!

Atemlos beendete ich meine Erzählung mit den Worten: »Jetzt stehen wir vor einem Krieg, von dem wir nicht wissen, wie wir ihn verhindern sollen, wenn ein Tropfen Blut ausreicht, um eine Heerschar irrer Dämonen hervorzubringen.«

Mein Vater blinzelte, sichtlich schockiert, ehe er zu Nick sah. »Wie lange genau bin ich tot?«

»Fast sieben Jahre.«

»Das alles passierte in weniger als zwei Jahren?«

War dem so? Ja, dachte ich. Irgendwann im Laufe der Monate hatte ich aufgehört zu zählen, immerhin war ich unsterblich und Zeit besaß nicht die gleiche Wichtigkeit, wie in der Welt der Menschen, aber … ja. Weniger als zwei Jahre war es her, dass ich Fuß in die Anderswelt gesetzt hatte. Es fühlte sich jedoch an, wie eine ganze Lebzeit.

»Vater«, ich atmete tief ein und wieder aus, »bitte. Du musst uns sagen, wie du den *Clash* beendet hast. Wie hast du die Balance dazu gebracht, dir zu helfen?« Ich kniff die Augen zusammen. »Das hast du doch, oder? So hast du gewonnen?«

Marcus schnaubte, ehe er die Arme vor der Brust verschränkte. Die spontane Abwehrhaltung machte ihn noch ein Stück nahbarer.

»Gewonnen«, murmelte er. »Haben wir das? Ihn gewonnen?«

»Ich weiß nicht, ich …«

»Ich habe die Balance um Hilfe gebeten und sie hat mich erhört, aber Lilly, alles hat seinen Preis. Insbesondere ein Pakt mit der Ursprungsmagie.«

»Das weiß ich.«

 339

Er hob beide Augenbrauen, während alle anderen uns aufmerksam betrachteten.

»Weißt du das wirklich? Magie diesen Ausmaßes fordert Opfer«, sprach er weiter. »Weitaus größere als ein wenig Blut.«

»Erzähl es uns«, bat ich. »Denn mir gehen die Ideen aus, Vater, und ich werde die Anderswelt mit allem, was ich habe, beschützen.«

Der Blick, der mich daraufhin traf, war unleugbar traurig. »Genau das ist es, was ich befürchte, Kind.«

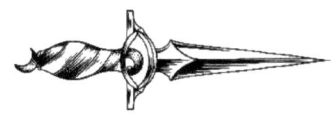

KAPITEL 51

»… die Fae hatten uns umzingelt«, lauschte ich der Erzählung meines Vaters mit angehaltenem Atem. »Sie mussten ihre Angriffe über viele Monate, wenn nicht Jahre geplant haben. Wir waren nie direkt verfeindet, aber unter den Fae gab es schon immer Gruppierungen, die der Meinung waren, überlegen zu sein. Ihre Magie war von jeher anders als unsere. Sie entspringt der Ursprungsmagie, aber sie ist älter. Wilder. Früher nannte man es Chaosmagie.«

Seine Arme sanken herab, als er durch mich hindurchsah, verloren in seinen Erinnerungen. Irgendwo dort hinter mir standen Duncan, Malik und Nyx und bei der Balance, ich hoffte, dass sie das hier sehen konnten. Insbesondere Malik, der eine Beziehung zu meinem Vater gehabt hatte. Sein General und Vertrauter.

»Älvor war einst die mächtigste Welt. Es gibt Engel, Formwandler, Ghoule und mehr, aber die Fae … es gab kein anderes Volk, das über so viele Formen der Magie verfügte. Die Melusine, die Neith …« Er schüttelte den Kopf. »Elementarfae, Aurenfae, Geistfae … ich könnte ewig so weitermachen.«

»Ein wenig davon wissen wir bereits.« Ich erzählte ihm von Rhonan und Ilya.

»Faszinierend«, hauchte er. »Das … das ist beeindruckend. Und sie wollen erneut Teil der Anderswelt werden?«

Ich nickte. »Rhonan ist ein Freund und Verbündeter. Die Fae in Ilya ebenso.« Am liebsten hätte ich ihm von unserem Besuch erzählt. Von den Ti'Malek, den Phönixen und den anderen Völkern, die ich angetroffen hatte. Aber dann würden wir abschweifen und mir war nicht entgangen, dass Midas immer wieder zu dem kleinen Kessel zu unseren Füßen sah.

»Er und Noain, ein Überlebender der Vampyre, sie sind Freunde und sie sitzen zusammen mit uns an einem Tisch. Mit allen Herrschenden«, fügte ich hinzu. »Wir ziehen alle an einem Strang. Vereint.«

Ich erzählte es mit Stolz und dabei war ich nicht stolz auf mich, sondern auf die Unsterblichen, die ich Freunde nannte. Sie alle hatten eine Vergangenheit, manch eine davon dunkler als die andere, aber sie alle waren bereit, für eine bessere Zukunft einzustehen. Sie alle waren bereit, für die Anderswelt zu kämpfen.

»Wie ich bereits sagte: beeindruckend.«

»Marcus«, klinkte Midas sich in unser Gespräch ein. »Der Brief beginnt bereits, sich aufzulösen. Unsere Zeit ist begrenzt.«

Mein Vater schloss die Augen. Als er sie wieder öffnete, wirkte er gefasster. Nüchterner. In kurzen, knappen Sätzen setzte er seine Erzählung fort. Einiges davon wussten wir bereits, vieles noch nicht. Dann kam er zum wirklich interessanten Teil.

»Mehr und mehr Welten fielen, ich … ich wusste, dass ich etwas tun musste. Alliandoan beherbergte die Balance, wir waren das inoffizielle Zentrum der Anderswelt. Die Fae arbeiteten sich von außen nach innen und ich …« Er stockte, zögerte kurz, ehe er weitersprach. »Ich bat die Balance um Hilfe und sie antwortete.«

»Sie half, meinst du?«

»Nicht umsonst«, erwiderte er düster. »Oder ist dir entfallen, dass wir Engel ohne Flügel sind? Unsterbliche, ohne Gefährten?«

Also hatte er beides wahrhaftig gegen den Erhalt unserer und der anderen sieben Welten eingetauscht. Wie vermutet.

»Nicht mehr.« Nick räusperte sich. »Lilly hat Flügel. Malik ebenso.«

Das brachte Marcus für einen Moment aus dem Konzept.

»Es ist noch recht neu«, fügte ich hinzu.

Wie fühlt es sich an?

Es ist unglaublich, erwiderte ich automatisch, ehe mir bewusst wurde, dass Marcus in meinem Geist gesprochen hatte. Ich legte den Kopf schräg und musterte ihn. *Du willst mir etwas sagen, das sonst niemand hören soll.*

Blockiere Lucan.

Ich tat, worum er mich bat, und spürte, wie Lucans Finger sich um meine verkrampften.

Wie … wie kann das funktionieren, wenn du nicht wirklich lebst?

Für den Moment lebe ich, als Erinnerung. Du bist meine Tochter. Hör mir gut zu, Lillianna. Sein Tonfall wurde drängender. Eindringlicher. *Die Flügel und die Gefährten waren nicht alles, was ich aufgab, um die sieben Welten zu retten.*

Was noch?

Er blickte mich an, ohne zu blinzeln. Ruhig und stoisch wartete er, bis ich verstand.

Dein Leben, hauchte ich.

Marcus regte sich nicht, aber er sprach weiter. *Die Ursprungsmagie ist neutral. Weder gut noch böse. Ein Opfer fordert ein anderes Opfer. Ein Gefallen eine Gefälligkeit. Bittest du die Balance um Hilfe, musst du sehr, sehr vorsichtig sein. Ich gab ihr die Flügel und die Liebe unseres Volkes, doch sie verlangte nach mehr. In dem Moment, in dem es kurz so aussah, als würden wir gewinnen, gewannen die Fae erneut die Oberhand und die Balance verlangte mehr. Ich konnte verhandeln*, sprach er weiter, hastig, denn uns beiden war bewusst, dass man uns beobachtete. *Mein Leben, aber erst, wenn mein Erbe meinen Platz einnehmen konnte.*

Ich keuchte auf. *Daher wusstest du, dass du ein weiteres Kind zeugen würdest, weil Nick das Mal nicht trug.*

Marcus nickte. *Als India starb, wurde mir klar, dass es mit jemand anderem geschehen musste, denn warum sonst war ich noch am Leben? Ich besuchte alle Welten und zuletzt, aus Verzweiflung und dem Wunsch dieser Last zu entkommen, die Welt der Menschen. Dort traf ich auf Annabelle. Ich wusste nicht, dass es zu einer Empfängnis kam, bis zu dem Moment, als die Dämonenangriffe sich häuften. Ich spürte eine plötzliche Dringlichkeit und weihte Nick ein. Dann, eines Tages, umzingelten sie mich. Es waren viele. Ich hätte sie bekämpfen können*, sprach er, mehr zu sich selbst als zu mir, *aber in diesem Augenblick wurde mir bewusst, dass meine Zeit gekommen war. Ich hatte einen Erben und Nick würde ihn – oder sie – finden.* Ein trauriges Lächeln umspielte seine Mundwinkel. *Ich bin dankbar. Das Schicksal gab mir viele Jahrhunderte. Es gab mir meine Frau und Nick. Ich hatte Glück. Das Einzige, das ich bedaure, ist, dass ich keine Zeit hatte, dich kennenzulernen, Tochter.*

Ich habe dich für ein Arschloch gehalten, entfuhr es mir auf einmal, denn dies war die einzige Möglichkeit, die Worte loszuwerden. *Für egoistisch.*

Marcus lachte auf. *Du und der Rest der Anderswelt. Und ihr habt nicht unrecht.*

Nicht? Du gabst dein Leben!

Nachdem ich es lebte.

Aber das war nicht deine Entscheidung. Du hättest auch wesentlich früher einen Erben bekommen können.

»Lilly.« Er seufzte. »Ich opferte viele, um andere zu retten.«

Ich brauchte einen Moment, bis ich erkannte, dass er die Worte laut gesprochen hatte.

»Du hattest keine Wahl. Was wäre passiert, wenn du nicht eingegriffen hättest? Womöglich wären alle Welten gefallen? Gäbe es die Anderswelt dann überhaupt noch?«

»Das werden wir nie erfahren.« Das Sternenbild meines Vaters flackerte. Einmal, dann noch einmal.

»Der Zauber lässt nach«, informierte Midas uns. »Es tut mir leid, Lilly.«

Nein, ich … plötzlich war ich nicht bereit. Ich war nicht bereit, ihn gehen zu lassen. Es gab noch so viel, das ich ihn fragen wollte. Das ich ihm erzählen wollte.

»Danke«, sagte Marcus, die Worte jedoch nicht an mich gerichtet. »Danke, Midas. Dass du meinen Kindern ein so treuer Freund bist.«

»Es ist mir eine Ehre.«

Nick gab ein leises Geräusch von sich. Beinahe ein Wimmern. Verdammt, ich fühlte es.

Lillith fluchte, dann trat sie vor. Ehe wir uns versahen, legte sie Marcus eine Hand auf den Arm.

Er zuckte zusammen und auf einmal verbanden die Sterne sich. Als hätte jemand Fäden zwischen ihnen gesponnen, zogen sie sich zusammen und Marcus stand vor uns. In Fleisch und Blut. Das Grün seiner Augen noch strahlender, als ich angenommen hatte.

»Es hält nicht lange«, presste Lillith hervor. »Beeilt euch und bringt die Gefühlsduselei hinter euch. Ich muss mich um einen toten Ritter kümmern.«

»Ich …« Fassungslos starrte ich meine Mom an. Das Geschenk, das sie uns hier machte, war unglaublich! Lucan ließ mich los und ich preschte mit Nick vor. Gemeinsam fielen wir in die Arme unseres Vaters. Warm. Er war so warm und echt und … Schluchzend klammerte ich mich an ihn. Nick dicht neben mir. Leicht zitternd umarmte Marcus uns. Presste uns dicht an sich. Ich spürte ihn, sog seine Wärme und den Geruch nach Leder und Wald in mich auf und hätte ihn am liebsten nie wieder losgelassen. Leider war das keine Option. Denn etwas fehlte. Sein Herzschlag. So echt sich das hier auch anfühlte, das war es nicht. Nur bedingt. Es war der echte Marcus, aber er war nicht mehr am Leben und so sehr ich mir wünschte, dies ändern zu können – es war unmöglich. Tränen liefen mir die Wangen hinab. Marcus redete auf Nick ein, leise und nur für ihn bestimmt, und mein Herz blutete für meinen Bruder, während es zeitgleich sang, weil wir diesen einen Moment haben durften. Einen Moment, den ich für immer schätzen und in Erinnerung halten würde.

»Lillianna …« Die Stimme meiner Mom klang leicht atemlos. Lillith stieß an ihre Grenzen. Unsere Zeit war abgelaufen.

Mein Vater presste einen Kuss auf mein Haar. »Denk an meine Worte, Lilly.«

Ich nickte und klammerte mich an ihn, doch mehr und mehr verlor ich den Halt. Lillith trat zurück, keuchend, und Lucan war da, um Nick und mich am Arm zu fassen, damit wir nicht nach vorne und damit über den Kessel fielen. Das Sternenbild löste sich vor unseren Augen auf.

»Vater …«

Ich zog Nick an mich und hielt ihn fest. Hielt mich an ihm fest, während Lucan uns beiden Halt gab.

»Auch der heftigste Sturm wird eines Tages nachlassen, und wenn er vorüberzieht, bleibt die Stärke, die wir im Herzen trugen, um ihn zu überstehen.«

Beinahe hätte ich gelacht. Poetische Abschlussworte. Natürlich. Ein letztes Lächeln war uns vergönnt. Ein letztes »ich bin stolz auf euch«. Dann fiel der Zauber. Rauch stieg auf und Marcus war fort. Ich hielt mich an Lucan und Nick fest und konzentrierte mich darauf, einfach zu atmen. War das hier gerade wirklich passiert?

»Geht es euch gut?«, fragte Midas.

»Ich kann es nicht fassen«, flüsterte Nick.

»Was hat er dir gesagt?«, verlangte Lucan zu wissen. Und auf einmal spürte ich Duncan, Malik und Nyx. Der Moment war vorbei und Marcus Callahan fort – für immer. Weil ich etwas brauchte, an das ich mich klammern und auf das ich mich konzentrieren konnte, sah ich auf und direkt in ein Paar finstere Augen. Luzifer trat einen Schritt zurück. Als Suche er Schutz bei Lillith.

»So … interessant das hier auch war, ich muss mich um Azrathor kümmern.« Meine Mom bedachte Midas mit einem anerkennenden Blick. »Gut gemacht.«

Midas nickte, dabei sah er aus, als hätte er tausend Fragen. Willkommen im Club. Lillith blickte zu mir. Kurz musterte sie mich, dann nickte sie. Offenbar zufrieden mit dem, was sie sah. Wirklich? Nach allem, was hier gerade passiert war, war sie *zufrieden* mit dem, was sie in meinem Gesicht las? *Wirklich?*

»Wir reden später, Darling.«

Luzifer wollte sich umdrehen, ganz sicher, um abzuhauen – der Feigling! –, doch ich schnellte vor und packte den gefallenen Engel am Handgelenk. Blitzschnell und fester, als es angemessen gewesen wäre.

»Du bleibst«, wies ich ihn an. »*Großonkel.*«

KAPITEL 52

»… das war so *krass*. So. Krass!«

»Kannst du mal aufhören, das zu wiederholen?« Nick rollte die Augen. »Wir haben es verstanden.« Obgleich er Duncan anfuhr, hielt er sich an seinem Whiskyglas fest, als würde er am liebsten in Duncans kleinen, emotionalen Anfall mit einstimmen. Leicht blass saß Nick da, die Fingerknöchel traten weiß hervor, die Eiswürfel in seinem Glas klirrten irritierend. Zum Glück hatten die anderen die kleine Show live und wie auf einer Leinwand verfolgen können und wir hatten nicht alles genauestens wiedergeben müssen. Noch besser: Nyx hatte nicht in unserem Kopf herumwühlen müssen. Ich war noch nicht bereit, das, was Marcus mir anvertraut hatte, zu teilen, und momentan hatte ich Nyx nichts entgegenzusetzen. Also ja, ich war dankbar, dass Duncan, Malik und Nyx auf dem gleichen Wissensstand wie wir waren.

In den letzten Minuten hatte sich keiner von uns groß bewegt. Luzifer saß Nick, Lucan und mir gegenüber. Die Beine lässig übereinandergeschlagen blickte er überall hin, außer zu mir.

Ein Funken Wut machte sich in mir breit. Wie? Wie konnte er so verdammt gelassen wirken, wenn er uns vor wenigen Minuten offenbart hatte, dass wir miteinander verwandt waren?

Lucan hielt mir ein Glas Wein hin, ich schüttelte den Kopf. Mir war eher nach etwas Stärkerem, aber das war keine gute Idee, denn Alkohol würde mich bloß emotional machen. Und ich war bereits viel zu emotional! Ich hatte meinen toten Vater getroffen, mit ihm gesprochen, ihn umarmt, erfahren, dass Luzifer ein lebender Verwandter war. Bael war ebenfalls mit mir verwandt – argh! – und als wäre das alles noch nicht genug, schien die einzige Antwort auf den Ausgang dieses Krieges mein Tod zu sein. So war es doch, oder? Marcus hatte es selbst gesagt: Er hatte sein Leben geopfert, um Alliandoan und die anderen sieben Welten zu retten. Es war reines Glück

– oder Schicksal – gewesen, dass es so lange gedauert hatte, bis ein Erbe vorhanden gewesen war.

Die Eiswürfel in Nicks Glas klirrten. Laut und klar. Das Geräusch verstärkte die Wut in mir. Mit einer raschen Bewegung nahm ich Nick das Glas aus der Hand und exte den Inhalt. Bah. Ich war noch nie ein Fan von Whisky gewesen. Auffordernd hielt ich meinem Bruder das Glas hin. »Kann ich noch einen haben?«

Luzifer und ich starrten uns noch immer nieder. Hätte ich ihn nicht so aufmerksam beobachtet, wäre mir das leichte Zucken seines rechten Mundwinkels entgangen. War er ... amüsierte ihn das hier etwa? Ich biss die Zähne zusammen, er verschränkte die Arme vor der Brust und musterte mich aufmerksam. Niemand sprach ein Wort. Lucans Bewusstsein strich immer wieder gegen meines und ich wusste, was er wissen wollte. Genau aus diesem Grund ignorierte ich ihn.

»Das ist merkwürdig. Ist es merkwürdig?« Duncans nervöses Lachen hallte durch den Raum. »Ich meine, ihr versteht euch super und so, aber, Alter, hättest du nicht mal erwähnen können, dass ihr verwandt seid?«

»Nenn mich nicht Alter.«

»Er kann dich nennen, wie er will.« Herausfordernd blitzte ich Luzifer an.

»Das kann er nicht«, erwiderte der lässig, während ich das volle Glas Whisky von Nick entgegennahm. »Und du solltest dich in einem Moment wie diesem nicht betrinken, sondern deine Emotionen besser unter Kontrolle haben. *Nichte.*«

Sprachlos klappte mir der Mund auf. Ich blinzelte. Das Glas in meiner Hand vergessen. Diese Nerven! Wie konnte er–

»Mein Nachname ist das wohl bestgehütete Geheimnis der Anderswelt«, sprach Luzifer weiter und ignorierte mich. Die anderen - sogar mein Mann und Midas - hingen an seinen Lippen.

»Da ihr es nicht wusstet«, Luzifer musterte erst mich, dann Nick, »ihr beide nicht, ist Marcus entweder gestorben, bevor er es euch erzählen konnte, oder aber er hatte beschlossen, mich endgültig aus dem Familienstammbaum zu streichen. Zumindest wusste er es, also hat mein Bruder mich nicht komplett verschwiegen.«

»Stammbaum«, schnaubte ich und nahm einen großzügigen Schluck. *Liebes.* Lucans Hand landete auf meinem Oberschenkel. Seine Finger übten sanften Druck aus. *Du solltest bei deinen vorherigen Gedanken bleiben und das Glas wegstellen. Ich weiß, es ist viel,* – ich warf Lucan einen bösen Blick von der Seite zu, *sehr viel, aber wir brauchen dich bei klarem Verstand.*

Innerlich brodelnd stellte ich das Glas auf dem Tisch vor mir ab. Malik fragte Luzifer über die Garde aus und Nyx wollte wissen, wie alt er war.

»Vermutlich älter als jeder andere Unsterbliche in der Anderswelt. Ihr sprecht in Jahrhunderten, ich in Jahrtausenden.«

Damit war er sogar älter als Midas, der mit seinen knapp tausend Jahren als einer der ältesten Unsterblichen galt. Mit meinen fast dreißig Jahren war dies ein Konzept von Zeit, das ich nicht einmal im Ansatz greifen konnte. Selbst Lucan war mit seinen drei Jahrhunderten ein Baby dagegen.

»Kein Wunder, dass niemand mehr weiß, dass du ein … ein Callahan bist«, brachte Nick stockend hervor.

»Ich besitze keinen Nachnamen mehr.« Luzifer zuckte mit einer Schulter. Als wäre dies hier eine kleine Lektion in Sachen Geschichte und nicht unser verdammtes Leben! »Es ist zu lange her. Manchmal erinnere ich mich kaum, es–«

»Schwachsinn«, warf ausgerechnet Malik ein. »Du warst General für viele Jahrhunderte, Berater des Königs. Du hast es mir selbst erzählt. Eine Tätigkeit wie diese, eine Aufgabe und eine Berufung, die Flügel … all das vergisst man nicht. Egal wie viele Jahrhunderte oder mehr es her ist.«

Etwas Dunkles, Einnehmendes blitzte in Luzifers Augen auf. Die Lavaströme auf seiner Haut waren gut sichtbar. Beinahe beiläufig griff er an sein Amulett. Sein Blick nahm an Intensität zu und auf einmal erkannte ich das »Etwas«, als das, was es war: Sehnsucht.

Die Sehnsucht nach einem Platz im großen Ganzen. Der Wunsch, Teil von etwas zu sein. Luzifer hatte sich in Abbadon sein eigenes kleines Reich geschaffen. Er liebte seine Tiere, hatte sich eine Aufgabe gesucht, aber … mehr hatte er nicht. Er war einsam. Das konnte auch die Liebe meiner Mom nicht ändern.

»Es ist lange her. Ich bin kein Engel mehr.«

»Das bin ich auch nicht«, entfuhr es mir.

»Euer Stammbaum ist definitiv interessant.« Ich drehte den Kopf, um Nyx ansehen zu können. »Ich dachte, unserer hätte es in sich, aber eurer ...« Sie pfiff leise durch die Zähne. Ihr Tonfall war wertfrei und ihre schwarzen Augen hielten mich für einen Moment gefangen.

Stammbaum. Ich blinzelte.

Lucan!

Er packte meinen Oberschenkel fester.

Stammbaum!

Was ist damit?

»Stammbaum«, sagte ich erneut, diesmal laut, damit alle mich verstanden. »Maritia. Sie sprach nicht bloß von unserem Vater. Nick!« Aufgeregt packte ich sein Handgelenk. »Sie ... sie meinte ihn. Luzifer.«

»Was ... wie bitte?«, stotterte mein Bruder, noch immer nicht ganz er selbst.

»Maritia«, sagte ich wieder und richtete mich auf. »Duncan nahm an, sie sprach über unseren Vater und bis zu einem gewissen Grad hatte er Recht, immerhin haben sich die Gerüchte um ihn und die Balance bestätigt, aber der Stammbaum. Damit meinte sie nicht bloß Marcus.« Mein Blick suchte und fand den von Luzifer. »Sie meinte dich. Es ging darum, dass wir verwandt sind.« Darum, dass er uns helfen würde, weil wir eine Familie waren.

Endlich einmal zeigte der gefallene Engel eine Regung, denn auf einmal sah er nicht mehr ganz so lässig aus. »Ich bin nicht sicher, ob–«

»Du wirst uns helfen. Im Kampf gegen Bael.«

Seine Augenbrauen zogen sich zusammen. »Das sagte ich bereits.«

»Ja, aber du wirst uns helfen, nicht, weil wir einen Deal gemacht haben. Nicht, weil ich dir helfen werde, alles zu tun, damit du deine Flügel zurückbekommst. Du wirst uns helfen, bis zum bitteren Ende und mit allem, was dir zur Verfügung steht, weil wir eine Familie sind.«

Ich löste mich von Lucan und Nick und stand auf. Luzifer lehnte sich zurück in die weichen Polster. Weg von mir. Als würden ich, oder meine Worte, ihn zu Tode ängstigen. Meine Wut verschwand, als mir mehr und mehr bewusst wurde, warum er hier war. Warum er von Anfang an hier gewesen war. Weswegen er wiedergekommen war. Jedes Mal. Nicht wegen Lillith oder Bael. Wegen mir und Nick.

»Du wirst uns helfen, weil du uns liebst.«

Nick verschluckte sich an seiner eigenen Spucke und auch Luzifer sah alles andere als begeistert aus.

»Nun werde nicht übermütig, Majestät, ich–«

»Willst du es leugnen?«, unterbrach ich ihn. Er war mein Onkel, quasi, und jetzt, da ich ihn gefunden hatte, würde ich ihn nicht mehr loslassen. Nicht jetzt, nachdem ich meinen Vater für immer hatte gehen lassen.

Luzifer kniff die Augen zusammen. Er runzelte die Stirn. Fluchte unterdrückt. Aber er leugnete es nicht.

»Da war von Anfang an eine Verbindung zwischen uns–«

»Gereiztheit.«

»Verständnis.«

»Frustration.«

Ein kleines Lächeln umspielte meine Lippen, als ich den Tisch umrundete und vor ihm zum Stehen kam.

»Liebe.« Ich stand so dicht, dass meine Beine seine Knie berührten. »Ob du es willst oder nicht, wir sind deine Familie.«

Wie in Trance erhob er sich. Verwirrung lag auf dem harten, gezeichneten Gesicht. Die kleinen Lavaströme pulsierten mehr denn je. Als wären sie lebendig, als würden sie ihren vorgegebenen Weg jeden Moment verlassen und überlaufen.

»Nicht ausflippen«, wisperte ich, »aber ich werde dich jetzt umarmen.« Noch bevor er reagieren konnte, warf ich mich gegen ihn. Schlang meine Arme um ihn und drückte mich fest an ihn. Zunächst blieb er steif, die Schultern angespannt und die Hände unschlüssig an seinen Seiten. Es war, als hielte ihn ein unsichtbares Band zurück, ein Zögern, das nicht von der Geste selbst, sondern von dem Gefühl dahinter herrührte. Doch dann, langsam und beinahe widerwillig, schmolz die Härte aus seiner Haltung. Seine Arme hoben sich, zaghaft erst, bis er sie schließlich um mich legte. Um meine Schultern. Vorsichtig, wie ein fragiler Versuch, Nähe zuzulassen. Für einen Moment hielt er inne, und dann, fast unmerklich, entspannten sich seine Muskeln. Ein leiser Seufzer entwich ihm, als er der Umarmung nachgab und sie schließlich erwiderte.

»So krass«, flüsterte Duncan wie immer ein wenig zu laut und zu unpassend und damit absolut passend. Passend zu ihm, aber auch zu uns, zu unserer kleinen, bunten Familie, jener, die wir erschaffen hatten und die in all den Monaten gewachsen war. Familie durch Blut, aber auch durch Verständnis, Akzeptanz und bedingungslose Liebe.

Mein Lächeln wurde breiter.

»Ich wollte es dir sagen«, raunte Luzifer in mein Haar.

»Es ist nicht wichtig«, erwiderte ich erstickt, erneut von Emotionen übermannt. »Du bist hier.«

»Ich bin hier.«

»Und du gehst nicht mehr weg.«

»Nein. Ich … ich bleibe so lange, wie ihr mich haben wollt.«

In Luzifers Umarmung drehte ich den Kopf, um meinen Bruder ansehen zu können. Schock stand ihm ins Gesicht geschrieben. Schock und Unglaube. Darunter befand sich ein guter, gerechter Mann, aber es war zu früh, Nick in unsere Umarmung mit aufzunehmen. Das hier musste er erst einmal verarbeiten. Midas trat an die Seite meines Bruders und legte ihm beruhigend eine Hand auf die Schulter.

»Krass. Das ist alles so—«

»Krass«, unterbrach Lucan. »Wir haben dich gehört, Kleiner.«

Als den anderen klar wurde, dass Luzifer und ich uns nicht so schnell voneinander lösen würden, gaben sie uns einen Moment und suchten das Gespräch untereinander. Malik, Lucan und Nyx unterhielten sich darüber, wie es für Malik gewesen war, Marcus nach all der Zeit wiederzusehen. Adjektive wie merkwürdig, erhaben und ehrfürchtig fielen. Ich bekam all das nur am Rande mit, denn Luzifer, der sture Mistkerl, gab ziemlich gute Umarmungen. Ich legte den Kopf in den Nacken und sah auf. Noch nicht bereit, ihn loszulassen.

Helle Augen blickten auf mich herab. Nicht mehr regungslos, gereizt oder zurückhaltend, sondern voller Gefühl.

»Wieso habe ich es vorher nicht gesehen?«

Jetzt, da ich es wusste, war es so offensichtlich. So natürlich. Der Skandal war gigantisch gewesen. Das hatte mich tatsächlich von Beginn an irritiert, denn hatte es Alliandoan nicht egal sein können, wen die dunkle Königin liebte? Aber natürlich war der Skandal riesig gewesen, immerhin war Luzifer Mitglied der königlichen Familie gewesen. Die Ritter hassten ihn so sehr, weil er nicht irgendein Engel gewesen war. Außerdem besaß er die gleiche gerade, beinahe aristokratische Nase wie Nick und unser Vater. Die gleiche Statur, hochgewachsen und drahtig. Und dann waren da noch die Gefühle. Die anfängliche Vertrautheit. Jene Momente, in denen er etwas in mir ausgelöst und mich berührt hatte. Zunächst Wut und dann … mehr. Lucan hatte es auch gespürt, sonst wäre er nicht eifersüchtig gewesen. Luzifer hatte etwas in mir berührt. Und dann waren da noch jene Augenblicke gewesen, in denen ich das Gefühl gehabt hatte, er hatte mir etwas sagen – oder beichten – wollen.

»Das Auge sieht, was es sehen will«, erwiderte er leise. »Der Kopf ebenso. Das Herz lässt sich nicht so leicht täuschen, aber auch das ist nicht unfehlbar.«

»Ich habe mich direkt zu dir hingezogen gefühlt – nicht romantisch. Freundschaftlich.« Familiär. Auch wenn ich es nicht hatte sehen wollen, Luzifer war wie ein Magnet gewesen.

Er lächelte. »Ich weiß. Deswegen warst du so ätzend zu mir.«

»Du warst viel ätzender.« Ich lockerte meinen Klammergriff und trat einen Schritt zurück. Meine Hände lagen jedoch noch immer an seinen Unterarmen, denn ich war noch nicht bereit, den Kontakt zu ihm abzubrechen.

»Wolltest du von Anfang an eine Beziehung zu uns aufbauen? Zu mir?«

Luzifer lachte schnaubend. »Nicht von Anfang an, das wäre gelogen. Du kannst in der Tat nervtötend sein.«

»Ich weiß.«

Er seufzte leise. »Als der erste Schock und die Wut über Lilliths Verrat jedoch abgeebbt waren, da wurde mir klar, was es bedeutet. Das Kind meiner Gefährtin ist auf wundersame Weise auch mit mir verwandt. Blutsverwandt. Ich …« Seine Pupillen weiteten sich schlagartig.

»Nicht ausflippen«, hörte ich mich leise sagen und legte meinen Kopf zurück gegen seine Brust. »Bleib hier bei mir.«

Luzifers Herz schlug schnell, während er mich erneut fest umklammert hielt. »Ich hätte einen Moment wie diesen niemals für möglich gehalten. Aber ich habe es gehofft«, gestand er, »als du nach Abbadon kamst und so nervig und penetrant an meine Tür geklopft hast. Anstatt mich zu verabscheuen, warst du neugierig, und ich kann dir nicht sagen, was es mir bedeutet. Neugier anstelle von Abscheu.«

»Meine Mom wusste es von Anfang an.«

»Es war nicht ihr Geheimnis.«

Nicht schwarz, nicht weiß, erinnerte ich mich. Ich konnte seine Antwort und das Schweigen meiner Mom akzeptieren.

»Wir sind alt, Lilly, und wir haben eine Menge Ballast, den wir mit uns herumschleppen. Vergangenes, das uns belastet, und Neues, vor dem wir uns fürchten.« Mit einer Hand hob er mein Kinn und blickte mich an. »Nichts davon würden wir freiwillig zugeben.«

»Damit seid ihr nicht anders als der Rest der Anderswelt.«

»Vermutlich nicht, nein.« Seine Miene wurde ernst. »Aber du und deine Freunde, ihr habt einen Ort geschaffen, an dem Akzeptanz die Zweifel vertreibt. Hoffnung die Angst und Liebe die Missgunst.«

Zum wiederholten Male an diesem Tag traten mir Tränen in die Augen und ich verstand, warum Maritia uns indirekt einen Schubs gegeben hatte. Eventuell hätte Luzifer nie gestanden. Wir hätten es nie erfahren. Die Angst vor Ablehnung wäre nie verschwunden. Aber jetzt … jetzt, da wir wussten, wer wir füreinander waren, schwächte uns dieses Wissen nicht etwa, es machte uns stärker. Es ging nicht bloß darum, dass Luzifer an unserer Seite kämpfte und seine Biester ebenfalls in den Kampf schickte. Er hätte sich zurücklehnen und beobachten können, aber nun hatte er etwas zu verlieren. Etwas, von dem er bisher gar nicht gewusst hatte, wie tief verwurzelt es in seinem Herzen gewesen war. Eine Zukunft in Alliandoan und uns – seine Familie. Und wir? Ich? Ich hatte einen weiteren Grund, Bael dem Erdboden gleich zu machen und die Anderswelt zu retten. Unsere Verwandtschaft war ein weiterer Funke in der Dunkelheit. Ein weiterer Vorteil gegenüber Bael. Er kämpfte, um zu morden und zu unterdrücken, wir, um zu beschützen. Das musste doch zählen, oder nicht? Für das Schicksal? Die Balance?

»Die Flügel und die Gefährten waren nicht alles, was ich aufgab, um die sieben Welten zu retten.«

Lucans Bewusstsein strich erneut gegen meines und ich löste mich endgültig aus Luzifers Armen, um mich meinem Mann zu stellen. Er war geduldig gewesen, doch nun züngelten die ersten Schatten an seinen Handgelenken und durch unser Band spürte ich seine Unruhe und seine Angst. Ich stählte mich innerlich und begegnete Lucans glühendem Blick.

»Was hat er dir gesagt?« Er trat näher. Die Schatten züngelten höher. »Die Wahrheit«, ermahnte er mich streng. »Ich spüre, wenn du lügst, Liebes. Deine mentalen Mauern sind geschwächt.«

Der ganze Raum hielt den Atem an. Ich hätte lügen können. Auch wenn Lucan es nicht wahrhaben wollte, war ich durchaus in der Lage, ihn anzulügen oder Informationen vor ihm zu verbergen. Auch geschwächt oder emotional angeschlagen, wie jetzt. Ich hatte es bereits des Öfteren erfolgreich geschafft, aber … ich wollte es nicht. Keine Lügen – das hatten wir uns geschworen. Immer die Wahrheit. Egal wie unschön sie war.

Nun denn.

Lucan musterte mich aufmerksam. Die ersten größeren Schatten verdunkelten den Raum.

Liebes …

»Marcus gab nicht bloß die Flügel und die Gefährten der Engel auf.« Ich hielt Lucans düsteren Blick und atmete geräuschvoll aus. »Er gab sein Leben.«

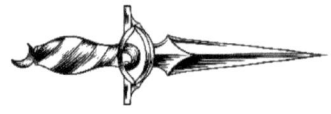

KAPITEL 53

Drake, Vesteria

»Ist es immer so neblig hier?«

Noain hatte eine Hand an die Stirn gehoben, als würde ihm diese Geste dabei helfen, besser und weiter zu sehen. Innerlich grinsend schüttelte ich den Kopf.

»Kein Nebel«, verbesserte ich. »Wolken. Wir befinden uns beinahe am höchsten Punkt des Gebirges. Niemand hat seine Gipfel jemals gesehen. Sie liegen immer in den Wolken. Schon als ich klein war, sind wir immer um das Gebirge herumgeflogen und nie hindurch, weil die Wolken–« Ich brach ab.

»Was ist?« Noain drehte sich zu mir um. Die eisblauen Augen musterten mich aufmerksam. Unsere Beziehung hatte sich zu einhundert, ach was, eintausend Prozent gewandelt. Wir hatten das Gefährtenband akzeptiert und obwohl eine Zeremonie der nächste logische Schritt war, fühlte ich mich ihm so verbunden, wie nie zuvor. Ich verstand ihn. Liebte ihn. Ich *sah* ihn. Und er mich.

Ein Teil von mir hatte angenommen, mit unserer Versöhnung fielen die Wut und der Hass von ihm ab. Ich hatte angenommen, unsere Verbindung würde ihn weicher machen, vielleicht sogar ein Stück weit zu dem Mann, der er einst gewesen war. Das war nicht geschehen und ich empfand nichts als Dankbarkeit. Noain hatte sich verändert, das hatte ich akzeptiert. In den letzten Wochen und insbesondere in den letzten Tagen, in denen wir nicht bloß das Bett, sondern viele, intensive Gespräche und Momente miteinander geteilt hatten, hatte ich mich mehr und mehr in ihn verliebt. Nicht in den Mann von früher, sondern in den Noain von heute. Den harten Mann mit den Narben und der Wut im Bauch, der noch immer schöne Worte fand – wenn er denn wollte. Er war kompromissloser und härter. Der Sex gleichzeitig rauer und liebevoller. Reifer, so wie wir beide. Verglichen mit dem, was ich jetzt fühlte und was in den letzten Wochen und

Monaten erblüht war, fühlte sich unsere Liebe von früher beinahe wie eine Schwärmerei an.

Ich blinzelte und Noain stand vor mir. Seine Hand schnellte vor und er umfasste meinen Hals. Nicht grob, aber so voller Besitzanspruch, dass mir die Knie weich wurden.

»Was wir früher empfanden, war keine einfache Schwärmerei«, raunte er mit tiefer, eindringlicher Stimme. »Aber das hier, du und ich … jetzt sind wir ebenbürtig.«

»Damals nicht?«

Noain schüttelte den Kopf, ehe er mich kurz und fest auf den Mund küsste. »Nein. Damals nicht, Hoheit. Und jetzt sag mir, wieso du aufgehört hast zu reden?«

»Hm?« Hatte ich? Meine Augen hingen an seinen Lippen und es kostete mich einiges an innerer Kraft, mich nicht einfach auf ihn zu stürzen. Denn ich konnte es. Ich durfte es. Und das war das wundervollste Gefühl auf der gesamten Welt. Noch schöner als Fliegen.

»Fliegen«, wisperte ich und bewegte den Kopf in seinem Griff. Noains Daumen strich über meinen Puls und ich stockte erneut. »Fliegen.« Was hatte Odile doch gleich gesagt? *Wenn all das hier vorüber ist, dann fliegen wir zusammen. Du und ich und Lilly.«*

Natürlich! »Noain!« Ich griff nach seinem Arm und hielt mich daran fest. Was war mir in all den Jahrhunderten, in denen ich meinen Drachen unterdrückt und mich selbst bestraft hatte, am schwersten gefallen? Nicht zu fliegen. Wenn die Drachen lebten, und das taten sie, dann mussten sie fliegen. Odiles Gesicht tauchte in meinem Geist auf. Ich sah sie und die Harpyien. Die Sturmwinde und Alterra. Alterra hoch in den Wolken.

»Die Wolken«, hauchte ich und Noain kniff die Augen zusammen. Es war ihm anzusehen, dass er nicht schlau aus mir wurde.

»Was ist mit ihnen?«

»Kannst du uns dort hinaufbringen?«

»Ins Nichts?« Er ließ von mir ab und legte den Kopf schräg. Sein Blick machte deutlich, was er von der Idee hielt.

»Vertrau mir, ich–«

»Ich vertraue dir«, erwiderte er, ohne zu zögern. »Das ist es nicht. Ich brauche einen Fixpunkt, um uns teleportieren zu können. Aber du kannst uns dort hinaufbringen.«

»Ich … du willst mich reiten?«

Noains Mundwinkel zuckte und seine Augenbrauen wanderten in die Höhe. »Wäre nicht das erste Mal.«

Mein Adamsapfel hüpfte auf und ab, als ich angestrengt schluckte. Das Bild war … okay es war sexy, aber das musste warten. »Du willst meinen Drachen reiten?«, wiederholte ich die Frage und ignorierte seinen herausfordernden Tonfall.

»Dein Drache liebt mich.«

»Natürlich tut er das! Es ist nur … das haben wir noch nie gemacht.« Ich wusste ehrlich gesagt nicht einmal, ob je ein Unsterblicher einen Drachen geritten hatte. Drachen waren wilde Kreaturen. Nicht dafür gemacht, gezähmt zu werden.

Und doch habe ich dich gezähmt. Noain trat zurück, um mir Platz zu machen. »Verwandle dich und lass es uns herausfinden. Wir brauchen diese Pfeile.«

Ich atmete tief durch und nickte ihm zu. »Für Lilly.«

»Für die gesamte Anderswelt.«

Und für uns. Für unsere Zukunft.

Langsam atmete ich aus und ließ meinen Drachen von der Leine. Während ich mich verwandelte, immer müheloser und schneller, konnte ich nur hoffen, dass die Drachen mich als ihren Wyvern akzeptierten. Unsere letzte Begegnung war Jahrhunderte her und ich konnte nur hoffen, dass sie mir wohlgesonnener waren, als Noain es bei unserem ersten Wiedersehen gewesen war.

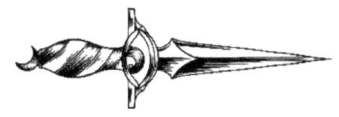

KAPITEL 54

Lilly, Arcadia

Die Stimmung war angespannt. Wobei angespannt nicht das richtige Wort war. Unterirdisch traf es eher. Aufgeladen. Wütend. Verzweifelt wollte sich als Adjektiv noch aufdrängen, aber ich schob es von mir. Weigerte mich, es auch nur zu denken und blieb bei angespannt. Das war gut. Besser. Es erlaubte uns Hoffnung und Perspektive.

Nachdem ich Lucan und den anderen erzählt hatte, was mir von Marcus offenbart worden war, war die Liebe, die – zumindest auf meiner Seite – zuvor durch den Raum geflossen war, versiegt. Sie alle waren fassungslos und wütend gewesen, aber Lucan … ich erschauderte bei der Erinnerung. Lucan war eine andere Nummer. Die Schatten, die aus ihm hervorgebrochen waren, waren nicht bloß schwarz gewesen, sie hatten alles Licht, jeden Funken Helligkeit und Wärme aus dem Raum gesogen. Wütend war vermutlich auch hier nicht das richtige Wort, um die Gefühlslage meines Mannes zu beschreiben. Rasend traf es da schon eher.

Er hatte getobt, auf mich eingeredet, sie alle hatten protestiert – als würde ich sterben wollen. Als hätte ich mich bereits dazu entschieden, mich zu opfern. Darauf konnte ich dankend verzichten. Sie hatten die Wahrheit wissen wollen. Jetzt mussten wir alle damit leben und verdammt nochmal einen Weg finden, wie wir gewinnen konnten, ohne dass jemand von uns, ich in diesem Fall, sich aufopfernd der Balance übergab. Seufzend klappte ich das Buch zu.

Seit zwei Stunden saß ich nun in der stockdunklen Bibliothek, eine Kerze neben mir. Ich war nicht stolz darauf, dass ich meine Magie hatte nutzen müssen, um mich aus Lucans Armen herauszuwinden, aber ich hatte nicht schlafen können, und ich würde nicht wach liegen und darüber nachdenken, ob und wie ich gegebenenfalls starb.

Nein, danke.

Also recherchierte ich. Erfolglos.

Ich wusste nicht einmal genau, wonach ich suchte. Ich hatte eine vage Idee, aber keine Ahnung, ob sie verrückt war, oder nicht. Um Bael und seine Dämonen zu besiegen, brauchten wir etwas mit der Einschlagkraft einer verfluchten Atombombe. Eine, die sich lediglich auf den Feind richtete und keinen Kollateralschaden verursachte. Ich schloss die Augen und horchte in mich hinein. So viel hatte sich verändert. Ich hatte mich verändert. Engel, Dämonin, Königin. Das Herz Zynthas. Ich verfügte über Engelsmagie, Dämonenfeuer, Schatten, Klauen und Flügel. Ich war eine Naturgewalt. Aber würde es ausreichen? Um Bael zu besiegen? Um den Unterschied zu machen? Oder musste ich mich weiter verändern? Meine dämonische Seite war ein Teil von mir. Ich verstand und lebte Grauzonen, um Bael jedoch ebenbürtig zu sein, driftete ich immer mehr von Grau zu Schwarz. Unbewusst berührte ich die dunkle Strähne und spielte damit. Konnte ich mich noch weiter verändern? Musste ich es?

»Der Ausdruck auf deinem Gesicht gefällt mir nicht.«

Mit einem leisen Aufschrei blickte ich auf. Duncan stand vor mir. Die Hände in den Hosentaschen seiner grauen Jogginghose vergraben. Das schwarze, enge T-Shirt ließ seinen Oberkörper beinahe in der Dunkelheit der Bibliothek verschwinden.

»Was machst du hier?«

»Ist das nicht eher meine Frage?« Er nickte in Richtung der Bücher um mich herum. »Was tust du?«

Seufzend streckte ich eine Hand nach ihm aus. Sofort kam er zu mir, ergriff sie und ließ sich neben mir nieder. Wir saßen auf dem Boden, den Rücken an eines der Sofas gelehnt. »Ich konnte nicht schlafen.«

Duncan gab ein ungläubiges Geräusch von sich. »Kein Scheiß?« Obwohl mir eigentlich gar nicht danach zumute war, lächelte ich. Das war Duncans Superkraft. Ich brachte die Unsterblichen zusammen, ging ihnen so lange auf die Nerven, bis sie das Gute sahen und dafür kämpften. Aber Duncan … er fand Licht in der Dunkelheit. Er schaffte es, mich zum Lachen zu bringen, obgleich ich vor einer Minute noch über düstere Themen nachgedacht hatte.

»Ganz schöne Bombe, die euer Vater da gezündet hat.«

Mit einem kleinen, schiefen Lächeln sah ich zu ihm auf. »Kein Scheiß?«

Duncan legte einen Arm um meine Schultern und zog mich an

sich. »Niemand in dieser oder den anderen Welten wird zulassen, dass du dich für uns opferst, Lilly.«

Als ob sie da ein Mitspracherecht hatten. Beinahe hätte ich es laut gesagt, konnte mich im letzten Moment jedoch noch bremsen. Kam es zum Kampf und das würde es, war ich die einzige mit einer Verbindung zur Balance.

Duncan presste mir einen Kuss auf die Stirn. »Diesen Blick mag ich noch weniger«, raunte er. »Ich weiß, wie wichtig es ist, dass wir Bael besiegen, aber kannst du dir eine Anderswelt ohne dich vorstellen? Du bist der Kleister, der alles hier zusammenhält. Außerdem würde Lucan durchdrehen und seine Schatten …« Duncan erzitterte. »Er hat die Kontrolle gerade so zurück. Keiner von uns kann es mit ihm aufnehmen, wenn er sie endgültig verliert.«

Früher wäre das vermutlich wahr gewesen – aber jetzt? Das stimmte so nicht mehr. Die Welten und die Herrschenden arbeiteten zusammen. Wir waren mehr als bloß Verbündete, wir waren Freunde. Familie. Rhonan war da. Noain und Drake. Nyx und Xerxes. Midas und meine Mom. Luzifer. Taten sie sich zusammen, konnten sie Lucan gegenübertreten. Selbst, wenn der Assassine in ihm Amok lief. Himmel, mit welchen Gedanken beschäftigte ich mich hier?

»Es ist nicht so, dass ich sterben will, Duncan.«

»Gut. Ich meine, ich weiß, aber … es tut gut, die Worte zu hören.« Eine tiefe Furche bildete sich auf meiner Stirn und zwischen meinen Augenbrauen. »Vielleicht solltest du das morgen früh nochmal für alle wiederholen.«

Was in Abbadons Namen? »Ihr könnt nicht ernsthaft denken, ich übergebe mich der Balance und fertig!«

Duncan zog seinen Kopf ein Stück zurück und musterte mich. »Heroismus war noch nie so sexy.« Mit der freien Hand berührte er die dunkle Strähne, so wie ich zuvor. »Aber, Babe, wir brauchen dich. *Ich* brauche dich. Mal abgesehen davon, dass wir dich lieben. Jeder in diesem Palast würde sich vor dich werfen«, sprach er weiter, bevor ich die Chance bekam, etwas zu erwidern. »Du bist meine beste Freundin-Schwester-Mommy–«

»Himmel, Duncan …«

»Und ich würde für dich sterben. Allerdings würde ich mich freuen, wenn es nicht dazu käme. Okay?«

Meine Hand schnellte vor und ich packte seinen Oberschenkel, da ich mich an etwas, irgendetwas, festklammern musste.

»Niemand wird sterben«, erwiderte ich mit dunkler, tiefer Stimme. Einer Stimme, die ich selbst kaum wiedererkannte, aber allein der Gedanke … Nein. Einfach nein. Eine eiserne Faust umklammerte mein Herz. Anstatt Panik, empfand ich jedoch eine Ruhe, die mich kurz überraschte, welche ich aber dankbar begrüßte.

»Niemand wird sterben«, wiederholte ich eindringlich. Und wenn ich dafür die Dunkelheit in mir begrüßen und mich von den Grauzonen verabschieden musste, war es so.

Duncan nickte. »Das sehe ich auch so. Und jetzt manifestiere diese Worte hinter dieser hübschen Stirn«, er schnippte mit einem Finger gegen besagte Stirn, »denn wenn alle nur darüber nachdenken, ob du planst, dich zu opfern, funktioniert keiner von uns mehr und das können wir uns nicht erlauben.«

Ich seufzte. Das war ein valider Punkt. »Wann bist du so weise geworden?«

»Du weißt doch, ich habe so meine Momente. Also …« Er nahm den Arm von meiner Schulter und griff nach einem der Bücher. »Wonach genau suchen wir?«

»Mondscheinelfen«, sagte ich und Duncan klappte die Kinnlade runter.

»Sie sind ein—«

»Mythos?« Ich lachte. Wie oft ich diese Worte wohl noch hören würde. »Sind sie nicht. Zumindest glaube ich das nicht.« Seitdem ich die Gestalt meines Vaters gesehen und mich an das sogenannte Kino in Anak erinnert hatte, gingen mir die Mondscheinelfen nicht mehr aus dem Kopf. »In einer Welt wie unserer gibt es keine Gerüchte, keine Geschichten und Legenden ohne Fundament, Duncan. Hat man davon gehört, ist es irgendwann geschehen. Vor langer Zeit, womöglich, aber irgendwo liegt der Ursprung.«

»Und den willst du finden?«

»Ich will ein ganzes Heer an gut trainierten und bewaffneten Elfen finden, die mit Leichtigkeit durch die Welten springen und uns gegen Bael helfen können.«

Ein Heer, das laut Legende jenen treu ergeben war, die sich als würdig erwiesen. Ich sagte Duncan genau das. Mein bester Freund schnaubte leise und schlug das Buch auf. »Piece of cake.«

»Aufwachen.« Sanft rüttelte ich an Lucans Schulter. Der immer wachsame Assassinenkönig schlief in unserem Bett wie ein Stein. Ich wertete es als Kompliment. Hier, in unserer Suite, konnte er alle Mauern und die ständige Wachsamkeit ablegen, und er selbst sein.

»Lucan, Liebling, wach auf.« Um meinen Worten ein wenig mehr Nachdruck zu verleihen, schlug ich ihm auf den definierten Oberarm. Das klatschende Geräusch hallte noch durch den Raum, da schoss er hoch, und begrub mich unter sich. Eins der schwarzen Assassinenmesser lag an meiner Kehle. Ich grinste. Das war schon besser.

»Himmel, Liebes.« Er nahm das Messer weg und richtete sich auf. Rittlings saß er auf meiner Hüfte und ja, der Anblick war heiß. Ein nackter, aufgewühlter Lucan mit Messer in der Hand. Yummie.

»Du solltest es besser wissen, als dich an einen schlafenden Assassinen heranzuschleichen.«

»Du meinst: an meinen Gefährten? Normalerweise hättest du mich gespürt.«

Ein Hauch von Röte überzog seine Wangen und das war fast noch heißer als all die nackte Haut. »Der gestrige Tag war anstrengend.« Seine Miene verfinsterte sich. Auf einmal kniff er die Augen zusammen und musterte mich. Die zerzausten Haare hingen ihm in die Stirn. Achtlos strich er sie fort und beobachtete, wie ich beide Hände hob, um sie auf seine Bauchmuskeln zu legen. Wir hatten eine Stunde, das sollte reichen, um–

»Lilly.« Er packte meine Handgelenke und zog sie von sich weg. Seufzend ließ ich den Kopf zurück in die Kissen fallen.

»Ich habe nicht vor, mich zu opfern«, sagte ich und erinnerte mich an Duncans Ratschlag. Offensichtlich musste ich die Worte laut aussprechen, weil mir sonst niemand glaubte. »Ich will nicht sterben, Lucan. Niemand soll und wird sterben. Vor ein paar Minuten habe ich Duncan mit einer Nachricht nach Zyntha geschickt. Er holt Nick, King, Nyx und Xerxes her. Nick wird die anderen Welten informieren. Ich will sie alle an einem Tisch haben. In einer Stunde.«

»Warum?«

»Um ihnen genau dasselbe zu sagen, wie dir, du Sturkopf. Ich werde mich nicht opfern. Wir finden einen anderen Weg, um Bael zu besiegen und dafür werden wir unsere Gehirnzellen anstrengen. Gemeinsam.«

Lucan gab meine Hände frei und ließ sich nach vorne fallen. Seine Unterarme links und rechts von mir, sein Gesicht lediglich ein paar Zentimeter von meinem entfernt, während sein Oberkörper – und andere Körperteile – mich unter sich begruben.

»Was hat sich seit gestern Abend verändert?«

»Ich hatte auch gestern Abend nicht vor, loszuziehen und mich zu opfern.«

»Nein«, wisperte er und strich federleicht gegen meinen Mund. »Aber ich kenne dich, Liebes. Du hast darüber nachgedacht, ob es der einzige Weg ist.«

»Habe ich, ja. Und dann habe ich den Rest der Nacht mit Duncan in der Bibliothek recherchiert, weil ich *nicht sterben* will! Okay?«

Schmerz huschte über seine Miene. So rasch, dass ich meinte, es mir eingebildet zu haben.

»Ich würde es nicht überleben.«

»Würdest du, aber darum geht es nicht.« Ich machte ein Hohlkreuz, um Lucan noch näher zu kommen. Etwas regte sich an meinem Bauch und ich grinste.

»Versuch nicht, mich mit Sex abzulenken.«

»Ich will nicht dich ablenken, sondern mich«, erwiderte ich. »Ich bin müde und aufgekratzt und ein weiterer, langer Tag voller streitender Unsterblicher liegt vor uns. Es würde mir guttun, ein wenig … Dampf abzulassen.«

Langsam sank er auf mich herab, bis seine Ellenbogen dicht an meinem Körper lagen. Die Finger grub er in meine Haare, als er mich prüfend musterte.

»Wonach habt ihr gesucht? Du und Duncan?«

»Kriege ich einen Orgasmus, wenn ich es dir verrate?«

Liebes.

Fein. »Mondscheinelfen.«

Lucans Augenbrauen wanderten in die Höhe.

»Und sag jetzt nicht, sie sind ein Mythos—«

»Vieles ist ein Mythos«, unterbrach er mich ruhig, mit einem kleinen Stirnrunzeln. »Aber jeder Mythos hat seinen Ursprung.«

Mein Grinsen wurde breiter. »Ich liebe dich.«

Etwas regte sich erneut an meinem Bauch.

»Ich beantworte alle Fragen, Lucan. Ich versichere dir in jeder Stunde, an jedem einzelnen Tag, dass ich mich nicht opfern werde, aber bitte … wir haben weniger als eine Stunde, bis wir mit einem Haufen zankender Unsterblicher an einem Tisch sitzen für wer weiß wie lange …«

Lucan stützte sein Gewicht auf einen Arm. Die andere, jetzt freie Hand, ging auf Wanderschaft.

»Eine Stunde, mhm?«

»Weniger als eine Stunde …«

Seine Hand wanderte über meinen Bauch und tiefer. An meinen Lippen wisperte er: »Kein fehlgeleiteter Heroismus?«

Das waren meine eigenen Worte. Verdammt, ich hätte ahnen sollen, dass sie mich in den Arsch beißen würden. Eifrig nickte ich und er schob die Hand unter den Bund meiner Schlafanzughose. »Gemeinsam.«

»Immer«, erwiderte ich atemlos. Und aufrichtig. Es war nicht bloß die Inschrift unserer Eheringe, es war ein ewiges Versprechen. Er und ich, für immer. Wir würden einen Weg finden, versprach ich mir selbst, als mein Körper sich unter Lucans Berührungen gleichzeitig entspannte und anspannte. Wir würden einen Weg finden.

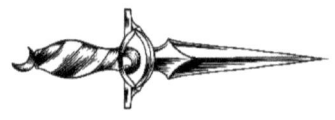

KAPITEL 55

Ist es zu früh, ihnen Gewalt anzudrohen?

Lucan erwiderte meinen genervten Blick nicht weniger genervt. *Ich befürchte, es wird sie nicht interessieren.*

Erneut platzte die Bibliothek aus allen Nähten.

Sie alle waren anwesend. Alle Herrschenden und unser gesamter enger Kreis. Alle, außer Drake und Noain. Nyx hatte uns berichtet, dass die beiden sich nicht meldeten, ihr letzter Austausch jedoch vielversprechend geklungen hatte.

»Alles, was wir tun müssen, ist sie«, – Alita wies mit einem scharlachrot lackierten Nagel auf mich – »der Balance zu opfern und wir können mit unserem geregelten Leben weitermachen.«

»Wir sind Freunde«, sagte Lucan, jedes einzelne Wort düster und so scharf, wie ein Peitschenhieb. »Wenn du das jedoch noch einmal wiederholst, vergesse ich mich.«

»Abgesehen von völlig unpassend, sind deine Worte auch unverschämt.« Odile lehnte sich vor. Die Königin der Harpyien spielte seit ihrer Ankunft auf Broiler mit einem ihrer Messer. Statt wie üblich braun, war ihre Lederkluft samt Harnisch von einem tiefen, leuchtenden Blau. Sie sah unglaublich aus. Die beiden waren durch ein Portal im Himmel gekommen und das war ein schlichtweg erhabener Anblick gewesen. Die Sonne im Rücken, das Glitzern des Sees unter ihnen.

»Lilly ist der Grund, wieso wir hier sitzen. Gemeinsam. Sie ist nicht für deinen Verlust verantwortlich, das war Bael.« Odile wedelte mit ihrem Messer in Alitas Richtung. »Langsam wird dieser ganze »ich hasse euch alle«-Akt lächerlich. Reiß dich endlich zusammen und hilf uns, unsere Welt zu beschützen.«

»Genau das versuche ich ja!«

»Was du versuchst«, warf Midas ein, »ist den einfachsten und feigsten Weg zu gehen!«

»Feige?«, brauste die Bergkönigin auf und ich seufzte innerlich. Seit der Ankunft aller vor knapp einer Stunde waren wir nicht weitergekommen. Ich hatte mit offenen Karten gespielt und ihnen berichtet, was geschehen war. Baels Nachricht und das neue Wissen, das wir dank Marcus besaßen – ich hatte nichts zurückgehalten. Auch nicht Luzifers Rolle in all dem. Die Reaktionen waren unterschiedlicher Natur gewesen. Überraschung, das ein oder andere Augenrollen. Ein paar »natürlich«. Richtig schockiert war keiner gewesen.

Während sich Alita, Odile, Midas und nun auch Flynn zankten, fing ich Cas' Blick auf. Wie immer lag ein sanftes Lächeln auf ihren Lippen. Sie hatte uns damals als streitende Familie beschrieben. Sie sah hinter die Fassade. Hinter das Gezanke und die Beleidigungen, denn in der Tiefe ihres Herzens hatten sie alle einfach bloß Angst. Egal wie alt sie waren. Wie erfahren. Das, was uns bevorstand, war ungewiss und furchteinflößend. Cas legte den Kopf schräg und nickte. Innerlich seufzend griff ich nach einem der Messer in meinem Stiefel und donnerte es mit voller Kraft in die Tischplatte. Das Holz erzitterte unter der Bewegung, Stille breitete sich aus.

»Ich habe nicht vor, mich oder jemand anderen zu opfern«, stellte ich klar. »In diesem Raum befinden sich die mächtigsten und ein paar der ältesten Unsterblichen. Ihr beherbergt ein einmaliges Wissen.« Mit vermutlich blitzenden Augen blickte ich mich im Raum um, bis meine Sicht sich komplett rot gefärbt hatte. »Nutzt. Es.«

Alle Augen waren auf mich gerichtet und so bemerkte zunächst kaum jemand, dass Luzifer und Lillith aus den Schatten der Bibliothek traten. Der gefallene Engel löste sich von meiner Mom und trat direkt hinter Alita. Die Bergkönigin sah mich an, als würde sie mich eigenhändig den Wölfen zum Fraß vorwerfen wollen. Seelenruhig beobachtete ich, wie Luzifer sich vorbeugte und ihr etwas ins Ohr flüsterte. Alita zuckte zusammen und riss den Kopf herum. Die bronzefarbene Haut leicht blass.

Luzifer richtete sich wieder auf und streckte meiner Mom eine Hand entgegen. Sie waren hier, um uns zu helfen. Weil ich darum gebeten hatte.

»Tochter«, begrüßte Lillith mich.

»Nichte«, fügte Luzifer hinzu, wobei er sich auf mich und nicht auf Nick konzentrierte. Mein Bruder verarbeitete es noch immer.

»Danke, dass ihr gekommen seid.«

Er nickte. »Genau zum richtigen Zeitpunkt wie es aussieht.«

Lillith schenkte Alita ihr grausig schönes Lächeln. »Noch so ein Vor-schlag, Alita, und du hast kein Mitspracherecht mehr, weil du nicht mehr sprechen kannst. Verstehen wir uns?«

Die Bergkönigin biss die Zähne zusammen.

Bei der Balance …

Alle redeten sie durcheinander und ich ließ mich auf meinem Stuhl zurückfallen.

Wie ein verdammter Kindergarten.

KAPITEL 56

Drake, Vesteria

Ich stieg höher und höher. Obwohl Noains Gewicht auf meinem Rücken dem eines Flos glich, spürte ich den Vampyr in jeder Faser meines Körpers. Ich war mir seiner genauso bewusst, wie mir selbst. Jeder Flügelschlag brachte uns höher und höher.

Spürst du etwas?

Ich bin nicht sicher.

Der Nebel war dicht, zu dicht, selbst für meine Augen. Aber mein Instinkt …

Wie hoch ist dieser Berg?

Das weiß niemand so richtig.

Dann lass es uns herausfinden.

Noain presste die Schenkel enger an mich und grub seine Finger unter die abstehenden, smaragdgrünen Schuppen auf meinem Rücken. Auch das hätte ich unter normalen Umständen nicht gespürt, aber mit ihm, mit ihm war alles anders. Es fühlte sich an, als würde er meine nackte Haut berühren. Als würde er mich liebkosen. Das Tier in mir schnurrte zufrieden. Oder grollte. *»Dein Drache liebt mich.«*

Ich hörte das Lachen in seiner Stimme und stieß ein Schnauben aus, das kleine Funken vor uns durch die Luft fliegen ließ.

Noain lachte. *Höher, Drache. Zeig was du kannst.*

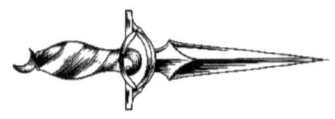

KAPITEL 57

Lucan, Arcadia

»Die Mondscheinelfen?«, rief Flynn. »Wie kann es sein, dass wir jedes Mal, wenn wir hier sind, irgendwelche Geheimnisse oder Enthüllungen um die Ohren geknallt kriegen? Ich weiß, ich bin nicht so alt wie ihr alle, aber ... die Mondscheinelfen, sie sind–«

»Kein Mythos«, unterbrach Luzifer ihn.

»Ausgestorben«, beendete Flynn seinen Satz augenrollend. »Lass mich ausreden, bevor du mich unterbrichst.«
Die Männer zeigten sich die Zähne. Keiner bereit, auch nur einen Deut nachzugeben. Ich wusste, dass dies eine der manchmal recht fragwürdigen Qualitäten war, die meine Frau in dem Rebellen gesehen hatte. In Momenten wie diesen machte es die Lage jedoch nicht einfacher.

»Wir reden hier nicht von Tieren«, mischte ich mich in die Diskussion mit ein. »Sondern von einem ganzen Volk der Anderswelt. Einem, das schon damals außerhalb der Regeln der Balance gelebt hat.«

»Und doch *für* die Balance.« Lavender nippte an seinem Kaffee, einen Arm über die Stuhllehne seiner Zwillingsschwester geschlungen. Für dieses Treffen hatten wir alle ein wenig zusammenrücken müssen. »Die Mondscheinelfen existierten, um die Grenzen zwischen den Welten zu beschützen. Für die Balance. Es heißt, sie waren beinahe so neutral wie die Ursprungsmagie selbst.«

»Niemand ist komplett neutral«, entfuhr es Lilly leise und gedankenverloren. Sie spielte mit dem Griff des Messers, das vor ihr in der Tischplatte steckte. »Ich weiß, wir sagen das die ganze Zeit, weil wir es so gelernt haben, aber ... die Balance hat bereits Partei ergriffen – für uns. Für mich.«

»Womöglich weil sie das Gute, das du bewirkst, über ihre Neutralität stellt?«

Lilly erwiderte Maliks fragenden Blick mit einem kleinen Schulterzucken. »Wieso haben wir beide Flügel und sonst niemand?«

»Weil wir ihrer würdig sind?«

»So wie wir den Mondscheinelfen würdig sein müssen«, sprach Lilly und adressierte ihre Antwort an den gesamten Raum. »Ihrer Rückkehr und ihrer Hilfe.«

»Und wie willst du sie erreichen?«, fragte Jace. »Falls sie noch existieren.«

Als wäre dies sein Stichwort, zog Duncan ein Buch hervor und legte es geräuschvoll auf den Tisch.

Midas lehnte sich vor und seufzte. »Ein weiterer Blutzauber.«

»Sag mir nicht, dass du Probleme damit hast, Zauberer.« Odile sah bedeutungsschwer von ihm zu Lillith.

»Das, was wir bewerkstelligen können, wenn ihr eure lächerlichen Bedenken gewisser Zauber gegenüber ablegt, kann entscheidend sein«, erwiderte die dunkle Königin lässig.

»Mit anderen Worten: Seid nicht solche Angsthasen?«

Lillith lächelte Duncan an und es war ein echtes Lächeln. Eines ohne Hintergedanken.

»Worin diese Welt schon immer gut war, ist sich selbst zu limitieren«, fuhr meine Lillith fort. »Ein, zwei Zauber gehen schief und plötzlich sind alle Blutzauber böse und verdorben.« Sie winkte ab. »Blut ist universell. Es verbindet uns alle und es ist eine mächtige Waffe.«

»Eine Waffe—«

»Eine, die wir benötigen«, unterbrach Lillith Flynn. »Ansonsten kannst du schon einmal anfangen, die geeigneten Plätze für Massengräber zu suchen, wenn deine Leute fallen, denn das werden sie.«

Jeder, ausnahmslos jeder, zuckte bei ihren Worten zusammen. Selbst Lilly und ich. Flynn klappte den Mund zu und presste die Lippen aufeinander.

Massengräber. Dazu durften wir es auf keinen Fall kommen lassen. Schatten verdeckten meine Sicht, bis Lilly unter dem Tisch nach meiner Hand griff. Ich blinzelte und sie waren fort.

Gemeinsam.

Immer.

»Die Mondscheinelfen haben existiert. Sie machen ihrem Namen alle Ehre, den sie bestehen aus genau dem: Mondschein. Sie manifestieren sich zu Unsterblichen. Sie atmen, essen, fühlen, aber sie müssen es nicht. Sie sind ewig. Nicht bloß unsterblich, *ewig*«, betonte Luzifer das letzte Wort.

Aus dem Augenwinkel sah ich, wie Lilly sich vorlehnte.

»Dann könnten sie nahezu überall um uns herum existieren? Als … Mondschein?«

Luzifer nickte. »Ich wurde ein einziges Mal Zeuge dessen, wie sie sich fortbewegen, damals, als mein Bruder Alliandoan regierte und es war …«

»Fantastisch«, entfuhr es Midas spontan. Nicht nur seine Augen lagen voller Staunen – und auch ein wenig Unglauben – auf Luzifer.

»Das war es, ja. Lillith hat in einem Recht«, fuhr er fort. »Diese Welt ist nicht bloß größer als ihr denkt, sie ist mächtiger. Um Bael zu schlagen, müssen wir alle Ressourcen aufbringen, die sie zu bieten hat. Dabei können wir es uns nicht erlauben, eine der wichtigsten Ressourcen zu meiden, bloß weil man euch jahrhundertelang eingeredet hat, es wäre illegal. Das war es damals im Übrigen nicht – zu meiner Zeit.«

Duncan klappte das Buch auf.

»Perfekte Überleitung«, sagte er und schob das Buch für alle gut sichtbar in die Mitte.

KAPITEL 58

Noain, Vesteria

Langsam wurde die Luft dünn. Nicht, dass es mir etwas ausmachte, ich würde auch eine Weile mit wenig Sauerstoff auskommen, aber … wie hoch wollten, und vor allem, wie hoch *konnten* wir noch fliegen? Würde es Drake irgendwann schwächen? Im Notfall konnte ich uns teleportieren, doch ich wollte ihn nicht verletzen und in Drachengestalt war er riesig.

Ich schaffe das.

Ich zweifle nicht an dir, Drake, aber–

Vertrau mir, Noain.

Zähneknirschend grub ich meine Hände unter die harten, tödlichen Schuppen.

Ich sagte bereits, dass ich genau das tue: Dir vertrauen.

Ich … ich spüre etwas … nur noch ein wenig höher …

War es die Aufregung, die ihn so atemlos werden ließ, oder die Höhe? Er war ein Drache, allerdings einer, der es nicht gewöhnt war, lange in dieser Gestalt zu verharren oder lange Strecken zu fliegen. Seit Ilya war er besser geworden, aber Drake hatte seine wahre Natur zu lange unterdrückt und gegeißelt. Hätte er womöglich immer so weitergemacht, hätte ich mich ihm nicht offenbart?

Meine Gedanken wurden schlagartig unterbrochen, als Drake ein weiteres Mal kräftig mit den Flügeln schlug und uns endlich durch diese verdammte Wolkendecke katapultierte. Ich kniff die Augen zusammen und hob eine Hand an die Stirn, denn die plötzliche Sonne war gleißend hell. Der Himmel strahlend blau und hier oben, weit über dem Boden Vesterias, gut versteckt vor aller Augen, waren die Drachen. Wir hatten sie gefunden.

Drakes massiver Körper verharrte völlig still in der Luft. Ich war nicht einmal sicher, ob er noch atmete. Dann übernahm sein Instinkt und er stieß ein ohrenbetäubendes, nahezu wütendes Brüllen aus.

Die Drachen, ungefähr ein Dutzend, die sich in etwa fünfzig Metern Entfernung befanden, drehten ihre Köpfe in unsere Richtung. Einer nach dem anderen. Sie saßen auf verschieden hohen Plateaus der Bergspitze. Sie unterschieden sich in Form und Farbe und ich meinte auch ein Junges unter ihnen zu erkennen. Keiner war jedoch so groß wie Drake. Er war ihr Alpha. Blieb nur zu hoffen, dass ihnen diese Tatsache ebenso bewusst war, wie uns.

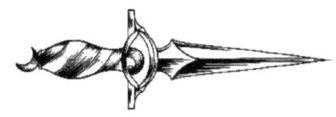

KAPITEL 59

Nyx, Arcadia

Die Arme verschränkt, lehnte ich neben Xerxes an einem der hohen Bücherregale und beobachtete das Schauspiel, das sich mir bot.

»Und das sind die Herrschenden aller Welten …«, wisperte der Schattenkrieger neben mir kaum hörbar.

Stumm nickte ich. Sie benahmen sich albern. Zumindest die meisten von ihnen. Anstatt lösungsorientiert vorzugehen, schlugen sie sich verbal die Köpfe ein. Marginal besser war es geworden, seitdem Lillith und Luzifer die Bühne betreten hatten. Hätte Lillith der Bergkönigin nicht gedroht, dann wäre ich eingesprungen und hätte den Job übernommen. Niemand bedrohte meine Familie oder das Herz Zynthas und überlebte.

Ein Flattern ging durch meine Gliedmaßen und ich spürte einen leichten Druck in meinem Kopf.

Drake. Der Vampyr schaffte es, mich zu blockieren, aber Drake, er war weniger geübt. Weniger vorsichtig. Und ganz offensichtlich war er in diesem Moment großen Emotionen ausgesetzt, die unsere Verbindung verstärkten.

Ein Bild huschte durch meine Gedanken und nur mit Mühe unterdrückte ich einen erstaunten Laut. Drachen.

Niemand schenkte Xerxes und mir Beachtung, sie alle waren damit beschäftigt, über den Blutzauber zu reden, den Duncan ihnen präsentierte. Alle, bis auf Lucan. Die schwarzen, eindringlichen Augen meines Neffen lagen auf mir und selbst wenn er nicht sah, was ich sah, dann spürte er zumindest, dass etwas vor sich ging. In den letzten Monaten war unser Band zueinander stärker und stärker geworden. Ich hatte nie angenommen, dass mich seine Ablehnung in den letzten Jahrhunderten getroffen hatte, musste jetzt jedoch anerkennen, dass dem so gewesen war. Lucan in meinem Leben zu haben, so wie jetzt, bedeutete mir etwas. Er und Lilly und fast alle der hier

Anwesenden, hatten sich in mein Herz geschlichen. Auf die ein oder andere Weise.

»Es ist zu gefährlich«, hörte ich Malik. Lilly, stur wie sie war, schüttelte den Kopf.

»Ist es nicht, wenn wir es kontrolliert ausführen.«

»Wir können dich nicht riskieren—«

»Ihr riskiert mich nicht, Malik. Ich riskiere mich selbst. Okay, stopp.« Sie hob eine Hand, als ihr bewusst wurde, wie ihre Worte geklungen hatten. »So meinte ich das nicht. Wie oft muss ich noch wiederholen, dass ich nicht scharf darauf bin, zu sterben?«

Ich spürte mehr, als dass ich sah, wie Lucan seinen Blick von mir losriss, um seine Frau anzustarren. Er wirkte ruhig und gelassen, abgesehen von den einzelnen Schatten, die immer wieder aus ihm hervorbrachen, und die Lilly unter Kontrolle hielt. In ihm drin jedoch, da brodelte es. Berechtigterweise.

Die Diskussion ging weiter und Lucans Blick fand erneut den meinen.

Etwas geschieht.

Sie haben die Drachen gefunden.

Er richtete sich kaum merklich auf.

Ich sehe nicht alles, aber so wie es aussieht, versucht Drake sich gerade als ihr Alpha zu etablieren.

Wie?

Was denkst du, hm?

Sie kämpfen? Das wird Noain nicht gefallen.

Du hast ja keine Ahnung, Neffe

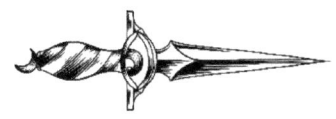

KAPITEL 60

Drake, Vesteria

Der Größte von ihnen schnappte nach mir, während er ausholte und versuchte, mich mit dem gezackten Schwanz zu erwischen. Bastard! Ich war ihr Alpha! Sie mussten sich verneigen und mir folgen, statt mich zu bekämpfen.

Ein weiterer Drache hob vom Plateau ab und steuerte auf uns zu. Noain klammerte sich an mich, aber ich konnte ihn nicht riskieren. Auf keinen Fall.

Kannst du dich aus der Luft heraus teleportieren?

Ja, aber– Ich hörte ihn fluchen. *Wage es nicht, Drake. Hörst du? Wage. Es. Nicht.*

Ich wagte es.

Mit einem plötzlichen Ruck bäumte ich mich auf. Meine Flügel schnitten durch die Luft wie Klingen, während mein Rücken sich in einer fließenden Bewegung krümmte. Ich brüllte so laut und kraftvoll ich konnte, um für die nötige Ablenkung zu sorgen, als ich mich zur Seite drehte und Noain abwarf. Als wäre er nicht mehr als eine lästige Bürde und nicht das absolut Wichtigste in meinem Leben. Die beiden Drachen schwebten vor mir in der Luft. Mit bebenden Nüstern und funkelnden Augen fixierten sie mich. Mehr und mehr von ihnen erhoben sich in die Luft. Wieder stieß ich ein ohrenbetäubendes Brüllen aus und ließ sie wissen, wer ich war. Was ich war. Ihr Alpha. Offensichtlich war es an der Zeit, ihnen genau das zu beweisen.

Die Luft bebte. Ein tiefes Grollen durchdrang den Himmel, als Flügelpaare wie Donner durch die Luft schnitten. Ich schüttelte jeden Gedanken an meinen fallenden Gefährten ab. Noain wusste sich zu helfen. Er würde toben und vermutlich musste ich mit einer Auseinandersetzung rechnen, aber er konnte sich teleportieren und ich konnte nicht riskieren, dass er verletzt wurde. Für diese Aufgabe musste ich mich konzentrieren und zu einhundert Prozent bei mir und meinem Drachen sein.

Die Flügel aufgespannt, überließ ich dem Tier in mir, dem Drachen, der so sehr Teil von mir war, die Führung. Hier oben in der Luft war er der Alpha, nicht ich. Dies waren seine Untertanen, nicht meine. Eines Tages womöglich konnten es die unseren werden. Mein Ziel für den Augenblick war jedoch klar: Drachenblut. Lilly brauchte diese Pfeile, *wir* brauchten sie, und ich würde die Anderswelt nicht enttäuschen. Nicht noch einmal.

Noains Geist stieß gegen meinen. Er verlangte Einlass, ich verweigerte ihn.

Die beiden Drachen, die vor mir schwebten, brüllten. Wütend. Aber ich spürte auch etwas anderes: Verwirrung. Aggression. Neugier. Ein Raubtier blieb ein Raubtier, die Drachen bildeten da keine Ausnahme. Ich wollte ihr Alpha sein, daher musste ich ihnen Stärke beweisen. Ansonsten konnte ich direkt aufgeben und auf den Boden zurückkehren. Statt weiter abzuwarten, schoss ich nach vorne, die Zähne gefletscht, während Drachenfeuer in meiner Kehle knisterte. Mein Körper prallte gegen den des Drachen, der vorhin nach mir geschnappt hatte. Er stieß ein heulendes Schnauben aus. Ich gab ihnen keine Chance, sich von der Überraschung zu erholen, und griff an. Mein Schwanz sauste durch die Luft, etwas eingerostet, das musste ich zugeben, und traf den zweiten Drachen am Rücken. Er reagierte schnell und stieß mit seinem Kopf nach mir. Eines seiner Hörner traf mich an der Schulter. Ich brüllte. Alle Drachen hatten sich mittlerweile in die Luft erhoben. Die Sonne fiel blass hinter ihren Schatten zurück und ihre gewaltigen Silhouetten verdunkelten das Plateau. Der Wind um uns herum nahm zu. Als spürte Vesteria, dass dies ein monumentaler Moment war. Sie umzingelten mich. Wenn sie gleichzeitig angriffen, hatte ich keine Chance. Kein Drache, der mit einem Wyvern aufgewachsen war, würde es wagen, seinen Alpha anzugreifen, doch diese Wesen waren allein gewesen. So wie ich. Ihr Instinkt mochte ihnen sagen, dass an mir etwas anders war, definieren konnte sie es jedoch noch nicht. Drachenfeuer sammelte sich in meiner Brust und stieg weiter hinauf. Immer weiter und weiter … Funken sprühten aus meinen Nüstern und aus dem Knistern in meiner Kehle wurden kleine Flammen. Die Tiere um mich herum reagierten auf die Drohung. Ihre Augen, glühend und wachsam, ruhten auf mir. Zähne blitzten, Flammen züngelten nun auch aus ihren weit aufgerissenen Mäulern, aber keiner wagte es, anzugreifen. Noch nicht. Sie warteten. Ihr Instinkt wurde lauter … warnte sie, ließ sie innerhalten. Ich hatte nie gelernt, eine Verbindung zu anderen Drachen aufzubauen. Als junger Formwandler war ich erst zu unbedarft und dann zu arrogant gewesen. Dann war der *Clash* gekommen und alles hatte sich geändert. Ich drehte den Kopf und versuchte, zu jedem von ihnen Blickkontakt aufzubauen. Ihnen zu signalisieren, dass ich nicht hier war, um gegen sie zu kämpfen, wenngleich ich vorhatte, sie zu unterwerfen. Niemals würde ich ihnen ihre Freiheit nehmen, aber wir brauchten sie. Mein Blick fiel auf einen der kleineren Drachen, die sich Abseits hielten. Ruhig schwebten sie hinter einem großen schwarzen Drachen in der Luft und … da war er. Weiß und strahlend und für unseren Kampf so wertvoll. Weiße Drachen waren selten. So selten, wie Wyvern.

Der schwarze Koloss mit den glänzenden Schuppen brüllte und drei Tiere schossen auf mich zu. Ich nutzte meine Schwingen und Klauen, um sie abzuwehren, während ich verzweifelt versuchte mich zu erinnern, was ich einst über die Verschmelzung eines Alphas mit seiner Horde gelernt hatte. Blut spielte eine zentrale Rolle, ebenso das Drachenfeuer.

Eine Erinnerung schoss durch meinen Kopf. Mein Vater, wie er im Innenhof unseres Palastes gestanden hatte, umgeben von den *ululas*.

»Nur ein Formwandler von großer Macht kann ein Wyvern sein und nur er ist der Alpha. Die geborenen Drachen leben hierarchielos. Entscheidungen werden in Momenten getroffen. Stärke ist unabdingbar.«

Stärke war unabdingbar.

Ein gezackter Schwanz traf mich am Brustkorb und Drachenfeuer entwich mir. Durchzogen von goldenen und smaragdgrünen Funken. In einer schnellen Bewegung zog ich die Schwingen eng an meinen Körper und breitete sie mit aller Kraft, die ich hatte, wieder aus. Dabei brachte ich eine kleine Druckwelle zu Stande, die die Tiere vor mir innehalten ließ.

Wieder brüllte ich, diesmal jedoch schaltete ich den Kopf aus und *fühlte*.

Alpha.

Grollen und Knurren ertönte.

Ich brüllte erneut. Lauter. Ein paar lose Steine, die auf dem Plateau lagen, vibrierten und bewegten sich, ehe sie über die Kante fielen und in der Wolkendecke verschwanden.

Alpha.

Die Drachen wurden unruhig. Ihr Flügelschlagen zunehmend lauter und ich beobachtete, wie ihre Köpfe hin und her zuckten. Als spräche eine unsichtbare Macht zu ihnen. Eine Macht, die sie nicht ignorieren konnten. Ihr Instinkt.

Auf einmal setzte sich der schwarze Drache in Bewegung und flog dichter zu mir. Er war enorm. Beinahe so groß wie ich. Die Augen glänzten wie Onyx und dicht an seinem Kopf bogen sich zwei grauschwarze Hörner nach hinten über seinen Hals. Er musterte mich, dann schnupperte er. Die Nüstern bewegten sich und Rauch stieg aus ihnen hervor. Der Formwandler in mir schrie mich an, zurückzuweichen und mich in Sicherheit zu bringen. Der Drache in mir wusste es besser. Und endlich, endlich überließ ich ihm die vollständige Kontrolle. Magie rauschte durch meine Adern, als ich den Kopf hob, stolz und unnachgiebig.

Der schwarze Drache hielt meinem Blick stand. Die anderen wurden zunehmend unruhiger.

Alpha, dachte ich erneut und katapultierte ihnen das Wort entgegen. Ein paar von ihnen zuckten zurück, andere fletschten die gewaltigen Zähne.

Unterwerft euch.

Einige knurrten und grollten. Andere schlugen aufgeregt mit ihren Schwingen. Magie erfüllte die Luft mit einem Knistern. Magie und Drachenfeuer. Auch wenn ich nicht mehr ganz zusammenbekam, wie die Verbindung zur Horde gelang, mein Drache wusste instinktiv, was zu tun war. Er nutzte den Augenblick des Abwartens und der Irritation und schnappte nach dem Flügel des schwarzen Drachen. Seine – nein, unsere – Zähne, gruben sich durch die spitzen Schuppen und bohrten sich in sein Fleisch. Er brüllte auf, riss sich jedoch nicht los. Sein Blut benetzte meine Zunge und lief mir die Kehle hinab. Mischte sich mit meinem Drachenfeuer und ein Grollen entfuhr mir, das allesumfassend und mächtig war. Als wäre ich kein einzelner Drache, sondern viele.

Keines der anderen Tiere griff ein. Auf einmal riss der schwarze Drache den Kopf herum und biss mich ebenfalls. Die langen Fänge bohrten sich durch meine Schuppen und vergruben sich in meinem linken Flügel.

Alpha.

Ich blinzelte. Das war nicht von mir gekommen. Mein Drache war jedoch so sehr damit beschäftigt, sich festzubeißen, dass er nicht reagierte.

Alpha, ertönte es wieder und ich bäumte mich auf, als ich weitere Zähne und Klauen an meinem Körper spürte. Die Sonne verschwand, nein, die Drachen verdeckten sie, als sie mich umzingelten. Als jeder einzelne von ihnen sich an einem Teil meiner Drachengestalt festbiss.

Die Schmerzen waren enorm. Ich zitterte und bäumte mich auf, wieder und wieder. Bis zu dem Moment, in dem ich vom Himmel gefallen wäre, hätten sie mich nicht gehalten.

Und da verstand ich, was passierte. Sie alle nahmen einen Teil von mir in sich auf. Mein Blut. Drachenfeuer explodierte in mir und hüllte uns ein. Ein Sturm aus Feuer und Funken und Schicksal. Die Drachen wurden zu meiner Horde und ich zu ihrem Alpha. Einer nach dem anderen hauchten sie mir ihr eigenes Drachenfeuer ein, während sie durch ihre Zähne und Klauen weiter mit mir verbunden blieben. Stärke war unabdingbar, ermahnte ich mich, als ich spürte, wie die Welt mir entglitt.

Mehr und mehr Magie durchfuhr mich. Ich spürte die Verbindung zur Horde nun klar und deutlich. In jeder Schuppe.

Mit der letzten mir verbliebenen Kraft ließ ich vom Flügel des schwarzen Drachen ab und stieß ein Brüllen aus, das den Himmel selbst erzittern ließ. Meine Horde antwortete mit ihren eigenen Rufen, darauf bedacht, mich nicht fallen zu lassen, bis ihr kollektiver Klang nicht bloß das Plateau und den Himmel erbeben ließ, sondern ganz Vesteria. Der Moment war unglaublich. Die Emotionen, die mich durchfuhren, gigantisch. Ich konnte jeden von ihnen spüren. War emotional mit ihnen verbunden. Zu gern hätte ich getestet, wie weit die Verbindung ging. Konnten sie sprechen? Wie kommunizierten die Drachen?

Doch meine Kraft schwand rapide und meine Wunden waren tief. Ich spürte, wie mir mein Drache entglitt und die Realität sich verzerrte. Nicht mehr lange und ich würde ohnmächtig werden. Immerhin würde ich nicht wie ein Stein vom Himmel fallen, das würde keiner der Drachen zulassen, aber Noain … jetzt, da meine mentalen Mauern zusammenbrachen, spürte ich seine Wut. Und die Hilflosigkeit.

Der letzte Drache löste seine Fänge aus meinem Fleisch und als wäre dies mein Zeichen, verwandelte ich mich zurück. Kurz fiel ich, doch dann spürte ich einen Luftzug und danach den Steinboden des Plateaus unter mir.

Kraftlos hob ich den Kopf wenige Zentimeter an, um mich umzusehen, fast augenblicklich krachte mein Hinterkopf zurück auf den harten Boden. Die Horde schwebte vor dem Plateau in der Luft. Lediglich der große schwarze und der kleine weiße Drache waren bei mir. Sie mussten mich aufgefangen haben. Zurück in meiner normalen Gestalt wirkten sie gigantisch. Mir wurde schwarz vor Augen und ich blinzelte, um einigermaßen klar sehen zu können. Zu schwach, um etwas anderes zu tun, als einfach liegen zu bleiben. Der weiße Drache schnaubte leise und stupste mich mit seiner Schnauze an.

»Geh mir aus dem Weg!« Noains finstere Stimme hallte über das Plateau. »Wyvern hin oder her, er ist *mein* Gefährte! Also beweg dich, *verdammt nochmal!*«

Das Letzte, was ich sah, war ein wütender Noain, der den Mut besaß, den weißen Drachen aus dem Weg zu schubsen, um vor mir auf die Knie zu gehen. Das Tier hatte sich nur wenige Zentimeter bewegt, doch es reichte aus. Noains helle Augen glühten und seine Miene war wutverzerrt. Die vertrauten Züge verschwammen vor meinen Augen. Die Lichtpunkte waren zurück und mit ihnen der Schmerz.

»Wenn du stirbst, bringe ich dich um, Drache.«

Ich lächelte, denn trotz des Tonfalls, spürte ich seine Erleichterung. Und die Liebe.

»Ich rufe nach Hilfe.« Eine ruhige, kühle Hand legte sich auf meine Stirn. »Du wirst das hier überleben, verstanden?« Noains Stimme wurde lauter. »Euer Alpha braucht einen Heiler. Bleibt oder verschwindet, aber macht Platz.«

Euer Alpha. Ich hatte es geschafft. Ein Lächeln auf den Lippen, versank ich in der Dunkelheit.

Ich hatte es geschafft.

KAPITEL 61

»Mom? Kannst du ihnen bitte versichern, dass es ungefährlich ist?«

»Ungefährlich ist ein sehr triviales Wort, Lillianna, ich—«

»Mom.«

»Es ist relativ sicher.«

»Relativ?« Malik warf die Arme in die Luft und Nick sowie weitere der Anwesenden sahen wenig begeistert aus. »Dann ist ja alles gut. Relativ sicher.«

»Tatsächlich ist der Zauber nicht so kompliziert, wie er auf den ersten Blick erscheint«, warf Duncan ein und schaute hilfesuchend zu Midas.

»Das kann ich bestätigen. Du wirst eine Menge Blut verlieren, aber du bist unsterblich«, wandte Midas sich an mich. »Das womöglich gefährlichste an dem Zauber ist, dass du geschwächt und angreifbar sein wirst. Deine mentalen Mauern fallen und die Kraft verlässt deinen Körper für eine Weile. Es ist, als wärst du …« Er zögerte.

»Als wäre ich sterblich? Ein Mensch?«

Midas nickte.

»Damit komme ich klar. Ich war für fast drei Jahrzehnte lang ein Mensch.«

»Du warst nie bloß ein Mensch, Darling. Aber du bist nicht allein. Wir können den Zauber nicht mit dir durchführen, aber wir können dich beschützen.« Lillith hielt meinen Blick. »Midas und ich sichern den Palast ab.«

Lucan drückte meine Hand. »Die Garde und die Assassinen platzieren sich in allen Korridoren und um den Palast herum.«

»In ganz Arcadia«, grummelte Malik. Noch immer nicht begeistert, aber was hatten wir für eine Wahl?

»Du wirst beschützt«, warf Luzifer ein, »darauf können wir uns einigen. Euch sollte jedoch bewusst sein, dass dieser Zauber der Anfang des Kampfes sein wird. Nehmen wir an, du erreichst die Mond-scheinelfen und sie kehren zurück. Zum *Kämpfen*. Was dann?«

»Worauf willst du hinaus?«, richtete Odile das Wort an Luzifer.

»Auf die letzte Schlacht«, wisperte ich kaum hörbar. »Darauf, dass wir uns Bael entgegenstellen, um diesen Zirkus ein für alle Mal zu beenden.«

Eine bedeutungsvolle Stille breitete sich im Raum aus. Kein Laut wagte es, die Spannung zu brechen, und die Zeit schien für einen Augenblick stillzustehen. Alle Blicke waren auf mich und den bevorstehenden Entschluss gerichtet.

Ich schwieg jedoch, denn ich würde ihnen nicht befehlen, zu kämpfen. Meine Finger zuckten und Lucan packte fester zu. Sein Glaube an mich waberte durch unser Band und sorgte dafür, dass ich gerade saß und die Blicke, die mich trafen, ruhig erwiderte. Odile war die Erste, die die Stille durchbrach. Ihr Messer landete geräuschvoll in der Tischplatte, nicht weit von meinem. Mit entschlossener Miene erhob sie sich. Die Zöpfe ihrer hellen Haare und die blau-braunen Federn darin wippten auf und ab.

»Die Harpyien kämpfen an deiner Seite.«

Jace folgte ihrem Beispiel und erhob sich ebenfalls. Dafür musste er Flynns Hand loslassen. Der Rebell beobachtete ihn stirnrunzelnd.

»Die Ghoule mögen nicht so kampferfahren sein, wie der Rest der Anderswelt, aber wir sind da. Mit allen Ressourcen, die wir bieten können. Du gabst uns eine Stimme, Lilly. Und genau diese werden wir nutzen. Wir wollen sie nutzen und wir haben mächtige Gedanken-spieler in unseren Reihen.«

Ich nickte erst Odile dann Jace zu. Ein Kloß bildete sich in meinem Hals und ich traute meiner Stimme nicht.

Mit einem Fluch kam Flynn auf die Beine. »Die meisten der Nephi-lim können eine Axt nicht von einem Kochlöffel unterscheiden, aber wir haben Talente. Meine Rebellen stehen dir zu Diensten.« Sein Tonfall war ernst, sein Blick sagte: Lass mich das nicht bereuen.

Letzteres konnte ich ihm nicht versprechen, das wussten wir beide.

»Dhanikans bereitet sich seit vielen Wochen auf eine Konfronta-tion vor.« Midas gesellte sich zu den anderen, in dem er vortrat. »Die Magie meines Volkes ist dein. So wie meine.«

Nicht einmal Tristan widersprach ihm.

»Ich … danke. Euch allen.« Und ich war dankbar, aber wieso schwo-ren sie mir ihre Treue? Hier ging es um uns alle. Um die Anderswelt. Ich war … instinktiv sah ich zu Duncan. Mein bester Freund lächelte leicht verschlagen. Er hatte es mir gesagt, auch wenn ich es nicht hatte hören wollen, und er war nicht der erste gewesen. Innerlich seufzend gab ich nach. Ich war der Kleister. Es waren meine Ziele und Ideale, die alle an einem Strang ziehen ließen. Ich war die, die sie mit einer epischen Rede in den Kampf schicken würde. Die sie anführen würde und musste. Das war mein Schicksal.

»Crinaee schließt sich dem an«, sagte Cas mit leiser, melodischer Stimme. »Wir kämpfen. Für eine freie Anderswelt.« Lavender grinste. »Aber sowas von!«

»Ich bin sicher, Drake und Noain würden dem ebenfalls zustim-men, wären sie hier.« Mein Bruder, mein richtiger und einziger Bru-der, schenkte mir ein aufmunterndes Lächeln. Ihm gefiel das alles ganz und gar nicht, aber er wusste so gut wie ich, dass unsere Optionen begrenzt waren.

»Wir kämpfen ebenfalls mit euch.« Luzifer legte meiner Mom eine Hand auf die Schulter. »Wir und Vaya und jedes einzelne meiner Biester. Wenn du uns willst.«

Wie in Trance nickte ich. Sie alle waren bereit, sich und ihre Welt in Gefahr zu bringen. Das konnte der Balance doch nicht verborgen bleiben! Während des *Clash*'hatten alle versucht, sich selbst zu retten, aber jetzt … jetzt kämpften wir gemeinsam und füreinander.

»Fenodeere wird kämpfen.«

Alita. Mein Kopf ruckte herum und ich begegnete dem Blick der Bergkönigin. Düster und siedend heiß zugleich. Alitas Körper vibrierte vor Wut und Frustration und Trauer.

Ich neigte den Kopf, kaum merklich, und sie erwiderte die Geste brüsk.

Acht Welten, die Assassinen, Abbadon und Ilya. Damit konnten wir Bael schlagen. Damit *mussten* wir ihn schlagen. Wenn dann noch die Mondscheinelfen zurückkehrten, hatte er keine Chance mehr ge-gen uns.

»Abgesehen davon, dass Zyntha selbstredend kämpfen wird, gibt es womöglich noch eine weitere Entwicklung, die uns zugutekommt.«

»Was meinst du?«, fragte ich und sah zu meinem Mann auf. Lucans

Augen lagen jedoch nicht auf mir, sondern auf Nyx. Ich folgte der Blickrichtung und bemerkte den abwesenden Blick der Furie.

»Drake«, hauchte ich und erhob mich. Lucan tat es mir gleich. Hand in Hand standen wir da, während alle zwischen uns und Nyx hin- und hersahen.

Die Furie blinzelte und schüttelte den Kopf, daraufhin zupfte ein kleines schiefes Lächeln an ihren Mundwinkeln. »Sie haben es geschafft.« Nyx stieß sich von der Wand ab und trat weiter in den Raum. »Drake muss sich ... erholen, aber ja. Sie haben die Drachen gefunden. Sieht so aus«, wandte sie sich an Midas, »als würdet ihr bald eine Menge Aschepfeile herstellen müssen.«

»Das«, erwiderte er grinsend, »ist die beste Nachricht des Tages.«

Ich atmete aus und spürte ein Flattern im ganzen Körper. Das hier war er, der Moment, auf den wir gewartet und vor dem wir uns gefürchtet hatten. Jetzt gab es kein Zurück mehr.

KAPITEL 62

Drake war zu schwach, um durch ein Portal zu reisen und Noain wollte nicht riskieren, ihn zu teleportieren. Also hatten wir Runak und ein paar weitere Heiler mit Lucan zu ihnen geschickt, um zu helfen. Zunächst hatte ich angenommen, dass die Suche Drake geschwächt hatte, doch wir waren von Nyx darüber aufgeklärt worden, dass Drake es mit gleich mehreren Drachen hatte aufnehmen müssen, um sich als Alpha zu beweisen. Er hatte sich bewiesen, der Preis war jedoch hoch gewesen.

Nachdem Lucan sich mit King und den Heilern nach Vesteria teleportiert hatte, war ich den Zauber mit Midas und meiner Mom noch einige Male durchgegangen. Einer nach dem anderen hatten die Herrschenden sich verabschiedet, um sich vorzubereiten. Strenggenommen bereiteten wir uns seit Monaten vor, aber jetzt wurde es konkret und Vorkehrungen mussten getroffen werden. Solche, die uns halfen, zu siegen, und solche, die festhielten, was im Falle einer Niederlage passieren sollte.

Letzteres war unschön, aber notwendig. Weder Lucan noch ich wollten diese Art Gespräch führen, aber wir mussten es. Aus genau diesem Grund hielt ich Nick zurück, als auch er sich für den Moment verabschieden wollte. Sicherlich um nach Zyntha zu Alina zurückzukehren und genau das war mein Stichwort.

Ich zog ihn zu einem der Sofas vor dem Kamin und setzte mich. Mit einem irritierten Ausdruck auf dem hübschen Gesicht nahm er neben mir Platz.

»Was wird das hier?«

»War es merkwürdig für dich, unseren Vater zu sehen?«

Die Frage brannte mir unter den Nägeln, auch wenn sie nicht der Grund war, wieso wir hier saßen.

Nick lehnte sich zurück und schlug ein Bein über das andere. Selbst jetzt, in einer solchen Situation, sah er aus, wie der geborene Politiker, Diplomat und Prinz.

»Ein wenig. In dem Moment ein wenig mehr, aber jetzt habe ich die Begegnung etwas verarbeiten können und alles, was ich empfinde, ist Dankbarkeit.« Er blickte mich fragend an.

»Das Zusammentreffen mit unserem Vater ist nicht der Grund, wieso ich hier sitze.«

»Nein.« Naja, nicht ganz. Jein. Ich drehte mich leicht und griff nach Nicks Händen. Sofort spannte mein Bruder sich an.

»Mir wird nicht gefallen, was jetzt kommt, nicht wahr?«

»Vermutlich nicht, nein, aber ich weiß, dass du erkennen wirst, dass es die richtige Entscheidung ist.«

»Die da wäre?« Seine Stimme klang gepresst.

»Ich möchte, dass du während der Konfrontation mit Bael in Zyntha bleibst.«

»Absolut nicht, nein. Ich—«

»Sollte ich fallen—«

»Lilly…«

»Sollte ich fallen«, unterbrach ich ihn ruhig, »Lucan oder ich, oder wir beide, dann muss es jemanden geben, der Alliandoan anführt. Es muss jemanden geben, der die Minister in der Spur hält. Der Handel betreibt und Frieden anstrebt. Jemanden, der diese Welt kennt und ihr durch einen Erben neue Hoffnung schenken kann.«

Ein wenig erschrocken lehnte er sich zurück, weg von mir. »Das klingt verdammt so, als würden wir verlieren.«

»Ich glaube nicht, dass wir verlieren«, sagte ich und meinte es auch so. »Es wäre jedoch naiv und dumm, sich nicht auf den schlimmsten Fall vorzubereiten. Du hast gehört, was unser Vater sagte. Was er geopfert hat. Das heißt nicht«, fuhr ich fort, »dass ich mich opfern will. Schau mich nicht so an. Aber an diesem Punkt müssen wir realistisch sein. Wir sind gut aufgestellt, aber keiner von uns kann einschätzen, welchen Schaden Baels irre Dämonensaat anrichten wird. Außerdem wissen wir nicht, ob er noch mehr Tricks auf Lager hat. Was ich hier tue, ist präventiv.« Ich ließ Nicks Hände los und umfasste seine Wangen. Sein Gesicht war heiß, obwohl er viel zu blass war. »Wir sind die Erben Alliandoans, Nick, wir müssen darüber sprechen. Falls ich falle, können wir von Lucan nicht erwarten, dass er bleibt und alleine regiert. Lass ihn nach Zyntha zurückkehren und nimm deinen rechtmäßigen Platz ein.«

»Mein Platz ist an deiner Seite.«

»Das wird er immer sein. Wie ich bereits sagte, hier geht es um das worst case scenario.«

Nick gab ein ungläubiges Geräusch von sich. »Du klingst wie Duncan.«

»Ist das so schlimm? In einer Situation wie dieser?«, neckte ich ihn und lehnte meine Stirn gegen seine.

»Ich …« Er schluckte, ehe seine Hände sich über meine legten. »Ich kann nicht einmal darüber nachdenken, was ist, wenn—«

»Tu es nicht«, unterbrach ich ihn erneut. »Wir werden alles tun, um es zu verhindern. Niemand wird sterben, das ist das Ziel. Aber du weißt genauso gut wie ich, besser noch, in welcher Welt wir leben. Bitte«, wisperte ich, meine Stimme rau. »Bleib bei Alina in Zyntha.« Ich atmete tief ein und sorgte weiterhin dafür, dass Lucan von diesem Gespräch und meinen Gefühlen nichts mitbekam. »Bitte, Nick. Du würdest mir damit eine große Last von den Schultern nehmen. Wenn ich dich und Alina in Zyntha weiß, sicher und beschützt. Es würde mir viel bedeuten.«

Er kniff die Augen zusammen und lehnte sich weiter zu mir. »Das kannst du nicht verlangen«, wisperte er rau.

»Ich kann und ich tue es. Als deine Schwester, aber auch als deine Königin. Wir können, nein, wir *dürfen* Alliandoan nicht sich selbst überlassen. Nicht nach dem, was unser Vater gab, um es zu beschützen.«

»Du meinst, nach dem, was du bereit bist zu geben?«

Ich rückte von ihm ab, die Hände noch immer an seinen Wangen, und blickte ihm fest in die Augen. Das Grün leuchtete, doch das Weiß drum herum war gerötet.

»Würdest du es nicht? An meiner Stelle? Würdest du nicht ebenfalls alles geben, damit die Unsterblichen, die du liebst, und dein Volk sicher sind? Alle Völker? Ich bin lediglich eine Person, Nick. Eine. Wir reden hier über Millionen Unsterbliche—«

»Aber du bist meine Schwester!«

»Ich weiß.« Ich küsste ihn sanft auf die Wange. Durch unser Geschwisterband spürte ich seine Frustration. »Aber ich bin auch deine Königin. Zwing mich nicht, es dir zu befehlen, Nick. Bitte.«

Mit aufeinandergepressten Lippen und einer tiefen Falte zwischen den Brauen erwiderte er meinen Blick ernst.

Für eine Weile saßen wir einfach da und sahen uns an. Eine Emotion nach der anderen huschte über die Züge, die ich so sehr lieben gelernt hatte.

»Habt ihr schon einen Namen?«

Nick blinzelte. Zunächst wirkte er perplex, dann wütend.

»Was wird das, Lilly? Ein letztes Gespräch? Ein Abschied?« Er versuchte von mir abzurücken. »Besuchst du Alina als nächstes? Danach Cora?«

Ich nickte und ignorierte den aufgebrachten Tonfall. »Ja. Genau das habe ich vor, denn es ist das Richtige. Ich werde mit allem, was ich habe, in den Kampf ziehen, Nick. Mit allem. Aber die Zukunft ist ungewiss und wir müssen clever vorgehen.«

Eine Träne stahl sich aus seinem Augenwinkel und er riss sich von mir los, um sie grob fortzuwischen.

»Ich nehme an, dass Lucan ein ähnliches Gespräch mit King führen wird. Ob er der Bitte folgt, das kann ich nicht sagen, aber Zyntha ist gut aufgestellt. Alliandoan hingegen nicht. Unsere Welt hat viele Rückschläge erlitten. Komme was wolle, wir dürfen unser Volk nicht im Stich lassen.«

»Das ist es.« Nick stieß ein heiseres Lachen aus. »Wie Lucan damals schon sagte: Das ist der Grund, wieso du das Mal trägst.«

»Eine Laune des Schicksals«, erwiderte ich trocken. Es gab keine Erklärung, wieso er als der Ältere ohne Königsmal geboren worden war. Es sei denn, genau dieser Moment und das, worauf wir zusteuerten, war die Erklärung. Ich trug das Mal. Ich besaß die Verbindung zur Balance. Weil ich diesen Krieg, der seit Langem im Dunkeln gebrodelt hatte, beenden konnte?

»Versprich es mir, Nick.«

Mein Bruder fluchte. »Ja, verdammt. Ich verspreche es.« Er wischte eine weitere Träne fort und blickte mich an. »Macht es mich zu einem Feigling, dass ein Teil von mir erleichtert ist, dass ich Alina nicht allein lassen muss?«

»Es macht dich nicht zu einem Feigling, sondern zu einem liebenden Ehemann.«

»Ich will, dass du mir im Gegenzug etwas versprichst.«

Ich ahnte, was jetzt kam, und machte eine auffordernde Handbewegung.

»Reiß den Scheißkerl in Stücke.«

Aufrichtig überrascht wanderten meine Augenbrauen in die Höhe. Ich hatte damit gerechnet, dass er mich dazu auffordernd würde, mich keinesfalls zu opfern oder unüberlegte, womöglich sogar impulsive, Entscheidungen zu treffen, aber das … das konnte ich guten Gewissens versprechen. Einer von uns würde ihn erwischen. Ganz gleich wer.

»Bael wird fallen. Das schwöre ich dir.«

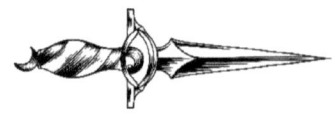

KAPITEL 63

Noain, Vesteria

»Kannst du ihn transportieren?«

Lucan riss seinen Blick von Drakes zerschundener Gestalt los und blickte mich an. Äußerlich ruhig ließ ich die intensive Musterung des Assassinen über mich ergehen. Er wollte wissen, ob ich am Ausrasten war. Ja, verdammt, das war ich! Drake hatte es mit gleich mehreren Drachen aufgenommen – ohne mich! Wie ein bockiges Pferd hatte er mich abgeworfen, dabei hätte ich ihm helfen können! Und wo waren die verdammten Viecher jetzt? Verschwunden! Ich hielt Lucans Blick stand, denn die Alternative war, zu Drake zu sehen. Er wurde von mehreren Heilern belagert. Vorsichtig drehten und wendeten sie ihn und untersuchten seine Verletzungen. Ich wollte sie anschreien, sie in Stücke reißen, ich–

Eine schwere Hand landete auf meiner Schulter.

»Alles in Ordnung?«

Ja. Ein einfaches Wort. Eine simple Lüge und doch ging es mir nicht über die Lippen. »Nein.«

»Ihr seid vereint.«

Ich nickte schroff und ließ Lucans Berührung zu. Es war … freundlich von ihm. Und nun verstand ich auch, wieso King sich mit verschränkten Armen und Streitaxt vor Runak und den Heilern positioniert hatte. Wegen mir.

»Ich–« Brüsk fuhr ich mir über den kurz rasierten Schädel. Verdammte Scheiße. Wie sollte ich das, was ich empfand, in Worte fassen?

Die letzten Tage waren wie ein Fiebertraum gewesen. Drake und ich waren vereint, ja. Es war gut zwischen uns gewesen und doch … ein Teil von mir, ein winziger, düsterer Teil, der es nicht schaffte, die ewige Finsternis zu verlassen, hatte an seinem Hass festgehalten. Jetzt schämte ich mich seiner. Drake hatte mir wieder und wieder bewiesen, dass er eine Beziehung zwischen uns ernst nahm, und ich hatte ihn mit Intimität ruhiggestellt. Wir hatten geredet, doch sobald er mir emotional zu nahegekommen war, hatte ich Sex dazu benutzt, das Ruder herumzureißen, um in eine andere Richtung zu steuern. Nie wieder, schwor ich mir hier und jetzt. Drake würde das hier überleben, das spürte ich. Er war schwach, aber er atmete. Sein Drache hatte den meisten Schaden abbekommen und musste ruhen. Die Verbindung zur Horde und mein Blut würden ihn heilen. Und dann … dann würde ich nichts mehr zurückhalten. Nie wieder.

»Ich habe es ihm unnötig schwer gemacht«, hörte ich mich selbst sagen.

Lucan schnaubte und zog seine Hand zurück. »Er kann es ab.« Ein kleines Lächeln lag auf den Lippen des Assassinenkönigs. Ich respektierte den Mann. »Ich wusste von Anfang an, dass du gut für ihn sein wirst.«

»Ich …« Was sollte ich dazu sagen? Ich hatte es nicht gewusst. Oder gewollt. Mein Hass und meine Wut waren zu groß gewesen.

»Noain.« Ich sah auf und begegnete Lucans eindringlichem Blick. Seine Augen waren fast schwarz und ich vermutete, dass nicht nur Drakes Lage der Auslöser dafür war.

»Nimm all deine Emotionen und richte sie auf unser gemeinsames Ziel. Wenn Bael fort ist, beginnt für uns alle ein neues Leben.«

Einer der Heiler erhob sich und trat zu uns. »Wir sind positiv gestimmt, dass ihr ihn teleportieren könnt, Eure Majestät.«

Man musste es Lucan hoch anrechnen, dass er bei der formellen Anrede kaum zusammenzuckte.

»Danke, Runak.« Er richtete seine Aufmerksamkeit wieder auf mich. »Arcadia oder Fenrys?«

»Ilya«, entfuhr es mir ganz automatisch. »Ich will, dass die Fae ihn sich ansehen.«

Lucan nickte, ohne meinen Wunsch weiter zu hinterfragen. »Ich schicke eine Nachricht nach Fenrys. Sobald Drake wieder bei Bewusstsein ist, sollten wir uns unterhalten. Es gibt neue Entwicklungen.«

»Spannendere, als ein Dutzend Drachen zu unterwerfen und sie dazu zu bewegen, uns zu helfen?«

Lucan seufzte und das Geräusch sorgte für ein paar weitere Verspannungen und Magenschmerzen.

»Bael.«

»Richtig. Deshalb ist es von großer Wichtigkeit, dass Midas und Lillith so schnell wie möglich mit der Produktion der Aschepfeile beginnen.«

»Was ist geschehen?«

»Später, wir–«

»Jetzt«, unterbrach ich den König der Assassinen und der Anderswelt. Er war nicht mein König und er wusste es. Es ging hier um meinen Gefährten und das respektierte Lucan.

Während Runak und die Heiler sich weiterhin um Drake kümmerten und ihn in ein paar leuchtend weiße Laken einwickelten, lauschte ich den Worten des Assassinen. Ein wenig fassungslos und mächtig wütend.

»Die Fae werden dafür sorgen, dass er baldmöglichst aufwacht.«

»Zwei Tage«, erwiderte Lucan und trat zu den anderen. »Ich gebe euch zwei Tage, dann übernehmen wir Drake.«

Bevor ich ein ›Fick dich‹ erwidern konnte, war er verschwunden. Fluchend schloss ich die Augen und konzentrierte mich auf das Gefährtenband zwischen Drake und mir, nicht bereit, ihn länger als ein paar Sekunden aus den Augen zu lassen. Dann folgte ich ihnen nach Ilya, in unseren sicheren Hafen.

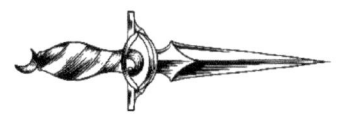

KAPITEL 64

Lilly, Arcadia

»Wenn ich die Texte richtig studiert habe«, Midas wies auf eine der leicht verblassten Textstellen, »dann kannst du einen Anker ernennen.«

»Einen was?«

»Jemanden, der dir beim Zauber assistiert und dich erdet. Und im Notfall Hilfe holen kann.«

»Das klingt nicht sonderlich sicher, es—«

»Kann es jeder sein?«, unterbrach ich Nick, vollkommen auf Midas konzentriert. Der Zauberer war heute früh in unserer Küche aufgetaucht. Er hatte sich einen Kaffee eingeschenkt und verkündet, dass er Neuigkeiten hatte. Eine ›gute Nachricht‹.

»Jein.« Midas fuhr sich durch die regenbogenfarbenen Haare. Seine Augen erstrahlten in einem hellen Blau. Die ersten Anzeichen von Grün waren bereits sichtbar. Vermutlich war er die ganze Nacht wach gewesen, doch er wirkte frisch und voller Tatendrang. Tristan war in Dhanika eingespannt. Auf Lucans Frage hin hatte Midas abwesend mit ›er kümmert sich um unser Heer‹ geantwortet. Vermutlich hatte der General gerade größere Probleme als einen Midas, der zwischen den Welten hin und her sprang.

»Es sollte jemand sein«, fuhr er fort, »der dir nahesteht, aber nicht zu nahe. Eine Verbindung, aber kein Gefährtenband.« Er warf Lucan einen entschuldigenden Blick zu. »Verwandte auch nicht.«

Damit waren auch Nick, Luzifer und Lillith raus.

»Aber ein Freund?«, fragte ich. »Und *eregroi*?«

»Yes!« Duncan sprang auf. Seit Malik heute Morgen in Richtung See und Garde verschwunden war, klebte er an mir, Lucan und Nick. Als hätte er geahnt, dass seine Anwesenheit heute noch entscheidend sein würde.

»Ich hab gehofft, dass ich mitmachen kann«, nuschelte er und bestätigte meine Gedanken. »Ich bin dein Anker, Baby.«

»Das ist eine ernste Sache.«

Duncan rollte mit den Augen. »Ich mag eine große Klappe haben, Midas, aber wann hast du jemals erlebt, dass ich eine Mission nicht ernst nehme?«

»Seine große Klappe war das, was dich am Anfang am meisten interessiert hat«, warf Lucan trocken ein. »Neben seinem Äußeren.«

Duncan grinste. »Lass das nicht meinen Mann hören.«

Midas hob abwehrend beide Hände. »Das ist lange her und hielt nur einen Tag.«

Lucan grunzte leise. »Einen Tag zu lang.«

»Dann kann Duncan mein Anker sein?«, fragte ich und ignorierte das Geplänkel der Männer.

»Kann er, ja.«

Automatisch griff ich nach Lucans Arm und blickte zu ihm auf. »Ist das okay für dich?«

Er nickte. »Ich kann es nicht sein und vermutlich ist das auch besser so. Ich bin zu … emotional.« Er räusperte sich. »Involviert. Ich bin emotional zu involviert.«

»Mhm«, machte Duncan und fing sich damit einen bösen Blick ein.

»Ich passe auf sie auf, Lucan. Mit meinem Leben. Das weißt du.« Nick seufzte. »Können wir uns darauf einigen, gewisse Narrative nicht zu verwenden? Das Ende, unser Ende, sterben … sowas? Das würde mich ungemein beruhigen« Er stützte den Kopf in beide Hände. »Das alles macht mich sowieso schon nervös.«

»Zurecht.« Lucan erhob sich. Irritiert beobachtete ich ihn. Offensichtlich konnte er nicht mehr stillsitzen. »Das hier sollte uns alle nervös machen.« Er wies auf das Buch. »Der Zauber ist ein notwendiges Übel, aber es gefällt mir nicht im Geringsten. Und das, was danach kommt? Das ist furchteinflößend.« Er blickte von mir zu Nick, Duncan und Midas. Alle hingen wir an seinen Lippen. Ein Ausbruch dieser Art war zwar nicht mehr komplett überraschend, aber selten. »Es macht mir Angst«, gestand er leise. »Aber das ist in Ordnung. Wichtig sogar, denn jeder von uns weiß, was auf dem Spiel steht. Was wir zu verlieren haben. Wir müssen bedacht und klug vorgehen. Angst wird uns dabei helfen, keine unüberlegten Entscheidungen zu treffen.«

Er fixierte mich und stöhnend warf ich die Arme in die Luft. »Ich will nicht sterben. Wie oft muss ich das wiederholen?«

»Was ich damit sagen will -«, überging er mich, »lasst die Angst ruhig zu. Aber lasst nicht zu, dass sie euch kontrolliert.«

»Und wenn die Angst uns erst recht dazu bringt, schlechte Entscheidungen zu treffen?«

»Ich habe dich besser trainiert als das«, erwiderte Lucan trocken. »Ich habe dich besser erzogen.«

Duncan schnaubte. »Bau bloß keinen Druck auf …«

»Drake ist seit gestern Abend wach«, sagte ich, mehr zu mir selbst. »Lillith ist noch in Vesteria, nehme ich an?«

Midas bejahte meine Frage. »Wir sind beide seit gestern Abend dort. Wir trafen ein, direkt nachdem Noain Drake zurückbrachte. Ich ging lediglich fort, um euch über den Anker zu unterrichten.«

»Wie lange dauert es, die Pfeile herzustellen?«

»Im Moment bereiten wir uns vor.« Midas' Antwort war vage. Er seufzte leise. »Wir brauchen Drake in Drachenform und bisher war er noch nicht in der Lage, sich zu verwandeln.« Ein Lächeln huschte über seine Züge. »Noain kümmert sich jedoch aufopfernd um ihn.«

Duncan lachte. »Ich wusste es! Es war so klar, dass die beiden Hotties wieder zusammenkommen!«

»Worauf ich hinauswill«, überging ich Duncans Einwurf, denn ja, ich hatte auch gewusst – gehofft vor allem –, dass die beiden wieder zusammenkommen würden, »ist, worauf warten wir? Für den Zauber brauchen wir kaum etwas, außer Blut, und das trage ich ausreichend bei mir.«

»Lillith und ich müssen den Palast sichern, wir können nicht riskieren, dass Bael versucht, Kontakt zu dir aufzunehmen, wenn du geschwächt bist.«

»Dann hol sie her.« Ich war nicht sonderlich scharf darauf, den Zauber vor mir herzuschieben und je eher wir die Mondscheinelfen erreichten, desto besser. Falls wir sie erreichten.

»Lucan …«

»Ich kontaktiere Nyx und Xerxes. Sie und ein paar Dutzend Schattenkrieger werden im gesamten Palast Stellung beziehen.«

Nick erhob sich und fuhr sich mit beiden Händen über das angespannte Gesicht. »Ich informiere Malik und die Garde.«

»Gut.« Jeder hatte eine Aufgabe. Jeder, inklusive mir. Meine beinhaltete allerdings, dass ich beinahe ausbluten musste, um ausreichend Magie in den Zauber fließen zu lassen. Sonst blieb er erfolglos.

»Ich bin bereit«, sprach ich, denn sie alle sahen mich an und ich wusste, dass es die Worte waren, die sie hören wollten und mussten. »Ziehen wir es durch.«

Die nächste Stunde bewies erneut, wie gut wir darin geworden waren, zusammenzuarbeiten. Midas und meine Mom arbeiteten im Tandem. Die Garde und die Assassinen teilten sich unter Maliks und Lucans Anweisungen auf und mein Bruder schickte mit Melinas und Coras Hilfe Botschaften in alle Welten.

Duncan und ich, wir saßen zusammen und gingen die Zeilen des Zaubers wieder und wieder durch. Als Lucan uns grünes Licht gab, hielt ich die Verabschiedungen kurz. Duncan scheuchte sie alle aus der Bibliothek und schloss die Doppeltüren in ihre angespannten Gesichter. Nur ein wenig Blut, sagte ich mir. Ein wenig mehr, aber nichts, womit ich nicht umgehen konnte.

Anders als bei dem Zauber zuvor, brauchten wir keinen kleinen Hexenkessel, wie Duncan ihn betitelte. Wir benötigten nur das Schriftstück des Zaubers, ein paar Runensteine zur Fokussierung und Energiekanalisation und ein paar Kräuter für rituelle und schützende Wirkung. »Grüne Wächter« hatte Midas sie genannt. Es gab zwar keine Vorgaben, aber ganz instinktiv hatte ich die Runensteine um das Pergament und die Kräuter um die Steine gelegt. Duncan setzte sich mir gegenüber in den Schneidersitz. »Was kann ich tun?«

»Aktiviere die Runensteine.«

Ich griff in die vordere Tasche meines Hoodies und zog ein kleines, leuchtendes Fläschchen hervor. Duncan aktivierte nacheinander die Runensteine, dann sah er auf und runzelte die Stirn.

»Moment Mal, was ist das?« Er kniff die Augen zusammen. »Davon steht nichts im Zauber.«

»Ich bat Midas darum.« Heimlich, und so, dass niemand es mitbekommen hatte. Durch meine Mom. Ich sah auf die kleine Flasche in meiner Hand. Sie schimmerte in sanftem Silber, als hätte sie das Licht der Sterne eingefangen. Ihre Oberfläche kräuselte sich leicht, als würde die Flüssigkeit atmen. Feine, goldene Fäden tanzten darin. Ein wenig erinnerte es mich an die Gedankenfäden der Silbersynchronen.

»Es heißt Geistesfluss«, erklärte ich. Noch waren meine mentalen Barrieren stabil und ich musste nicht flüstern. »Hier drin«, ich hob das Fläschchen höher, »befindet sich ein winziger Teil Kraftlinienmagie aus Dhanikans. Verbunden mit allen Welten, wie wir jetzt wissen. Ich bat Midas um etwas, das meinen Geist erweitert und die … Grenzen, mentale wie physische, schmelzen lässt.«

Duncan lehnte sich leicht zur Seite, um an der Flasche und meinem Arm vorbeisehen zu können.

»Hältst du das für notwendig?«

»Um die Mondscheinelfen zu erreichen? Keine Ahnung.«

»Aber wieso–« Er stockte und riss die Augen auf. »Bitte«, flehte er augenblicklich, »sag mir nicht, dass du etwas anderes vorhast! Lucan killt mich!«

Bevor Duncan mich davon abhalten konnte, riss ich den kleinen Korken aus der Flasche und exte den Zauber in einem kräftigen Schluck. Er war geschmacklos und doch spürte ich eine gewisse Wärme, als er mir die Kehle hinunterlief und sich in meinem Magen sammelte.

»Scheiße, Lilly …«

»Es wird alles gut. Messer«, forderte ich ihn auf.

Duncan zögerte.

»Das Messer. Bitte.«

Langsam griff er an seinen Rücken und reichte mir eines seiner schwarzen Assassinenmesser. Ich war nicht bewaffnet, das hatten wir alle als sicherer empfunden. Duncan assistierte mir, das hieß auch, er kontrollierte die Waffen in diesem Raum.

»Deine Augen …«, hauchte er, »sie färben sich silbern.«

»Vertrau mir, Duncan.«

»Das würde mir leichter fallen, wenn du mich einweihen würdest.« Ich starrte. Er seufzte. »Natürlich vertraue ich dir, Dummerchen.«

»Ich versuche nicht bloß, die Mondscheinelfen zu erreichen.« Ohne weiter zu zögern, setzte ich das Messer an meinen entblößten Unterarm. Der Schmerz war stärker als bei einem simplen Schnitt in die Handfläche und das Blut kam schneller und stärker. Sofort hielt ich meinen Arm über den Zauber.

»Ilya existiert«, erklärte ich weiter, während wir beobachteten, wie die Worte auf dem Pergament mein Blut aufsaugten wie ein Schwamm. Kein Tropfen landete daneben. »Was, wenn noch mehr Völker überlebt haben? Wenn es noch mehr sichere Häfen dort draußen gibt? Mehr Zufluchtsorte wie Ilya?«

»Heilige Balance«, wisperte mein bester Freund.

»Genau.«

Ich verlor langsam das Gefühl in der linken Hand. Am liebsten hätte ich Duncan das Messer gereicht, aber es war von großer Bedeutung, dass ich es war, die mich schnitt. Das Opfer des Blutes musste freiwillig erbracht werden.

Mit zittrigen Bewegungen setzte ich die Klinge erneut an, diesmal am anderen Arm, und hielt anschließend beide über das Schriftstück. Als die Kraft mich verließ und mir leicht schwindelig wurde, sanken meine Arme herab. Das Blut aber fand seinen Weg.

»Ich weiß nicht recht, ob ich das eklig oder faszinierend finden soll.«

»Beides«, erwiderte ich lächelnd. Mein Kopf fühlte sich schwerelos an und ich dachte an das erste Mal, als ich einen Blutzauber live gesehen hatte. Damals, als Laurenti Minister Meyer ausgeblutet und ihn wie ein Stück Vieh am See der Balance aufgehangen hatte. Mit einer Botschaft für mich. Damals war das Blut ebenfalls dem Zauber gefolgt.

»Lilly.« Duncan erhob sich und trat hinter mich. »Kann ich dich berühren? Scheiße, das habe ich Midas nicht gefragt. Lilly?«

»Mhm?« Mein Kopf rollte träge hin und her, auf einmal unendlich schwer.

»Ach, was soll's.« Duncan fluchte und im nächsten Moment spürte ich, wie er sich hinter mich setzte und beide Arme um meine Taille schlang. Er zog mich dicht an sich und legte sein Kinn auf meinem Kopf ab.

»Bleib hier bei mir, Lilly. Ich bin dein Anker.« Er breitete die Finger auf meinem Bauch aus. »Ich bin dein Anker.«

Meine Arme kribbelten und ich fühlte mich fast schwerelos, aber was auch immer Duncan tat, es wirkte. Ich blinzelte und fühlte mich ein wenig klarer als zuvor.

»Wann wissen wir, ob—«

Ich riss den Kopf zurück und erzitterte am ganzen Körper, als Magie mich durchfuhr.

»Autsch, verdammt. Das beantwortet meine Frage.«

Die Augen zur Decke gerichtet, sprach ich die Worte, die ich zuvor mit Midas geübt hatte. Keine Sekunde später explodierte die Welt um mich herum in Licht und Farben. Ich war nicht mehr in der Bibliothek, ich flog, schwebte, segelte. Ich war hier und doch nicht. Alles verblasste gegen die Flut an Farben, die auf mich einströmte. Alles, was blieb, waren Duncans Arme an meinem Körper und seine Stimme in meinen Ohren.

»Halt … halt mich fest, okay?«

»Immer.« Er packte fester zu. »Bist du noch … hier?«

»Ich habe keine Ahnung, wo ich bin.« Es war kein Raum, so wie wir ihn kannten. Kein Portal und anders als alles, was ich zuvor gespürt und erlebt hatte. Ein magisches Nichts, eine Unendlichkeit aus Farben und Licht. Eine Zwischenebene womöglich. Lag es am Zauber oder am Inhalt der Flasche, dass ich hier war? Konnte ich so die Grenzen überwinden und in den verborgenen Tiefen der Anderswelt Gehör finden?

»Was auch immer du vorhast, Lilly, tu es bald, ich spüre, wie deine Kraft schwindet.«

Also schön. Jetzt oder nie.

»Dies ist ein Ruf durch die Schatten und das Licht. Es ist ein SOS. Ein Bitten um Hilfe. Mondscheinelfen, Fae, Andersweltler, die im Verborgenen leben. Wir brauchen euch. Ich brauche euch.« Ich atmete tief ein und ignorierte das rasselnde, nasse Geräusch. »Mein Name ist Lillianna Callahan Vale und wenn ihr meine Stimme hört, dann kommt und helft uns. Die Anderswelt steht vor einer nie dagewesenen Bedrohung. Der Feind, Bael, will uns zerstören. Uns und alles, wofür wir gearbeitet, gekämpft und geblutet haben. Einigkeit, Akzeptanz und Chancengleichheit. Wir sind dabei, eine Welt zu formen, in der Gerechtigkeit und Frieden nicht bloß Träume, sondern Wirklichkeit sind. Der Weg dorthin ist geebnet, doch wir können ihn nicht allein beschreiten. Der Feind muss besiegt werden, sonst war alles umsonst.«

Meine Stimme brach und Duncans Umarmung wurde fester. Beinahe schmerzhaft fest. Aber die Berührung erdete mich und sie erinnerte mich auch daran, dass ich mich beeilen musste.

»Ich bin Lillianna Callahan Vale, Königin von Alliandoan, das Herz von Zyntha und vorübergehende Herrscherin der Anderswelt. Geboren in der Welt der Menschen, mit Engelsblut und Dämonenfeuer in meinen Adern, trage ich die Bürde und die Hoffnung beider Welten. Aller Welten. Und ich brauche euch. Bitte. Erhebt euch mit uns und kämpft an unserer Seite. Arcadia wird euch mit offenen Armen empfangen, ganz gleich, wo ihr herkommt. Die gesamte Anderswelt wird es. An euch Andersweltler, an alle, die Magie in ihrem Herzen tragen, bitte kommt und helft uns«, wiederholte ich mit brüchiger Stimme. »Gemeinsam können wir das Unmögliche möglich machen. Gemeinsam werden wir eine neue Ära erschaffen.« Die letzten Worte kamen langsam und etwas verzerrt, ich hoffte jedoch, dass sie die Mondscheinelfen und wer auch immer dort draußen noch existierte, erreichten. Ich hoffte es mit jeder Faser meines Körpers.

»Duncan …«, wisperte ich, als ich mich in dem unendlichen Farbspektrum um mich herum verlor. »Ich … ich verliere … das Bewusstsein.«

Ich fiel. Ins Nichts. Völlig schwerelos. Aber Duncan war da, denn das letzte, was ich hörte, war sein gemurmeltes: »Das ist der Stoff für Legenden, Baby.«

KAPITEL 65

Lucan war fuchsteufelswild.

»Eine Aufgabe«, donnerte er. Duncan und ich zuckten beide zusammen. Ich lag in unserem Bett, den Rücken an das Kopfteil gestützt, Duncan neben mir. Zwei leuchtend weiße Bandagen zierten meine Unterarme. Lucan tigerte vor uns auf und ab, während Malik und Nick an der Tür Stellung bezogen hatten und uns mit grimmigen Mienen beobachteten. Runak hatte mich versorgt und war vor wenigen Minuten gegangen. So lange hatte Lucan sein Temperament im Zaum gehalten, jetzt aber ließ er es von der Leine.

»Weißt du, wie gefährlich bewusstseinsverändernde Zauber sein können?«

Nein. Das wusste ich nicht und das war vermutlich auch besser so.

Lucan blieb ruckartig stehen und funkelte mich an. »Das ist kein Scherz!«

Ah. Shit. Ich hatte vergessen, dass meine mentalen Barrieren hinüber waren. Zumindest für die nächsten Stunden. Midas hatte uns vorab darüber informiert, dass dieser Zustand bis zu vierundzwanzig Stunden andauern konnte. Bis ich komplett geheilt war.

»Midas«, spie Lucan den Namen des Zauberers. »Ihn nehme ich mir auch noch vor, er–«

»Sie war unglaublich«, unterbrach Duncan ihn todesmutig. »Ich weiß, so hatten wir es nicht besprochen, aber ich war die ganze Zeit bei ihr und sie war verdammt nochmal unglaublich!« Duncan legte einen Arm um meine Schultern und zog mich vorsichtig an sich. »Das war episch! Next level. Ihr habt keine Ahnung … ich …« Er blickte zu Malik. »Ich kann es dir zeigen.«

Mein General verschränkte die Arme vor der Brust. »Ja, bitte. Zeig mir, wie ihr beide erneut Befehle missachtet und rebelliert habt.«

»Sarkasmus ist unangebracht«, erwiderte ich und rutschte ein wenig höher. Meine Handgelenke brannten und ich war erschöpft, ansonsten ging es mir erstaunlich gut. Dafür, dass ich mich fast ausgeblutet hatte. »Ich tat, was ich tun musste, und als ich das letzte Mal nachgesehen habe, war die Krone noch immer Mein. Ich befolge keine Befehle, ich gebe sie.«

Malik zuckte zusammen.

»Autsch«, murmelte Duncan, als wir beobachteten, wie Malik angestrengt ausatmete, ehe er Nick beiseiteschob und den Raum verließ. Geräuschvoll. Die Tür knallte ins Schloss und alle Augen richteten sich auf mich.

»Ich spiele die Königinnen-Karte nicht gerne aus, das wisst ihr, aber ich bin die Königin und das, was ich tat, tat ich zu unser aller Schutz. Midas versicherte mir, dass es ungefährlich ist. Er selbst hat den Geistesfluss hergestellt.« Ehrlich gesagt, konnte ich nicht ganz nachvollziehen, wieso sie sich so aufregten. Geblutet hatte ich so oder so, alles, was ich getan hatte, war–

»Bewusstseinsverändernde Zauber können gewaltig nach hinten losgehen«, sagte Nick. Er kam zu uns herüber und legte meinem Mann eine Hand auf den Arm. »Es gibt Unsterbliche, die sich in der Unendlichkeit der Magie verlieren. Midas hätte Lilly jedoch niemals geholfen, wenn er nicht sicher gewesen wäre, dass sie stark genug ist. Sie und ihr Anker.«

Lucan stieß ein frustriertes Schnauben aus.

»Du weißt, dass er recht hat.«

»Das macht es nicht besser«, fuhr er mich an. Die schwarzen Augen glänzten und ich erkannte seine Reaktion, als das, was es war: Angst.

»Lasst uns allein«, bat ich meinen Bruder und meinen besten Freund.

Duncan küsste mich auf die Wange und hüpfte galant vom Bett. »Ich sollte sowieso nach meinem Mann sehen. Komm, Hoheit.« Er hakte sich bei Nick ein. »Du kannst mir suchen helfen.«

Als die beiden verschwunden waren, verlor ich mich in Lucans dunklem Blick.

»Ich hatte auch Angst.«

Jeglicher Kampf verließ ihn und er entspannte seine Muskeln. Bevor er zu mir herüberkam, strich er sich die wirren, dunklen Haare aus der Stirn.

»Ich kann nicht klar denken, wenn du dich in Gefahr begibst.«

»Das sind keine guten Voraussetzungen für das, was vor uns liegt«, neckte ich ihn und streckte eine Hand nach ihm aus. Er überbrückte die Distanz zwischen uns, in dem er sich teleportierte.

»Du weißt schon, dass du dich auch normal fortbewegen kannst?« Seine Finger umschlossen meine und Lucan setzte sich auf die Bettkante. »Was ist schon normal?«

»Touché.«

Sein Daumen strich federleicht über meinen Verband. »Zeig es mir«, bat er mich rau. »Ich hätte dich direkt bitten sollen, aber ich …«

»Du warst zu wütend?«

»Ja.«

Wenigstens war er ehrlich.

»Immer.«

Augenrollend lehnte ich mich zurück. »Daran muss ich mich erstmal wieder gewöhnen«, stöhnte ich.

»Deine mentalen Barrieren werden sich Stück für Stück wieder aufbauen und zu ihrer früheren Stärke zurückkehren. Genau wie du.«

Mit einem leisen Seufzer schloss ich die Augen und ließ mich von seiner Berührung einlullen. Von dem Gefühl der Geborgenheit und Liebe. Von dem Gefühl der Hoffnung, das mich überkam, wenn ich daran dachte, dass meine Nachricht gehört wurde. Für ein, zwei Minuten schwiegen wir, dann ergriff Lucan erneut das Wort.

»Das war verdammt—«

»Impulsiv und leichtsinnig, ich weiß.«

»Clever.«

Ich öffnete die Augen und blinzelte. »Öhm …«

»Es macht mir immer Angst, wenn du dich in Gefahr begibst, Liebes, aber ich muss zugeben, das war wirklich clever. Von dem, was ich erkennen konnte, hat Midas' Zauber hervorragend gewirkt. Deine Nachricht sollte also im magischen Äther dieser Welt angekommen sein und wird dort verweilen.«

Das war … gut. Wirklich gut. »Ich hoffe so sehr, dass sie uns erhören.«

Genauso wie ich hoffte, dass die Mondscheinelfen uns für würdig erachteten.

»Sie alle kämpfen mit uns, Lilly. Sie alle. Sogar deine Mom und Luzifer. Wir sind nicht hilflos.« Lucan verschränkte die Finger mit meinen. »Wir haben die Aschepfeile und Luzifers Biester.«

»Wieso fühlt es sich dann an, als wäre es nicht genug«, wisperte ich, kaum hörbar. Ich konnte die Worte kaum aussprechen, doch Lucan hätte sie aktuell sowieso aus meinen Gedanken pflücken können wie eine Blaurose an einem sonnigen Tag.

»Wieso habe ich dann dieses …dieses düstere Gefühl in mir, wie eine Vorahnung, die mir sagt, dass es nicht genug ist.«

»Vermutlich willst du das nicht hören, aber du bist jung.« Er lächelte, um seinen Worten die Schärfe zu nehmen. Auch wenn es lächerlich war, sie trafen mich trotzdem. »Du hast in deiner Zeit hier Unglaubliches vollbracht, aber wir reden von Krieg.«

»Wie nennst du dann die Angriffe auf Arcadia und unseren letzten Kampf gegen Bael?«

»Vorspiel«, gab er zurück. Wesentlich ruhiger und besonnener als vor ein paar Minuten. »Was du fühlst, ist genau die Angst, über die ich sprach, und das ist absolut normal. Gesund sogar.«

Ich gab ein leicht grunzendes »Hmpf« von mir. »Fühlt sich nicht gesund an.«

»Du bist erschöpft und emotional, Liebes, und daran ist nichts verkehrt.« Lucan lehnte sich vor, um mich auf die Stirn zu küssen. »Schlaf etwas. Ich kann dir helfen, wenn du magst.«

Es war vermutlich nicht verkehrt, wieder zu Kräften zu kommen.

»Der Zauber, der uns abschirmt, ist noch intakt?«

»Ist er.«

Midas hatte ihn mit einer großen gläsernen Glocke verglichen. Das hatte er schon einmal, aber in den letzten Monaten hatten wir alle dazugelernt und diesmal hatte Lillith ihm geholfen.

»Ich bleibe bei dir.«

»Dann … okay. « Ich nickte und sank tiefer in die weichen Kissen. Lucan zog mir die Decke bis zum Kinn und stopfte sie um mich herum fest. Als wäre ich ein Kind. Das war unnötig, dennoch zauberte es mir ein Lächeln aufs Gesicht. Während ich noch darüber nachdachte, was der nächste logische Schritt sein musste, driftete ich ins Land der Träume ab.

»Nicht so schnell!«, rief ich lachend und hielt mir den Bauch.

»Was? Kommst du etwa nicht hinterher?«, neckte er mich breit grinsend und hielt mir eine Hand entgegen. Ohne zu zögern, ergriff ich sie und er zog mich fest an sich. Sein freier Arm schlang sich um meine Taille und ich erwiderte das freche Grinsen. Mit rotglühenden Augen sah er auf mich herab und stupste mit seiner Nase gegen meine.

»Du lässt nach, Schwester.«

»Nur weil du schummelst.« Ich schlug mit meiner freien Hand gegen die definierte Brust.

»Wenn es um dich geht, sind mir alle Mittel recht. Das solltest du mittlerweile wissen.«

Seine Nase stupste erneut gegen meine, langsamer diesmal und neckend. Eine Sekunde später landete sein Mund auf meinem. Weiche Lippen und eine fordernde Zungenspitze. Das Gefühl war neu und fremd und doch vertraut und … falsch.

Ein schmerzhaftes Ziehen durchfuhr meinen Brustkorb. Es war falsch. Wie …?

Instinktiv schossen meine Klauen hervor und ich wehrte mich gegen die Umarmung. Er hielt mich fest. Bael, erkannte ich. Bael hielt mich fest. Bael hatte seinen Mund auf meinen gepresst und einen Kuss gestohlen, der nicht ihm gehörte.

»Geh weg von mir!« Ich schrie die Worte. Er ließ nicht los. Wütend und verwirrt grub ich meine Klauen in sein Fleisch. Meine Flügel erschienen und endlich ließ er von mir ab. Doch statt fortgeschleudert zu werden, teleportierte er sich ein paar Meter fort und beobachtete mich mit einem süffisanten Lächeln.

Was in Abbadons Namen war hier los?

Alarmiert scannte ich meine Umgebung. Eine Lichtung und um uns herum Wald. Anak? Womöglich noch Alliandoan?

Bael lachte, die Hände nun in den Hosentaschen vergraben.

»Erkennst du es nicht als das, was es ist, Schwester?«

Am liebsten hätte ich ihn weiter angeschrien, beherrschte mich jedoch. Bisher hatte ich ihm gegenüber eine Rolle gespielt. Das sollte ich beibehalten, bis–

»Bis du mich weiter manipulieren kannst?« Bael schüttelte den Kopf in gespielter Enttäuschung. »Ich denke nicht.«

»Bis ich dich manipulieren kann? Spinnst du? Du bist es doch, der–«

»Deine Barrieren«, unterbrach er mich wieder und tippte sich gegen die Stirn. »Sie sind quasi nicht existent, vor allem im Schlaf.« Im Schlaf … natürlich! Lucan hatte mich in einen Heilschlaf versetzt und wir hatten angenommen, sicher zu sein. Abgeschirmt.

»Das wärt ihr auch gewesen. Cleverer Schachzug, im Übrigen, wenn du den Blutzauber, den du ganz offensichtlich ausgeführt hast, mit deinem kleinen Gebräu nicht etwas modifiziert hättest.«

Unfähig mich zurückzuhalten, entfuhr mir ein überraschtes »Was?«

»Ich fühle mich geschmeichelt«, fuhr Bael fort, »dass du bereit bist, für mich zu bluten.« Das Rot seiner Augen wechselte zu Rosa-Gold und seine Zungenspitze fuhr gewollt lasziv über seine Unterlippe. »Ich hätte es zu gern gesehen. Allerdings hast du dich damit enorm angreifbar gemacht. Sag mir, Schwester.« Bael legte den Kopf schräg. »Hast du so große Sehnsucht nach mir?«

»Du … du glaubst, dass ich mich beinahe ausblute, um dir nahe zu sein?«

»Da ich in meinem Sessel sitze, gemütlich und unentdeckt, gehe ich davon aus, dass dein kleiner Zauber gescheitert ist.«

Er wusste es nicht. Heilige Balance. Das musste so bleiben. Sofort sammelte ich alles an Kraft und Magie, was ich aufbringen konnte, und schirmte diese eine Information ab. Mit allem, was ich hatte.

»Ging es lediglich um Blut? Dann hättest du auch zu mir kommen können.« Er grinste und leckte sich über die Unterlippe. »Ich wäre dir zu Diensten gewesen.«

Himmel, er war ja noch irrer als ich dachte.

Bael versteifte sich. »Bin ich das? Irre? Oder bloß verzweifelt, so wie du?«

Verflucht, meine mentalen Barrieren waren wirklich am Boden. Ich horchte in mich hinein und konzentrierte mich auf meinen Ozean aus Magie. Blau und Rot. Lila. Engels- und Dämonenmagie. Langsam, als würde ich einen Stein auf den anderen legen, baute ich die Mauer wieder auf. Sie war schief und brüchig und hielt vermutlich nicht viel ab, aber das musste sie auch nicht. Lediglich eine Sache musste geschützt werden.

Bael gab ein schnaubendes Geräusch von sich. »Beeindruckend. Wäre es nicht so bedauernswert.«

»Auf einmal bin ich bedauernswert?« Meine Augenbrauen schossen in die Höhe. »Ich dachte, du willst mich.«

»Ich will dich noch immer«, erwiderte er beinahe gelangweilt. »Aber die Voraussetzungen haben sich geändert.«

Seine Worte sorgten für Gänsehaut auf meinen Armen. Das hier war ein Traum, er fühlte sich jedoch verdammt real an.

»Nach unserer letzten Begegnung wäre ich bereit gewesen zu warten, bis du freiwillig zu mir kommst. Seit Jahrhunderten agieren wir im Verborgenen, was sind da ein paar Jahre mehr oder weniger? Doch ich fürchte, das Blatt hat sich gewendet.«

»Inwiefern?«

Er kickte einen imaginären Stein fort, ehe er mich erneut fixierte.

»Zunächst wäre da deine Hure von Mutter, die einen meiner Ritter getötet hat.«

»*Deiner* Ritter?«

»Und dann gibt es da noch dich«, überging er mich. Die Lippen zusammengepresst, stand er kerzengerade da. »Stell dir meine Überraschung vor, als ich versuche, Kontakt zu dir aufzunehmen, und anders als bei den vielen Malen zuvor, funktioniert es. Selbst Lua hat es selten geschafft, doch auf einmal stolpere ich regelrecht in deine Gedanken und stell dir vor …« Er machte ein widerliches, schnalzendes Geräusch. »Ich sehe, dass du mich die ganze Zeit bloß *verarscht hast!*«

Ich hätte es leugnen oder auf die Tränendrüse drücken können. Auf seine Obsession anspielen und alle seine Knöpfe gleichzeitig drücken können – ich tat nichts dergleichen. Meine bisherigen Reaktionen, mein Versuch, sein Spiel zu spielen, hatten Bael noch gewalttätiger reagieren lassen. Damit war jetzt Schluss. Was jetzt zählte, war herauszufinden, was genau er alles aus meinem Geist gepickt hatte. Die Luft entwich mir wie eine unsichtbare Last, die von meinen Schultern gehoben wurde. Keine Spielchen mehr. Nie wieder.

Ein leicht hysterisches Lachen bahnte sich seinen Weg nach draußen. Bael beobachtete mich, wie ein Löwe vor dem Sprung.

»Glaubst du ernsthaft, dass ich auch nur in Erwägung gezogen habe, auf deine Seite zu wechseln?« Ich warf die Arme in die Luft. »Himmel, wie *irre* bist du?« Verdammt tat das gut. All die angestaute Angst, Frustration und Wut entluden sich und suchten sich verbal einen Weg nach draußen. »Als ob ich auch nur einen Schritt in deine Richtung machen würde. Freiwillig!«

»Du magst Lua nicht getötet haben, dennoch hast du ihr Todesurteil unterschrieben. Ihres und das vieler, sehr vieler Unsterblicher.«

»Das war allein dein Werk. Ich bin nicht verantwortlich für deine Verdorbenheit.«

»Du bist ebenso verdorben, wie ich, du—«

»Wir sind komplett verschieden!«, brüllte ich und Bael erstarrte. »Du und ich haben nichts, absolut nichts gemeinsam außer die Tatsache, dass wir uns auf einem Schlachtfeld gegenüberstehen werden und ich dich töte. Langsam und qualvoll. Und wenn nicht ich die Ehre haben werde, dann gibt es ausreichend Unsterbliche, die dafür Schlange stehen, dich bluten zu sehen.«

Bael machte einen Schritt auf mich zu und ich grub meine Füße in den weichen Waldboden. Ich würde nicht nachgeben. Keinen einzigen Millimeter. Nie wieder.

»Du und diese lächerlichen Unsterblichen, die sich Herrscher nennen, glaubt, ihr könnt mich aufhalten? Weißt du überhaupt, wie viele Dämonen euch erwarten, sobald der erste Tropfen Blut fließt?«

»Nein, aber ich werde es drauf ankommen lassen.« Anstatt zurückzuweichen, machte ich zwei Schritte vorwärts. Nicht einen. Zwei. »Und weißt du, wer mir dabei helfen wird?«

»Ich kann es kaum erwarten zu hö—«

»Dein Vater«, spie ich ihm die Worte entgegen. »*Mein* Onkel. *Meine* Familie.«

Baels Augen weiteten sich. Ich nutzte seine Verwirrung, um mich zu kneifen. Hart. Nichts passierte. Der Bastard lachte und breitete die Arme aus. Ich kniff mich erneut. So fest, dass Blut floss. Baels Augen richteten sich auf meinen Arm und die Verletzung, die ich mir zugefügt hatte.

»Ich warte auf dich, Lillianna.«

Ich blinzelte und er stand direkt vor mir. Sein Arm schnellte vor und er fuhr mit einem Finger durch das Blut an meinem Arm. Mit rebellierendem Magen beobachtete ich, wie er sich den Finger in den Mund steckte und genüsslich daran sog.

»Kranker Mistkerl.«

»Lass dir nicht zu viel Zeit.« Bael stieß mich mit beiden Fäusten gegen die Brust und ich fiel … fiel … und fiel … »Sonst komme ich dich holen. *Schwester*.«

KAPITEL 66

Ich hatte ein Déjà-vu. Lucan tigerte vor mir auf und ab und brüllte abwechselnd meine Mutter und Midas an. Beide ließen es – überraschenderweise – über sich ergehen. Midas blickte reuevoll drein, Lillith gelangweilt.

Malik und Duncan standen da. Tristan ebenfalls. Nyx war in Arcadia geblieben und somit saß auch sie in der ersten Reihe dieses Spektakels. Nick hatten wir nicht zurückgeholt. Er war bereits nach Zyntha aufgebrochen. Ich riss meinen Blick von Lucan los und blickte in Richtung Fensterfront. Anders als sonst, saßen wir nicht in der Bibliothek, sondern in der Küche. Der Mond erhellte unsere Züge und ließ die Küchenschränke funkeln. Melina werkelte am Herd herum. Entweder hatte sie uns gehört oder aber Malik hatte sie geweckt. Als ich ihr angeboten hatte, sich wieder hinzulegen und uns allein zu lassen, hatte sie lediglich gelächelt und ein paar Kerzen entzündet. Ein Wasserkocher pfiff leise. Es war mitten in der Nacht. Der Mond stand hoch über dem See der Balance und ich nahm an, dass sie sich anstelle von Kaffee für Tee entschieden hatte. Vermutlich dachte sie, es würde Lucans Gemüt beruhigen. Das würde aktuell jedoch keines der Kräuter aus dem Küchenschrank schaffen.

Ein leises Kichern entfuhr mir und ich hob eine Hand an meinen Mund.

Lucan wirbelte herum. Schatten tanzten um seine Gestalt.

»Du findest das witzig?«

Es gelang mir nicht, ein weiteres Kichern zu unterdrücken. Lucan kniff die Augen zusammen, ich räusperte mich.

»Ein wenig«, gab ich zu und lehnte mich auf meinem Stuhl zurück. Ich war die Einzige, die saß. Alle anderen standen angespannt in der Gegend herum.

»Ehrlich gesagt, fühle ich mich erleichtert. Trotz allem, was uns bevorsteht.«

»Das ist der Blutverlust«, warf Duncan trocken ein. Ich schüttelte den Kopf. Lächelnd. »Mir geht es gut. Meine mentalen Barrieren sind fast vollständig intakt und sobald die Sonnen aufgehen, sind die Schnitte verheilt. Ich …«

Ein weiteres Lachen entfuhr mir, ein echtes, lautes Lachen. »Ihr könnt euch nicht vorstellen, wie verdammt *befreiend* es war, Bael verbal den Mittelfinger zu zeigen und ihm zu sagen, was genau ich von ihm halte.« Ich erhob mich ebenfalls und blickte sie alle der Reihe nach an, bis meine Augen auf Lucan lagen. »Nett sein hat nichts gebracht. Vorsichtig sein auch nicht. Ihn zu manipulieren war die falsche Entscheidung.« Ich deutete ein Schulterzucken an.

»Und jetzt?« Mein Mann musterte mich abschätzig.

»Jetzt bin ich auf Blut aus.«

Hinter Lucan sah ich Lillith grinsen.

»Blut besiegelt unser Schicksal und stürzt uns in einen Krieg.«

Ich ließ meine Augen zu Malik gleiten. »Wir befinden uns bereits im Krieg. Wir können das alles nicht verhindern, Malik. So gern ich es würde.« Himmel, ich würde alles dafür geben. »Die Dämonensaat ist gesät. Blut wird fließen. Jetzt ist es an uns, zu reagieren. Jetzt ist es an uns, anzugreifen.«

Lucans Augenbrauen schossen in die Höhe. »Angreifen?«

»Wir wissen nicht einmal, wo Bael sich versteckt.«

»Müssen wir das?«, konterte ich auf Midas' Worte. »Alliandoan ist das Schlachtfeld. Auch daran führt kein Weg vorbei. Jeder weitere Tag, den wir warten, gibt Bael die Möglichkeit, sich neue Grausamkeiten auszudenken.«

»Was soll das bedeuten?«, presste Malik hervor. »Was sagst du uns hier gerade?«

»*Lass dir nicht zu viel Zeit*«, zitierte ich Bael düster, »*sonst komme ich dich holen.* Das waren seine Worte und ich glaube ihm. Entweder, wir lassen uns von Bael überraschen und spielen nach seinen Regeln, oder wir greifen ihn an und dominieren den Kampf.«

»Du willst den ersten Schritt machen?« Lucans Frage hallte durch den Raum. Melina war hinter dem Tresen erstarrt. Die Augen meiner Mom glühten blutrot. Malik und Duncan blickten grimmig drein. Es war Nyx, die sich von der Wand abstieß und zu mir herüberkam. In einer unterstützenden Geste legte sie mir eine Hand auf die Schulter.

»Ich halte das für richtig.«

»Und wie stellt ihr euch das vor?« Maliks Stimme war lauter geworden, der Tonfall schärfer. »Wir spazieren durch Alliandoan und lassen hier und da ein paar Tropfen Blut fallen?« Er schüttelte den Kopf. Ungläubig. »Und dann was? Dann warten wir, bis irre Dämonen aus dem Boden schießen und uns angreifen?«

Ich hielt seinem Blick stand: »So in etwa, ja.«

»Verdammt, Lilly!«

»Verrate mir deinen Plan, Malik, ich bin ganz Ohr!«, erwiderte ich und verschränkte die bandagierten Arme vor der Brust. Keine gute Idee, denn sofort lagen alle Augen auf meinen Unterarmen. »Mir geht es gut.« Die Luft entfuhr mir in einem angestrengten Geräusch und ich löste meine Arme, um eine Hand auf die von Nyx zu legen.

»Wir können warten. Tage, Wochen, vielleicht Monate. Nie sicher, wann und wie er angreifen wird. Blut ist der Auslöser. Er könnte sich in diesem Moment in Alliandoan befinden. Ein Messer in der Hand.« Und einen irren Blick auf dem kantigen Gesicht. Bael würde es genießen, uns zu überraschen, erneut. Doch etwas sagte mir, dass wir über einen kurzen Zeitraum verfügten, in dem wir die Möglichkeit hatten, zu handeln. In dem wir den ersten Schritt machen konnten.

Wie sicher bist du?

Relativ sicher. Er will die Genugtuung, dass ich zu ihm komme, Lucan. Er mag mich hassen und er ist wütend, aber er will mich. Er braucht mich.

Ist es der richtige Schritt? Ich hörte die Unsicherheit in seiner Stimme.

Keine Ahnung, konterte ich leise. *Ist es?*

Wir blickten uns an. Beide ein wenig ratlos. Beide unruhig, doch ich spürte noch etwas anderes. Tatendrang. Ich war es so leid, Baels Spiel zu spielen. Das alles sollte endlich enden.

Nyx' Hand zuckte unter meiner.

Sag ihnen konkret, was dir vorschwebt, forderte sie mich stumm auf.

»Ich schlage vor, dass wir uns einen festen Zeitrahmen setzen. Eine Deadline«, spezifizierte ich, »in der wir dafür sorgen, dass unsere Heere einsatzbereit sind. Erstellen wir einen Schlachtplan mit den anderen Welten. Alliandoan ist Baels Ziel, dennoch dürfen wir die anderen Welten nicht schutzlos zurücklassen. Hören wir auf damit, bloß zu reden, und handeln wir.«

»Wir wissen nicht, ob dein Ruf gehört wurde, wir—«

»Das macht keinen Unterschied«, unterbrach ich Malik. »Wir können nicht darauf warten, ob die Mondscheinelfen oder weitere Überlebende uns erhören. Und wenn sie uns erhören, wer sagt, dass sie ihr Leben für eine Welt riskieren wollen, die sie verstoßen und vergessen hat?«

Malik senkte sein Haupt und Duncan legte ihm einen Arm um die Schultern. Die Stirn meines Generals runzelte sich. Sie kommunizierten. Ich ließ ihnen diesen Moment und richtete meine Aufmerksamkeit auf Midas und meine Mom. Und Tristan. Midas' General war uncharakteristisch ruhig.

»Tristan«, sprach ich ihn direkt an. »Was denkst du?«

Anders als Midas trug er keine Robe. Seine Uniform war wie immer schlicht, diesmal blau. In Dhanikans gab es keine so strenge Farbzuweisung wie hier. Starr erwiderte er meinen Blick, dann sah er zu Midas. Der Zauberer lehnte sich an den Küchentresen und machte eine auffordernde Geste.

»Ich verstehe Malik«, begann er, zunächst zögerlich. In all unseren Runden war er stets stummer Zuhörer gewesen. Oder derjenige, der versucht hatte, Midas von etwas abzuraten. »Aber ich verstehe auch dich.«

Das konnte viel bedeuten, oder nichts.

Midas lachte auf. »Starke Worte, Bruder.«

Es dauerte einen Moment, bis das Gesagte bei mir ankam. Ich blinzelte. »Wa-as?«

War das nur ein Kosename gewesen? Eine Zärtlichkeit und eine Anerkennung, zwischen zwei Männern, die sich schon ewig kannten? *Lucan?*

Ich hatte eine Vermutung, bestätigte mein Mann. *Wir haben jedoch nie darüber gesprochen.*

»Moment Mal.« Duncan hüstelte und hob einen Arm. »Ich dachte, ihr geht miteinander ins Bett?« Er riss die Augen auf. »Ih! Oh Himmel, seid ihr wirklich verwandt? Der Gedanke …« Er schüttelte sich. »Wenn das wahr ist, muss ich ein paar Fantasien ernsthaft überdenken.«

»Vielleicht könntest du einfach damit aufhören, Fantasien von anderen Männern zu haben?«

»Aber …« Duncan wies auf Tristan, dann auf Midas. »Man wird ja wohl noch ein paar dreckige Gedanken haben dürfen, ich konnte ja schlecht wissen, dass sie verwandt sind!«

Malik schüttelte den Kopf. »Nicht mein Punkt.«

»Halt. Stopp. Ihr … ihr seid Brüder?«

Meine Mom seufzte. »Sag bloß, sie wussten es nicht?«, fragte sie Midas.

Er schüttelte den Kopf. »Sie können nicht durch den Verhüllungszauber hindurchsehen.« Er rollte die Augen zur Decke. »So wie du.«

»Ah«, machte Lillith, als würde das alles erklären. Dabei erklärte es nichts. Gar nichts!

»Midas. Mehr Infos, bitte.«

»Tristan ist mein Bruder.« Er warf dem anderen Mann einen bedeutungsschweren Blick zu. »Mein älterer Bruder.«

»Aber …« Verdammt, wie war die Erbfolge in Dhanikans geregelt? In den meisten Welten herrschte man nach Geburtsrecht, aber die Zauberer, ich meinte etwas über Magie gelesen zu haben und–

»Meine Magie ist schwach«, unterbrach Tristan meine sich drehenden Gedanken. »Strenggenommen sind wir Halbbrüder. Wir hatten dieselbe Mutter. Mein Vater jedoch war nur ein einfacher Kaufmann. Midas' Vater hingegen der oberste Zauberer von Dhanikans.«

»Unsere Mutter brachte Tristan mit in die Beziehung«, übernahm Midas das Reden. »Obwohl Tristans Vater ihr Gefährte war, herrschte Liebe zwischen meinen Eltern. Verständnis und Akzeptanz.«

»Wieso verschweigt ihr euren Verwandtschaftsgrad dann?«

»Um Tristan zu schützen. Es fing als Sicherheitsmaßnahme an. Dhanikans war nicht immer der florierende, inklusive Ort, den ihr heute kennt. Magie, wie es sie in unserer Familie gibt, ist selten. Meine Magie ist selten. Innerhalb von Dhanika wuchsen wir als Brüder auf, für die Außenwelt waren wir …« Er suchte nach den richtigen Worten. »Cousins vielleicht? Beste Freunde? Niemand kennt mich so, wie Tristan. Er ist meine Familie. Wir wuchsen zusammen auf, trainierten zusammen und es kristallisierte sich schnell heraus, dass wir ein gutes Team waren.«

»Ich wurde Teil der Garde Dhanikans und wir hielten die Verwandtschaft geheim. Damit ich mich aufs Training konzentrieren konnte, aber auch, um mich und Midas weiterhin zu schützen. Ich …« Er schürzte die Lippen.

»Außerdem hast du die Aufmerksamkeit nie gewollt«, beendete Midas den Satz für ihn.

Tristan nickte. »Dein Vater war der oberste Zauberer und doch war ich auf einmal am Hofe Dhanikans und wurde behandelt, als wäre ich ebenfalls von königlichem Blut. Als hätte ich auch nur einen Bruchteil von Midas' Magie. Es hat mich nervös gemacht.«

»Er mochte es nicht«, konkretisierte Midas lächelnd.

»Ich mag mein Leben so wie es ist. Ich mag die Garde und ich empfinde es als Ehre, die Sicherheit meines kleinen Bruders zu garantieren. Ausschweifende Partys im Nome und Zauberei bis tief in die Nacht waren nie meine … Bestimmung.« Er zeigte Midas die Zähne.

»Ich habe das zu gerne für uns beide übernommen.«

Völlig fasziniert sah ich von einem zum anderen. »Ihr seht euch nicht ähnlich.«

Midas lachte. Mit einer simplen Handbewegung sandte er einen Magiestoß in Richtung Tristan. Seine Gestalt flackerte kurz, dann fiel der Zauber.

»Ach du Scheiße«, entfuhr es mir leise.

Tristans Gesichtszüge änderten sich nur minimal. Sein Kinn wurde ein wenig kantiger, die Nase etwas länger, er wuchs um etwa zehn Zentimeter und seine Haare … sie erstrahlten in denselben Regenbogenfarben, wie die von Midas.

»Whoa!«, entfuhr es Duncan. »Die sind nicht gefärbt? Eure Haarfarbe ist echt?«

Midas nickte. »Meine Haare sind ein Spiegel meiner … Verfassung«, erklärte er. »Ebenso wie meine Augen. Die Haare haben wir von unserer Mutter. Sie war eine mächtige Hexe.«

»Diese Gene haben mich übersprungen«, warf Tristan trocken ein. Dann grinste er. »Dafür bin ich verdammt gut mit dem Schwert.«

»Das ist–«

»Faszinierend«, warf Lucan ein. »Können wir uns jetzt bitte wieder auf Bael konzentrieren.«

Midas lachte. »Du hast es gewusst?«

»Geahnt«, erwiderte Lucan. »Ihr mögt unterschiedlich sein und doch gab es ausreichend Momente, in denen ihr euch sehr ähnlich wart. Es ist selten, dass Unsterbliche sich über eine so lange Zeit so nahestehen, ohne dass ein gewisses Band zwischen ihnen besteht.«

»Wir hatten tatsächlich nie vor, ein so riesiges Geheimnis daraus zu machen, aber mittlerweile kommt es uns zugute. Und da Tristan nie daran interessiert war, an meinem, mhm, zum Teil etwas ausschweifenden Lebensstil teilzuhaben, sind wir in die Rollen geschlüpft, in denen wir uns wohlfühlen.«

Wie immer hatte ich tausend Fragen, aber Lucan hatte recht. Es gab Wichtigeres zu besprechen.

»Möchtest du meine Frage noch einmal richtig beantworten?«, wandte ich mich an Tristan.

Tristan zögerte und tauschte einen langen Blick mit Midas.

Er will kämpfen.

Irritiert sah ich zu Nyx. *Woran machst du das fest? Bisher war er immer dagegen, dass Midas sich einmischt.*

Das richtete sich hauptsächlich gegen deine Mutter. Die Furie hob eine Augenbraue. *Tristan kommt nicht umhin zu realisieren, wie sehr Midas zu sich selbst gefunden hat. Er ist stärker denn je. Tristan versteht die Bedrohung. Es gefällt ihm nicht, aber er wird sich richtig entscheiden.*

Ich war mir da nicht so sicher wie Nyx, umso mehr haute es mich aus den Socken, als Tristan seinen Blick von Midas losriss und ihre Vermutung bestätigte.

»Unsere Garde ist kampfbereit. Ich sehe es wie du, Majestät.« Unsere Blicke trafen sich. »Beenden wir es nach unseren Regeln.«

KAPITEL 67

Lilly, Abbadon

Von meinem Liegestuhl aus beobachtete ich, wie Luzifer sich um das letzte seiner Ivash-Pferde kümmerte. Mit routinierten Bewegungen bürstete er das glänzende Fell, während sich das Tier über einen Eimer mit Gemüse, Obst und Fleisch hermachte. Kurz hatte es mich schockiert, rohes Fleisch im Futter der Pferde vorzufinden, dann hatte ich mich daran erinnert, dass es sich hier um dämonische Kreaturen handelte. Den ganzen Vormittag hatten wir damit verbracht, die Talente der Tiere durchzusprechen. Luzifer hatte mir eindrucksvoll bewiesen, dass jedes einzelne von ihnen im Kampf von großer Hilfe sein würden. Dabei sah ich seinen Stolz und hörte seine Zurückhaltung. Letzteres ließ mir das Herz schwer werden. Er würde seine Biester für uns in den Kampf schicken, in dem Wissen, dass viele, wenn nicht die meisten, von ihnen fallen würden.

Luzifer hielt in der Bewegung inne.

»Was?«, rief ich. »Was siehst du?«

»Drachen«, entfuhr es ihm leise. Ich hörte es lediglich dank Supergehör. »Lillith ist bei den Drachen, mit Midas, Drake und dem Vampyr.«

Dann hatte Drake sich also vollständig erholt.

Zwei Tage war es her, dass wir eine Nachricht in die anderen Welten geschickt hatten. Einen Tag war es her, dass wir zusammengesessen und einen Schlachtplan erarbeitet hatten. Dabei war Schlachtplan ein sehr großzügiges Wort. Der sogenannte Plan beinhaltete, dass Cas, mit ein paar Leuten ihrer Garde und Nyx sowie weiteren Schattenkriegern ganz Alliandoan nach Baels Dämonensaat absuchte. Rhonan teleportierte die Gruppe und Nyx hielt Lucan und mich auf dem Laufenden. Bisher hatten sie nichts gefunden. Allerdings waren sie auch erst vor wenigen Stunden aufgebrochen. Cas hatte das Bewusstsein in Baels Geschenk gespürt, deshalb hofften wir, dass sie unser

Schlüssel war. Sobald wir wussten, wo sich die Saat befand, konnten wir die Schlacht eröffnen. Das war der Rest unseres Plans. Simpel und tödlich. Wir bündelten alle Kräfte, die uns zur Verfügung standen, und traten Bacl gegenüber. Dabei mischten wir uns erneut durch und sorgten dafür, dass jede Welt beschützt zurückblieb. An diesem Punkt konnten wir nichts weiter tun, als mit allem zu kämpfen, was wir hatten, und beten, dass es ausreichte.

»Wunderschön«, hauchte Luzifer ehrfürchtig.

»Wir haben keine Zeit, für ein Drachen-Ivash-Pferd!«

»Ich würde eher einen der Bären auswählen, ihr Gift ist selten und äußerst potent.«

Ich riss die Augen auf. Luzifer rollte mit seinen.

»Glaub es oder nicht, selbst ich würde mich nicht an einen Drachen wagen.«

»Hmpf.«

Der Striegel sank herab und ein leuchtend roter Blick traf mich. »Was machst du noch hier?«

Theatralisch warf ich die Arme in die Höhe. »Entschuldige bitte, *Onkel,* dass ich Zeit mit dir verbringen will.«

»Du verbringst keine Zeit mit mir, *Nichte,* du verlierst dich in deinen Gedanken und das hilft niemandem.«

Ich sprang auf und streckte mich. Na, schön. »In Arcadia laufen die Vorbereitungen. In den restlichen Welten auch und ich … ich habe eine Pause von all dem Trubel gebraucht, okay? Ich weiß, dass ich es war, die vorgeschlagen hat, den ersten Schritt zu machen, und dazu stehe ich, aber da ist diese nervöse Energie in mir und die werde ich einfach nicht los!«

»Du wirst sie vor dem Kampf auch nicht loswerden.« Luzifer teleportierte sich zu mir und warf den Striegel in einen der Liegestühle.

»Deine Tiere und du, ihr wart meine beste Wahl«, gestand ich leise. Eine Hand stahl sich an mein Kinn und Luzifer hob meinen Kopf, damit ich ihn ansah. »Es gibt nur zwei Möglichkeiten, diese Art von Energie loszuwerden, damit sie dich nicht blockiert.« Er blickte ernst drein.

Ich ließ die Arme locker fallen und seufzte. »Lass hören.«

»Such dir jemanden zum Kämpfen oder such deinen Mann zum Fi—«

»Okay«, unterbrach ich ihn rasch, bevor er den Satz beenden konnte. Himmel, wir waren verwandt!

Grinsend ließ er mich los und verschränkte die Arme vor der Brust.

»Ich habe heute keine Zeit, mit dir zu trainieren.« Luzifers Blick wurde weicher. »Ich muss mich ebenfalls vorbereiten und es gibt gewisse Kommandos, die ich noch einmal mit den Tieren durchgehen will.«

»Sowas wie »Fass!«?«

»Tödlicher.«

Ich nickte. »Gut.«

Luzifer machte einen Schritt vorwärts und auf einmal fand ich mich in einer festen Umarmung wieder. »Geh zurück nach Arcadia«, wies er mich an. »Die Unsterblichen, die für dich kämpfen, sollten dich sehen.«

»Sie kämpfen nicht für mich«, antwortete ich automatisch. Luzifer machte sich gar nicht erst die Mühe, darauf zu antworten. »Geh«, wiederholte er. »Wir haben noch ein wenig Zeit und falls nicht, dann sind wir ebenfalls bereit.«

Zurück in Arcadia besuchte ich Malik und die Garde, ehe ich Lucan und Nick einen Besuch abstattete. Mein Bruder saß über Büchern und Briefen, mein Mann studierte Karten von Alliandoan und markierte alle Orte, an denen Cas erfolglos gewesen war. Gemeinsam hatten wir uns dazu entschlossen, das Volk Alliandoans nicht im Dunkeln tappen zu lassen. Die Garde patrouillierte durch alle Städte und Dörfer und hielt die Engel dazu an, in ihren Häusern zu bleiben oder Zuflucht in einer der anderen Welten zu suchen. Niemand sprach von Krieg, aber wir machten deutlich, dass wir uns auf eine Krisensituation vorbereiteten. Ich konnte nur hoffen, dass die meisten von ihnen so klug waren, Alliandoan freiwillig zu verlassen.

Unsere Vorbereitungen blieben nicht unbemerkt. In Arcadia waren die Engel mittlerweile daran gewöhnt, weitere Andersweltler, Assassinen oder Sturmwinde zu sehen.

Allein über dem Palast flogen in diesem Moment zwei Harpyien, die die Luft kontrollierten, und innerhalb des Palastes traf ich auf Gelehrte und Najaden. Ein buntes, geschäftiges Treiben, das mich unter anderen Umständen begeistert hätte. Eine von Midas' höchsten Zauberinnen winkte mir freundlich zu, als ich den äußeren Korridor nahm. Langsam schritt ich unter den weißen Säulen hindurch. Engelsstatuen zierten die Wege und der helle Stein funkelte unter dem Lichteinfall der Mittagssonnen. Ein leises Summen breitete sich in meinem Geist aus und diesmal wusste ich, was es war. Lächelnd wurde ich schneller. Auf einmal hatte ich ein Ziel. Den Patio.

Genau wie ich vermutet hatte, waren die Sieben anwesend. Gemeinsam mit Xerxes und ein paar weiteren Schattenkriegern.

Katana prallten aufeinander. Es wurde geflucht und gelacht. Fäuste flogen und Tritte wurden verteilt. Das war genau das, was ich brauchte.

»Sieh an, wer uns gefunden hat!«, rief Alex mit einem Lachen in der Stimme.

Die Männer hielten inne. Einer nach dem anderen verneigten sie sich. Augenrollend ging ich zu ihnen und wanderte von einem Paar starker Arme zum nächsten. Sie alle drückten mich an sich und mir wurde bewusst, wie sehr ich die Krieger vermisst hatte. Hier und dort hatten wir uns gesehen. In Arcadia, bei den Missionen oder in Zyntha, bei Duncans und Maliks Vereinigung, aber so wie jetzt, waren wir lange nicht mehr zusammen gewesen. Xerxes beobachtete das Schauspiel von Zuneigung mit einem schiefen Grinsen.

»Hab gehört, das Warten hat demnächst ein Ende.«

Bowen warf Rico einen Arm um die Schultern. »Den Spaß lassen wir uns nicht entgehen.«

Die Männer klopften Sprüche und warfen sich kameradschaftliche Beleidigungen an den Kopf. Sie alle, außer Kjiel.

Als das Training wieder aufgenommen wurde, packte ich Kjiel am Arm und zog ihn ein wenig von den anderen weg.

Er musterte mich. »Geht es dir gut?«

»Lediglich etwas angespannt.«

»Verständlich.« Er nickte in Richtung der Krieger. »Sie kompensieren.«

»Ich weiß. Ich …«

Er musterte mich aufmerksam. Die Assassinen um uns herum hatten keine Probleme damit, uns zu hören, und doch taten sie so, als würde es uns nicht geben, und schenkten uns ein wenig Privatsphäre.

»Was kann ich tun?«, fragte Kjiel und das unausgesprochene ›Ich würde alles tun‹ schwang deutlich mit. Alle Welten hatten mir in den letzten Tagen die Treue geschworen, versprochen, an meiner Seite zu kämpfen, für mich zu kämpfen. Bei den Assassinen, insbesondere den Sieben, war es jedoch etwas anderes. Ich war ihr Herz. Natürlich kämpften sie für mich. So wie ich mit ganzem Herzen für sie. Wenn ich auch nur daran dachte, dass einem von ihnen etwas zustieß, dann–

»Nicht«, unterbrach Kjiel mich sanft. »Diesen Weg solltest du nicht einschlagen.«

»Wie kann ich es verhindern?«

»Es ist schwer.« Der Assassine deutete ein Schulterzucken an. »Ich werde dir keine haltlosen Platituden auftischen. Ablenkung hilft meiner Erfahrung nach.«

Das war etwas, das ich an den Assassinen schon immer geschätzt hatte: ihre Ehrlichkeit. Auch wenn Kjiel und ich zu Beginn nicht wirklich Freunde gewesen waren. Mein Mundwinkel zuckte und ich grinste.

»Woran denkst du?«

»Daran, dass du mir bei einem unserer ersten Trainings am liebsten den Übungsstab über den Schädel gezogen hättest.«

Er zog eine Grimasse, dann lachte er. »Ich war kurz davor.«

»Ich weiß.«

Kjiel nahm die Schultern zurück und reichte mir eines der beiden Katana, die er hielt. Wie viele der Krieger und Kriegerinnen aus Zyntha kämpfte er mit zwei Schwertern.

»Jetzt denke ich anders.«

»Weil du mich magst.«

»Und weil du mich fertig machen würdest.«

Das entlockte mir ein Lachen. »Ablenkung, mhm?«

Kjiel nickte. »Ablenkung.«

Nun gut. Wir nahmen ein wenig Abstand voneinander und bevor ich weiter ins Grübeln kommen konnte, griff er an.

Eine Stunde später hatte ich mich gegen jeden von ihnen behauptet, außer gegen Nyx, die zum Schluss zu uns gestoßen war.

»Du hast dich zurückgehalten.«

»Natürlich«, stieß ich hervor, als ich das Katana an Kjiel zurückgab. Durchgeschwitzt und in einem Stadium leichter Erschöpfung, die meinen Kopf herrlich leer machte.

»Ich werde mein Pulver bestimmt noch nicht verschießen. Cas könnte uns jeden Augenblick kontaktieren.« Meine Flügel und Klauen blieben, wo sie waren. »Ich—«

Lilly.

»Lucan«, entfuhr es mir und ein Ruck ging durch meinen Körper. Sofort wurde ich umzingelt. Nyx packte mich am Arm. »Haben wir die Stelle?«

Ich gab die Frage mental weiter, aber hätte Rhonan dann nicht zuerst Nyx kontaktiert? Immerhin war sie bei ihnen gewesen und Lucans Tonfall, er … war eigenartig.

Was?, hauchte ich, als er schwieg.

Du solltest zum See kommen, Liebes. Das musst du mit eigenen Augen sehen.

»See«, presste ich hervor und mein Herz begann augenblicklich zu rasen. Konnte es sein …?

Gemeinsam rannten wir los. Über den Rest des Patios, durch den säulengespickten Korridor zur großen Treppe, die zum See hinabführte.

»Heilige Balance«, wisperte Duncan dicht hinter mir. Jemand legte mir eine Hand auf die Schulter. Jemand anderes auf den Arm. Den Rücken. Als verspürten sie alle das Bedürfnis, mich zu berühren. Oder aber, als brauchten sie einen Beweis, dass es echt war. Dass wir nicht träumten. Dort am See befanden sich dutzende Unsterbliche und es wurden sekündlich mehr. Malik und die Garde riefen Befehle. Ich vernahm ein scharfes »Weitere Portalaktivität!«, gefolgt von einem entschlossenen »Freigabe erteilt!« und einem hastigen »Es kommen noch mehr!«, während die Garde das Ufer sicherte und die Unsterblichen sich vorsichtig rund um den See verteilten. Ein Portal nach dem anderen öffnete sich silbrig glänzend und spuckte weitere Unsterbliche aus.

Einige von ihnen hatten feuerrotes Haar. Andere hauchzarte, beinahe transparente Flügel. Wieder andere besaßen eine nahezu goldene Haut. Die Vielfalt war gewaltig. Ich riss meinen Blick von der Menge los und entdeckte Lucan am Ende der Treppe. Mit Ehrfurcht blickte er zu mir auf, ehe er mir seine Hand entgegenstreckte. Wie in Trance setzte ich mich in Bewegung. Es grenzte an ein Wunder, dass ich die Stufen traf und nicht zum See hinunterkullerte. Dabei versuchte ich gar nicht erst würdevoll auszusehen, denn mal ehrlich, der

Schock musste mir deutlich anzusehen sein. Sie waren gekommen. Es mochten nicht die Mondscheinelfen sein und es waren auch keine Heerscharen an Kriegern, aber es waren Anderwseltler. Jene, die seit Jahrhunderten im Verborgenen lebten und sich hier und jetzt zeigten. Weil sie meine Nachricht gehört hatten. Weil sie an die neue Ära glaubten, die ich ihnen versprochen hatte.

Lediglich der Schock in meinen Knochen sorgte dafür, dass ich nicht zusammenbrach und heulte, wie ein Schlosshund. Sie waren gekommen. Dabei war es völlig gleich, ob zwei, zwanzig oder zweihundert. Wobei es aktuell nach Letzterem aussah. Ich hatte Lucan erreicht. Unsere Finger berührten sich und ein Stromstoß ging durch meinen Körper. Mein Mann war genauso von den Socken, wie ich. Er verbarg es bloß besser.

Ich schaffte es nicht einmal mehr, nach seinem Geist zu greifen, so positiv geschockt war ich.

Sieht so aus, als müssten wir ein paar freie Zimmer finden.

Erst jetzt bemerkte ich, dass die Neuankömmlinge mit Gepäck gekommen waren. Nicht alle von ihnen, aber viele.

Heilige Balance. Mein Herz schlug so laut und kräftig, sie alle mussten es hören.

Malik joggte am Ufer entlang und kam auf uns zu. Unsere Blicke begegneten sich. Ein strahlendes Lächelnd dominierte seine Züge. Er atmete schnell und war sichtlich aufgeregt.

»Meine Königin«, verneigte er sich tief. Bevor mir bewusst wurde, dass er die formelle Anrede mit Absicht gewählt hatte, entfuhr mir ein spontanes: »Lass den Quatsch.«

Die Unsterblichen, die uns am nächsten waren, rissen die Augen auf. Duncan lachte. Voll und herzlich.

Lucan zog mich dicht an seine Seite, als Malik sich noch immer breit grinsend umdrehte und die Arme ausbreitete. »Willkommen in Arcadia.«

KAPITEL 68

Lilly, Arcadia

Der Rest des Tages rauschte in einem Chaos aus Gesprächen, Organisation und Planung an mir vorbei. Statt die Unsterblichen direkt zu überfallen, gaben wir ihnen Zeit und Raum, anzukommen. Cora hatte sich ihr Wohlbefinden auf die Fahne geschrieben. Gemeinsam mit Nick und dem Palastpersonal hatte sie die Auffanghäuser, die zuletzt – zum Glück – recht leer gestanden hatten, in kleine Wohnungen verwandelt. Zwei der höheren Zauberinnen aus Dhanikas halfen dabei. Und nicht nur Nick war sofort aus Zyntha zurückgekehrt, auch Scio war aus Anak angereist. Keiner von uns hatte Zeit gehabt, dem Magister Bescheid zu geben und doch hatte er an unsere Tür geklopft.

»Ist es wahr?«, hatte er gehaucht. Er hatte ihre Ankunft gesehen. Also wusste er, dass ich eine Nachricht in den Äther geschickt hatte. Nur mit Mühe hatte ich mich davon abhalten können, ihn zu fragen, ob die Mondscheinelfen noch kommen würden. Sah er sie? Sah er, wie der Kampf ausgehen würde? Hatte er entscheidende Details? All diese Fragen hatte ich jedoch heruntergeschluckt und mich auf die Aufgabe vor uns konzentriert. Eine Antwort hätte ich sowieso nicht bekommen. Und die Aufgabe … ich konnte sie nicht einmal in Worte fassen. Gerade erst war ich einen Teil meiner nervösen Energie losgeworden und nun stand ich hier, mitten in Arcadia, vor dem größten der Auffanghäuser, und … und auf einmal war ich für noch mehr Unsterbliche verantwortlich. Auf einmal verließen sich noch mehr Andersweltler darauf, dass wir Bael besiegten und die rosige Zukunft, die wir ihnen allen in Aussicht gestellt hatten, wahr wurde.

Ein Arm legte sich um meine Schulter und ich zuckte zusammen.

»Ich sag doch, der Stoff, aus dem Legenden sind.«

»Ich würde lieber überleben, als zur Legende zu werden.«

Duncan pfiff durch die Zähne. »Da hat aber jemand ganz hervorragende Laune.«

Seufzend lehnte ich mich gegen ihn. Die Stadt war relativ leer. Viele Engel hatten unseren Rat beherzigt und hatten Zuflucht in einer der anderen Welten gesucht, doch sie war nicht komplett ausgestorben und das Auftauchen der Neuankömmlinge hatte viele neugierige Engel in die Straßen getrieben. Die meisten von ihnen starrten Duncan und mich an. Sie starrten mich bereits seit einer geraumen Weile an.

»Ich …«

»Du hast nicht damit gerechnet, dass sie kommen?«

»Ich habe es gehofft.« Blinzelnd sah ich zu Duncan auf.

»Ich werde nicht behaupten, dass ich es gewusst habe, aber ich war dabei, Lilly, und diese ganze Situation war so …« Er machte eine Geste, als würde sein Kopf explodieren. »Es war krass, okay? Mich wundert es jedenfalls nicht, dass sie gekommen sind. Mittlerweile wird es sich herumgesprochen haben, dass die Anderswelt sich verändert hat.«

»Wo sie wohl gewesen sind? All die Zeit.«

Er nickte Richtung Eingang. »Es gibt einen recht einfachen Weg, das herauszufinden. Frag sie.«

»Ich habe Angst«, gestand ich und sprach meine Bedenken damit laut aus. »Was, wenn wir unser Versprechen nicht halten können? Wenn sie ihren sicheren Hafen verlassen haben, nur um in einen Krieg zu steuern?«

Duncan zog mich noch ein wenig fester an sich. »Du hast ihnen den Krieg nicht verschwiegen. Sie sind freiwillig hier. Du kannst nicht für alles und jeden Verantwortung übernehmen.« Er nahm den Arm von meiner Schulter und schob mich sanft vorwärts. Ein paar der Engel verneigten sich. »Geh. Lucan ist auf dem Weg. Malik teilt die Garde ein, danach kommt er.«

Sobald ich das Gebäude betrat, verflog ein Teil meiner Nervosität. Cora kam mir entgegen, ein Lächeln auf den Lippen und einen Stapel frischer Handtücher im Arm. Unter den Augen einiger der Neuankömmlinge hielt sie mir die Handtücher hin.

»Hier, mach dich nützlich.« Sie strich sich Haare aus der Stirn. Eine zarte Röte überzog ihr Gesicht. »Wird Zeit, dass du kommst.«

Ihr Ton war flapsig und diesmal erkannte ich rechtzeitig, warum dies so war. Die Unsterblichen um uns herum blickten auf. Neugierig musterten sie mich. Normalerweise war die Eingangshalle nicht sonderlich eindrucksvoll. Durch Magie waren die Zimmer im Erdgeschoss jedoch zusammengeführt worden und eine Art Aufenthaltsraum war entstanden.

»Die drei Stockwerke reichen aus«, erklärte Cora, als sie meinen Blick bemerkte. »Mit den anderen zwei Häusern haben wir ausreichend Platz. Nick ist im zweiten Stock.«

Etwas unsortiert stand ich da, die Handtücher im Arm. Dann hob ich meine Hand und winkte in den Raum. »Hi, ich bin Lilly.«

Obwohl viele Blicke skeptisch blieben, schien meine Begrüßung das Eis zu brechen. Es dauerte nicht lange und ich war von einer Traube Unsterblicher umgeben. Ich bekam nicht einmal mit, wie Cora mir die Handtücher wieder abnahm, während ich Hände schüttelte. Einige berührten mich zögerlich am Arm, andere fragten, ob sie mich umarmen dürften. Ich war mit allem fein. Sie konnten machen, was sie wollten. Sie waren hier, weil ich sie gerufen hatte. Dabei überkam mich erneut das Gefühl, dass genau dies mein Schicksal war. Sie waren hier, weil sie dachten, sie würden mich brauchen, dabei war ich es, die sie brauchte. Diese Leute, die Männer, Frauen und Kinder, waren mein Leuchtfeuer. Sie waren der Grund, wieso wir in diesen Kampf zogen. Sie waren das, was uns erwartete, wenn wir siegreich zurückkehrten.

Stunden vergingen. Stunden, in denen Lucan, Nick und ich mit so vielen Unsterblichen wie möglich sprachen. Malik kam dazu. Duncan. Scio wanderte durch die Häuser und sogar Flynn, Odile und Alita statteten uns einen Besuch ab. Letztere betrat keines der Häuser, aber der Ausdruck auf ihrem Gesicht war alles gewesen. Schock, Unglaube und womöglich zum ersten Mal seit Kiaras Tod – Hoffnung.

Am Ende des Tages war ich so voller Glückseligkeit und Dankbarkeit, dass Nyx' Stimme in meinem Kopf einem Eimer mit Eiswasser glich. Ich hatte nicht mitbekommen, dass sie an Cas' Seite zurückgekehrt war, aber sie war es.

Wir haben sie, wiederholte sie finster. *Wir haben die Stelle gefunden.* Meine erste Reaktion war ein gedankliches ›Endlich‹. Meine zweite ein Gefühl von Kälte, das in rasanter Geschwindigkeit durch meinen Körper lief. Rauf und runter, bis ich fröstelte.

Daran änderte nicht einmal die Tatsache, dass ich hatte baden wollen, etwas. Im Bademantel stand ich im wohlig warmen Badezimmer.

Lucan hatte mir in ein paar Minuten Gesellschaft leisten wollen. Ein ruhiger Abend, um die Ereignisse des Tages Revue passieren zu lassen. Nichts davon spielte jetzt noch eine Rolle. Unbewusst und völlig aus dem Affekt griff ich nach meiner Magie. Ich ließ mich von ihr einhüllen, trösten und bevor ich mich versah, war ich angekleidet. Lillith hatte mir vorausgesagt, dass ich über die gleichen Fähigkeiten wie sie verfügte, ich hatte es bisher jedoch nie forciert, denn es war mir nicht wichtig erschienen. Mein Aussehen zu verändern, stand nicht sonderlich weit oben auf meiner Prioritätenliste.

Lucan griff nach meinem Geist, im selben Moment, in dem er die Tür aufriss. Er war vollständig bekleidet – und bewaffnet.

»Nyx, sie–« Er stockte und musterte mich. »Wolltest du nicht baden?«

»Hab meine Magie benutzt«, erwiderte ich abwesend und trat an den Spiegel. Glatte Haare, kein Make-Up, dafür jedoch jede Menge schwarzes, funktionales Leder, ein Katana und meine Waffen. *Valge* und *tume* ruhten in den Holstern an meinen Oberschenkeln. Sogar die Messer waren an Ort und Stelle in meinen Stiefeln und an meinem Rücken. Nicht übel.

Lucan nickte.

Wir hören dich beide, Nyx.

Euch wird nicht gefallen, was ich zu sagen habe.

Lucan trat zu mir und verschränkte seine Finger mit meinen. Sie waren eiskalt.

Das war der Moment. Ab jetzt gab es kein Zurück mehr. Nur noch ein Vorwärts.

Ich horchte in mich hinein. Hörte den hämmernden Puls in meinen Ohren. Spürte das Rauschen meines Blutes. Aber neben der Aufregung und Kälte, war da auch eine Ruhe, die dafür sorgte, dass ich gleichmäßig weiteratmete. Die dafür sorgte, dass meine Stimme nicht zitterte, als ich sagte: *Schieß los.*

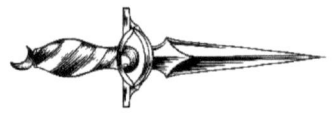

KAPITEL 69

»Noch einmal«, bat ich Cas, nicht sicher, ob ich sie richtig verstanden hatte. Sie schloss den Rotstift, mit dem sie auf die Karten gemalt hatte, und seufzte.

»Hier.«

»Das habe ich verstanden. Es ist der zweite Teil, mit dem ich meine Probleme habe.«

»Die Vraxxis können nicht verändert werden«, beharrte Lillith zum zweiten Mal. Sie und Midas waren aus Vesteria gekommen. Drake und Noain ebenfalls. Odile und Aello. Flynn und Jace. Alita. Alle Herrschenden waren anwesend. Malik, die Sieben, Nyx und Xerxes. Nick und Cora.

»Bael ist kein normaler Dämon«, erwiderte Cas ruhig. »Das, was ich hier gespürt habe …« Sie schüttelte sich. »Die Saat liegt nicht bloß unter der Erde, sie … lauert. Und sie ist wesentlich potenter als das, was in dem Blumentopf steckte.«

»Aber wie konnte er das anstellen?«, fragte Nick.

»Das hätten wir vielleicht herausfinden können, hätte nicht jemand den einzigen Ritter, den wir hätten befragen können, getötet.« Lillith zeigte Odile die Zähne. Dann sah sie zu mir. »Ich hätte da eine Vermutung.«

»Blut«, entfuhr es Midas. »Natürlich!«

Meine Mom betrachtete den Zauberer, als wäre er ihr Lieblingskind.

»Blut?« Stirnrunzelnd sah ich auf die Karte vor uns. »Ihr meint, er hat die Saat mit seinem Blut gespickt?«

Lillith trat vor, Luzifer dicht hinter sich. »Sollte es so sein und er hat die Vraxxis mit einem Blutzauber verbunden, dann …« Sie stockte und das sorgte dafür, dass alle Anwesenden erschrocken aufsahen. Sie hatte Angst. Was auch immer es bedeutete, es ängstigte sogar die dunkle Königin.

»Dann was?«, blaffte Flynn.

»Dann wird jeder Tropfen, den wir von Baels Blut vergießen, die Vraxxis stärken.«

Scheiße.

»Scheiße«, entfuhr es Duncan laut. »Echt jetzt?« Er warf die Arme in die Höhe und sprach aus, was wir alle dachten. »Welches Ass hat dieser Psychopath noch im Ärmel? Das kann doch nicht sein verschissener Ernst sein!«

Ich hätte es nicht besser ausdrücken können.

»Niemand wäre so leichtsinnig, sich mit einer Macht wie den Vraxxis anzulegen.«

»Niemand, außer Bael«, fügte Luzifer leise hinzu. »Er hat nichts zu verlieren, Lillith. Ihm ist es egal, ob der Zauber ihm um die Ohren fliegt, oder ob seine Dämonenhorde unaufhaltsam wird und uns, sich selbst und ihn tötet.« Luzifers rote Augen richteten sich auf mich. »Wenn er Lilly nicht haben kann, ist ihm alles egal. Wir sollten davon ausgehen, dass er für diesen Fall sowieso einen Plan B hat.«

»Fall?«, grummelte, nein knurrte Lucan.

»Den Fall, dass wir gewinnen«, sprach Luzifer unbeirrt weiter. »Sobald Bael absehen kann, dass er verliert, wird er um sich schlagen und versuchen, uns alle zu vernichten.« Er kniff die Augen zusammen. »So würde ich es machen.«

»Reizend.«

Ich warf Flynn einen warnenden Blick zu. »Luzifer hat recht. So würde ich es auch machen. Vermutlich jeder von uns.«

»Hoffnungslosigkeit treibt einen in die Enge«, warf Cora ein. Ihre Stirn gerunzelt. »Bei jedem anderen würde sie vielleicht so etwas wie Verzweiflung, Trauer oder Wut hervorrufen. Passivität oder Depression. Bei jemandem wie Bael würde ich eher davon ausgehen, dass wir es mit Selbstzerstörung und Gefühlslosigkeit zu tun bekommen.«

Flynn schnaubte abfällig. »Als ob er fühlen würde.«

»Oh, er fühlt.«

Alle Augen richteten sich auf Noain. Der Vampyr legte den Kopf schräg. Die Hände in den Hosentaschen stand er dicht, sehr dicht, neben Drake. Niemand hatte die Nähe der beiden kommentiert. Sie war jedoch nicht unentdeckt geblieben.

»Mit Hilflosigkeit kenne ich mich aus«, fuhr Noain fort und sofort legte Drake ihm eine Hand auf den Arm. Die Männer tauschten einen raschen Blick miteinander und Noain lächelte. Er lächelte. Mein Herz zog sich zusammen – vor Freude.

»Bael fühlt, er fühlt nur nicht so wie wir. Sollte er jedoch wirklich in die Enge getrieben werden, dann gebe ich Cora recht. Und Luzifer. Er wird um sich schlagen, mit allem, was er hat. Ohne Rücksicht auf Konsequenzen.«

»Inwiefern ändert das etwas an unserer Situation?« Alita saß lässig auf ihrem Stuhl. Einen Arm um die Stuhllehne gelegt. Wieder trug sie kein Kleid, sondern ein Lederensemble, ähnlich Odiles und meinem. Die Harpyie trug braun-blau. Ich schwarz. Alitas Leder war von einem tiefen Burgunder.

»Bael ist der Feind, wir wollen ihn töten. Ende vom Lied.«

»Es ändert nicht direkt etwas an unserer Situation«, erwiderte mein Mann, »doch sollten wir auf alles gefasst sein. Auf jedes Ass, das Bael im Ärmel hat, müssen wir reagieren.«

»Kann er denn noch mehr Tricks auf Lager haben?«, sprach ich meine Gedanken laut aus und schaute zu meiner Mom. Sie und Luzifer sahen gut aus inmitten unserer Runde. So, als würden sie genau hierhingehören.

»Ich weiß es nicht«, gestand sie, sichtlich widerwillig. »Die Vraxxis mit einem Blutzauber zu verbinden ist …« Sie schüttelte den Kopf.

»Ich traue ihm alles zu, aber für Zauber dieser Art braucht man Zeit.«

Je eher wir angriffen, desto weniger Chancen gaben wir Bael, sich weiter vorzubereiten. Ich musste diesen Gedankengang nicht laut aussprechen, die Mienen der anderen verrieten mir, dass sie es wussten. Kein Zurück mehr. Ab hier ging es nur noch vorwärts. Nick räusperte sich. »Onkel?«

Es dauerte einen Augenblick, bis Luzifer reagierte. Ich hielt den Atem an, alle anderen beobachteten ihn. Gespannt und auch irritiert. Als hätten sie für einen Moment vergessen, wer Luzifer war. Kein Wunder in all dem Chaos. Eine Entwicklung jagte die nächste. Falls wir das hier überlebten, brauchte ich Urlaub.

Wenn, Liebes. Nicht falls. Wenn wir das hier überleben.

Wenn, bestätigte ich. *Lass uns irgendwo hin, wo uns niemand kennt.* Lucans leises Lachen hallte durch meinen Kopf. *Ich fürchte, da bleibt nur die Welt der Menschen.*

Oder Ilya, dachte ich. Vielleicht fand sich dort ein kleiner, abgeschiedener Platz. Ob die grüne See auch über Strände verfügte? Luzifer räusperte sich. »Neffe?«

»Deine Biester«, begann Nick, »wie viele werden mit uns kämpfen?«

»Alle«, erwiderte Luzifer, ohne zu zögern. Lillith trat näher zu ihm. Sie wusste ebenso gut wie ich, was er opferte.

»Können wir sie zurückhalten und als Überraschungsmoment nutzen?«

Ich riss meinen Blick von Luzifer los und schaute zu meinem Bruder. Sein Gesichtsausdruck war neutral. Dachte er strategisch oder wollte er verhindern, dass die Tiere fielen?

»Das …« Ich sah zurück zu unserem Onkel. »Das ist eine Möglichkeit.« Die Männer blickten sich an, dann nickten sie. Ob nun strategisch oder nicht, das hier war Nicks Version von ›das Kriegsbeil begraben‹. Ich kannte meinen Bruder. Der Kampf stand bevor und auch wenn Nick in Zyntha bleiben würde, wir würden kämpfen. Luzifer würde kämpfen. Und Nick nutzte den Moment, um ihm zu signalisieren, dass er ihn akzeptierte. Dass er unsere kleine, merkwürdige Familie akzeptierte, sie vielleicht sogar liebte. Zumindest mich. Ich erwartete nicht von ihm, dass er Lillith und Luzifer in die Arme schloss, aber ich hatte so ein Gefühl, dass sie ihm ans Herz wachsen würden – mit etwas Zeit.

Die Unterhaltung ging weiter. Befürchtungen und Ängste wurden geäußert. Vorschläge gemacht. Der Ton war angespannt, das Gezanke hielt sich jedoch in Grenzen. Wir arbeiteten zusammen und ich bekam immer mehr das Gefühl, dass Angriff die beste Strategie war. Am Ende des Tages hatten wir einen groben Plan. Wobei wir uns alle einig waren, dass es ab jetzt auf schnelles Handeln und unsere gemeinsame Stärke ankam. Kurz hatte Midas die Mondscheinelfen erwähnt, doch bisher hatten sie sich nicht blicken lassen. Die Enttäuschung war da, allerdings war der Blutzauber nicht umsonst gewesen. Die Anderswelt wuchs, sie florierte und ich würde dafür sorgen, dass dies so blieb.

Als die Sonnen den Horizont küssten und die Nacht hereinbrach, kehrten sie alle in ihre Welten zurück. Morgen bei Sonnenaufgang würden wir das Schlachtfeld eröffnen und Bael die Stirn bieten. Seit einer Weile saß ich in unserer Suite am Fenster und blickte auf den See hinaus. Schleierwolken zogen sich über den Himmel und verdeckten den Mond. Morgen früh würden sie wieder aufgehen, die sieben Sonnen. Das Mahnmal Alliandoans. Mein Kopf sank gegen die kühle Glasscheibe. Würde es immer so sein? Oder konnte ich das, was mein Vater bewirkt hatte, rückgängig machen? Nachdem Maliks Flügel erschienen waren, hatte ich gehofft, mehr Engel würden in den Genuss dieses kleinen Wunders kommen. Bisher waren er und ich jedoch die einzigen. Und dann waren da noch die Gefährten … Nick und Alina liebten sich von Herzen, sie brauchten kein Gefährtenband und doch war es etwas, das Marcus ihnen allen genommen hatte. Malik reagierte auf Duncans Gefährtenband, ich auf Lucans … aber so stark die Gefühle auch waren, wahrhaft verbunden zu sein, war einfach unglaublich. Etwas, das man nicht erklären konnte, wenn man es nicht selbst erlebte. Ich kam in diesen Genuss, weil meine Dämonenseite Lucan erwählt hatte. Aber Malik … Nick, Alina, Cora und all die anderen Engel. Gefährten waren ein Teil der Anderswelt. Vielleicht konnte ich der Balance zeigen, dass Alliandoan wieder würdig war. Mit der Zeit.

Der *Clash* war viele Jahrhunderte her und unsere Gesellschaft veränderte sich drastisch. Gerade jetzt, da sich noch mehr Andersweltler zeigten, Zuflucht suchten, teilhaben wollten … Arcadia war ein Ort der Zusammenkunft geworden. Der Vielfalt. Ein Leuchten auf der glatten Oberfläche des Sees erregte meine Aufmerksamkeit. Die Balance.

Hörst du mich?, fragte ich als ich meinen Geist öffnete und die Worte in Richtung See schickte.

Nicht wirklich darauf vorbereitet, eine Antwort zu erhalten, zuckte ich zusammen, als ein leises »Komm« durch den Raum schwebte. Lucan war in Zyntha, um ein paar letzte Details mit Nyx, Xerxes und Dougal zu klären. Nick, Alina, Cora und Baby Jonah würden morgen in Zyntha bleiben. Sicher und unantastbar hinter den Schattenportalen. King hatte sich entschlossen, an unserer Seite zu kämpfen. Coras Angst war mit Händen greifbar gewesen, doch ihr Blick und ihre Stimme waren voller Stolz gewesen, als sie uns versichert hatte, dass es richtig so war.

Das Leuchten auf dem See intensivierte sich. Automatisch erhob ich mich und verließ die Suite. Der Palast war ruhig. Arcadia wie ausgestorben. Auch die Neuankömmlinge hatten Nicks Rat befolgt und waren nach Anak aufgebrochen. Beinahe lautlos bewegte ich mich durch die leeren Korridore. Die Stille besaß etwas Friedliches.

Maliks und Lilliths Schutzzauber war noch immer aktiv und aktuell machte ich mir wenig Sorgen, in einen Hinterhalt zu geraten. Bael erwartete, dass ich zu ihm kam.

Als ich den Palast verließ und die Treppe zum See hinabging, begrüßte mich der blumige Duft Arcadias. Das war das erste gewesen, das mir damals aufgefallen war. Der Duft. Blumig und süß und irgendwie tröstlich. Malik hatte die Garde für morgen früh eingeteilt, einige Wachen standen jedoch am Ufer und liefen durch die dunklen Außenkorridore des Palastes. So wie immer. Ganz gleich, was uns bevorstand, die Balance durfte niemals unbewacht sein.

Langsam schritt ich zum Ufer des Sees. So viel verband ich mit diesem Ort. Meine Initiation. Den ersten Angriff. Den Moment, in dem mir klar geworden war, was für eine Art Herrscherin und Frau ich sein wollte. Minister Meyer. Die Trauerfeier ... aufsteigende Federn ... und jenen schicksalhaften Augenblick, in dem ich mich der Anderswelt offenbart hatte, wie ich war, mit all meinen Ecken und Kanten, und sie mich dennoch akzeptiert hatten. Laurenti und Narcos, das Wasser, das ich mit Hilfe der Balance durch die Straßen von Arcadia geschickt hatte und zuletzt den Angriff von Baels Schläferdämonen. Meine Flügel und den Sturm aus Feuer und Schatten, mit dem ich sie vernichtet hatte. Ohne weiter darüber nachzudenken, watete ich ins seichte Wasser. Es war angenehm kühl, nicht kalt. Obwohl die Oberfläche spiegelglatt war, schwappte eine kleine Welle gegen meine Beine.

Komm.

Es zog mich vorwärts. Tiefer ins kühle Nass. Meine schwarze Trainingshose sog sich voller Wasser, Unterwäsche und Hoodie folgten. Als ich nicht mehr stehen konnte, begann ich zu schwimmen. Weiter und weiter, bis ich die Balance erreichte. Als wäre sie eine alte Freundin, lächelte und winkte ich ihr zu, ehe ich mich auf den Rücken drehte und neben ihr im Wasser schwebte. Auf dem Wasser. Die Arme und Beine von mir gestreckt, wie ein Seestern, den es ans Ufer getrieben hatte. Die Balance funkelte so atemberaubend wie immer.

Am Tag meiner Initiation waren blaue Funken in dem fast durchscheinenden Silber-Weiß erschienen. Am Tag meiner Offenbarung waren es rote Funken gewesen. Heute schimmerten sie blau, rot und lila. So wie meine Magie. Engels- und Dämonenmagie. Einzeln und verbunden. Wir waren eine Einheit. Ich hatte gelernt, mein volles Potential auszuschöpfen. Ein Stück weit hatte ich dies Bael zu verdanken. Seine Verdorbenheit und der Kampf gegen ihn hatten mir verdeutlicht, dass ich bereit war, zu allen Mitteln zu greifen, um die Anderswelt zu beschützen. Ich hatte mich verändert, äußerlich, wie innerlich, und damit meine ich nicht bloß die dunkle Strähne, die mich so sehr nervte, weil sie genau das symbolisierte. Sie nervte mich und doch hatte ich sie akzeptiert. Sie und das, wofür sie stand. Ich musste es, denn ich spürte tief in mir, dass es wichtig war. Für den Kampf. Den Sieg. Ich hatte mich verändert, und mittlerweile erkannte ich, dass genau das zum Leben dazugehörte. Das stetige Weiterentwickeln. Lernen. Hochs und Tiefs. Rückschläge und Erfolge. Das formte mich zu der Person, die ich war und alles, was ich tun konnte, war, mein Bestes zu geben. Tagtäglich. Für mich und alle Unsterblichen. Und für die Zukunft, die es wert war, verteidigt zu werden. Ich dachte an meinen Vater und das Leuchten neben mir wurde stärker.

»Er hat viel aufgegeben.«

Ein Pulsieren ging über die Wasseroberfläche.

Ein kleiner Preis.

War es das? Ein kleiner Preis? Dafür, dass viele überlebt hatten? Vermutlich. Es gab viele Spekulationen, um Marcus Callahan. Ich selbst hatte zu den Skeptikerinnen gehört, aber er hatte getan, was er konnte, um so viele zu retten, wie es ging.

Bereit?

»Bereit wofür?«, wisperte ich. Ein Frösteln überkam mich und auf einmal fühlte sich das Wasser einige Grad kälter an.

Bereit?

Wofür? Ich sah hinauf in den Himmel. Mondlicht begrüßte mich. Ein paar Sterne funkelten durch die Schleierwolken hindurch. Als versuchten sie, mich zu erreichen. Als versuchten sie, mir gut zuzureden.

Bereit wofür? Ich wollte die Worte laut aussprechen, aber ich traute mich nicht.

Bereit wofür?

Zum Kämpfen? Ja. Alle mir möglichen Mittel auszuschöpfen? Ebenfalls ja.

Bereit, mich im Notfall zu opfern? Ich kniff die Augen zusammen. Ich hatte Lucan und den anderen wieder und wieder versichert, dass ich nicht sterben wollte, und das war nichts als die Wahrheit. Ich wollte die Anderswelt florieren sehen. Ich wollte Laura adoptieren und zum richtigen Zeitpunkt mit Lucan ein Baby bekommen. Ich wollte Jonah und meinen Neffen oder meine Nichte aufwachsen sehen. Ich wollte mit Lucan alt werden. Würde ich all das opfern, um die Anderswelt zu retten?

Ja.

Tränen brannten hinter meinen geschlossenen Lidern und ein leises Schluchzen entfuhr mir.

Hier, wo mich niemand hören und sehen konnte. In diesem Augenblick, allein mit der Balance, gestand ich mir einen Moment der Schwäche zu. Ich erlaubte mir, um eine Zukunft zu trauern, für die ich mit allen Mitteln kämpfen, die ich womöglich jedoch nicht erleben würde.

Ein paar Minuten verstrichen, ehe die Tränen versiegten und sich meine Atmung normalisierte. Ich stellte die leichten Ruderbewegungen ein und ließ meine Beine herabsinken. Dann tauchte ich unter und ließ das Wasser all die Negativität fortspülen. Morgen würden wir in die Schlacht ziehen. Wir würden kämpfen und gewinnen.

Eine andere Option gab es nicht. Dafür würde ich sorgen. Einen Moment lang versank ich noch im kühlen Nass. Als ich zurück zum Palast ging, hallte die leise Stimme der Balance noch immer durch meinen Kopf.

Bereit?

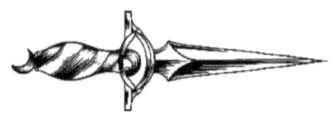

KAPITEL 70

Lilly, Araviel

Araviel. Die Einheimischen nannten diesen Ort auch Lichtfeld. In diesem Teil Alliandoans dominierten Felder die Landschaft. Kilometerweit erstreckten sie sich in dem flachen Land, das bis an die Ausläufer der alliandoanschen Gebirgsketten reichte. Hier wuchsen Obst und Gemüse sowie Getreide. Die Ironie dessen blieb mir nicht verborgen. Bael hatte Zerstörung an einen Ort gebracht, der normalerweise Leben schenkte.

Und wir würden die Zerstörung weitervorantreiben. Unser Aufgebot war beeindruckend. Sie alle waren gekommen. Nicht, dass ich daran gezweifelt hatte, keine Sekunde, und doch war es beeindruckend, die geballte Macht der Anderswelt vereint zu sehen.

Odile und ihre Harpyien. Midas, Tristan und die Zauberer. Flynn und seine Rebellen. Jace und einige der Ghoule. Sogar einige Silbersynchronen waren gekommen. Cas, Lavender und ihr Heer aus Najaden, Nymphen und anderen Wasserwesen. Alita und ihre Schar aus Bergleuten, bis an die Zähne bewaffnet mit fenooderischem Stahl. Drake und Noain, umgeben von Formwandlern und flankiert von Rhonan, Ayla und weiteren Fae. Und dann waren da noch die Schattenkrieger und die Sieben. Xerxes und Nyx. Malik und unsere Garde sowie Vaya, Luzifer und meine Mom.

Luzifers Biester und Drakes Drachen hielten wir zurück – für den Moment.

Kein anderer Ort in Alliandoan hätte ein Heer dieses Ausmaßes beherbergen können.

Er hat den Ort klug gewählt.

Bael überlässt nichts dem Zufall, erwiderte ich auf Lucans stumme Worte.

Wir sind bereit, Liebes. Wir schaffen das.

Ich nickte ihm zu und drehte mich um. Ohne, dass es eine Anweisung gewesen war, hatten sie alle sich hinter Lucan und mir versammelt. Unsterbliche, so weit das Auge reichte. Entschlossene, grimmige und besorgte Mienen. Ein Meer aus Waffen und Sturmwinden, auf dem Boden und in der Luft. Und sie warteten. Auf mich.

Ich zwang mein Herz zu einem gleichmäßigen Rhythmus und ließ meine Flügel erscheinen. Langsam stieg ich ein paar Meter in die Luft, damit sie mich alle sehen konnten. Oder zumindest die meisten von ihnen.

Ein kalter Hauch lief über meine Haut, doch die Hitze des Adrenalins und der Erwartung brannte in meinen Adern. Man beobachtete mich. Tausende von Augenpaaren lagen auf mir. Jede Bewegung unserer Verbündeten, jedes Rascheln, Räuspern und Klirren von Waffen hörte sich laut an. Jedes einzelne dieser Geräusche schärfte meine Sinne, bis mich eine unnatürliche Ruhe überkam. Die Luft war schwer. Ich spürte ihre Anspannung in jedem Atemzug. Sie alle fürchteten den Abgrund, der vor ihnen lag, und doch waren sie Andersweltler und ein starker Teil von ihnen brannte darauf, hineinzuspringen. Zu kämpfen. Keine Zweifel mehr. Kein Zögern. Die Zeit der Vorbereitung war vorbei. Jetzt blieb nur noch der Kampf.

»Heute stehen wir nicht als Einzelne hier«, rief ich, laut und deutlich und vor allem klar und ohne Zittern in der Stimme. »Heute stehen wir als eine Armee, als ein Volk – verbunden durch Mut, durch Hoffnung und durch das Feuer, das in unseren Herzen brennt. Der Feind hat uns verwundet, aber er wird uns niemals brechen, denn wir kämpfen nicht nur für unser Überleben. Wir kämpfen für unsere Freiheit, für unsere Heimat, für alles, was uns lieb und teuer ist. Seht euch um!« Ich breitete die Arme aus und wartete. »Seht in die Gesichter eurer Brüder und Schwestern! Seht den Mut in ihren Augen und spürt die Kraft in euren Herzen. Dies ist unser Moment. Dies ist unsere Stunde. Der Feind wird uns niemals brechen«, wiederholte ich, »denn wir sind nicht aus Stein, wir sind aus Feuer!« Um meinen Worten mehr Nachdruck zu verleihen, ließ ich sie mein Dämonenfeuer sehen. Meine Sicht färbte sich rot und die Klauen schossen hervor. »Und Feuer brennt weiter, selbst wenn alles andere in der Dunkelheit vergeht. Also erhebt eure Schwerter! Kämpft für das, was euch am Herzen liegt! Nutzt eure Magie, nutzt alles, was ihr habt, kämpft, als hinge die Welt davon ab – denn das tut sie!«

Stampfen und Rufe wurden laut. Schwerter klirrten auf Schilde, Stahl auf Stahl. Meine Worte erzeugten die gewünschte Wirkung. Das Heer wurde lauter und lauter.

»Lasst ihn hören«, rief, nein schrie ich. »Lasst ihn hören, dass wir hier sind!« Ich wirbelte in der Luft herum und blickte über die Felder vor mir. »Hörst du, Bael? Wir sind hier! Und wir sind viele.«

Eine einzelne Gestalt erschien in der Ferne. Das Getöse verstummte nach und nach und dann hörte ich es: Ein Klatschen. Der Mistkerl klatschte.

Wut färbte meine Sicht von Karmesin- zu Blutrot.

Nyx.

Ich habe mich mit Lucan verbunden, ließ die Furie mich wissen. Lucan hatte es nicht mehr geschafft, dieses spezielle Talent der Furien zu erlernen, doch er hatte zugestimmt, als Verstärker zu fungieren. So konnte Nyx zwar nicht über die gesamte Zeit alle erreichen, aber für kurze Befehle. Zum Beispiel den Befehl zum Angriff.

Sag ihnen, sie sollen sich bereit machen und die Pfeile ziehen.

Erledigt.

Und Vaya, sie–

Ist ebenfalls bereit.

»Ich fühle mich geschmeichelt«, rief Bael mit einem belustigten Unterton in der Stimme. »Es geht doch nichts, über einen gemeinsamen Feind, mhm?«

Ich blinzelte und er kam näher. Sehr gut.

»Und du?«, rief ich zurück. Uns trennten noch gut dreißig Meter. »So ganz allein unterwegs? Wo sind Volac und die anderen deiner Missgeburten?«

Er lachte und das Geräusch hallte über die Felder zu uns. Mein Magen zog sich zusammen. Er klang alles andere als ängstlich. Und das, obwohl ihm die gesamte Anderswelt gegenüberstand.

»Ich habe eine bessere Verwendung für sie gefunden.« Er kam noch näher. Zwanzig, dann zehn Meter. Bis ich ihn erkennen konnte. Bis wir ihn alle erkennen konnten.

»Nein!«, rief Lillith und der Unglaube in ihrer Stimme verstärkte das ungute Gefühl in meinem Magen. »Er hat sie alle absorbiert!«

Was?

»Du hast sie alle getötet!«

Bael schüttelte den Kopf. »Ich habe deinen Rittern Bedeutung gegeben. Ihnen und jeder anderen Seele, die ich finden konnte.« Er hob die Hand und bewegte die Fingerspitzen. Funken entstanden. Sie tanzten auf seiner Haut und breiteten sich über seinen ganzen Körper aus.

Ich dachte an Luzifers Worte. Wenn er mich nicht bekam, hatte er nichts mehr zu verlieren. Jetzt, da ich ihm gegenüberstand und das Ausmaß des Wahnsinns sah, wurde mir schlagartig klar, dass Baels Ziel sich womöglich geändert hatte. Er und ich und ein gemeinsamer Erbe für die Weltherrschaft, das war sein Plan gewesen. Aber die Karten hatten sich wieder und wieder neu gemischt und alles, was ich jetzt noch in Baels Blick erkennen konnte, war Zerstörung. Er hatte die Macht der Ritter in sich aufgenommen. Bael war bereit, heute und hier zu sterben, aber sollte es dazu kommen, würde er uns alle mitnehmen.

Dazu lassen wir es nicht kommen.

Lucan.

Konzentriere dich, Liebes. Kein Falls. Es gibt nur ein Wenn.

Kein Falls. Nur ein Wenn.

Nyx. Auf mein Kommando.

Auf dein Kommando, Majestät.

»Ich habe dir immer gesagt, dass du eines Tages zu mir kommen wirst, Schwester.« Er grinste süffisant und musterte das gewaltige Heer hinter mir. Absolut nicht beeindruckt. »Aber was ist dein Plan, Lillianna? Ein Angriff aktiviert die Vraxxis.« Ein Flackern huschte über seine Züge, die auf einmal schärfer und kantiger aussahen und weniger nach ihm. »Du wirst doch nicht–«

»Jetzt!«, schrie ich und Vaya zögerte keine Sekunde. Ein Pfeil sauste durch die Luft und traf Bael in die Brust. Genau ins Herz. Er stolperte einen Schritt zurück, überrascht. Langsam sank ich zu Boden und beobachtete mit angehaltenem Atem, wie er den Pfeil herauszog. Vorsichtig, um kein Blut zu vergießen, machte er eine Show daraus, den Pfeil zu drehen und zu wenden, ehe ein einzelner Tropfen sich von dem weißen Aschepfeil löste und Richtung Boden fiel. Rasend schnell und quälend langsam, wie in Zeitlupe. Augenblicklich versank er in der nährstoffreichen Erde. Sofort begannen ein Rumpeln und Ruckeln. Ein Erdbeben erschütterte Araviel. Es hatte begonnen.

»Macht euch bereit!«

Sein Blut mochte die Vraxxis stärken, aber das hier war ein Zeichen. Wir hatten keine Angst vor ihm. Dieser Tropfen war nicht das letzte Blut, das Bael an diesem Tag vergießen würde. Dafür würde ich sorgen.

Der Boden bebte stärker und binnen Sekunden glich die Szene vor mir einem Horrorfilm.

Die Erde brach auf und überall vor und hinter Bael schossen Klauen und Köpfe aus dem Erdboden. Dabei waren die Vraxxis noch furchteinflößender und ekelhafter, als ich sie mir ausgemalt hatte. Schlanke, hochgewachsene Gestalten, deren knochige Körper von ledriger, dunkelbrauner Haut umhüllt waren. Ihre Gliedmaßen waren lang, die Klauen spitz und die Gesichter glichen hageren Fratzen mit enormem Gebiss und scharfen Zähnen. Ihre Augen glühten rot und leblos. Sobald die ersten Kreaturen sich vollständig ausgegraben hatten, schwangen sie ihre Klauen und fletschten die Zähne, dabei war es ihnen gleich, ob sie sich selbst oder andere ihrer Art verletzten.

Bei der Balance. Kein Wunder, dass selbst Lillith Respekt, wenn nicht gar Furcht, verspürte.

Lucan schloss zu mir auf. Mehr und mehr Laute des Unglaubens und des Schreckens ertönten hinter uns.

Es ist schlimmer als erwartet.

Sieh nicht bloß nach vorne, Liebes. Sieh nach hinten. Sieh, wer hinter uns steht, bereit zu kämpfen.

Ich zog die Klauen vorerst ein und löste *valge* und *tume* aus ihren Halftern. Die Waffen fest im Griff, aktivierte ich sie. Die gleiche Substanz, die sich dank Drake und der Drachen in den Pfeilen befand, modifizierte auch meine Kugeln. Jetzt blieb zu hoffen, dass es funktionierte und wir es schafften, Bael unschädlich zu machen, bevor seine Kreaturen aus der Hölle zu viel Schaden anrichten konnten.

»Angriff«, wisperte ich, ehe ich es durch Nyx in unsere offene Verbindung rief.

Angriff!

Lucan wiederholte den Befehl. Dann Odile. Midas. Alita … sie alle. Mit eng angelegten Flügeln stürmte ich vorwärts, direkt auf Bael zu.

KAPITEL 71

Lucan, Araviel

Es war in der Tat schlimmer als erwartet. Die Kreaturen, die Vraxxis … sie waren widerliche, fürchterliche Wesen. Selbst für mich.

Ich sah meiner Frau dabei zu, wie sie ihre Waffen zog und losstürmte. Wie ein Rachenegel. Wütend und mit nur einem Ziel: Bael zu töten. Wir hatten vorab viel darüber diskutiert, wessen Blut fließen und das Schlachtfeld eröffnen sollte. Ich hätte einen anderen Weg gewählt, aber Lilly wollte Bael signalisieren, dass wir ihn nicht fürchteten. Dass wir die Vraxxis nicht fürchteten. Ich konnte mit dieser Entscheidung leben, doch nun mussten wir um jeden Preis vermeiden, dass mehr von Baels Blut auf den Erdboden traf. Jeder Tropfen würde die Kreaturen stärken und unsere Aufgabe erschweren.

Und genau da kam ich ins Spiel. Ich, die Sieben, ein Haufen Elementarfae sowie Rhonan und die Ti'Malek. Gemeinsam würden wir Lilly beschützen und versuchen, Baels Blut – vorerst – in seinem Körper zu behalten. Es gab nur zwei Möglichkeiten. Erstens, wir schalteten die Vraxxis aus – irgendwie –, so dass Bael ohne Armee dastand, und zweitens, wir töteten Bael – irgendwie –, und löschten die Vraxxis anschließend aus. Beides klang unmöglich. Beides löste nach wie vor Fragezeichen in meinem Kopf aus. Die Elementarfae und die Ti'Malek sollten Bael mit Hilfe der Elemente ablenken und womöglich sogar unter Kontrolle halten. Sie konnten einen regelrechten Sturm entfachen. Wind. Erde. Wasser. Feuer. Und Eis. Das würde Lilly, mir und den Sieben die Möglichkeit geben, ihn anzugreifen. Die Fae konnten jeden Tropfen Blut durch die Luft transportieren, weg vom Schlachtfeld. Die Ti'Malek konnten es einfrieren. Wenn wir es schafften, sein Blut vom Boden fernzuhalten, konnten wir ihn bekämpfen. Blut hatte die Vraxxis zum Leben erweckt, aber irgendwann war die Saat fort. Der Boden leer. Wir waren viele gegen einen. Aber Bael besaß die Macht gleich mehrerer Ritter und unzähliger Unsterblicher. Wir durften ihn nicht unterschätzen. Ich durfte es nicht.

Eine schnelle Bewegung und ein Flecken silbriges Weiß drängten sich in mein Sichtfeld. Schwarze Flügel und zwei Waffen. Eine weiß, die andere schwarz. Licht und Dunkelheit, in perfekter Balance. Ich spürte Lillys Entschlossenheit. Ihren Kampfgeist. Meine Katana kollidierten mit den ersten Vraxxis und ich stieß einen Kampfschrei aus, als ich der Kreatur beide Schwerter in den Brustkorb rammte. Gleichzeitig sandte ich einen Befehl an die Sieben.

Beschützt unser Herz. Um jeden Preis.

KAPITEL 72

Lilly, Araviel

Der metallische Geschmack in meinem Mund war widerlich. Ich wischte mir mit dem Handrücken über den Mund. Das weiße Perlmutt meiner Waffe glänzte. Über den Rand des Stahls begegnete ich Baels Blick. Seine Haltung war stolz und ungebrochen. Sein Grinsen herablassend und siegessicher. Die Elemente tobten um ihn herum, während Lucan und die Sieben jede Dämonenkreatur zu Boden schlugen, die auch nur in meine Richtung sah. Sie ermöglichten es mir, wieder und wieder anzugreifen. Bisher hatte kein weiterer Tropfen von Baels Blut den Boden berührt, doch das Chaos um uns herum wurde stärker. Die Elementarfae reagierten langsamer und es war nur eine Frage der Zeit, bis Baels Blut erneut sein Ziel fand. Die Geräusche des Kampfes zerrten an meinen Nerven, der Wind an meinen Haaren. Eiskristalle tanzten durch die Luft und ließen meinen Atem sichtbar werden. Ich hörte den Schrei eines Sturmwindes und das Brüllen eines Drachen. Drake selbst, oder ein Drache aus seiner Horde. Vermutlich hatten sie nicht länger dabei zusehen können oder wollen, wie ihr Alpha sich in Gefahr begab. Womöglich war es sogar jener Drache, dem wir die Pfeile verdankten, die aktuell wie ein unaufhörlicher Regen auf die Felder von Araviel niederprasselten. Kreaturen fielen, neue schossen aus der Erde. Für einen Moment abgelenkt, bemerkte ich nicht, wie Bael ein Messer zog und sich in die Handfläche schnitt.

»Nein!« Lucans Schrei erschütterte unsere kleine Blase des Kampfes, in der wir Bael umzingelt hatten.

Rhonan! Mein Ruf kam zu spät. Der Neith versuchte noch, sich zu Bael zu teleportieren, stieß jedoch gegen ein unsichtbares Kraftfeld. Auch die Fae, die ihre Elementarkraft auf Bael richteten, drangen nicht mehr zu ihm durch. Er hatte meinen Moment des Durchatmens genutzt, um sich magisch abzuschotten. Wie in Zeitlupe fiel das Blut herab. Sobald es den Boden berührte, ertönte ein dumpfes Grollen und Zittern. Ich riss die Augen auf, als ich beobachtete, wie sich schwarze Risse wie Adern über den Erdboden zogen und ausbreiteten. Der Boden zerbarst, klaffte auseinander, und aus der Dunkelheit darunter stiegen neue Kreaturen empor. Zuerst waren nur Schatten zu sehen, ein wirbelnder Nebel, der aus den Spalten sickerte, doch dann kamen sie – Klauen, die sich aus der Tiefe gruben, schwarze Finger, die nach Halt tasteten. Kreaturen noch größer und fieser als die, gegen die wir ohnehin schon kämpften.

Verdammt!

»Gefallen sie dir?«, rief Bael über das Beben, Krachen und Zähnefletschen. Sechs Vraxxis hatten sich erhoben. Mindestens drei Meter groß. Ihre Klauen so lang, wie die Katana auf meinem Rücken. Ihre Köpfe nicht mehr als lange, spitze Schnauzen mit scharfen Zähnen.

Lucan!

Wir kümmern uns darum. Lass dich nicht ablenken.

Ich wollte mich umsehen. Mich versichern, dass es allen anderen gut ging, doch die Angst hielt mich davon ab. Bisher hatte Bael es geschafft, jedem meiner Angriffe auszuweichen und nun nutzte er seine Magie als Schild. Die Kraft der Ritter Abbadons pulsierte durch seine Adern und machte ihn siegessicher. Aber er war nicht der Einzige, dessen Blut von Magie aus einer anderen Zeit durchzogen war. Wieder ging ich in eine Angriffshaltung über und blendete den Rest des Schlachtfeldes aus.

»Ich habe sie selbst kreiert.« Der Wind trug Baels Stimme laut und deutlich zu mir.

»Du oder die Ritter? Ohne sie hättest du das wohl kaum zu Stande gebracht.« Ich steckte *valge* und *tume* weg und griff nach den Katana auf meinem Rücken. Vielleicht musste ich ihn bloß so lange in Schach halten, bis die Aschepfeile und unsere Verbündeten die Vraxxis ausgelöscht hatten. Ewig konnten die Dämonen nicht nachwachsen.

»Die Ritter«, spie Bael. »Schwache, selbstsüchtige Kreaturen. Sie hatten keinen Blick für das große Ganze.«

»Aber du hast ihn?« Hinter Bael krachte ein Sturmwind vom Himmel und begrub Vraxxis und Andersweltler unter sich. Ich zuckte zusammen und richtete meine Augen starr auf Bael. Ich durfte mich nicht noch einmal ablenken lassen.

»Habe ich das mit meinem Plan nicht bewiesen?« Er seufzte laut und theatralisch. Das Geräusch völlig unpassend in unserer jetzigen Situation. »Sie wollten Abbadon. Sie wollten die alte Zeit. Aber ich …« Er breitete die Arme aus. »Ich will einfach alles. Jeden Fleck dieser und aller Welten. Und dich.«

»Also hast du sie getötet?«

»Absorbiert«, rief er und wich einer der neuen Kreaturen aus, die wie ein Baum zu Boden fiel. King zog seine Axt aus dem Schädel des Monsters. »Ihr Nutzen war fragwürdig geworden, aber nun … nun geben sie mir die Macht, mir alles zu nehmen, was ich haben will.« Ich riss meinen Blick von King los. Es fiel mir zunehmend schwerer, die anderen auszublenden. »Du glaubst, dass du gewinnen wirst.« Bael warf den Kopf in den Nacken und lachte. »Ich weiß es.«

»Nur über meine Leiche.« Ich fasste die Katana fester, Bael grinste. »Das lässt sich einrichten. *Schwester*.«

KAPITEL 73

Luzifer, Araviel

»Es sind zu viele.«

Lillith trat eine der Kreaturen zurück. Eine weitere wollte sich auf uns stürzen. Vaya streckte sie mit einem der Aschepfeile nieder. So ging es bereits eine Weile. Wir schlugen sie zurück, es kamen neue. Solange sich noch Saat im Boden befand, würden die Vraxxis angreifen. Wieder und wieder. Es war ihnen gleich, ob sie alle fielen. Uns hingegen würde jeder Verlust treffen. *Sie* würde jeder Verlust schmerzen. Lilly.

»Wir müssen etwas tun.«

»Was schlägst du vor?«, erwiderte Lillith keuchend. Ihre Klauen sausten durch die Luft und die Magie, die von ihr ausging, war atemberaubend. Ich hatte sie lange nicht mehr in Aktion erlebt. Nicht so. Sie war wunderschön. Tödlich und grausam und doch so viel mehr als das. Unsere Blicke trafen sich und sie grinste.

»Du hast einen Plan.«

»Eine Idee«, korrigierte ich. Es war eine nette Geste meines Neffen gewesen, dass er meine Tiere hatte zurückhalten wollen, und obwohl ich jedes einzelne dieser Biester liebte, liebte ich die Unsterblichen auf diesem Schlachtfeld mehr. Ich konzentrierte mich und schickte den mentalen Befehl nach Abbadon. Während sich hinter mir ein Portal öffnete, hörte ich ein erstes Wiehern und dann, laut und aggressiv, das Brüllen eines Bären.

Lillith erstarrte. »Deine Tiere.«

»Es ist nur eine Idee«, wiederholte ich, »aber einen Versuch ist es wert.«

Vaya erschien neben Lillith. Klar und stolz hielt sie meinem Blick stand. Ohne Zögern, ohne Angst oder Argwohn.

»Lass mich helfen.«

Lillith strich der Dämonin abwesend über den Arm. Eine liebevolle und besorgte Geste. Ich nickte.

»Wie viele Pfeile hast du noch?«

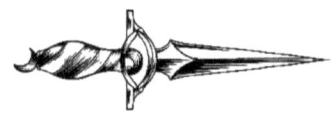

KAPITEL 74

Lilly, Araviel

Ich holte aus, Bael duckte sich. In einer rasanten Drehung riss ich beide Katana hoch. Die Klingen prallten gegen seinen Schutzwall. Ich war die Einzige, die ihm trotz Schutzwall so nahekam. Lucan und die anderen bekämpften die Vraxxis und kamen dabei nicht näher als ein paar Meter an ihn heran. Überall um uns herum wurde gekämpft. Mehr und mehr Blut tränkte den Boden. Mehr und mehr Dämonen wurden dadurch erschaffen. Es war ein Teufelskreis, wie er im Buche stand.

Bael schlang einen Arm um meine Taille und zog mich ruckartig an sich. Meine gekreuzten Klingen zwischen uns, wurde ich an seinen Oberkörper gepresst. Wir waren uns so nah, dass ich zum ersten Mal richtig erkennen konnte, wie weiß und durchscheinend seine Haut war. Beinahe so, als würde sie jeden Moment aufplatzen. Ich lehnte mich zurück und wollte Abstand zwischen uns bringen, doch ich war gefangen. Er drückte mich so fest an sich, dass ich bewegungsunfähig war. Verzweifelt schlug ich mit den Flügeln, aber auch das brachte mich nicht vorwärts. Oder in diesem Fall – rückwärts.

»Siehst du es nicht, Schwester?«, raunte er und musterte mich intensiv. »Du kannst mich nicht besiegen. Ich bin zu stark. Die Magie, die durch meine Adern fließt und sich darin vereint, ist beinahe so mächtig, wie die Balance selbst. Niemand kann mich aufhalten. Nicht einmal du.«

»Was muss ich tun, damit du das hier beendest?«

Er lehnte sich vor und schnupperte an meinen Haaren. Übelkeit durchfuhr mich.

»Vor einer Weile hätten ein Kuss von dir und die Aussicht auf einen Erben dieses Gemetzel beenden können. Aber jetzt …« Ich spürte seine Lippen an meinem Ohr. »Jetzt genieße ich es viel zu sehr, dir dabei zuzusehen, wie du leidest. Sie werden alle sterben, Lillianna. Und du hättest es verhindern können.« Seine Zungenspitze schnellte hervor und er leckte mir über die Wange. Aus einem Impuls heraus, riss ich eines meiner Knie nach oben und traf ihn mit aller Kraft in die Weichteile. Er mochte mächtig sein, mit gottgleicher Magie, aber er war immer noch ein Kerl und ein Tritt in die Eier war ein Tritt in die Eier. Er ließ mich los und sank in sich zusammen. Kurz nur, dann fing er sich überraschend schnell, doch das Überraschungsmoment reichte aus. Gerade als ich den Ti' Malek den Befehl geben wollte, ihn einzufrieren – einen Versuch war es wert –, erschien Vaya hinter Bael. Direkt hinter ihm. Entweder war sein Wall für den Moment gefallen oder aber er hielt keine Dämonen ab. So oder so war sie hier, einen weißen Aschepfeil in der Hand. Statt ihn jedoch in ihren Bogen zu spannen, holte sie aus und rammte Bael den Pfeil in den Rücken. Nein, nicht in den Rücken. In die Halswirbelsäule. Er schrie auf und wirbelte herum. Vaya zog einen weiteren Pfeil hervor. Und noch einen. Das Herz, die Lunge, die Nieren. Alle Pfeile trafen ihr Ziel. Doch mit jeder Sekunde erstarb ihr Lächeln. Was auch immer sie für einen Plan gehabt hatte – es funktionierte nicht.

»Du wagst es!«, donnerte Bael und die Erde bebte unter unseren Füßen, als er einen Pfeil nach dem anderen aus seinem Körper zog. Als wären es kleine Nadeln und keine übergroßen Pfeile, gespickt mit Drachenblut und Drachenmagie. Und … mehr? Ich sah zu Vaya. Was in Abbadons Namen war ihr Plan gewesen?

Die Dämonin blickte mich beinahe entschuldigend an.

»Es war einen Versuch wert …«, wisperte sie. Leise, doch in meinen Ohren klang es laut und klar.

»Gift.« Bael warf die Pfeile vor Vaya auf den Boden. Sein Blut versickerte augenblicklich und das Dröhnen in meinen Ohren und um uns herum wurde lauter. Binnen eines Herzschlages holte Bael aus und packte Vaya am Hals. »Von den Biestern meines Vaters, nehme ich an?«

Nein! Das war nicht Teil unseres Plans gewesen! Meine Gedanken kreisten und meine Atmung beschleunigte sich. Wieso riskierten sie so etwas? Stand es so schlimm um uns?

Ich bewegte mich vorwärts, wollte Vaya helfen, doch diesmal prallte auch ich an Baels Schutzwall ab.

»Nein!«

Wie eine Puppe hing sie in seinem Griff, seltsam ruhig.

»*Vaya!*« Ich trommelte mit den Fäusten gegen das magische Feld. Meine Waffen waren vergessen.

»Volac hätte zu gern noch eine Runde mit dir gespielt, kleine Dämonin.« Ich hörte die Belustigung in Baels Stimme und mir wurde schlagartig anders. Heiß und kalt. Wir mussten Vaya da rausbekommen, wir–

Sie spuckte Bael mitten ins Gesicht. Mit der freien Hand schlug er zu und ihr Kopf fiel auf die rechte Seite. Blut lief ihr aus dem Mundwinkel, doch das Lächeln war zurück. Sie sah über Baels Schulter und unsere Blicke trafen sich. Vaya nickte, wohingegen ich den Kopf schüttelte.

Nein. Das konnte nicht passieren! Das hier war kein Lebewohl, auf keinen Fall!

»Nein … tu das nicht!«, schrie ich. »Bael, ich–«

Er drehte sein Handgelenk und ein Geräusch ertönte. Eines, das ich nie wieder vergessen würde. Eines, das selbst die Geräusche des gewaltigen Kampfes um uns herum kurz verstummen ließ. Bael hatte Vaya das Genick gebrochen. Aber noch konnte sie es überleben, sie–

Ein heiserer Schrei entfuhr mir, als er Vaya von sich und direkt in die Arme eines der Vraxxis schleuderte. Das Wesen brüllte auf, ehe es den leblosen Körper der Dämonin in Stücke riss. Galle kam mir hoch und völlig fassungslos stand ich da. Meine Augen füllten sich mit Tränen und mein Herz schlug laut und schnell, pochte so schmerzhaft gegen meine Rippen …

Vaya.

Die Trauer, die mich in diesem Moment überkam, war nicht bloß die meine. Lillith. Luzifer. Lucan ebenfalls.

Lilly, Liebes …

Nein. Das war alles, was ich denken konnte. Wieder und wieder. Nein.

Womöglich war es naiv gewesen, anzunehmen, niemand von uns würde fallen. Dass es keine Opfer geben würde, aber … Tränen liefen mir die Wangen hinab. Siedend heiß brannten sie über meine Haut.

Starke Arme schlossen sich um mich und hielten mich aufrecht. Lucan. Duncan folgte. King und der Rest der Sieben. Der erneute

Elementsturm der Fae stoppte. Als wären sie nicht sicher, wie es jetzt weiterging.

Bael drehte sich zu uns um. Zeitgleich riss der Boden ein weiteres Mal auf. Die Schlucht, aus der die Vraxxis gekommen waren, vergrößerte sich. Sein Blut brachte erneut ein paar besonders fies aussehende Exemplare hervor.

Mit rotglühenden Augen breitete Bael die Arme aus. »Ihr könnt mich nicht besiegen!«

»Das werden wir sehen.«

Alex stürmte vorwärts, dann Bowen, Rico, Víctor und Kjiel. Duncan und King folgten. Sie stürzten sich auf die Vraxxis, ein ganz eigener Sturm aus Schatten, Waffen und Wut. Doch ich konnte nur daran denken, dass ich Vaya nicht hatte beschützen können.

»Lucan …«

Mein Mann packte mich an den Oberarmen und zwang mich dazu, ihn anzusehen. »Lass die Trauer zu, aber lass nicht zu, dass sie dich überwältigt. Nicht jetzt. Nicht hier.« Sein Tonfall war eindringlich und ich verstand. Die Anderswelt kämpfte. Wir befanden uns im Krieg und Vaya war nicht die Erste, die gefallen war. Mein Verlust wog nicht schwerer als der der anderen Unsterblichen um uns herum. Ich atmete tief durch und konzentrierte mich auf meine Magie. Rot und Blau und Lila.

Dann betrat ich den Raum in meinem Geist, den ich eigens für die Interaktion mit Bael kreiert hatte. Sofort normalisierte sich mein Herzschlag und die Tränen versiegten. Ich war bereit, alles zu tun, um Bael aufzuhalten. Musste ich dazu selbst zum Monster werden – dann war es so.

Lucan zog mich kurz und fest an sich, ehe er den Kopf schüttelte. *Niemals. Du bist nicht wie er. Niemals*, wiederholte er. *Aber, vielleicht müssen wir ihn mit seinen eigenen Waffen schlagen.*

Das hieß, unfair und mit allen uns zur Verfügung stehenden Mitteln.

Gift hatte nicht gewirkt. Was konnten wir noch aus dem Hut zaubern? Gegen das Eis der Ti'Malek und die Elemente der Fae schien er ebenfalls immun. Ihre Magie verschaffte uns lediglich Zeit und sorgte dafür, dass er nicht noch mehr Monster-Vraxxis hervorbrachte.

»Duncan! Pass auf!«

Bowens Schrei drang zu mir durch. Lucan und ich wirbelten gleichzeitig herum, die Waffen erhoben. Duncan! Fassungslos sahen wir dabei zu, wie Bowen Duncan aus dem Weg schubste und sich die Klauen einer der Kreaturen in seinen Brustkorb bohrten. Er schrie auf und ging zu Boden. Blut sickerte durch seine Wunden – viel Blut. Lucan war sofort bei ihm. Der verletzte Krieger erregte die Aufmerksamkeit weiterer Vraxxis und ich riss mich aus meiner Starre, um den anderen zu Hilfe zu kommen. Gemeinsam schlugen wir die Dämonen zurück. Derweil stand Bael seelenruhig hinter seinem Schutzwall aus Magie und beobachtete uns mit verschränkten Armen. Beinahe gelangweilt. Ich hatte zuvor Hass empfunden. Doch niemals in diesem Ausmaß. Feuer sammelte sich in meinen Adern und brach aus mir hervor. Wie ein Blitz nahm es Kurs auf Bael und prallte gegen seinen Schutzwall. Es traf ihn nicht, doch er geriet ins Schwanken. Minimal, aber immerhin. Wieder ließ ich mein Feuer auf ihn los. Lucan stimmte mit ein. Seine Schatten verbanden sich mit meinem Feuer – so wie damals am See.

Nyx? Statusbericht!

Es sind verdammt viele.

Könnt ihr sie besiegen?

Wir halten uns gut, aber für jede Kreatur, die fällt, erscheinen fünf neue. Und Lillith, sie … Nyx zögerte. *Was ist geschehen?*

Ein Bild drängte sich in meinen Geist. Das meiner Mom, die auf dem Boden kniete. Die Arme um sich geschlungen, wippte sie bitterlich weinend vor und zurück. Luzifer stand über ihr, die Waffen erhoben. Die Risse in seiner Haut pulsierten. Zwei Ivash-Pferde und einer der enormen Bären flankierten die beiden. Luzifers Miene war hart und schmerzverzerrt. Er machte sich Vorwürfe. Dann war es seine Idee gewesen, dachte ich.

Vaya ist gefallen, raunte ich heiser, während ich Lillith dabei zusah, wie sie eine Tochter betrauerte. Mein Herz stolperte und zog sich qualvoll zusammen.

Scheiße.

Und Bowen, er–

Lebt noch, unterbrach Lucan mich.

Noch. Aber, Lucan–

Komm nicht auf dumme Gedanken, fuhr er mich an, obwohl Nyx – und womöglich weitere Verbündeten – uns hören konnten. *Sonst verfrachte ich dich eigenhändig nach Zyntha!*

Wir können ihnen Stand halten, hörte ich Nyx, die Furie war leicht außer Atem. *Wir sind viele und sie alle kämpfen voller Mut, aber …*

Zu welchem Preis. Sie musste den Satz nicht beenden. Ich verstand sie auch so.

Ich zuckte zusammen, als eine der Kreaturen vor Lucan und mir auf dem Boden aufschlug. Als ich den Blick hob, sah ich Odile auf Broiler. Die hellen Haare wehten im Wind, der Bogen war erneut gespannt. Die Harpyie nickte, ehe sie Broiler den Befehl gab weiterzufliegen, wieder anzugreifen, weiter und weiter und …

Lucan packte mich grob am Arm.

»Ein Wenn«, zischte er, »kein Falls.« Seine Miene war eindringlich und er sah in der Tat so als, als würde er mich jeden Moment durch ein Portal schubsen. »Du und ich, wir bauen eine Festung, denk immer daran, Liebes.« Eine Festung.

Magie explodierte links von uns und aus dem Augenwinkel sah ich Midas durch die Luft wirbeln. Den Umhang hatte er abgelegt, die Hände ausgestreckt. Die Luft um ihn herum knisterte. Seine Miene war blutverschmiert und entschlossen, doch ich erkannte die ersten Anzeichen von Erschöpfung.

»Es wird nicht ausreichen.«

Ich sah zurück zu Bael. Er zuckte mit den Schultern. Als würde er sagen: Ich habe es dir gesagt.

»Das alles ist beeindruckend. Eure Zurschaustellung von Gemeinschaft ist … herzerwärmend«, er deutete ein Würgen an, dann kehrte das widerliche Grinsen auf sein Gesicht zurück, »es wird jedoch nicht ausreichen.«

Ich riss mich von Lucan los, bereit, Bael erneut mit allem zu bekämpfen, was ich hatte, als ein strahlendes Licht den Himmel erhellte. Instinktiv sah ich nach oben und hob einen Arm schützend vor meine Augen. Ein zischendes, pfeifendes Geräusch ertönte, gefolgt von einem lauten Krachen. Nein, kein Krachen, Donner. Wie der Donner, der einen aufziehenden Sturm ankündigte. Die Erde bebte und ich wäre gefallen, hätte Lucan mich nicht gehalten.

Die Geräusche wiederholten sich in schneller Abfolge noch ein paar weitere Male. Sechs, Sieben, Acht ... insgesamt zählte ich rund zwanzig Einschläge in sehr kurzem Abstand.

Boom, boom, boom ...

Gleißende Lichtstrahlen zerschnitten die dichte Wolkendecke, die sich über dem Schlachtfeld gebildet hatte. Meine Ohren klingelten und kurz sah ich Sterne, bis mir bewusst wurde, dass ich tatsächlich Sterne sah. Richtige Sterne! Sie funkelten überall um uns herum und verteilten sich in der Luft, wie aufgewirbelter Staub.

»Ich fasse es nicht.«

Lucans gemurmelte Worte gingen im allgemeinen Chaos des Schlachtfelds unter. Obwohl viele von uns ihren Blick auf die Neuankömmlinge gerichtet hatten, ging der Kampf weiter. Den Vraxxis war gleich, was um sie herum passierte. Sie wollten töten und zerstören. Sie hatten keine Ahnung, wer oder was wie ein Komet soeben aufgetaucht war. Aber wir, wir wussten es. Ich blinzelte und versuchte zu verarbeiten, was ich sah.

Die Mondscheinelfen, sie waren gekommen.

KAPITEL 75

Ich richtete meinen Blick auf einen der Krater rechts von uns. Bael war für einen kurzen Augenblick vergessen. Ich nahm an, er starrte ebenfalls, denn … wie konnte er nicht?

In dem weiß leuchtenden Krater voller Sternenstaub kniete eine Gestalt. Groß und breitschultrig. Langsam erhob sie sich und mir blieb die Luft weg. Es war eine Frau. Mindestens zwei Meter groß und muskulös gebaut. Ihre aufwendig verzierte Rüstung funkelte wie geschliffenes Silber. Weiße Flügel entfalteten sich an ihrem Rücken, leuchtend und durchscheinend wie der Schimmer des Mondes auf ruhigem Wasser. Das Schwert in ihrer Hand glühte, als wäre es aus Sternenlicht geschmiedet und ihre Augen … Hellblonde Haare lugten unter dem Helm der Rüstung hervor. Lang und geflochten, aber es waren die Augen, die mich gefangen nahmen. Dunkel und funkelnd und dann wieder hell und strahlend, als würden sich zwei kleine Galaxien in ihnen verbergen. Der Blick der Kriegerin traf mich und ich erzitterte innerlich. Es war, als würde sie mich nicht bloß anschauen, sie *sah* mich. Alles von mir. Die kantigen, spitzen Gesichtszüge blieben neutral, aber ihre Augen … Hochgewachsen und erhaben stand sie da, beinahe unwirklich in ihrer Schönheit, und doch bereit für den Kampf.

Sie waren gekommen.

Völlig in dem Anblick gefangen, stand ich einfach da und starrte, bis die Kriegerin ihr Haupt neigte. Auf einmal drehte sie sich um und hob ihr Schwert. Ein lauter Befehl folgte. Ihr Ruf hallte über das Schlachtfeld, klar und rein, und die Mondscheinelfen erhoben sich in die Luft. Dann stürzten sie herab. Gnadenlos und graziös erhoben sie Schwerter und Bögen und begaben sich in die Schlacht.

»Heilige Scheiße!«, rief Duncan laut und stieß einen Angriffsschrei aus.

Neue Kraft strömte durch meine Adern. Neue Hoffnung. Die

Mondscheinelfen waren gekommen. Sie konnten den Unterschied machen.

Die Kämpfe um mich herum wurden wieder aufgenommen. Alle stürzten sich mit neuem Eifer auf unsere Feinde. Stück für Stück kämpfte ich mich zu Bael durch. Er beobachtete mich, die rotglühenden Augen irrer denn je. In Gedanken an Vaya preschte ich vor und feuerte alles, was ich hatte, gegen seinen Schutzschild. Wir hatten Bael einst mit einem reißenden Strom verglichen, aber ich, ich war ein Ozean. Wild und ungestüm und unendlich. Er dachte, er wäre mächtig? Er war nicht die einzige Anomalie hier!

Ich konzentrierte alle Magie in mir. Engelsmagie, Dämonenfeuer und Lucans Schattenmagie, verband sie und kontaktierte die anderen.

Nyx, alle Kanäle!

Bereit, kam die abgehackte Antwort.

An alle, die in Baels Nähe sind, feuert auf mein Kommando alles, was ihr habt, auf ihn.

Mein Körper vibrierte vor Erwartung und dem, was ich zurückhielt. Die Magie in meinem Blut sang ihre ganz eigene Melodie und ohne eine Antwort von Nyx zu erhalten, wusste ich, dass ich nicht allein war. Nyx hatte es selbst gesagt, wir waren viele.

»Jetzt!«, schrie ich und feuerte.

Eine gewaltige Welle brach aus mir hervor und bewegte sich rasend schnell auf Bael zu.

Kurz sah ich, wie seine Augen sich weiteten, dann ging er in den blauen, roten und lilafarbenen Flammen und den Schatten meiner Magie unter. Pfeile segelten auf ihn herab und ich spürte weitere Magiequellen. Die Zauberer. Die Fae. Die Erde bebte wieder, aber diesmal kam es nicht von Bael oder den Vraxxis. Alita. Steinbrocken flogen durch die Luft und krachten gegen Baels Schutzschild. Er brüllte auf, den Kopf in den Nacken gelegt. Doch noch hielt es stand. Die Macht der Ritter pulsierte um ihn herum. Fremdartig. Bösartig. Der letzte Schlag gegen ihn brachte den Schutzwall endlich zum Einsturz. Einer der Mondscheinelfen, ein schlanker Mann, der der Kriegerin von zuvor unglaublich ähnlich sah, feuerte einen Strahl aus purem Mondlicht auf Bael. Uns hatte Bael erwartet. Unsere Magie kannte er, aber das hier? Die Mondscheinelfen? Mit ihnen hatte er nicht gerechnet. Er hatte sich nicht auf sie vorbereiten können. Der Schutzwall fiel und ohne weiter darüber nachzudenken, flog ich vorwärts, die Flügel ausgebreitet und prallte mit voller Wucht gegen Bael. Meine Arme schlangen sich um seine Hüften und mit einem weiteren kräftigen Flügelschlag brachte ich uns in die Luft. Weg vom Boden, den Vraxxis und meinen Leuten.

Ich ignorierte die Hand, die sich in meinen Nacken und meine Haare wühlte. Mein einziges Ziel war es, ihn von allen wegzubringen, die mir etwas bedeuteten. Einen richtigen Plan hatte ich nicht, allerdings war alles besser, als ihm weiter dabei zuzusehen, wie er die Vraxxis mit seinem Blut stärkte.

»Wunderschön, nicht?«, wisperte er, dicht an meinem Ohr, als wir etwa fünfzig Meter über dem Schlachtfeld schwebten. Aus dem Augenwinkel sah ich Sturmwinde, Drachen und Mondscheinelfen durch die Luft wirbeln. Ein weiteres paar Flügel erweckte meine Aufmerksamkeit. Strahlend weiß, aber nicht durchscheinend. Malik. Die Geräusche des Krieges waren überall. Schreie, Schlachtrufe und das Klirren von Stahl, das Explodieren von Magie, all das war hier oben leiser. Mehr wie ein Echo.

»Und nun?«, fragte Bael und zwang mich, ihn anzusehen. Eine Hand in meinem Haar, legte er die andere um mein Kinn und drückte unsanft zu. »Was ist dein Plan, Schwester? Wie wirst du mich besiegen?«

Der Wind peitschte mir ein paar Strähnen meiner Haare ins Gesicht. Weiß und schwarz. Licht und Schatten. Darauf lief es immer hinaus. Neben uns explodierte die Luft und der qualvolle Schrei eines Sturmwindes ertönte.

Die Vraxxis fielen, aber zu welchem Preis? Ich riss mich von Bael los und sah nach unten. Ließ meinen Blick über das Schlachtfeld wandern. Die Mondscheinelfen kämpften wie eine Naturgewalt. Sie streckten den Feind nieder. Brutal und ohne Gnade. Doch wo einer fiel, erwachten fünf neue. Irgendwann würde es aufhören – aber wann?

»Und zu welchem Preis?«, murmelte ich abwesend.

»Sieh genau hin«, zischte Bael, seine Stimme ein Flüstern, das durch den tosenden Wind um uns herum schnitt, »dies ist das Ende. Ihres und deins.«

Bevor ich reagieren konnte, verpasste er mir einen rechten Haken, der mich ein paar Meter durch die Luft beförderte. Ich spannte die Flügel auf und fing mich, eine Hand an meinem Kinn.

»Du kannst mich nicht besiegen!«

Bael schwebte in der Luft. Ohne mich und in seiner normalen Gestalt. Vor den Rittern hätte ich ihn womöglich besiegen können. Bevor ich ihn mit seinem eigenen Spiel weiter in den Wahnsinn getrieben hatte, aber jetzt? Verzweiflung und Panik wollten in mir aufsteigen, und als ich sie zurückdrängte, wurde die Welt um mich herum auf einmal schwarz. Ich schwebte noch immer in der Luft, über dem Schlachtfeld, das fühlte ich deutlich, aber mein Geist, er ging auf Wanderschaft. Nein, er wurde geführt. Aber von wem? Bilder drängten sich mir auf. Kurz widerstand ich ihnen, doch ihre Leuchtkraft war zu groß, ihre Bedeutung zu wichtig.

Ich blinzelte wieder und dann sah ich mich selbst. Blutend und mit zerrissener Kleidung kniete ich auf der kahlen, toten Erde des Schlachtfeldes. Meine Flügel brannten, bereits halb verkohlt und nur noch Stummel an meinem Rücken. Um mich herum nichts weiter als Tod und Zerstörung. Weitere Bilder drängten sich auf. Duncan, mit verdrehten Gliedmaßen. Malik, der brüllend und weinend über ihm stand. King und die Sieben, Midas, Tristan, Odile und Broiler … sie alle waren tot. Luzifer betrauerte meine Mom und Lucan … voller Verzweiflung versuchte ich nach dem Gefährtenband zu greifen, aber es war fort. Lucan war fort. Tot.

Die Lilly in der Vision war besiegt. Die Anderswelt verloren. Sie warf den Kopf in den Nacken und schrie. Ein Laut, so markerschütternd, dass ich ihn niemals wieder vergaß. Echt oder nicht. Ihr Schrei kam tief aus ihrer Seele und war so voller Schmerz und Verzweiflung. Ein Geräusch, so rau und gebrochen und … hoffnungslos. Diese Lilly vor mir, sie hatte alles verloren. Das Blut gefror in meinen Adern. Bael tauchte hinter ihr auf und legte ihr eine Hand auf die Schulter. Bis auf ein paar Kratzer war er unverletzt. Seine Augen glühten in einem unheilvollen Weinrot, beinahe schwarz. Sie reagierte nicht. Laut schluchzend saß sie da und schlang die zitternden Arme um sich selbst.

»Ich werde dich nicht töten«, sprach Bael, »du wirst leben. In dem Wissen, dass du all das hättest verhindern können. *Schwester.*«

Ihr Schluchzen wurde lauter. »Du wirst leben.« Ein Zittern durchlief mich. »Ich werde dich am Leben *halten*. Mit allen Mitteln und für alle Ewigkeit.«

»*Nein!*«

Ich blinzelte und die Vision war fort. Keuchend atmete ich ein. Bael, der richtige Bael, schwebte vor mir in der Luft und beobachtete mich herausfordernd.

War das die Zukunft? Eiskalt. Mir war eiskalt und mein Herz … es schlug so schnell, dass mir schwindelig wurde. War es das, was Maritia und Scio gesehen hatten? In Permata? Hatten sie diese Zukunft gesehen?

Bei der Balance! Das durfte nicht passieren. Niemals!

Bereit?

Ich erstarrte mitten in der Luft. Still. Ich wurde so still, hätte ich das Training mit Luzifer nicht absolviert, wäre ich jetzt vermutlich wie ein verwundeter Vogel vom Himmel gefallen. So aber schwebte ich wie eine Statue vor Bael. Die Augen weit aufgerissen. Bereit. Wie oft hatte ich dieses Wort gehört oder selbst ausgesprochen. Es begleitete mich seit meiner Ankunft in dieser Welt. Bereit? Lucan hatte mir diese Frage am Portal gestellt, kurz bevor wir nach Arcadia gekommen waren. Immer wieder war ich gefragt worden: Bereit? Erst gestern, von der Balance selbst. Und jetzt.

Bereit?

Ich wollte sie fragen, wofür. Wofür sollte ich bereit sein, doch dann verstand ich es. Hatte es womöglich schon seit einer Weile verstanden. Oder es zumindest geahnt. All meine Gedanken über das Schicksal und meine Rolle in dieser Welt strömten auf mich ein.

»*Du machst den Unterschied …*«

»*Du bist der Kleister.*«

»*Deswegen bist du es … du trägst das Mal …*«

»*Sie kämpfen für dich.*«

»*Das Schicksal hat dich auserwählt …*«

Bereit?

War ich bereit, alles zu tun, um diese Welt und alle, die ich liebte, zu schützen?

War ich bereit, alles zu geben, um die Zukunftsvision von eben abwenden zu können?

Die Antwort war genauso einfach wie schmerzhaft: Ja. Ich hatte ihnen allen versprochen, mich nicht zu opfern. Ich hatte es Lucan versprochen. So wie es aussah, würde ich mein Versprechen brechen müssen. Dieses eine Mal.

Ich hatte die Balance um Hilfe gebeten, genau wie mein Vater, und sie würde mir helfen – für einen Preis. Magie erforderte ein Gleichgewicht. Ein Opfer. Eine *Balance*.

Jetzt verstehst du.

Ein warmes Gefühl durchfuhr mich und verdrängte das Eis in mir. Auf einmal schwebte ich nicht, ich trieb durch die Luft, wie auf Wasser. Als wäre ich nicht hier, sondern noch immer im See. Mit ausgebreiteten Armen und geschlossenen Augen. Diese Fantasie war jedoch zu schön, um wahr zu sein. Die Möglichkeit, dass all dies bloß ein böser Traum war. Es war verlockend, doch es entsprach nicht der Wahrheit.

Bereit?

Ein Laut entfuhr mir. Eine Mischung aus Schluchzen und Lachen. Tränen verschleierten meine Sicht und ich blinzelte sie fort. Eine erneute Welle aus Wärme und Geborgenheit erfasste mich.

»Was wird das?«, rief Bael, zum ersten Mal, seit diese Schlacht begonnen hatte, wirkte er verunsichert. »Was hast du vor?«

Ich würde die Balance, die Ursprungsmagie aller Welten, dazu nutzen, ihn und seine Kreaturen dem Erdboden gleichzumachen. Obwohl ich die Worte nicht laut aussprach, schien sich etwas davon in meinem Gesicht widerzuspiegeln. Er hatte es selbst gesagt: Er war beinahe so mächtig wie die Balance. Beinahe.

Bael wollte sich bewegen, vorpreschen und angreifen, doch mit einer simplen Geste hielt ich ihn davon ab. Ich hob die Hand, er erstarrte. Ich krümmte die Finger, er schlang die Arme um sich selbst.

Lilly? Liebes?

Es gab keinen Raum mehr für Zweifel oder Zögern. Nur die plötzliche Gewissheit, dass es keinen anderen Weg gab. Die Vraxxis würden weitere unserer Verbündeten niedermetzeln und Bael? Was sollten wir mit ihm anstellen? Er war zu mächtig und zu instabil. Der Kampf würde heute nicht enden. Vielleicht niemals. Das konnte und würde ich nicht zulassen.

Lilly!

Es tut mir leid, Lucan.

Nicht … Seine Stimme versagte. Es war kein Schrei, kein Befehl, lediglich ein Wort voller Emotionen. *Wir finden einen anderen Weg. Bitte.*

Es gibt keinen anderen Weg.

Ich zeigte ihm, was ich gesehen hatte. Schock pulsierte durch unser Band und ich spürte neben Lucan auch die Verbindung zu Nick und Alina und zu Duncan und den Sieben und zu meiner Mom und Luzifer. Sie würden trauern, aber sie würden leben. Eine friedliche Zukunft erwartete sie. Baby Jonah, Nicks und Alinas Baby und Laura. Meine Augen füllten sich mit Tränen. Laura. Kurz erlaubte ich es mir, um meine eigene Zukunft zu trauen. Um ein Leben an Lucans Seite. Kinder. Lachen und Freude. Abenteuer und Liebe. Eine Unsterblichkeit, von der ich am Anfang nicht gewusst hatte und die ich um nichts in der Welt missen wollte.

Um fast nichts.

Ich griff nach den Verbindungen, die durch meinen Geist flossen und in meinem Herz verankert waren. All das, was ich nicht mehr sagen konnte, wofür ich keine Möglichkeit mehr bekommen würde, versuchte ich ihnen mitzuteilen. Ihnen allen.

Lucan brüllte in meinem Kopf. Der Laut ging mir durch Mark und Bein. Ich hörte seine Verzweiflung und schmeckte seine Tränen. Er würde mir verzeihen, denn auch er wusste, dass es keinen anderen Weg gab.

Ich liebe dich, Lucan. Lebe für uns beide.

Das Schlachtfeld verdunkelte sich, als Schatten über die Erde krochen und versuchten, ihren Weg zu mir nach oben zu finden. Langsam breitete ich die Arme aus und stieg weiter empor. Bael nahm ich dabei mit, als hinge er an einer unsichtbaren Leine. Der Lärm der Schlacht verblasste, wurde zu einem dumpfen Rauschen in der Ferne, während mein Herz schwer in meiner Brust schlug. Nicht mehr so schnell wie zuvor, sondern ruhig und gleichmäßig und voller Bestimmung. Dies war das Ende – mein Ende. Und doch fühlte ich keine Angst. Ich bekam die Chance, der Anderswelt das zu geben, wofür wir gekämpft hatten: Frieden und einen Neuanfang. Wir stiegen höher und höher, hinein in die dichte Wolkendecke. Meine Gedanken wanderten zu den Unsterblichen, die ich zurücklassen würde. Gesichter tauchten vor meinem inneren Auge auf, Erinnerungen an Lachen, an

Versprechen, an Liebe. Sie zurückzulassen, in einer Welt, die ich mit ihnen gemeinsam erträumt hatte, das war mein Preis.

Bereit?

Ich atmete tief ein, ließ die letzte Anspannung mit dem Ausatmen entweichen und füllte meine Lungen mit Entschlossenheit.

Ja.

Aber ich würde diese Welt nicht als Opfer verlassen. Dies war meine Wahl.

Hilf mir, Bael und seine Kreaturen zu vernichten. Ein für alle Mal. Gib mir die Macht dazu.

Du wirst nicht zurückkehren können.

Ich weiß.

Keine … Bedingungen?

Ich lächelte. Nein.

Lucan und die anderen würden überleben. Sie würden jene, die bereits gefallen waren, betrauern. Ein Bild von Vaya erschien vor meinem inneren Auge. Die Dämonin, wie sie Kekse gebacken hatte. Sie würden trauern, aber leben. Ich bekam die Chance, die Verluste in Grenzen zu halten und all das zu beenden. Ich brauchte keine weiteren Bedingungen.

Dein Vater war anders.

Ja. Und seine Bedingungen waren Alliandoan teuer zu stehen gekommen.

Ich bin bereit.

Magie durchfuhr mich. Als hätte jemand einen Schalter umgelegt. So viel Magie, dass mein Körper ächzte und stöhnte. Meine Knochen knirschten und ich biss die Zähne zusammen. Bael begann zu schreien. Drohungen, Obszönitäten … ich blendete es aus. Er erkannte, dass sein Ende nahte. Was er zu sagen hatte, war nicht länger von Bedeutung.

Die Ursprungsmagie aller Welten brannte sich durch meinen Körper. Brutal und unnachgiebig. Dabei zerstörte sie nicht nur meine Engelsmagie oder das Dämonenfeuer in mir. Nach und nach kappte sie jede einzelne Verbindung. Nick, Alina und Duncan. Meine Mom und Luzifer. Zuletzt das Gefährtenband zu Lucan. Tränen liefen über meine Wangen, doch das Lächeln blieb. Die Balance verbrannte mich von innen heraus. Sie ließ nichts zurück und suchte sich ihren

Weg, bis ich nicht mehr als eine leere Hülle war. Ein Gefäß, das die Unglaublichkeit ihrer Macht beherbergte. Für den Moment. Selbst wenn ich nicht bereit gewesen wäre, mich zu opfern, das hier hätte ich niemals überlebt.

Mehr ...

»Ich ... kann ... nicht!«

Du wirst.

Weitere Wellen erfassten mich und unfähig, etwas anderes zu tun, akzeptierte ich sie. Ich schrie und schrie ... alles war vergessen, bis auf das Gefühl von innen heraus zu explodieren. Erinnerungen und Bilder tanzten in meinem Sichtfeld. Meine Freunde. Meine Familie. Lucan. Er würde mir verzeihen. Und wenn nicht, dann würde er es zumindest akzeptieren. Lucans Vater war Elisa in den Tod gefolgt. *Nachdem* er einen Erben gezeugt hatte.

»Es ist ... okay«, brachte ich mit letzter Kraft heraus. Lucan konnte mich nicht mehr hören. Das Band zwischen uns war fort und doch hoffte ich, dass die Worte ihn erreichen würden. Er musste weitermachen. Das *ala olaga* mit Leben füllen und unsere Familie beschützen.

Plötzlich verschwanden die Bilder. Ich blinzelte und Bael befand sich direkt vor mir. Die Augen vor Angst kugelrund, die Lippen leicht geöffnet.

Aus einem Impuls heraus sah ich hinab auf meine Hände. Sie leuchteten. Mein ganzer Körper leuchtete. Silber. Mit blauen, roten und lilafarbenen Punkten. Die Balance erfüllte mich mit einer Macht, die ich nie für möglich gehalten hätte.

Ich hob die Hand und umfasste Baels Kinn.

»Sieh genau hin«, zischte ich und wiederholte damit seine eigenen Worte. Ein Gedanke von mir und die Wolkendecke brach auf. Das Schlachtfeld wurde sichtbar. »Dies ist das Ende. Deines, aber nicht ihres. Niemals ihres.«

Mein Herz stoppte in meiner Brust. Ich brauchte es nicht mehr. Mit der absoluten Gewissheit, dass alles, was ich erlebt und gelernt hatte, dass alles, was ich gewesen war, mich auf diesen Moment vorbereitet hatte, schlang ich erneut beide Arme um Baels starre Gestalt.

»Für sie«, wisperte ich an seinem Ohr. »Für sie alle.«

Dann ließ ich los und übergab der Balance die Kontrolle. Als ich die Augen schloss, explodierte die Welt in tausend Teile. Mein letzter Gedanke galt Lucan und meiner Liebe für ihn. Er musste leben und unseren Traum für die Anderswelt Wirklichkeit werden lassen. Ich würde auf ihn warten.

Immer.

KAPITEL 76

Lucan, Araviel

Der Kampf war zum Stillstand gekommen. Was auch immer dort in der Luft passierte, es hatte dafür gesorgt, dass die Vraxxis mitten in der Bewegung erstarrt waren. Leblos standen sie da, mit hängenden Armen und leerem Blick.

Die anderen nutzten den Moment, um die Monster niederzustrecken. Schwerter, Äxte, Pfeile und Magie. Es war ein einziges Gemetzel. Ich bekam all das nur am Rande mit. Mein ganzes Sein war auf den Himmel konzentriert. Auf meine Frau, die, den Feind im Arm, höher und höher gestiegen war. Seit sie die Wolkendecke durchbrochen hatte und aus meinem Sichtfeld verschwunden war, verstärkte sich das ungute Gefühl in mir mit jedem Atemzug.

Jemand packte mich am Arm. Aus dem Augenwinkel erkannte ich schwarze Haare und einen stechenden Blick, der meinem ähnelte. Nyx.

»Was tut sie?«

»Ich habe keine Ahnung.«

King und Duncan kamen zu uns. Weitere Krieger. Drake landete in Drachengestalt ein wenig abseits. Vraxxis fielen. Mondscheinelfen kämpften. Sturmwinde heulten. Midas und dann Tristan. Jace und Flynn. Sie alle sahen mich an, als könne ich ihre Fragen beantworten. Als wüsste ich, wieso der Kampf auf einmal vorüber war. Hier unten. Aber da oben?

Lilly? Liebes?

Mein Herz verkrampfte sich und die Waffen entglitten mir. Mit einem dumpfen Geräusch schlugen sie auf dem blutgetränkten Boden auf.

Sie hatte es versprochen. Wieder und wieder. Teleportieren war keine Option. Eventuell konnte ich Malik oder einen der Sturmwinde benutzen, um näher zu kommen und–

Ich fiel nach vorne und griff mir an die Brust, als ein Gefühl absoluten Terrors von mir Besitz ergriff.

Lilly!

Auf den Terror folgte Gewissheit. Ihre. Und damit auch meine.

»Lucan!«, schrie Kjiel.

»Was ist los?« King.

Bewegung aus dem Augenwinkel. Ich sah es nicht.

»Scheiße, was passiert da?« Duncan.

»Was tut sie? Was in allen Welten *tut sie?*« Lillith. Ich konnte es ihnen nicht beantworten. Sie ahnten, was hier passierte, und sie waren ebenso schockiert und fassungslos, wie ich.

Weitere Stimmen, Fragen … Ich hörte sie nicht mehr. Keinen von ihnen.

Nicht …, bat ich, *flehte* ich.

Bei der Balance! Das konnte sie uns nicht antun! Sie konnte es mir nicht antun! Meine Augen brannten und mein Herz schmerzte. Mir war bewusst, wie viele Augenpaare auf mir lagen. Irritiert und voller Angst. Sie sahen nicht bloß, dass etwas nicht stimmte, sie spürten es. Duncan und die Sieben. Ihre Angst gesellte sich zu meiner eigenen und verstärkte sie um ein Vielfaches.

Niemand sagte etwas. Während um uns herum noch immer gekämpft wurde, herrschte hier, im engen Kreis, absolute Stille.

Wir finden einen anderen Weg. Bitte.

Es gibt keinen anderen Weg.

Lilly zog mich in ihren Geist und die Bilder, die ich sah … sie erschütterten mich bis ins Mark. Es war schlimmer als alles, was wir uns hätten ausmalen können. Ich vergaß, wo ich war und wer ich war und konzentrierte mich auf mein Herz, das über uns in den Wolken schwebte, bereit, sich zu opfern. Ich sah mich und Laura und ich spürte Lillys Liebe. Für uns. Für ihre gesamte Familie. Und für die Anderswelt. Sie würde sich opfern, um uns alle zu retten. Um uns eine Zukunft zu geben, die sie sich erträumt hatte. Dann sah ich sie vor mir, wie sie in den Wolken schwebte, über uns. Ein Lächeln auf den vollen Lippen. Ihre Haltung. Ihr Blick. Es lag kein Abschied in ihren Zügen, lediglich Gewissheit. Die Gewissheit, dass sie uns alle retten würde und die Gewissheit, dass wir uns eines Tages wiedersehen würden. Aber das war nicht genug. Auf keinen Fall war es genug! Sie hatte alles gegeben. Immer wieder! Für uns alle! Und jetzt sollte sie ihre Zukunft aufgeben und sterben? Mein Herz stolperte und schlug dann schneller, so schnell, als versuche es, die Zeit zurückzudrehen. So schnell, als versuche es mit jedem kräftigen Schlag, mich zu ihr hinaufzutragen. In die Wolken. Damit sie diese Last nicht allein tragen musste. Damit wir es zusammen beenden konnten.

»Nein …« Das Wort verließ meine Lippen tonlos. Ich schob meine Männer grob aus dem Weg, setzte mich in Bewegung, fiel vorwärts, den Blick in den Himmel gerichtet, und landete auf den Knien. Der Kampf hatte mich verlassen. Ich würde sie nicht rechtzeitig erreichen. Die anderen wichen zurück. Erschrocken. Wissend. Mit wildem Blick drehte ich den Kopf, schaute sie an, und sah nichts als Tränen und Verzweiflung. Wir waren dabei zu siegen, aber um welchen Preis?

Ich warf den Kopf in den Nacken und brüllte. Der Assassine in mir geriet völlig außer Kontrolle. Schatten brachen hervor und breiteten sich rasant über dem Schlachtfeld aus. Nyx griff nach meinem Geist, dann Duncan und die anderen. Sie hatten mir nichts entgegenzusetzen.

Ich liebe dich, Lucan. Lebe für uns beide.

Ich keuchte. Jeder Atemzug schnitt tiefer in mein Fleisch als Klingen es jemals könnten.

Nyx war da. Sie half mir auf die Beine, redete auf mich ein. Ihre Stimme von Tränen erstickt. Ich stieß sie zurück und– Etwas zerriss in mir. Es war kein Schmerz, den ich greifen konnte, keine Wunde, die blutete – und doch fühlte es sich an, als würde mein Inneres zerreißen. Das Gefährtenband. Ich versuchte danach zu greifen, Lilly zu spüren, aber dort, wo zuvor Wärme und Liebe gewesen waren, klaffte ein dunkler Abgrund. Die Verbindung war fort. Der Schrei blieb mir in der Kehle stecken. Alles um mich herum wurde still. Eine Stille, die lauter schrie, als jeder Kampf es konnte. Kraftlos fiel ich zurück auf die Knie.

Die Verbindung zu Lilly war fort. Weil mein Herz, unser aller Herz, dort oben in der Luft schwebte, und ihr Leben gab. Für uns.

»Lu-ucan.« Nyx zittrige Stimme drang an mein Ohr. Mit beiden Armen umschlang sie mich. »Sieh nach oben.«

Tränen verschleierten meine Sicht. Ich blinzelte sie fort, doch neue kamen, unaufhaltsam. Grob wischte ich mir mit dem Handrücken über die Augen und sah hinauf zur Wolkendecke. Ein Loch war darin erschienen. Weit über uns schwebten Lilly und Bael. Aber das da oben war nicht mehr meine Frau. Sie hatte sich der Balance übergeben, um zu siegen. Wir alle hatten ihr wieder und wieder gesagt, dass sie eines Tages den Unterschied machen würde. Heute war es so weit.

Auf einmal begann ihre winzige Gestalt zu glühen, dann leuchtete sie. Strahlend violett. Ein wunderschöner Anblick, der mich mit unbeschreiblicher Verzweiflung erfüllte.

Alle starrten wir in den Himmel, als das Violett dunkler wurde und die Magie der Balance sich in einer riesigen Explosion entlud. Instinktiv kniff ich die Augen zusammen. Als ich sie wieder öffnete, war der Himmel blau und klar. Lilly und Bael waren fort und am Himmel strahlte eine einzige Sonne. Nicht sieben. Eine. Der Schmerz fraß sich wie ein Parasit durch meine Brust. Ein Schatten, der keine Worte kannte, nur endlose Leere. Alles in mir war still. Leer. Und gleichzeitig so voller Schmerz, dass ich meinte, unter der Last vergehen zu müssen.

Die anderen suchten Halt beieinander. Sie trösteten sich. Sprachen leise miteinander. Tausende Unsterbliche waren erstarrt. Sie alle waren Zeuge dessen geworden, was ihre Königin für sie geopfert hatte. Für uns. Wir hatten gewonnen und doch verloren. Ich hatte es meinem Vater immer übelgenommen, dass er Elisa hinter den Schleier gefolgt war. Jetzt fühlte ich mich wie ein Narr. Nyx wollte mich berühren. Duncan und King. Ich hörte Lillith und Luzifer. Letzterer versuchte, zu mir durchzudringen – ich stieß sie fort. Sie alle. Ich ertrug ihr Mitleid nicht. Sie trauerten ebenfalls, das war mir bewusst, aber keiner …ich atmete zittrig ein … keiner von ihnen konnte meinen Schmerz nachempfinden.

Mit brennenden Augen entfernte ich mich ein paar Schritte von ihnen und sah hinauf in den Himmel. Ein violetter Schleier war zu erkennen. Zart und langsam verschwindend.

Lilly war fort.

KAPITEL 77

Lilly

Ich war tot. Die Balance hatte mich übernommen und ich war gestorben. Zumindest vermutete ich das, aber … ich drehte mich im Kreis, nicht sicher, wo ich war. Ob ich war. Alles, was ich erkennen konnte, war eine Art violetter Nebel. Er funkelte und ich entdeckte Spuren von Rot und Blau. War ich etwa Teil der Balance geworden? Hatte sie mich absorbiert? Falls dem so war, dann hoffte ich inständig, dass mein Bewusstsein nicht überdauern würde, denn ich konnte mir Schöneres vorstellen, als bis in alle Ewigkeit als Magiefunke innerhalb der Balance zu leben.

Nicht ganz …

»Was ist es dann?«

Ich hatte keinen Körper. Ich bestand lediglich aus meinen Gedanken.

Im Moment sind wir eins.

Im Moment. Okay.

»Sag mir nur, ist Bael besiegt? Leben die anderen?« Ich spürte nichts. Keine Verbindungen. Kein Gefährtenband. Nicht einmal richtige Emotionen.

Ja und ja.

Dann hatten wir es geschafft.

Durch dein Opfer.

»Und deine Magie.«

Ein Glitzern umhüllte mich. Kleine, tanzende Lichtpunkte.

Es muss nicht so bleiben.

Hätte ich einen Körper gehabt, wäre ich erstarrt.

»Wie meinst du das?«

Ich kann dich zurückbringen.

»Für einen Preis, nehme ich an?«

Das Glitzern verstärkte sich. Ein funkelndes Leuchtfeuer in meinem Raum aus Nichts.

Einen, den diesmal nicht du zahlen wirst.

»Wi-ie bitte?« Hatte ich mich verhört?

Du hast dich geopfert. Ohne Bedingungen. Mit reinem Herzen. Du hast erkannt, dass es Größeres gibt, als deine eigenen Gefühle. Als dich. Vermutlich, ja. Ich schwieg, denn irgendwie spürte ich, dass die Balance noch nicht fertig war.

Ich erkenne auch etwas.

Wärme breitete sich in mir aus, in meinem körperlosen Ich. Ein merkwürdiges Gefühl. Aber ein Gefühl … ich *fühlte.* Mit dieser Erkenntnis kamen auch die Wut, die Erleichterung, die Trauer. Und die Aufregung.

»Wa-as erkennst du?« Meine Stimme auf einmal zittrig und atemlos.

Ich erkenne das große Ganze, erwiderte die Balance und auf einmal wurde mir bewusst, dass sie richtige Sätze formulierte. *Ich erkenne,* sprach sie in einer wohltuenden, sanften Tonlage, *dass du von essenzieller Wichtigkeit für die Anderswelt bist. Daher biete ich dir einen Tausch an.*

»Welchen?«, hauchte ich atemlos.

Ich nehme deinen Platz ein und zahle den Preis für euren Sieg, wenn du dafür meinen Platz einnimmst.

Ich sollte *was?*

»Aber … du … du bist die Balance!«

Ich bin wie du. Licht und Schatten. Gut und Böse.

Das war … heilige Bala–, äh … verdammt! Das ergab so viel Sinn! Wieso ergab das auf einmal so viel Sinn?

Weil es immer dein Schicksal war, Lillianna. Deine Bestimmung.

»Ich … ich sollte zur neuen Balance werden?«

Und Frieden bringen.

Sprachlos schwebte ich im Nichts. Doch auf einmal spürte ich meine Finger. Andere Gliedmaßen. Ich blinzelte und spürte auch das. Passierte das hier wirklich?

Stimmst du dem Tausch zu?

Ob ich … ja! Aber sowas von! Ich hatte keine Ahnung, was es bedeutete. Für mich, meine Zukunft. Für die Anderswelt. Es bedeutete jedoch, dass ich zurückkehren konnte. Zu Lucan und den anderen. Um alles andere würde ich mich kümmern, wenn es so weit war. Gemeinsam mit meiner Familie und meinen Freunden.

»Ich bin bereit.«

Ich wusste nicht, wieso ich es auf diese Weise formulierte, aber es fühlte sich passend an. Richtig.

Ein kleines, leises Lachen hallte durch das violett glitzernde Nichts.

Ich weiß.

KAPITEL 78

Lucan, Araviel

Die Zeit schien stillzustehen. Die Reglosigkeit um mich herum, in mir, verstärkte den Schmerz. Ich wollte wüten, toben, irgendwas … jemanden … in Stücke reißen, doch alles, wozu ich fähig war, war Atmen.

»*Lebe für uns beide.*«

Wie konnte sie das von mir verlangen? *Wie?*

»Was in Abbadons Namen?«

Rufe wurden laut, Schwerter klirrten. Jemand rief meinen Namen. Ich kannte die Stimme.

Scio.

Ein Stromstoß durchfuhr mich und ich wirbelte herum. Wütend auf ihn, auf sie alle! Er hatte es gesehen, dessen war ich mir sicher. In Permata! Maritia und er hatten gesehen, dass Lilly sich würde opfern müssen, sie–

»Es geschieht!«

»Was geschieht?«

Ich beobachtete, wie Duncan und Malik, beide mit roten Augen, auf den Magister zueilten.

»Ich habe sofort ein Portal genommen, als ich es spürte!« Scio strahlte. Die leeren Höhlen seiner Augen konnten das Bild der Freude nicht schmälern. Er freute sich. Wieso?

»Es geschieht, Lucan!«

»*Was, verdammt?*«, brüllte ich ihn an. Wut, Trauer und die plötzliche Hoffnung machten mich nahezu wahnsinnig. »Sie ist tot! Sie hat sich *geopfert!*«

»So wie es ihr vorherbestimmt war.«

Duncan schnappte erschrocken nach Luft. Ein paar der Unsterblichen um uns herum fluchten.

Lillith kam auf die Beine. Ihre Augen sprühten Funken. »Sag mir nicht«, rief sie, »dass du das hier gesehen hast und nichts unternommen hast, um es zu verhindern!«

Luzifer trat zu ihr und hielt sie davon ab, sich auf den Magister zu stürzen. Ich konnte den Drang gut nachvollziehen. Ich kannte seine Spielchen. Sie hatten Lilly und mich bereits einmal auseinandergebracht.

Der Magister riss sich von Duncan und Malik los und warf die Arme in die Höhe. »Hätte ich eingegriffen, wären wir alle jetzt tot!« Etwas funkelte in meinem Augenwinkel und ich drehte den Kopf. Die Mondscheinelfen. Einer nach dem anderen bahnten sie sich einen Weg zu uns. Das gesamte, vereinte Heer der Anderswelt sah ihnen dabei zu. Alle, die heute und hier so tapfer gekämpft hatten. »Hätte ich eingegriffen, würde dieses Wunder nicht geschehen!«

Das ließ mich erstarren. »Welches Wunder?«, presste ich hervor.

Scio grinste. »Ihr solltet Nick und Alina holen. Sie haben das Kappen der Verbindung ebenfalls gespürt. Und Coralyn.«

»Nyx …«

»Bin sofort wieder da.«

Die Hoffnung … sie zwang mich beinahe in die Knie.

»Was versuchst du uns zu sagen, Magister?«

»Wenn du uns jetzt mit Geduld kommst, dann vergesse ich mich.« Duncan wischte sich über die Augen. »Gibt es Hoffnung?«, wollte er wissen, die Stimme rau.

Wir alle hielten den Atem an. Sogar mein Herz stoppte für einen schicksalhaften Augenblick.

»Oh, es gibt mehr als das.«

Ein Schattenportal öffnete sich neben uns. Nick stolperte als erstes aus dem schwarzen Loch. »Wo ist sie? Wo ist meine Schwester?«

Tot. Das wäre die Antwort vor wenigen Minuten gewesen. Aber jetzt …?

Alina und Cora erschienen hinter ihm, gefolgt von Nyx. Die Frauen hielten sich an den Händen. Sie waren kreidebleich. Tränen liefen ihnen über die Wangen.

Ich blickte zurück zu Scio. »Rede, Magister, oder ich bin es, der sich vergisst!« Schatten züngelten an meinen geballten Fäusten und ich wertete das als gutes Zeichen. Die Schatten bedeuteten, ich fühlte, und wenn ich fühlte, dann–

»Sie lebt.«

Ich konnte kaum glauben, was ich soeben gehört hatte. Mein Verstand versuchte, die Worte zu verarbeiten, während mein Herz sie sofort akzeptierte. Schnell und aufgeregt schlug es in meiner Brust.

»Nur hat sie sich etwas … verändert.«

Das war mir gleich. Jede Veränderung an ihr war mir recht, solange sie lebte und ich sie in meine Arme schließen konnte. Selbst, wenn es bedeutete, dass das Gefährtenband uns nicht mehr vereinte. Es war mir egal. Meine Liebe für Lilly war stark genug. Wir brauchten es nicht.

»Kann uns bitte jemand aufklären?«

Nicks aufgebrachte Stimme hallte über das Schlachtfeld. Genau in dem Augenblick, in dem die Mondscheinelfen gemeinsam Haltung annahmen, ihre Schwerter hoch erhoben. Sie zeigten Richtung Himmel, ihr Blick ebenso.

»Eine Sonne?«, Alinas Flüstern ging im lauten Pochen meines Herzens unter.

Und dann spürte ich es. Sie. Ich spürte Lilly. Sie lebte. Meine Gefährtin lebte.

Der violette Schleier am Himmel verdunkelte sich. Er wurde zu einer Wolke. Einer einzigen, kleinen Wolke, aus der eine Person herabsank. Nein, fiel. Sie fiel herab. Mit hoher Geschwindigkeit und offensichtlich bewusstlos.

»Bei der Balance!«

»Seht ihr das?«

»Was passiert hier?«

Bewegung kam in die enorme Menge aus Unsterblichen. Die wenigen von ihnen, die nicht Zeuge von Lillys Selbstlosigkeit geworden waren, bekamen nun auch mit, dass etwas passierte. Etwas Monumentales. Etwas, das eigentlich nicht sein konnte. Eigentlich. Doch in einer Welt, wie der unseren …

Bevor ich auch nur darüber nachdenken konnte, mich zu teleportieren, schossen die Mondscheinelfen in die Höhe. So schnell, dass selbst ich Schwierigkeiten hatte, ihnen zu folgen.

Sie fingen Lilly auf. Betteten sie auf ihren Armen und sanken langsam mit ihr zu Boden. Vier der Krieger trugen sie auf Händen, während die anderen sie schützend umkreisten.

»Was in Abbadons Namen?«

Lilliths Antwort auf die leisen Worte ihres Gefährten war ein lautes Schluchzen. Und sie war nicht die Einzige.

Fassungslos und mit wild klopfendem Herzen spürte ich, wie sich das Band zwischen uns wieder formte. Als die Mondscheinelfen den Boden berührten, war es vollständig zurück und stärker denn je.

»Spürt ihr das?« Duncans Wispern war erstickt.

»Ich …« Nick räusperte sich. »Ich spüre sie. Das heißt, sie ist wahrhaftig am Leben?«

»Ist sie«, bestätigte Scio. Die Menge teilte sich vor den Kriegern, die eine bewusstlose Lilly über das Schlachtfeld in unsere Richtung trugen. »Aber sie ist nicht mehr bloß sie selbst.«

»Keine Rätsel mehr«, entfuhr es mir. »Sag es direkt. Was bedeutet das?« Ich brauchte Antworten. Klar und eindeutig. Etwas anderes würde ich nicht mehr ertragen.

»Die Balance nahm ihren Platz ein. Sie zahlte den Preis, damit Lilly weiterleben kann.« Scio atmete ein. »Als die neue Balance.«

»Was?«

»Sag das noch einmal?«

»Wie bitte?«

»*Fuck!* Was?«

Mehr und mehr Stimmen wurden laut. Nervosität und Unglaube mischten sich mit Freude und Erleichterung. Ich konnte ihnen allen nur zustimmen, und doch brachte ich kein Wort heraus, denn … was sollte ich sagen? Lilly war die neue Balance. Licht und Schatten. Gut und Böse. Es war … so unglaublich passend. Es ergab so viel *Sinn*. Meine Mundwinkel zuckten, dann legte ich den Kopf in den Nacken und lachte.

Während die anderen versuchten aus mir schlau zu werden – und die Situation zu verstehen, setzte ich mich in Bewegung. Mit langen, gezielten Schritten ging ich den Mondscheinelfen entgegen. Sie machten mir Platz und verneigten sich. Ich beachtete sie kaum, als ich ihnen Lilly aus den Armen riss, sie an mich presste und mit ihr zu Boden sank. Sie spürte. Ihre weiche Haut. Die Wärme. Das gleichmäßige Heben und Senken ihres Brustkorbs.

Die anderen schlossen zu uns auf. Ich hob die Wange von Lillys Haar und blinzelte durch meine Tränen hindurch. Sie waren alle da. Einer nach dem anderen sanken sie auf die Knie. Aus Erleichterung, damit sie besser sehen konnten, aber auch aus Ehrfrucht. Und das nicht bloß, weil sie bereit gewesen war, sich für uns zu opfern. Das wurde mir klar, als ich etwas von Lilly abließ und sie betrachtete. Die Luft entwich mir, als ich meine Frau betrachtete.

Ihre Haare waren nicht länger weiß und die schwarze Strähne war ebenfalls verschwunden. Die auf einmal wieder hüftlange Pracht glänzte in einem zarten Violett, fast Flieder. Die Gesichtszüge waren noch immer die gleichen, aber ihre Haut … obwohl so hell wie zuvor, schimmerten Symbole auf ihren Wangenknochen und dem Hals. Zarte Schnörkel, die Runen und Zeichen formten, die weit über mein Verständnis hinausgingen. Ich sah hinab auf ihre Hände und ja, auch dort. Dezent und kaum sichtbar, doch sie waren da und im richtigen Lichteinfall schimmerten sie silbrig. Die Ursprungsmagie hatte sie gezeichnet, dafür waren die Narben von früher verschwunden.

Lilly schnappte nach Luft und öffnete die Augen. Ein Raunen ging über die Felder. Flüstern wurde zu Murmeln, vereinzelte leise Gespräche zu einem Summen, das sich immer weiter ausbreitete, bis es zu einer Art Hintergrundrauschen wurde. Neugier lag in der Luft. Schwer, wie Parfüm. Unglauben und Erwartung. Sie verwandelten die Masse um uns herum in einen einzigen, vibrierenden Organismus. Sie sahen, was ich sah: Lilly lebte. Sie war wach und ihre Augen …

Violett. Ihre Augen waren von einem so tiefen Violett, wie ich es nie zuvor gesehen hatte. Funken tanzten darin. Blau und Rot. Ich lächelte. Hatte ihre Augenfarbe mich zuvor in den Bann gezogen, war sie jetzt unbeschreiblich.

»Lu-ucan?«

Erleichterte Rufe erfüllten die Luft. Jemand lachte, andere schluchzten. Für mich gab es in diesem Augenblick nur sie und mich. Niemanden sonst.

»Ich habe mein Versprechen gebrochen. Tut mir leid.«

Duncan kicherte, ehe das Geräusch zu einem Grunzen wurde und er sich verschluckte.

Lilly drehte den Kopf und ihr wurde bewusst, wo wir uns befanden. Ich half ihr, sich aufzurichten. Alle starrten sie. Zunächst, weil sie lebte und dann, weil sie … nun ja, übernatürlich aussah. Nick fiel regelrecht vorwärts und warf sich in ihre Arme. Alina folgte. Dann Cora. Nyx fluchte und schlang ihre Arme ebenfalls um die kleine

Gruppe, die wir bildeten. Ein merkwürdiger Haufen aus Körperteilen, Tränen, Erleichterung und Liebe.

»Lillianna.«

Auf einmal war Lillith da und umarmte sie. Luzifer folgte. Malik und Duncan. Odile. Midas. Drake und Noain … jeder von ihnen kämpfte sich zu uns durch, sie alle wollten sich vergewissern, dass sie wirklich am Leben war. Niemanden kümmerte es, was sie war, solange sie atmete. Ich ließ sie alle gewähren, denn ich verstand den Wunsch nach Bestätigung. Als es mir zu viel wurde, zog ich Lilly von Rhonan fort und umschlang sie fest. Ein Arm lag um ihre Schultern, die andere Hand lag auf ihrem Brustkorb, direkt über ihrem Herzen. Das stete Klopfen war das Schönste, was ich je gespürt oder gehört hatte.

Liebes?

Ich höre dich klar und deutlich, Liebling.

Klarer und deutlicher als je zuvor. Aber auch das ergab Sinn, denn die Macht, die uns allen unsere Magie verlieh und die das Gefährtenband überhaupt erst möglich machte, floss nun durch Lillys Adern. Voller Ehrfurcht blickte ich sie an.

Ich habe keine Worte. Dabei gab es so viel, was ich ihr sagen wollte. Sie lächelte und drehte sich zu mir, um mein Gesicht mit beiden Händen zu umfassen. Dann lehnte sie sich vor und drückte mir einen sanften Kuss auf die Lippen.

Wir haben alle Zeit der Welt.

Meine Arme schlangen sich wie von selbst um ihre Taille und ich zog meine Gefährtin dicht an mich. Diese bemerkenswerte Frau, die mich seit Tag eins herausforderte, überraschte und beeindruckte.

Eine ganze Ewigkeit liegt vor uns.

Mein Kopf sank herab und ich legte meine Stirn gegen ihre. Hielt sie einfach fest. Dankbar für das Schicksal, das Lilly in mein Leben gebracht hatte.

Gemeinsam.

Immer, erwiderte sie und ich hörte das Lächeln in ihrer Stimme.

»Also ich habe ehrlich gesagt keine Ahnung, was hier los ist, aber verdammt cooler Look für eine neue Ära!«

Lilly lachte und gleichzeitig drehten wir uns zu Duncan um. Zu ihm und all den anderen Unsterblichen, die uns betrachteten oder versuchten, einen Blick auf Lilly zu erhaschen.

Duncan grinste. Seine Worte hatten die erwartungsvolle Stille um uns herum gebrochen und ich wusste nicht, wer damit anfing, aber auf einmal brach ein unbeschreiblicher Lärm los.

Jubelrufe. Fußstampfen. Waffen klirrten und Pfiffe ertönten.

Wir hatten heute viele Verluste erlitten, doch der Feind war besiegt und der Anderswelt stand eine neue Zeit bevor.

»Eine neue Ära«, entfuhr es mir leise.

Lilly schmiegte sich an mich. »Eine neue Ära.«

Gemeinsam.

Immer.

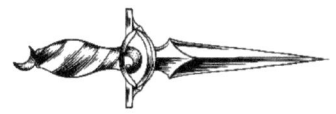

EPILOG
25 Jahre später

Lilly, Arcadia

»Im Thronsaal wird nicht gerannt!«

Maliks strenge Stimme hallte durch den Saal. Lachen folgte. Jeder der hier Anwesenden wusste, dass die Strenge nur gespielt war. Rian auf seiner Hüfte streckte er die Hand aus und zeigte mit dem Finger auf Brianna und Callum.

Ich lehnte mich zurück und beobachtete die Szene grinsend. Für das jährliche Fest des Wintereinbruchs hatten wir den Thronsaal in ein regelrechtes Winter-Wonderland verwandelt. Überall glitzerte es weiß, hellblau und silbern. Der Boden, die Wände und die Decke, die Midas in eine funkelnde Schönheit aus herabhängenden Eiszapfen verwandelt hatte. Obwohl alles hier nach Schnee und Eis schrie, war es nicht kalt. Vereinzelte Schneeflocken rieselten auf uns herab und verpufften, ehe sie den Boden erreichten. Große Sofalandschaften und Sitzsäcke waren in der einen Ecke aufgebaut worden, eine Schlitt-schuhbahn für die Kinder in der anderen. Als ich vor über zwanzig Jahren vorgeschlagen hatte, ein Winterfest zu feiern, waren zunächst alle irritiert gewesen, doch dann war der Winter tatsächlich über uns hereingebrochen. Schnee in Alliandoan! Während sie alle sprachlos dagestanden und den ersten Schneeflocken beim Fallen zugesehen hatten, war ich nicht überrascht gewesen, denn ich hatte ihn gespürt. Den nahenden Winter. So wie ich spürte, dass es nicht mehr lange dauern würde, bis wir den künstlichen Schnee einstellen und echten verwenden konnten. Ich nippte an meiner heißen Schokolade. Viel-leicht zwei, maximal drei Wochen.

Ein lautes Krachen riss mich aus meinen Gedanken. Ich suchte die Ursache des Geräusches und fand Bri und Callum, die gerade dabei waren, sich aufzurappeln. Im Spiel waren die beiden gegen eines von Midas' Blumenarrangements gekracht.

»Brianna! Callum!«

Die Stimme ihres Vaters wurde laut. Kopfschüttelnd eilte King auf die Zwillinge zu. Mit ihren acht Jahren besaßen sie die feuerroten Haare ihrer Mutter und die dunkle Haut ihres Vaters. Bris Augen waren grün, wie Coras, Callums dunkel, wie die von King. Die beiden waren richtige Hingucker. Teufelsbrut, so nannte Cora sie – natürlich nicht in ihrer Anwesenheit. Lachend beobachtete ich, wie King den beiden eine Standpauke hielt. Ich gab ihnen zehn Minuten. Dann würden weitere Teile der Dekoration ihnen zum Opfer fallen. Das Fest hatte noch nicht einmal richtig begonnen. Aber dies war meine liebste Zeit. Ich lehnte mich zurück und beobachtete, wie der Saal sich füllte. Mit Lachen, Chaos und Liebe. Mit den Unsterblichen, die mir alles bedeuteten.

Jemand ließ sich neben mich in die weichen Polster fallen. Cora. »Meinst du, ich muss eingreifen?«

Ich schnaubte leise. »Meinst du, es bringt etwas?«

Sie lachte und stieß mit ihrem Glas gegen meine Tasse. »Vermutlich nicht, nein. Die beiden rauben mir den letzten Nerv.«

»Und du liebst es.«

Sie drehte den Kopf und wir grinsten uns an. »Ich liebe es.« Cora musterte meine Tasse. »Heiße Schokolade?«

Ich nickte. »So wie jedes Jahr.« Mit einem Hauch von Zimt. So wie Olli sie gemacht hatte.

Es hatte eine Weile gedauert, aber heute empfand ich bei dem Gedanken an meinen treuen Freund vor allem eins. Dankbarkeit. Wir hatten ihn zu früh verloren. Ihn und Vaya und viele andere Unsterbliche, aber keiner von ihnen wurde vergessen und eines Tages, da würden wir sie wiedersehen. Ein inneres Leuchten ging durch meinen Körper. Niemand sah es, doch ich fühlte es. Die Gewissheit, dass alles miteinander verbunden war.

»Wann kommen Ketla und Artur?«, fragte ich, während Cora und ich King und Malik dabei zusahen, wie sie versuchten, die Kinder unter Kontrolle zu bekommen. Rian begann zu weinen und Malik wippte auf und ab, um sie zu beruhigen

»Sobald Jonah sein Training beendet hat.« Cora rollte mit den Augen. »Es ist nahezu unmöglich, diesen Jungen aus der Grube herauszubekommen.« Ich kicherte und verschluckte mich an meiner Schokolade, als Cora süffisant hinzufügte: »Er kämpft gegen Laura.«

»Wa-as?« Schokolade schwappte über den Rand meiner Tasse auf meinen hellen Pulli. Zum Glück hatte ich mich noch nicht umgezogen. »Sie war vor einer halben Stunde noch hier.«

»Du weißt doch, wie sie ist …«

Oh, das wusste ich. Meine Tochter war furchtlos und immer darauf bedacht, sich zu beweisen. Dabei erfüllte es sie, und uns, mit Stolz, dass sie fast allen Kriegern und Kriegerinnen in Zyntha den Arsch aufreißen konnte. Nachdem Bael gefallen war, hatten wir Laura permanent zu uns nach Zyntha geholt. Wir waren eine Familie geworden, sie, Lucan und ich. Aus dem zarten Mädchen mit den blonden Locken war eine starke, selbstbewusste Frau geworden. Mit zehn hatte sie uns mitgeteilt, dass sie ihr Training aufnehmen wollte, damit sie »Onkel Maliks Job eines Tages übernehmen konnte«. Zunächst hatte ich es für eine Laune gehalten, immerhin war sie tagtäglich von Kriegern und Kriegerinnen aller Art umgeben, das färbte ab. Aber jetzt, zwanzig Jahre später, war sie noch immer wild entschlossen. Ich erinnerte mich an eines unserer intensiven Weingespräche vor dem Kamin in der Bibliothek. Als ich sie auf ihren Wunsch angesprochen hatte, war ihre Antwort eindeutig gewesen.

»Ich möchte etwas zurückgeben, Mom. Ich möchte jene beschützen, die sich nicht selbst schützen können. Teil der Garde zu werden und von Onkel Malik zu lernen, ist mein Herzenswunsch. Du und Dad und die anderen, ihr habt die Anderswelt zu einem besseren Ort gemacht. Ich möchte dafür sorgen, dass das so bleibt.«

Noch jetzt kamen mir bei der Erinnerung die Tränen. Wie hätte ich ihr ihren Wunsch verweigern können? Sie war alt genug, älter als ich, als ich Teil dieser Welt wurde, und sie wusste, was sie wollte. Das respektierte ich.

Ein leises Lachen entfuhr mir. Cora stupste mich mit ihrer Schulter an. »Woran denkst du?«

»An meine Mädchen«, erwiderte ich. Laura war bereits in ihre Unsterblichkeit hineingewachsen, bei Elisa würde es noch ein paar Jahre dauern. Aber bereits jetzt, mit ihren fünfzehn Jahren, war unsere Tochter eine Naturgewalt. Wo Laura sich für den Kampf interes sierte – für Waffen und Strategie, war Elisas Leidenschaft die Politik. Mit fünfzehn!

Bri schrie auf und ein schrilles Lachen ertönte. Es krachte erneut.

»Coralyn!«

Cora prostete King mit ihrem Glas zu. »Du machst das ganz hervorragend, Liebster!«

Es kribbelte in meinem Nacken und ich stellte die Tasse beiseite. »Das Fest beginnt in Kürze. Die anderen kommen.«

Cora seufzte. »Ich weiß, so langsam sollte ich mich daran gewöhnt haben, dass du all diese gruseligen Fähigkeiten hast, aber–« Sie brach ab und riss die Augen auf, als ich mich mit der Einfachheit eines Gedankens umzog. Verschwunden waren die Leggins, der helle Wollpullover und die Sneaker. An ihre Stelle war ein wallendes, fliederfarbenes Kleid getreten. Lange, fluffige Ärmel, ein enges Mieder und ein fließender Rock. An den Füßen trug ich weiße Stiefel aus weichem Leder. Diamanten funkelten an meinen Ohren. Sie betonten die schimmernden Symbole auf meiner Haut und meine fliederfarbenen Haare, so wie Lucan es liebte.

»Unfair.«

»Wieso? Willst du auch ein Kleid?«

»Nein, danke.« Cora exte den Inhalt ihres Glases, ehe sie sich erhob. »Nicht jeder von uns ist so temperaturunabhängig, wie du.« Sie musterte mich und deutete ein Frösteln an. Im Gegensatz zu mir trug sie Jeans, einen Rollkragenpullover und eine helle Weste. Kälte hatte mir noch nie viel ausgemacht, ein Bonus meiner Magie, doch seit ich mich mit der Ursprungsmagie verbunden hatte, seit ich zur Balance geworden war, waren Kälte und Hitze bloß noch ein Konzept. Eine blasse Erinnerung. Meine Klauen waren fort, das Dämonenfeuer ebenfalls. Ich spürte es wie ein leises Echo in mir, kaum mehr als ein Flüstern – genau wie meine Engelsmagie. Doch dieses Echo verblasste vor der überwältigenden Präsenz dessen, was tief in meinem Inneren schlummerte. Midas hatte mit und an mir experimentiert. Lillith ebenso. Scio und Maritia hatten versucht, meine Zukunft zu sehen, doch alles ohne Ergebnis. Wir wussten, was ich war und wie ich dazu geworden war, was genau es jedoch bedeutete: keine Ahnung. Ich hatte jedoch beschlossen, es nicht weiter zu hinterfragen. Ich lebte – das war alles, was zählte. Ich lebte, und ich hatte eine wunderbare Familie. Meinen Mann und meine zwei Mädchen. Nick, Alina und meinen Neffen Caius. Cora und King. Jonah und die Zwillinge. Malik, Duncan und die zauberhafte Rian. Meine Mom und Luzifer. Unsere Freunde und Verbündeten. Der Palast war mit Leben und Liebe gefüllt, ganz Arcadia war es. Die anderen Welten florierten und über die Jahre waren mehr Unsterbliche aus ihren Verstecken gekommen. Drake, Noain und Rhonan hatten sie unter ihre Fittiche genommen. Vesteria und Ilya, seit der Vereinigung von Drake und Noain magisch verbunden, waren zur Herberge aller geworden, die eine neue Heimat suchten. Ich erinnerte mich an die Feier der beiden.

»Nun bist du doch zum König geworden«, hatte Drake gescherzt, bevor Noain ihn an sich gezogen und geküsst hatte. Die Monarchien der einzelnen Welten hatten wir erhalten. In den Monaten nach Bael hatte es Abstimmungen, Wahlen und viele, sehr viele, Gespräche gegeben. Die Anderswelt liebte ihre Herrschenden und wollte sie genau dort belassen, wo sie waren. Nicht zuletzt, weil wir ihnen bewiesen hatten, dass sie, das Volk, an erster Stelle standen und wir alles dafür tun würden, um sie zu schützen. Dennoch waren die von mir herbeigesehnten Veränderungen in Kraft getreten, und es gab nicht bloß Ratsmitglieder oder Berater, sondern richtige Gremien. Ausschüsse, aus Vertretenden des Volkes, wie Kaufleuten, Müttern und Vätern, Landwirten, Heilern sowie Amtstragenden, Adelsvertretenden und den Herrschenden. Alliandoan hatte den ersten Schritt gemacht. Mit Hilfe von Nick und Minister Emres hatten wir uns neu aufgestellt und waren den anderen Welten als Vorbild vorangegangen. Das Beste daran? Alliandoan war den anderen Welten gleichgestellt. Ich war nicht mehr Königin der Anderswelt. Ein Lächeln zuckte an meinen Mundwinkeln. Bloß noch Königin der Engel und Assassinen. Obwohl unsere Stellung immer einzigartig bleiben würde. Ich hatte es akzeptiert und konnte es sogar verstehen, immerhin war ich die neue Balance. Für viele stellte mich dies auf eine Ebene mit der Ursprungsmagie.

»Es macht dich zur Göttin«, hatte Duncan eines Tages beim Frühstück gesagt, als uns mehr und mehr Geschenke erreicht hatten. Die ganze Anderswelt war voller Dankbarkeit über den gewonnenen Kampf gewesen. Ich hatte mit den Augen gerollt und Duncan mein Croissant an den Kopf geworfen.

Schritte ertönten und Duncans Ankunft brachte mich zurück ins Hier und Jetzt. »Mein Baby weint! Wieso weint mein Baby?« Seine panische Stimme hallte durch den Saal. Schnellen Schrittes eilte er auf Malik und King zu. Xerxes, Nyx und Taro folgten ihm. Dougal und Melisande auf den Fersen.

»Babys weinen«, rief Melisande ihrem Sohn hinterher. »Das ist normal!«

Ich erhob mich, als Cora mir zuflüsterte: »Er wird die Kleine komplett verwöhnen.«

»Hast du etwas anderes erwartet?«

Rian war unsere kleine Wundertüte. Zumindest nannte Duncan seine Tochter so. Vor knapp einem Jahr war sie mit ihrer Mutter mit der letzten Welle an Unsterblichen nach Arcadia gekommen. Keiner wusste, zu welchem Volk sie gehörte. Ihre Mutter war kurz nach ihrer Ankunft überraschend verstorben. Malik war zu diesem Zeitpunkt bei ihr gewesen. Sie hatte ihm Rian in den Arm gedrückt und ihn angefleht, sich um ihr Baby zu kümmern. Seitdem hatte er die Kleine kaum losgelassen. Außer, wenn Duncan sie ihm aus den Armen riss, so wie jetzt. Rian war noch zu klein, um sie mit großer Magie zu konfrontieren, also warteten wir. Es machte keinen Unterschied, was sie war, denn sie gehörte zu Malik und Duncan und damit zu uns.

Womöglich hätte ich es herausfinden können, doch wieso? Es änderte nichts. Die Anderswelt war zu einem bunten, diversen Ort geworden und ich liebte alles daran.

Wir gesellten uns zu den anderen. Begrüßungen wurden ausgetauscht. Umarmungen vergeben. Ich liebte das Winterfest! Natürlich sahen wir uns nach wie vor sooft es ging, doch Momente dieser Art, wo wir alle zusammenkamen, waren dennoch besonders. King, der mit Cora beschlossen hatte, in Zyntha zu bleiben, war zu Lucans und meinem Sprachrohr geworden. Er kümmerte sich um die Belange Zynthas, solange Lucan und ich in Arcadia verweilten. Wir besuchten die Welt der Assassinen wöchentlich, doch Arcadia war unser Zuhause. Hier hatte Laura ihren sicheren Hafen gefunden und Elisa war geboren worden.

Nick und Alina waren nach unserem Sieg ebenfalls zurückgekehrt. Nicht nur King hatte die Sieben verlassen. Auch Duncan war seinen eigenen Weg gegangen und an Maliks Seite Teil der Garde geworden.

Dabei war seine Tätigkeit eher beratend, denn er hatte – O-Ton – genug davon, angeschossen zu werden.

»Die letzte Schlacht hat mir gereicht«, hatte er damals verkündet und ich konnte ihm nur zustimmen. Der Gedanke an jenen Tag sorgte noch immer für Gänsehaut auf meinen Armen. Ich vermisste Vaya schmerzlich und doch fühlte es sich wie ein Wunder an, dass wir anderen überlebt hatten. Für Bowen war es haarscharf gewesen, doch er hatte es geschafft. Tristan hatte schwere Wunden davongetragen, ebenso Lavender, doch der Kampf war rechtzeitig beendet worden, sodass die Heiler ihre Leben hatten retten können. Bael, und alles, was mit ihm zusammenhing, fühlte sich an wie eine blasse Erinnerung und doch würde ich es nie vergessen. Den Schrecken, den er über die Anderswelt gebracht hatte. Die Angst. Mit ihm waren auch die letzten seiner Zauber gefallen und wir hatten sein Versteck gefunden. Wie sich herausstellte, hatte er Estaffa nie verlassen. Er hatte sich direkt hier in Alliandoan versteckt, vor unser aller Augen, am Fuße der Berge. In der ausgebauten Höhle hatten wir Tod und Zerstörung gefunden und eine Menge verstörender Notizen und Tagebücher. Narzisst, der er gewesen war, hatte er seine Pläne bis ins kleinste Detail aufgezeichnet. Zunächst hatte ich die Bücher verbrennen wollen. Der Reiz, ihn komplett aus den Geschichtsbüchern zu löschen, war groß gewesen. Nahezu überwältigend. Aber es hatte sich nicht richtig angefühlt. Bael war ein Psychopath gewesen, ohne Frage, doch er war dazu gemacht worden. Durch Schmerz und Hass und Ablehnung. Alles, was er gewollt hatte, war gesehen zu werden – zu Beginn. Also hatte ich mich mit den Gelehrten zusammengesetzt und gemeinsam hatten wir seine Geschichte, unsere Geschichte, zu Papier gebracht. Als Schreckensbild dessen, was blinder Hass anrichten konnte. Eine Mahnung an die neuen Generationen.

»Maaaama!«

»Himmel eins, Brianna! Nicht so laut!«

»Aber da.« Die Kleine wies zur Tür. »Die anderen sind da.«

Während Duncan Rians Gesicht mit kleinen Küssen zupflasterte und Malik ihm grinsend dabei zusah, drehte ich mich um. Die anderen konnte viel bedeuten. Midas, Tristan, Jace und Flynn. Drake und Noain. Rhonan … Es waren jedoch nicht unsere Freunde, die durch die Tür kamen, sondern der Rest unserer Familie. Wie die coolen Kids der Klasse, die mit Absicht zu spät kamen, betraten sie den Raum. Laura und Jonah gingen voraus. Sie kabbelten sich und unterhielten sich darüber, wer von ihnen als nächstes gegen Nyx kämpfen durfte. Caius folgte ihnen. Die Hände in den Hosentaschen seines hellgrauen Anzugs. Die dunklen Haare hingen ihm rebellisch in die Stirn, doch sein Blick war ernst. Noch hatte er seine Unsterblichkeit nicht erreicht, doch bereits jetzt saß er an der Seite seines Vaters im Rat. Die Minister fraßen ihm aus der Hand. Caius war freundlich wie Alina, klug und ambitioniert wie Nick, aber das leicht Verschlagene, das hatte er von seinem Großvater. Das Schlusslicht bildeten Lucan und Elisa. In ihre Unterhaltung vertieft, bemerkten sie zunächst nicht, dass alle Augen auf sie gerichtet waren.

Wie ihr Vater, trug meine Tochter schwarz. Von Kopf bis Fuß. Wir hatten die Farbetikette in Arcadia bereits vor Jahren zum Teufel gejagt. Elisas Haare waren schneeweiß. Etwas, worüber Lillith sich diebisch gefreut hatte. Ihr Hautton war dunkler als meiner oder der meiner Mom. Auch die Augenfarbe hatte sie von Lucan geerbt, aber der Rest … sie war Lillith und mir wie aus dem Gesicht geschnitten. Leicht schräg stehende Augen. Volle Brauen und Wimpern. Eine gerade Nase und einen Schmollmund, den sie einzusetzen wusste. Ein Messer glänzte an ihrer Hüfte. Zur Show. Elisas Bühne war der Ratssaal. Meine Tochter war wie besessen von Politik.

»Ich verstehe nicht, wieso wir das Gebäude nicht einfach abreißen und neu hochziehen können. Wir brauchen mehr Platz, und—«

»Bitte«, seufzte Laura und drehte sich zu ihrer Schwester um. »Kannst du für einen Abend damit aufhören?«

Elisa zeigte ihr eine Reihe strahlend weißer Zähne. »Nein?«

»Dann kannst du dich mit dem da zusammentun.« Laura wies auf Caius. »Euer Politikgelaber geht mir auf den Keks.«

»Amen, Schwester!« Jonah gab ihr ein High-Five.

Wir anderen betrachteten die Szene grinsend.

Sie sind so sehr wie wir.

Lucan zwinkerte mir zu. *Unheimlich nicht?*

Wer hat gewonnen?, wollte ich wissen.

Wer wohl?

Laura.

Mein Mann nickte. Er kam zu mir herüber und legte einen Arm

um meine Schultern. Instinktiv schmiegte ich mich dicht an ihn. *Du siehst wunderschön aus.* Er musterte mich lächelnd. *Ich bekomme nie genug von all dem Violett.*

Zum Glück. Abstellen konnte ich es nicht, wir hatten es versucht. Haar- und Augenfarbe blieben, wie sie waren. Alles, was ich beeinflussen konnte, war die Intensität meiner Strahlkraft. Mein Nacken kribbelte erneut und signalisierte mir, dass das Fest beginnen konnte. Einer nach dem anderen trafen sie ein und verteilten sich im Saal. Es gab lediglich einen offiziellen Punkt auf der Agenda für diesen Abend, ehe wir die Tore öffneten und die Feier sich auf ganz Arcadia und Alliandoan ausbreiten würde.

Wir gedachten den Gefallenen. Olli und Kiara. Vaya und all den Unsterblichen aus allen Welten, die Baels Machenschaften und der letzten Schlacht zum Opfer gefallen waren. Melina und andere Bedienstete verteilten Getränke und Häppchen und jetzt, nach so vielen Jahren, hatte ich mich bereits daran gewöhnt, sie mit Flügeln zu sehen. Was auch immer an jenem Tag mit der Balance geschehen war, es hatte das, was mein Vater der Anderswelt genommen hatte, rückgängig gemacht. Eine Sonne, Flügel und Gefährten. All das war erneut Teil Alliandoans. Nicht von mir, denn meine Flügel waren fort, aber das war okay. Sie hatten ihren Zweck mehr als erfüllt. Der Thronsaal platzte aus allen Nähten. Scio und Maritia waren die letzten, die eintrafen.

Ich wartete, bis alle ihre Gläser und Tassen erhoben hatten, dann trat ich vor. Hand in Hand mit Lucan. Inmitten unserer Lieben standen wir da, die Gläser erhoben. Ich wiederholte die Worte, die ich jedes Jahr sprach und beendete sie mit dem gleichen Toast.

»Auf die, die vor uns gingen, mutig und voller Hingabe. Auf jene, deren Namen wir gedenken, deren Gesichter wir nie vergessen, und deren Opfer uns mehr bedeuten, als Worte jemals ausdrücken könnten. Möge ihr Licht in uns weiterleben, möge ihre Stärke uns tragen, und möge ihre Liebe unser Wegweiser sein.«

»Auf die, die gefallen sind«, übernahm Lucan das Wort. »Möge ihr Andenken ewig brennen.«

Jubelrufe ertönten. Gläser klirrten und wenig später erfüllten Musik, Gelächter und Gespräche den Saal, die Korridore, ganz Arcadia. Die Tore waren offen, jeder war willkommen. Natürlich gab es noch

Kriminalität, die Anderswelt war kein Utopia geworden, doch Malik hatte die Garde sorgfältig eingeteilt, und niemand war so lebensmüde uns anzugreifen. Nicht heute, wo wir uns alle an einem Ort befanden.

»Der Stoff aus dem Legenden sind.« Das hatte Duncan damals gesagt und er hatte recht behalten. Unser Kampf, das Auftauchen der Mondscheinelfen, die seither im Verborgenen zwischen unseren offenen Grenzen lebten und über sie wachten, sowie mein Opfer und meine neue Rolle. All das war zur Legende geworden. Eine Geschichte, die man Erwachsenen und Kindern gleichermaßen erzählte. Ich hatte es akzeptiert. Was ich nicht akzeptiert hatte, waren die unmöglichen Spitznamen gewesen, die Duncan mir in den ersten Wochen nach dem Kampf gegeben hatte.

Violett Vixen. VeeJay. Amethyst Storm. Es war immer absurder geworden.

Ein paar Stunden später war die Party in vollem Gange. Lachend beobachtete ich, wie Elisa Kjiel zum hundertsten Mal versicherte, dass es keinen Grund gab, ihr auf Schritt und Tritt zu folgen. Der Assassine nahm ihr das Glas aus der Hand und schnupperte. Daraufhin warf er Jonah einen bösen Blick zu. Der grinste und zuckte mit den Schultern.

»Es ist nur Wein!«

»Du bist fünfzehn!«

Elisa verschränkte die Arme vor der Brust. »Und ich werde eines Tages Königin sein.« Anders als ich hatte meine Tochter kein Problem damit, ihre Königinnenkarte auszuspielen. Sie zog Laura dicht an sich. Ihre Schwester gab einen erschrockenen Laut von sich.

»Mit ihr als meinem General an meiner Seite.«

»Generalin«, verbesserte sie Elisa und nahm Kjiel das Glas aus der Hand. In einem Zug leerte sie es und gab es ihrer nun schmollenden Schwester zurück.

Es gab keinen Grund für mich, einzugreifen. Kjiel hatte sich seit Elisas Geburt zu ihrem Beschützer ernannt und keiner von uns hatte ihn davon abbringen können. Er drückte meiner Tochter eine Limo in die Hand, ehe er sich zu Lucan und King gesellte. Caius schloss zu Elisa, Jonah und Laura auf und legte Laura einen Arm um die Schultern. Sie zuckte zusammen, kaum merklich, aber ich sah es. Mit zusammengekniffenen Augen beobachtete ich die kleine Gruppe. Die neue Generation von Andersweltlern. Eine Generation, die in Frieden und Gleichheit aufwachsen würde.

»Majestät.«

»Scio«, begrüßte ich den Magister, ohne den Blick von meinen Mädchen, Jonah und Caius abzuwenden. Ich hatte gespürt, dass er näher gekommen war. Genauso, wie ich gespürt hatte, dass er mich seit einer Weile beobachtet hatte.

»Eine interessante Gruppe, nicht? Die neue Generation.«

Elisa warf den Kopf in den Nacken und lachte über etwas, das Jonah ihr zuflüsterte. Laura betrachtete sie stirnrunzelnd, während Caius' Fokus auf meiner Ältesten lag. Ein Hauch von ... etwas durchfuhr mich. Schicksal. Instinktiv sah ich zu Lucan, doch er trank und lachte mit den anderen. Er spürte es nicht.

Scio schwieg, bis ich nachgab, und mich zu ihm wandte. »Du siehst etwas, nicht wahr?« Der Magister grinste. »Was? Was siehst du?«, fragte ich in einem Anflug von Neugier. »Nein!«, fügte ich fast genauso schnell hinzu. Noch bevor er überhaupt reagieren konnte. »Sag es mir nicht.« Ich musste es nicht wissen. Alles, was ich brauchte, war Vertrauen. Scios Lächeln wurde breiter. Er legte eine Hand auf meine Schulter. »Wir nehmen es so, wie es kommt«, flüsterte ich und bedeckte seine Hand mit meiner. Gemeinsam sahen wir Elisa und Laura dabei zu, wie sie mit Jonah und Caius lachten. Wie sie Bri und Callum durch den Raum scheuchten oder Grimassen für Rian schnitten, um die Kleine zum Lachen zu bringen. Ich musste es nicht wissen, denn ich hatte Vertrauen. Ins Schicksal und in meine Familie. Ich hatte Liebe und Hoffnung. Ich hatte alles, wovon ich immer geträumt hatte.

BONUSKAPITEL

Lilly
Anak, 2 Monate nach Bael

»Das riecht fantastisch.«

Starke Arme schlangen sich von hinten um meine Taille. Lucan presste seine definierte Brust gegen meinen Rücken und legte den Kopf auf meiner Schulter ab, um in den Topf sehen zu können. Ich war gerade dabei, die Soße umzurühren.

»Das ist eine einfache Tomatensoße, Lucan. Kein Hexenwerk.« Er küsste mich auf die Wange. Dabei kratzte sein Bart über meine Haut. Seit Tagen sprach er davon, sich zu rasieren, bisher hatte er es noch nicht geschafft. Weil er zu faul war. Weil wir zu faul waren. Zwei Monate hatte es gedauert, bis mein Traum vom Urlaub wahr geworden war, und nun waren wir hier. In unserem Haus in Anak. Seit zehn Tagen. Zehn Tage voller Ruhe, Zweisamkeit, Intimität und, hatte ich Ruhe erwähnt? Niemand störte uns. Niemand wollte etwas von uns. Niemand platzte mit schlechten Neuigkeiten oder fragwürdigen Botschaften in den Raum.

Wir waren ganz für uns. Nur Lucan und ich. Die ersten drei Tage hatten wir es kaum aus dem Schlafzimmer herausgeschafft. Lucans Bedürfnis, mich zu berühren, mich zu halten und sich zu vergewissern, dass ich am Leben war, war übermächtig gewesen. In Arcadia war es schon intensiv gewesen, doch hier, in der absoluten Abgeschiedenheit und Sicherheit unseres Hauses, hatte er endlich loslassen und all seine Emotionen zulassen können. Die Gliedmaßen miteinander verknotet, hatten wir dagelegen und geredet.

»Die wichtigste Person in deinem Leben sterben zu sehen, das macht etwas mit dir«, hatte er mir eines Abends in der Anonymität der Dunkelheit gebeichtet.

»Ich sehe es noch immer vor mir. Schlimmer noch, Liebes. Ich spüre es. Das Reißen des Gefährtenbandes, es—«

Er hatte gestockt und es waren zwei weitere Tage vergangen, bis er hatte weitersprechen können.

Das Band war nicht nur gerissen, es hatte ihn zerrissen. Ihn zerstört. Für ein paar qualvolle Augenblicke.

Das schlechte Gewissen, das mich bei diesen Erinnerungen überkam, war potent. Ich hatte es ebenfalls gespürt, hatte es betrauert, doch an jenem Punkt war ich bereits so sehr Teil der Balance gewesen, dass der Schmerz – im Moment, aber auch jetzt, danach – nicht mit Lucans vergleichbar war. Er hatte gefühlt und gesehen, wie ich starb. Ich hatte die Ehre gehabt, mich für ihn und alle anderen zu opfern.

Auch nach zwei Monaten war dies noch immer ein wunder Punkt zwischen uns. Lucan wusste, dass es richtig gewesen war. Immerhin stand ich jetzt hier, am Leben, und wir waren frei von Bael, doch was der Verstand bereits begriffen hatte, musste das verwundete Herz noch verarbeiten. Und es ging nicht nur ihm so. Nick und Alina. Duncan. Meine Mom und Luzifer. Die Sieben. Nyx. Sie alle hatten es gespürt, auf die ein oder andere Weise. Hinzu kamen unsere Freunde und Verbündeten und alle, die an jenem Tag in Araviel gekämpft hatten. Sie hatten mein Opfer gesehen und sie hatten auch gesehen, wie ich zurückgekehrt war.

»Auf die absolut epischste Art«, wie Duncan mir wieder und wieder versichert hatte. Dank Lucan und seiner Erinnerung war ich ebenfalls in der Lage gewesen, diesen Moment zu erleben. Das epische Ausmaß dieses Moments, aber auch den Schmerz. Etwas, das nicht bloß für Lucan heilsam gewesen war. Der Anblick, wie ich aus dem Himmel fiel, um dann von Mondscheinelfen aufgefangen zu werden … der wurde vermutlich nie langweilig. Lucan schnaubte und biss mir leicht in den Hals.

»Schön, dass es dich erheitert.«

Leise seufzend zog ich die Soße von der heißen Herdplatte und schaltete den Herd aus. Die Nudeln waren bereits fertig und abgegossen. Der Salat und das Brot standen bereit. Sanft umfasste ich Lucans Wangen und fuhr mit den Fingerspitzen zärtlich über den längeren Bart. Noch nicht zu lang, eher im Bereich sexy Holzfäller. Der Look machte ihn nahbarer.

»Ich bin hier«, wisperte ich an seinem Mund und küsste ihn. »Ich bin hier und Bael ist fort. Niemand wird uns je wieder trennen.«

Vermutlich nicht einmal die Ewigkeit. Ich war die neue Balance. Die Ursprungsmagie dieser Welt floss durch meine Adern. Midas hatte mich bereits in seinen Nome eingeladen und auch meine Mom wartete nur darauf, mich in die Finger zu bekommen. Sie waren neugierig und das zurecht. Eine leise Stimme in mir, eine, die der alten Balance verblüffend ähnelte, sagte mir jedoch, dass sie nichts finden würden. Die Ursprungsmagie hatte mich gerettet. Sie floss durch meine Adern, bis sie es nicht mehr tat. Bis sie sich entweder zu einer neuen Energiequelle formte oder ein neues Gefäß fand. Da war ich ziemlich sicher, behielt es jedoch für mich, denn das war die Zukunft. Eine sehr, sehr ferne Zukunft. Lucans Arme schlangen sich wieder um mich und er vertiefte den Kuss. Bevor mein Hintern Bekanntschaft mit der heißen Herdplatte machen konnte, wirbelte er uns herum und presste mich gegen den Kühlschrank.

»Verflucht«, raunte er an meinem Mund und nahm meine Unterlippe zwischen die Zähne. Ich grinste und er ließ von mir ab, um seine Stirn gegen meine zu legen.

Das war etwas, das ebenfalls nie langweilig wurde. Er und ich und unsere Liebe füreinander. Die Leidenschaft und das Begehren zwischen uns. Je mehr ich bekam, desto mehr wollte ich. Und jetzt, zum ersten Mal ohne akute Bedrohung, konnten wir uns dem völlig hingeben.

Mit der Zungenspitze leckte ich ihm über die leicht geöffneten Lippen. Lucans Finger packten fester zu.

»Haaaaallo? Seid ihr angezogen?«

Lucan fluchte. »Zehn Tage«, raunte er. »Zehn verfluchte Tage.«

»Es ist offen«, rief ich lachend und rückte etwas von Lucan ab. »Wir haben sie eingeladen.«

Mit blitzenden Augen verfolgte er jede meiner Bewegungen.

Später.

Immer.

Die Tür wurde aufgerissen und Duncan trat ein. Gefolgt von Malik, Alina und Nick sowie Cora und King. Ich begrüßte sie alle mit einer festen Umarmung, ehe ich Cora musterte.

»Wo ist Jonah?«

Meine Freundin schnaubte leise. Mit einer Hand warf sie die rote Haarpracht über ihre Schulter. Wie wir alle war sie lässig in Jeans und Pullover gekleidet. »Wir treffen uns das erste Mal, seit wir uns kennen, zum Essen, nur wir, ohne, dass ich schwanger bin, ohne akute Bedrohung, und du erwartest, dass ich mein Baby mitbringe?«

King lachte als Cora sagte: »Vergiss es Schwester, wo ist der Wein?« Alina betrachtete unsere Freundin grinsend. Liebevoll strich sie über ihren großen Bauch. Nicht mehr lange und das Baby würde kommen. Ich freute mich wie wahnsinnig auf den Moment. Unsere Familie wuchs. Sofort dachte ich an Laura. Ein paar Wochen noch. Zunächst hatten wir das Chaos, das der Kampf gegen Bael angerichtet hatte, beseitigen müssen. Dann waren die neuen Strukturen gebildet worden. Beinahe rund um die Uhr hatten wir zusammengesessen. Alle Herrschenden, die Minister, Nick, Cora, Malik, Lucan und ich. Gesetze waren formuliert und Handelsabkommen geschlossen worden. Die ersten Schritte in Richtung Demokratie waren ebenfalls gemacht worden, denn demnächst würde es die ersten offiziellen Wahlen in der Anderswelt geben. Vertretende des Volkes, Ratsmitglieder ... wir waren dabei, uns breit und vor allem gerecht und gleichberechtigt aufzustellen. Auf den Wunsch der anderen Welten hin, behielten Lucan und ich unseren übergeordneten Titel, bis all das in trockenen Tüchern war. Fein für mich, solange es passierte – und das würde es.

Jetzt genossen Lucan und ich unsere Zweisamkeit und in etwas über zwei Wochen würde Laura zu uns kommen. Permanent. Als unsere Tochter. Eine neue, fantastische Aufgabe lag vor uns und ich konnte es noch gar nicht glauben.

Lucan versorgte unsere Freunde mit Getränken und wir stießen miteinander an. Dicke, fette Grinsen auf den Gesichtern.

»Könnt ihr das glauben?«, rief Duncan, ein wenig zu laut und schrill. Er räusperte sich. »Sorry.«

»Schon in Ordnung, Kleiner.« King klopfte ihm kameradschaftlich auf die Schulter. »Das hier ist ...«

»Wundervoll«, beendete Cora den Satz, als ihr Mann ins Stocken geriet.

»Es ist mehr als wundervoll.« Alina umfasste ihr Wasserglas mit beiden Händen und stellte es auf der Rundung ihres Bauches ab.

»Ich war weder in den Kampf noch in die letzten Verhandlungen und Sitzungen involviert, aber ich habe nie an euch gezweifelt. Daran, dass ihr es schafft, Bael zu besiegen.« Ihr Blick fand den meinen. »Ich habe nie an dir gezweifelt. Auch wenn du mich ein paar Jahre meines Lebens gekostet hast.«

»Nicht nur dich«, murmelte mein Bruder und nippte grinsend an seinem Ale. Seit Nick offiziell die Führung des Rates übernommen hatte, wirkte er angekommener denn je.

Ist das ein richtiger Satz?

Wenn er dir nicht gefällt, musst du ja nicht in meinem Kopf herumlungern.

Lucan lachte leise und zog mich an sich, einen Arm um meine Schultern geschlungen.

Aus dem Augenwinkel sah ich, wie Malik Duncan mit dem Ellenbogen anstupste.

»Äh ja … also, ich habe etwas zu verkünden.«

Lucans Arm versteifte sich auf meiner Schulter und er wurde starr wie eine Statue.

Er verlässt die Sieben.

»Ich verlasse die Sieben.«

Wir wussten es, gab ich zurück. *Kommst du damit klar?*

Ja, wenn es das ist, was ihn glücklich macht. Natürlich akzeptiere ich es.

»Wir … Duncan hat beschlossen nach Arcadia zu ziehen. Permanent.«

»Ich weiß noch nicht in welcher Funktion, aber ich weiß, dass ich an Maliks Seite gehöre und ehrlich gesagt auch an deine.« Er blickte mich an und kniff die Augen zusammen. »Du siehst nicht überrascht aus. Ihr beide nicht.« Die Furche zwischen seinen Augenbrauen wurde tiefer. »Wieso nicht?«

»Weil wir dich kennen«, erwiderte ich ruhig. »Wir unterstützen deine Entscheidung zu hundert Prozent.«

»Danke. Wirklich.«

Lucan hob sein Glas zum Toast und wir stießen erneut miteinander an. Dann sahen Lucan und ich zu King.

»Was? Ich habe nicht vor, Zyntha zu verlassen. Aber-«

»Die Sieben«, sagten Lucan und ich gleichzeitig. »Wissen wir.«

Die anderen lachten, während Cora mit einem Finger auf uns zeigte. »Ihr seid unheimlich!«

Lucan räusperte sich und nahm den Arm von meiner Schulter.

»Wir haben noch nicht offiziell darüber gesprochen, da wir uns auf die Strukturen der anderen Welten konzentriert haben, aber, King, mein Freund, Lilly und ich würden uns geehrt fühlen, wenn du Zyntha in unserer Abwesenheit regieren würdest.«

»Als Interimsregent«, fügte ich hinzu. Ich sah von King zu Cora. Meine Freundin grinste.

»Dich würden wir ungern in Arcadia verlieren.«

»Oh, ich gehe nirgends hin.« Ihr Grinsen wurde breiter. »Das Pendeln durch ein Schattenportal dauert genau zwei Sekunden. Das ist mit Abstand der kürzeste Arbeitsweg, den man sich vorstellen kann.«

Alle lachten und wir stießen wieder an und wieder, bis Lucan unsere Gläser neu auffüllte.

Während ich mich um das Essen kümmerte und Teller aus dem Schrank holte, gesellte Alina sich zu mir.

»Wie läuft es mit den Flügeln?«

Leise seufzend lehnte sie sich gegen den Tresen. »Beschissen.«

Das entlockte mir ein belustigtes Schnauben. Am Anfang dieser Reise hätte Alina niemals Schimpfwörter in den Mund genommen. Die sanfte, liebe Alina, in der ein Feuer und eine Entschlossenheit ruhten, die ihresgleichen suchten. Ich war bei weitem kein Scio, doch wenn ich Alina ansah, dann sah ich sie leuchten. Ihre Aura, sie strahlte, und ich wusste, dass sie eine bedeutende Zukunft vor sich hatte. Vielleicht sogar eines Tages als oberste Heilerin Arcadias.

»Immer wenn ich sie erscheinen lasse, verliere ich mein Gleichgewicht. Entweder meine Flügel ziehen mich nach hinten oder der Bauch nach vorne. Wusstest du, dass ich meine Füße seit einer Weile nicht mehr sehen kann? Ich bin sowas von bereit, dieses Kind endlich auf die Welt zu bringen!«

»Nicht mehr lange.« Ich drückte ihr einen Teller Pasta in die Hand. Cora trat neben sie und streckte die Hände aus. Ich befüllte einen weiteren Teller.

»Ich könnte eine der traurigen Pflanzen da drüben auf dem Fensterbrett wieder zum Leben erwecken. Vielleicht ist eine Chili dabei. In der Welt der Menschen sagt man, Schärfe hilft, die Geburt einzuleiten.« Sie zwinkerte Alina zu. »Das und Sex.«

Der Blick meiner Schwägerin ging direkt zu meinem Bruder. Keine zwei Sekunden später verschluckte Nick sich an seinem Ale. Mit roten Wangen sah er zu uns herüber.

»An das Gefährtenband hast du dich demnach schneller gewöhnt.« Alina und Nick waren nicht die einzigen Engel, die in den Wochen nach Bael eine Gefährtenverbindung eingegangen waren. Es freute mich noch immer wahnsinnig, dass die Balance den Engeln dieses Geschenk zurückgegeben hatte.

Alina trug ihren Teller zum Tisch und ich überließ sie und Nick ihrer stillen Kommunikation.

»Könntest du es?«, fragte ich an Cora gewandt und reichte ihr ihren Teller.

»Die Pflanzen zum Leben erwecken? Vielleicht.« Beide sahen wir zum Fensterbrett. Das Grünzeug sah wirklich mehr als traurig aus. »Ketla gibt mir jeden Tag eine Aufgabe, seitdem sie die Erdmagie in mir spürt.« Cora zuckte mit den Schultern. »Es macht Spaß. Mein ganzes Leben war ich ohne Magie und jetzt spüre ich … etwas.«

»Gib dem ganzen Zeit. Und hier, nimm den Parmesan mit.«

Wenig später saßen wir mit Pasta, Brot und Wein am Tisch und das Gefühl war … es war alles!

Friedlich. Voller Liebe und hoffnungsvoll.

»Wieso haben wir sowas nicht schon viel früher gemacht?«, sagte Duncan kauend. Er war bei seinem zweiten Teller Pasta angelangt.

»Haben wir«, erwiderte Malik, »etliche Male. Es hat sich bloß anders angefühlt, weil es immer etwas zu planen gab. Immer eine Bedrohung oder ein Problem.«

»Die wird es auch weiterhin geben«, warf Lucan ein. »Wir stehen vor großen Veränderungen und haben enorme Verluste erlitten, aber …«

»Aber?«, hakte Nick nach und schenkte seinem Schwager ein kleines Lächeln. Sie alle wussten, was es bedeutete, immer noch bedeutete, wenn Lucan emotional wurde und seine Gefühle so offenkundig preisgab.

»Dies ist der Beginn einer neuen Ära«, erwiderte Lucan rau. »Das, wovon wir geträumt haben. Ich noch viel länger als ihr und Malik und viele andere Unsterbliche noch länger.» Er räusperte sich, die Stimme belegt. »Ich … verdammt. Duncan.«

»Was er sagen will«, eilte Duncan ihm zu Hilfe und Malik legte ihm eine Hand auf den Arm, »ist, dass wir es wirklich geschafft haben. Es wird immer Herausforderungen und Probleme geben, immerhin sind wir unsterblich und leben in keiner Fantasiewelt.«

Das brachte mich kurz zum Lachen. Lucan runzelte die Stirn und ich winkte ab. Wenn er wüsste, wie viele Fantasiewelten ich früher durch Bücher kennengelernt hatte. Aber keine, keine einzige, war so gewesen, wie diese.

»Uns steht eine friedvolle Zukunft bevor.« Die Zeichen auf meiner Haut begannen zu glühen.

Sieben Augenpaare starrten mich mit großen Augen an.

»Der Beginn einer neuen Ära«, flüsterte Nick erstickt.

Ich nickte und griff nach meinem Wein. Meine leuchtende Gestalt spiegelte sich im Glas und der dunkelroten Flüssigkeit darin. Früher hatten meine Augen diese Farbe aufgewiesen. Das war erst zwei Monate und doch eine gefühlte Ewigkeit her. Jetzt war alles an mir violett und alles in mir von Frieden und Liebe erfüllt.

Duncan hüstelte und ich erwischte ihn dabei, wie er sich über die Augen wischte.

»Gibt es eigentlich auch Nachtisch?«

An diesem Abend, als die anderen nach Arcadia und Zyntha zurückgekehrt waren, sank ich tiefer ins warme Wasser und gegen Lucan.

Das war ein schöner Abend.

Mhm.

Ich war glücklich, aber zu müde, um zu reden. Zumindest laut.

Malik war still heute.

Er hat mit seinen Emotionen gekämpft, murmelte ich lautlos. *Hast du nicht gesehen, wie er nach dem Dessert kurz den Raum verlassen hat? Tatsächlich nicht, nein. Ich war in ein Gespräch mit King vertieft. Diese neue Realität ist wundervoll, aber wir sind nicht die Einzigen, die Traumatisches erlebt und gesehen haben.*

Lucans Finger strichen über meinen Bauch.

Weise Worte.

Sein Daumen zog kleine Kreise auf meiner Haut und ein kleiner Seufzer entfuhr mir.

Was hältst du davon, wenn wir ein paar Tage durch Ilya reisen? Strand? Mein Kopf ruckte hoch und ich versuchte, über die Schulter zu sehen, offensichtlich nicht mehr in der Lage dazu ganze Sätze zu formen.

Rhonan erwähnte ein recht einsames Gebiet in Ilya. Etwa zwei Stunden von

Rotah. Lucan küsste mich auf den Hals. *Nach Abbadon könnten wir auch. Anschließend. Bevor wir nach Arcadia zurückkehren.*

Abbadon. Ein düsterer Schleier legte sich über meine Gedanken. Vaya. Meine Mom hatte ihren Verlust noch lange nicht verkraftet. Die Dämonin war Jahrtausende an Lilliths Seite gewesen.

Deine Mom würde sich vermutlich freuen.

Zudem würde es sie ablenken. Sie und Luzifer. Mein Onkel hatte seine Flügel zurückerlangt. Den Schock darüber hatte er noch nicht überwunden. So sehr er es sich gewünscht hatte, wirklich daran geglaubt hatte er nicht. Doch sie waren erschienen. Ein paar Tage nach Bael. Ich erinnerte mich an den Moment, in dem er unsere Küche gestürmt hatte.

Mit wildem Blick und beinahe irren Augen. Ein paar steingrauer Flügel auf dem Rücken.

»Siehst du das?«, hatte er gerufen und es war einem Vorwurf sehr nahegekommen.

»Du hast Flügel.«

»Ja, aber … *wieso?*«

Ich erinnerte mich daran, wie Duncan in schallendes Gelächter ausgebrochen war.

»Ist das nicht das, was du wolltest?«

Malik hatte Erbarmen gehabt und sich Luzifer angenommen. Seither trafen sie sich regelmäßig. Zum Austausch. Keiner der beiden wollte wirklich zugeben, dass sie dabei waren, Freunde zu werden. Der ehemalige und der amtierende General der königlichen Garde.

Erst Ilya, griff ich unsere Unterhaltung wieder auf. *Dann Abbadon. Und dann holen wir Laura zu uns.*

Lächelnd schloss ich die Augen. Ich hörte es noch immer, das leise »Bereit?« der Balance.

Bereit, dachte ich. Für die Zukunft, die vor uns lag? Absolut. Ich war sowas von bereit.

Lilly
Zyntha, 10 Jahre nach Bael

»Arena!«

Xerxes' Ruf hallte durch die ganze Grube. Genau das war es, wovor Lucan Angst gehabt hatte.

Mein Mann warf mir einen genervten Blick zu, ich lächelte.

Aus diesem Grund hätten wir länger in Arcadia bleiben sollen, wir–

Würden es ihnen auch erzählen, wenn es schief geht, unterbrach ich ihn. Seine Augen verdunkelten sich und erste Schatten züngelten an seinen Handgelenken.

Rede nicht so, Liebes, bitte.

Ich meine doch nur, dass wir sie teilhaben lassen sollten.

Lucan musterte mich voller Sorge. Das tat er ständig, seitdem ich spürte, dass ein winzig kleines Herz in mir schlug. In meinem Bauch, um genau zu sein. Eigentlich hatten wir mit der Familienplanung länger warten wollen, Laura hatte unsere Meinung geändert. Wir liebten es, ihr die Mutter und der Vater zu sein, die sie verdient hatte. Durch Bael und meinen kurzen Tod war mir vor Augen geführt worden, dass auch ein unsterbliches Leben begrenzt war.

Lucan und ich waren mit unserem Anliegen und den Bedenken bei Scio und Maritia gewesen, keiner von ihnen sah jedoch ein Problem darin, dass ich ein Kind austrug. Welche Magie durch meine Adern floss, war dabei nebensächlich. Ich lebte, ich atmete und ich verfügte über alle nötigen biologischen Attribute.

Ein Jahr hatte es gedauert und dann, vor ein paar Wochen, war ich morgens aufgewacht, weil ich ein leises, sanftes Pochen im Ohr gehabt hatte. Das schönste Geräusch dieser und aller Welten.

»Arena!«, ertönte es erneut und dann wieder und wieder.

Lucan hob gebieterisch die Hände. Seit wir nach Zyntha zurückgekehrt waren, warteten die Kriegerinnen und Krieger auf genau diesen Augenblick. Sie wollten sich mit uns und untereinander messen. Ich würde vorerst jedoch aussetzen. Nyx trat in mein Sichtfeld. Mit zusammengekniffenen Augen musterte sie erst Lucan, dann mich.

Und dann überraschte sie uns beide, als sie vortrat, ein paar meiner fliederfarbenen Strähnen anhob und daran schnupperte. Auf einmal riss sie den Kopf zurück, die Augen kugelrund. »Lilly …«

Nun konnte ich das Grinsen nicht mehr unterdrücken. Manchmal waren wir wirklich nicht besser als wilde Tiere.

»Was?«, rief Xerxes und rückte näher. Und nicht nur er. Duncan, der uns begleitete, schob gleich zwei Anwärter auf einen Platz bei den Sieben aus dem Weg und baute sich drohend vor mir auf. Dahinter sah ich Kjiel und Bowen. Dougal. Melisande mit ihrem neuen Partner. Ketla und Artur. King und Cora. Meine Freundin war es schließlich, die die Stille brach, in dem sie lachte.

»Das wird dich fertig machen«, prustete sie und wischte sich eine Lachträne aus dem Augenwinkel. »Nicht kämpfen zu dürfen.«

»Was? Wieso darf sie nicht kämpfen?« Duncan taxierte mich, als suche er nach Verletzungen.

»Für eine Weile«, sagte Lucan und rückte dichter an mich heran.

Dafür werde ich sorgen. Wehe du betrittst die Arena.

Keine Sorge, beruhigte ich ihn. Mir war bewusst, dass Schwangerschaften in unserer Welt oftmals schwierig verliefen, aber ich hatte ein gutes Gefühl. Ein sehr gutes.

»Aber ... *wieso?*«

»Weil sie schwanger ist, Blödmann!«

Stille. Jemand sog scharf die Luft ein und auf einmal wurde ich Lucan entrissen und herumgewirbelt. Duncan.

»Heilige Lilly!«, rief mein bester Freund. Seine neuste Art, mich zu quälen. »Ich freue mich so für euch!«

Glückwünsche wurden laut und es dauerte nicht lange, bis ganz Zyntha über meine besonderen Umstände Bescheid wusste. Grinsend sah ich zu Lucan auf. »Jetzt müssen wir es Laura wohl doch schon sagen.«

Er zog mich an sich und küsste mich. Innig und langsam. Wir hatten alle Zeit der Welt.

»Meinst du?«

»Alina wird ausflippen!«, sagte ich und schmiegte mich dichter an ihn. Der erste Kampf begann und ich entdeckte Nyx, die uns zuwinkte. Sie sorgte für Ablenkung.

»Und Caius. Er ist zwar mittlerweile mehr in Lauras Alter, aber—«

»Liebes«, unterbrach Lucan mich sanft und strich mir die Haare aus der Stirn. »Möchtest du zurück nach Arcadia und es ihnen sagen?«

Ich wollte es ihnen seit Wochen sagen! Es hatte mich wahnsinnig gemacht.

»Aber die Arena …«

»Kann weiterlaufen. Weder du noch ich nehmen an den Kämpfen teil. Niemand wird bemerken, dass wir fort sind und morgen Früh kehren wir zurück.«

»Ja, ich … ja. Das wäre schön.«

Ich konnte es kaum erwarten, es Laura zu sagen. Seit Caius auf der Welt war, sprach sie von einem Geschwisterchen und nun war es so weit. Eine Hand auf meinem Bauch hörte ich in mich hinein. Das Schlagen des Herzens war kraftvoll, die Magie in mir unendlich. Ich spürte nicht einen Funken Zweifel und auch Lucans Sorge konnte ich nicht teilen. Alles, was ich fühlte, war Gewissheit und Liebe. Dieses Baby würde besonders werden, ohne Frage, aber das war in Ordnung, denn es würde in einer Welt aufwachsen, die gelernt hatte, was Akzeptanz und Diversität bedeuteten. *Sie* würde in einer Welt aufwachsen, die ihre Einzigartigkeit nicht fürchten, sondern schätzen würde.

Lucan packte fester zu.

Sie?

Wenn ich mich nicht täusche, dann ja. Sie.

Er kniff die Augen zusammen und sammelte sich, sichtlich ergriffen. Während er mich von der grölenden Menge der Grube fortführte, hörte ich ihn in meinem Kopf. Nicht bewusst. Nicht, weil ich es hören sollte. Ich schnappte es auf.

Es ist wohl mein Schicksal, von außergewöhnlichen Frauen umgeben zu sein. Und ich könnte mir nichts Schöneres vorstellen.

Mit einem kleinen, geheimen Lächeln verschränkte ich unsere Hände miteinander.

Glücklicher als je zuvor. Wir würden es Laura gemeinsam sagen.

Gemeinsam.

Immer.

ENDE

Ich hoffe, das Bonusmaterial hat euch gefallen und konnte all eure offenen Fragen klären. Die Reihe loszulassen, fällt mir unheimlich schwer. Danke, für diese atemberaubende Reise.

Wenn euch Band 6 gefallen hat, würde ich mich über eine Rezension auf den gängigen Portalen sehr freuen.

Vielen Dank!

Eure Melli <3

DANKSAGUNG

Ende. Vier kleine Buchstaben und wir verlassen die Anderswelt – vorerst. Ich kann mit gutem Gewissen sagen, dass ich noch nie so viel geheult habe beim Schreiben eines Buches. Lilly, Lucan und Co. begleiten mich seit über 10 Jahren und sie nun loszulassen, fällt mir unglaublich schwer. Das Ende jedoch existierte genau so schon immer in meinem Kopf und ich hoffe, ihr liebt es ebenso wie ich.

Zum Abschluss dieser fantastischen Reise möchte ich mich beim Isegrim Verlag bedanken, der Lilly vor über fünf Jahren eine Chance gab und mich auf dieser Reise begleitet hat. Ein großer Dank geht auch an meine Lektorin Sigrid.

Leider muss ich mich kurzfassen, da das Buch sehr lang geworden ist, daher fasse ich einen riesiges DANKE an meine Testleserinnen und Bloggerinnen zusammen. Unser Lilly-Fanclub hat sich über die Jahre erweitert und ich danke euch von Herzen für die Hilfe und den Austausch!

Danke auch an Bookstagram und Booktok und die ganze tolle Buchbubble da draußen. ☺

Und auch ein herzliches Danke an meine Patreons, die mit ihrer Unterstützung erneute Illustrationen möglich gemacht haben! Jetzt muss ich leider Schluss machen, obwohl ich noch ganz viel schreiben könnte, aber wir lesen uns auf Instagram, TikTok und Patreon!

Ich freue mich drauf.

Noch einmal von Herzen Danke für die Liebe und Begeisterung!

Eure Melli <3